Guillemette de Sairigné est écrivain et journaliste. Elle a publié notamment *Tous les dragons de notre vie*, *Mon illustre inconnu... enquête sur un père de légende* et *Mille pardons*.

DU MÊME AUTEUR

Tous les dragons de notre vie
Chroniques du bord du gouffre
Fayard, 1993

Retrouvailles
Quand le passé se conjugue au présent
Fayard, 1995

Mon illustre inconnu
Enquête sur un père de légende
Fayard, 1998

La Beauté en plus
Fayard, 2004

Mille pardons
Des histoires vécues, une exigence universelle
Robert Laffont, 2006

Guillemette de Sairigné

LA CIRCASSIENNE

Robert Laffont

Crédits photographiques

© Collection Hagondokoff : p. 249 (haut et bas) ; p. 250 ; p. 251 (haut et bas) ; p. 254 (haut et bas) ; p. 255 ; p. 256 ; p. 433 ; p. 434 (bas) – © Collection du Luart : p. 252 (haut) – © Paul O'Doyé / Galliera / Roger-Viollet : p. 252 (bas) – © Stéphane Piera / Galliera / Roger-Viollet : p. 253 – © Collection Claude Hervé : p. 434 (haut) – © Collection particulière : p. 435 (haut et bas), p. 437 (haut et bas), p. 438 (bas), p. 439 (bas), p. 442, p. 444 (bas) – © Collection ECPAD : p. 436 (haut et bas), p. 438 (haut), p. 439 (haut), p. 440 ; p. 441 ; p. 443 – © Collection particulière / Bulletin de la 1re armée : p. 444 (haut) – © Bernay / 1er REC : p. 445 – © Collection particulière / 1er REC : p. 446.

TEXTE INTÉGRAL

ISBN 978-2-7578-3736-8
(ISBN 978-2-221-11108-6, 1re publication)

À ma tante, Anne de Sairigné-Levesque,
qui en 1945, à vingt et un ans,
auréolée de sa naïveté et de deux tresses blondes,
fut nommée caporal d'honneur de la Légion étrangère
pour prix de son dévouement aux blessés.

À mon amie Christiane Bockel-Kammerer,
la vaillante infirmière alsacienne
de la Formation chirurgicale mobile n° 1.

« Il faut préférer les cœurs fermes et incommodes aux âmes fragiles et sans ressort. »

Charles de GAULLE, *Le Fil de l'épée*

« Les femmes du Caucase ont toutes de l'agrément et je ne sais quoi qui les fait aimer... Leur taille est belle, grande et aisée, et toute leur personne pourvue d'un air libre et dégagé. Avec de si beaux dons, elles ne sont point cruelles, et ne s'effrayent pas de l'abord d'un homme, de quelque pays qu'il soit. »

Les Voyages de Jean Struys,
Amsterdam, 1681
(cité par Alexandre Dumas
dans *Voyage au Caucase*)

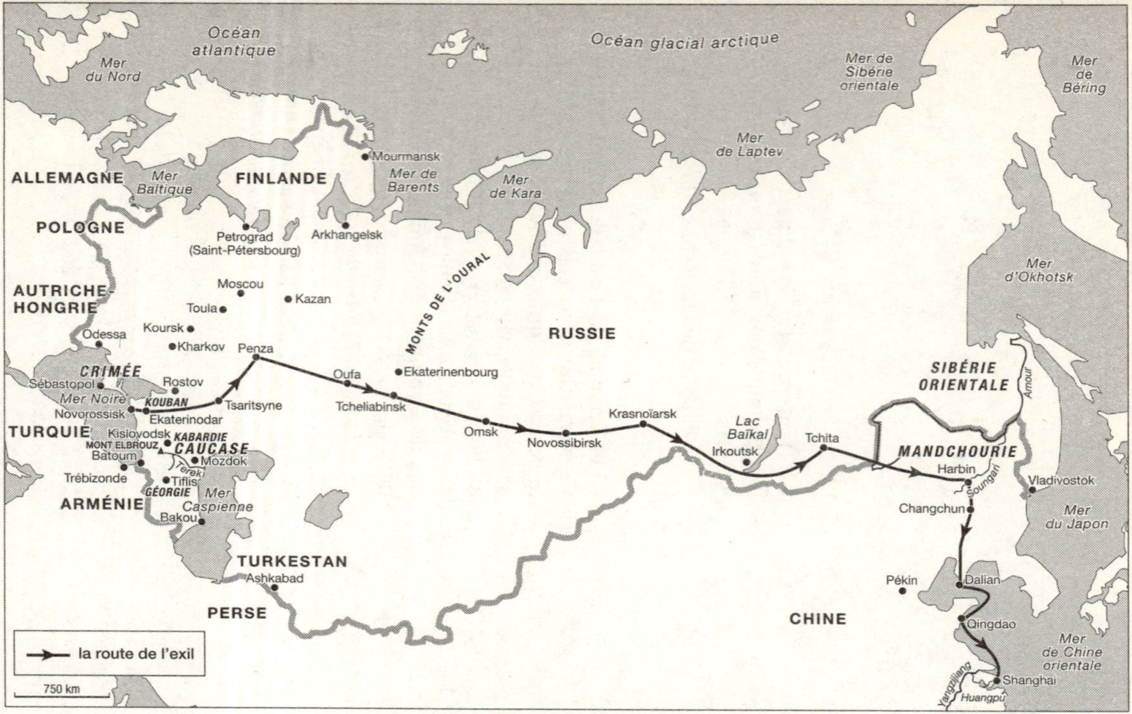

La Russie en 1918. La route de l'exil.

Avant-propos

C'est une femme hors norme, russe d'origine avant de devenir française, une héroïne de la Seconde Guerre mondiale, l'une des rares figures féminines exaltées par la Légion étrangère. Une femme dont la vie incroyablement romanesque est tissée aux soubresauts du XXe siècle.

On se bousculait pour me parler de Leïla du Luart au 1er régiment étranger de cavalerie, toujours amoureux de son irremplaçable « Marraine » vingt-cinq ans après sa disparition, et pas seulement au REC car la cohorte de ses admirateurs – de ses adorateurs, devrais-je dire, car il y a de l'amour dans ces confessions – déborde largement le cadre du régiment.

J'étais moi-même gagnée par l'extraordinaire fascination qu'elle avait suscitée par sa beauté, son courage et son don de compassion comme par ses chevauchées rocambolesques, à travers l'empire des tsars dans sa jeunesse, puis du Caucase jusqu'à Shanghai pour fuir la Révolution bolchevique, à la tête de son grand œuvre enfin – une formation chirurgicale mobile d'un type entièrement nouveau – sur les champs de bataille de Tunisie, d'Italie et de France. Parfois, j'aurais voulu reprendre souffle : cette boule d'énergie n'arrêtait pas un instant, avalant les chapitres de l'histoire mondiale, parcourant la planète avec ses semelles de vent. Elle me rappelait la figure de Lara dans *Le Docteur Jivago* : « On dirait, écrit Pasternak, qu'elle a pris son élan une fois pour toutes, quand elle était enfant, et que, sur sa lancée, elle continue à tout faire avec facilité, légèreté, comme si tout allait de soi. » On ne saurait mieux dire : Leïla prenait la vie à bras-le-corps avec un naturel désarmant.

Mais c'est en la voyant tomber et se relever après la mort de son seul enfant que j'ai compris ce qu'avait d'unique cette femme. Un être humain respectable qui, au travers des plus lourdes épreuves, mû par son instinct de survie, choisit d'imprimer sa marque sur les événements en rejetant la posture de la victime, qui multiplie les engagements avec tous les risques que cela comporte, y compris celui de se tromper de camp. Un caractère moderne, femme libre aux yeux de laquelle les hommes sont sûrement la plus belle invention du Créateur, éternelle rebelle refusant de jamais se laisser dicter sa loi par autrui, vénérant l'uniforme mais rejetant le joug d'une hiérarchie quelle qu'elle soit. Une enjôleuse, féminine jusqu'au bout de ses ongles laqués, qui fait en sus le plein de toutes ces qualités qu'on attribue d'ordinaire aux hommes, la hardiesse, l'esprit d'entreprise, le sens de l'organisation. Une Russe enfin, avec ses emballements et ses coups de sang, avec sa perpétuelle extravagance. Pour nos esprits occidentaux, une énigme sur pied qu'il fallait tenter de décrypter.

Introduction

L'âme d'un chef

La veille, elle avait dit non. Ce serait trop émouvant. Avec l'âge, les larmes viennent si facilement. La nuit porte conseil. Au matin, elle a dit oui. On ne refuse pas une telle proposition.

Et maintenant, face au régiment impeccablement aligné, elle est là, dans son uniforme bleu marine, béret sur la tête, avec un joli chemisier en satin blanc et des escarpins gris à petits talons, sans autre bijou que son alliance mais avec toutes ses décorations, l'insigne de commandeur de la Légion d'honneur en sautoir, la plaque de grand officier du Mérite au côté droit. Dans sa main gauche, elle tient, bien serrés, ses gants blancs. Jusqu'ici, rien n'est venu perturber le rituel de Camerone, la grande fête de la Légion étrangère, qui commémore chaque 30 avril le sacrifice héroïque d'une poignée de légionnaires au Mexique. Le ciel est clair. Pas un souffle de mistral. Les képis blancs ont défilé, musique en tête, de leur beau pas lent. Ils ont gagné la place d'armes, ont formé les rangs. On a entendu le claquement sec des armes, parfaitement synchronisé, sur la crosse puis sur le fût du fusil. Le commandant en second a, comme il se doit, présenté le régiment à son colonel, qui en a pris le commandement. La sonnerie au caïd qui salue le chef de corps a retenti, puis « Le boudin », la marche officielle de la Légion, puis « La Marseillaise » au moment du salut à l'étendard. Les autorités civiles ont été ramenées vers la tribune officielle. Le colonel a fait signe à Leïla.

Elle ne pleurera pas. Pas son genre. Mais il y a devant ses yeux comme un léger voile, une sorte de pâleur sur son visage. Leïla se tient très droite. À quatre-vingt-cinq ans, elle n'a pas perdu un centimètre de son mètre soixante-quinze. Pas pris un gramme non plus. Le colonel l'a invitée à le précéder, comme il l'aurait fait avec le général commandant la division ou avec le ministre de la Défense. Lui marche un peu en retrait, suivi du commandant en second. Et c'est elle, Leïla, comtesse du Luart, qui passe la revue des troupes, en première ligne, au plus près des légionnaires, mille hommes qui lui présentent les armes. Elle les regarde droit dans les yeux. Eux aussi se redressent, comme restaurés dans leur dignité par la solennité de ces instants. Quarante ans déjà que cette femme vit avec eux une belle histoire d'amour, avec eux ou avec ceux qui les ont précédés, depuis ce jour où elle fut promue marraine du 1er régiment étranger de cavalerie.

Elle ne pleurera pas. Trop de gens l'accompagnent en cet instant. Ladislas, son époux. Nicolas, son enfant mort trop tôt. Constantin, son père, le vieux général. Tous trois seraient fiers d'elle ! Et ses blessés de Tunisie, d'Italie, de France, la longue cohorte de ceux qu'elle a soignés, de ceux qu'elle n'a pas pu sauver. Trop de souvenirs aussi. Les revues sur le Champ-de-Mars à Saint-Pétersbourg que présidait l'empereur quand elle était tout enfant, une véritable muraille d'hommes et de chevaux barrant l'esplanade. Elle-même défilant, debout dans sa jeep blanche, un 14 Juillet à Paris au sortir de la guerre avec son équipe médicale. Une force étrange l'habite. Une force qu'elle puise surtout dans tous ces vivants qui l'entourent, ses filleuls du REC, ses fils d'adoption. Ceux sur lesquels elle a transféré sa tendresse inemployée. Avec leur jeunesse, leur splendide forme physique, avec leurs blessures aussi, même si celles-là sont bien cachées.

Elle ne pleurera pas. Elle n'est même pas guindée. Rien d'apprêté dans sa démarche ni dans ses gestes : une aisance souveraine. Comme si elle n'avait fait que ça toute sa vie de passer des troupes en revue. Du jamais-vu s'agissant d'une femme, d'une civile de surcroît. En ce 30 avril 1983, à Orange, le fief provençal du fier 1er REC, le colonel commandant le régiment a pris sur lui de bousculer la tradition. Pour Leïla du Luart, née Hagondokoff, française par le cœur mais fille du Caucase, c'est la consécration d'une vie. La reconnaissance que, même si, à aucun moment de son existence, elle n'a été militaire, elle a toujours eu l'âme d'un chef.

PREMIÈRE PARTIE

L'adieu à la mère patrie

1

Un aoul en Kabardie

Un peuple fier

« Madame, vous êtes la fille généreuse et ardente des Seigneurs du Caucase, le secours des blessés de tous nos combats et la grande dame de la Légion étrangère » : c'est sur cette apostrophe que s'ouvre deux ans plus tard l'éloge funèbre de Leïla du Luart. « Secours des blessés », « grande dame de la Légion », tous ceux qui sont réunis le 29 janvier 1985 dans la cathédrale Saint-Louis des Invalides sont là pour en témoigner, ce n'est pas pour rien que le vaste vaisseau, havre naturel des plus belles cérémonies militaires, est bourré à craquer. Mais que savent-ils de la « fille des Seigneurs du Caucase » ? Qui, dans l'assistance, connaît l'histoire vraie de Leïla ? Ses trois frères peut-être, qui sont là au premier rang de la nef. Encore ne savent-ils pas tout. Elle était leur aînée : elle a eu une vie avant eux. Quand elle a volé de ses propres ailes, ils étaient encore des enfants : un long moment, ils ont perdu sa trace. De sa vie, elle était seule à détenir toutes les clés. Et elle gardait fermement le trousseau en main. Pour franchir ses lignes de défense, une solution s'impose : opérer une manœuvre d'enveloppement. En partant du pourtour pour tromper sa vigilance.

Bien qu'elle soit née russe, qu'elle ait vu le jour à Saint-Pétersbourg, Leïla ne manquait jamais de se présenter comme circassienne, originaire du Caucase du Nord. Le Caucase ! Une gigantesque barrière montagneuse s'étendant sur plus de mille kilomètres entre la mer Noire et la mer Caspienne, entre l'Europe et l'Asie, un rempart difficilement franchissable dans sa partie centrale dont plusieurs sommets dépassent cinq mille mètres. Sauvage est cette terre aux pics acérés, aux défilés étroits, aux vallées si profondes que le soleil y pénètre rarement, aux torrents furieux, aux vents terrifiants. Rudes aussi les peuples qui l'habitent. Dans la pléiade de petits États qui composent le Caucase du Nord, il en est un dont le nom semble tout droit sorti d'un album de Tintin : la Kabardino-Balkarie. Les conflits récents en Tchétchénie et en Ossétie ont fait apparaître son nom en lisière des cartes. C'est l'une des sept républiques autonomes caucasiennes, gangrenées par la corruption et le terrorisme islamiste, qui font aujourd'hui partie de la Fédération de Russie. Un petit territoire de douze mille cinq cents kilomètres carrés situé sur le versant nord du Caucase – le « Grand Caucase » – où s'élève le point culminant de la chaîne, le mont Elbrouz, 5 633 mètres, ainsi que son dauphin, le Kazbek. Sur les huit cent mille habitants recensés, près de la moitié sont de souche kabarde, descendants de tribus qui, venues au XIIe siècle des plaines du nord et de l'ouest, n'ont pas tardé à soumettre les Balkars, déjà implantés dans la région. Mais ce peuple se targue aussi de plonger ses racines dans la plus lointaine mythologie. On dit que les habitants de ces contrées descendent du titan Prométhée, enchaîné par Zeus aux cimes du Caucase pour le punir d'avoir apporté aux hommes le feu de l'Olympe. Et que l'arche de Noé navigua dans ces régions, laissant une fissure entre les pics jumeaux de l'Elbrouz avant d'échouer sur le mont Ararat.

Comme les autres Circassiens – en Russie, on parle plus volontiers de « Tcherkesses » –, les Kabardes, chrétiens dans le haut Moyen Âge, ont été islamisés de force au XVIIIe siècle par les khans de Crimée qui ont pris les princes et les nobles en otages, massacré les prêtres chrétiens, détruit les églises pour construire des mosquées. Comme eux, ils parlent l'adygabzé, une langue qui restera longtemps orale avant d'être transcrite en cyrillique au début du XIXe siècle. Comme eux, ils portent la tenue propre à tous les hommes du Caucase, la tcherkesska noire, une longue tunique sans col serrée à la taille et s'évasant en de nombreux plis, et un pantalon large rentré dans des bottes en cuir noir, minces et souples comme des gants. Une toque en fourrure à fond plat, une double rangée de cartouchières en argent barrant la poitrine, et, pendu à la ceinture, le kinjal, un long poignard à double tranchant dont le montagnard ne se sépare jamais, complètent cette tenue martiale. Comme toutes les Caucasiennes, les femmes de Kabardie sont vêtues d'une longue robe ouverte sur une chemise richement brodée, resserrée à la taille par une ceinture ornée d'or ou d'argent niellé dans laquelle elles glissent un petit poignard, elles portent sur la tête une calotte en velours brodé, surmontée d'un voile léger, et de fins escarpins brodés aux pieds. Autant de vêtements magnifiques, hauts en couleur, clinquants parfois, comme pour contrebalancer la beauté sauvage et un peu sinistre des paysages caucasiens. Des vêtements qui exhaussent encore la prestance d'un peuple réputé comme le plus beau de la Terre, avec ses hommes longs et minces, au visage d'aigle et à la taille de guêpe – obtenue, dit-on, en se ceignant de la peau encore tiède d'un mouton fraîchement tué –, ses femmes à la peau fine et blanche, tant appréciées des sultans qu'ils se battaient pour en avoir dans leur harem.

Unis à leurs semblables par l'histoire, la langue et le costume comme par une proverbiale générosité, les

Kabardes jouissent pourtant d'un statut à part. Ils passent pour la tribu la plus puissante de la région. Réputés pour leur courage, leur attitude chevaleresque, l'élégance de leurs façons, ils fascinent les autres tribus tcherkesses, mais aussi leurs voisins ingouches, ossètes, tchétchènes ou abkhazes : non contents de copier leur apparence et leur armement, ils sont nombreux à envoyer leurs enfants en Kabardie pour apprendre les bonnes manières. Fondée sur la pratique des « adates », des coutumes qui ont force de loi, une rigoureuse étiquette y régente tous les actes de la vie. Elle prône le respect des anciens et des femmes, l'hospitalité, et fait des vertus guerrières dont dépend la survie de ce peuple le socle de toute éducation. Ainsi de la pratique de l'« atalik », en usage dans la noblesse kabarde. Dès qu'un enfant est en âge de mettre le pied à l'étrier, il est retiré à la tendresse de ses parents, qui risquerait de lui amollir l'âme et de nuire à ses qualités combatives, pour être confié à une autre famille noble, choisie pour ses talents éducatifs, ses vertus morales et son adresse à manier les armes et à élever les chevaux. C'est seulement son éducation achevée que l'enfant retourne à sa famille d'origine. Désormais liées par les liens de l'« atalika », les deux familles doivent se prêter main-forte en cas d'agression extérieure. Le mariage, lui aussi, répond à des règles très strictes. Il semblerait inconvenant qu'une jeune femme suive un homme de son plein gré. Aussi le jeune Kabarde doit-il enlever sa promise au grand galop en essuyant un tir nourri – un rapt simulé, accompli avec l'accord de la future épouse et de ses parents. Une fois marié, il sera tenu de servir une rente, le « kalim », à une famille choisie par sa femme pour en assurer la bonne garde, sorte d'assurance-vie qui revient à l'épouse si son mari disparaît ou en cas de rupture du mariage, même si c'est elle qui en prend l'initiative, du jamais-vu en terre d'islam. Mais de toutes les « adates », la plus précieuse, celle que nul n'imaginerait de remettre en cause, est le « kanly », le droit de vengeance. Au meurtre de l'un des siens, toute famille répondra par l'assassinat du meurtrier et, parfois, de ses proches. Une pratique proche de la vendetta corse qui entraîne des haines farouches entre les familles, les amenant à s'entretuer sans que la justice puisse intervenir. Compte tenu de l'humeur batailleuse des Circassiens, le kinjal glissé dans leur ceinture n'a rien d'un attribut purement décoratif.

En temps de paix, les Kabardes s'emploient à fabriquer des armes, à élever des moutons et des chevaux – petits par la taille, ceux-ci sont réputés pour leur courage, la sûreté de leur pas en montagne et leur frugalité : en hiver, nul besoin d'avoine, ils trouvent leur fourrage sous la neige la plus épaisse. Jugées dévalorisantes, toutes les autres activités, agriculture, industrie ou commerce, sont réservées aux affranchis, nombreux sur ces terres où leurs frères de race, issus des peuples soumis, sont encore plus de vingt mille à être réduits en esclavage. Lorsque, à la moindre étincelle, le pays s'embrase, ces guerriers repartent au combat, prêts à s'illustrer dans les entreprises les plus périlleuses pour peu qu'ils y cueillent gloire et renommée. Pas de meilleure récompense pour la fatigue et les dangers traversés que de devenir le héros d'une de ces chansons de geste qui, longtemps après leur mort, animeront encore les veillées dans les aouls, leurs villages perchés composés de petites maisons cubiques aux toits plats empilées les unes sur les autres, véritables nids d'aigle auxquels de hautes tours de guet donnent de loin des allures de forteresses. Des aouls fiers et dominateurs à l'image de leurs bouillants habitants.

Chienne de garde

C'est sur l'un de ces aouls que règne en 1818 Zourab Hagondokoff. Un homme jeune encore mais riche et respecté de tous, réputé gérer avec rigueur son patrimoine, un troupeau comprenant entre autres deux cents poulinières, cinq cents bêtes à cornes, deux mille moutons et deux cents ruches. Sur les rares champs exposés au sud, on cultive la vigne, les céréales et les arbres fruitiers, de quoi assurer une quasi-autarcie à la soixantaine de familles qui composent l'aoul. Zourab porte le titre d'« ouork », ce qui signifie « prince indépendant » – on parle aussi d'« ouzdine de premier rang ». D'après le rapport publié en 1805 par la Commission pour l'examen des identités et des droits fonciers des montagnards du Caucase, la famille Hagondokoff fait partie de la plus ancienne aristocratie kabarde, elle serait liée à la dynastie atajoukine qui régna un temps sur le pays (témoigne de cette noblesse une lettre adressée près de deux siècles plus tard, en 1996, par le chef de l'administration régionale de Zolsk, en république de Kabardino-Balkarie, aux « chers descendants des princes de Kabarda Hagondokoff » pour les inviter à visiter la terre de leurs ancêtres). Originaires de la province du Kouban, les Hagondokoff se sont installés dans le courant du XVIIIe siècle plus à l'est, en amont de la rivière Kouma, aux confins de la Kabardie et de l'Abkhazie. C'est toujours là que vit Zourab. Situés en première ligne face aux incursions russes, cosaques ou tartares, les aouls Hagondokoff – c'est une vaste famille – sont les premiers à donner l'alarme aux villages voisins. D'où l'étymologie que les érudits locaux prêtent à ce nom, où l'on retrouverait tout à la fois le terme « ha » (« chien » en langue tcherkesse) et celui d'« ouna » (« maison »), « ka » indiquant la filiation. Il y a des limites à ne pas franchir, la famille « chienne de garde » est là pour y veiller.

Désireux de dresser un rempart naturel contre leurs ennemis de toujours, la Perse et la Turquie, et de faire la jonction avec la Géorgie chrétienne, depuis peu partie intégrante de l'Empire, les Russes ont entrepris de réunifier les Caucases du Nord et du Sud, en amorçant leur offensive par sa partie centrale, dans l'idée de couper en deux le front des opposants. La Kabardie est la première visée : n'a-t-elle pas, jadis, fait partie de l'empire moscovite, lorsqu'au XVIe siècle Ivan le Terrible a épousé la fille d'un prince local ? Le général Yermalov, héros des guerres napoléoniennes, est nommé gouverneur général du Caucase. À la tête de trois cent mille hommes supérieurement armés, renforcés par de nombreux escadrons de cosaques du Don et du Terek, il pensait conquérir rapidement ce pays. Trois ans plus tard, exaspéré par la résistance opiniâtre des Kabardes, il déclenche contre eux une violente offensive, n'hésitant pas à transformer les territoires conquis en cimetières et amas de ruines. Dans la nuit du 15 décembre 1821, sous une violente tempête de neige, un détachement russe investit les fiefs de la famille Hagondokoff, il rase les villages, fait quelque cent cinquante prisonniers, prend femmes et enfants en otages comme monnaie d'échange contre des prisonniers russes ou pour les donner en esclaves aux cosaques. En 1822, vaincus par le nombre, les Kabardes déposent les armes. On parlera désormais de « princes pacifiés » pour évoquer les seigneurs locaux qui ont fait allégeance à la Russie.

Zourab est l'un de ces princes pacifiés. Entraînant les rescapés après la destruction de son village, il rebâtit un nouvel aoul à l'ouest du Terek, en grande Kabardie. En 1824, l'aoul Hagondokoff est de nouveau déplacé par les Russes vers le district de Zolsk, sur la rivière Malka, un affluent du Terek, autour d'un fortin désaffecté du nom de « Kamenomost », c'est-à-dire « pont de pierre ». Faute de retrouver la belle demeure qui était la sienne sur la rivière Kouma, Zourab s'établit dans le fortin lui-même. Mais une nouvelle menace se profile. L'imam Chamyl, un Tchéchène devenu le guide spirituel et le chef militaire des musulmans du Caucase, le nouveau chef de la résistance à l'empire moscovite, a entrepris de rallier à sa cause les Kabardes passés à l'oppresseur et de leur imposer par la force le muridisme, une forme d'intégrisme pur et dur, bien différent de l'islam sunnite, de rite hanafite, dépourvu de tout fanatisme religieux, que ceux-ci pratiquent. En vain : les Kabardes se soucient fort peu de se placer sous l'autorité d'un de ces Tchéchènes qui leur étaient traditionnellement inféodés. Ne parvenant pas à ses fins, Chamyl lance contre eux en 1846 une campagne armée.

Tirant habilement parti des qualités guerrières de leurs nouveaux alliés et de leur connaissance du terrain, les Russes ont créé une milice locale, chargée du maintien de l'ordre : Zourab s'y distingue. L'escadron auquel il appartient, uniquement composé de Circassiens issus de la noblesse, ne manque pas de frapper les imaginations. Ces hommes ont un air de grandeur, avec leur casque de fer à pointe d'acier et leur étincelante cotte de mailles qui descend sur leur frac étroit de couleur écarlate. L'orgueil oriental éclate dans leurs armes et leur équipement. Ils gouvernent leurs petits pur-sang, à la robe grise et la queue blanche teinte en cramoisi dans la partie inférieure, avec une grâce qui contraste avantageusement avec la roideur gauche et étudiée du cavalier moscovite, comme avec l'attitude ferme mais sans élégance du cosaque. Partisan actif de la lutte contre l'imam Chamyl, Zourab Hagondokoff reçoit la nationalité russe en récompense de ses loyaux services. Intégré dans l'armée avec le titre de « junker », il est décoré de la médaille militaire.

En 1848, il est autorisé à revenir avec son aoul sur la rivière Kouma, dans le fief familial. Mais il accepte aussi

– a-t-il vraiment le choix ? – que son fils aîné, Ismaël, parte, avec cinquante autres fils de la noblesse kabarde (on les qualifie d'otages « amanates »), étudier à Saint-Pétersbourg à des milliers de kilomètres de là, une sorte d'intégration forcée déjà pratiquée avec succès dix ans plus tôt sur le fils aîné de Chamyl, Djemmal-Eddin, métamorphosé en junker modèle. À cinq ans, le petit Ismaël entre à l'École militaire des enfants d'Alexandre ; à huit ans, au corps des cadets Pavlovsky. En 1858, il est affecté au 14e régiment des hussards de Mitavsky. Depuis son départ du Caucase, il n'a pas revu son père.

Il n'a peut-être pas su la tragédie à grande échelle qui va frapper ses frères de sang. La reddition de Chamyl en août 1859 puis, après un dernier baroud d'honneur de certains montagnards, la proclamation d'un cessez-le-feu général, ont ramené les combattants dans leurs villages. Or, à la fin de l'été 1864, manquant à la parole donnée, le général comte Evdokimov, commandant en chef de l'armée russe de l'Ouest, déploie ses divisions d'infanterie sur un front de six cents kilomètres pour quadriller le pays en n'omettant aucune route, aucun sentier, dans le but de repousser ses habitants vers la mer. Ordre est donné de brûler fermes et villages, et de passer par les armes tous les opposants, quels que soient leur âge et leur sexe. Chassés par ces nouvelles colonnes infernales, les malheureux Tcherkesses se retrouvent massés sur une étroite bande côtière, au bord de la mer Noire. Des épidémies ne tardent pas à se déclarer, la famine réduit certains pères de famille à vendre leurs enfants aux Russes pour les préserver d'une mort quasi certaine. La seule et unique issue serait d'expulser ce peuple de confession musulmane vers la Turquie, mais celle-ci n'a été consultée à aucun moment. Les autorités russes en charge de l'évacuation sont totalement dépassées, ne disposant que de quelques chaloupes en piteux état. Des réfugiés parmi les plus vaillants ont construit des radeaux : pour les faire avancer, ils prennent des planches, rament s'il le faut avec leurs mains, certains tentent d'utiliser comme voiles leurs grands manteaux de feutre. Mais les Tcherkesses sont des montagnards, pas des marins. Les bois flottent mal, les troncs insuffisamment arrimés se disjoignent : hommes, femmes et enfants se noient par milliers. Lorsque, prévenue du drame qui est en train de se jouer, l'escadre russe de la mer Noire est dépêchée depuis Sébastopol vers les rivages caucasiens, elle se voit forcée de stopper loin en mer, la multitude de cadavres qui flottent dans la baie de Novorossisk se prenant dans les roues à aubes de ses navires. Elle ne repartira qu'une fois les roues protégées par du grillage. D'autres dangers guettent les rescapés : lorsque le long cordon de leurs embarcations apparaît un matin de bonne heure devant la forteresse de Soukhoumi, tenue par les Turcs, les sentinelles, persuadées d'avoir affaire à une horde d'envahisseurs, actionnent leurs batteries, entraînant un nouveau massacre. C'est dans le port de Trébizonde que les autorités turques, enfin averties de l'exode de leurs coreligionnaires, accueilleront les survivants et les dirigeront vers des camps situés en Asie Mineure : sur deux millions et demi de Tcherkesses, ils sont à peine un million. Un génocide vite oublié.

Parmi les rescapés de ce gigantesque coup de filet, quelque trois cent mille Kabardes qui vivaient pour la plupart au sud de la ligne fixée. Tout tcherkesses soient-ils eux aussi, ils n'imaginent pas pour leur part quitter la mère patrie. Ne sont-ils pas alliés aux Russes de longue date ? Ces derniers vont tolérer leur présence, mais entreprendre un vaste remaniement administratif du territoire dans l'idée de mieux contrôler les aouls inaccessibles. Rattaché désormais à la région du Terek, l'aoul Hagondokoff de la Haute-Kouma est distant de plus de cent verstes (une verste dépasse légèrement le kilomètre) du nouveau chef-lieu. Il échappe à tout contrôle des autorités russes, se plaint le commandant du district, qui accuse par ailleurs ses habitants de se livrer au brigandage et de rançonner les caravanes. De fait, depuis la fin des opérations militaires, c'est l'unique moyen de démontrer leur bravoure pour ces Kabardes qui ont toujours considéré le pillage comme un droit acquis, nul n'étant plus estimé que celui qui acquiert un butin de guerre au péril de sa vie. Contraint à un nouvel exil, Zourab inonde les autorités de pétitions. Sans succès. L'abolition du servage quelques années plus tôt complique encore la situation : confusément persuadés qu'ils étaient possesseurs des parcelles qu'ils cultivaient, les paysans comprennent mal l'obligation qui leur est faite de les racheter à leur ancien propriétaire, en l'occurrence Zourab Hagondokoff, même si l'État leur avance la somme qu'ils rembourseront par annuités. Lorsque Ismaël, alors capitaine de hussards, rend visite à son père à l'occasion d'une permission, il le trouve plus désemparé que jamais. Jouant son va-tout, il va s'adresser directement à l'Empereur de toutes les Russies : « Je me prosterne aux pieds de Votre Majesté Impériale et j'ose vous demander, pour mon père, d'accorder à nos descendants la résidence éternelle sur les lieux où vivaient nos aïeux », écrit-il le 17 juin 1864 à Alexandre II, en signant : « Ouzdine de premier rang Ismaël Hagondokoff ».

Rien n'y fait. La commission de répartition des terres s'oppose à cette demande. Datée du 29 mars 1868, une nouvelle pétition arguant de la présence des Hagondokoff en ces lieux depuis plus de deux cents ans – témoin le nombre de postes militaires portant ce nom – reste, elle aussi, sans effet. Au mois d'août de cette même année, les habitants de l'aoul sont déplacés vers le centre de la Kabardie et dispersés dans quatre villages. Sur les quarante-six familles qu'il comptait, vingt-cinq se retrouvent à Kamenomost, sur la rivière Malka, là même où la famille avait été une première fois exilée en 1824. Zourab continue de pester contre cette décision arbitraire. À Kamenomost, assure-t-il dans ses lettres à l'administration, le cheptel dépérit, ne supportant pas ce changement de climat et d'alimentation. Les bêtes crèvent les unes après les autres. À sa demande réitérée de nouvelles terres, on lui répond par la négative, au prétexte qu'Ismaël, récemment promu major après avoir suivi l'Académie de l'état-major général à Saint-Pétersbourg, est en passe de recevoir de son côté des terres en apanage. Le vieil homme s'étouffe d'indignation. En quoi serait-il concerné par ce cadeau fait à son fils quand ce dernier vient de se convertir à l'orthodoxie et qu'il s'apprête à vivre loin du cercle familial ? Une demi-vérité puisque Ismaël s'est au contraire rapproché de sa terre natale en rejoignant un régiment de dragons cantonné entre Vladicaucase et Piatigorsk. Reste que, pour épouser sa bien-aimée, Alexandra Svichtchev, une jeune fille de dix-sept ans issue de la noblesse russe, il a abjuré la foi de ses ancêtres, la trahison suprême, une provocation passible de la peine de mort en terre d'islam. Une blessure d'autant plus vive pour le pieux Zourab qu'il porte avec fierté, depuis qu'il a accompli en 1830 le pèlerinage de La Mecque, le titre envié de « hadj ». Il ne renouera avec Ismaël, devenu Nicolas, qu'un an plus tard, à la naissance en septembre 1871 de son fils Constantin.

C'est un décret impérial qui, le 15 septembre 1873, met un point final au long bras de fer qui oppose les Hagondokoff aux autorités en place : il alloue à Zourab et à son fils Ismaël six cent soixante-sept hectares de terres en provenance des domaines des Romanov. Même s'il faut à Zourab faire le deuil de son fief sur la Kouma, c'est une victoire qui n'aurait pu être obtenue sans l'intercession du grand-duc Michel Nicolaïevitch, vice-roi du Caucase, qui a été élevé au 1er corps des cadets avec Djemmal-Eddin, le fils de l'imam Chamyl. À l'évidence, peu de chefs montagnards, tout princes soient-ils, bénéficient de telles faveurs. Seule clé d'explication : les brillants états de service d'Ismaël. En 1862, tout juste âgé de dix-neuf ans, il a participé à l'expédition punitive de douze mille hommes menée par le grand-duc Michel de l'autre côté du Kouban pour mater des rebelles tchéchènes, prenant au débotté le relais de son père malade et entraînant à sa suite vingt cavaliers de l'aoul familial, et vingt autres du village voisin. Dans la foulée, il a œuvré, avec le soutien des milices locales caucasiennes, au renforcement des défenses de la ville de Maïkop, au nord-est du Caucase. Un fait d'armes qu'on lui demandera de relater – faveur insigne – dans le *Recueil militaire de Saint-Pétersbourg*, l'organe officiel du ministère de la Guerre, sous le titre « Notes d'un Tcherkesse ». Une carrière brillante s'annonce.

Ismaël prend la tête d'un escadron de cosaques du Kouban. Lorsque la Russie déclare en avril 1877 la guerre à la Turquie, il est de tous les combats : nommé commandant, il reçoit la croix de Saint-Georges – la plus prestigieuse des décorations russes – pour acte de bravoure devant l'ennemi. Mais, au mois de juillet, alors que le corps expéditionnaire s'est porté au secours de la Bulgarie, il trouve la mort à trente-quatre ans à la bataille de Chipka qui ouvre aux Russes la route de Constantinople, une lourde défaite pour les Turcs. Certains ne manqueront pas de penser qu'il paie ainsi son apostasie. Une sourate ne dit-elle pas que « celui qui renie sa foi périra par le feu » ?

Constantin l'impétueux

Alexandra, la femme d'Ismaël, reste veuve à vingt-quatre ans avec quatre enfants : Constantin, six ans, est suivi de trois filles dont la dernière n'est encore qu'un nourrisson. Les neuf cents roubles de pension qu'elle touche étant insuffisants pour élever une famille nombreuse, elle se résout à l'automne 1877 à placer les deux grands dans des institutions qui assureront gratuitement leur éducation, Constantin à l'École des fils d'officiers tués à la guerre, l'aînée des filles à l'Institut des orphelines du nom de l'Empereur Nicolas où la rejoindront bientôt ses sœurs. En 1882, à l'âge de dix ans, Constantin est affecté au 2e corps des cadets : il passera sept ans dans cette école militaire, renommée pour la bonne tenue de ses élèves, tous bien habillés, bien nourris, et dotés d'une instruction de premier ordre. Mais l'ambiance y est rude, et c'est sans joie que Constantin regagne son école à chaque rentrée de septembre après des vacances passées au Caucase près de sa mère, remariée à Igor Iaboukovski, un petit industriel.

Une tradition exécrable veut ainsi que les élèves de septième – la classe de terminale – fassent subir à ceux de sixième, leurs cadets d'un an, un bizutage en règle. Avec Roman, son plus proche ami, Constantin est décidé à ne pas être à son tour victime de cette tyrannie. Réunissant autour d'eux une dizaine de leurs camarades, les deux alliés somment les grands de mettre fin à leurs agissements. Peine perdue : les humiliations reprennent de plus belle. Du coup, par une belle nuit d'automne, Constantin, toujours flanqué de son fidèle Roman, entraîne sur le champ de manœuvres de l'école toute la classe de sixième, armée du fusil réglementaire, baïonnette au canon (s'ils sont initiés au maniement des armes, les cadets n'ont pas accès aux munitions). Une délégation envoyée dans le dortoir des septièmes propose l'ouverture de négociations aux meneurs du camp adverse. Bientôt, c'est la classe de septième au complet qui, tirée de son sommeil, débarque, armée elle aussi de fusils et en proie à la plus vive excitation. Prenant la parole, Constantin fait arrêter les hurlements et enjoint à ses aînés d'accepter le principe d'une cessation du bizutage : « Faute de quoi, clame-t-il, ce sera la guerre. Et que le meilleur gagne ! » Certains, déjà, les dents serrées, brandissent leur arme. La bagarre s'annonce sanglante, vu la détermination des deux camps. Elle sera évitée in extremis par l'irruption soudaine du colonel commandant l'école, flanqué de ses officiers instructeurs. Lequel calme les esprits en menaçant de renvoyer les sixièmes de l'école et de faire partir les septièmes dans les régiments comme simples soldats. Mais le résultat est là : les septièmes promettent solennellement d'arrêter les brimades. Ils tiendront parole. À dix-sept ans, par son courage et sa détermination, Constantin a remporté une victoire. La première d'une longue série.

Sorti à l'été 1889 de l'École des cadets, il rêve d'intégrer l'École de cavalerie de Nicolas. Mais, outre le versement obligé d'une caution importante pour garantir l'achat d'un cheval lors de la nomination au grade d'officier, c'est l'assurance d'avoir à subir de nouvelles avanies : l'école a une tradition de bizutage bien établie de la part des élèves de seconde année, les « cornettes », sur ceux de première année, aimablement désignés sous le nom d'« animaux », invités à ne pas se plaindre même s'ils reçoivent des coups à leur rompre les os ou s'ils saignent comme un bœuf. « Étant donné mon caractère entier et mon amour-propre, j'ai renoncé à devenir cavalier », écrit-il à sa mère. Constantin rejoindra l'École militaire qui prépare les officiers d'artillerie de campagne. La taille des élèves y détermine étrangement l'affectation dans les différentes compagnies : les plus grands – dont Constantin – sont versés à la première compagnie, celle des « étalons » ; les grands moyens à la deuxième compagnie – ce sont les « cochers » ; les petits moyens, à la troisième – les « jeunes filles » ; les petits, à la quatrième – les « mégots ». Mais l'élève officier Hagondokoff ne se fait pas remarquer uniquement par sa haute taille. Dans tous les domaines, il excelle, qu'il s'agisse des cours théoriques – quatorze disciplines sont enseignées à l'école – ou de l'entraînement physique intensif auquel sont soumis les élèves. Gymnastique, tir, escrime, équitation, rien ne l'arrête.

Seul bémol aux louanges qui lui sont prodiguées : son sale caractère. Tandis qu'au terme de l'année scolaire son école participe à de grandes manœuvres au camp de Krasnoïe Selo, non loin de Saint-Pétersbourg, Constantin, éprouvé par vingt-trois heures de garde ininterrompue sans manger ni boire, est appelé à participer malgré tout à un exercice de tir. Pas question pour le capitaine Friche, qui commande sa compagnie, de se priver de son meilleur élément. Et voilà Constantin reparti pour une marche de dix verstes à travers un terrain marécageux semé d'obstacles imposant de ramper, de sauter, de courir, le tout en portant un équipement complet de combattant. Ajoutez à cela plusieurs tirs effectués en cours de route. Et, à trois cents mètres de l'arrivée, une course baïonnette au canon, « hourrah ! » obligés à l'appui. Aligné au garde-à-vous avec ses camarades devant les officiers chargés de les noter, Constantin – une fois n'est pas coutume – se sent près de défaillir. Si seulement il pouvait prendre un verre d'eau ! Un tonneau de ravitaillement est justement là. Mais à peine a-t-il quitté les rangs pour demander l'autorisation de se désaltérer au capitaine Friche que celui-ci l'apostrophe violemment : « Allez au diable avec votre eau ! » C'en est trop pour Constantin : devenu enragé sous l'insulte, il bondit sur son capitaine, prêt à l'embrocher avec sa baïonnette. Dieu merci, Friche, tout corpulent soit-il, réussit à esquiver le coup.

Cette bouffée de violence risque fort de valoir à l'élève officier le conseil de guerre, avec renvoi de l'école, dégradation, envoi comme simple soldat dans un régiment. Mais le capitaine, conscient de la valeur de son irascible élève, a décidé de tout faire pour le sauver. Qu'il fasse ses excuses et il passera l'éponge. Le problème, c'est que Constantin a non seulement le sang chaud, mais encore une tête de pioche. Et il estime que le capitaine l'ayant insulté, c'est à lui qu'il revient de faire amende honorable. L'affaire remonte jusqu'au colonel. Sur son injonction, Constantin accepte de présenter ses excuses au capitaine Friche devant tous les officiers... sous réserve que ce dernier fasse de même ! Son honneur est sauf et il en sera quitte pour dix jours de prison. Un prix somme toute modéré pour une tentative d'homicide sur son supérieur.

Désormais, Constantin surveille ses gestes. Et ses chefs, leur langage. La seconde année d'école se passe sans anicroche. Et le 5 août 1891, un jour qu'il gardera gravé dans sa mémoire, le tout nouveau sous-lieutenant défile devant l'empereur au pas cadencé, son brevet roulé sous l'épaulette droite. Ses bonnes notes lui ont valu de rejoindre le régiment de son choix, la 7e brigade d'artillerie à cheval. Elle-même issue d'une longue lignée d'artilleurs, Alexandra, sa mère, ne cache pas sa fierté à la vue des épaulettes de ce fils bien-aimé lorsqu'il débarque chez elle pour quatre semaines de permission. Elle en profite pour l'emmener à Kamenomost régler le différend qui l'oppose au demi-frère d'Ismaël, Mahomet, qui, lui, n'a jamais quitté l'aoul. Né d'une union de Zourab avec Chamnanoura, une esclave d'une grande beauté, ce bel homme, cavalier hors pair, est aussi un paresseux et un fêtard de première, qui n'hésite pas à prélever un mouton ou un bœuf dans le troupeau familial lorsque ses créanciers se font trop pressants.

La tâche est ingrate, même si Constantin se réjouit de cette occasion de renouer les liens avec les siens. Mais comment aurait-il pu imaginer le triomphe qui l'attend ? À la nouvelle de son arrivée, tout l'aoul s'est rassemblé sur la place du village. Oncles et tantes, cousins et cousines, à un degré plus ou moins proche, anciens serfs qui, trente ans après leur émancipation, n'ont jamais voulu quitter leurs maîtres. Les « atalik » sont là aussi même si Constantin, pensionnaire depuis son âge tendre, n'a jamais été soumis à un tel tutorat. Tous sont au rendez-vous, interpellant joyeusement le sous-lieutenant, l'enlaçant à la manière kabarde ou lui serrant la main, comme le veut la tradition, en prenant le pouce séparément. Les hommes déchargent leurs fusils vers le ciel. « Notre prince est revenu », clament les anciens, les yeux embués d'émotion devant ce tout jeune homme qui ressemble si fort, physiquement et par la voix, à son grand-père Zourab, ce « Zourab Hadj » dont ils se sentent encore orphelins.

Ce sont des histoires étranges, dans un pays étrange, peuplé de gens étranges. Des histoires qui parlent de fureur et de sang, de grandeur et d'honneur, de goût de l'apparat, de noblesse de cœur, d'ombrageuse fierté, d'art de vivre et de mourir. Des histoires qui un jour nourriront Leïla. Pour la bercer, pas de Blanche-Neige, pas de Belle au bois dormant, des princes oui, mais des brigands aussi, et des méchants monstres qui acculent tout un peuple à la noyade, et des crétins dont il ne faut jamais accepter les brimades de peur de perdre son âme. Des héros surtout, Zourab le sage, Ismaël le vaillant, Constantin l'impétueux, qui seront autant de modèles pour la petite fille née six ans après le sacre de Constantin à Kamenomost, moins de deux ans avant que le siècle ne s'éteigne pour de bon.

2

La sauvageonne de Smolny

Gali ou Leïla ?

1898. Le siècle qui s'achève semble faire preuve d'une belle vitalité. Le moyen peut-être de déjouer les sombres prédictions de l'écrivain britannique Herbert George Wells qui, dans *La Guerre des mondes*, met en scène l'invasion de la planète par des extra-terrestres. Cette année-là, Pierre et Marie Curie vont découvrir la radioactivité, l'industriel Louis Renault construire sa première automobile, l'aviateur Santos-Dumont faire voler son dirigeable de Saint-Cloud à Paris. Le premier coup de pioche du métro parisien est donné en octobre, sur la ligne prévue entre la porte Maillot et la porte de Vincennes. Dans le journal *L'Aurore*, Émile Zola publie son « J'accuse », une lettre ouverte à Félix Faure, président de la République française, dans laquelle il dénonce l'erreur judiciaire dont est victime le capitaine Alfred Dreyfus. Le 10 juillet éclate la crise de Fachoda, un échec cuisant pour la France, contrainte au Soudan de céder la place aux Anglais bien qu'une mission française conduite par le capitaine Marchand ait été la première à investir ce site de la haute vallée du Nil. Le 10 septembre, l'impératrice Élisabeth d'Autriche est poignardée à Genève par Luigi Lucheni, un anarchiste italien.

Monté sur le trône des Romanov quatre ans plus tôt à la mort de son père, Alexandre III, le tsar Nicolas II a juste trente ans. Marié à la princesse de son cœur, Alix de Hesse, il a d'elle deux filles. Fervent partisan de l'autocratie mais soucieux de mener à bien une politique de développement économique qui permettra à son pays de se mesurer aux puissances occidentales, il a gardé auprès de lui le talentueux ministre des Finances de son père, Serge Witte, qui préside désormais le Conseil des ministres. L'année précédente, l'introduction de l'étalon-or a représenté une réforme capitale. Des centaines de sociétés étrangères, surtout françaises et belges, s'installent en Russie. Une politique de grands travaux est lancée, notamment pour accroître le réseau ferroviaire, qui compte seulement quarante mille kilomètres de voies, à peine plus que le réseau français pour un territoire qui fait trente fois la France et couvre onze fuseaux horaires. La population de l'Empire russe, cent trente millions d'habitants, a presque doublé en trente ans. Mais la situation sociale se tend, des violences agitent sporadiquement les campagnes, les travailleurs manifestent. Le parti social-démocrate ouvrier russe voit le jour à Minsk, en Biélorussie. 1898 est aussi l'année où la Russie prend le contrôle de la totalité du Turkestan.

Ce n'est pas tout à fait un hasard si c'est justement à l'ouest du Turkestan que se trouve le lieutenant Constantin Hagondokoff. Sa qualité de Caucasien a justifié son affectation à Ashkabad, la capitale de la « Transcaspia » – ainsi rebaptisée par ses nouveaux maîtres russes, elle dépend du gouvernement général du Caucase. Sorti brillamment de l'académie militaire, doté, on l'a vu, d'un fort caractère, le jeune officier a les moyens de ses ambitions. Il va trouver à employer son énergie dans cette ville-frontière située aux marches de l'empire, dans une région en pleine ébullition. Islamisées depuis le début du VIIIe siècle, ravagées au XIIIe siècle par Gengis Khan avant de tomber, un siècle et demi plus tard, sous la coupe du chef mongol Tamerlan, ces terres d'Asie centrale ont été récemment annexées par la Russie au prétexte de libérer ses habitants du fléau de l'esclavage et du grand banditisme. À quelques verstes de la ville, au beau milieu de la steppe aride, les ruines de la forteresse de Geok Tepe témoignent des terribles affrontements qui, quinze ans plus tôt, opposèrent en ce lieu les forces russes aux Turkmènes dont huit mille furent massacrés à l'issue d'un siège héroïque, sept mille autres – des civils comme des militaires – trouvant la mort après avoir cherché à fuir par le désert. Malgré la construction d'une nouvelle ligne ferroviaire qui, reliant Ashkabad à la mer Caspienne, assure un meilleur contrôle de la région, il règne toujours dans la ville une grande insécurité.

Si le jeune Constantin peut se révéler tête brûlée, c'est aussi un esprit pratique qui ne néglige aucun atout. En 1895, à tout juste vingt-quatre ans, en garnison à Varsovie, il a épousé Élisabeth Bredow, la fille de son colonel, une délicieuse jeune fille de quatre ans sa cadette. Son cœur a parlé – il est amoureux fou de la belle –, son sens politique aussi : il s'allie à une vieille dynastie militaire d'origine allemande mais implantée à Saint-Pétersbourg depuis des générations. Le grand-père maternel d'Élisabeth, le général Egon von Keppen, qui occupa les fonctions de grand maréchal du palais de l'impératrice, a laissé le souvenir d'un dignitaire respecté. Il n'y aura pas de voyage de noces : aussitôt l'union célébrée, Constantin emmène sa jeune épouse à Ashkabad où il vient d'être affecté. C'est là que naît le 3 août 1896 Nina, leur premier enfant.

À peine est-il, dix-huit mois plus tard, revenu à Saint-Pétersbourg que Constantin apprend sa mutation en Extrême-Orient. De nouveau enceinte, Élisabeth est près d'accoucher : le 6 février 1898 (le 19 février selon le calendrier julien en usage en Russie, de treize jours en retard sur notre calendrier grégorien), elle met au monde une seconde fille. C'est à Kislovodsk, une petite ville d'eaux du Caucase proche du fief familial de Kamenomost, que l'enfant est baptisée. Est-ce pour compenser sa déception de n'avoir toujours pas d'héritier mâle ? Si la petite est dénommée « Hala » – « celle qui porte une auréole » –, une concession aux origines musulmanes de la famille, Constantin tient à lui donner aussi le nom caucasien d'Elmiskhan – « khan », le titre dévolu à nombre de souverains d'Asie centrale. Sera-t-elle sainte ou bien reine ? Difficile à dire, d'autant qu'à ce double prénom-programme vient très vite s'en ajouter un troisième : jamais sa famille – Dieu sait pourquoi ! – n'appellera autrement que « Gali » la petite fille qui vient de naître. C'est seulement après être devenue française qu'elle prendra le nom de Leïla.

Laisser Constantin regagner seul sa nouvelle garnison, l'idée n'en est jamais venue à Élisabeth. Elle n'est pas pour rien fille de militaire. Son père est maintenant général, l'un de ses frères, Nicolas, est cornette, autrement dit sous-lieutenant, son autre frère, Fiodor, son cadet de dix ans, vient de rejoindre le 1er corps des cadets. Elle a tout juste vingt-trois ans, et deux enfants dont un bébé de quelques mois, mais elle suivrait son époux jusqu'au bout du monde. Arrivés en mai 1898 à Vladivostok, sur la mer du Japon, après un voyage de près de dix mille kilomètres, les Hagondokoff continuent vers la Mandchourie, la province chinoise où Constantin est appelé à exercer la fonction qui lui a été destinée : la protection du chantier du Transmandchourien.

Le chemin de fer de l'Est chinois

L'avancée vers l'est est une constante de l'histoire russe. Depuis trois siècles, explorateurs, marchands de fourrure, chercheurs d'or, bannis de toutes sortes, ont ouvert la Sibérie à l'empire. Quarante ans plus tôt, la Chine a cédé à la Russie toute la rive gauche du fleuve Amour puis le territoire devenu la Province maritime où a été fondé Vladivostok, appelé à devenir une grande ville portuaire. Depuis quelques mois, on peut y arriver en train grâce au prolongement du Transsibérien. Mais, en mai 1896, un traité a été passé entre la Russie et la Chine qui prévoit la construction d'une nouvelle ligne de chemin de fer à travers la Mandchourie du nord afin de raccourcir les temps de parcours depuis le lac Baïkal jusqu'au Pacifique : une ligne longue de mille sept cents kilomètres. C'est la Banque russo-chinoise, fondée l'année précédente avec des capitaux essentiellement français, qui financera la construction et assurera l'exploitation de la ligne. Une concession de quatre-vingts ans est accordée aux Russes qui reçoivent en outre, sur une « zone d'isolement » de vingt kilomètres de large, le privilège d'extraterritorialité : l'assurance de pouvoir transporter des troupes sur la ligne (une alliance militaire est prévue entre les deux signataires en cas d'attaque japonaise), mais la charge aussi d'assurer la surveillance militaire du « chemin de fer de l'Est chinois », comme le gouvernement de Pékin tient à appeler le Transmandchourien.

Telle est précisément la mission dévolue à Constantin Hagondokoff et à sa « sotnia », l'escadron d'une centaine de cosaques de l'Oural dont il a reçu le commandement. Tous des volontaires attirés par un salaire élevé. Des hommes rudes qui ne se reconnaissent aucune autorité et n'ôtent jamais leur bonnet même devant le tsar. Des êtres de farouche liberté qui vivent selon leurs lois propres et un code d'honneur qui n'appartient qu'à eux. Cosaques, ils le sont de père en fils, dans une des onze régions déterminées par la loi – il existe onze « voïssko » ou armées de cosaques, depuis ceux du Don à l'ouest jusqu'à ceux de l'Amour ou de l'Oussouri à l'est, chaque voïssko ayant son chef, son « ataman ». Constitués en communautés depuis le milieu du XVe siècle, les cosaques se définissent moins par l'appartenance à une ethnie – certains sont d'origine slave, d'autres, turque ou mongole – que par une fonction : en échange de terres à cultiver, ces guerriers campagnards qui fournissent leur équipement et leurs chevaux ont la charge de surveiller les frontières. En temps de paix, un tiers d'entre eux seulement servent sous les drapeaux, les autres labourant pour ainsi dire fusil sur l'épaule afin de pouvoir répondre dans l'instant à toute mesure de mobilisation. En temps de guerre, ils préfèrent aux batailles rangées les assauts individuels, multipliant les actions de harcèlement avant de fondre sur l'adversaire, terrorisé par leurs cris affreux, et l'obligeant à une série de combats isolés à l'arme blanche. Constantin est le chef qui convient à de tels soldats. Au Caucase, il était proche des cosaques du Kouban, de ceux du Terek, pour un peu il se sentirait de leur sang. Il aime ces hommes fiers, ne craint pas de leur demander l'impossible puisqu'il se l'impose aussi, ne craignant ni les journées harassantes, ni les nuits blanches, ni les marches forcées.

Il faut à Constantin assurer non seulement la sécurité des ouvriers et des ingénieurs qui travaillent sur le tronçon de voie ferrée, mais celle des nouveaux colons. Witte a eu l'idée, pour attirer dans ces contrées des gens énergiques, tenaces, aspirant à s'enrichir à leurs risques et périls, de lever en Mandchourie les contraintes imposées aux minorités nationales à l'intérieur de l'Empire russe : interdits de migration en Sibérie, les juifs par exemple n'ont pas tardé à affluer vers cette région, grande comme une fois et demi la France, l'une des plus riches de Chine, pleine de ressources agricoles et minières. La tâche impartie aux officiers est d'autant plus lourde qu'il leur faut combattre sur tous les fronts. Contre le froid glacial qui balaie la steppe en hiver, contre la chaleur qui embrase le pays l'été venu. Contre les bandits chinois – ces « khounkouz » qui défient le gouvernement de Pékin –, toujours à l'affût d'un mauvais coup. Contre les bêtes sauvages qui peuplent la contrée. Contre leurs propres soldats parfois, qui s'emportent pour un rien. Ils sont furieux de devoir arborer sur leur bonnet, plutôt que la cocarde russe, le dragon chinois et se heurtent souvent aux employés de l'administration du chemin de fer : celle-ci n'a-t-elle pas eu l'idée saugrenue de former des sinologues à la seule fin de favoriser un traitement « juste et égal » des Chinois par les Russes, un maternage qui n'est pas toujours du goût des soldats, adeptes de méthodes plus expéditives ? Attention aussi à ne pas mépriser leurs superstitions car, même s'ils ont embrassé la religion orthodoxe et montent au combat en portant l'icône, les braves cosaques, encore imprégnés de paganisme, vénèrent la Nature et un fantastique bestiaire.

Parti de la ville sibérienne de Tchita, à l'est d'Irkoutsk et du lac Baïkal, le tracé du Transmandchourien file vers le sud-est. À mesure que le chantier progresse, la sotnia se déplace. Un nouveau village – une « stanitsa » – sort de terre, de simples cabanes de rondins entourées d'une palissade. Élisabeth et les filles suivent aussi. Toujours d'égale humeur, Élisabeth fait chaque fois ses malles, dépend ses rideaux, défait ses malles, repend ses rideaux. Nina et Gali sont habituées à ces drôles de nounous en tunique cintrée verte et pantalons bouffants enfoncés dans les bottes, coiffés l'hiver de leur papakha de fourrure, l'été d'une casquette plate. Elles applaudissent de leurs petites mains lorsque, pendant leurs moments de repos, les cosaques se livrent à leur passe-temps favori, la « djiguitovka », un ensemble d'acrobaties équestres : conduisant leurs petits chevaux nerveux par un simple filet dans la bouche, ils sautent à terre et remontent en selle sans ralentir l'allure, passent d'une monture à l'autre au galop, se tiennent debout sur leurs étriers, se baissent pour ramasser un objet au sol ou disparaissent un temps sous le ventre de l'animal. Elles ouvrent des yeux terrifiés lorsque l'un d'eux, profitant de ce qu'Élisabeth est occupée ailleurs, leur chuchote des contes fabuleux où, au fond de forêts impénétrables, de valeureux guerriers affrontent de terribles dragons, des sorcières aux doigts noueux, des fantômes surgis d'une nuit sans lune.

Cette expérience de la vie sauvage va marquer à jamais les deux petites filles, aussi différents soient leurs tempéraments, Nina, une vraie casse-cou, jamais aussi heureuse que lorsqu'on la hisse sur un cheval, Gali, plus féminine, toujours prête du haut de ses deux ans à faire du charme aux hommes qui l'entourent. Elles sont de toutes les réjouissances. L'été, on les emmène à la pêche dans une télègue, une sorte de charrette à quatre roues utilisée d'ordinaire pour le transport des marchandises, assises sur du foin moelleux et odorant, la promesse d'un joyeux pique-nique au bord de la rivière, avec les poissons que l'on cuit sur place. Élisabeth entraîne aussi les petites dans de mémorables cueillettes, un panier passé autour du bras : dans cette nature vierge de toute empreinte de l'homme, les buissons de cassis poussent à profusion, ainsi que les framboises, les myrtilles, les airelles. Au cours de la promenade, on effraie parfois un coq de bruyère, ou un chevreuil. Pour éviter les mauvaises rencontres, il y a toujours trois ou quatre hommes en armes pour surveiller les alentours. Qui aimerait se trouver nez à nez avec l'un de ces tigres qui hantent encore la région de Neijiang ? Les chasseurs peut-être, pour qui le plus grand exploit est de capturer le fauve vivant, un sport où les Russes excellent quand ils n'y laissent pas leur peau.

Sur cette terre à bien des égards redoutable, où l'hiver est sans pitié et le printemps fugace, laissant vite place à un été torride accompagné de pluies torrentielles et de nuées de moustiques, les dangers sont légion. Nina et Gali, protégées par leur tendre mère, n'en ont cure. Dans la datcha prestement décorée par Élisabeth, le poêle à bois fait régner une douce chaleur. Devant la porte, deux cosaques montent la garde contre les rôdeurs, et les grands feux entretenus en permanence autour de la maison tiennent éloignées les bêtes sauvages. Les loups peuvent bien hurler jusque dans le creux de la nuit, il n'y a que dans les contes qu'ils croquent les petites filles. Et les seuls crimes commis par les ours se résument le plus souvent à des expéditions aux cuisines, dans l'espoir d'y trouver les reliefs du dîner. De toute façon, comment la vie pourrait-elle vous faire peur quand, à la nuit tombée, la haute carrure d'un officier aux moustaches conquérantes s'encadre dans la porte, et que ce papa-là, vous tenant à bout de bras, vous contemple en riant, l'air pas peu fier, en demandant de sa belle voix grave : « Alors, mes princesses, racontez-moi votre journée ! »

Cependant, la sécurité de la stanitsa est de plus en plus difficile à assurer. Les larcins se multiplient jusque dans les maisons, les Chinois n'ont pas leur pareil pour jouer les passe-muraille. Trois cosaques sont morts dans une embuscade. Constantin se doit de mettre sa famille à l'abri. À mi-chemin entre la station « Mandchouria » à la frontière russe et Vladivostok, une ville est en train de sortir de terre sur les rives du Soungari, le plus long des affluents de l'Amour : Harbin. Élisabeth et ses filles y trouveront refuge. Là où, deux ans plus tôt, il n'y avait qu'un village de pêcheurs s'élève maintenant, en haut de la modeste colline qui domine la plaine mandchoue, une cathédrale entièrement faite de troncs d'arbres superposés, sans une pièce métallique, surmontée d'un tambour et d'un bulbe recouverts d'écailles de hêtre. Tout autour sont agglutinées des petites maisons en bois, mais aussi quelques bâtiments en brique, les bureaux de la compagnie du chemin de fer, la gare, un hôtel, un hôpital, une banque... La fameuse maison de commerce Tchourine Co vient même d'ouvrir sur la grand-rue une succursale, on trouve dans ses rayons de prêt-à-porter les dernières créations de la mode occidentale. Rien ne distingue Harbin des villes de Sibérie, tout y est russe, la langue, l'éducation, les fêtes religieuses, les noms des rues. Une colonisation qui ne semble pas déranger les Chinois d'origine mandchoue qui y résident, des gens tolérants par nature, tant qu'on les laisse libres de pratiquer la pêche au filet, leur traditionnel gagne-pain, de recourir pour se soigner aux herbes rares qu'ils trouvent au bord de la rivière et de savourer leurs mets de prédilection, les paumes d'ours et les cuisses de grenouilles, ces grenouilles énormes, d'un beau noir luisant, qu'ils pêchent à l'automne dans les marais herbeux.

Au nord de Harbin, dans les contreforts des monts Kinghan épargnés par les grosses chaleurs, c'est la belle saison qu'Élisabeth attendait avec impatience au sortir de la longue parenthèse de l'hiver : l'été, venu dérouler dans les prairies d'immenses tapis de fleurs, du muguet, des pivoines, des lys rouges et jaunes ; l'automne aux nuits fraîches contrastant avec de magnifiques journées ensoleillées, et sans moustiques celles-là ! Mais depuis l'arrivée à Harbin, ce sont surtout les mois d'hiver qui enchantent Nina et Gali. Sur le Soungari, pris par les glaces, les patineurs se pressent. Les petites n'ont pas l'âge de tracer ces belles arabesques, mais, serrées contre leur mère, enfouies sous une couverture, les pieds bien au chaud dans une chancelière en peau d'ours, elles glissent dans un traîneau tiré par des chevaux, ou bien sur un

« tolkaï-tolkaï », une luge poussée par les coolies chinois. L'excitation est à son comble lorsque Constantin, dans ses rares moments de liberté, fait atteler la troïka pour parcourir les environs de Harbin au milieu des bouleaux, des sapins et des tilleuls couverts de givre. Dans la neige, on voit les empreintes de bêtes inconnues qui rôdent autour de la cité. Le vent froid griffe les visages, rosissant les pommettes, interdisant toute conversation, rien ne vient troubler le silence de la steppe sinon le halètement des chevaux et le tintement joyeux des grelots. Célébrée en grande pompe le 19 janvier, la fête du baptême du Christ est l'un des plus beaux jours de l'année. Après la liturgie célébrée à la cathédrale, tandis que les cloches sonnent à toute volée, une procession solennelle se dirige vers les berges du Soungari. On a pratiqué un trou dans la couche gelée et dressé à côté un autel surmonté d'une colombe, tous deux sculptés dans la glace. Dans ses lourds habits blanc et or, le pope psalmodie des actions de grâces avant de bénir l'eau du fleuve : quelques téméraires se baignent dans la trouée tandis que le gros des fidèles, le nez déjà violacé par le froid, rajustent en frissonnant leurs pelisses. Les plus prévoyants ont glissé au fond de leurs poches une petite fiole de vodka.

Il y a ces souvenirs lumineux. D'autres, plus effrayants. Lors du Nouvel An chinois, les Mandchous envahissent les rues pour d'interminables processions où les bannières enluminées de couleurs vives côtoient des lions de papier et des dragons grimaçants. D'autres encore, abominables : un jour, Élisabeth et ses filles ont vu passer, ferrés et enchaînés les uns aux autres, des bandits chinois ; la tête de l'un d'entre eux, exécuté pour l'exemple, est restée plusieurs jours sur la place centrale de la ville, exposée en haut d'une perche, impossible de ne pas l'entrevoir de loin chaque fois que les enfants partaient en promenade. À partir de janvier 1900, la révolte des Boxers, qui cristallise la rancœur du peuple chinois vis-à-vis des ambitions impérialistes du Japon et du monde occidental, alourdit l'atmosphère. L'impératrice douairière Cixi s'est alliée à ces opposants à qui l'unit une solide xénophobie. Très actifs en Mandchourie, ils détériorent des tronçons de la voie ferrée tout juste achevés, détruisent des lignes télégraphiques, mettent à sac les églises, surtout catholiques, tuant missionnaires et religieuses tout comme des Chinois convertis. Début juin, ils entreprennent le siège des légations occidentales de Pékin. Pour secourir leurs ressortissants, huit nations alliées vont former un corps expéditionnaire de vingt mille hommes, dont trois mille Russes. Sous les ordres du lieutenant-colonel Afanassiev, chef de corps du régiment d'artillerie de Sibérie orientale, Constantin Hagondokoff marche avec sa sotnia de cosaques sur Pékin, participe à la libération de la ville après deux mois de siège – on parlera des « 55 jours de Pékin ». Puis, laissant derrière lui cette ville ensanglantée par de terribles représailles, il revient précipitamment vers la Mandchourie. Le gouverneur général de la province de Qiqihar, une ville du nord-ouest de la région située sur le tracé de la voie ferrée, a reçu l'ordre de prendre Harbin « par ruse ou par force ». Les combats font rage jusque dans les faubourgs de la ville, mais jamais le gouverneur ne parviendra à forcer la défense russe. Il se suicide pour laver son honneur. Constantin, lui, sort couvert de gloire de ces affrontements : promu capitaine en second, le voilà désormais titulaire de la croix de Sainte-Anne, de la croix de Saint-Stanislas, de la médaille d'argent de la campagne de Chine.

Au moment de partir pour Pékin, Constantin avait supplié Élisabeth de regagner Saint-Pétersbourg avec ses trois filles – elle a accouché, quelques mois plus tôt, en décembre 1899, d'une troisième fille, Artemia. Mais cette femme effacée est inflexible : elle restera en Mandchourie tant que Constantin y sera affecté, ce n'est pas quelques semaines d'absence qui la feront changer d'avis, d'ailleurs elle ne risque rien à Harbin. C'était avant le siège. Lorsqu'il a commencé, il était trop tard pour partir. Elle ne s'y résoudra qu'à l'automne 1901 (l'impératrice Cixi ayant renoncé au trône, la pacification de la Mandchourie semble enfin acquise avec la signature d'un protocole de paix humiliant infligeant à la Chine de lourdes indemnités et l'occupation militaire de nouveaux territoires au nord-est du pays). Encore est-ce seulement le temps de mettre au monde Alexandra, une quatrième fille. Dans sa petite maison sans étage, agrémentée d'un jardin et bien chauffée par un immense poêle de faïence encastré dans un angle de la pièce principale, Élisabeth se plaît à Harbin, ville-champignon en constante mutation. Le vieux fortin mandchou a été rasé en représailles. En novembre 1901, après quatorze mois d'efforts, les ingénieurs russes terminent le pont de chemin de fer sur le Soungari. Quand, début juillet 1903, les trains atteignent enfin Harbin, les Hagondokoff en sont partis depuis quelques mois déjà. À l'automne précédent, reçu à l'École de guerre, Constantin a rejoint Saint-Pétersbourg. Gali n'a que quatre ans et demi quand elle quitte la Mandchourie, mais elle gardera toujours une vieille tendresse pour cette terre d'aventures située à l'extrême frange du monde connu.

Retour à la ville de Pierre

Changement de décor. Après Harbin l'orientale, Saint-Pétersbourg l'occidentale. Après la plus russe des villes chinoises, la moins russe des villes russes. Après un gros bourg perdu dans la steppe, l'éblouissante capitale de l'empire, bâtie deux siècles plus tôt sur un marécage au fond du golfe de Finlande. Un million et demi d'habitants vivent là dans l'ombre du souverain. Jusqu'ici, Gali n'y a fait que de courts séjours. Elle y passera le plus clair de son enfance. Une tout autre vie s'annonce. Plus de cabane dans la stanitsa, plus de petite maison de bois comme à Harbin, mais un appartement de fonction sur la Millionaïa, l'artère principale du quartier de l'Amirauté, à deux pas du palais d'Hiver, la résidence de la famille impériale. Une rue « des Millionnaires » qui porte bien son nom puisque là réside la fine fleur de l'aristocratie pétersbourgeoise, le prince Poutiatine, le général comte Gustave Stakelberg, la comtesse Niéroth. C'est au numéro 16 de cette rue qu'Honoré de Balzac, en 1843, rendait visite à sa maîtresse, la comtesse Hanska.

Ce qui ne change pas d'avec le séjour chinois, c'est l'interminable hiver. Les Hagondokoff à peine installés dans leur nouvelle vie, le thermomètre est descendu en chute libre. Ce sont rarement des moins 40 ° C comme en Mandchourie, mais moins 10 ° C est monnaie courante. Des traîneaux, attelés de trotteurs, glissent dans les rues curieusement calmes. Sur la Neva, prise par les glaces de novembre à mars, la griserie est la même que sur le Soungari. Le peuple s'y rend à pied et en traîneau, les notables de l'empire se mêlent à la foule dans leurs plus beaux équipages. Au milieu des patineurs, les marchands déambulent, Nina et Gali applaudissent aux exploits des baladins de toutes sortes, des danseurs de corde, des illusionnistes, il n'y a que les luges des coolies chinois qui manquent à l'appel. Aux premiers jours du printemps, interdiction est faite de marcher sur la surface du fleuve. Bientôt, on entend la glace émettre de longs craquements et se fendre sous la poussée du courant. Pour les Rameaux, la grande fête du printemps, le Champ-de-Mars se transforme en un vaste parc d'attractions, les petites filles supplient leur mère de les emmener faire là-bas un tour de manège, à moins qu'elles ne choisissent de se perdre dans le labyrinthe peuplé de miroirs. Les nuits blanches s'annoncent. À partir du mois de mai, le jour ne se couche jamais tout à fait, les gens non plus : ils s'attardent indéfiniment sur les bords du fleuve ; les bateaux à vapeur, les tramways, les omnibus, les voitures de place continuent à circuler, les restaurants sont pleins jusque tard dans la nuit, partout on donne des concerts, dans les jardins des cafés, dans les parcs des résidences impériales, à Peterhof, à Pavlovsk, à Tsarskoïe Selo.

La mère d'Élisabeth, Sophie Bredow, veuve depuis plusieurs années, s'est prise de passion pour la deuxième de ses petites-filles, une enfant curieuse de tout, même s'il faut la surveiller de près car elle jouerait volontiers les chevaux échappés. C'est en sa compagnie que Gali découvre pas à pas les trésors de cette cité magique, créée pour des géants, par un géant de plus de deux mètres, le tsar Pierre le Grand. Car à Saint-Pétersbourg, tout est démesuré, surtout dans le regard d'une enfant. Immense, la Neva qui écarte encore ses rives à l'approche de la Baltique. Immenses, les artères de la ville, surtout la plus célèbre d'entre elles, la perspective Nevski. Immense, le Champ-de-Mars où se déroulent les cérémonies militaires. Et les innombrables églises, toutes plus majestueuses les unes que les autres. Et les palais des riches familles de l'empire, construits obligatoirement en pierre, obligatoirement peints de couleurs vives. Le palais d'Hiver étire interminablement ses multiples bâtiments le long du fleuve. Une fois l'an, le 1er janvier, il ouvre ses portes aux familiers de la Couronne, les petites Hagondokoff viennent en voisines, impressionnées par la majesté de l'endroit, le grand escalier de marbre blanc qui, se séparant en deux volées, donne accès aux salles d'apparat, les hautes colonnes sombres qui flanquent l'entrée des salons, l'or des stucs, les ciels peints, les lustres étincelants, les sculptures monumentales, les énormes vases en malachite ou en lapis-lazuli. Mais le bonheur, c'est d'abord d'être là aux côtés de leur père – un familier des lieux si l'on en juge par la déférence que lui manifestent les gardes du palais –, splendide avec son bonnet d'astrakan et sa tcherkesska, la longue tunique ceinturée des Caucasiens, fermée par une série de boutons si petits qu'il lui faut s'aider d'une plume d'oie pour mener l'opération à bien le matin.

De ce père qu'elles n'ont pas vu pendant près d'une année, elles ont toutes les raisons d'être fières. À trente-cinq ans, tout juste sorti de l'École de guerre, il a demandé à repartir pour l'Extrême-Orient. En bon Caucasien, il a le sang chaud et ne perd pas une occasion d'aller ferrailler. Or, là-bas, la guerre avec les Japonais fait rage depuis qu'au début du mois de février 1904 ces derniers ont attaqué par surprise l'escadre russe du Pacifique et coulé trois navires dans la rade de Port-Arthur. Convaincu de la supériorité de ses troupes, Nicolas II a aussitôt répondu à l'agression. Blessé à la tête par le sabre d'un forcené lors d'une visite à Osaka quand il était prince héritier, il a toujours gardé une solide rancœur à l'égard du Japon, se refusant à voir l'irritation provoquée par l'expansionnisme russe en Extrême-Orient – la construction du chemin de fer de l'Est chinois n'a rien arrangé. Harbin est promu quartier général de l'arrière. Là se fait la concentration des hommes et de l'approvisionnement. Les blessés affluent du front, ils sont des milliers abrités sous de longues rangées de tentes blanches surmontées d'un drapeau de la Croix-Rouge. Les morts sont si nombreux qu'il faut creuser des fosses pour les accueillir. À peine né, Harbin vieillit d'un coup, frappé par la tragédie, envahi par la cohorte de trafiquants, d'aventuriers et de prostituées qui suit immanquablement les hommes de guerre. La ville servira de point de repli après la débâcle.

En septembre 1904, le capitaine Hagondokoff rejoint comme officier d'ordonnance le général-major Michenko, qui commande la cavalerie russe. À Harbin, il lie connaissance avec d'autres jeunes officiers qui s'illustreront plus tard dans la lutte contre les bolcheviks, les futurs généraux Anton Denikine, Lavr Kornilov, Alexandre Koltchak. Tous s'accordent à reconnaître en Constantin un fin connaisseur du pays, nul n'est aussi averti que lui des coutumes de cet Orient lointain et des stratégies de survie sur cette terre inhospitalière. Mais le vent, un temps favorable aux Russes, est en train de tourner : loin de leurs bases, ils font face à des Japonais dotés des équipements les plus modernes. Les premiers mois de 1905, ils sont défaits sur terre dans les environs de Moukden. En mai, l'escadre russe, dépêchée depuis la Baltique, est coulée en presque totalité à la bataille de Tsushima. En septembre, la Russie n'a d'autre choix que d'accepter la signature d'un traité de paix qui reconnaît la mainmise du Japon sur certains territoires dont la branche sud du Transmandchourien, Port-Arthur y compris. Non seulement c'est la première fois que des Blancs sont défaits par des Asiatiques, mais l'arrogante Russie s'est révélée un géant aux pieds d'argile. La guerre russo-japonaise a sonné pour elle le glas d'un empire extrême-oriental, cette « patrie primitive » dont rêvait Nicolas II.

Pendant cette campagne, Constantin s'est fait remarquer pour sa vaillance. En juin, il a été blessé lors d'une charge audacieuse qui a mis les Japonais en déroute. Le grand-duc Michel, frère cadet du tsar, qui depuis la colline voisine observe la scène à la jumelle, se fait présenter le valeureux officier. Pour ce haut fait, il reçoit la croix de Saint-Georges – celle-là même dont fut décoré son père, Ismaël, lors de la guerre russo-turque, l'ambition suprême de tout militaire en Russie, un ordre créé par Catherine II qui récompense uniquement les services militaires et confère immédiatement à son propriétaire la noblesse héréditaire s'il ne la possédait déjà. Il gagne aussi un échelon dans l'ordre de Sainte-Anne et de Saint-Stanislas et reçoit la médaille de bronze dorée de la guerre avec le Japon. Rue Millionaïa, le retour du héros est fêté dans la joie. À l'académie militaire Nicolaïevska où il est retourné finir son cursus, il recevra, en récompense de sa belle réussite aux examens, l'équivalent d'un an de salaire et, quelque temps plus tard, trois cents roubles pour s'acheter un cheval et un équipement flambant neuf. Sur son épée est inscrite en lettres d'or l'inscription : « Pour sa bravoure ». Pour compléter sa brochette de décorations, on lui attribue la croix de Saint-Vladimir de quatrième classe avec glaives.

On priait pour la paix. La voici revenue. Le gigantesque ouvroir que l'impératrice Alexandra avait aménagé dans les grands salons du palais d'Hiver, y travaillant avec ses amies de la bonne société – Élisabeth Hagondokoff y compris – pour améliorer le paquetage des conscrits, a fermé ses portes. Finis, les galas de bienfaisance, les bals-tombolas donnés au profit des blessés : la vie mondaine reprend de plus belle. Pourtant, un lourd climat de tristesse s'abat sur Saint-Pétersbourg. Il y a comme quelque chose de pourri dans la sainte Russie. La guerre a encore miné la confiance du pays en son armée et en son souverain. Les insurrections, les grèves se multiplient. Le 9 janvier 1905, la troupe a tiré sur les manifestants qui, menés par le prêtre et syndicaliste Gapone, venaient réclamer au tsar des concessions libérales, faisant des centaines de morts et de blessés. Du haut de ses sept ans, Gali, le nez écrasé sur les vitres du salon, a observé le flux ininterrompu qui se dirigeait vers le palais d'Hiver. Elle n'oubliera jamais l'énorme clameur qui, quelques heures plus tard, a surgi comme d'une seule bouche de la foule massée devant le palais et dans le parc Alexandrovski au pied de la grande Amirauté. Ni les coups de feu, les hurlements apeurés, les cris de souffrance, le piétinement des chevaux des cosaques chargés d'assurer la sécurité de la résidence impériale en l'absence du tsar qui, inconscient du drame, se repose en famille à Tsarskoïe Selo, à vingt-cinq kilomètres de là. Ce dimanche sanglant marque un point de non-retour. Ouvriers, paysans, étudiants, les foyers de contestation sont partout. En juin, les marins du cuirassé *Potemkine* se mutinent en rade d'Odessa. Le 13 octobre, c'est un véritable pouvoir ouvrier qui naît avec la création d'un soviet ouvrier à Saint-Pétersbourg. Pressé par Serge Witte, Nicolas II consent à octroyer à la Russie une Constitution et un parlement élu, la Douma. La révolution de 1905 menaçait d'engloutir la monarchie : elle lui a en fin de compte permis de survivre en s'adaptant.

Un luxueux camp militaire

Pour comprendre celle qui, sous le nom de Leïla du Luart, prendra un jour sa place dans les annales de l'épopée militaire française, pour décrypter la fascination qu'exerceront toujours sur elle uniformes et oriflammes, il faut regarder la petite Gali Hagondokoff, cette enfance vécue en marge de la guerre mais jamais très loin tout de même, une enfance protégée de la violence par la grâce d'une famille unie, d'une classe sociale privilégiée, mais en pleine connaissance des menaces qui pèsent sur ce bonheur-là. Et de la seule protection possible contre cette vulnérabilité : une armée forte et déterminée.

Or, cette armée est omniprésente à Saint-Pétersbourg. Gali aime profondément la beauté de cette cité qui raconte la grandeur des fondateurs de la Russie, le reflet des palais dans les eaux argentées des canaux qui strient la ville, les ponts aux élégants entrelacs de fer forgé qui s'élancent d'une rive à l'autre, les rutilants équipages qu'on voit rouler sur la chaussée, ceux de la famille impériale surtout, reconnaissables à leur livrée rouge clair, la foule diverse et bigarrée qui se déverse les dimanches et les jours de fête sur la perspective Nevski entre la Neva et le canal de la Fontanka. Elle aime le joyeux mélange qui y règne, toutes catégories sociales confondues, avec ses ouvriers et ses bourgeois, ses maîtres et ses valets, avec ses colporteurs, ses vendeurs de thé et de sbiten (une délicieuse boisson chaude au miel ou aux épices, le meilleur des antidotes contre le froid) dont les tables chargées de grands samovars en cuivre se dressent au coin des rues, remplacés l'été par les marchands ambulants de glaces et de pâtisseries. Mais Saint-Pétersbourg, c'est d'abord et avant tout un luxueux camp militaire, parsemé d'arcs de triomphe, d'obélisques et de colonnes commémorant les grandes victoires ; une rangée de casernes qui sont autant de somptueux palais. Même les églises sont cernées par des batteries de canons, décorées des drapeaux pris à l'ennemi, comme la basilique de la forteresse Pierre-et-Paul où reposent les Romanov et d'où un coup de canon est tiré tous les jours à midi. À longueur de temps, on perçoit le tintement des éperons, le pas réglé des sentinelles, les échos des fanfares militaires. Dans les rues de la ville, les uniformes sont légion, ceux, magnifiques, des officiers de la garde impériale, ceux des élèves des écoles militaires, le corps des cadets, le corps des pages. Aux portes du palais d'Hiver, les grenadiers de la garde sont de faction, coiffés de hauts bonnets en fourrure d'ours, leur uniforme vert foncé a des revers rouges rebrodés d'or. Lors des cérémonies présidées par le tsar, on ne sait où donner de la tête face aux hommes et aux chevaux qui s'étendent sur toute la longueur du Champ-de-Mars, entre les chevaliers-gardes, vêtus de blanc, casqués d'or, les uhlans de l'impératrice armés de lances avec des flammes à ses couleurs, les grenadiers à cheval dont le casque à chenille transversale se termine par une bande d'étoffe jaune et rouge flottant au vent, les hussards de l'empereur au dolman vermillon brodé d'or et à la pelisse brodée de fourrure noire accrochée à l'épaule, les cosaques de l'empereur à la tunique amarante. Les cosaques de l'Ataman sont, eux, en tenue bleu clair : ils deviendront les cosaques du tsarévitch quand l'impératrice Alexandra donnera naissance à un fils, le 30 juillet 1904.

Enfin un garçon !

La naissance du petit Alexis, après quatre filles et au bout de dix ans de mariage, a comblé de félicité le couple impérial. Lorsque Élisabeth Hagondokoff se découvre une nouvelle fois enceinte peu de temps après les festivités qui ont accompagné cet événement, elle y voit un heureux présage : plaise au ciel de donner enfin à son époux l'héritier dont il rêve. C'est une petite Tamara qui naît en mai. Lesté de trois sœurs puis de cinq filles, Constantin désespère de jamais assurer une descendance mâle à son arbre familial. Il faudra attendre encore près de deux ans pour que, le 5 février 1905, le miracle se produise. La rue Millionaïa est en liesse. Les domestiques se pressent à la porte de la chambre d'Élisabeth pour tenter d'apercevoir leur petit maître. Le gardien de l'immeuble, un Tcherkesse, veut à tout prix glisser quelques balles de revolver dans le berceau pour appeler sur le nouveau-né force et courage. L'ordonnance cosaque de Constantin a tiré une décharge en l'air dans la cour. En Kabardie, terre musulmane, Élisabeth, considérée comme impure, aurait vécu isolée de tous pendant six semaines, ses vêtements, sa vaisselle auraient été jetés. Mais les Hagondokoff sont à Saint-Pétersbourg, et la jeune accouchée est fêtée comme une reine. Au lendemain de la naissance, un peu reposée, elle accepte les visites des proches, les félicitations des domestiques, Nina et Gali ont charge de leur remettre des petits cadeaux, du tabac, des sucreries, des colifichets. Sophie Bredow, accourue au chevet de sa fille, glisse à chacun une pièce d'argent.

La guerre contre les Japonais bat son plein. Constantin est sur le front, du côté de Port-Arthur, quand il reçoit la nouvelle. Irradié de bonheur, il demande que, contre toutes les traditions orthodoxes qui veulent que l'enfant soit baptisé par immersion dans les trois jours suivant sa naissance, l'on attende sa prochaine permission. La cérémonie a lieu six semaines plus tard, à Pargolovo, dans la banlieue de Saint-Pétersbourg. Rien n'est trop beau pour cet enfant tant attendu : il reçoit le nom de Nicolas, celui du souverain bien-aimé ; et c'est à son supérieur direct, le général Michenko, lui aussi de passage dans la capitale, que Constantin a demandé d'être le parrain. Lorsque, l'année d'après, en septembre 1906, un deuxième fils voit le jour, il est prénommé Constantin comme son père et bénéficie encore d'un glorieux parrainage, celui du général-lieutenant Pavel von Keppen, l'oncle d'Élisabeth, la marraine étant Liubov Michenko, la propre épouse du héros de la guerre russo-japonaise. En mars 1908, la naissance d'un petit Georges achèvera de convaincre Constantin que le mauvais œil est définitivement écarté.

Et pourtant... Nicolas, l'aîné des garçons, a tout juste quatre ans quand il meurt en quelques jours d'une rougeole qui, diagnostiquée tardivement, a dégénéré en fluxion de poitrine. Cette disparition va profondément marquer Gali. Elle n'a guère que dix ans mais sa maturité frappe tous ceux qui l'approchent. Pour ses frères, plus encore que la fantasque Nina, elle est une seconde maman. Une affection toute particulière la lie à Nicolas, un enfant vif et très gai. Avec cette mort, c'est un monde qui s'effondre. Aussi fort soit son père, aussi protectrice sa mère, ils n'ont pu empêcher l'inéluctable. Sa souffrance, Gali ne l'extériorise pas. À ses proches, elle oppose un visage serein, un immuable sourire. Mais elle sait désormais que la vie est un bien rare et fragile. Elle pressent que le cœur de sa mère ne cicatrisera jamais tout à fait. Certains jours, Élisabeth reste allongée dans sa chambre, plongée dans la pénombre. Le lendemain, elle redresse la tête mais ses yeux lavés de larmes ne trompent personne, tout comme l'amertume inscrite à la commissure de ses lèvres. De Pologne, elle a fait venir pour l'aider une de ses amies de jeunesse : tout à la fois dame de compagnie, bonne d'enfants, gouvernante, « Pani Elena », une solide Cracovienne aux yeux très bleus, accompagnera désormais toutes les tribulations de la famille.

Constantin, de son côté, réagit à sa façon, un peu bravache. À ses fils premiers-nés, il avait tenu à donner des parrains prestigieux. Il frappe encore plus fort cette fois. Est-ce pour manifester son soutien aux Hagondokoff dans l'épreuve qu'ils viennent de traverser ? L'empereur Nicolas II, à qui l'on ne cesse de vanter les qualités de Constantin, a accepté d'être le parrain de Georges. Quant à sa marraine, elle n'est autre que Sa Majesté Olga Konstantinovna, fille du grand-duc Constantin, l'épouse du roi Georges Ier de Grèce. Lors de la cérémonie, célébrée le 8 mars 1909 dans l'église du régiment Pavlovski de la garde impériale, ils seront représentés par le jeune Vassili Gavriloff, fils d'un aide de camp de Sa Majesté, et par la princesse Anna Vadbolski, une amie du couple Hagondokoff qui se trouve être la fille de l'officiant, le père Vladimir. Filleul du tsar, Georges verra son éducation prise en charge par la Couronne avec, à terme, la garantie d'une belle carrière dotée d'émoluments conséquents et la promesse d'occuper les toutes premières places dans les défilés et les cérémonies officielles. C'est un baume, rien qu'un baume, pour Constantin sidéré devant ce coup du sort que représente la mort de son fils aîné, sa joie, sa fierté. Mais un signe tout de même. Chez les Hagondokoff, on n'a jamais eu le goût de végéter dans le camp des victimes. La pleine réussite qu'il connaît dans la carrière des armes sera le meilleur moteur de Constantin. Tout comme l'ambition qu'il n'a cessé de nourrir pour ses enfants.

Les demoiselles de Smolny

Les premières années, c'est Élisabeth qui, secondée par des institutrices, a assuré l'éducation de ses filles. Mais les dimensions prises par la famille commandent d'envoyer les aînées à l'école. Soucieuse de cultiver une élite, l'impératrice Catherine II a créé des établissements à l'intention des seuls enfants de la noblesse, le corps des pages, le lycée impérial Alexandre et l'École impériale de droit pour les garçons, l'Institut Sainte-Catherine et l'Institut Smolny pour les filles. Le premier a l'avantage de ne pas être trop éloigné de la Millionaïa, une demi-heure de marche tout au plus en traversant les jardins du palais Michel jusqu'aux quais de la Fontanka, quand Smolny, situé à l'extrémité nord-est de la ville, dans un méandre de la Neva, ne fonctionne que comme un internat. Mais Sainte-Catherine accueille surtout les jeunes filles sans fortune, Smolny est plus chic, y être introduite signe l'appartenance à une famille de haute extraction. Bien que les Hagondokoff n'aient pour vivre que la solde de Constantin, c'est là qu'il désire voir entrer ses filles. L'admission à Smolny ne se fait que sur présentation ? Et alors ? Autant les grandes familles de Saint-Pétersbourg sont depuis quelques décennies d'humeur frondeuse – les Tolstoï, les Bibikoff refusent carrément de fréquenter la Cour –, autant les Hagondokoff ont la cote auprès des Romanov. Une vieille histoire remontant à l'aïeul Zourab pliant le genou devant l'empereur quand d'autres Caucasiens continuaient la lutte contre la domination russe, comme au grand-père Ismaël mort en héros à Chipka. Une reconnaissance aussi des mérites de Constantin, dont la fidélité au tsar ne s'est jamais démentie, quelque mission qu'on lui ait confiée – et il en est d'hasardeuses, aux marches de l'empire.

L'impératrice Alexandra a donné un avis favorable. À l'automne 1904, Nina et Gali, âgées l'une de huit ans, l'autre de six ans et demi, font leur entrée à l'Institut impérial Smolny, un long bâtiment néoclassique à la façade jaune et blanc, édifié sur l'emplacement d'un ancien entrepôt de goudron (*smolny* en russe) servant au calfatage des navires. Là, sous la férule d'une directrice appartenant à la meilleure noblesse, les élèves suivent des cours de maintien ou de diction, apprennent à danser dans la spectaculaire salle à colonnes bleu et or que dominent les portraits des impératrices, à jouer d'un instrument de musique – c'est là que Gali se mettra vraiment au piano –, à jouer au tennis ou à monter à cheval dans le vaste parc qui entoure l'Institut. L'ambition n'est pas seulement d'en faire des jeunes filles accomplies, prêtes à débuter dans le monde. L'accent y est mis sur les langues étrangères, les disciplines scientifiques autant que littéraires. Sous Catherine II, c'est Voltaire lui-même qui choisissait les pièces qu'on faisait jouer aux élèves. C'est bien simple, aux yeux de certains, les « Smolniennes », quand elles quittent à dix-neuf ans l'établissement à l'issue d'un cursus exemplaire de douze ans, souffrent d'un double handicap pour trouver un mari : elles seraient trop vieilles et trop intelligentes ! Reste que c'est souvent parmi elles que les empereurs et les grands-ducs élisent leurs maîtresses, ainsi Catherine Nelinova, la favorite de Paul Ier, ou Catherine Dolgoroukova, celle d'Alexandre II.

De cette « Katia »-là, immortalisée à l'écran par une Romy Schneider mutine, incurablement romantique, ou, des années plus tôt, par une Danielle Darrieux plus fantasque, plus effrontée – mais toutes deux délicieuses dans leur strict uniforme de Smolniennes, toutes deux prêtes à envoyer valser les stricts principes qui leur ont été inculqués pour déclarer tout de go leur amour au bel empereur –, Gali pourrait bien être la digne héritière. Que l'action se passe quarante ans plus tôt ne change guère la donne, sinon peut-être quelques centimètres d'ourlets : même décor majestueux, mêmes éducatrices à la mise sévère, même excitation des jouvencelles lors de la visite de leur « illustre protecteur ». Gali n'a pas encore dix-sept ans, comme Katia, les battements de son cœur sont encore ceux d'une enfant, mais le tempérament est le même. « Plus vite, plus vite ! » lançait Katia au cocher qui l'emmène avec son souverain faire une promenade en traîneau, grisée de vitesse, extasiée de bonheur, réussissant à semer les gardes à cheval qui entourent l'attelage. « Plus vite, plus vite ! » fulmine Gali lorsque les élèves sont de sortie, sagement alignées en rangs par deux, ou lorsqu'on les autorise à patiner mais avec retenue sur la Neva gelée.

Qui se plaindrait d'avoir pour école un véritable palais ? Jouxtant l'Institut, l'église de Smolny surtout fascine Gali, cette cathédrale de la Résurrection du Rédempteur construite, comme le couvent qui l'entoure, par Rastrelli, le premier architecte du palais d'Hiver, dont les cinq dômes gris clair se voient de presque tous les points de la ville. Parfois, elle se réfugie entre deux cours à l'intérieur de ce chef-d'œuvre du baroque, peint à l'extérieur d'un bleu ardent, mais presque sobre à l'intérieur, avec ses murs blancs rehaussés d'or, ses autels de marbre jaune cernés de balustrades de cristal et son pavement de marbre sombre. Elle peine pourtant à s'acclimater. En Mandchourie, elle a pris goût aux grands espaces, des habitudes d'extrême liberté : engoncée dans son uniforme – longue robe ajustée à la taille, col et tablier blancs, courte cape sur les épaules, cheveux retenus en arrière par un ruban –, elle rêve à ces étés où elle courait jambes nues dans la campagne, barbotait dans les torrents et se barbouillait de baies sauvages, à ces hivers aussi où les traîneaux glissaient à tombeau ouvert dans la steppe déserte. Elle renâcle à mettre un chapeau pour sortir dans la rue quand elle est habituée à voir ses cheveux flotter au vent. Et cette obligation de faire la révérence chaque fois que l'on s'adresse à un professeur ! Les hauts murs du couvent de Smolny ont parfois des allures de prison pour cette sauvageonne.

La règle de l'Institut s'est quelque peu assouplie par rapport aux générations précédentes : à l'époque, on ne pouvait voir ses parents qu'aux jours de réception et à travers un grillage épais ! Le dimanche, les petites Hagondokoff retrouvent avec bonheur la joyeuse ambiance de la rue Millionaïa. Elles supportent malgré tout de plus en plus difficilement le régime de l'internat, elles poursuivront leur scolarité au lycée Constantinovskaïa. Mais, même si Gali a refusé de se laisser couler dans le moule qu'on prétendait lui imposer, les préceptes de Smolny l'ont martelée comme une médaille. Ils lui ont formé le caractère, élargi l'esprit, insufflé une formidable intelligence pratique – « Ce que tu commandes, sache le faire ! » n'a cessé de lui répéter la maîtresse d'internat. Ils lui ont incidemment donné le sentiment d'appartenir à une élite même si elle le portait déjà dans ses gènes. Avec les droits mais surtout les devoirs qu'une telle position confère.

Des rives de la Neva à celles de la Seine

Depuis la fin de la guerre avec le Japon, Constantin ronge son frein. Nommé lieutenant-colonel en novembre 1907, il voit se profiler avec bonheur son temps de commandement. Il va bientôt repartir pour Ashkabad où on lui confie un régiment de cavalerie turkmène uniquement formé d'engagés, avec mission de l'intégrer dans la division régulière Tchitinsk (de Tchita, la ville de Sibérie d'où part l'embranchement du Transmandchourien). Un défi à la hauteur de ses ambitions. Car dans ce Turkestan qu'il a quitté dix ans plus tôt, l'atmosphère est plus lourde que jamais. Le prolongement à travers la steppe de la ligne ferroviaire transcaspienne, si elle rompt l'isolement de ces contrées reculées, en a facilité l'accès à de nombreux colons slaves, un mouvement soutenu par le nouveau département des migrations créé à Saint-Pétersbourg. Voici Ashkabad peuplé d'une majorité de Russes, ce qui exaspère les populations turkmènes, d'autant que les administrateurs russes se conduisent souvent comme de petits tyrans, corruption et gabegie administrative sont la règle. En 1908, une commission d'enquête a été déléguée sur place pour faire pièce à ces agissements. Dans l'aoul familial comme en Mandchourie, Constantin a souvent côtoyé des hommes rudes. Mais ceux dont il a maintenant la charge ne manquent pas de le surprendre. Au lendemain de son arrivée, tandis qu'il s'interroge sur le moyen de faire passer de l'autre côté du fleuve les trois cents chevaux qu'il vient de recevoir en renfort, il a vu s'avancer trois soldats. Tous volontaires pour tenter le coup sous réserve qu'on leur fournisse, pour prix de leur intervention, un litre de vodka par tête de pipe. Après quoi, totalement nus par un froid polaire, dressés sur leurs chevaux montés à cru, ils ont entraîné tout le troupeau de l'autre côté du fleuve ! De cette troupe indisciplinée formée d'indigènes aux mines souvent patibulaires, Constantin Hagondokoff va faire en moins de deux ans un régiment aux uniformes rutilants et à la conduite exemplaire, en prélevant bien souvent les moyens nécessaires sur sa cassette personnelle.

Il n'est plus question pour Élisabeth de rejoindre son mari au Turkestan, même si elle a déjà connu cette garnison comme femme de lieutenant. Elle n'a plus vingt ans mais bientôt trente-cinq. Elle a non plus un bébé mais sept enfants de un à treize ans. Et, depuis la mort de Nicolas, la hantise de prendre pour eux quelque risque que ce soit. Elle n'a pas oublié la terrible chaleur qui s'abat dès juin sur ce pays aride au climat continental, atteignant parfois 45 ° C pendant la journée sans même l'espoir de retrouver un peu de fraîcheur la nuit. Elle sait aussi que la zone est périodiquement ravagée par des tremblements de terre. Elle est enceinte de nouveau, ce qui ne simplifie pas les choses. Élisabeth aurait pu rester à Saint-Pétersbourg : fin 1909, elle choisit d'aller à Paris.

Pourquoi Paris ? La communauté russe y est plutôt moins nombreuse que dans d'autres pays d'Europe occidentale, vingt mille personnes tout au plus entre les décabristes exilés au siècle dernier après leur tentative de coup d'État libéral, les juifs fuyant les pogroms et les intellectuels émigrés après 1905 pour y trouver une démocratie qu'ils n'ont pas réussi à instaurer en Russie. Mais, depuis les années 1880, la capitale de la France est la destination favorite des touristes russes, séduits par l'image de ce pays riche et civilisé. Les relations sont cordiales entre les deux pays. En octobre 1896, quelques mois après leur couronnement, Nicolas II et son épouse ont fait à Paris un voyage triomphal. Tout cela ne suffirait pas à expliquer le choix d'Élisabeth, d'autant qu'un tel voyage demande à être organisé, chaque Russe ayant besoin, pour se rendre à l'étranger, d'un passeport délivré par le gouverneur de sa ville sur présentation d'une autorisation de sortie du territoire, laquelle est obtenue auprès du commissariat de police contre paiement d'un droit de timbre élevé. On peut augurer que d'autres éléments ont joué, des raisons de service sans doute pour Constantin, dont certaines permissions d'une longueur inhabituelle – deux mois en 1911, deux mois de nouveau en 1912 – laissent imaginer qu'il a partie liée avec les services secrets de l'empire.

La France ! Les filles ne se tiennent plus de joie. C'est à qui aidera Élisabeth à préparer les malles. Il est fortement conseillé aux sujets du tsar partant pour Paris d'emporter avec eux des paquets de thé, celui qu'on leur sert en France n'étant qu'une infâme lavasse, ainsi que des lampes à alcool pour réchauffer leurs provisions de bouche pendant le voyage. Les deux jours et deux nuits de train jusqu'à la gare du Nord ne suffiront pas à calmer l'excitation du départ. Dans le luxueux wagon bleu – celui des première classe –, Élisabeth et sa tribu, ainsi que la gouvernante, Pani Elena, occupent deux compartiments confortables aux sièges recouverts de jolies housses claires, galonnées de dentelles. La nuit, ils se transforment en couchettes garnies de fins draps blancs. Il suffit d'appeler l'homme de service, installé au bout de couloir devant un samovar fumant, pour qu'il vous apporte du thé à toute heure. Un employé passe prévenir les voyageurs avant chaque station importante, le convoi ne se remettant en marche qu'après trois sonneries, un coup de cloche pour le premier avertissement, deux coups dix minutes plus tard, trois coups de cloche enfin juste avant que le train ne s'ébranle. Malgré cela, juste après Varsovie, on a bien failli oublier sur le quai Constantin junior, éternel rêveur parti sur les brisées d'un petit chat gris qu'il formait le projet d'adopter. À Verjbolovo, à la frontière entre la Pologne et l'Allemagne, il faudra abandonner le beau wagon bleu et changer de train, l'écartement des rails étant supérieur sur le territoire de l'empire à celui en cours dans le reste de l'Europe : depuis Napoléon, la Russie vit dans la crainte d'une invasion toujours possible...

À Paris, Élisabeth comptait rester quelques mois. Elle y séjournera deux ans. Par l'attaché militaire de l'ambassade, elle a trouvé un appartement au 31 de la rue Monge, dans le 5e arrondissement de Paris, au dernier étage d'un immeuble bourgeois mais sans prétention. Élisabeth aurait rêvé d'un bout de jardin : faute de mieux, les enfants se contentent de courir sur le balcon filant. C'est là que naît son dernier enfant en août 1910 : encore un garçon ! On lui donne le prénom du grand-père Ismaël. Un nom à la consonance si étrange que la mère Tressy, la sage-femme qui a assisté Élisabeth, chargée de déclarer l'enfant à la mairie, écorchera son nom en « Jymaël », une identité qui le suivra toute sa vie sur son passeport.

En plus d'Elena, la fidèle « niania » polonaise, Élisabeth dispose pour l'aider d'une jeune domestique répondant au doux nom de Juliette Lepetitcorps. Car, non contente de pouponner, il lui faut aussi veiller à l'instruction de ses cinq filles, dont l'aînée vient d'avoir quinze ans. Les inscrire dans une école française n'a pas de sens puisque la famille risque à tout moment de retourner en Russie. Ce sera de nouveau le régime de l'institutrice à domicile. Ce qui n'empêche pas les sœurs de devenir très vite, malgré leur pratique approximative du français, les petites stars du quartier. De toutes la plus audacieuse, Gali parle volontiers à ses nouveaux amis – rien que des garçons – de cette Russie qu'ils ne connaissent guère qu'à travers la comtesse de Ségur et son « général Dourakine », mais que les ballets de Serge de Diaghilev, avec leurs fous dansants, capables de sauts ahurissants, ont projetée en pleine lumière la saison dernière. De sa drôle de voix à l'accent chantant, la longue petite fille aux cheveux nattés démonte leurs idées toutes faites. Non, on ne sert pas de la vodka dans les samovars. Non, les ours blancs ne se promènent pas librement dans les rues de Moscou. Non, on ne fracasse pas forcément son verre après avoir bu, même s'il est vrai qu'on se doit d'en utiliser un autre après avoir trinqué à la santé de l'empereur. Oui, les hommes russes ont une façon bien à eux de saluer les dames en claquant des talons avant de s'incliner pour leur baiser la main. Oui, tout individu est désigné en Russie par deux prénoms, le sien et celui de son père, oui, on décline au féminin le nom des filles. « Moi, vous voyez, je m'appelle Gali Constantinovna Hagondokova. » Un nom si long pour une si frêle personne ! Assis autour d'elle, les petits Français l'écoutent, médusés. Gali leur parle aussi du Caucase, de ses montagnes auprès desquelles les Alpes font figure de naines, des hommes de là-bas qui portent une sorte de robe et un poignard à la ceinture, qui chassent au faucon, ravissent leur fiancée sur la croupe de leur cheval, chevauchent à folle allure sur des sentiers escarpés au bord de précipices insondables, tuent un ami d'une balle en plein cœur pour venger l'offense faite à une lointaine aïeule.

Mais le vrai bonheur de Gali est de partir, sitôt ses leçons finies, à la découverte de la ville, comme elle le faisait en Russie avec sa grand-mère Sophie. Tout est source de surprise, le métro qui, depuis dix ans, ne cesse d'étendre ses tentacules dans la capitale, les boulevards, les grands magasins, le trafic dense des rues parisiennes. Une atmosphère bien différente de celle de Saint-Pétersbourg. Si Paris compte, depuis qu'Haussmann est passé par là, de larges avenues, si nombre de ses sites sont empreints de majesté, c'est une ville plus resserrée, plus humaine, que l'impressionnante cité du Nord. Tout y semble facilement accessible, la cathédrale Notre-Dame est à quelques minutes de marche en descendant la rue Monge ; le Jardin des Plantes où Pani

Elena promène les petits, à peine plus loin ; on rejoint vite le Louvre en longeant les berges de la Seine ; en forçant le pas, on met au plus une heure pour atteindre l'étrange tour dressée par M. Eiffel sur le Champ-de-Mars – dire qu'un an plus tôt certains parlaient de la détruire, à l'issue de la concession de vingt ans consentie à son constructeur par la Ville de Paris, son propriétaire. Nombre de quartiers ont encore des allures de villages, c'est le cas de cette montagne Sainte-Geneviève sur laquelle les Hagondokoff ont élu domicile, où l'on trouve tout à la fois des vestiges de la cité antique – les arènes de Lutèce sont quelques numéros plus haut dans la rue Monge –, les étals bruyants de la rue Mouffetard et l'animation joyeuse d'un quartier étudiant. Seul regret : le terne spectacle donné par les élèves des prestigieux lycées et universités du quartier, tous en civil sauf les polytechniciens lorsqu'ils arborent aux jours de fête leur grand uniforme, épée au côté et bicorne sur la tête. Encore qu'avec leur stricte tunique noire à double rangée de boutons dorés, ils n'offrent pas, et de loin, le même fascinant spectacle que les uniformes pétersbourgeois. En guise de compensation, Gali n'aime rien tant que de pénétrer au Panthéon, le mausolée des grands hommes qui ont fait la France, ou de visiter aux Invalides le tombeau de Napoléon et l'église Saint-Louis, un lieu unique pétri de gloire militaire où les drapeaux fatigués veillent dans la grande nef sur les cénotaphes des maréchaux d'Empire et autres prestigieux chefs de guerre.

Les montagnes russes

Une brillante carrière s'annonce pour Constantin, auréolé de la pleine réussite de sa mission au Turkestan. Jusque dans les cercles de Saint-Pétersbourg, on vante les capacités d'analyse de cet officier qui a écrit coup sur coup deux ouvrages très pointus sur l'art de la guerre, *La Tactique de la cavalerie*, en 1907, et *La Guerre de mouvement*, l'année d'après. On murmure – c'est ce que suggère dans ses Mémoires le général Anton Denikine, l'un des chefs de l'armée blanche en 1918 – que le colonel est membre d'une organisation secrète d'officiers qui ambitionne de réformer en profondeur l'outil militaire. On tient en tout cas pour sûr qu'il appartient, par tradition familiale, à la franc-maçonnerie, comme nombre de membres de la haute société russe gagnés aux idées libérales – rien là-bas de ce goût de soufre qui entoure à la même époque les francs-maçons français, hérauts de la séparation de l'Église et de l'État : en Russie, ils font figure de modérés, fréquentent l'église et se battent surtout pour l'occidentalisation de leur pays.

Deux années se sont écoulées depuis le départ d'Élisabeth pour Paris. Même si son mari débarque de temps à autre rue Monge, toujours plus ou moins à l'improviste, elle commence à trouver le temps long. La nomination de Constantin comme aide de camp du commandant en chef de la région de Saint-Pétersbourg – il suivra en même temps un cours de tactique à l'École de guerre Pavlovski – comble ses vœux. Les bagages prestement ficelés, elle prend avec sa tribu la route du retour, laissant sur le quai de la gare une Juliette Lepetitcorps éplorée. La famille réintègre l'appartement de la rue Millionaïa, toutes les filles, y compris la petite Tamara, reprennent leur scolarité au lycée Constantinovskaïa. Il est doux de renouer avec une vie de famille normale.

L'époque s'y prête. Depuis les désordres de 1905, l'empire connaît une lumineuse rémission. Nommé en 1906 Premier ministre, Pierre Stolypine introduit tout un train de réformes, que la noblesse tolère tant que le maintien de l'ordre est assuré et qu'on ne touche pas à ses terres. C'est une période foisonnante sur tous les plans, économique, social, artistique, qui s'ouvre pour la Russie, aussi immuable reste sa puissance militaire et policière. Saint-Pétersbourg se ressent de ce bon climat. La vie y est plus que jamais une fête. Entraînant Artemia à leur suite, Nina et Gali découvrent des plaisirs qui leur étaient jusque-là interdits. Avec leur mère, elles courent les boutiques du Gostiny Dvor dont les arcades bordent sur des centaines de mètres la perspective Nevski, une vraie caverne d'Ali Baba. L'hiver, patins aux pieds, elles jouent les elfes sur la Neva, ou bien dévalent à la vitesse de l'éclair en poussant des hurlements de terreur et de plaisir les montagnes russes installées sur le Champ-de-Mars, des plans inclinés très raides recouverts de plaques de glace lisses comme un miroir qu'on descend en traîneau sous la direction d'un conducteur assis à l'arrière. Il y a les spectacles d'opéras et de ballets – on en est fou dans la ville de Pierre –, auxquels Élisabeth entraîne volontiers ses filles le dimanche en matinée au Théâtre Mariinski, le plus prisé par les dignitaires de l'empire, à moins qu'elles ne choisissent de se rendre au Théâtre Michel où une troupe française joue en permanence les classiques, le moyen de ne pas perdre trop vite l'acquis de Paris. Il est cependant des festivités qui ne sont pas encore de leur âge, ainsi des grands bals au palais d'Hiver qui mettent périodiquement la ville en émoi, amenant des files de traîneaux et de voitures depuis tous les coins de la ville jusqu'au palais brillamment éclairé. Constantin et Élisabeth sont souvent au rang des heureux élus, c'est le matin même qu'un fourrier de la maison impériale dépose l'invitation à leur nom, même s'ils en connaissent bien sûr la date à l'avance. Gali les regarde fascinée quitter la maison, lui, imposant dans son élégante tunique, épée au côté, la plaque d'émail blanc de la croix de Saint-Georges bien en évidence sur sa poitrine, elle, toute fine malgré ses grossesses à répétition, presque gracile à côté de son mari, charmante dans sa robe à traîne en dentelle crème, un léger diadème piqué dans les cheveux. Gali ne les verra pas gravir l'escalier du palais entre deux haies de chevaliers-gardes, immobiles sous leur cuirasse et leur casque ailé. Elle ne les verra pas saluer le couple impérial. Elle n'a que quatorze ans, elle attendra son heure : elle sait qu'à dix-huit ans ce sera son tour d'être présentée à la Cour.

Après une décennie plus calme, l'ambiance redevient trouble. L'assassinat en septembre 1911 de Stolypine par un anarchiste qui est aussi un agent de la police secrète du tsar rend précaire l'équilibre que le Premier ministre avait tenté d'instaurer en luttant contre les menées révolutionnaires tout en engageant une vaste réforme agraire. Des rumeurs alarmistes courent sur la santé du tsarévitch, même si l'on ignore de quel mal il est atteint. À la fin de 1912, Constantin Hagondokoff a pris un nouveau commandement, celui du régiment cosaque du Semenovsky, prestigieuse unité d'infanterie de la garde impériale. En 1913, il fait partie de la délégation de Kabardie aux fêtes du tricentenaire de la dynastie Romanov. Des cérémonies grandioses qui vont durer trois mois, de mars à juin, et se prolonger dans la Russie profonde. Jamais la famille impériale n'a suscité un tel enthousiasme. Au jour du *Te Deum* solennel qui doit inaugurer les commémorations, le carrosse du tsar, porté par la ferveur populaire, a du mal à se frayer un passage jusqu'à la cathédrale de Kazan. Sur la perspective Nevski, ouvriers et étudiants, si critiques parfois contre le régime, se joignent à la foule pour ovationner les souverains. On admire la grâce des archiduchesses, les boucles blondes et les yeux gris-bleu ombragés de longs cils du tsarévitch. L'enfant est ravissant mais les Pétersbourgeois ne verront pas sa pâleur, tandis qu'il est assis au premier rang de la nef, ni les regards inquiets que lui jette à tout moment sa mère. Ils n'auront pas vent du coup d'éclat fait par Rodzianko, le président de la quatrième Douma, un costaud qui n'a pas froid aux yeux, pour déloger de la place réservée aux membres de cette assemblée un homme aux cheveux longs et sales, habillé d'une blouse de toile grossière, serrée à la taille par une simple ceinture de cuir : le moine Raspoutine, qui s'y est indûment installé. C'est en vain que, depuis des mois, Rodzianko cherche à prouver à Nicolas II que le *starets* dont l'impératrice s'est entichée n'est pas le saint homme qu'il prétend être. Tout cela n'augure rien de bon. Mais, en ce jour béni, qui pourrait deviner que le flamboyant attelage impérial est situé en fait tout en haut des montagnes russes, et que le prochain acte le verra glisser inexorablement vers l'abîme ?

« Un nom qui a du bruit, de la fierté »

Gali a fêté ses quinze ans. La petite fille espiègle qui, en Mandchourie, était la coqueluche des cosaques de son père est devenue une adolescente qui ne manque pas d'étonner ses parents par sa détermination et sa rare confiance en elle. Comme elle est très grande pour son âge – la plus grande de toute sa classe –, on la prend souvent pour l'aînée des enfants Hagondokoff. Nina semble en avoir pris son parti et s'abrite souvent sous l'aile de sa cadette qui mène tous les autres à la baguette. Jolie ? Gali ne l'est pas vraiment, avec sa minceur extrême, son visage allongé, son nez droit plutôt accusé, sa bouche volontaire, il faut dire que ses cheveux plaqués en bandeaux ne sont pas flatteurs. Sur une photo, on la voit entourée de ses frères et sœurs regarder l'objectif sans se fendre du moindre sourire, la moue presque boudeuse, une attitude sévère compensée par la tendresse manifeste avec laquelle elle presse son visage contre celui du petit Ismaël, le dernier-né de la famille.

Âme passionnée, Gali s'enflamme pour les grands auteurs, vénère Pouchkine et son insolente séduction, adore les romans de Tourgueniev qui mettent tous en scène des femmes de caractère, reproche à Dostoïevski d'avoir, de son cher Saint-Pétersbourg, décrit les misères plutôt que les splendeurs. À Paris, elle a été marquée par la visite qu'elle a faite au cimetière de Passy au tombeau de Marie Bashkirtseff, une jeune peintre d'origine ukrainienne morte un quart de siècle plus tôt dans la fleur de l'âge, un tombeau magnifique couronné d'un dôme, qui représente un studio d'artiste en taille réelle. Depuis, Gali a vu des reproductions de l'autoportrait de Marie, gracieux visage volontaire, taille bien prise dans sa robe noire ornée d'un jabot de dentelle. Elle a lu le journal intime tenu par Marie adolescente, en a tiré la conviction qu'elle avait trouvé son double. Pas une de ses phrases qui ne fasse écho en elle. « Depuis que je pense, écrit Marie, depuis l'âge de trois ans, j'ai eu des aspirations vers je ne sais quelle grandeur. Mes poupées étaient toujours des reines et des rois. » Gali se sentirait bien capable de faire les mêmes folies que cette exaltée de Marie qui, à l'occasion d'un séjour à Naples, se met volontairement sur le passage du roi d'Italie Victor-Emmanuel pour le seul bonheur de saluer ce souverain, « le plus aimable et le meilleur du monde », et confie avoir, à l'issue de cette rencontre, gardé ses gants huit jours durant pour mieux conserver le souvenir de ce royal effleurement. Qui, assistant en France à une remise de décorations à certains artistes par Jules Ferry, ministre de l'Éducation, se prend à rêver en observant l'émotion des héros du jour, des sculpteurs comme elle ambitionne de le devenir : « Oh ! L'année prochaine, attraper une médaille ! Et que tout arrive enfin, comme dans un rêve ! Être applaudie, triompher ! »

Gali cultive les mêmes rêves de gloire que Marie Bashkirtseff, mais elle le sait déjà, ce n'est pas dans les arts qu'elle s'illustrera. Issue d'une noblesse d'épée qui sert son pays de génération en génération, fille d'une Kabardie à l'humeur batailleuse, elle goûte, plus que les honneurs civils, la pompe militaire. S'irrite que les femmes n'aient pas accès aux mêmes décorations que les hommes et doivent se contenter de l'ordre de Sainte-Catherine, avec son ruban écarlate au liseré d'argent, l'ordre de Saint-Georges, prestigieux entre tous, avec son beau ruban orange strié de noir, ne pouvant être décerné qu'à des hommes, pour faits de guerre. L'aptitude au combat des femmes du Caucase n'est-elle pas proverbiale ? Sous leurs voiles, elles aussi ont toujours porté un poignard. Pour bien des gens, elles descendent tout droit des mythiques amazones. On dit que, de l'autre côté de l'Elbrouz, chez les Khevsours, les femmes ont coutume de chevaucher sans selle par des chemins vertigineux qu'aucun homme n'oserait prendre à pied. On raconte aussi qu'en 1839, lors du siège d'Akhoulgo, celles du Daghestan étaient aux côtés de leurs hommes pour défendre le fief de l'imam Chamyl. Que, leurs munitions épuisées, elles lancèrent des rochers sur les troupes russes pour briser leur progression. Que, lorsqu'il n'y eut plus de rochers, ce furent les hommes qui se précipitèrent d'en haut sur les baïonnettes ennemies. Et que, tous les hommes étant morts, les femmes lancèrent leurs enfants comme projectiles humains, avant de sauter à leur tour.

« À vingt-deux ans, je serai célèbre ou morte », écrivait Marie Bashkirtseff, l'été de ses dix-sept ans. Sa prédiction se réalisera à deux ans près : quelques années après sa mort d'une tuberculose à vingt-quatre ans, son journal est publié, ses tableaux entrent au musée. Elle laisse l'image d'une jeune femme ardente qui, n'ayant jamais douté être une créature d'élite, rêve d'avoir la foule à ses pieds, adresse au ciel de naïves prières pour la conservation de sa beauté et la reconnaissance de son talent, et ne manque pas de s'interroger sur l'impact qu'aura un jour son nom : « Marie Bashkirtseff ! Que dit-il ? Il sonne comme quelque chose de bizarre, de tourmenté, non qu'il ne promette un certain éclat : il a même une certaine allure, du bruit, de la fierté ; mais c'est saccadé et tracassé. » On devine Gali traversée par les mêmes interrogations. « Gali Hagondokoff ! Un nom qui a une certaine allure, du bruit, de la fierté. » On l'imagine hantée par la même pensée du néant que Marie, lorsque celle-ci écrit : « Si j'allais mourir, comme cela, subitement... Il ne restera bientôt plus rien de moi... rien... rien ! C'est ce qui m'a toujours épouvantée. Vivre, avoir tant d'ambition, souffrir, pleurer, combattre, et, au bout, l'oubli ! Comme si je n'avais jamais existé... » Mais ce qui, plus que tout, fait de Gali la petite sœur de Marie, c'est son inextinguible soif de vivre, sa hâte d'emmagasiner le plus de sensations possible : « Il me semble que personne n'aime autant tout que moi : arts, musique, peinture, livres, monde, robes, luxe, bruit, calme, rire, tristesse, mélancolie, blague, amour, froid, soleil... J'adore et j'admire tout. Tout se présente à moi sous des aspects intéressants et sublimes : je voudrais tout voir, tout avoir, tout embrasser, me confondre avec tout. »

Pour autant que les tourbillons de l'histoire ne viennent entraver ce féroce appétit...

3

Coup de foudre à Kislovodsk

La perle du Caucase

À la fin juin 1913, la famille Hagondokoff est repartie passer l'été au Caucase comme elle en a l'habitude, faisant halte pour commencer les vacances à Batoum, le grand port géorgien de la mer Noire où l'accueillent, dans leur belle maison au parc planté de palmiers, des amis très chers, les Fabricious, une famille d'origine allemande. Lui est un médecin réputé. Elle, une chère amie d'Élisabeth, a toujours favorisé ces débarquements qui font la joie de Hans, leur fils unique, littéralement aspiré par la bruyante tribu. La petite bande passe ses journées sur la plage, coupée en deux par une corde qui délimite le côté réservé aux femmes et celui réservé aux hommes. Gali tente d'apprendre à nager à Ismaël, la tâche n'est pas facile dans ces eaux deux à trois fois moins salées que celles d'une mer ordinaire. Tous, au sortir de l'hiver pétersbourgeois, profitent du climat subtropical, jamais las de visiter le jardin botanique de la ville, de parcourir la campagne où dominent les plantations de thé et d'agrumes et d'admirer les somptueux couchers de soleil sur la mer Noire.

À la mi-juillet, la famille rejoint son fief de Kamenomost. Pour plus de commodité, elle a délaissé le fortin du grand-père Zourab pour s'installer dans une grande maison à un étage qui surplombe le village, dotée sur toute sa longueur d'un auvent de bois. Une fois n'est pas coutume : Constantin est là aussi. Sa santé est vacillante. La vie rude qu'il a menée pendant des années, ses voyages incessants, les blessures glanées sur le champ de bataille ont fragilisé ce colosse, quadragénaire depuis peu. Il est las de ces séparations qui n'en finissent pas, conscient de ne pas avoir vu grandir ses enfants. Sa décision est prise : il mettra un temps sa carrière entre parenthèses. En décembre, il demande sa mise en disponibilité. Et, le 5 janvier 1914, il quitte le service actif pour s'occuper des affaires de son beau-père, qui possède une cimenterie et un magasin de fournitures électriques à Tiflis. Mais c'est à Kislovodsk, dans le Caucase du Nord, aux portes de sa chère Kabardie, qu'il établit sa résidence principale.

Kislovodsk – « les eaux acides » –, la perle du Caucase ! La plus populaire des quatre stations thermales qui ont fait la réputation de la région des « Eaux minérales » au sud du district de Stavropol. Depuis sa création sous Alexandre Ier en 1803, la bonne société de Saint-Pétersbourg a pris l'habitude de se retrouver aux beaux jours dans cette petite ville située à huit cents mètres d'altitude dans la verte vallée du Podkoumok, au pied de pics gigantesques. Si les établissements de bains ont toujours eu la faveur des Russes, celui de Kislovodsk, édifié par le prince Vorontsov au milieu du beau parc Kourortny, jouit d'une réputation particulière. Son eau gazeuse qu'on appelle ici « Narzan » ou « boisson du Géant » est réputée avoir toutes les vertus. Dans le temps, les mauvais garçons venaient y combattre les ravages de la syphilis. Aujourd'hui, on parle surtout des vertus revigorantes de cette source sulfureuse pour soigner les rhumatismes, c'est un spectacle comique de voir nombre de belles dames déambuler à pas rapides dans les allées plantées de peupliers afin de hâter l'action des eaux. Point besoin pour autant de se voir prescrire une cure pour jouir des charmes de la ville. Elle compte abondance d'hôtels et de maisons de repos. L'été, l'animation est à son comble dans les cafés et les restaurants qui bordent le parc, une fanfare joue deux fois par jour sous le kiosque à musique. Depuis que le chemin de fer y arrive, la population a été multipliée par dix.

C'est aux portes de la ville, dans un lieu nommé les Roches Rouges, que les Hagondokoff ont élu domicile. Leur villa – un chalet de bois aux toits verts surmontés de multiples clochetons, étrangement doté d'un perron de pierre – domine la route où passent les calèches des promeneurs et les arbas des paysans tcherkesses, et jouit d'une vue imprenable sur le Bechtaou, la montagne la plus proche, avec ses cinq têtes qui bleuissent quand vient le soir. Élisabeth y dispose enfin du jardin de ses rêves. Au printemps, les merisiers sont en fleur ; par les fenêtres grandes ouvertes, la brise recouvre de pétales blancs tous les meubles de la maison. Aubépines et pruniers sauvages forment d'immenses bouquets bourdonnant d'abeilles. À l'automne, les massifs d'érables qui cernent la demeure prennent des couleurs de feu. Kislovodsk offre en outre l'avantage d'être à faible distance de Kamenomost, moins d'une heure par un mauvais chemin. La famille s'y rend toutes les fins de semaine. Dans le jardin en pente raide, on fait d'impressionnantes glissades l'hiver sur la neige, mais aussi bien l'été, sur les herbes sèches, grâce aux luges fabriquées par Constantin à partir de vieux tonneaux éventrés. En Gali, la sauvageonne reprend ses droits, elle grimpe aux arbres, pêche la truite dans la rivière Malka, fait des promenades qui n'en finissent pas. Elle redoutait au départ de monter l'un de ces petits chevaux kabardes élevés à l'aoul, des chevaux bien membrés, durs à la fatigue, mais souvent rétifs. « *Nie boïssia !* » (N'aie pas peur !), lui lançait son père pour l'encourager. Elle est maintenant la première à chevaucher allègrement sur les sentiers tortueux qui mènent aux autres aouls de la vallée, ou bien sur le haut plateau, au milieu des fleurs des montagnes, si hautes et si denses qu'elles viennent caresser le ventre des chevaux qui semblent nager plutôt que marcher dans cet océan de verdure : « Un vrai cosaque ! » a lancé un jour Constantin, la voyant revenir vers lui à bride abattue. Le cœur de Gali a bondi de joie. Être objet de fierté pour ce père qu'elle porte aux nues ! Que demander de plus à la vie ?

À trop aimer Saint-Pétersbourg, Gali avait presque oublié qu'elle était d'abord caucasienne. Elle est reprise par la magie des lieux. Elle qui goûte peu la solitude reste des heures immobile face aux montagnes immenses, comme suspendue entre ciel et terre. Autour d'elle courent des petits chiens de prairie, sortes de gros écureuils sans queue. D'immenses troupeaux de chèvres et de moutons dévalent les pentes, poussés par des bergers centaures vissés sur leurs destriers. Le soleil est généreux. Elle ressent sur sa peau cet air « pur et frais comme le baiser d'un enfant » dont parle Lermontov. Lermontov ! Le chantre du Caucase où, pourtant, jeune officier de dragons, il fut assigné à résidence par le tsar pour prix de son impertinence. De son *Héros de notre temps*, Gali a fait son nouveau livre de chevet. Il y est question d'un beau militaire bourreau des cœurs qui paie de sa vie son cynisme en tombant mortellement frappé dans un duel – comme le sera, à vingt-sept ans, Lermontov. Pour Gali, nul mieux que lui n'a immortalisé la splendeur des paysages caucasiens, l'immense masse blanche de l'Elbrouz, scintillante comme les facettes d'un diamant, dont on aperçoit la double cime par temps clair, la fureur des rivières aux eaux gonflées par la fonte des neiges, l'impressionnante silhouette des châteaux qui, telles des sentinelles géantes, se découpent sur le ciel. Le Caucase est toujours là, immuable, lors même que le poète a disparu trois quarts de siècle plus tôt.

Une despote en jupons

Le bon air a eu tôt fait de redonner des couleurs aux petits citadins. Constantin lui-même semble ragaillardi. Mais c'est sur Gali que la métamorphose est la plus époustouflante. En quelques mois, l'adolescente presque ingrate avec son expression volontaire, cette extrême minceur proche de la maigreur, s'est transformée en une superbe jeune fille aux yeux couleur de miel sombre ombrés de cils aussi longs que ceux du tsarévitch. Ses joues se sont remplies, apportant à son visage une douceur nouvelle, mais aucune mollesse n'habite ce front lisse à la peau très fine, ces pommettes hautes, ce nez parfaitement régulier, ces lèvres vermeilles délicatement ourlées. Le tout juché sur un corps magnifique : épaules rondes, taille fine, jolie poitrine, longues jambes nerveuses. Ses sœurs aussi sont charmantes, surtout Artemia. Et pourtant, c'est Gali qui attire tous les regards. Difficile d'expliquer pourquoi, l'intensité du regard, un port de tête particulier, la souplesse de sa nuque, une démarche ailée... Aussi belle soit-elle, cette fille-là n'a rien d'une statue antique, c'est dans le mouvement qu'il faut la regarder. Cette fille est la vie même et l'on n'arrête pas le mouvement de la vie.

Les Hagondokoff mènent une existence confortable, sans luxe excessif. Sur la recommandation de Pani Elena, Élisabeth a engagé une de ses lointaines parentes, Genia, orpheline de père et de mère, une fille gentille et serviable, bonne cuisinière : c'est la reine des « mazurkis », ces gâteaux polonais qu'on sert avec de la confiture et des fruits confits, et aussi des « kloskis », des beignets de pâte jetés dans le bouillon. Bien que revenu à la vie civile, Constantin a gardé près de lui son ordonnance cosaque, Grigori : une nounou de plus pour la famille. C'est un fin cuisinier lui aussi, qui n'aime rien tant que de concocter, à côté des plats traditionnels russes – filets de hareng, esturgeon fumé, petits pâtés chauds à la viande ou au chou, concombres à l'eau salée et aux aromates, caviar frais ou pressé les jours de fête –, des recettes locales, le bortsch à base de viande et de betteraves, assaisonné avec de la crème aigre, tout comme le stchi, la soupe au chou, ou la botvinia, un potage froid au poisson.

Les grandes fêtes religieuses rythment l'année. Avant Noël, on nettoie à fond la maison. Les domestiques lavent, brossent, cirent. On a dressé un sapin dans le salon dont on a condamné l'accès. Mais les aiguilles vertes sur le tapis de l'entrée trahissent son passage, tout comme le parfum de résine qui a envahi la maison. Pour faire patienter les petits, les aînées leur font découper des guirlandes dans du papier doré. Quand les portes s'ouvrent enfin, la joyeuse troupe marque un temps d'arrêt, le souffle coupé, devant l'arbre scintillant de mille feux dont la cime effleure le plafond et la montagne de paquets qui l'entoure. À Pâques, tout le monde, même les plus petits, assiste à la messe de minuit, tant l'impatience est grande de fêter le Christ ressuscité (Pani Elena, qui est catholique, dit que chez elle c'est plutôt la naissance de Jésus qu'on célèbre dès la veille au soir). Accroché au cou de Gali, Ismaël ne perd pas une miette de la cérémonie. Au retour, on déguste comme il se doit un cochon de lait à la peau croustillante. Au centre de la table, on a placé les desserts traditionnels de Pâques, le koulitch – une haute brioche ronde parfumée à la cardamome et truffée de fruits confits et de raisins secs – et la pashka, de délicieux cônes de fromage blanc qu'on a apportés à l'église pour les faire bénir, tout comme les œufs peints qu'on distribue ce soir-là.

Même la vie de tous les jours est une fête. Après le dîner, la famille se retrouve au salon pour faire de la musique. Élisabeth se met au piano, les enfants font cercle autour d'elle. Tout le répertoire des vieilles chansons russes y passe, « Kalinka », « Les Yeux noirs », « Le Temps du muguet », « Jouravl » (« la cigogne »), mais de toutes, c'est « Gornye Vershiny » (« les gorges des sommets ») que Gali préfère. Constantin est bien sûr chef de chœur. Avec sa haute stature et ses moustaches à la Kaiser, c'est la figure d'autorité chez les Hagondokoff. Même en costume civil, son charisme naturel est tel que les junkers qui le croisent dans le parc Kourortny se figent au garde-à-vous à trois pas devant lui et ne se remettent à marcher qu'une fois qu'il les a dépassés. Quand elle s'adresse à son mari, Élisabeth ne dit jamais autre chose que « Votre Haute Noblesse » – ce sera « Votre Excellence » lorsqu'il aura été nommé général. Mal avisé serait celui qui l'interpellerait par son seul grade, lui donnant du « Colonel » comme les enfants l'ont vu faire en France. Ces derniers l'appellent « Père », ils se lèvent tous d'un seul mouvement lorsqu'il entre dans une pièce, attendant qu'il les libère de leur garde-à-vous, Gali comme les autres.

Pourtant, personne ne l'ignore, elle jouit dans la famille d'un statut à part. En l'absence de Constantin, c'est elle, le chef de famille. Plus que sa douce mère. Plus que Pani Elena, au caractère pourtant affirmé. Plus que cette tête folle de Nina. Elmiskhan... Gali règne déjà par son nom. Sur une photo, elle trône à Kamenomost, au milieu des gens de son aoul, en costume kabarde. Elle est encore une toute jeune fille, et pourtant on sent qu'elle est la princesse des lieux. À la maison aussi, tout le monde file doux devant elle. Ismaël, le « veniamine », le benjamin adoré, la porte aux nues. Elle l'appelle de mille noms doux, « Macia », « Macik » ou encore « Koumir », un dieu vénéré en Extrême-Orient, elle passe des heures à lui lire *Ivanhoé*, les fables d'Ésope ou celles de La Fontaine, dans les traductions d'Ivan Krylov. Ismaël n'a pas cinq ans qu'il récite déjà *La Cigale et la Fourmi*.

Pas de problème non plus du côté de Constantin, plutôt bonne pâte, qui se départ rarement de son beau sourire. Mais Georges, lui, d'instinct batailleur, se rebiffe contre la « commandante ». Entre eux, c'est une bagarre perpétuelle. Gali déteste qu'on mette les mains dans les poches, ce qui donne à l'entendre « mauvais genre ». Georges trouve un malin plaisir à le faire, surtout quand il passe devant elle. Elle proteste. Il persiste. Furieuse, Gali marche sur lui pour lui extirper les mains de sa veste... et pousse un cri d'horreur : le chenapan a bourré ses poches de « maïskyii jouk », ces hannetons qui pullulent en mai au Caucase et s'infiltrent partout, dans les maisons, sous les vêtements, dévastant parfois les champs au désespoir des paysans. Un caractère se dessine : toute sa vie, Gali n'aura de cesse d'accroître le cercle de ses sujets.

Bruit de bottes

Il y a comme cela des moments bénis dans la vie. En cette année 1914, Constantin va souvent pour affaires à Tiflis, des absences de seulement quelques jours, rien à voir avec les séparations passées. Élisabeth craignait que son époux ne supporte mal ce changement d'activité. Elle découvre avec bonheur que le vaillant guerrier n'a aucun mal à se reconvertir en homme d'affaires avisé. Les affaires familiales qui végétaient sont en quelques mois devenues florissantes. Entre les bénéfices engrangés et la pension qu'il touche de l'armée, Constantin assure un train de vie plus qu'enviable à sa nombreuse famille. Si inquiétudes il y a, elles viennent de la situation internationale. Le 28 juin 1914, l'archiduc héritier d'Autriche-Hongrie, François-Ferdinand, et son épouse ont été assassinés à Sarajevo, la capitale de la Bosnie-Herzégovine. Le 28 juillet, l'Autriche-Hongrie déclare la guerre à la Serbie. Nicolas II, qui se veut protecteur de la Serbie, rétorque aussitôt par un décret de mobilisation contre l'Autriche-Hongrie puis contre l'Allemagne. Le 1er août, l'Allemagne déclare la guerre à la Russie et deux jours plus tard à la France (liée à la Russie par des accords de coopération militaire, celle-ci a dès la veille décrété comme elle la mobilisation générale). Toutes grèves et manifestations oubliées, une véritable houle de ferveur entoure le tsar, la fièvre patriotique est à son comble. Le 8 août, le Parlement vote à l'unanimité le budget militaire.

Constantin n'a pas un instant d'hésitation. Son devoir est de se mettre à la disposition de la hiérarchie militaire. Dès le 1er septembre, il est affecté à la « Division sauvage », la nouvelle dénomination de la division tchitinsk, dont le grand-duc Michel (celui-là même qui avait remarqué Constantin lors de la guerre russo-japonaise) vient de prendre le commandement. Ce dernier a été rappelé par le tsar, son frère, de l'exil qu'il purgeait en Angleterre pour avoir séduit la femme d'un de ses subalternes : les affaires privées sont de peu de poids quand la patrie est en danger. Outre le régiment turkmène, la Division sauvage comprend six régiments formés des seuls « indigènes du Caucase », Kabardes, Ossètes, Tchétchènes, Ingouches, Tartares et Daghestanais. Dans cette sorte de Légion étrangère qui ne comprend que des peuples issus des marches de l'empire, les hommes, de solides montagnards, arrivent avec leurs propres chevaux et se battent au sabre et au poignard. Célèbres pour leur vaillance, ils le sont aussi pour leur cruauté, ils sont réputés ne pas faire de prisonniers.

En charge de la 2e brigade de la Division sauvage, celle qui comprend les régiments tchétchènes et tartares, Constantin part à la mi-novembre guerroyer contre les Autrichiens dans les Carpates, à l'ouest de l'Ukraine. L'armée y remporte quelques beaux succès, même si, sur d'autres fronts, la Russie essuie des pertes effroyables – au début de 1915, on compte déjà un million deux cent mille hommes hors de combat, tués, blessés ou disparus. Pour prix de ses exploits, Constantin Hagondokoff reçoit l'insigne honneur de faire figurer la croix de Saint-Georges dans les armoiries de la famille, il gravit aussi un échelon dans l'ordre de Sainte-Anne comme dans celui de Saint-Stanislas. Promu général, il devient chef d'état-major du 2e corps de cavalerie. Et, dans les premiers mois de 1916, il est nommé gouverneur militaire de la province de Sibérie orientale et ataman des Cosaques de l'Amour.

À croire qu'un aimant l'attire inéluctablement toujours plus loin, toujours plus à l'est. Après Ashkabad, le voici basé à Vladivostok, au bord du Pacifique, à la porte de cette Mandchourie où il bataillait déjà comme lieutenant. Toutes ces dernières années, la Sibérie a pris une importance nouvelle, du fait des richesses naturelles qu'elle renferme ; sous l'impulsion de Stolypine, on y a attiré de nombreux colons en leur fournissant des terres gratuites ou presque ; six millions de brochures et de dépliants vantant les charmes de ces vastes espaces ont été distribués dans les zones rurales surpeuplées de l'Ouest ; des trains ont été mis à la disposition des candidats au départ – officiellement, trois millions, près de quatre selon certaines estimations. Gérer le vaste territoire dont il a la charge est pour Constantin une tâche écrasante, même s'il dispose, pour le parcourir, d'un luxueux wagon personnel aux murs capitonnés de velours et aux portes garnies de cuivre sur lesquelles sont peintes les armoiries de la famille, un vrai train d'opérette. Depuis près de quatre siècles, Chine et Russie entretiennent des relations complexes, à l'image du cours sinueux du fleuve Amour (une contraction du nom mongol du fleuve, le Fleuve noir, « Hara Mouren ») qui sépare les deux pays. Si, en temps de paix, les habitants des deux rives vivent en bonne intelligence, commerçant entre eux, organisant des mariages, tout peut être remis en cause pour une histoire de braconnage ou, plus fréquent encore, pour une querelle entre chercheurs d'or même si l'on n'en est plus à la folie des années 1890 : à l'époque, la découverte de sables aurifères dans les rivières, surtout du côté chinois, avait provoqué la venue en masse de prospecteurs de toutes nationalités, y compris américains, allemands et français, alléchés par la promesse d'un gain de cent à trois cents roubles-or par tonne de produit traité, et, pourquoi pas, par la perspective de tomber, comme d'autres chanceux avant eux, sur des pépites pesant jusqu'à deux kilos.

La tâche de Constantin est d'autant plus lourde qu'elle revêt une importance stratégique à l'heure du conflit mondial. Car, en fermant les détroits, l'entrée en guerre de la Turquie le 31 octobre 1914 a aggravé les problèmes logistiques de la Russie, qui souffre d'une dramatique pénurie en armement et en munitions. Pour amener l'aide extérieure, il n'y a plus que deux accès possibles. D'une part les ports du Nord, mais Arkhangelsk, relié par voie ferrée à Moscou, est pris par les glaces six mois sur douze, et aucun train n'atteint Mourmansk sur la mer de Barents. De l'autre Vladivostok, aussi problématique soit l'acheminement du matériel sur des milliers de kilomètres : même si le chemin de fer de l'Est chinois assure une deuxième voie de circulation, il faudra attendre que soit achevé en 1917 le doublement du Transsibérien, jusque-là en voie unique sur toute une portion du parcours, pour que les Alliés voient leurs livraisons facilitées.

Le général de quarante-cinq ans s'investit à fond dans sa nouvelle mission. Reste qu'en ce bout du monde il est loin de tout, du front, de sa chère Division sauvage, de sa famille. Certains avanceront l'idée que cette apparente promotion est en fait une sanction : avec le franc-parler qui le caractérise, Constantin n'aurait pas caché, dans une lettre adressée aux plus hautes autorités militaires, son sentiment sur Raspoutine. Une disgrâce peu plausible si l'on en croit cet échange de lettres entre l'empereur et sa femme, en date de septembre 1916. Depuis le mois d'août où Nicolas II, ayant eu la piètre idée de reprendre à son compte le poste de généralissime de l'armée russe, s'est installé à Moghilev où se trouve son quartier général, l'impératrice Alexandra, restée à Tsarskoie Selo, a le champ libre pour gouverner à son gré. Elle ne cesse de faire des suggestions à son mari. Elle lui raconte ainsi qu'au cours d'un dîner chez sa chère amie Anne Vyroubova le nouveau ministre de l'Intérieur Protopopov a proposé de remplacer l'actuel gouverneur Obolensky, qui ne dispose pas de l'autorité nécessaire pour arrêter les désordres actuels, par son « ami » Constantin Nicolaïevitch Hagondokoff : « Je possède sur lui, écrit-elle, une documentation très favorable. » Elle fait valoir à son époux qu'il a participé aux campagnes de Chine, du Japon et à la guerre en cours contre l'Allemagne, qu'on lui doit aussi beaucoup pour sa contribution à la pacification de la Mandchourie. « Il est à peu près de mon âge, ajoute l'impératrice, et possède toutes les décorations qu'on peut obtenir au niveau de son grade. » « Notre ami [il est cette fois question de Raspoutine] dit que, puisqu'il nous est dévoué, pourquoi ne pas le nommer ? » Aux dires de l'impératrice, Hagondokoff présenterait nombre d'avantages sur d'autres candidats tel Adrianov, un ancien juge militaire, honnête homme mais faible et brouillon, ou le général Meyer qui, malgré de beaux états de service, a contre lui un nom à la consonance par trop germanique (c'est pour la même raison, la haine de l'ennemi allemand, que, depuis le début de la guerre, la capitale a été rebaptisée Petrograd). Quant aux problèmes de santé un temps invoqués par Constantin Hagondokoff pour quitter le service actif, ils semblent ne plus être d'actualité. De toute façon, conclut Alexandra, « cette charge n'est pas physiquement trop pénible, elle demande seulement un homme énergique et sa croix de Saint-Georges devrait produire beaucoup d'effet. »

Dès réception de cette lettre, Nicolas II répond, depuis le grand quartier général, à son « petit pigeon » que, s'il est d'accord pour proposer une mutation à Obolensky – il le verrait bien à la tête du palais d'Hiver –, il n'est pas convaincu par la candidature de Hagondokoff : « Ton ami Hagondokoff, dit-il à sa femme, a été nommé ataman de l'armée cosaque de l'Amour seulement depuis quelques mois et je ne sais vraiment pas comment il assumerait les fonctions de gouverneur de Petrograd. » Cela n'empêchera pas l'impératrice de recevoir Constantin à Tsarskoïe Selo à la fin octobre 1916, quelques semaines seulement avant l'assassinat de Raspoutine : « Hagondokoff n'a pas changé, écrit-elle à son mari au soir de cette visite, seulement il a un peu maigri et son visage est usé. Il m'a rendue confuse car il m'a incitée à mener la conversation, j'ai parlé exclusivement de la Sibérie. »

Les petites infirmières

Après Saint-Pétersbourg, Constantin a fait une rapide incursion à Kislovodsk pour revoir les siens. Il a le visage creusé, c'est vrai, mais l'allure plus conquérante que jamais avec sa moustache désormais grisonnante. Le temps de serrer sa femme dans ses bras (les années qui passent semblent ne pas avoir de prise sur l'amour qui unit ces deux-là), de raconter devant ses enfants bouche bée les rencontres étranges qui sont son quotidien en Sibérie – ses démêlés avec les orpailleurs qui tentent de l'acheter et dont il a fait jeter certains en prison, cette nuit passée au bivouac au cours d'une tournée d'inspection sur les rives de l'Oussouri qui aurait bien pu tourner au drame, une meute de loups affamés ayant encerclé la tente où il dormait, un peu à l'écart du camp... – et voilà Constantin reparti.

À la guerre comme à la guerre. Chacun se doit de rejoindre son poste. Depuis deux ans que durent les hostilités, le bilan est lourd. Plus de la moitié des forces combattantes russes sont éliminées. La Galicie, la Pologne et la Lituanie ont dû être abandonnées. C'est une véritable hécatombe parmi les officiers issus de la noblesse, notamment parmi les régiments de la garde impériale engagés en première ligne. Seule l'armée du Caucase a obtenu quelques beaux succès, en réussissant à arrêter dans le Sud une nouvelle offensive : non seulement la Géorgie est libérée mais les troupes russes ont progressé jusqu'à Van, situé au sud-est de la Turquie, mettant fin au massacre de la population arménienne de cette ville. D'autres affrontements très durs ont eu lieu plus au nord autour de la forteresse de Kars, dont les Turcs n'ont jamais admis la dévolution à la Russie quarante ans plus tôt. Venus du Sud mais aussi du front austro-hongrois, sur lequel les combats continuent à faire rage, les blessés affluent à Kislovodsk où l'on a aménagé à la hâte des hôpitaux dans les établissements thermaux.

Là, comme partout ailleurs en Russie, tandis que les hommes sont au front, les femmes s'affairent à l'arrière. Les jeunes filles de bonne famille offrent leurs services. Certaines aident à la confection de colis pour les soldats. On y met du chocolat, un paquet de tabac rustique – du Makhorka –, du papier pour rouler les cigarettes, un savon parfumé à la rose, du fil noir et du blanc, des épingles de nourrice, et puis des bandes de tissu ouatiné de vingt centimètres de large dont les soldats envelopperont leurs pieds avant de chausser leurs bottes pour éviter les engelures. D'autres jeunes filles choisissent de se consacrer aux blessés, suivant l'exemple de l'impératrice qui se rend tous les jours à l'hôpital de Tsarskoïe Selo, assistant, dit-on, aux opérations les plus pénibles, se penchant sur les plaies les plus rebutantes, accompagnée des quatre grandes-duchesses, dont les aînées, Olga et Tatiana, ont à quelques mois près l'âge de Nina et de Gali. Lorsque ces dernières ont fait, à l'été 1915, acte de candidature à l'hôpital de Kislovodsk, Gali n'avait encore que dix-sept ans, elle a dû tricher sur son âge, se vieillissant d'un an. Les sœurs Hagondokoff n'avaient guère soigné jusque-là que les genoux couronnés de leurs diables de frères. Elles n'ont pour tout diplôme que leur « attestation » – l'équivalent du baccalauréat. Mais qu'importe, les blessés sont si nombreux et le manque de personnel est si grand.

Au départ, on a confié aux benjamines de l'équipe des tâches accessoires. L'hôpital manque de tout, de morphine, de chloroforme, mais aussi de gaze et de coton : Nina et Gali sont dépêchées par le médecin-chef dans le voisinage pour récolter de vieux chiffons, des chemises usées, du linge, qui pourra être utilisé à la confection de bandages. De l'argent et des denrées aussi chez les notables et les commerçants de la ville. « Une besogne de mendiante », peste Gali. Elle n'aura de cesse qu'on ne les affecte auprès des blessés, dans les longues salles aux parquets cirés qui, hier encore lieux de détente pour les curistes, sont désormais envahies par une rangée de gisants. L'un, avec sa tête bandée, ressemble à une momie, un autre est immobilisé dans une gouttière de plâtre, le troisième observe sa manche droite vide comme s'il refusait de croire à l'inéluctable. Il y a des pleurs, des gémissements, des silences plus douloureux que des cris. Dès le seuil, une odeur d'iode et d'éther prend à la gorge. Dans un coin de la pièce, on a placé une icône avec sa veilleuse en verre rouge. Nina et Gali aident à laver les pansements, à rouler les bandages, à diluer de l'iode avec de l'eau distillée car elle commence à manquer. Le matin, il faut faire la toilette des blessés, vider les bassins, retaper les lits, remonter les oreillers. Les assister pendant les repas. Leur apporter du linge propre, des douceurs, de la lecture, une image pieuse qui leur redonnera force et courage. Écrire une lettre pour celui qui est trop faible pour prendre la plume, à moins qu'il ne soit tout simplement illettré. Et puis rester là à leur chevet, en leur tenant la main, en leur parlant à voix basse, ou en ne parlant pas, en étant seulement là.

Le premier jour qu'elles étaient de service en salle, Nina a vu sa cadette sortir précipitamment après qu'on eut amené un petit aspirant à peine plus vieux qu'elle, terriblement défiguré. Elle l'a retrouvée prostrée sur le perron de l'hôpital, le visage caché dans ses genoux, labourée de sanglots. De la guerre, Gali ne connaissait jusque-là que le visage glorieux, les médailles, les beaux uniformes. Et voilà qu'elle en voit le côté hideux, les corps malmenés, torturés, et ce sang, tout ce sang. Comment ne pas être submergée par la détresse de ces hommes fauchés en pleine jeunesse, de ces infirmes à vie, de ces monstres parfois ? « C'est trop dur. Je n'y arriverai jamais », a-t-elle dit à sa sœur aînée. Et pourtant, le lendemain, Gali est revenue. Et les jours d'après. Maintenant, elle tiendrait plutôt mieux le coup que Nina, recrue de fatigue à l'issue de ces longues journées, visitée la nuit par d'atroces cauchemars. Un long tablier blanc sur sa robe bleu marine, une petite coiffe empesée posée sur les cheveux, Gali va de lit en lit, toujours fraîche comme une rose, toujours souriante, volontiers blagueuse, mais ferme aussi, n'hésitant pas à gronder gentiment celui qui se lève sans en avoir le droit ou qui ne touche pas à son repas. Elle n'a pas sa pareille pour rassurer sur son état un homme blessé au ventre dont les prunelles scintillent de fièvre, pour consoler un autre qui a perdu, dans la même attaque, l'une de ses jambes et ses trois plus proches camarades. Les infirmières lui confient désormais des soins, Gali a vite appris à faire des piqûres de morphine, à nettoyer délicatement une plaie béante avec des tampons imbibés de permanganate de potassium, à refaire un pansement sur un moignon. Les médecins n'en reviennent pas, cette gamine semble n'avoir peur de rien. Lorsqu'elle passe dans les galeries couvertes qui permettent de se promener par temps de pluie, les convalescents assis sur les bancs, le teint pâle, la mine triste, une paire de béquilles souvent à portée de main, se redressent soudain, jamais à court d'un petit compliment, heureux si Gali prend le temps de s'arrêter un moment pour leur faire la conversation.

On n'est pas sérieux...

« On n'est pas sérieux quand on a dix-sept ans. » N'en déplaise au poète, « la demoiselle aux petits airs charmants » l'est pourtant, en quelques mois elle a même suivi un lourd apprentissage, payé cher la prise de conscience qu'une vie n'a réellement de prix que si elle est au service d'autrui. À l'hôpital de Kislovodsk, Gali a vécu son expérience fondatrice, celle qui déterminera beaucoup de son avenir. Mais, dans la même intuition, elle a compris que, pour aider à porter le malheur des autres, il ne fallait pas se laisser happer totalement par lui. Que sa jeunesse, sa beauté, sa joie de vivre étaient une offrande et non une offense faite à tous les souffrants du monde. Soudain, voilà que le monde ne se résume plus pour eux à des visions d'apocalypse, aux cadavres laissés sans sépulture sur le champ de bataille, à la douleur qui tord leur corps, à leurs membres amputés. Par sa compassion allègre, Gali donne à tous l'envie de croire à un avenir possible. À un au-delà de l'épreuve.

À d'autres, la guerre aurait risqué de voler leur jeunesse. Inaugurant une règle de conduite qu'elle respectera toute sa vie, Gali n'oubliera jamais de rire, de chanter, de danser, même – surtout ? – lorsque l'orage gronde au-dessus de sa tête. Happées pendant la journée par leur travail à l'hôpital, les sœurs Hagondokoff profitent intensément de moments de liberté. Pour celles qui étaient étroitement chaperonnées jusque-là, ces temps troublés ont représenté une vraie rupture. Leur père joue les fantômes, leur mère peine à imposer sa loi, Pani Elena passe le plus clair de ses journées à se lamenter sur sa chère Pologne dévastée. Nina et Gali jouissent d'une indépendance nouvelle qui les enchante. En fin de journée, elles se promènent en fiacre dans les rues de la ville, toujours conduites par le même cocher, Léonce, fier d'avoir la charge de ces jolies filles sur lesquelles se retournent les passants. Parfois, elles s'attablent pour prendre le thé à l'Hôtel de la Couronne, ou à l'hôtel Astoria, les meilleurs de la ville. Le soir venu, elles sortent avec les jeunes lieutenants qui achèvent leur convalescence.

Les jours où le médecin-chef leur donne quartier libre, elles partent se promener en voiture attelée, ou bien à cheval, montées en amazone, dans les environs de Kislovodsk. Un jour de mai, la fine équipe pousse jusqu'à quarante-cinq verstes au sud-ouest de la ville pour faire l'ascension du Bermamyt, relativement aisée par la face nord mais haut de plus de deux mille six cents mètres. L'excursion se fait dans la journée dans des voitures à ressorts à deux places. On a veillé à apporter provisions et vêtements chauds car il n'y a pas âme qui vive dans la région. Mais des ours, oui, et des loups, tout comme des bouquetins et de paisibles chamois. Au cours de la montée, tandis qu'on traversait un champ de bruyères, plusieurs tétras-lyres en livrée noir et blanc sous la crête rouge se sont envolés, effarouchés. Plus haut, Gali, Nina et leurs amis ont croisé un splendide ibex avec ses longues cornes recourbées. Mais la récompense suprême sera, une fois arrivé à mi-pente et sorti de la forêt sombre ponctuée de bouleaux argentés, de découvrir soudain l'Elbrouz en majesté, dominant fièrement les cimes glacées du grand Caucase. À ce volcan éteint d'où s'échappent encore quelques fumerolles, un guide kabarde en 1829 et un Anglais quarante ans plus tard ont enfin osé s'attaquer : depuis, il a fait bien des morts. Aucun homme, disent les Circassiens, ne peut y monter sans la permission de Dieu. Gali ne la demandera pas. Pour elle, et cela lui suffit, l'Elbrouz restera à jamais un sommet mythique, l'image étincelante du Caucase, une terre inviolée à laquelle accrocher ses rêves de gloire.

Dans ce pays étrange, même le paisible Kislovodsk a sa part de mystère. Est-ce sa position à la frontière de la Russie et du Caucase, sa double fonction de ville thermale et de ville forteresse, la sensation qu'on y éprouve d'un danger toujours latent à l'instar de la source thermale réchauffée par le magma qui sommeille jusqu'à la prochaine irruption ? D'un côté, il y a les eaux bienfaisantes, la douceur du climat, des parterres de fleurs tirés au cordeau, le défilé des élégantes, habillées à la dernière mode occidentale ; de l'autre, la menace toujours présente d'une attaque tcherkesse ou tchétchène, les patrouilles des cosaques qui protègent la ville, l'écho lointain de rafales de tirs. Et, depuis peu, les blessés de la guerre. Lermontov évoque « le bouillonnement glacé de l'eau de Narzan ». Elle agirait comme un aphrodisiaque. « Les habitants d'ici assurent que l'air de Kislovodsk dispose à l'amour », dit aussi le poète. Les intrigues sentimentales nourrissent les conversations, les amoureux gravent leurs noms dans les rochers qui entourent la ville. Mais le kanly, le vieux droit de vengeance inscrit dans les adates kabardes, fait aussi des émules. Les hommes se battent en duel, certains, venus pour quelques jours de détente, trouveront sur ces terres caucasiennes le repos éternel. La ville d'eaux est une ville de légendes. On raconte qu'il y a de cela bien longtemps, les Amazones, fuyant les hommes, s'étaient regroupées dans ce coin de Circassie pour y fonder une société matriarcale. L'une d'elles, tombée amoureuse d'un jeune homme fabuleusement beau, le voyait en cachette au lieu-dit les Pierres brûlantes – chauffées par leur passion dévorante ? –, jusqu'à ce que, découvert, le couple soit chassé de ce paradis montagnard. Là jaillit aujourd'hui une source d'eau chaude dans laquelle les amants se baignent volontiers.

Gali est vite devenue l'égérie de son petit groupe. Elle a un air de folle noblesse, et de la grâce à ne savoir qu'en faire. On soupçonne chez elle une énergie sauvage. Elle aussi, comme Kislovodsk, souffle le froid et le chaud. Parfois distante, comme retirée en elle-même. Et soudain la plus gaie des amies, d'un enthousiasme contagieux, la première à organiser des charades, des petits jeux. Encore parée des charmes de l'innocence, elle n'ignore rien de sa sensualité naissante. Une adolescente sur le point de devenir femme... « L'air ici, aux eaux, est extrêmement dangereux », dit au héros de Lermontov l'un de ses amis, le mettant en garde contre certaines manœuvres de séduction. Parmi les curistes de Kislovodsk court l'histoire de cette mère soucieuse de la vertu de sa fille : « Mon enfant, ce soir, tu vas au bal, sois sage ! Et, si tu ne le peux pas, sois prudente. »

Mais la prudence n'est pas la qualité première de Gali Hagondokoff. Ce mot entre-t-il seulement dans son vocabulaire ?

Nicolas Petrovitch Bajenoff

Un matin, un nouveau transport de blessés arrive du front. L'un d'eux, un officier, a été blessé à la tête par un éclat d'obus. À son arrivée, l'homme, jeune, à la musculature puissante, si pâle que ses lèvres sont d'un blanc bleuâtre, le pouls lent, a semblé à Gali figé dans une immobilité de statue. Il a perdu beaucoup de sang. Non seulement un élément de la calotte crânienne a été arraché, mais la dure-mère, la membrane qui entoure le cerveau, a été déchirée, avec tous les risques d'infection qu'un tel tableau clinique entraîne, entre les esquilles, la terre, les petits lambeaux de vêtement, les cheveux qui se sont engouffrés dans la brèche osseuse. Dans l'hôpital de campagne où il a été opéré, les chirurgiens ont débridé la plaie souillée et l'ont nettoyée le mieux possible, mais ils ne donnaient pas cher de sa survie. Le docteur Karov, le médecin-chef de l'hôpital de Kislovodsk, le confirme : le trépané ne passera pas la nuit. Qu'on lui refasse son pansement en apposant sur la plaie une épaisse couche d'ouate et qu'on le laisse en paix. Dieu sait si, depuis quelques mois, Gali a appris à contempler d'horribles blessures, mais elle manque de défaillir au spectacle du cerveau qui palpite dans l'orifice béant.

Le lendemain matin, le blessé est toujours là. Toujours plongé dans une sorte de stupeur. Karov a chargé Gali de rester à son chevet et de l'interpeller de temps à autre pour tenter de le faire réagir. Tard dans l'après-midi, il a gémi, ouvert un œil, l'a refermé aussitôt, comme épuisé par cette lutte pour remonter vers la vie. Au bout du lit de fer, on a accroché une pancarte portant son nom, Nicolas Petrovitch Bajenoff. Son grade : capitaine. Et son âge : vingt-cinq ans. Il est si grand que ses pieds passent à travers les barreaux. La première semaine est terrible. On craint toujours qu'une méningite ne se déclare, elle serait fatale. Et puis, l'explosion de l'obus a non seulement blessé Bajenoff mais l'a projeté à plusieurs mètres : si le cerveau lui-même semble intact puisqu'il n'y avait ni perte des fonctions motrices, ni troubles du langage, tout porte à croire qu'il a été fortement ébranlé. D'où la formation d'un œdème qui expliquerait l'état de somnolence dans lequel il est le plus souvent plongé, même si Gali parvient à le faire manger et à lui tirer quelques mots. Les deux semaines suivantes ne seront pas plus joyeuses : sortant de son semi-coma, le capitaine est devenu terriblement irritable et imprévisible, apostrophant le personnel soignant, envoyant promener le plateau lorsqu'on lui apporte son repas. Désorienté, il ne sait plus quel jour on est, ni dans quel hôpital il se trouve. Il se prétend guéri et veut à tout prix sortir de son lit. Face au blessé, souriante mais ferme, Gali l'hyperactive révèle des trésors de patience.

Trois semaines ont passé. Le blessé, la tête toujours enveloppée dans un gros pansement, se rétablit doucement. Plus trace d'agitation due au traumatisme crânien. Plus de risque d'infection, ni de méningite, ni d'ostéite, les vertus antiseptiques reconnues aux eaux sulfureuses de Kislovodsk ont dû faire leur effet. La plaie commence à cicatriser, même si la dépression due à la perte de substance osseuse reste bien visible. Un moment, le docteur Karov a pensé appliquer dessus une plaque métallique, d'autres médecins préconisant l'utilisation d'une omoplate fraîche de lapin. En fin de compte, il a été décidé de laisser la peau se reformer au-dessus de la brèche, sans combler celle-ci. Gali parle maintenant longuement avec le capitaine, restant le soir au-delà de ses horaires de service. Elle est partagée entre la pitié et une certaine fascination.

C'est qu'elle en sait déjà beaucoup sur son compte, s'étant renseignée auprès de ses camarades hospitalisés moins atteints que lui, comme auprès de son colonel, venu depuis le front visiter les blessés du régiment. La vérité, c'est que, pour la première fois de son existence, Gali est tombée éperdument amoureuse. Depuis sa petite enfance, elle a toujours été aspirée vers le haut, comme Marie Bashkirtseff. Or, tout en Nicolas comble ces rêves-là. Sa haute stature, l'ordonnance classique de ses traits. Fils de général, il est issu de la meilleure noblesse russe, une famille originaire de Toula, au sud de Moscou, installée à Saint-Pétersbourg dès la création de la ville. À quatorze ans, sorti du corps des cadets, il a été admis à la prestigieuse École des pages, réservée aux fils de généraux ou de très hauts fonctionnaires. Les élèves y sont inscrits le plus souvent dès leur naissance : ils y reçoivent une formation de sept ans, avant de rejoindre comme officiers la garde impériale. Combien de fois Gali, petite fille, a-t-elle admiré, en passant devant le palais Vorontsov qui abrite le corps des pages – une construction de Rastrelli, comme Smolny –, ces jeunes gens dans leur magnifique uniforme, noir à triple chevron d'or sur les manches, boutons dorés, ceinturon blanc et casque à pointe ! Et leur défilé, au jour anniversaire de l'empereur, en tenue de parade, culotte blanche, bottes vernies noires et casque empanaché de blanc.

En cinq ans, depuis sa sortie du corps des pages, Nicolas Bajenoff est passé capitaine. Une promotion rapide. Et dans un régiment glorieux entre tous, le Semenovsky (celui-là même dont Constantin Hagondokoff commanda en 1913 les éléments cosaques), l'un des deux premiers régiments d'infanterie de la garde impériale, avec le Préobrajensky. Des unités d'élite chargées d'assurer la sécurité du souverain tout comme les régiments de cavalerie de ladite garde, mais plus anciens qu'aucun d'entre eux puisque leur histoire remonte aux soldats « de divertissement » avec lesquels Pierre Ier aimait à s'entraîner dans les années 1680. Plus anciens que le régiment des chevaliers-gardes, plus anciens que celui des gardes à cheval, des hussards, des cosaques, des dragons, des uhlans, des cuirassiers. Et sélectionnés, depuis leur fondation, selon des critères bien précis, des bruns robustes au Préobrajensky, de grands blonds au Semenovsky avec, si possible, des yeux clairs de sorte qu'ils s'assortissent au collet bleu de leur tunique ! Entre le corps des pages et le Semenovsky, Nicolas Bajenoff, au moment d'être blessé devant Varsovie, était sans nul doute promis à une belle carrière.

Les semaines passent. Nicolas est entré en convalescence. Il habite désormais l'Hôtel de la Couronne, même s'il continue à recevoir tous les jours des soins à l'hôpital. En fin d'après-midi, lorsque Gali a fini son service auprès des autres blessés, ils se retrouvent pour une promenade. Les premiers temps, ils vont à pied, s'asseyant de temps à autre sur un banc pour permettre à Nicolas de souffler. Bientôt, ils franchissent les limites de Kislovodsk, empruntent le joli chemin qui mène jusqu'au Djinal, l'une des montagnes qui cernent la ville. Lorsque Nicolas a parlé de remonter sur un cheval, Gali a voulu tempérer son ardeur. En vain. Tout juste a-t-il accepté de ne pas aller trop loin. À trois verstes de Kislovodsk, en passant par le ravin où coule le Podkoumok, on trouve un rocher troué en son centre. La légende raconte que, pour délivrer leur sœur chérie des mains des brigands qui l'avaient enlevée, trois frères menèrent là une terrible bataille, jusqu'à fendre les rochers de leurs épées. À l'heure où le soleil se couche, de nombreux couples se pressent à cheval sur le « mont de l'Anneau » pour voir le ciel embrasé à travers cette étrange fenêtre de pierre.

Était-ce ce jour-là ? Ou bien les jours suivants ? « En revenant chez nous, écrit Lermontov, il nous fallut traverser à gué le Podkoumok... Je pris le cheval de la princesse par la bride, et le conduisit dans l'eau, qui n'allait pas plus haut que le genou ; nous avancions tout doucement à travers, à contre-courant. On sait qu'en traversant les rivières rapides, il ne faut pas regarder l'eau, car immédiatement la tête se met à tourner. J'avais oublié d'en prévenir la princesse Mary. » Dès lors, tout s'enchaîne : le malaise de l'héroïne qui chancelle sur sa selle d'amazone, les prévenances du « Héros de notre temps » qui entoure de son bras la taille « souple et tendre », sa joue qui effleure celle de la cavalière, le léger baiser qu'il dépose sur le visage troublé... Quelque part, dans cette nature sauvage, Nicolas a avoué son amour à Gali. L'âme fervente de celle-ci ne demandait qu'à s'embraser. « L'air de Kislovodsk dispose à l'amour... » Le printemps est là, justifiant les escapades. Il n'y a plus ni blessé, ni infirmière. Rien que deux êtres emportés par la passion.

4

Lignes de fuite

Un pays qui prend feu

C'est tout un pays qui prend feu. Depuis dix ans, la Russie a su évoluer vers un système politique où le pouvoir exécutif est équilibré par le Parlement et les forces sociales. Mais, pour couper l'herbe sous le pied à tous les extrémismes, il faudrait d'urgence annoncer une Constitution et l'empereur s'y refuse, sourd à toutes les influences libérales exprimées au sein même de la famille impériale, conforté dans sa défense de l'autocratie par son épouse et l'âme damnée de celle-ci, Raspoutine. L'assassinat du starets le 17 décembre 1916 lève déjà une hypothèque. Pour éviter d'être débordés sur leur gauche, les libéraux de la Douma, Rodzianko, son président, et Goutchkoff, président de la commission de la Défense, ne voient d'autre solution qu'une dictature temporaire, le pouvoir impérial étant transféré au tsarévitch sous la régence du grand-duc Michel, frère du souverain et patron de la Division sauvage. Mais ils savent qu'aucun coup d'État n'est envisageable s'il n'est soutenu par le haut commandement militaire. Dans les premières semaines de 1917, Goutchkoff, promu ministre de la Guerre du nouveau gouvernement provisoire, réussit à convaincre du bien-fondé de son analyse le général Polivanoff, le précédent ministre de la Guerre, un homme intelligent et honnête qui a été renvoyé un an plus tôt à la demande de la tsarine, et d'autres prestigieux chefs militaires – pour la plupart francs-maçons comme Goutchkoff –, au rang desquels les généraux Broussiloff, Rousski, Alexeïeff et Hagondokoff. Cependant, inquiet des ambitions affichées par Goutchkoff, le gouvernement ne tardera pas à le révoquer.

La situation est devenue intenable, entre un hiver plus rigoureux que jamais, le rationnement dû à la guerre et la hausse du prix des denrées alimentaires. Les manifestations et les arrêts de travail se multiplient. Le 9 janvier, trois cent mille personnes sont descendues dans les rues de Petrograd pour commémorer le dimanche sanglant de 1905. La garnison de la ville est sur les dents. En février, le thermomètre a encore chuté, les files s'allongent devant les boulangeries, le bois manque pour cuire le pain, on commence à redouter les pillages de bandes incontrôlées. Le gouvernement supplie en vain Nicolas II de quitter le quartier général de Moghilev pour la capitale. À compter du 25 du mois, la grève est quasi générale. Des multitudes affamées déboulent des quartiers pauvres sur la perspective Nevski, des drapeaux rouges flottent au-dessus des cortèges. De véritables batailles rangées se déroulent dans les rues de la ville, laissant des murs noircis, des ruines fumantes, des vitres étoilées par les balles. Il flotte partout une odeur de poudre. Les mutineries gagnent des régiments censés être les plus fermes soutiens du tsar comme le Semenovsky, le régiment de Nicolas Bajenoff. Le 27 février est la première journée proprement révolutionnaire, des édifices publics sont détruits, le palais d'Hiver est envahi par la foule, les portes des prisons s'ouvrent, libérant les prisonniers. L'histoire s'emballe. Le 3 mars, convaincu par les généraux Rousski et Alexeïeff que c'est là le seul moyen de sauver la monarchie, le tsar consent à abdiquer en faveur du grand-duc Michel. Or, dès le lendemain, celui-ci, venu prendre conseil rue Millionaïa auprès de son ami Poutiatine, refuse ce cadeau empoisonné. Après trois siècles d'existence, la dynastie des Romanov laisse la place à un gouvernement provisoire dirigé par le prince Lvov, le chef de l'opposition libérale, tandis que Nicolas II et sa famille sont placés sous bonne garde dans leur résidence d'été, le palais Alexandre, à Tsarskoïe Selo.

À Kislovodsk, la nouvelle de l'abdication du tsar a plongé tout le monde dans le plus profond désarroi. On fustigeait l'immobilisme de Nicolas II, on déplorait l'influence néfaste exercée sur la famille impériale par le répugnant Raspoutine. Mais nul n'imaginait cet effondrement de la monarchie, et en si peu de temps. Admiratrice inconditionnelle des Romanov, ignorante du rôle qu'a joué Constantin dans l'ultime tentative pour libéraliser le régime, Élisabeth Hagondokoff se refuse à croire que l'empereur ait abandonné ses fidèles. Bien d'autres soucis l'accablent. Après tant d'années passées à assumer seule l'éducation de sa nombreuse famille, elle s'était réjouie du retour de Constantin au foyer. De nouveau, la voici en première ligne. Or Gali, éperdue d'amour, s'est mise en tête d'épouser son bel officier. Lorsque Élisabeth lui conseille d'attendre un peu – elle a tout le temps avant de s'engager pour la vie –, l'effrontée a beau jeu de lui répondre qu'Olga Konstantinovna, la marraine de Georges, n'avait que seize ans lors de ses épousailles avec le futur roi de Grèce, que l'impératrice Alexandra n'en avait guère plus au jour de sa première rencontre avec le futur Nicolas II dans les salons de son oncle, le grand-duc Serge. Quand sa mère évoque la sévère blessure reçue par Nicolas Bajenoff, ses éventuelles séquelles, Gali se met carrément en colère, rappelant à Élisabeth que ce sacrifice a été consenti pour sauver la patrie en danger. D'ailleurs, de semaine en semaine, la solide constitution de Nicolas reprend le dessus, même s'il doit porter en permanence pour se protéger des chocs un genre de casque en toile épaisse. Des rumeurs ont filtré, attestant que le capitaine avait un fichu caractère, qu'il n'était pas aimé de tous ses condisciples. « Vous voudriez pour moi un époux au caractère faible ? Mais regardez qui a eu votre préférence ! »

À bout d'arguments, Élisabeth écrit à Constantin pour lui demander de donner son autorisation à ce mariage : « De toute façon, que nous soyons d'accord ou non, notre Gali a fait son choix... » Ce qu'elle ne dit pas à son irritable époux, c'est que leur fille a déjà emboîté le pas à Nicolas, rappelé par son régiment à Petrograd.

Le couronnement de Gali

L'offensive généralisée décidée en juin 1917 par Kerenski, alors ministre de la Guerre du gouvernement provisoire, s'est soldée par un désastre. L'assaut a tourné à la boucherie. L'armée se désagrège. Les moujiks sous l'uniforme abandonnent le front et rentrent en masse dans leurs villages, molestant les officiers au passage. La vie est si difficile dans la capitale que les gens partent en paquets serrés. Et voilà que cette tête folle de Gali a entrepris de remonter le flot à contre-courant ! Trois mille verstes à tout le moins ! Quinze jours ne se sont pas écoulés depuis le départ de sa cadette qu'un courrier apprend le fin mot de l'histoire à Élisabeth effondrée : Gali attend un enfant de Nicolas pour le printemps prochain.

Le mariage sera célébré toutes affaires cessantes, à la mi-septembre. Il n'y aura pas – quel que soit le récit que Gali se plaira à en faire plus tard – de simulacre d'enlèvement à la mode caucasienne, pas de cheval emportant au grand galop une fiancée palpitante d'émotion, pas d'amis surexcités déchargeant en l'air leurs fusils pour poursuivre le ravisseur présumé. Ce ne sera pas non plus l'un de ces brillants mariages dont Constantin avait rêvé pour ses filles. Un mariage où l'on entre dans l'église comme dans une forêt tant la foule y est dense, et curieuse de découvrir la mariée. Où, aussi loin que porte le regard, on ne voit qu'uniformes rutilants et élégantes jaquettes, et, selon la saison, riches fourrures ou chapeaux à plumes. Où des chœurs fournis chantent à pleine voix. Où les mariés sont cernés par leurs témoins, pas moins de six garçons d'honneur pour chacun. Ils n'iront pas, comme il se doit, sur l'île Vassilievski – là même où l'on jouit d'une vue imprenable sur la ville – casser un verre sur la grosse boule de granit qui termine la rambarde descendant vers le fleuve afin de s'assurer des années de bonheur. Ils ne seront pas accueillis, à l'issue de la cérémonie, dans la maison familiale avec du pain et du sel en promesse de prospérité. Il n'y aura pas de foule joyeuse de parents et d'amis autour d'eux. Ni de bruyantes congratulations aux cris de « *gorko, gorko* [1] *!* » pour inviter les époux à profiter des moments heureux sans plus penser à l'amertume de la vie. Rien de tout cela au mariage de Gali Hagondokoff avec Nicolas Bajenoff. S'il n'a eu d'autre choix que d'adresser à sa fille mineure une autorisation en bonne et due forme, Constantin est resté en Sibérie comme le commande la situation du pays. Seule Élisabeth a fait le voyage depuis Kislovodsk avec Ismaël, son fils de sept ans. Jusqu'où va l'amour d'une mère ! Car ce voyage, déjà long en temps ordinaire, est interminable par ces temps troublés. Dans les gares, les quais sont couverts de brancards, on voit sur les voies de garage s'empiler les cercueils en sapin. Plus d'une fois, Élisabeth devra faire appel au chef de train pour l'aider à se frayer un chemin jusqu'à sa voiture.

1. *Gorko* : « amer ». (*N.d.A.*)

C'est dans l'église de la Trinité, là où son frère Constantin avait été baptisé, que le mariage de Gali avec Nicolas est célébré dans la plus stricte intimité. Le marié porte son uniforme ordinaire, celui qu'il portait au front, tunique de drap vert foncé et pantalon assorti, bottes et casquette à la visière vernie – dans un pays en guerre, il serait malvenu d'arborer son uniforme de parade ; Gali, une robe toute simple en crêpe de laine blanc retombant souplement sur les hanches sans marquer la taille. Elle n'a ni voile ni couronne, rien qu'un large bandeau blanc pour retenir ses cheveux. Faute de garçons d'honneur, ce sont les sacristains qui se relaient tout au long de l'office pour tenir au-dessus de la tête des époux les lourdes couronnes d'orfèvrerie qui manifestent leur statut de témoins du Christ. Les portes de l'iconostase se sont ouvertes à deux battants ; engoncé dans sa chasuble dorée, un très vieux prêtre s'est avancé pour accueillir les mariés à la porte de l'église, leur remettant à chacun un cierge. Plus tard, Nicolas et Gali ont échangé leurs anneaux, ils ont bu trois fois à tour de rôle dans la coupe que leur a présentée le prêtre ; guidés par lui, les mains liées par un mouchoir de soie, ils ont fait trois fois le tour de l'autel suivis par les garçons d'honneur. Ceux-ci peinent à tenir les couronnes à bout portant, les mariés sont si grands ! Ismaël, lui, assure fièrement son rôle de porte-icônes, il ne confierait sa charge à personne, il a tant insisté pour accompagner sa mère au mariage de sa sœur préférée. Plus tard encore, le prêtre a prononcé d'une voix faible les moleben, les prières d'action de grâces, avant que les mariés n'embrassent les icônes. Lorsque Gali est revenue vers sa mère pour recevoir sa bénédiction, Élisabeth a fondu en larmes. L'émotion de voir sa fille, encore une enfant, s'affranchir ainsi de l'autorité parentale pour aborder sa vie de femme, ce sentiment de ne pas être, pour la première fois de sa vie, sur la même longueur d'onde que son mari, la fatigue du voyage, cette impression que le monde connu est en train de trembler sur ses bases... Pendant la cérémonie du couronnement, on a perçu à travers les chants l'écho d'une fusillade. Ni les mariés, ni le prêtre, ni les sacristains n'ont semblé s'en inquiéter. On est tellement habitué à ces affrontements presque quotidiens qui opposent dans la capitale les cosaques encore loyalistes et les marins de Kronstadt, depuis longtemps à l'avant-garde de la contestation.

« Faisons pleurer les dames de Saint-Pétersbourg ! »

Napoléon régnait alors sur l'Europe. À la bataille d'Austerlitz, au moment de lancer ses mamelouks à l'assaut des chevaliers-gardes de l'armée impériale russe, le général Rapp s'était écrié, goguenard : « Faisons pleurer les dames de Saint-Pétersbourg ! » Un siècle et quelques années plus tard, bien des raisons leur sont données de verser d'autres larmes. L'offensive allemande commencée à la mi-août en direction de Riga en Lettonie menace désormais Petrograd. La famille impériale est partie pour une destination inconnue. À peine un nouveau gouvernement a-t-il été nommé en juillet – sous la houlette de Kerenski, il compte huit socialistes et sept ministres plus modérés – que des rumeurs annoncent pour la fin de l'été un coup d'État des bolcheviks, désormais majoritaires dans le « soviet » (le conseil d'ouvriers et de soldats) de la ville. Le 1er septembre, Kerenski proclame la république. Revenu d'exil en avril, Lénine, le chef du parti bolchevik, a replongé un temps dans la clandestinité en Finlande. Ce n'était que partie remise : il en appelle maintenant à la dictature du prolétariat. Finalement, c'est dans la nuit du 24 octobre 1917 que, soigneusement déguisé, il gagne l'Institut

Smolny, promu quartier général de l'insurrection. Le lendemain, 25 octobre, tous les points stratégiques de la capitale, les gares, les ponts, les centraux téléphoniques, sont occupés. Un ultimatum est lancé par le soviet aux ministres du gouvernement, regroupés au palais d'Hiver : ils seront tous arrêtés, sauf Kerenski qui a pris la fuite. Les bolcheviks déclarent la paix immédiate, en même temps que l'abolition de la propriété privée des terres.

Les Pétersbourgeois, pétrifiés, se réveillent dans une Russie bolchevique. Depuis l'été déjà, la sécurité n'est plus assurée. Plus un malheureux sergent de ville pour maintenir l'ordre dans les rues. Les fiacres coûtent une fortune. On n'ose plus sortir sa voiture personnelle de peur qu'elle soit réquisitionnée. Un automne glacial s'installe. Le spectre de la pauvreté se profile. Les queues s'allongent devant des magasins aux trois quarts vides. Le palais d'Hiver investi par la foule ressemble à une carcasse éventrée ; dans les salons, nombre d'œuvres d'art ont été dégradées. Gali a entendu dire que son cher Smolny, investi par les bolcheviks, était devenu en quelques jours une caserne malpropre. Un soir, avide de savoir ce qu'il en était vraiment, elle y a entraîné Nicolas. Un troupeau d'automitrailleuses semblait en faction devant la façade rococo. Mais nul ne s'est intéressé à eux lorsqu'ils ont franchi les grilles. Sur les colonnes ornant le portique, des petites affiches carrées étaient collées, comme autant de pansements, des ordres du jour, des messages personnels. Sitôt entrés dans les bâtiments, ils ont été suffoqués par l'odeur, une odeur de chien mouillé, de sueur et d'urine. Les parquets étincelants sur lesquels Gali et ses compagnes marchaient de leurs pieds ailés étaient souillés de boue, de crachats, de vieux mégots et de douilles aplaties. Dans les couloirs se bousculait un mélange de soldats et de matelots turbulents, de filles trop maquillées, de miséreux venus réchauffer leurs membres engourdis. Très vite, c'est Gali qui a supplié Nicolas de l'emmener loin de cette gabegie. La belle maison appartenant aux Bajenoff sur la perspective Liteïny ayant été réquisitionnée, les tourtereaux louent désormais un petit meublé. Le bois manquant pour nourrir les grands poêles, Nicolas en a acheté un tout petit, qu'il bourre de boulettes compactes faites à partir de papier journal humidifié, ou bien de débris de vieux meubles retrouvés à la cave. Mais l'eau gèle dans les tuyauteries. Et une perquisition des milices révolutionnaires est toujours à craindre. Il y a plusieurs mois que Nicolas attend sa solde. De toute façon, les banques, sous le coup d'une nationalisation, ne délivrent plus d'argent qu'au compte-gouttes. L'inflation est galopante. Les visas pour l'étranger ont été supprimés.

L'amour fait des miracles, la jeunesse aussi. Gali est gaie pour deux, pour trois, pour dix. Son ventre s'arrondit : « Ce sera un garçon, tu verras », dit-elle à Nicolas pour conforter son moral parfois défaillant. Plus de trains, ni de tramways, ni de fiacres ? Ils font des kilomètres à pied, dans une neige de plus en plus dense. Ils réussissent même à aller au théâtre. Pas de meilleur antidote au malheur du temps que de se retrouver dans l'immense salle blanche du Mariinski, avec ses stucs dorés et son lourd rideau de velours bleu galonné d'or, à écouter les plus beaux opéras du répertoire russe, *Eugène Onéguine*, *La Dame de pique*, *Boris Godounov*. Un soir, toujours au Mariinski, on donnait *Le Petit Cheval bossu*, une chorégraphie du français Marius Petipa, et Gali a eu le sentiment de s'envoler elle aussi sur les ailes du cheval magique, tel Ivan, le héros du conte, délivrant la princesse de ses rêves au grand dépit du méchant souverain et des avides courtisans qui, pour le ridiculiser, lui avaient assigné une mission impossible. À cet instant, l'enfant a bougé en elle, comme stimulé par la musique, et ce fut une onde de bonheur inouïe, cette impression qu'elle aussi, Gali Bajenoff, lançait un défi au monde ruiné qui l'entourait, que ce fils à venir signifiait la victoire de la vie sur la mort, de l'harmonie sur le désordre. En sortant du théâtre, s'accrochant au bras de Nicolas pour ne pas glisser sur le trottoir verglacé, elle n'avait même plus froid malgré le vent qui s'engouffrait dans les rues, même plus faim malgré la maigre pitance du dernier déjeuner, même plus peur malgré les troupes avinées qui déambulaient autour d'eux après avoir pillé les caves des appartements désertés par leurs propriétaires. Rien ne pouvait l'atteindre tant que Nicolas serait à ses côtés, l'enveloppant de sa large carrure, de sa tendresse inquiète, de son regard ébloui, tant que la beauté du monde, réfugiée dans la grâce absolue des danseurs du corps de ballet, serait là pour faire pièce à la brutalité des hommes.

À l'impossible, cependant, nul n'est tenu. Or les soldats et la populace se font redoutables. Au début, Gali leur trouvait quelques excuses, mettant en accusation sa propre classe qui n'avait pas su leur faire aimer leur patrie, respecter les classes dirigeantes, s'exprimer autrement que par la violence. Pouvait-on s'attendre à mieux de la part d'un peuple encore asservi il y a peu, intouché par la civilisation et par la culture ? Mais cette fois, c'en est trop. Depuis des mois déjà, il n'est plus question pour Nicolas d'arpenter la ville en uniforme – quand on pense qu'un an plus tôt, le port du costume civil était strictement interdit aux officiers ! Gali a piétiné l'autre jour trois heures pour s'approvisionner à la soupe populaire ; ses mains sont pleines d'engelures à force de laver le linge à l'eau froide. On redoute une épidémie de choléra. Il devient urgent de s'éloigner de la fournaise révolutionnaire. Écœuré par l'ambiance délétère qui règne dans l'armée où toute discipline est supprimée, las de l'inactivité forcée qui est la sienne depuis plus d'une année, Nicolas est décidé à rejoindre l'armée des volontaires qui vient de se former dans le Sud sous l'autorité du général Alexeïeff – l'un des généraux ralliés, comme Constantin, aux plans de Goutchkoff –, afin de lutter contre les bolcheviks. Même si elle ne compte encore que quelques milliers d'hommes, officiers, élèves officiers, étudiants, cosaques, simples soldats, cet embryon d'armée a réussi à prendre la ville de Rostov, surnommée la Porte du Caucase. Les suites de sa blessure lui interdisant l'accès à une unité combattante, Nicolas y est versé à la section financière. De toute façon, il n'est plus temps de tergiverser. À Petrograd, Léon Trotski, qui préside le comité militaire révolutionnaire et jette les bases de la nouvelle Armée rouge, manque de cadres : tous les officiers appartenant à l'armée impériale sont sommés de faire défection au profit des bolcheviks. Ceux qui tentent de se soustraire à ce devoir patriotique seront arrêtés et passés par les armes.

Le 10 janvier 1918, Serge, le frère de l'épouse morganatique du grand-duc Paul, la princesse Paley, a été attaqué à coups de revolver par deux soldats alors que son fiacre longeait la Fontanka au retour d'un spectacle : il mettra trois jours à mourir, le crâne fracassé. Le matin de cet assassinat, Nicolas et Gali ont fui l'auguste cité impériale, transformée en quelques mois en un terrible coupe-gorge.

L'enfant de Kislovodsk

Dans l'incroyable cohue qui règne dans la gare Nicolaïevski, impossible d'obtenir deux billets pour Rostov : Nicolas a dû soudoyer le chef de train. Le voyage durera neuf jours, via Moscou, Toula, Koursk et Kharkov, neuf jours harassants, empilés dans des wagons puant le tabac, dont l'étoffe des sièges a été arrachée et les vitres brisées remplacées par de vieux cartons. Il n'y a plus de classe dans les trains. À grand-peine, Nicolas réussit à faire asseoir sa femme : enceinte ou pas, on la piétinerait allègrement s'il n'était là pour la protéger. Lui fera le plus clair du trajet dans le couloir, assis sur leurs bagages. Il suffit à Gali de fermer les yeux pour revoir ces départs joyeux de la famille vers le Sud au début de l'été, les petits qui s'endormaient vite, bercés par le mouvement régulier des wagons, tandis que, d'une couchette à l'autre, les filles parlaient jusque tard dans la nuit de leurs projets de vacances. Lors de l'étape à Toula, il y avait profusion d'étals de samovars et de coutellerie dans la gare, elle avait offert un genre de couteau suisse aux fonctions multiples à Georges qui en mourait d'envie : avant même d'arriver à Koursk il avait réussi l'exploit de s'entailler profondément le doigt, et Élisabeth avait reproché à Gali d'avoir fait à son frère un cadeau stupide. Même ces petits drames familiaux lui semblent illustrer un temps béni au regard des agressions qu'il faut subir aujourd'hui. Les wagons sont pris d'assaut par des fuyards qui, ne voulant plus se battre, cherchent à regagner leurs foyers, ils crachent par terre, se mouchent dans leurs doigts. Certains, malgré le froid, se sont hissés sur les toits, enveloppant le convoi d'une véritable croûte humaine, on craint à tout instant que les plafonds, surchargés, ne s'effondrent sur les passagers. À l'arrivée en gare de Kharkov, les quais sont envahis par une horde de militaires débraillés et hirsutes, le bonnet de fourrure enfoncé de guingois sur la tête. Le train s'arrête n'importe où, parfois en rase campagne. C'est à se demander si l'on arrivera jamais.

Cent cinquante kilomètres après Rostov, à Thikhoretskaïa, les amoureux ont dû comme convenu se dire adieu. Pas de larmes, ils se l'étaient promis. Mais qu'il est dur, lorsqu'on n'a pas vingt ans, de laisser l'amour de sa vie agiter son mouchoir sur le quai, sans trop savoir l'avenir qui lui est réservé ! Nicolas doit changer de train pour gagner Ekaterinodar, plus à l'ouest, où l'armée des volontaires a installé son QG. Gali continue, elle, sur la même ligne en direction du sud. Passée la région du Don, le train a traversé les plaines du Kouban, bientôt apparaissent les premiers contreforts du Caucase. Mineralny Vody, Piatigorsk, Essentouki... Les villes portent désormais des noms familiers. Mais Gali peine à reconnaître dans ce paysage dévasté, semé de maisons en ruine, d'arbres calcinés, de cadavres d'animaux putréfiés, le petit paradis terrestre qu'elle avait quitté quelques mois plus tôt, avec ses vergers regorgeant de fruits et ses maisons blanchies à la chaux étincelant sous le soleil. Ce n'est que tard dans l'après-midi que lui apparaîtra Kislovodsk, accroché au flanc des montagnes, recouvert d'une fine couche de neige. C'est là et nulle part ailleurs, au pays de ses ancêtres, sous l'aile maternelle, que Gali veut mettre au monde son enfant premier-né.

À l'ombre de l'Elbrouz, la ville est restée longtemps une enclave protégée. Aussi effrayantes étaient-elles, les nouvelles de l'intérieur – anarchie, pillage, désordre – n'y parvenaient qu'amorties, les journaux mettant quatre jours à arriver. La tourmente a poussé nombre de familles à venir chercher asile aux « Eaux minérales », loin des centres d'émeute et des villes de garnison. Si la bonne société moscovite se retrouve plus volontiers à Essentouki, c'est à Kislovodsk que campe le Tout-Petrograd. On y voit la grande-duchesse Maria Pavlovna, la belle-sœur du défunt tsar Alexandre III, accompagnée de deux de ses fils, Andreï et Boris, ainsi que de leurs maîtresses respectives. Et les représentants des plus grandes familles de l'empire, des Ouroussoff, des Chakhovskoï, des Troubetskoï, des Bobrinski, des Bagration-Moukhranski. Des artistes, comme le danseur étoile Mikhaïl Fokine, qui fut chorégraphe chez Diaghilev. Nombre aussi d'officiers supérieurs ou généraux, peu incités à regagner leur unité alors que des préliminaires de paix ont été engagés entre les empires centraux et la Russie. C'est dire qu'on ne s'ennuie pas à Kislovodsk, les fêtes succèdent aux fêtes, les parents organisent des parties de bridge ou de whist, les enfants, des tournois de tennis, les plus jeunes jouent au cricket. Il est de bon ton d'avoir la maison la plus accueillante possible. De toute façon, d'ici quelques mois, tout le monde en est persuadé, on retournera chez soi.

L'ambiance, cependant, est en train de changer. Des brigands descendus des montagnes multiplient les vols, les crimes, les rapts d'enfants. Des parents ont dû récemment verser trente mille roubles pour qu'on leur rende leur fils de quatorze ans. La police de Kislovodsk est manifestement impuissante contre ces bandes qui infestent le pays. Depuis que leurs voisins ont reçu à la nuit tombée la visite de quatre hommes armés de pistolets exigeant de l'or et des vivres, Élisabeth veille à fermer les volets et à verrouiller les portes. La menace vient aussi des bolcheviks, de plus en plus arrogants. Début novembre 1917, à Rostov, une bataille rangée avec les cosaques s'est soldée à leur profit. À la mi-décembre, l'ataman des cosaques du Don a été assassiné dans un train, non loin de là. Le lendemain de Noël, dans la galerie de Narzan, un soldat ivre s'est jeté sur un colonel et lui a arraché ses épaulettes, d'où une sévère mêlée entre cosaques et bolcheviks, avec des blessés des deux côtés.

Tout se conjugue pour alourdir l'atmosphère. L'hiver n'en finit pas, chaque matin il y a sur les vitres une épaisse couche de glace. On parle d'une épidémie de peste noire qui remonterait depuis Trébizonde. Aux guichets des banques, on ne peut pas retirer plus de cinquante ou cent roubles, à peine de quoi nourrir une maisonnée nombreuse pendant une journée. Lorsque le gouvernement prononce la confiscation à son profit des capitaux et des objets précieux qui y étaient détenus, c'est la consternation : en Russie, il est de tradition de tout déposer à la banque. Pour survivre, un colonel de la garde impériale raccommode les vieux souliers, un général se loue à la journée pour casser du bois, un commandant, comme garçon d'écurie. Les femmes du monde se sont mises aux travaux d'aiguille, mais elles ont du mal à les écouler. Alors, elles vendent leurs bijoux : dans les boutiques, on trouve des colliers de perles, des bagues splendides, de l'argenterie et des nécessaires de toilette gravés aux armes de leurs propriétaires. Le 5 février 1918, le tocsin a sonné à Kislovodsk, pour avertir ses habitants de l'émeute régnant non loin de là à Piatigorsk où les soldats ont attaqué la prison, tué son directeur et libéré deux cent cinquante détenus : la nouvelle a créé une incroyable panique dans les rues de la ville et jusque dans les hôtels où l'on a vu des femmes courir dans les couloirs, en chemise et pieds nus. À peu de chose près, le même spectacle se reproduira dix jours plus tard lorsque, dans la nuit du 14 au 15 février, une forte secousse sismique tire les gens de leurs lits, dans un grondement terrible ressemblant à un vacarme de tirs d'artillerie : à croire qu'une nature en colère a entrepris de rivaliser avec la folie ambiante. Le 19 février, l'Armée rouge investit pour de bon Kislovodsk. Ordre est donné par voie d'affiches d'amener au Soviet local tout officier surpris à porter ses épaulettes. Les clients de l'hôtel Astoria ont reçu l'ordre de partir dans les deux semaines, l'hôtel étant réquisitionné pour les soldats rouges blessés. La Tcheka, la police bolchevique, multiplie les perquisitions. Le 27 février, c'est en grande pompe que les bolcheviks célèbrent le premier anniversaire de la Révolution. Des renforts ne cessent de parvenir à Kislovodsk, amenant soldats, camions et munitions. Le 3 mars, un traité de paix séparée avec les Allemands signé à Brest-

Litovsk fait perdre à la Russie le quart de son territoire et cinquante millions de sujets.

Avoir fait tant de kilomètres, affronté tant de dangers, et se retrouver une fois encore sous la férule de l'ennemi honni ! On est loin du doux cocon dont rêverait toute femme sur le point d'accoucher. Mais Gali n'en a cure. Après tout, son train aurait pu dérailler, elle aurait pu être pillée, violée, assassinée ! N'était-ce le souci de Nicolas – faute de journaux, elle ne sait rien de lui –, elle traverserait plutôt une période faste de sa vie. Étrangement, son corps alourdi semble s'être délivré de toute pesanteur. La taille cambrée, le ventre lisse et fort, elle va de l'avant, parée d'une grâce, d'une liberté nouvelle. Le monde connu s'effrite autour d'elle mais, souveraine, elle cingle vers la vie promise, remontant le cours du temps, comme délivrée de sa chute. Depuis son arrivée, la maison Hagondokoff est sortie de sa torpeur, on entend de nouveau des rires, des chants. Nina et Gali jouent du piano à quatre mains. Le 1er mars, pour fêter le mardi gras, Gali a fait des crêpes pour toute la maisonnée, ravie d'avoir réussi à troquer son beau châle en indienne contre deux mesures de farine. Dans la foulée, ses sœurs ont elles aussi exploré leurs placards, la fièvre de la brocante est telle et les approvisionnements si difficiles, que Nina a tiré quatre cents roubles d'un manteau acheté deux cents, cinq ans plus tôt ! Pour parer aux nouvelles perquisitions annoncées, décision a été prise d'enfouir l'argenterie ainsi qu'une valise remplie de fourrures et de dentelles précieuses dans un coin du poulailler. Du haut de ses douze ans, Constantin a insisté pour s'emparer de la bêche que maniait la solide Genia. Le piano a accueilli dans ses flancs d'autres richesses. Élisabeth et ses filles ont cousu des bijoux dans l'ourlet de leurs robes, elles gardent leurs perles sur elles le jour comme la nuit.

C'est un garçon, son instinct ne l'avait pas trompée ! Le 10 avril, Gali accouche dans la maison familiale du fils dont elle avait rêvé. La sage-femme tarde à arriver. Grâce à Dieu, Élisabeth est là, assistée de Pani Elena. À un moment, on craindra le pire. Gali a perdu beaucoup de sang. L'enfant, lui, est un beau bébé de trois kilos et demi. On le nomme Nicolas comme son père, comme le petit frère disparu, comme le héros de Chipka. Pour la fête des Rameaux, Gali est encore trop faible pour se rendre à l'office, ses frères et sœurs partiront sans elle en brandissant des branches de saule aux bourgeons argentés et laineux. Mais le 21 avril, elle est sur pied pour vivre en famille la veillée de Pâques, il y a tant de monde dans l'église qu'il leur faut patienter un temps dans le jardin, un cierge à la main. Le lendemain, par un beau jour ensoleillé, on baptise Nicolas. Sur la table de fête, il n'y a ni volailles, ni saucissons, ni plantureux jambons comme pour les pâques d'antan, mais la joie est là. Oublié le pain noir et visqueux qui est devenu la base de l'alimentation. Oubliées les menaces de choléra qui commandent de ne plus consommer de fruits crus. Oubliés les sinistres bolcheviks, et leur dernier coup de force : la convocation dans le salon de l'hôtel Astoria, le jour des Rameaux, de cent cinquante notables de la ville, relâchés après avoir dû signer la promesse de payer trente millions de roubles, une somme astronomique. Oubliées les tristes nouvelles en provenance de Petrograd où la famine s'est ajoutée à l'insécurité – pour vingt roubles, un officier se charge désormais de porter les lettres à Petrograd et de rapporter les réponses, au prix d'un périlleux voyage de trois semaines dans chaque sens.

Mais il faut se rendre à l'évidence. La guerre civile qui fait rage en Russie, opposant les rouges – les bolcheviks – aux blancs – ainsi nommés parce qu'ils portent un brassard blanc ou une bande blanche sur leur casquette – n'épargne pas Kislovodsk. Dans les rues, plus de femmes gracieuses, ni de promeneurs indolents, ni de longs bavardages à l'ombre des tilleuls en fleur. À la mi-juin, cosaques et montagnards ont tenté en vain de déloger les rouges du siège de leur état-major situé dans l'allée des Peupliers, dans un ancien hôpital. La canonnade a duré toute la nuit. Depuis la maison des Hagondokoff, aux Roches rouges, on a vu les éclairs d'obus dans le ciel, on a entendu les détonations. Le lendemain, les bolcheviks ont fait la chasse aux officiers cosaques, abattus sans sommation dans les rues, sous les grands arbres du parc. Devant l'Astoria, le trottoir est resté longtemps marbré de larges taches brunes. Chaque jour, des membres des anciennes classes dirigeantes sont pris en otages. Un nouveau cancer, la délation, a fait son apparition, on en vient à se méfier des plus fidèles domestiques, il suffit d'être soupçonné d'avoir souhaité la victoire des cosaques pour être fusillé sans autre forme de procès.

Triste été 1918. On savait qu'en juin le grand-duc Michel avait été assassiné par la Tcheka à Perm. Or voici que parvient à Kislovodsk cette terrifiante nouvelle : Nicolas II aurait été tué par ses gardes alors qu'il tentait de s'enfuir de la maison d'Ekaterinenbourg dans l'Oural où les Romanov avaient été transférés. C'est en tout cas la version livrée le 19 juillet par les *Izvestia*, le journal des bolcheviks. Du sort de la famille impériale, on ignore tout. Élisabeth a gagné avec les siens l'église la plus proche, on y prie, on y pleure. Certains veulent croire à un coup de bluff des bolcheviks, soucieux de cacher leur dépit devant l'évasion de l'empereur. On fantasme sur l'existence d'un tunnel entre la maison Ipatiev, son lieu de détention, et le consulat britannique tout proche. Même l'impératrice douairière Maria Feodorovna, réfugiée en Crimée, se refuse à croire à l'inéluctable. Reste qu'on peut tout craindre des bolcheviks, d'autant plus nerveux que des unités de volontaires, commandées par le général Alexeïeff, font route vers Kislovodsk. Déchirée entre les deux camps, la région des Eaux minérales, hier un havre, est devenue un piège. Un couvre-feu a été décrété à partir de huit heures du soir. Chacun ne pense qu'à fuir pour sauver sa peau. Le spectacle d'une humanité en déroute n'est pas beau à voir, pense Gali, indignée par ces hommes respectables qui enfoncent leurs coudes dans l'estomac des femmes pour gagner une place dans la file, par ces créatures au profil aristocratique qui vomissent des injures en brandissant leurs ombrelles à festons contre les contrôleurs, par ces jeunes soi-disant éduqués, des nobles, des bourgeois, qui repoussent leurs propres parents de la charrette où ils veulent prendre place.

Le général paysan

Sans nouvelles de Constantin, Élisabeth se refuse à quitter Kislovodsk. Après l'échec du coup d'État de Goutchkoff – certains historiens affirment même que c'est à lui, Hagondokoff, que l'on prévoyait de confier les rênes de la dictature militaire –, le général a rejoint Vladivostok. Mais la prise de pouvoir des rouges en octobre 1917 a sonné le glas de l'armée impériale, les généraux ont été immédiatement révoqués. Dans sa lointaine Sibérie, qui échappe encore à la férule bolchevique, Constantin est moins menacé que d'autres, il a le soutien de ses fidèles cosaques et des populations locales qui le supplient de ne pas les abandonner. Cependant, l'Armée rouge progresse vers l'est, multipliant les persécutions contre les officiers et les exécutions sommaires. Il faut songer à partir. Déguisé en marchand, Constantin va accomplir un incroyable périple jusqu'au Caucase, en train, à cheval, parfois à pied, seule sa parfaite connaissance de la nature lui permettant d'échapper à la vigilance des rouges. À son arrivée à Kislovodsk à l'automne

1918, Élisabeth peine à reconnaître son mari dans cet homme au visage émacié mangé par la barbe, plus semblable à l'un de ces paysans errants familiers aux campagnes russes qu'au fringant ataman qu'elle avait quitté dix-huit mois plus tôt.

Il aurait pu rejoindre, comme l'a fait Nicolas Bajenoff, l'armée des volontaires qui, à peine un an après sa formation, a multiplié ses effectifs par dix et compte quelque trente-cinq mille hommes, dont un bon nombre de cosaques du Kouban et du Don. Rebaptisée « armée des Volontaires du Caucase », elle fait partie désormais des « Forces armées du sud de la Russie » dont le commandement a été confié au général Anton Denikine, un contemporain de Constantin qu'il a bien connu à Harbin, pendant la guerre russo-japonaise. Mais, pour la seconde fois de sa vie, il accorde la priorité à sa famille. Peut-être y a-t-il aussi dans ce retrait la volonté de garder ses distances d'avec les tenants de l'ancien régime, l'expression de ses convictions libérales, un reste d'autonomisme caucasien ? Ou tout simplement la ferme décision de ne jamais avoir à en découdre avec ses compatriotes ? Sa décision est prise : il mènera sa famille en lieu sûr. Deux fois en deux mois, Kislovodsk a changé de maîtres. Les rouges viennent de revenir en force. Jours d'épouvante sous les obus et la mitraille. Un jeune officier et sa femme ont été massacrés à la porte du jardin des Hagondokoff, leurs corps sont restés en place jusqu'au lendemain, impossible de sortir de la maison, les rouges tirant sur tous les passants suspects. Lors de la dernière perquisition, Constantin n'a eu que le temps de se cacher dans les taillis du jardin. Un des hommes a appliqué le canon de son revolver sur la poitrine d'Élisabeth pour qu'elle lui remette le camée monté sur or qui était accroché à son corsage. La nuit qui a suivi, tout le monde est resté habillé, dans l'attente d'une nouvelle incursion. Des affiches placardées sur les murs de la ville engagent à tuer les prêtres, les officiers, les aristocrates. Les rouges parlent de mobiliser tous les hommes en âge de porter une arme et d'envoyer les femmes dans les hôpitaux militaires. À Piatigorsk, le 18 octobre, soixante-dix otages ont été fusillés, hachés à coups de baïonnette ou enterrés vivants, parmi eux le général Rousski, l'un de ceux qui, en février 1917, avaient conseillé au tsar d'abdiquer.

Il faut fuir au plus vite. Impossible de gagner les ports de la mer Noire, Novorossisk au Kouban, Sébastopol ou Eupatoria en Crimée : l'armée blanche étant à moins de soixante kilomètres de Kislovodsk, toutes les voies de communication sont coupées. Même la ligne de chemin de fer vers Piatigorsk ne fonctionne plus. Il n'est d'autre solution que de prendre la route vers l'inconnu, vers les montagnes, les brigands caucasiens, l'hiver qui ne tardera pas, dans l'espoir de retrouver les lignes de l'armée blanche. Encore faut-il avoir l'argent nécessaire : Taïssa Soljenytsine, une jeune femme d'origine ukrainienne dont Gali a soigné à l'hôpital l'époux blessé et avec qui elle est restée très amie – aujourd'hui veuve à cause d'un stupide accident de chasse, elle attend un bébé pour bientôt –, Taïssa s'est vu demander six mille roubles par un passeur pour un trajet de cinq verstes. Sur tous ces gens déracinés, les Hagondokoff ont l'immense privilège d'être ici à proximité de leurs bases.

La maison de Kamenomost, d'ordinaire vide en hiver, a retrouvé son animation. Chacun se prend au jeu et devient paysan. Constantin, s'il est un brillant chef de guerre, n'a rien d'un gestionnaire, il est incapable de gérer ses terres. Par bonheur, Grigori, l'ordonnance du général, est resté à ses côtés : on le bombarde régisseur. On peut compter sur Anatole Andrus, un jeune officier, fils de médecin, que vient d'épouser Nina. À Kamenomost, on vit en quasi-autarcie. Parfois, le général va à la petite ville voisine échanger les produits de la ferme contre de la farine ou du sucre. On mange presque uniquement de la viande de mouton, ce n'est pas ce qui manque ici. Tout le monde met la main à la pâte, les aînés des garçons aident au ramassage des énormes pommes de terre qui sont la base de l'alimentation, Ismaël a revendiqué de tenir sa place mais Élisabeth préfère le garder près d'elle pour travailler au jardin potager ou à la basse-cour qui, régentée par Gali, compte maintenant deux mille poules. L'assurance de ne pas mourir de faim alors que la famine gagne peu à peu toute la Russie. Comble du luxe, il règne une douce chaleur dans la maison, où ronronnent les poêles à bois, quand les derniers temps à Kislovodsk on n'avait d'autre combustible qu'une tourbe à base de fumier de mouton qui dégageait une odeur infecte. Constantin se révèle le roi du bricolage, il répare les murs, fait de la menuiserie, il est même chirurgien à ses heures : après avoir blessé une cigogne, il l'opère en lui coupant une aile. Une fois guérie, elle rejoindra la basse-cour.

C'est la vie sauvage, un espace de totale liberté. Avec ses dangers, petits et grands. Un jour que, négligeant les instructions reçues, les trois garçons remontent au grand galop depuis le bas de la propriété où ils ont fait boire les chevaux dans la Malka, Ismaël accroche à un clou du porche une de ses chaussures de corde tressées par Élisabeth et reste pendu à ce clou tel un saucisson. Il aura droit à une bonne raclée de son père. Un autre jour, un loup s'étant introduit dans la propriété, Anatole, le mari de Nina, l'attrape par la queue. Affolé, l'animal remonte l'allée centrale du domaine toujours suivi par Anatole. Survient le général qui lui crie de libérer la bête de sorte qu'il puisse la tirer. Le loup sortira indemne de l'aventure, privant Constantin d'un trophée.

À l'automne 1918, les gouvernements français, anglais et américains, ont renforcé leur envoi de matériel et de conseillers techniques aux armées blanches. Après l'armistice du 11 novembre mettant fin à la guerre mondiale, il a même été question d'une intervention militaire des Alliés contre les bolcheviks afin de leur interdire l'accès à la Sibérie occidentale, à l'Ukraine et au Caucase, mais l'idée en a été vite abandonnée. Des bandes armées n'appartenant à aucune troupe régulière prolifèrent, semant la désolation sur leur passage. Le prestige dont jouissent depuis plusieurs siècles les Hagondokoff dans le Caucase du Nord, la personnalité éminente de Constantin qui, malgré les fonctions qui l'entraînaient loin de chez lui, s'est toujours montré un vrai Caucasien – membre en 1913 de la délégation de Kabardie aux fêtes du tricentenaire de la dynastie Romanov, animateur, en 1915, de la Société pour la propagation de l'instruction parmi les Kabardes et autres tribus montagnardes –, tout cela forme autour de la famille un cordon protecteur. Autant que faire se peut, Constantin cherche à adopter une position neutre : il ne fait rien pour complaire aux bolcheviks, mais il ne donne pas pour autant des gages aux contre-révolutionnaires. Ou, quand il le fait – en offrant une halte bienvenue à des jeunes gens de la bonne société qui, ayant fui Kislovodsk, se découvrent incapables, avec leurs chevaux de selle, de franchir les montagnes –, c'est dans une totale discrétion. Mais combien de temps pourra-t-il ménager la chèvre et le chou ?

Longtemps, une bulle a semblé protéger les vallées montagneuses. On a bien appris que le 20 janvier 1919, les volontaires avaient repris Kislovodsk, les cosaques défilant en bonnet de fourrure, les cartouchières passées sur leurs tuniques en lambeaux, au milieu d'une foule en liesse, tandis que ceux qui avaient collaboré avec le soviet local étaient emmenés en prison sous les huées et les crachats. Mais cela n'a rien changé à la vie dans l'aoul. Un jour, un détachement de l'armée blanche investit Kamenomost. Il exige la livraison par les habitants du village, dans un délai de trois heures, de cinq cents chevaux, de trois cents selles et d'autant de bourkas – les pèlerines en feutre de laine que portent les Caucasiens. Une horde de cosaques dévalisent les habitants de l'aoul, ils prennent tout, les ceintures en or et en argent, les habits, les robes et les foulards en soie. Des coups de feu éclatent, une maison qui borde le village est en flammes. Le directeur de l'école normale du coin, qui fait office de premier magistrat, supplie le général d'intervenir. Constantin, en grande tenue, toutes décorations pendantes, se présente à l'état-major des blancs pour protester contre cette mise à sac et exiger l'arrêt immédiat de la fusillade : il sauvera de la mort nombre de villageois. Mais lorsque, quelques mois plus tard, on annonce l'arrivée d'un chef de bande réputé pour sa cruauté que l'on sait avoir partie liée avec les bolcheviks, Constantin estime que la sécurité de sa famille n'est plus assurée. Prévenu de sa prochaine arrestation et de celle de sa famille – la promesse d'une mort certaine –, il fait charger dans la nuit sur une « arba », une grosse charrette traînée par deux chevaux, ce qu'il peut des richesses familiales. C'est Grigori qui conduira jusque dans la vallée l'attelage sur lequel ont pris place Élisabeth et ses enfants, Constantin ouvrant la marche à cheval. Un observateur attentif de la scène pourrait s'étonner devant les formes rebondies qu'arbore Élisabeth, d'ordinaire plutôt fluette : au dernier moment, elle a tenu à agrafer sur sa poitrine les décorations de son mari, pas question d'abandonner à ces sauvages de si précieuses reliques. Constantin ayant décrété qu'on ne laisserait rien à l'envahisseur, elle a vu la veille au soir, effarée, son dernier fils participer allègrement, poignard au poing, au massacre des poules de la basse-cour, écroulé de rire à la vision des gallinacés courant éperdument après qu'il leur eut tranché la tête.

Au moment du départ, selon la coutume russe, les Hagondokoff se sont assis en silence pour se recueillir un instant. Puis le plus jeune, Ismaël, le redoutable égorgeur de poules, s'est levé pour faire un signe de croix devant l'icône. Quelle que soit la politique de la terre brûlée mise en œuvre, tout le monde veut croire que l'on sera bientôt de retour au bercail. Qui pourrait imaginer que ces adieux sonnent le début de l'exil ? Que ni Constantin, ni Élisabeth, ni aucun des enfants Hagondokoff ne reverront la terre de leurs ancêtres ?

Le caviar de la mer Noire

Parti rejoindre l'armée blanche, Anatole, l'époux de Nina, a déjà quitté Kamenomost, tout comme Pani Elena et Genia, reparties pour la Pologne. Gali et le bébé Nicolas – « Nicky » pour sa mère, « Kolya » pour ses tantes – ne font pas non plus partie du convoi. Aussi chaleureux le cocon familial soit-il, la cadette des Hagondokoff n'a qu'une idée depuis son arrivée à Kamenomost : retrouver Nicolas. Sa mère a bien suivi son mari en Turkestan et en Mandchourie, et elle laisserait le sien livré à son sort en pleine guerre civile, alors que sa blessure le fait toujours souffrir ? Il pourrait perdre la vie sans avoir fait la connaissance de son fils. Le 29 janvier 1919, moins de dix jours après la prise de Kislovodsk par les blancs, la circulation des trains vers la mer Noire a été rétablie. Malgré les objurgations de ses parents, Gali a décidé de tenter sa chance. Qui reconnaîtrait en cette paysanne en tablier de serge et fichu noué sur la tête, un vieux châle enveloppant ses épaules, le tendron de Smolny ? Juchée sur une charrette de pommes de terre, elle donne le sein à son enfant blond avec un tel naturel que nul ne peut imaginer qu'elle est habituée à une tout autre vie. Le soir tombe quand elle parvient à Kislovodsk, Gali n'a aucune idée de l'endroit où elle passera la nuit, et pourtant,

Nicky endormi au creux de ses bras, elle ne peut s'empêcher de sourire en observant les étoiles qui apparaissent l'une après l'autre dans le ciel, et les nuages qui galopent, et le dernier souffle paresseux du vent. Elle court vers l'amour de sa vie, et ce bonheur-là, nul ne saurait le lui arracher. Même s'il lui faut quelques heures encore le mettre en sourdine : c'est dans la soupente occupée par son amie Taïssa Soljenitsyne que Gali trouve refuge. Taïssa qui, le 11 décembre précédent, a donné naissance à un petit Alexandre et peine à accepter l'idée que cet enfant, son amour de Sacha, jamais ne connaîtra son père.

L'avenir sourit aux inconscients. À la gare de Kislovodsk, le lendemain matin, Gali réussit à trouver une place dans un wagon à bestiaux nettoyé et désinfecté pour éviter les risques de contamination. L'entrée du wagon est à un bon mètre du sol, difficile de s'y hisser avec un bébé sans l'aide d'un voyageur complaisant. Le long des rails, on ne voit que wagons renversés, fils télégraphiques arrachés, squelettes de chevaux jonchant la plaine, tout est tristesse et misère. Les quais des gares où le convoi stationne longuement sont encombrés de soldats en guenilles, de blessés ou de malades gisant sur des brancards, de moujiks barbus, de paysannes assises sur leurs ballots. Nicky est terrifié par les glapissements des passagers qui prennent les wagons d'assaut, par ces visages hagards qui lui font face. Au fil des arrêts, la vingtaine de voyageurs que comptait le wagon de Gali a été multipliée par quatre ou cinq, des soldats trop exténués pour l'importuner.

Il lui faudra trois jours de voyage avant d'arriver à Ekaterinodar, la capitale du Kouban. Mais là-bas, pas de Nicolas. On le dit reparti plus à l'ouest, dans le nouveau campement de l'armée Denikine, à Novorossisk, sur les bords de la mer Noire. Nouveau train bondé, pas le moindre coin pour s'asseoir, c'est à bout de bras que

Gali tient Nicky au-dessus des têtes pour éviter qu'il ne meure étouffé.

Autant de peines vite oubliées dans les bras de l'homme aimé. Et cette fierté manifeste de Nicolas devant son héritier ! De quoi lui changer les idées, car il vit difficilement son affectation dans des bureaux, lui qui était programmé pour l'action. Gali a le don de relativiser les tracas du moment, elle a même réussi à le faire rire en lui racontant ses mésaventures ferroviaires. Tout cela n'aura qu'un temps, lui répète-t-elle, dès les bolcheviks écrasés, ils reprendront la route de Petrograd, Nicolas y retrouvera sa place au Semenovsky. En attendant, ils ne peuvent que se réjouir d'avoir quitté à temps la ville de Pierre, coupée du reste de la Russie, détrônée au bénéfice de Moscou. Si capitale elle reste, ce n'est plus que du froid, de la faim, de la haine, de la mort depuis l'apparition du choléra. En un an, elle a perdu le tiers, voire la moitié de ses habitants. Qu'un cheval tombe raide dans la rue, et on ne retrouve que son squelette au petit matin.

Dans le Sud, on vit tant bien que mal, mais on vit. Rien de très palpitant à Novorossisk, une cité modeste en comparaison de sa riche voisine Odessa, plus à l'ouest, avec ses larges artères, son architecture plus méditerranéenne que russe et ses kilomètres de plages de sable fin. La ville occupe un beau site mais les vents du nord y soufflent en permanence. Début mars, le port était encore pris par les glaces. Dans la seconde quinzaine de mai, la situation ne s'est pas arrangée avec l'arrivée de deux mille réfugiés sur un charbonnier en provenance de Yalta, en Crimée – le bruit court là-bas qu'un comité révolutionnaire s'est constitué en prévision d'une dictature bolchevique. Pas un hôtel, pas une maison particulière, pas un hangar qui ne soit bourré à craquer. Les paysans des environs vendent très cher des places dans leurs granges, offrant des meules de foin pour matelas.

Des pêcheurs de la côte louent au plus offrant les cabanes où ils conservent leurs filets et leurs barques. C'est dans l'une de ces cabanes que les Bajenoff s'installent : tout plutôt que de devoir partager avec une autre famille le petit deux pièces où ils s'étaient installés. La nuit, on entend le fracas des vagues, le vent secoue les planches disjointes. « Bienvenue au palace de la Mer », a annoncé cérémonieusement Gali à Nicolas, les yeux pétillant de malice, quand il est rentré le premier soir. De fait, le capitaine a eu du mal à reconnaître la bicoque qu'il avait quittée au petit matin, harnachée de nasses aux larges mailles, de flotteurs et d'hameçons, avec pour tout lit le canot posé au centre, sur des cales, évidé de ses banquettes. Des châles tendus sur les murs, un sofa garni de coussins, des bouquets de fleurs fraîches... « Tu es une magicienne », a-t-il dit à sa femme en la serrant sur son cœur ; décidément, il n'est pas de jour sans qu'il découvre en Gali de nouveaux talents. Au début, le couple a fait des orgies de caviar, les esturgeons abondent dans les eaux locales. Mais ce mets de fête a vite tourné au cauchemar. Parfois des paysans, venus de l'intérieur des terres, proposent des pommes de terre qu'on est heureux d'échanger contre leur poids en caviar.

Gali avait raison d'être optimiste. La victoire est en train de changer de camp. Entre mars et octobre 1919, l'espoir renaît de chasser les bolcheviks. Venues de l'est du pays, les troupes de l'amiral Koltchak, le principal rénovateur de la flotte russe après la guerre contre le Japon qui s'est récemment proclamé « régent suprême de Russie », ont poussé une pointe jusqu'à Kazan, à sept cents kilomètres de Moscou. Au nord-ouest, d'autres unités de l'armée blanche se préparent à attaquer Petrograd. En juillet, l'armée de Denikine, rééquipée par les Alliés et forte de nouveaux éléments recrutés sur place, progresse en direction de Moscou, arrivant à moins de deux cents kilomètres de la ville. La Crimée est elle aussi reprise par les blancs. L'euphorie ne dure guère. À l'automne, la contre-offensive des rouges oblige l'armée des Volontaires à battre en retraite. Faute d'avoir assuré leurs arrières, accusés de s'être livrés à des réquisitions et à des pillages par une population qui les avait d'abord accueillis en libérateurs, les hommes de Denikine refluent vers le sud. Les cosaques qui forment l'essentiel des troupes blanches, refusent de se battre en dehors des frontières de leurs propres provinces : ils désertent en masse et rentrent chez eux. Rostov est investie par les rouges qui déferlent bientôt vers le Kouban et s'approchent du Caucase. C'est la panique à Kislovodsk. De nombreuses familles affluent vers Novorossisk.

Sur la grève, dans une autre cabane de pêcheurs, vit une famille avec de jeunes enfants. Dès qu'elle peut confier Nicky, Gali accourt à l'hôpital pour proposer ses services. Dans les salles, c'est le même spectacle de désolation qu'à Kislovodsk, toujours des corps souffrants, toujours l'odeur du sang et la mort qui règne. Mais cette fois, ce sont des fusils russes qui ont provoqué ces blessures, des sabres, des baïonnettes russes, tenues par des mains russes. Il arrive que des frères, des cousins, s'affrontent de chaque côté de la ligne de front. À vingt et un ans, Gali Bajenoff découvre les horreurs de la guerre civile. Dans ce conflit entre frères de race, la pitié n'a pas de place. Heureux les captifs qui sont fusillés séance tenante. Car les rouges s'acharnent sur les officiers blancs qu'ils font prisonniers, leur taillent des épaulettes dans la chair, leur arrachent la peau des mains comme des gants, tandis que les blancs découpent des étoiles à cinq branches sur la poitrine des commissaires, leur crèvent les yeux avant de les exécuter. Auraient-ils oublié ce « service du pardon » qui, dans la liturgie orthodoxe, réunit chaque communauté, le dimanche précédant l'entrée dans le carême, en souvenir d'Adam expulsé du paradis, pour solliciter la miséricorde divine et s'accorder mutuellement l'absolution ? « Tout homme qui a choisi la violence comme moyen doit inexorablement choisir le mensonge pour règle », dira un jour de 1970 dans son discours de réception du prix Nobel un certain Alexandre Soljenitsyne, le petit Sacha de Kislovodsk. Le mensonge et, partant, la cruauté, comme pour renier dans l'homme sa part d'humanité.

La longue marche

Le solide esprit pratique de Gali tout comme le caractère entier de Nicolas sont parvenus à la même conclusion. Ils n'ont pas quitté à temps Petrograd pour se laisser prendre dans un filet sur les bords de la mer Noire, comme les Tcherkesses à l'été 1864. Il faut s'évader avant qu'il ne soit trop tard. Faire cavaliers seuls. Ne pas se laisser imposer son destin. Mais partir où ? La réponse sera fournie aux Bajenoff à Novorossisk. Car, dans cette ville sans grâce où les rêves de reconquête de la Russie vont s'enliser à jamais, il n'y a pas que Denikine et son armée. Il y a aussi tous ceux qui fournissent cette armée en armes, en uniformes, en charbon, en équipements divers. Tous ceux qui, pour assurer le financement de ces achats, exportent les ressources naturelles de la région, le naphte et les céréales. Tous ceux qui manient l'argent nécessaire à ces transactions. Albert Khary, consul du Danemark et directeur de la Banque russo-asiatique à Odessa, est de ceux-là. La guerre lui a permis d'amasser une jolie fortune. Il est un des financiers de l'armée Denikine, même si certains le soupçonnent d'être un agent allemand. De par ses fonctions, Nicolas Bajenoff le rencontre souvent. Par Khary, il sait tout l'intérêt porté aux banques russes par les banquiers occidentaux qui s'efforcent de les racheter, misant sur la faillite du pouvoir rouge et la récupération à terme des actions et des actifs nationalisés par les bolcheviks. Il sait aussi la place éminente qu'occupe au sein de la haute banque russe la Banque russo-asiatique, toute jeune soit-elle puisqu'elle est née en 1910 de la fusion entre la Banque russo-chinoise et la Banque du Nord, deux établissements dépendant le premier de la Banque de Paris et des Pays-Bas, le second de la Société générale.

La marche triomphale des bolcheviks vers le sud ne s'arrête pas. L'effondrement total de l'armée blanche n'est un secret pour personne. Décision est prise fin décembre 1919 d'évacuer la rive nord de la mer Noire, Odessa, la Crimée, Novorossisk. Pour éviter un engorgement fatal, on parle de limiter dans un premier temps les départs à cinquante mille, en donnant priorité aux blessés, aux femmes et aux enfants. Les Bajenoff avaient prévu de gagner Constantinople, le chemin d'exil naturel pour les réfugiés des bords de la mer Noire. C'est Albert Khary qui bousculera leurs plans en suggérant à Nicolas de rejoindre le comptoir de Harbin, l'un de ceux que la Banque russo-asiatique tient en Chine. Émigrer non par le sud mais par l'est, c'est l'assurance pour les Bajenoff de n'être pas séparés. C'est la promesse d'un gagne-pain de l'autre côté de la frontière, dans cette Mandchourie doublement familière à Gali pour y avoir vécu et pour l'amour que vouait son père à cet Orient lointain. Encore faut-il traverser dans toute sa longueur une Russie à feu et à sang. Car, après les succès de l'été 1919, l'armée blanche de l'Est a connu de sévères défaites, Koltchak a été contraint de reculer vers l'est. Combien de temps encore conservera-t-il Omsk, sa capitale ? Seuls la Sibérie orientale et Vladivostok semblent fermement tenus par les blancs grâce au soutien des Alliés.

Partir quand les frontières de la Russie sont en principe hermétiquement closes depuis un an déjà ? Partir quand les bolcheviks ont clairement manifesté leur volonté de garder les aristocrates en otages ? Depuis le décret du 17 décembre 1917, on ne peut quitter le pays que muni d'un passeport soviétique : inutile de rêver, les Bajenoff ne l'obtiendront jamais. Difficile de passer en fraude la frontière comme le jeune prince Georges Bielossielski l'a fait vers la Finlande, caché dans un tonneau servant aux marchands de poisson à transporter le hareng. Impossible de traverser à cheval l'Asie de part en part, même si l'on assure qu'un général a réalisé cet exploit lors de la guerre russo-japonaise, et sur un seul et unique animal. Entre Nicky qui marche tout juste et Nicolas, grand invalide de guerre, mieux vaut adopter des moyens de locomotion moins hasardeux. Encore faut-il passer à travers les mailles du filet. Gali a fait établir de faux sauf-conduits. Depuis des semaines déjà, elle étudie le parcours en train de Novorossisk à Harbin. La logique imposerait de gagner Moscou avant de piquer plein est sur Tcheliabinsk – la porte de l'Oural –, via Riazan, Rouzaevka et Oufa. Mais, par ces temps troublés, il est plus prudent d'éviter la capitale rouge, truffée d'agents de la Tcheka, et de passer plus au sud, en empruntant des voies secondaires par Tsaritsyne et Penza, un trajet qui offre l'avantage d'être un peu plus court. Après l'Oural, on n'a plus le choix, il n'est qu'une voie possible jusqu'à la frontière chinoise. Au total, c'est là un voyage de neuf mille cinq cents verstes, huit mille dans le meilleur des cas ! Deux ans plus tôt, il a fallu neuf jours à Gali pour gagner le Caucase depuis Petrograd, un an plus tôt, trois jours lui ont été nécessaires pour passer de Kislovodsk à Novorossisk, à quelques centaines de verstes. La grande migration vers l'est, chargés d'un enfant de surcroît, devrait prendre aux Bajenoff plusieurs semaines au bas mot.

Ce sera non plusieurs semaines, mais plusieurs mois. Près d'une année ! La première partie du voyage, Nicolas et Gali se sont retrouvés dans un wagon de marchandises aménagé de manière rudimentaire pour y transporter des voyageurs, avec des lits en planches le long des parois du wagon et, au milieu, un poêle en fonte doté d'un tuyau sortant à l'extérieur par le toit. Que deviendrait-on sans le précieux poêle en fonte ? Brûlant en continu, il est l'élément central de cette vie itinérante : il assure le chauffage du wagon, le séchage du linge que l'on dispose autour, c'est sur lui qu'on fait la cuisine. Le long hiver qui s'éternise a au moins un mérite : il permet de garder un bœuf congelé sur le toit. Tous les jours, on découpe à la hache un morceau de viande afin de préparer un copieux bouillon pour tous les habitants du wagon, l'assurance de ne pas mourir de faim quand on ne trouve rien à acheter lors des arrêts du train.

Après Tcheliabinsk, on rejoint la ligne principale du Transsibérien. Le voyage n'est pas plus aisé pour autant. Depuis des années, la ligne n'a cessé de se détériorer, ses équipements sont obsolètes, sa gestion désastreuse. En novembre 1917, une unité spéciale regroupant des experts ferroviaires américains a été appelée, pour améliorer la liaison, par le gouvernement Kerenski, soucieux de permettre l'acheminement des troupes et du matériel depuis Vladivostok jusqu'à la Baltique pour contrer l'offensive allemande. Même après avoir pris le pouvoir, les bolcheviks ont toléré les ingénieurs et les techniciens de ce Russian Railway Service Corps (RRSC), originaires pour la plupart des États situés au nord du Midwest américain tels le Montana ou le Dakota, familiers des vastes espaces et des conditions climatiques extrêmes. Des progrès notables ont été enregistrés. Mais, depuis quelque temps, la guerre civile rend la tâche du RRSC impossible. Pour empêcher les Tchèques, alliés de Koltchak, de progresser vers Moscou, les bolcheviks ont détruit les ponts, les dépôts de matériel. Quelques mois plus tard, ils arracheront les rails pour bloquer cette fois la retraite massive des combattants de l'armée blanche vers Vladivostok.

Le train est stoppé parfois plusieurs jours, lorsque le chemin des réfugiés croise des opérations militaires et qu'il faut laisser passer les convois chargés de soldats et de munitions. Un mois entier, il restera bloqué dans un village de Sibérie. Gali ne demeure pas inactive : elle apprend à broder avec les femmes du village, fait confectionner pour Nicky une petite pelisse en peau d'élan et son bonnet assorti. Lorsque le train s'arrête au beau milieu de la steppe, l'un des passagers saute du wagon et va aux nouvelles à l'avant du convoi. Si la halte promet d'être longue, on sort se dégourdir les jambes, on cueille des fleurs, on ramasse des baies et des champignons. Parfois, on manque tout simplement de combustible pour la locomotive, et alors tous les passagers – femmes y compris – vont couper du bois dans la forêt la plus proche. Mais le plus souvent, les arrêts sont dus aux fouilles et au contrôle des papiers. Dans ce cas, les hommes – Nicolas le premier – s'évanouissent dans la nature et rattrapent le train à l'arrêt suivant. Gali tremble intérieurement chaque fois qu'il lui faut présenter son sauf-conduit – un faux grossier –, elle a développé un art consommé de détourner l'attention des policiers, entreprend justement de nourrir Nicky, bricole dans un coin du wagon, fait mine de s'être blessée avec ses petits ciseaux à couture. Elle avait lié connaissance avec deux jeunes filles de son âge : un commissaire a découvert des billets de banque dissimulés dans les cols de leurs manteaux et le train est reparti sans elles.

Un jour qu'ils passent une frontière – une de plus, à croire que la Russie est devenue un vaste puzzle, un véritable parcours d'obstacles –, on annonce aux voyageurs que le train n'ira pas plus loin. C'est en s'enfonçant dans la neige jusqu'aux genoux qu'ils gagneront à pied le poste de police. L'arrêt a été si imprévu que Nicolas n'a pas eu le temps de prendre le large. Il porte Nicky sur ses épaules ; Gali suit, consternée. Les précieux sauf-conduits leur ont été volés au précédent arrêt. Juste devant les Bajenoff, une famille juive a pénétré dans la bicoque bourrée de soldats qui tient lieu de poste-frontière : les grands-parents, les parents et leurs trois enfants. Dans les poches du grand-père, vénérable vieillard drapé dans une large houppelande que sa barbe blanche fait ressembler à un patriarche de l'Ancien Testament, on a trouvé, roulés en tube dans un paquet de cigarettes, des roubles Kerenski. Pour amadouer les factionnaires, sa fille a sorti deux diamants de l'ourlet de sa jupe. C'est le signal de la curée. Peu à peu, tous les biens sauvés du désastre par cette famille de bijoutiers moscovites s'étalent sur le comptoir, de l'argent, encore de l'argent, et de l'or, et d'autres bijoux. Une fabuleuse prise de guerre. Au guichet d'à côté, un vieux soldat barbu a fait signe aux Bajenoff d'avancer : c'est avec un bon sourire un peu las qu'il examine sans sourciller la carte émanant d'une société de bienfaisance que lui tend Nicolas. Tant de beaux cachets rouges, tant de signatures ! Le document en impose, et comme il ne sait pas lire...

Les angoisses des Bajenoff ne s'arrêteront pas là. En ce mois de novembre 1919, l'amiral Koltchak a dû évacuer Omsk, sa capitale, pour se replier vers l'est. Désormais contrôlée par les rouges, la ville est le théâtre de sanglants règlements de comptes. Pour les fuir, des grappes humaines s'agrippent aux wagons. Venue y mettre bon ordre, la police locale, hier encore dévouée aux blancs, fait du zèle, emmène tous les hommes présents dans le wagon, les emprisonne en attente de jugement. C'en est trop pour Gali. Jamais, depuis le départ de Novorossisk, elle n'a flanché, jamais elle ne s'est plainte, c'est à elle, la benjamine, que les autres voyageurs venaient confier leurs états d'âme, exprimer leurs doléances, elle n'avait pas son pareil pour résoudre les différends, calmer les anxieux, rendre le sourire aux grincheux. Mais ce soir-là, elle n'en peut plus. Aux côtés de Nicolas, rien ne lui faisait peur : privée de sa présence, de ce grand corps qui la domine d'une tête, elle se sent brusquement friable comme du verre. Au dîner, la gorge nouée, elle a été incapable d'avaler quoi que ce soit. Telle une enfant, elle s'est réfugiée en larmes entre les bras de l'imposante Eugénie, une commerçante de Perm qui a rejoint le convoi à Tcheliabinsk et dont les yeux clairs et le bon sourire rappellent à Gali la chère Pani Elena. Nicky regarde sa mère, affolé : à dix-huit mois, lui qui tient déjà solidement sur ses jambes ne l'a jamais vue pleurer. Plus tard dans la nuit, grelottant sous sa couverture mille fois reprisée, l'enfant serré contre elle, Gali imagine Nicolas jeté sans ménagement dans une cellule glacée, torturé peut-être, peut-être mourant. Leur amour est fort et beau, il les a, telle une armure, rendus invincibles au milieu de la tempête actuelle. Sans Nicolas, il n'est pas de vie possible. C'est épuisée que Gali émerge le lendemain des cauchemars qui ont peuplé ses rares moments de sommeil. Mais dans sa fatigue même, dans ce sentiment d'injustice et d'impuissance qui l'étreint, elle puise des forces nouvelles. Une rage bienvenue lui rend son moral de conquérante. Le jour n'est pas encore levé qu'elle est déjà aux portes de la prison, armée de son plus beau sourire et d'une coquette somme d'argent – la bienveillante Eugénie n'a pas hésité à prélever sur ses économies pour gonfler la mise. Grâce à Dieu, Nicolas n'est pas retenu par la terrible Tcheka. En soudoyant les gardes de la prison, Gali parviendra à le faire libérer. Mais il faut déguerpir au plus vite ! Et pas question de reprendre le train tout de suite. C'est sur un traîneau tiré par deux chevaux que les Bajenoff s'enfoncent dans la taïga, fendant un vent rageur par une température de moins 30 ° C, pour ne reprendre le train que huit cents verstes plus loin, dans les environs de Novossibirsk. Le contrebandier à la mine peu engageante qui les conduit a étendu des draps blancs sur tout l'attelage : Nicolas et Gali n'en comprendront l'utilité que plus tard, lorsqu'un flot de lumière les aveuglant soudain, le traîneau pile net, laissant les projecteurs des gardes rouges balayer ce qui apparaît de loin comme un immense bloc de glace.

Tant de périls affrontés, et on n'en est pas encore à la moitié du voyage. Les rails du Transsibérien, tels des rayons bleus indéfiniment parallèles, semblent percer l'horizon. On en vient à douter qu'ils s'arrêtent jamais. Est-il possible, se demande Gali, qu'un jour, elle quitte ses vêtements fatigués, ses gros bas de laine et ses bottes de feutre qui prennent l'eau et lui laissent les pieds glacés, qu'elle dorme dans un vrai lit, avec de vrais draps ? Existe-t-il quelque part dans le monde un pays où les belles choses, les bonnes manières aient encore un prix ? Un pays où Nicky puisse vivre une vie normale, celle des enfants de son âge, et non cette interminable errance, cette pouillerie généralisée, cette peur qui ne vous quitte jamais, ni le jour ni la nuit ? Certains puisent dans l'immobilisation due à une longue maladie l'énergie qui nourrira leur vie. Cette année entre parenthèses aura le même effet sur Gali, condamnée à l'inaction, ballottée des jours durant dans un train aveugle, usant sa patience dans la steppe désertique. Comme empêchée de vivre. C'est ce temps-là aussi qui forgera la relation fusionnelle de Gali à son enfant, ce petit garçon vissé sur ses genoux, accroché à son cou, quand, quelques années plus tôt, selon les règles en vigueur dans la bonne société pétersbourgeoise, il aurait vu ses parents de loin en loin, réfugié dans les jupons de sa niania.

Il faut encore traverser Krasnoïarsk, sur les rives du majestueux Ienisseï, passer au large d'Irkoutsk sans voir les vieilles maisons de bois et les belles églises du « petit Paris de la Sibérie » comme on l'appelle, longer le lac Baïkal, dominé par des montagnes si hautes que leurs cimes neigeuses ont l'air d'une vision dans le ciel. À partir de là, les risques devraient diminuer puisqu'on pénètre dans des zones encore contrôlées par les armées blanches. Mais le danger reste grand car Grigori Semenov, le potentat local, un seigneur de la guerre soutenu par les Japonais, bien qu'acquis en principe à la contre-révolution, laisse la bride sur le cou à son armée de guérilleros qui attaque, pille, viole et tue les voyageurs quels qu'ils soient. Depuis ses quartiers généraux de Tchita, Semenov détourne wagons et locomotives pour son usage personnel, entraînant des arrêts du trafic incessants. C'est seulement après le passage de la frontière chinoise, à la station Mandchouria, que Nicolas et Gali peuvent se dire qu'ils ont gagné leur pari. Pourtant, le train roule dans une contrée hostile. La voie ferrée est désormais surveillée par des gardes-frontières, vêtus d'une tunique noire à parements verts et coiffés d'un bonnet d'astrakan. De grands mâts ponctuent la ligne, surmontés d'un faisceau de paille sèche, des sentinelles sont chargées d'allumer ces brandons en cas d'alerte. Dans les plaines bordées de montagnes violettes travaillent des laboureurs mandchous, habillés de longues chemises, coiffés de chapeaux de paille en forme de cône. Les gares sont fortifiées contre les khounkouz – ces mêmes bandits contre lesquels Constantin luttait déjà avec sa sotnia. Les murs des fanzas, les maisons chinoises dotées d'une pièce unique, sont crépis de terre glaise et recouverts de chaume de sorgho. Des dragons verts ou rouges ornent les pignons et les arêtes des toits.

À la station après Mandchouria, un homme encore dans la force de l'âge mais déjà voûté, malingre et portant un œil de verre, est entré dans le wagon des Bajenoff. Mis en confiance par Gali, il lui a raconté l'incroyable odyssée qu'il vient de vivre, effectuant de Moscou à la Mandchourie une bonne partie du parcours à pied. À trente-huit ans, le juge Nicolas Sokolov a été chargé par l'amiral Koltchak d'enquêter sur l'assassinat de la famille impériale. Par lui, les Bajenoff apprennent le sort réservé à Koltchak qui, lâché par les Alliés, livré aux bolcheviks à Irkoutsk en décembre, est en instance d'être fusillé. Mais c'est seulement des mois plus tard qu'ils prendront conscience de ce à quoi ils ont échappé en fuyant Novorossisk, d'où, en mars 1920, les troupes de Denikine ont embarqué dans des conditions effroyables, les bolcheviks massacrant tous ceux qui n'avaient pu partir à temps.

5

De Harbin à Shanghai

Une Russie miniature

Dès son arrivée à Harbin, Gali a tenté de retrouver la maison qu'elle habitait avec ses parents et Nina. En vain. Elle était si petite à leur départ de Mandchourie. De toute façon, la ville est méconnaissable. Née la même année que Gali, il y a vingt-deux ans, elle n'a plus rien à voir avec le gros bourg qui s'était greffé sur le village de pêcheurs chinois. Pendant la guerre russo-japonaise puis pendant la Grande Guerre, servie par les extraordinaires ressources économiques de la région, elle n'a cessé de se développer. Depuis 1918, la destruction du pont de Khabarovsk, qui interdit d'emprunter le Transsibérien jusqu'à son terminus, a fait du chemin de fer de l'Est chinois la seule voie de communication entre la Sibérie centrale et Vladivostok. Et de Harbin, la métropole de la région, un point de passage obligé. C'est désormais une vraie ville où ne subsistent que quelques-unes des maisons en bois d'origine, avec leurs encadrements de fenêtres joliment sculptés. Des bâtiments en brique à deux ou trois étages de style occidental alignent leurs façades dotées de frises, de balcons à colonnes et de balustrades. Maisons de commerce, grands magasins, banques, hôtels, cinémas ont fleuri sur les principales artères de la ville, sillonnées par des fiacres, des autobus et quelques voitures automobiles. Dans le quartier des affaires, le long du Soungari, les rues qui mènent au fleuve, la Kitaïskaïa surtout, offrent un spectacle animé à toute heure du jour et tard dans la nuit. Sur les hauteurs, Novy Gorod, la Nouvelle Ville, a fière allure avec ses larges avenues plantées d'arbres et bordées de belles résidences. Il n'y a que Fujiadian, la ville chinoise, à présenter le même visage que par le passé, avec ses ruelles étroites qui, en l'absence de tout drainage, se transforment en cloaque à la moindre pluie.

Harbin a changé, ses habitants aussi. Dans le temps, il abritait surtout des pionniers, des gens rudes, au style de vie spartiate. Aux quelques familles de pêcheurs mandchous est venue s'adjoindre toute une population ouvrière chinoise, principalement originaire de la province du Shandong, plus au sud, qui travaille dur sur les chantiers de construction ou à l'entretien de la voie ferrée, pour des salaires de misère. Mais sur les cent vingt mille habitants de la ville, trois fois plus qu'il y a cinq ans, les Russes sont, et de loin, les plus nombreux. Parmi eux, les employés du chemin de fer, souvent enviés pour leurs privilèges – logements à coût réduit, assistance médicale, voyages gratuits leur assurant des retours réguliers au pays –, des commerçants, des représentants des professions libérales, des petits-bourgeois : établis à Harbin depuis des années déjà, certains ont acquis la nationalité chinoise. Depuis 1918, d'autres Russes arrivent en flots serrés, souvent démunis de tout, civils fuyant l'Oural et la Sibérie livrés au pouvoir bolchevique, officiers et soldats de l'armée Koltchak auxquels l'exécution de leur chef, le 7 février 1920 à Irkoutsk, ôtera tout espoir d'un proche retour.

Est-ce un hasard si l'un des plus anciens hôtels de la ville porte le nom d'Eldorado ? Harbin concentre les espoirs de ceux qui, fuyant la terreur rouge, rêvent de fortunes nouvelles. Mais d'abord de la sécurité retrouvée. Ici, l'air n'est pas empoisonné par l'odeur du sang comme de l'autre côté de la frontière. Non que la ville ait été totalement épargnée par les convulsions. L'annonce de la Révolution y a été accueillie au départ avec enthousiasme. Dès mars 1917, on a vu naître un premier soviet parmi les employés russes du Chemin de fer. Mais ces velléités révolutionnaires ne tiendront guère face à la détermination de son directeur, l'homme qui règne en maître sur Harbin depuis plus de quinze ans, le général Dimitri Horvat. Fort du soutien actif des rescapés de l'armée blanche, il transforme le siège de la compagnie en bastion de résistance antibolchevique et multiplie les opérations de guérilla sur la frontière et au-delà. Jusqu'à irriter le gouvernement de Pékin qui, dans le courant de 1920, décide de chasser Horvat et de récupérer le contrôle de la ligne en attendant l'établissement d'un « gouvernement russe stable », mettant fin au privilège d'extraterritorialité de la zone et créant une administration, une police et des tribunaux en lieu et place de l'organisation mise en place par les Russes.

Ces tensions apaisées, on peut goûter à Harbin le bonheur de se retrouver presque chez soi. Ce n'est pas pour rien qu'on parle du « Saint-Pétersbourg de Mandchourie ». Dans cette Russie miniature, tout rappelle la mère patrie : les clochers à bulbes des vingt églises orthodoxes de la ville, le nom des rues et des enseignes écrit en cyrillique, le spectacle quotidien des moujiks aux tuniques fendues sur le côté, des femmes aux foulards de couleurs vives noués sous le menton. À la gare, les porteurs sont équipés de bottes et de tabliers comme dans toutes les gares de Russie. Les prix sont donnés en roubles et en kopeks, on a gardé comme unités de poids les vieilles mesures de l'époque tsariste, le poude, le loth, le zolotnik, le tissu est mesuré en arshin ou en sagènes, les distances en verstes. L'enseignement est délivré en russe, on se bouscule pour entrer au lycée

Dostoïevski ou à l'Institut Saint-Vladimir, l'école polytechnique locale. Mais c'est surtout en matière culturelle qu'aucune ville de province ne saurait rivaliser avec Harbin, doté d'un opéra magnifique – un auditorium de douze cents places appartenant à la Compagnie du chemin de fer –, d'un orchestre philharmonique de qualité, et d'innombrables salles de spectacle où les troupes les plus célèbres, les artistes les plus renommés, viennent en tournée.

Accueillis les premiers jours dans des wagons désaffectés aménagés par la Croix-Rouge pour les nouveaux arrivants, les Bajenoff ont trouvé par le Comité des réfugiés russes un petit meublé dans le quartier de Majiagou, à la lisière de la ville. Des fenêtres, le regard porte loin, au-delà de la ceinture maraîchère aménagée par les Chinois, habiles jardiniers, il embrasse l'immensité de la steppe, traversée par des nomades et leurs caravanes de chameaux. Dès le lendemain de leur arrivée, Nicolas s'est présenté à la Banque russo-asiatique, fort de la recommandation d'Albert Khary, le patron de l'agence d'Odessa, et y a été embauché. Le salaire est modeste, mais, s'il fait ses preuves, il peut espérer une évolution rapide de ses fonctions. Depuis sa création dix ans plus tôt, la banque a connu un extraordinaire développement, devenant la première banque russe, la neuvième plus grande banque au monde. Elle a été nationalisée comme toutes les autres banques russes par décret du 14 décembre 1917. Mais cette nationalisation ne concerne que les actifs détenus par la banque dans les provinces contrôlées par le nouveau gouvernement. Le comité de direction, replié sur Paris puisque ses principaux actionnaires sont français, cherche à sauver ce qui peut l'être et revendique le contrôle sur le chemin de fer de l'Est chinois dont la banque était propriétaire, et l'utilisation des fonds considérables que la banque gère en Chine, afin de subventionner les mouvements antibolcheviques en Extrême-Orient. Le gouvernement français s'associe d'autant plus volontiers à ces initiatives qu'il craint, plus encore que le régime bolchevique – dont il prophétise l'effondrement pour demain –, la mainmise des Anglais et des Allemands qui rachètent les actions des banques russes à tour de bras. Il est essentiel de s'assurer de la présence française dans l'économie russe après la fin de la guerre. C'est à quoi va s'employer Nicolas Petrovitch Bajenoff, fort de son expérience dans les services financiers de l'armée blanche. Il sera aidé dans cette tâche par les excellentes relations qu'il noue avec le patron du nouveau comité créé par les forces d'intervention alliées pour gérer le Transsibérien et son antenne mandchourienne, l'Américain John Frank Stevens, un ingénieur civil de grand talent, héritier d'une famille ayant fait fortune dans les chemins de fer, qui fut déjà à l'origine du Russian Railway Service Corps. Seul expert ferroviaire reconnu au sein du comité, Stevens dispose des pleins pouvoirs pour faire fonctionner cet immense réseau, soumis à des conditions politiques et matérielles chaotiques : sans cesse il faut intervenir sur les voies pour les réparer, les reconstruire, dégager un tunnel détruit à l'explosif, reconstituer les dépôts, assurer la maintenance des locomotives et des wagons. Un travail de Sisyphe inenvisageable sans le soutien de la Banque russo-asiatique.

Lestée d'un enfant de deux ans, Gali aurait du mal à prendre un emploi à plein temps. Sur le chemin de l'exil, elle a littéralement fait corps avec Nicky, elle se voit mal le livrer soudain aux mains d'une nourrice chinoise incapable d'articuler trois mots de russe. Mais, active à son ordinaire, elle donne des leçons de piano, traduit oralement, malgré un anglais malhabile et un français parfois hésitant, des journaux russes pour les journalistes étrangers qui passent à Harbin. Le soir, sitôt Nicolas rentré à la maison, elle part présenter des modèles aux clientes de Tchourine, dans son magasin principal de Novy Gorod – il en existe maintenant trois à Harbin ! –, un lieu magnifique aux parquets soigneusement cirés et au large escalier doté d'une balustrade en fer forgé conduisant à l'étage supérieur, celui du rayon des articles de mode. Il lui arrive aussi d'apporter son concours à l'atelier qui jouxte le magasin où une dizaine de jeunes femmes reproduisent les patrons de *Vogue*. Chez Tchourine, on ne jure que par la mode européenne, parisienne surtout. Gali la curieuse ne perd pas une miette du spectacle, elle interroge les gens, feuillette les magazines. Elle forme son goût. Un autre univers s'ouvre à elle, privée depuis trois longues années de ce raffinement que, jeune fille, elle appréciait déjà. Il lui semble si loin ce temps où, avec sa mère et Nina, elle courait à Saint-Pétersbourg les boutiques du Gostiny Dvor, si loin ces années à Kislovodsk où, malgré le spectre de la guerre, elle incarnait le charme et l'élégance aux yeux de sa bande d'admirateurs avec ses jolies robes de dentelle anglaise ou, l'hiver, ses longues redingotes fermées par des brandebourgs, manchon d'astrakan et toque assortie sur la tête. Palper de précieux tissus, essayer des robes, des chapeaux, assortir une broche à sa tenue... tous ces plaisirs qu'elle croyait révolus existent bel et bien. Non qu'elle y ait encore accès, Nicolas veille au grain, son salaire leur assure une vie décente, rien de plus, et les quelques bijoux et valeurs emportés dans leurs bagages ont fondu comme neige au soleil, entre les frais du voyage, le paquet de roubles exigé à Omsk par les cerbères de Nicolas et les pourboires distribués sans compter pour amadouer les policiers. Elle se contente d'admirer les devantures des boutiques chic des rues Kitaiskaïa ou Mostovaïa ; et le magnifique hall d'entrée orné de bas-reliefs représentant des dieux grecs de l'hôtel Moderne, un petit Versailles à la façade rose pastel ; et les luxueux attelages qui patientent à la porte des restaurants élégants, recouverts d'une capote rouge ou bleue avec des franges dorées. Mais aucun dépit chez elle à la vue de ces luxes inaccessibles, aucune jalousie à l'égard des femmes qui y ont accès. Une seule certitude : un jour, à elle aussi, tout cela sera offert. Même si, à Harbin, les fourrures ont la réputation d'être particulièrement bon marché, il lui faudra patienter encore longtemps avant de franchir le seuil de Balikoff et Grigorieff, le plus célèbre fourreur de la ville. En attendant, elle se félicite d'avoir déniché une pelisse de mouton bordée d'astrakan frisé au marché aux puces – là même où elle a acheté pour Nicolas une de ces capotes militaires que les Tatars vendent à la criée. Qu'importe après tout puisque, drapée dans ce long manteau, parée de sa jeunesse et de sa beauté, elle ressemble à ce qu'elle est : une princesse en exil.

L'essentiel est ailleurs, dans l'ivresse d'avoir échappé au pire, dans le bonheur d'un amour partagé, dans l'éblouissement face aux progrès de Nicky, enfant attendrissant avec son sourire délicieux et ses boucles blondes. Pourtant, la vie à Harbin n'est à l'évidence pas celle dont les Bajenoff avaient rêvé. La ville n'en peut plus d'accueillir tous les acteurs de la débâcle sibérienne. Il y a des problèmes d'hébergement, les loyers montent en flèche. La situation sanitaire se dégrade. Le choléra avait fait des ravages en 1919 ; en 1920 c'est une épidémie de peste qui se déclare. L'insécurité grandit. Les tensions qui existent entre les généraux chinois débouchent sur des conflits armés en plusieurs points du pays. Les soldats, qui ne reçoivent plus leur solde, se nourrissent aux frais de la population qu'ils pillent sans merci. On parle de rapts de jeunes garçons perpétrés par les khounkouz, comme hier à Kislovodsk par les bandits caucasiens. Dans la ville même, livrée à l'opium, à la prostitution et au jeu, l'atmosphère est malsaine. Mais, plus que tout, Gali abhorre la frénésie de revanche que suscite l'amertume de la défaite. À Harbin, on prépare la reconquête en se refusant à voir la réalité en face, la faiblesse des moyens, les dissensions entre émigrés qui s'ingénient à multiplier les clans et les partis. On mise tout sur l'aide étrangère, sur la crise grave qui ne saurait manquer d'éclater entre les diverses factions bolcheviques. Gali contemple rêveuse cette Russie d'Extrême-Orient où l'ancien régime tsariste achève de pourrir sous le regard inquiétant de l'impénétrable population chinoise.

La Banque russo-asiatique vient d'ouvrir un nouveau comptoir à Shanghai. Nicolas a demandé à y être muté. La décision n'a pas été facile à prendre. Partir pour Shanghai, deux mille kilomètres plus au sud, c'est abandonner un monde familier, la protection, illusoire peut-être mais ô combien confortable, de cet appendice russe qu'est Harbin, avec sa modernité parfois dévoyée, mais aussi ses vieux quartiers, avec ses trottoirs en bois et ses rues qui ne sont pas pavées où poussent l'herbe et les fleurs. C'est se couper encore un peu plus du reste de la famille, car il n'est pas de nouvel arrivant que Gali ne questionne avidement sur son sort – sans succès, car la plupart arrivent de Sibérie. Partir pour Shanghai, c'est affronter l'inconnu. Parler une langue étrangère. Rencontrer d'autres gens, qui ne partageront pas la même histoire de luttes fratricides, de douloureux exode. Partir pour Shanghai, c'est vraiment quitter la Russie.

Shanghai, année 1920

Partir, enfin, c'est prendre encore et toujours des risques. Le risque de l'inconfort, de la fatigue dans un wagon-couchettes de troisième classe bondé de Chinois, quand la plupart des Européens se trouvent en première classe. Le risque d'être la cible d'une attaque à main armée. Au petit matin, Gali qui dormait en tenant Nicky allongé contre elle est brutalement réveillée par des coups de feu et les hurlements des voyageurs : profitant de ce que le train roulait à faible allure, des bandits chinois ont tenté de prendre le convoi d'assaut. Nicolas n'a pas hésité un instant : arrachant femme et enfant de leur couche, il les a plaqués sur le plancher du compartiment et leur a fait un rempart de son corps. Le conducteur de la locomotive lui aussi a eu le bon réflexe : en reprenant de la vitesse, il a pu se débarrasser des assaillants. À l'arrivée à Changchun, la capitale de la région de Jilin, la première ville importante après Harbin, on dénombre les victimes, un mort – un passager atteint d'une balle en pleine tête –, et trois blessés graves, avant de reprendre la route, sans panique excessive : le danger fait partie de la vie, il y a des années que Gali l'a compris. Son premier souci, c'est de trouver de quoi nourrir sa famille. Heureusement, jusque-là, à chaque station, des paysans russes, parfois d'anciens ouvriers du chantier qui se sont établis le long de la voie, sont venus proposer aux voyageurs des fruits, des poulets rôtis, des pirojkis, ces petits pâtés farcis à la viande dont Nicky raffole. À Changchun, on passe du secteur sous influence russe à celui contrôlé depuis 1905 par les Japonais. L'écartement des rails étant moindre, il a fallu changer de train. À Dalian, sur la mer Jaune – l'ancien Port-Arthur –, les Bajenoff embarquent sur le paquebot japonais qui doit les emmener à Shanghai. Là encore, vu l'état de leurs finances, ils devront se contenter de la troisième classe (il en existe même une quatrième pour les paysans et les coolies chinois). Les cabines de cale sont minuscules, elles puent le tabac, et les cloisons sont si minces qu'on n'ignore rien de la vie de ses voisins. Quant aux repas, servis dans un genre de réfectoire doté de simples banquettes de bois, ils se résument à des platées de riz additionné de sauces improbables où flottent quelques bestioles pêchées en mer et, le deuxième jour, d'infects vers blancs dont semblent se délecter les autres passagers. Nicolas, comme tous les maris de la terre, s'était ému du nombre de leurs bagages. Il doit se rendre à l'évidence : en faisant de solides provisions avant le départ de Harbin, Gali leur a évité de mourir de faim.

L'escale à Qingdao, une ancienne colonie allemande aux larges avenues noyées dans la verdure, permet aux voyageurs de reprendre des forces : enchâssée dans une baie aux eaux calmes, cette station balnéaire est appréciée des habitants de Shanghai qui y passent les mois d'été pour échapper à la touffeur humide qui règne dans leur ville. Le lendemain, l'après-midi est déjà bien avancé lorsque le paquebot atteint Shanghai après avoir remonté pendant plus de deux heures l'embouchure du Yangzijiang, le fleuve Bleu, puis son affluent, le Huangpu, plutôt de couleur jaune sale. Accoudée au bastingage, Gali dévore des yeux le spectacle de la ville qui s'étend à perte de vue sur la rive gauche de la rivière, son port grouillant d'activité, ses immeubles qui se découpent sur l'horizon – les plus hauts qu'elle ait jamais vus. Shanghai... Une cité mythique, la plus cosmopolite de Chine avec ses concessions étrangères, arrachées à la moitié du siècle précédent par les puissances européennes au pouvoir des empereurs, soucieux d'ouvrir la ville au commerce avec l'Occident en évitant tout risque de frictions avec la population. La capitale des banques, du commerce. Le royaume de l'argent rapide. À Harbin, on lui a tracé un portrait inquiétant de cette jungle humaine forte de plus d'un million d'habitants – certains parlent de deux millions et demi –, dont trente mille étrangers de quarante nationalités différentes. De ce centre de la spéculation, de l'intrigue, de la luxure. Gali n'en a cure : elle aime déjà cette ville somptueuse, sordide et secrète, la part de mystère qu'elle offre, son espace de liberté. Bien plus que Harbin la frileuse, Shanghai est une ville qui convient à Gali l'audacieuse.

Mais c'est une liberté qui se paie cher. Non que les Bajenoff soient seuls de leur genre à Shanghai. En proportion, il y a là bien moins de Russes qu'à Harbin, mais ils sont plusieurs milliers tout de même, quatre fois plus que de Français, il n'est que de voir le nombre de coiffeurs, de pâtisseries, de restaurants russes essaimés tout au long de l'avenue Joffre, la principale artère de la concession française, sur laquelle on trouve aussi la grande librairie russe et les bureaux du premier quotidien russe, *Shanghai Zaria* (« l'Aube de Shanghai »). Certains membres de cette communauté sont installés à Shanghai depuis la fin du XIXe siècle, employés du consulat ou de la Banque russo-chinoise (l'ancêtre de la Banque russo-asiatique), juifs las des discriminations, colons russes du sud de la Mandchourie soucieux d'échapper après 1905 aux nouveaux maîtres japonais. Bien intégrés, ils ont à cœur de prêter main-forte aux émigrés russes blancs, arrivés pour la plupart sans un sou en poche, d'autant plus démunis que la fermeture par les autorités chinoises du consulat de la Russie impériale intervenue au début de 1920 les a privés de toute existence légale. La création en septembre de la même année d'un Bureau pour les Affaires russes, dirigé par l'ancien consul général de Russie, Léon Grosse, a un moment suscité parmi eux l'espoir d'une aide matérielle substantielle, prélevée sur les réserves de cent soixante mille roubles-or détenues par le consulat. Ils n'en verront pas la couleur, Grosse ayant décidé, sans en référer à quiconque, de renvoyer ce trésor de guerre à Paris, au Conseil des ambassadeurs de la Russie impériale. Heureusement, des âmes charitables sont là pour prendre le relais, Mme Litvinova, la femme d'un riche négociant en thé, Mme Sunenberg, dont le mari, un Russe d'origine finnoise, a servi comme Nicolas Bajenoff dans les rangs du Semenovsky. Cette dernière a eu tôt fait de repérer la jolie jeune femme qui tranche sur le flot des nouveaux arrivants, pour la plupart des ouvriers, des paysans, de simples soldats, peu de tenants de la vieille aristocratie, à la différence des Russes blancs passés à l'Ouest. Elle a pris Gali sous son aile, l'a dirigée vers des cours d'anglais intensif, l'étape indispensable à une intégration réussie, l'a aidée à trouver un jardin d'enfants qui accueille Nicky dans la journée, sans bourse délier, puisqu'il est encore trop petit pour intégrer le collège Rémi, l'école que vient de monter la très généreuse administration de la concession française à destination des enfants russes.

Étrangers, les Bajenoff le sont malgré tout, pour la première fois depuis qu'ils ont quitté la Russie. Des « diables au long nez », comme disent les Chinois. Coupés de leurs racines. Contraints à changer de langue, de culture. De mode de vie aussi. Comme la plupart de leurs compatriotes, ils ont élu domicile dans la concession française, séduits par la tranquillité du lieu. Ils occupent l'une des huit chambres d'une pension tenue par la veuve d'un commerçant russe, une chambre mansardée au mobilier plus que sommaire, partagent leur salle de bains avec deux autres locataires. Chaque matin, le personnel chinois apporte des baquets d'eau chaude pour permettre à chacun de faire sa toilette. À déjeuner, les Bajenoff prennent leur repas dans la salle commune, Gali, bavarde et rieuse, a vite fait la conquête de tous, mais Nicolas souffre de cette promiscuité. Le soir, pour ne pas avoir à payer la pension complète, ils dînent dans leur chambre, se contentant souvent de thé, de pain et de beurre.

Sur les autres émigrés, Nicolas a pourtant l'avantage d'avoir un emploi. Mais la Banque russo-asiatique, florissante quelques années plus tôt, traverse des moments difficiles. Tous les capitaux investis en Russie du Sud dans des sociétés faisant commerce avec les armées Denikine et Wrangel vont être perdus du fait de l'effondrement de celles-ci. Pour combler son déficit, la banque avait beaucoup misé sur l'exploitation du chemin de fer de l'Est chinois : mais si l'accord passé en octobre 1920 avec le gouvernement chinois reconnaît bien la propriété de la banque sur la voie ferrée, il ne lui donne aucun moyen d'exercer son contrôle. Quant aux sommes importantes qui lui sont dues pour transporter les troupes tchèques et les autres troupes alliées, elle s'avère incapable de les collecter dans cette ambiance de panique généralisée, même si John Frank Stevens, le patron du Russian Railway Service Corps, a courageusement décidé de rester en place malgré le départ de la presque totalité de ses équipes. La suprême ambition de la banque russo-asiatique, être un pont entre l'Est et l'Ouest, est un pari de plus en plus difficile à tenir.

Au début, Gali a été quelque peu déroutée par Shanghai, par son ciel souvent gris, rien à voir avec le beau ciel bleu de Pékin lui a-t-on dit, par l'humidité constante qui imprègne l'air, rendant la chaleur plus pesante l'été, et l'hiver le froid plus vif. Mais elle n'a pas tardé à prendre possession de son nouveau territoire, en pousse-pousse, en tramway, ou même à pied – une incongruité pour une Européenne –, découvrant les mille visages de Shanghai. Le charme discret de la concession française aux rues bordées de platanes, aux villas de style basque ou normand entourées de beaux jardins. L'exotisme de la cité chinoise, séparée de la première non plus par de hauts murs comme du temps de la dynastie mandchoue mais par un simple boulevard (dit « des deux républiques », française et chinoise), avec ses rickshaws, ses vendeurs ambulants, ses enfants aux culottes fendues courant dans les ruelles et faisant librement leurs besoins dans les caniveaux, ses femmes âgées, assises sur des tabourets, jacassant entre elles si fort qu'on jurerait entendre d'âpres disputes. Mais s'il est un lieu que Gali aime entre tous, c'est bien cette concession internationale, issue de la fusion des concessions anglaise et américaine, dans laquelle ses amies russes ne se risquent guère, effrayées par l'incroyable agitation qui y règne. La concession internationale, c'est un monde nouveau qui s'ouvre à Gali, habituée jusqu'ici au décor majestueux de capitales historiques comme Saint-Pétersbourg ou Paris, ou à la grâce de cités provinciales telles Kislovodsk ou Harbin. Un monde qui est l'image même de la modernité avec ses immeubles hauts de vingt ou trente mètres déclinant tous les styles, néogothique, Renaissance, classique, victorien, Art nouveau, ses hôtels de luxe, ses cafés aux terrasses bondées, ses automobiles rutilantes qui circulent à gauche selon les règles de circulation britannique.

Gali peine à se frayer un chemin à travers la foule bigarrée qui se presse sur l'interminable rue Nankin, la Mecque du shopping local. De grands magasins y ont récemment fait leur apparition, le Sincere et, juste en face, le Wing On, tous deux pourvus d'une multitude de colonnes et de clochetons : elle y fait de rapides incursions. Tout comme elle regarde d'un air qui se veut détaché les boutiques du Palace Hotel, dont les six étages élégamment recouverts de brique s'élèvent à l'angle de la rue Nankin et du Bund, la promenade qui borde le Huangpu : on y voit des choses ravissantes, des objets en laque, des kimonos de soie brodés de dragons et de fleurs, mais tout cela est bien trop cher pour elle. La tête lui tourne un peu. Elle est fascinée par cette ville sans passé, cette ville de tous les excès, de tous les contrastes, où l'opulence la plus voyante côtoie la pauvreté la plus totale, où les millionnaires chinois se font construire de superbes maisons dans la concession française – alors même qu'ils ne peuvent exercer aucun rôle dans son administration –, tandis que manœuvres, coolies, dockers et tireurs de pousse-pousse vivent misérablement à la périphérie de la ville dans des huttes de paille ou des sampans amarrés au bord de la rivière (ces trois ou quatre cent mille travailleurs, chassés des campagnes par la misère et les calamités, grossiront bientôt les rangs du Parti communiste chinois, né dans la concession française en juillet 1921). Gali n'a rien oublié des leçons de sa mère qui lui avait appris à se promener sur la perspective Nevski à pas comptés, le maintien modeste. Mais ici, nul ne la connaît. Son pas s'est affirmé, elle marche à grandes enjambées, ne craint pas de scruter les visages qui l'entourent, elle a l'impression d'être dotée, telle une mouche, d'yeux à facettes tout autour de la tête. Gali s'amuse à deviner l'origine des femmes qu'elle croise dans la rue. L'exercice est relativement facile. Les Françaises gardent leur chic et leur distinction inimitables ; les Américaines, leur démarche souple d'animal bien portant ; les Anglaises, d'allure sportive, sont vêtues du classique tailleur qu'elles affectionnent par-dessus tout. Gali s'interroge : la réciproque est-elle vraie ? Peut-on du premier coup d'œil savoir d'où elle vient ? Un collègue français de Nicolas lui a donné la réponse : c'est à leur allure énigmatique, plus encore qu'à leur blondeur ou à leurs pommettes hautes, que l'on repère les réfugiées russes, impossible avec elles de distinguer la femme fortunée de celle qui manque de tout, tant elles ont à cœur de soigner leur apparence.

Gali ne déroge pas à la règle. Lors de la longue marche qui l'a conduite de la mer Noire jusqu'en Mandchourie, il n'est pas de jour où elle n'ait fait une toilette méticuleuse, brossé longuement ses cheveux, changé ses vêtements. Même épuisée, même morte de froid, elle courait pendant les arrêts du train à la recherche d'un point d'eau pour y laver le linge familial. Elle a toujours eu horreur du débraillé, les épreuves traversées n'ont fait que la renforcer dans l'idée que rester à tout le moins avenante – pour l'élégance, on verra plus tard – était la plus élémentaire des politesses. Le moyen de forcer le respect. Une façon comme une autre de proclamer sa foi dans l'avenir. Sitôt arrivée à Harbin, elle s'est empressée de se refaire une garde-robe avec les moyens du bord, glanant ici et là quelques coupons de tissu, empruntant un patron à l'atelier de Tchourine, mettant en pratique les cours de couture suivis à Smolny, se remémorant les précieux conseils de Pani Elena, habile aux travaux d'aiguille. Mais Shanghai, c'est encore tout autre chose, les femmes y sont belles, elles soignent leur toilette. Qu'une revue de Paris arrive, *Vogue*, *Femina*, ou encore le *Harper's Bazaar* américain, et on se passe ces magazines de main en main pour copier les dernières tendances. En Extrême-Orient, la ville fait figure de capitale de la mode. Consciente que les Bajenoff ne roulaient pas sur l'or, Mme Sunenberg avait déniché pour Gali un travail de vendeuse dans une boutique de décoration, ou d'assistante pour un photographe spécialisé dans les photos d'enfants : elle a gentiment décliné ces propositions. C'est le milieu de la mode qui l'attire. Après ces années passées à affronter le froid et la faim, la maladie et la mort, il est si bon de flirter avec l'accessoire, le superficiel ! « Je n'aurai pas du courage éternellement », dit la farouche Antigone d'Anouilh. À vingt-deux ans, Gali, elle aussi, a besoin de déposer un peu les armes. Elle a commencé par accepter l'offre de Xenia, une modiste travaillant en appartement, pendant un mois elle a passé tous ses après-midi à coudre, pour quelques taëls, des chapeaux que s'arrachaient les élégantes de Shanghai. Mais elle cultive d'autres ambitions. Travailler chez Tchourine lui a permis de réaliser ce qu'elle savait inconsciemment depuis longtemps. Même délestée de tous ses biens – elle vient d'engager au mont-de-Piété son dernier bijou, un bracelet en or serti de turquoises offert par sa grand-mère pour ses dix-huit ans, afin de payer la caution d'un logement moins exigu, loué au prince Oukhtomsky –, elle dispose d'un capital que nul ne saurait lui arracher : sa beauté. Elle est bien décidée à en faire usage.

Justement, une nouvelle maison de couture a ouvert sur la rue Nanchang, au nord du parc Koukaza, une boutique à la longue devanture garnie de rideaux de soie gris perle et aux salons munis de garde-robes en bois précieux dont les poignées de laiton finement ciselées ont – suprême raffinement – la forme de la lettre chinoise qui signifie « bonheur ». Les clientes européennes se sont précipitées dès l'ouverture, on murmure que c'est là et nulle part ailleurs que l'on trouve les modèles créés à Paris par une certaine Gabrielle Chanel. Gali a poussé la porte de Paris Couture. Moins d'une heure plus tard, elle était embauchée comme mannequin par Lydia, la directrice de la boutique : qui mieux que cette longue fille d'allure sportive pourrait incarner la femme moderne que la maison de la rue Cambon se fait fort de lancer ?

Son premier salaire, Gali l'a utilisé pour s'inscrire, avec Nicolas, au Cercle sportif français, situé juste en face de Paris Couture. Son mari a vu rouge : comme s'il n'y avait pas de dépense plus urgente à faire ! Si, au moins, elle avait choisi de rejoindre le club d'émigrés russes de l'avenue Édouard-VII qui organise chaque samedi soir un bal dont l'accès est libre et les consommations bon marché ! Mais Gali a tenu bon, décidée à se faire des relations en dehors du cercle étroit de leurs compatriotes. Le Cercle sportif est le lieu de réunion de la bonne société occidentale, il offre à ses membres, outre des courts de tennis et une grande piscine, une vaste salle prolongée d'une terrasse où l'on peut jouer au bridge ou au mah-jong – la dernière folie en date –, prendre le thé l'après-midi, l'apéritif avant le dîner. Le soir, un bon orchestre anime la piste de danse. Pour être tout à fait honnête, les premiers jours, Gali s'est dit que Nicolas n'avait pas tort, qu'elle n'avait rien à voir avec ces gens-là, elle se sentait comme une parente pauvre à côté de ces femmes habillées à ravir qui babillaient entre elles pour échanger les derniers potins, n'ayant ostensiblement rien d'autre à faire pour occuper leurs journées. Elle hésitait à prendre ne serait-ce qu'une consommation au bar, ne voulant pas dépenser trop d'argent. Et puis les beaux jours sont arrivés. Et tout a changé. Quand Gali a fait son apparition au bord de la piscine, dans un maillot de bain de jersey noir tout simple, décent, mais révélant un corps parfait, tous les regards se sont portés vers la jeune femme. Le soir même, sur la terrasse, on ne parlait que d'elle. Au tennis aussi, elle a fait sensation quand elle s'est présentée en jupe blanche plissée couvrant à peine le genou, une tenue inspirée de celle portée par Suzanne Lenglen, le jeune phénomène révélé l'année précédente à Wimbledon. Elle n'a pas été longue à se trouver des partenaires, trop heureux de jouer avec cette jolie fille pugnace qui ne se contente pas, comme les autres femmes, de sautiller sur le court en poussant des petits cris de dépit à chaque échange raté, mais entre vraiment dans le jeu, frappe la balle comme une forcenée, court pour rattraper les coups impossibles comme si sa vie en dépendait. Et tant pis pour la belle jupe blanche, que, par souci d'économie, elle lave elle-même dans son lavabo en vue du prochain match – en Chine, on donne pourtant tout chez le blanchisseur qui travaille à la perfection et pour pas cher –, et repasse en catimini car il est défendu d'utiliser le fer dans les chambres.

À l'ouest, du nouveau

Une vie en pointillé, mais une vie tout de même est en train de se dessiner pour Gali. Chez Paris Couture, les affaires marchent bien, elle porte si joliment les modèles que les clientes achètent à tour de bras. Quelques licenciements sont intervenus à la Banque russo-asiatique mais Nicolas s'est vu assurer que rien ne le menaçait. Nicky est un enfant facile, toujours gai, à trois ans il en paraît plutôt cinq tant il est solidement bâti. Reste pour Gali l'angoisse de tout ignorer du sort qui a été réservé à sa famille. Sont-ils toujours à Kamenomost ? La détérioration de la situation en Russie rend l'hypothèse peu probable. Ont-ils émigré ? Par quel chemin ? Vers quelle destination ? Ce n'est que plusieurs mois après son arrivée à Shanghai que Gali recevra enfin, par le canal de la Banque russo-asiatique, une longue lettre de sa mère, écrite depuis Tiflis en Géorgie.

Que de tribulations déjà ! Cherchant à gagner Mozdok, en Ossétie, une ville d'importance moyenne située à cent verstes de Kamenomost, les Hagondokoff, toujours montés sur leur arba, leur attelage rustique, se sont retrouvés pris entre deux feux, au beau milieu de sévères affrontements entre blancs et rouges, puis contraints avec une nuée d'autres réfugiés à cohabiter dans la ville avec les bolcheviks. Une situation d'autant plus difficile à vivre qu'Élisabeth est désormais seule à diriger la manœuvre. En cours de route, Constantin est parti rejoindre l'armée de Denikine. Les derniers événements vécus dans l'aoul familial l'ont définitivement convaincu de rejoindre le camp des blancs. Il se verrait bien jouer un rôle prédominant dans l'armée du Caucase, nul mieux que lui ne connaît cette région, n'est à même de faire manœuvrer la troupe dans ces vallées encaissées, ces gorges profondes, ces chemins sinueux. Il a pour lui d'être lié d'amitié avec le prince Bekovitch-Tcherkasski, un ancien – une fois encore ! – de la Division sauvage qui dirige depuis 1918 la Kabardie indépendante.

Si Batoum était leur lieu de villégiature, c'est, grâce à Dieu, à Mozdok que les amis Fabricious ont leur résidence ordinaire. Pour la tribu Hagondokoff, privée de sa tête, ils sont une planche de salut. Non seulement, ils les hébergent, assurent leur subsistance dans une ville où les vivres commencent à manquer, mais le docteur sort d'un mauvais pas Élisabeth et Tamara qui, touchées par la grippe, souffrent de complications pulmonaires. S'il n'y avait les bolcheviks... Mais ils multiplient les vexations, les visites domiciliaires, les détentions arbitraires. La reprise de la ville par les blancs est saluée avec soulagement. L'ordinaire s'améliore, le saindoux qui réapparaît sur les tables semble à chacun un vrai régal. Le répit est de courte durée : les rouges qui n'ont pu s'enfuir à temps, parqués dans des caves dans des conditions d'hygiène déplorable, sont bientôt atteints par une épidémie de typhus, ils meurent comme des mouches. Au petit matin, on sort les morts de la nuit pour les aligner, telles des bûches, sur le trottoir. La plupart du temps, les cadavres sont nus, les autres prisonniers ayant récupéré leurs effets... et leur maladie en prime.

Après l'enfer de Mozdok, raconte encore Élisabeth, ils ont été évacués en train vers la rive nord de la mer Caspienne (en traversant à pied un terrain marécageux couvert de joncs pour rejoindre le lieu d'embarquement, Ismaël a perdu, drame additionnel, sa chapka d'astrakan toute neuve dont il était si fier, emportée par un coup de vent), puis dirigés en bateau vers Bakou, la capitale de l'Azerbaïdjan, qui, comme la Kabardie, s'est proclamée république indépendante. Ils y arriveront le jour de l'Achoura, où les chiites commémorent le martyre de Hussein, le petit-fils du Prophète : les rues sont envahies de croyants, d'hommes qui se frappent la poitrine, la lacèrent avec des chaînes et des poignards, un spectacle hallucinant qui terrifie les enfants. Le calme revenu dans cette ancienne cité fortifiée au charme tout oriental, c'est Constantin qui s'annonce : Denikine a refusé ses offres de service. Motif invoqué : l'armée blanche a besoin de soldats, pas de généraux – huit cents d'entre eux seraient à l'entendre sans emploi. Denikine a-t-il voulu faire payer à Hagondokoff son ralliement tardif ? Pour cet homme à la fierté ombrageuse, la blessure d'amour-propre est rude. Est-ce le contrecoup ? Ou les deux jours passés sous la tente à attendre d'être reçu par le généralissime ? Constantin a contracté le typhus. Pendant de longs jours, il a été rongé par la fièvre, agité de terribles frissons, le visage congestionné, plongé dans une sorte d'hébétude entrecoupée de périodes d'agitation au cours desquelles il délirait. Il a traversé maintenant les semaines critiques, mais une longue convalescence s'impose.

L'histoire va en décider autrement. Les rouges sont décidés à reprendre Bakou, un port d'une importance stratégique pour le commerce du naphte, du fer et de la laine. Il faut fuir à nouveau. Et se séparer, car le général est désormais marqué au fer rouge de la réaction. C'est seule, une fois encore, qu'Élisabeth repartira avec ses enfants – en l'absence de Gali, ils sont sept, de dix à vingt-quatre ans –, rebroussant chemin en direction de l'ouest, longeant la chaîne caucasienne, par le sud cette fois, jusqu'à Tiflis, la capitale de la Géorgie, la troisième région caucasienne à avoir proclamé son indépendance d'avec Moscou. Là, au moins, les garçons pourront reprendre leurs études au corps des cadets Souvoroff, il est temps qu'ils s'initient au métier des armes : « Il faudra bien mobiliser toutes les forces vives de la nation pour mener la reconquête », écrit Élisabeth à sa fille. Chère Mamichka ! Gali n'en revient pas. Elle qui semblait si effacée, si discrète, révèle face aux périls des trésors d'énergie. C'est une grande dame dans l'adversité.

Gali aimerait partager son bel optimisme. Mais rien de ce qu'elle entend à Shanghai ne laisse envisager une défaite des bolcheviks : la Russie soviétique gagne au contraire comme une lèpre l'immense territoire. Une nouvelle lettre d'Élisabeth, reçue quelques mois plus tard, lui prouvera qu'elle avait vu juste : il n'y est plus question de reconquête, rien que de survie. Dans leur progression vers le sud, les rouges ont bientôt menacé Tiflis, à croire que, tels des roquets, ils suivent les Hagondokoff à la trace. L'heure n'est plus à tergiverser. Il faut se résoudre à prendre le chemin de l'exil en espérant que ce sera l'affaire de quelques mois, d'un ou deux ans au plus, le temps que s'apaise la guerre civile. De Tiflis, désormais rebaptisé de son ancien nom de Tbilissi, la famille gagne Batoum, la voie d'accès vers Constantinople, l'étape ultime avant la liberté. Mais la station balnéaire qui avait abrité en 1913 les dernières vacances insouciantes de la tribu a perdu tout attrait. Pour accueillir Élisabeth et ses enfants, plus de Fabricious, perdus de vue depuis Mozdok, emportés eux aussi dans la tourmente. Plus d'agapes conviviales, mais la faim qui tord le ventre, à moitié comblée seulement par les pommes, les raisins et les mandarines qu'on trouve en abondance dans la nature. Plus de soleil radieux pour effacer au sortir de l'hiver les brumes de Saint-Pétersbourg, mais les miasmes des marécages qui cernent la ville, ressuscitant les vieilles terreurs d'Élisabeth de perdre un enfant comme elle a perdu Nicolas. Désormais, tout son espoir, toute son énergie se résume en un seul et unique mot : partir.

Mort d'un amour

Partir, Gali y pense aussi. Son couple bat de l'aile. La naissance de Nicky tout comme la cascade d'épreuves vécues en commun ont masqué quelque temps l'évidence. C'est avec tendresse et reconnaissance que Gali, si jeune encore, a goûté la présence à ses côtés d'un homme tel que Nicolas, doué d'une autorité naturelle, d'une force physique peu commune, d'un tempérament ardent. Mais il lui faut bien avouer qu'au fil des mois son mari est de plus en plus difficile à vivre. Avant même leur départ de Russie, elle avait eu vent de la mauvaise réputation qui accompagnait Bajenoff depuis le corps des cadets. Un enfant gâté, capricieux, terriblement égoïste, peu apprécié de ses camarades. Brutal avec les domestiques. Désinvolte avec les gens âgés. Un élève doué mais paresseux, cherchant systématiquement à profiter de passe-droits et à fuir ses obligations. Au régiment Semenovsky, où les officiers forment une grande famille, il n'a jamais été vraiment intégré. Un tableau peu flatteur que Gali, pâmée d'amour, a voulu ignorer. Le réveil est cruel. En réduisant le cercle des familiers, l'exil invite au tête-à-tête. Gali doit se rendre à l'évidence : elle a épousé un caractériel. Sa terrible blessure crânienne n'a rien arrangé. Elle a laissé des séquelles chez Nicolas. Le cerveau lui-même a-t-il été touché ? Une atteinte du lobe frontal est susceptible, a-t-on dit à Gali, d'entraîner des troubles de l'humeur. Est-il seulement encore sous le choc ? On parlerait aujourd'hui de névrose traumatique. Ce qui est sûr, c'est qu'il a des vertiges, des migraines qui le terrassent parfois plusieurs jours de suite. Et des crises d'anxiété, de terribles cauchemars. Les jours d'orage, il devient comme fou, sa pauvre tête cassée lui semble sur le point d'éclater.

Gali supporte de moins en moins bien ces sautes d'humeur. Et plus du tout l'incessant lamento de son mari sur une Russie à jamais enfuie. L'avenir est pour elle grand ouvert. Pour rattraper les années de plomb qui ont obscurci sa jeunesse, elle est prête à mettre les bouchées doubles. Elle rêve de sortir, tente d'entraîner Nicolas dans Shanghai la nuit, une fois leur fils endormi et confié aux soins de Véra, leur complaisante voisine, un spectacle magique avec ses rues inondées de lumière, les boutiques éclairées d'ampoules électriques de toutes les couleurs, les guirlandes dessinant sur le ciel noir les contours des édifices. Tout amuse Gali, tout la grise : prendre ne serait-ce qu'un bortsch au Kazbek, le nouveau restaurant russe, on le dit délicieux, faire un tour à la Renaissance, la boîte – russe, elle aussi – de l'avenue Joffre, aller au cinéma, au Palace ou à l'Apollo, voir un film de Charlie Chaplin ou de Buster Keaton, irrésistibles tous deux. Écouter un orchestre de jazz. Ou même tout simplement se promener à travers les six étages du Grand Monde, le plus grand lieu de divertissement de la ville, situé à l'angle de la rue du Tibet et de l'avenue Édouard-VII, pas pour jouer à des jeux d'argent, juste pour admirer les danseurs et les acrobates, les jongleurs et les magiciens qui s'y produisent, ou s'y mirer pour rire dans les glaces convexes et concaves de sa célèbre galerie des Glaces. Au Cercle sportif, Gali s'est fait de nouveaux amis. André et Blanche, un couple de Français, ils les ont invités à dîner. Mais Nicolas a toujours de bonnes raisons de rester à la maison, l'excès de travail, de fatigue, la garde de Nicky – comme s'il s'en occupait vraiment. Les seules personnes qu'il consente à voir sont celles qui émargent à la vie d'autrefois, Iouri Apollonovitch Tcheremchansky, un officier cosaque de la garde un peu plus jeune que lui, sorti de l'École de cavalerie de Nicolas (celle que Constantin Hagondokoff avait eu jadis l'ambition d'intégrer), ou bien le colonel German Germanovitch Timé qui, à chaque rencontre, tente d'entraîner Nicolas dans son projet de création d'un nouveau régiment, une sorte de milice privée chargée d'assurer la sécurité des riches Chinois. Nicolas se met en fureur quand Gali parle de reprendre la route. Il boit souvent plus que de raison. Cet homme était son armure. Il est devenu un boulet. En 1921, le couple, d'un commun accord, introduit une requête en divorce devant le juge Ivanoff en charge des affaires juridictionnelles pour la communauté russe de Shanghai. C'est à sa demande que le 25 janvier (7 février) 1922, les autorités ecclésiastiques de Vladivostok, capitale de l'éphémère république d'Extrême-Orient, dernier bastion de l'armée blanche avant sa reddition définitive neuf mois plus tard, prononceront le divorce de Gali d'avec Nicolas Petrovitch Bajenoff. Une triste fin pour un grand amour. Mais une libération pour celle qui vient de fêter ses vingt-quatre ans.

À cette date, il y a plusieurs mois déjà que Gali vit seule à Shanghai. Elle a très peu d'argent et trop de fierté pour rien demander à Nicolas. Elle a voulu cette séparation, elle en assume les conséquences. Elle est jeune, ravissante, en pleine santé. Elle n'a pas froid aux yeux. Son activité de mannequin lui assure quelques rentrées, mais faibles, irrégulières. Pour subvenir à ses besoins et à ceux de son enfant, a-t-elle des amants de passage ? On a suggéré qu'elle sortait avec des « généraux chinois », l'un de ces « tu-chün », de ces seigneurs de la guerre qui font, face à un pouvoir central déliquescent, la pluie et le beau temps à Shanghai. Ce n'est pas avéré. Si elle s'aménage une morale un peu personnelle, elle le fait en tout cas avec classe. La haute opinion qu'elle a d'elle-même est la plus efficace des barrières contre le laisser-aller. Elle est loin de tout, sans le sou. Mais Gali Elmiskhan, aristocrate, fille du général ataman, ne confie à personne le soin de diriger sa vie. L'époque est plus tardive, l'héroïne de Joseph von Sternberg dans *Shanghai Express* plus délurée que Gali au sortir de son premier amour. Mais on imagine volontiers cette dernière dotée du même pouvoir de séduction que Marlene Dietrich, alias « Shanghai Lily », une « caboteuse », une chanteuse de cabaret, à la vie sentimentale tumultueuse, longue fille aux robes entravées laissant voir la cheville, cheveux blonds mousseux, fin visage aux sourcils et aux lèvres bien dessinées, enveloppée dans des fourrures, ses bibis à voilette masquant l'éclat de ses yeux, suivie d'impressionnants bagages. On l'imagine bien répondre, comme Shanghai Lily, au capitaine anglais – son amour d'autrefois – qui lui demande si elle s'est mariée : « Il a fallu plus d'un homme pour faire de moi Shanghai Lily. » Et rétorquer à la patronne d'une pension de famille fière de n'abriter que « des clients comme il faut » : « Ne trouvez-vous pas que les gens comme il faut sont terriblement ennuyeux ? » On l'imagine surtout, lors de l'attaque du train par une bande de révolutionnaires chinois, douée du même héroïsme calme que Shanghai Lily, qui encourt sans mot dire le mépris du capitaine, ignorant que c'est pour le sauver qu'elle a accepté de rester l'otage du chef des bandits.

La vie ne l'a pas dévorée. Alors elle dévore la vie. Sans jugement préconçu. On dit tant de choses à Shanghai sur les femmes russes. Qu'il y a parmi elles nombre de femmes entretenues, qu'elles sont prêtes à tout pour de l'argent, que certains maris monnaieraient même les charmes de leurs épouses auprès des riches Chinois, que des officiers censés prendre auprès de très jeunes filles le relais de pères défaillants se sont mués en proxénètes et ont vendu leurs protégées à des bordels. Dans les bars, on voit des filles venues de Sibérie, de Transbaïkalie ou de plus loin encore, qui, juchées sur de hauts tabourets, plongent leurs pailles dans des liqueurs multicolores en attendant ostensiblement le client, d'autres qui, couvertes de bijoux et de robes splendides aux décolletés généreux, s'engouffrent dans de longues limousines en bas du Palace Hotel ou du non moins chic hôtel Astor, qui s'élève au nord du Bund. Aussi libre soit-elle, Gali sait que ce n'est pas une vie pour elle. « Un nom qui a une certaine allure, du bruit, de la fierté »... Même si elle continue, divorcée, à porter le nom de son ex-époux comme il est de règle en Russie, Gali Bajenoff n'a pas oublié les leçons de Marie Bashkirtseff. La dignité a son prix. Mais elle a assisté à trop de bouleversements pour jeter l'anathème sur l'une ou l'autre. Un tour de roue, et la fortune peut changer de camp. Parmi ses amies, il y a aussi bien des femmes du monde que des prostituées comme Anna, la veuve d'un avocat d'Omsk dont Vassia, le fils de cinq ans, joue souvent avec Nicky. Ou des « taxi-dancers » comme Ekaterina, la fille d'un négociant en blé de Kamen-sur-Ob dans l'Altaï, qui, forcée d'abandonner ses études de biologie, travaille maintenant au

Cataluna, un cabaret à la mode, où les clients achètent des tickets pour le plaisir de faire un tour de piste avec elle – ou plus si affinités ? Nadia, une autre voisine, vient, elle, de déménager dans un luxueux « apartment-building » : après avoir travaillé un temps dans un bar, elle ne fait plus rien, s'étant trouvé un ami, un riche Danois, qui l'entretient.

Des amies, Gali en a quelques-unes. Mais des amis surtout. Elle a toujours aimé les mondes d'hommes. À Paris déjà, dans sa bande de la rue Monge, il n'y avait guère que des garçons. Et des jeunes gens pour l'entourer à Kislovodsk : « Mon papier à mouches », disait Constantin de sa cadette, non sans une mâle fierté. Jeune femme, elle attire des hommages qui sont rarement désintéressés. Elle en joue parfois, nécessité fait loi. Elle sait les lieux où il faut être vue, au Cercle sportif français ou, chez les Anglais, au Shanghai Club qui occupe sur le Bund un imposant édifice à la façade ornée de colonnades, un club très fermé où se retrouvent les hommes d'affaires et les personnalités de la ville. Gali est invitée aussi à des « parties » privées, où l'on danse et l'on boit beaucoup, on y croise nombre de célibataires d'occasion, officiers de marine de passage, résidents de Shanghai dont les femmes sont restées en Europe ou en Amérique. Elle pratique avec bonheur les jeux de la séduction, mais là où d'autres femmes s'intéressent surtout à l'épaisseur du portefeuille, elle apprécie la compagnie d'hommes jeunes, beaux, vigoureux, intrépides, des êtres qui lui ressemblent. Ainsi de ce Joseph Kessel, qui, venant du Japon, a débarqué à Shanghai en uniforme d'aviateur quelques mois avant elle : fils d'un médecin juif d'origine lituanienne implanté en France, engagé dans l'aviation à dix-huit ans, il a déjà à son actif deux ans de guerre dans le ciel de Champagne et d'Artois, la croix de guerre, la médaille militaire, il a fait deux fois le tour du monde. Joseph, son exact jumeau, peut bien avoir les poches vides : il l'enchante avec sa solide carrure, ses yeux clairs sous la tignasse bouclée qui reflètent des horizons étranges, et sa décontraction de jeune barbare ainsi qu'il se qualifie lui-même. Journaliste, comédien, il veut maintenant devenir écrivain. Par lui, Gali a fait la connaissance du consul général de France à Shanghai, Auguste Wilden, largement leur aîné à tous deux, un personnage lui aussi avec son beau visage ravagé aux méplats durs et aux arêtes fines, un homme à l'intelligence subtile qui voue une profonde passion à la Chine où il a fait le plus clair de sa carrière. Il apprécie aussi la poésie. Dès le premier soir, instruit par Kessel de l'histoire de Gali, il l'a étonnée en lui récitant d'une traite la complainte qu'Alfred de Vigny prête, dans *Les Destinées*, à la sublime Wanda dont la sœur se meurt en Sibérie pour avoir voulu y suivre son époux, exilé par le tsar : « Car elle était princesse, et maintenant qu'est-elle ?/ Nul ne l'oserait dire et n'ose le savoir./ On a rayé le nom dont le monde l'appelle,/ Elle n'est qu'une femme et mange le pain noir... » Gali a protesté en riant qu'elle n'en était pas là. Mais, dans la nuit, seule dans son trop grand lit, elle a tourné longuement cette phrase dans sa tête : « Car elle était princesse et maintenant qu'est-elle ? »

Elle ne le sait plus trop à dire vrai. Parfois, elle se sent comme coupée en deux, partagée entre deux mondes. Certes, il y a dans sa vie des moments de douceur. De précieux instants de complicité avec Nicky, quand, en fin de journée, elle se promène avec lui sur le quai de France qui prolonge le Bund à hauteur de la concession française, quand elle lui offre quelques tours de manège sous les frondaisons, un peu plus loin, du Public Garden ou embarque avec lui pour sa plus grande joie sur une jonque pour mieux goûter le soir qui tombe. Il y a le plaisir aussi de sentir sur soi le regard admiratif des hommes, des sorties au théâtre et à l'opéra, des repas fins, des week-ends passés à la saison chaude sur de magnifiques house-boats. Gali a enfin trouvé pour Nicky une « amah », une nourrice chinoise de toute confiance. Elle apprend à déléguer. En Chine, on se croirait parfois revenu à la Russie d'avant l'abolition du servage. Le modèle colonial ? L'imitation surtout des potentats locaux. Car, à Shanghai, il n'y a pas comme à Harbin deux univers étanches, des relations étroites se sont créées entre les cercles étrangers et les familles de l'aristocratie et de la haute bourgeoisie chinoise. Celles-ci – comme les Tsu, puissante dynastie d'armateurs et de banquiers, catholiques et francophiles, ou les Song, surtout versés en politique – sont reçues dans les demeures des Occidentaux meublées avec raffinement, elles copient leur luxe, leur confort. À l'inverse, leur philosophie de vie n'est pas sans déteindre sur les Européens. Ces derniers peuvent bien critiquer le système rigide de castes en vigueur en Chine, depuis le coolie, véritable esclave, jusqu'aux mandarins à boutons de cristal, le gratin des grands commis de l'ancienne dynastie, et aux seigneurs qui possèdent le droit de lever des armées comme celui de haute et de basse justice : ils ont vite pris l'habitude d'être eux aussi servis comme des rois ! Chaque demeure compte plusieurs domestiques, un valet de chambre faisant office de majordome, un cuisinier, un gâte-sauce, un coolie pour le ménage et une amah, sinon deux, en guise de femme de chambre-bonne d'enfants. Gali n'ayant pas encore – elle en est loin ! – la fortune qu'elle mérite, elle n'aura guère l'occasion d'exercer ses dons de commandement. Et c'est d'un œil amusé qu'elle observe, elle, l'hyperactive, les ongles de quinze ou vingt centimètres que portent les Chinois de grande caste pour bien signifier le mépris dans lequel ils tiennent tout travail manuel, ou l'attitude alanguie de tel mandarin lisant un livre en gardant auprès de lui un domestique pour lui tourner les pages. Malgré tout, comme le climat l'y invite, elle n'a pas tardé à trouver parfaitement naturel de disposer, sur un court de tennis, de trois ou quatre coolies pour courir après les balles, de même qu'elle n'aurait plus idée de faire ses courses sans être accompagnée, pour quelques pièces, d'un gamin chargé de porter ses paquets. Quant aux pousse-pousse, elle en fait désormais un usage assidu, s'autorisant même à prendre une voiture attelée ou l'un de ces taxis nouvellement apparus dans la ville. Pour devenir une femme de luxe, Gali n'a guère d'efforts à faire.

Pourtant, le pain noir, elle connaît. La vie quotidienne reste difficile, les fins de mois aléatoires. Elle occupe toujours le modeste deux pièces loué au prince Ouchtomsky. Nicky en grandissant supporte mal que son amah ne parle pas un mot de russe. L'atmosphère de Shanghai pèse à Gali. A-t-elle vraiment envie d'élever son fils dans cette ville sans foi ni loi, dans ce « Chicago de l'Asie » où la violence est si présente qu'on a baptisé « Bloody Alley », la ruelle sanglante, l'une des rues qui mène au port tant les rixes entre matelots y sont fréquentes ? Dans cette ville où le matérialisme règne en maître ? Débarquant de Russie cette même année 1922, le grand reporter Albert Londres aura cette phrase : « Il est des cités où l'on fait des étoffes, d'autres, des jambons. À Shanghai, on fait de l'argent. C'est la matière première et dernière de cet univers... Si Lénine a vu Shanghai, il est excusable. » Gali pense à Élisabeth : qu'il serait bon d'avoir sa mère près d'elle ! Et non seulement sa mère, mais son père, ses frères et sœurs, sa bulle familiale. Quel bonheur ce serait de partager un peu cette douleur de l'exil ! Car la solitude lui pèse. Et le silence. Il lui arriverait presque, parfois, de regretter les emportements de Nicolas. Elle ressent douloureusement l'échec de son mariage. En Nicolas, elle avait cru trouver un double fidèle de son père tant admiré : mais, dans le héros blessé, il y avait trop de fragilités, elle n'a pas supporté de le voir, à moins de trente ans, baisser les bras devant la vie. Croit-elle encore seulement à l'amour ?

Le divorce a été prononcé. La voici libre de partir. Pourquoi pas vers la France ? Elle a appris de source sûre que les siens y avaient trouvé refuge. Tous ces derniers mois, ses amis du Cercle sportif ont été son meilleur soutien. À sa demande, ils ne parlent plus que français avec elle, en quelques mois elle a recouvré une bonne maîtrise de cette langue, qu'elle parlait presque couramment en quittant Paris. Elle a même trouvé moyen de suivre des cours de civilisation française avec un des pères jésuites qui anime l'université Aurore, un foyer de la vie culturelle à Shanghai. Il n'est plus temps de rêver comme elle l'a souvent fait dans le port devant les paquebots en partance pour l'Europe ou l'Amérique. L'heure est venue de grimper l'échelle de coupée.

Par-delà deux océans

Plus facile à dire qu'à faire. En quittant le Caucase, Gali, par sécurité, a volontairement abandonné tout document officiel susceptible de l'identifier. La fermeture du consulat russe a été vécue par elle comme une catastrophe. La voici désormais privée du bénéfice d'extraterritorialité reconnu à Shanghai, comme dans tous les ports ouverts, aux résidents étrangers. Apatride, elle est soumise à l'administration chinoise, seule habilitée à lui délivrer de nouveaux papiers d'identité. Heureusement, Gali peut compter sur l'aide du consul Wilden. C'est lui qui décrochera pour elle les visas nécessaires. Qui l'aidera aussi à organiser son départ pour la France. Mais il n'y a pas une place de libre avant trois mois sur les navires des Chargeurs réunis ou des Messageries maritimes. C'est donc par la route de l'Est que Gali gagnera l'Europe, via les États-Unis.

Elle était arrivée en Chine l'année du singe, elle en repart deux ans plus tard, l'année du chien. Avec l'argent qui lui reste, une fois les billets achetés, elle est allée au mont-de-piété récupérer le bracelet de la grand-mère Sophie. Mercredi 1er mars 1920, quatre heures du matin : tenant ferme la petite main d'un Nicky tout ensommeillé, Gali s'est présentée à la porte de l'immense hangar destiné aux formalités douanières. Installés parmi les malles et les baluchons, les passagers y attendent leur tour pour subir la fouille de rigueur avant de monter à bord du *President Fillmore*, le navire américain qui les conduira dans un premier temps à Hong Kong. Devant elle, un couple est repoussé pour avoir omis de se faire délivrer une attestation certifiant l'absence de toute trace de méningite – il y a alors une épidémie à Shanghai. Gali serre son attestation dans sa poche, obtenue à l'issue d'interminables examens médicaux, elle tremble à l'idée d'avoir pu oublier de faire une démarche, de remplir un papier. Ce nouvel arrachement est nécessaire, elle le sait, elle a craint jusqu'au dernier moment que Nicolas n'oppose son veto au départ de son fils. Il n'est plus temps de revenir en arrière. C'est avec soulagement qu'elle entendra deux heures plus tard le sifflement strident par lequel le bateau annonce son départ, filant bientôt à vive allure sur les eaux tranquilles du Yangzijiang, escorté par une volée de mouettes.

La cabine, bien que petite, est correcte, le personnel, prévenant. Un steward a apporté à Gali un fauteuil pliant pour qu'elle puisse s'installer sur le pont à l'écart des autres passagers de troisième classe, surtout des Chinois. Le lendemain matin à l'aube, l'arrivée sur Hong Kong est magnifique. À travers la brume, on entrevoit les montagnes qui surplombent la ville. En entrant dans le port, le navire effraie un banc de poissons volants qui, dans leur fuite, scintillent au soleil comme de l'argent. Il taille son chemin au milieu d'une nuée de petits bateaux qui, avec leurs voiles jaunes et blanches, ressemblent à des papillons. Des canots bientôt le cernent, leurs occupants glapissent on ne sait quoi aux passagers, des mots de bienvenue, peut-être des propositions commerciales. Sitôt le *President Fillmore* immobilisé, de longues perches auxquelles sont accrochées des publicités d'hôtels de toutes les couleurs sont tendues depuis le quai jusqu'au pont : les passagers n'ont qu'à les prendre et à les coller sur leurs bagages. Des policemen hindous montent à bord pour discipliner la foule. Sur les quais, la vie est bouillonnante.

Dans l'attente du *City of Elwood* qui les emmènera en Amérique, Gali a tout le temps de découvrir Hong Kong. Pour la première fois depuis de longs mois, elle se sent en vacances. Dans un hôtel proche du centre, elle a trouvé pour une somme modique une chambre en pension complète. L'air est frais mais pas trop. Avec Nicky, elle arpente les rues de la ville. Grimpe – vertige garanti – les pentes abruptes du Victoria Peak par le « tram » tiré par un gros câble métallique. Visite le Jardin botanique, peuplé de palmiers, de ficus et de majestueux baobabs. Les volières sont pleines d'oiseaux rares, d'autres volatiles aux plumages magnifiques se promènent en liberté dans les allées, mais Nicky n'a d'yeux que pour les modestes pigeons à la robe grise : un vrai Russe, s'attendrit Gali, en se rappelant le temps où ils venaient picorer dans le creux de sa main lorsqu'elle se promenait à Saint-Pétersbourg avec sa grand-mère sous les ombrages de la place Mikhaïlovskaïa. Fascinant aussi pour Nicky le spectacle des petits animaux sauvages, des tatous, des énormes chats, suspendus dans des cages à l'entrée des boutiques pour attirer le chaland. Un jour, ils prennent un autobus et gagnent Repulse Bay, de l'autre côté de l'île, pour le bonheur de se baigner dans les eaux tièdes, de pêcher des crabes, de ramasser des coquillages.

Mais le lendemain, le *City of Elwood* est à quai. Ce gros navire marchand qui a servi pendant la Première Guerre mondiale au transport des troupes a été réaménagé récemment par la Pioneer Line, son nouveau propriétaire. On y trouve cinq cabines pour passagers qui donnent sur le carré des officiers. Le carré est confortable, avec des divans moelleux, l'ambiance sympathique, le service assuré par un personnel en veste blanche, la nourriture américaine. La traversée doit durer près de deux mois. En quittant Hong Kong, le bateau a mis le cap au nord vers Formose, puis longé des îles japonaises avant de prendre la haute mer. Les heures s'écoulent lentement, il n'y a rien en vue, pas même un navire, rien que le ciel et l'océan. Le *breakfast* est toujours le même, flocons d'avoine, œufs au bacon, crêpes au sirop d'érable. Le déjeuner est servi à midi, le dîner à dix-sept heures. Gali parcourt une ou deux verstes par jour, rien qu'en se promenant sur le pont. Nicky est devenu la mascotte de l'équipage, il trouve toujours un ou deux moussaillons pour jouer avec lui à cache-cache ou à chat. Seule une forte tempête viendra troubler pendant deux jours la vie du bord, le navire tangue terriblement, Gali, fille des montagnes, apprécie modérément, Nicky, verdâtre, fait peine à voir. Une énorme vague s'est abattue sur le pont avec une telle force qu'elle écrase un manchon d'aération. Les affaires flottent dans la cabine inondée, les valises, les chaussures. Nicky, réfugié sur la couchette de sa mère, est terrorisé, Gali le serre fort dans ses bras, confiante. Leur odyssée ne peut pas s'arrêter là. Malgré tout, il est peu rassurant de voguer en permanence au-dessus de cinq mille mètres de fond.

La tempête s'est tue. La fin du voyage approche. Dans la belle collection de disques du carré des officiers, Gali a découvert l'ouverture de *La Grande Pâque russe* de Rimski-Korsakov, elle passe en boucle ce morceau sur le gramophone. C'est sa façon à elle de saluer son arrivée dans le Nouveau Monde. À la surface de la mer, de puissantes gerbes d'eau semblent marquer le rythme : les baleines fêtent elles aussi l'événement. Bientôt, on aperçoit la côte californienne. Un premier arrêt à San Pedro, dans la baie de Los Angeles, un second à San Diego – il fait un temps de rêve, l'air est chargé de senteurs tropicales, les maisons sont entourées de palmiers et de gazon que les jets d'eau repeignent chaque soir en vert. Le *City of Elwood* longe maintenant, par une mer d'huile, les côtes vers le sud, il lui faudra encore plusieurs jours de navigation avant de parvenir au canal de Panamá. On progresse à travers une végétation luxuriante, des pélicans se posent sur le pont du bateau. Le long des rives, des troncs d'arbres semblent flotter, immobiles : autant de crocodiles. Pendant qu'on accomplit les formalités douanières, un canot est dépêché vers la ville de Panamá pour y faire des achats de melons, de papayes, de raisin. Gali commande aussi, pour très peu cher, une *branch of bananas*, Nicky les adore, accommodées à la manière asiatique, à la crème de coco ou au chocolat. Mais la « branch » ressemble plutôt à un arbre, un matelot la porte avec peine sur son dos, les bananes sont énormes et très mûres : on a beau en offrir, il en reste toujours, à en être écœuré à jamais.

Au sortir du canal, cap au nord vers New York. À l'arrivée, Gali a l'heureuse surprise de trouver sur le quai un cousin de John Frank Stevens, l'expert en chef du Russian Railway Service Corps avec qui elle n'a jamais perdu le contact depuis leur rencontre à Harbin : Joseph Sampson Stevens est un monsieur d'âge mûr, à l'air bienveillant et aux nombreuses relations. Il installe les voyageurs dans un petit hôtel plein de charme de l'East Side, à proximité de Central Park. Dans les six jours qui les séparent du départ, ils vont trouver là un refuge entre deux escapades dans Manhattan, guidés par des parents éloignés côté Bredow, émigrés en Amérique six mois plus tôt. La vie à Shanghai a familiarisé Gali avec les métropoles modernes. Reste que New York, c'est Shanghai puissance dix, avec son bruit, ses publicités lumineuses, la circulation folle de ses rues. On ressort de là étourdi, comme écrasé par ses incroyables gratte-ciel, la Metropolitan Life Tower d'inspiration Renaissance sur Madison Avenue, le magnifique Woolworth Building de style néogothique sur Broadway, le plus haut building du monde avec ses deux cent quarante et un mètres : en moins d'une minute, les ascenseurs ont emmené Gali et Nicky à l'observatoire du cinquante-huitième étage. Une première pour Nicky qui n'en avait jamais emprunté de sa vie. Le vent frisquet qui s'engouffrait dans les rues les jours précédents, obligeant à ressortir des vêtements d'hiver, s'est soudain calmé, faisant place à une douceur printanière. De la terrasse du Woolworth, Gali a une vue saisissante sur tout Manhattan mais son regard s'attarde, *downtown*, vers l'entrée du port et la statue de la Liberté, toute petite vue de là. Et vers l'océan Atlantique, le dernier obstacle qui lui reste à franchir. Le peu qu'elle ait vu de l'Amérique lui plaît pourtant, ce pays-là aurait pu lui convenir, un pays sans passé ou si peu au regard de ceux dans lesquels elle a jusqu'ici vécu, un pays où les gens vous demandent moins qui vous êtes que ce que vous faites, un pays qui permet d'écrire sa vie sur une page blanche... Et qui compte de très gentils messieurs : au moment de régler sa note d'hôtel, Gali aura la surprise d'apprendre que Joseph Sampson Stevens l'a discrètement devancée.

Mais il y a la famille qui les attend. La traversée sur le *Berengaria*, un paquebot de la compagnie Cunard, doit prendre sept jours. Il peut bien rouler, tanguer, qu'importe à Gali et à Nicky : ils sont devenus de vieux loups de mer. Et puis, avec son impressionnante masse de trois cents mètres de long, ses deux mâts s'élevant à soixante-quinze mètres au-dessus du navire, ses quatre mille passagers, ses mille membres d'équipage, le *Berengaria* offre, même en troisième classe, un tout autre confort que le *City of Elwood*. On n'a pas quitté le port depuis vingt-quatre heures que Gali se voit proposer, par le commandant du navire, Arthur Rostron – celui-là même qui, aux commandes du *Carpathia*, se porta en avril 1912 au secours des naufragés du *Titanic* –, d'occuper, pour le même tarif, une cabine de première classe restée vacante ! Qui a bien pu lui rapporter l'émouvante histoire de sa jeune et jolie passagère, « la descendante d'une noble famille russe dépossédée de sa fortune par les terribles bolcheviks » ? Joseph Stevens peut-être ? Gali ne le saura jamais. En attendant, elle se prélasse avec Nicky dans son nouveau palais, un petit bijou avec couchettes à l'armature de métal plutôt que de bois, chauffage autoréglable, système de ventilation, sonnettes pour appeler le personnel. Elle aura accès du coup, jusqu'à l'arrivée à Cherbourg, à tous les fastueux aménagements de ce géant des mers, à ses boutiques de luxe, ses salons en enfilade, son restaurant Ritz Carlton, sa salle de bal, son jardin d'hiver, ses salles de gymnastique, ses bains. Nicky insiste pour emprunter les ascenseurs électriques qui fonctionnent entre les cinq ponts, aussi majestueux soit le grand escalier aux balustrades en fer forgé que les passagers de première classe descendent le soir pour dîner en tenue de soirée. Mais c'est en larmes qu'il se réfugie dans les bras de sa mère lorsqu'à l'arrivée à Paris, gare Saint-Lazare, il est soudain happé dès sa descente du train par une foule inconnue d'une cinquantaine de personnes, qui toutes s'exclament, gesticulent, l'embrassent, le pressent sur leur cœur. Dans ce joyeux tohu-bohu, seule Gali a gardé son calme. Depuis son départ de Novorossisk il y a bientôt deux ans et demi, elle a presque bouclé un tour du monde. Elle peine à imaginer qu'elle est arrivée au bout du voyage.

6

À Paris, sous l'aile de Chanel

Confidences pour confidences

Paris, printemps 1922 : les retrouvailles entre Gali et sa famille ont été lourdes d'émotion. Tous, grands-parents, oncles et tantes, s'extasient devant le petit Nicolas, un vrai chérubin blond et bouclé quand ils avaient quitté à Kamenomost un nourrisson de quelques mois au crâne dégarni. Dans l'appartement de la rue Brémontier, situé dans le 17e arrondissement, où ils ont récemment emménagé, Constantin et Élisabeth ont naturellement accueilli Gali. Tandis que Nicky fait le fou avec ses jeunes oncles, les parents Hagondokoff et leurs filles aînées se retrouvent pour parler jusqu'à plus soif, chacun évoquant le chemin parcouru.

Gali livre peu de chose : elle parle, certes, des embûches du voyage depuis Novorossisk, des bouleversements que connaît Harbin, mais, de sa vie à Shanghai, elle ne dit rien ou presque. Ni de sa rupture avec son mari. Une fois, dans la spontanéité de ses douze ans, Ismaël a voulu la pousser dans ses retranchements. Elle l'a regardé intensément, ostensiblement au bord des larmes. Et a regagné sa chambre. Le sujet ne sera plus jamais abordé. La vie de la deuxième fille des Hagondokoff n'appartient qu'à elle, qu'on se le dise. Elle exige par contre de tout savoir sur l'équipée vécue par le reste de la famille. Sur l'arrivée de Constantin à Paris, dès septembre 1920, via Constantinople puis l'Italie, muni d'un passeport géorgien. Sur le désarroi d'Élisabeth lorsque, à la veille de quitter Batoum avec ses enfants, visas en poche, sur le croiseur *Waldeck-Rousseau* (le navire de l'amiral français Dumesnil qui, en novembre 1920 à Sébastopol, a assuré l'évacuation de l'état-major du baron Wrangel, successeur de Denikine), elle s'est fait souffler au dernier moment la place par un général et sa famille, la contraignant du coup à emprunter le *Marc Aurèle*, un affreux petit cargo italien. Sur les trois jours de traversée jusqu'à Constantinople, sans autre nourriture que les pommes transportées par le cargo, contraint à de multiples détours pour échapper aux pirates qui pullulent en mer Noire, attirés par l'argent et les bijoux des émigrés. Sur les six mois passés à piétiner sur la côte ouest du Bosphore, confortablement installés cette fois dans un bon hôtel du quartier européen de Péra. Par chance, Constantin est tombé à Paris sur son vieux camarade, le colonel Vladimir Alexandrovitch Kolossov, à la tête d'une belle fortune qu'il a pu transférer à temps en France. Grâce à lui, il pourra envoyer des subsides à sa famille quand, privés de ressources, d'autres réfugiés n'ont pour toute alternative que de vivre à Constantinople dans des camps de toile, d'investir les hôpitaux et les usines, ou de s'agglutiner dans les combles des immeubles et jusque sous les escaliers de l'ambassade russe. En juin 1921, le général trouve enfin des places dans l'Orient-Express pour sa femme et ses trois fils. Artemia, Aléxandra et Tamara les rejoindront dès que possible. Nina, elle, a dès le départ annoncé son refus d'abandonner son mari : capitaine de l'armée blanche, il a été fait prisonnier en Crimée. Faisant preuve d'une détermination nouvelle – à croire que l'absence de Gali lui a rendu sa place d'aînée –, elle s'est présentée au consulat de Pologne à Constantinople en y affirmant être une Varsovienne de pure souche

– son nom, Andrus, n'est-il pas une preuve en soi ? – et a décroché un laissez-passer pour la Russie. Une opération à haut risque même si l'on ignore encore la répression impitoyable mise en œuvre en Crimée par les rouges après le départ en bon ordre des troupes de Wrangel, près de deux mille fusillés rien qu'à Sébastopol. Sans nouvelles de Nina depuis son départ, les Hagondokoff la verront débarquer fin 1921 à Paris avec son mari et un petit garçon prénommé Anatole comme son père. Sa témérité a payé.

À chacun son aventure, et les frères et sœurs se bousculent pour raconter à Gali les temps forts de leur exode. Oubliés les affrontements meurtriers entre rouges et blancs, les cadavres alignés dans les rues, oubliée la fuite précipitée de Tiflis, oubliée la faim qui les tenaillait à Batoum. C'est à croire qu'Alexandra et Tamara, « Alia » et « Tamatcka », n'ont gardé souvenir que des gamineries auxquelles elles se sont livrées. De ce jour où, voyant depuis la fenêtre de leur chambre à Mozdok les rouges refluer en désordre – dûment armés tout de même –, elles ont lancé derrière eux des petits cailloux pour éviter qu'ils ne reviennent, comme le veut une vieille croyance russe. De cet autre jour aussi – elles en rient encore – où, contraintes à fuir devant les bolcheviks au moment où on leur servait dans une auberge un savoureux potage au potiron, elles ont mis de la naphtaline dans ledit potage dans l'espoir qu'ils s'empoisonnent tous. Bienheureuse enfance : omettant tout le reste, Constantin, Georges et Ismaël n'ont pas trop de mots pour dire le beau voyage qui les a conduits, dans les luxueux wagons de l'Orient-Express, à travers la Bulgarie, le royaume des Serbes, l'Italie et la Suisse, jusqu'en France. Et leur mémorable arrivée en gare de Lyon.

Sur le quai, le général les attend. Mais il n'a pas vu sa femme depuis septembre et on est en juin. Tout au bonheur de retrouver sa « Laliouchka » – « mon impératrice » aime-t-il à dire –, il plante là ses garçons dont l'aîné n'a pas quinze ans, des enfants qui n'ont pour ainsi dire jamais vécu qu'à la campagne, à peine décrottés par six mois de vie à Constantinople, et ne parlant pas un traître mot de français. Les instructions sont claires, non ? Emprunter le métro, prendre à Concorde la correspondance pour Invalides, puis le train direction Versailles. Remonter, une fois là-bas, l'avenue de Paris jusqu'au 80 *bis*, où le général a loué une maison meublée. Constantin junior, qui a pris de l'ascendant sur ses cadets, ouvre la marche. À l'arrivée, le couple de gardiens, voyant arriver seuls ces trois petits sauvages, les introduisent, méfiants, dans une grande salle de bains. Ils y resteront confinés jusqu'à l'arrivée, en soirée, de leurs parents, ravis de leur escapade, le général, incorrigible râleur, se payant le luxe de reprocher à ses fils leur manque d'initiative pour ne pas avoir prolongé l'exploration à travers les douze pièces de la maison et le jardin adjacent.

Sous l'aile de Chanel

Gali avait juste douze ans à son départ de Paris. Elle a le double de cet âge. Il lui faut trouver de nouveaux repères. À la différence de ses frères, elle a déjà une bonne connaissance du français, grâces en soient rendues aux demoiselles de Smolny qui insistaient sur la nécessité pour une jeune fille bien née de maîtriser les langues étrangères, à Juliette Lepetitcorps et à ses petits voisins de la rue Monge avec qui il fallait bien communiquer, à ses amis du Cercle sportif. Son solide accent russe s'estompera avec le temps mais elle ne le perdra jamais tout à fait, gardant une façon bien à elle de moduler le tempo de ses phrases, de passer certains articles à la trappe, d'articuler des *r* à la rondeur veloutée.

Première urgence : s'inscrire à l'OCCR, l'Office central des réfugiés russes, puisque, à la fin de 1921, le gouvernement soviétique a déchu de leur citoyenneté « tous les Russes se trouvant à l'étranger depuis plus de cinq ans, ayant combattu dans les armées et organisations contre-révolutionnaires, ou ayant quitté la Russie après le 7 novembre 1917 sans autorisation soviétique ». Dans l'impossibilité, comme nombre de ses compatriotes, de produire son acte de naissance, Gali bénéficie heureusement du soutien du président de l'OCCR, Basile Maklakoff, le dernier ambassadeur nommé par le gouvernement provisoire, maintenu jusqu'ici en fonction par la France. Il connaît bien Constantin Hagondokoff pour l'avoir plus d'une fois croisé à Saint-Pétersbourg : il arrangera prestement l'affaire. Cette formalité réglée, Gali va s'employer à édifier les fondements de sa nouvelle vie. Une tâche qui s'annonce moins difficile que prévu. À Shanghai, elle n'avait personne sur qui compter. À Paris, Élisabeth est, à quarante-sept ans, encore une jeune grand-mère, elle garde déjà le petit Anatole, Nicky fera équipe avec lui. Gali peut aussi s'appuyer sur une forte communauté russe, la plus grande, dit-on, de toute l'Europe occidentale, quelque trente-cinq mille ou quarante mille personnes, et le flux ne tarit pas. Les nouveaux arrivants russes blancs ont investi de préférence les quartiers où les loyers ne sont pas trop chers, le 15e arrondissement, proche des usines Citroën et Renault, mais aussi, en banlieue, Billancourt, Courbevoie, Meudon ou Asnières, les plus nantis allant à Auteuil ou à Passy. Parmi eux une majorité venue d'Ukraine ou du Caucase, issue de la bourgeoisie ou de la noblesse, une certaine élite sociale portant haut les valeurs de solidarité.

À son arrivée, Gali s'est réfugiée sous l'aile de ses parents, mais elle est bien consciente que la situation ne sera pas tenable longtemps. Elle a trop pris goût à son indépendance. Encore faut-il, avant de s'installer seule avec Nicky, trouver un travail car les frais du divorce et le coût de la traversée ont fait fondre le petit pécule amassé en Chine. Si elle a la bourse plate d'une réfugiée, Gali se refuse à en avoir l'allure. L'idée même d'inspirer la pitié l'horrifie. Elle a éprouvé l'immense pouvoir que confère un physique exceptionnel : tout naturellement, elle va se diriger vers ce monde de la mode qu'elle a côtoyé à Shanghai, et dont Paris est la capitale. Elle sera mannequin comme des dizaines de ses compatriotes. Par chance, les Russes ont la cote, elles n'ont pas leur pareil pour présenter un modèle, affirment les couturiers, subjugués par ces femmes plus grandes, plus blondes, aux yeux plus bleus, aux pommettes plus saillantes, mais aussi par leur grâce naturelle, leurs manières aristocratiques, l'aisance dont elles font preuve dans les rapports avec les clientes. Certaines sont employées à plein temps par les maisons de couture comme « mannequins-cabine ». D'autres, seulement pour présenter une collection – on parle de « mannequins vedettes », ou encore de « mannequins volants » quand les collections partent en tournée. Il y a enfin les « mannequins mondains », de jolies femmes issues de la bonne société auxquelles les maisons prêtent des vêtements pour qu'elles les représentent dans les salons.

Paris Couture a familiarisé Gali avec cette Gabrielle Chanel qui, depuis la guerre, figure parmi les couturiers les plus en vogue à Paris. Elle admire le génie de cette femme qui a démocratisé l'art de s'habiller en imposant une allure sportive qui cadre bien avec les nouvelles aspirations des femmes, silhouette droite, tailleurs unis à jaquette courte, jupes souvent plissées dégageant très largement la cheville. Elle est fascinée par la vie très libre qu'on la dit mener, par son aptitude à renouveler son inspiration au gré de ses tribulations sentimentales. Pour impressionner Étienne Balsan, son premier amant, grand amateur de chevaux, Chanel s'est mise à l'équitation, créant à l'occasion, pour remplacer la traditionnelle tenue d'amazone, les premiers jodhpurs féminins à porter avec une cravate d'homme. À Boy Capel, le grand amour de sa vie, elle a emprunté le tricot de ses sweaters et la flanelle de ses blazers. Pour le grand-duc Dimitri, sa nouvelle conquête, un bel homme aux yeux clairs, son cadet de onze ans (fils du grand-duc Paul, exilé en Perse par son cousin Nicolas II pour avoir trempé, aux côtés du prince Youssoupov, dans l'assassinat de Raspoutine, il a de ce fait échappé au massacre de la famille impériale), Gabrielle Chanel s'est mise à l'heure russe : elle réinterprète la « roubachka », la blouse ceinturée des moujiks, émaille ses collections de robes brodées, de grandes vareuses, de pelisses, de faux bijoux ornés de cabochons dans le plus pur style byzantin.

À la Belle Époque déjà, les échanges culturels avec la Russie, l'installation à Paris de peintres et de sculpteurs, avaient initié le mouvement. L'accueil enthousiaste fait aux Ballets russes de Diaghilev a confirmé la tendance. À Montreuil, dans les studios Pathé, l'« école russe » revitalise un cinéma français affaibli par la tourmente de la guerre. Acteurs et réalisateurs mais aussi techniciens et décorateurs font dans cette industrie la pluie et le beau temps. Ivan Mosjoukine s'impose comme la première star masculine de l'histoire du cinéma, en tout cas jusqu'à l'avènement du parlant. Enivrée à son tour par l'âme slave – « Tout Occidental, dit-elle, doit avoir succombé au charme slave pour savoir ce que c'est. Tous les Slaves sont distingués, naturels, et les plus humbles ne sont jamais communs » –, Chanel ne jure plus que par ses nouveaux amis, Serge de Diaghilev ou le compositeur Igor Stravinski, qu'elle a aidés en 1920 à monter *Le Sacre du printemps* et fournis en somptueux costumes. L'hiver suivant, elle a hébergé à *Bel Respiro*, la grande maison qu'elle a achetée à Garches, en même temps que les Stravinski, le prince Serge Koutousoff, un intime du grand-duc Dimitri, ainsi que sa femme et leurs deux filles. À l'été, elle les a conviés de nouveau dans la villa louée par elle sur le bassin d'Arcachon. Par sa famille, Gali a approché Koutousoff. C'est à lui qu'elle devra d'être recrutée par Gabrielle Chanel.

Elle n'oubliera jamais leur première rencontre au tout début de l'été 1922. Ce qu'elle remarque d'abord, chez cette femme de quinze ans son aînée, c'est la fermeté de sa mâchoire, le port altier de son cou, son implacable désir de séduire, on se sent comme enlevé par la formidable vitalité qui émane d'elle. L'allure de la longue et blonde aristocrate plaît à Chanel. Le 1er août 1922, Gali est engagée comme mannequin, au salaire mensuel de six cents francs. Elle n'ignore pas que d'autres mannequins touchent deux fois, voire trois fois plus. L'important est d'être dans la place. Le lendemain de son engagement, comme elle l'a promis à Mademoiselle Chanel, elle sacrifie ses cheveux longs pour une coupe plus moderne. Et tant pis pour le général qui, à la vue de sa fille avec des cheveux courts, s'étrangle de fureur.

Le rôle de « Gali Bajenova » – le nom sous lequel on la connaît chez Chanel ? Assurer avec les autres mannequins maison la présentation des deux collections annuelles, en février et en août, un événement qui d'année en année attire de plus en plus de monde au 31 de la rue Cambon, y compris une foule de clients indignés de n'avoir pas reçu le précieux sésame permettant d'accéder aux salons. À la présentation officielle qui se déroule d'ordinaire le 5 du mois – mais sans podium, ni musique, ni photographes comme aujourd'hui –, succèdent pendant une quinzaine de jours des défilés plus confidentiels pour les clientes qui n'ont pu être là le jour J, lesquelles notent leurs choix sur les petits carnets qu'on leur a offerts à l'entrée. Hors de ces temps forts de l'année, Gali se doit d'être disponible pour passer quelques modèles lorsqu'une cliente est de passage à Paris, mais son premier rôle, c'est de permettre la mise au point des vêtements. Un travail ingrat, qui requiert de patienter parfois des heures à la porte du studio, avec les autres mannequins. À l'appel de son nom, chacune à son tour s'avance vers Mademoiselle Chanel assise sur un pouf dans la pièce surchauffée, invariablement habillée d'un simple costume de sport, jupe sombre et sweater, les manches roulées au-dessus du coude.

« Bonjour, Mademoiselle.

— Bonjour, Gali. »

À peine un regard avant que Chanel, entièrement concentrée sur la silhouette de celle qui n'est plus pour elle qu'un portemanteau, démarre l'essayage, un rituel aux gestes lents, soigneusement codés. L'essayeuse, une vieille femme maussade à lunettes qui a pour sa maîtresse un dévouement de caniche, lui tend les épingles. Personne ne dit mot sauf Chanel dont le monologue ne tarit pas. Elle critique le travail déjà fait, lance une nouvelle idée, cintre une taille, raccourcit un ourlet, rejette la tête en arrière pour juger de l'effet produit, agenouillée, les reins tendus, les pieds repliés sous les cuisses, « telle, dira Colette, la lavandière prosternée qui bat le linge ». Gali, soumise, courbe la nuque à la demande, écarte les bras, fait un demi-tour sur elle-même, mais elle observe surtout, fascinée, cette femme, une provinciale d'origine modeste, devenue l'une des reines du Tout-Paris. Jusque-là, elle n'avait entendu donner des ordres que par des personnes que la naissance et la position rendaient dignes de commander. C'est la première fois qu'elle rencontre quelqu'un dont l'autorité, établie par elle-même, est sortie de rien et dont, pourtant, chaque mot est obéi. Un être doté d'une totale assurance et d'un extraordinaire pouvoir de persuasion, dont on est invité à partager les jugements péremptoires sous peine de disparaître immédiatement de sa vue.

Heureusement, l'ambiance est plutôt bonne entre les mannequins, souvent d'origine russe, comme Mona Zabotkine, Tatiana Korenoff, Melita Zelensky et Nathalie Obolensky. Ou comme Marie Eristoff, embauchée par Koutousoff à l'été 1924. Marie est aussi brune que Gali est blonde (de plus en plus blonde). Plus petite. Plus fragile d'apparence. Mais Caucasienne elle aussi, née à Batoum, même si elle a passé son enfance à Saint-Pétersbourg où son père, le prince Schervachidze, était membre de la Douma. À la mort de celui-ci pendant la Révolution, la famille est revenue vers le Caucase, c'est là que Marie a épousé le prince Gigusha Eristoff, avant d'émigrer vers la France. Il ne faudra pas longtemps pour que les deux jeunes femmes deviennent inséparables. Plus ou moins déshabillées, une blouse ou seulement un drap jeté sur leurs épaules nues, elles s'isolent souvent pour bavarder sur les marches du grand escalier aux murs couverts de miroirs qui mène au studio. Gali ne se lasse pas d'entendre Marie, de trois ans plus âgée, parler de la vie « d'avant », d'avant la guerre aux frontières, d'avant la guerre civile, d'avant ce monde qu'elle-même a quitté trop jeune pour y avoir accès, et qu'elle se refuse à évoquer avec la génération du dessus, trop facilement émotive dès qu'il est question du paradis perdu. Marie, elle, a les yeux qui pétillent lorsqu'elle se revoit en dame d'atours de l'impératrice Alexandra Fedorovna, ou lorsqu'elle parle de l'amitié qui la liait aux grandes-duchesses, à Olga, surtout, sa contemporaine, la fille aînée du tsar. Et ces bals fastueux de la Cour où, invitée avec sa sœur Tamara – elle aussi d'une beauté remarquable –, elle ne manquait pas une danse ! Et ce portrait – perdu sur le chemin de l'exil – que Savely Sorin, le peintre de la société de Saint-Pétersbourg, avait fait d'elle, habillée d'une robe taille haute coupée dans une soie légère, un châle sur l'épaule gauche, égrenant un collier de grosses perles entre des mains si longues et fines qu'elles semblaient sorties d'un tableau de Van Dyck ! Ensemble, elles parlent de leur cher Caucase, chacune défendant le sien, Marie du Sud vantant les couchers de soleil sur la mer Noire, Gali du Nord, la splendeur du mont Elbrouz quand, au petit matin, il émerge des nuages, écrasant les autres sommets de son énorme masse. Entre elles, pas de ces pudeurs qui incitent à faire le silence sur le difficile apprentissage d'une nouvelle vie, à Constantinople pour l'une où même sa grand-mère, la vieille princesse Schervachidze, a dû, pour survivre, devenir couturière, à Shanghai pour l'autre, contrainte d'accepter, pour l'amour de Nicky, de peu glorieux expédients. Le seul et unique sujet tabou, ce sont les années terribles de la Révolution : le traumatisme est encore trop présent.

Ces récréations mises à part, Gali se lasse vite des exercices d'humilité à répétition que représentent les essayages, aussi instructives soient les leçons de Mademoiselle Chanel. Depuis son arrivée à Paris, elle a parcouru du chemin. Sa réputation n'est plus à faire. Dans les magazines, on parle d'elle comme de « Bajenova, la beauté russe ». De mannequin-cabine, elle est passée mannequin mondain, payée non plus pour jouer en coulisses mais pour assurer la promotion des créations de Chanel en les portant – à ravir – dans les salons. Une sorte de femme-sandwich, de panneau publicitaire ambulant. Une photo, parue dans le mensuel *Femina* début 1924, la montre en fourrure, chapeau cloche et cascade de perles, avec son chien Whisky dans les bras, un sealyham, drôle de petite bête courte sur pattes aux longs poils gris et aux yeux dorés, auquel le journal trouve « de bons yeux de vieillard retraité » ou, quand on le caresse, « l'air d'un enfant un peu douloureux et qui est content d'être aimé ». En novembre de la même année, elle apparaît en robe sans manches, noire et blanche, rebrodée d'une pluie de cristal et de jais, portée là encore avec un de ces grands sautoirs de perles que Chanel affectionne. Toujours dans *Femina*, c'est un dessin la représentant qui fait la une en mars 1925 : « Chanel a fait pour Mme Bagenoff cette belle cape de velours coulissé », dit la légende. On y voit Gali de profil, les cheveux courts crantés, la jambe fuselée, jetant du haut de sa longue silhouette un regard de domination sur le monde qui l'entoure. La délicate pointe sèche est signée d'Alex Rzewuski, un comte russe devenu un artiste de renom, témoin la prestigieuse série de portraits qu'il expose au même moment dans une galerie parisienne, au rang desquels celui de Son Altesse Impériale la grande-duchesse Marie de Russie, de la princesse de Kapurthala, ou des princesses Mdivani ou Lubomirska.

Dans son métier, Gali trouve un rassurant gagne-pain. C'est pour elle l'assurance d'être habillée à ravir sans jamais bourse délier et de rencontrer beaucoup de gens. Au sein même de la maison, elle compte de précieux soutiens comme Serge Koutouzoff qui, en octobre 1922, a rejoint la maison comme « directeur de salon », en fait l'homme de confiance de Gabrielle Chanel, tout à la fois secrétaire particulier, chauffeur, confident – c'est à lui qu'elle confiera le soin de récupérer son coffret à bijoux oublié, lors d'une croisière en Méditerranée, sur le yacht du duc de Westminster, son nouvel amant, lui encore qu'elle mandatera en 1926 pour signer chez le notaire le bail de la villa *Larralde* à Biarritz. Son épouse, la princesse Koutouzoff, aide désormais Chanel au studio. Autre protectrice attitrée de Gali, la grande-duchesse Marie Pavlovna, la sœur du grand-duc Dimitri, dont l'atelier de broderie, « Kitmir », travaille pour Chanel – en cette année 1925, elle jubile du bon tour qu'elle vient de jouer aux Soviétiques en décrochant le droit d'exposer ses modèles dans l'une des vitrines du pavillon qu'ils tiennent à l'exposition des Arts décoratifs de Paris, sans rien révéler, bien sûr, de son identité !

À la dernière collection Chanel, elle a obtenu que la robe de crêpe fluide garnie par ses soins de broderies de bijoux en trompe l'œil inspirées par un collier des Romanov soit portée par Gali Bajenova. Pas peu snob, Chanel se flatte de regrouper autour d'elle la fine fleur de Saint-Pétersbourg. Jusque parmi ses vendeuses, rebaptisées « conseillères mondaines », on croise des grands noms de la Russie impériale, la comtesse Doubazoff, la princesse Scherbatoff. Nombreuses sont celles qui donnent du « Mon cousin » à Dimitri Romanov, resté très ami avec Gabrielle malgré leur rupture, ce, même après son mariage au début de 1927 avec Audrey Emery, une héritière américaine.

Travailler était impensable il y a encore quelques années pour les filles de la haute société russe. La guerre, l'exil, ont bouleversé la donne, instaurant de nouveaux rapports entre hommes et femmes. Les premiers ont été souvent absents, parfois lâches ; ils ont mal digéré la perte de leur statut social. Les femmes ont dû prendre le relais, elles ont maintenant leur mot à dire. Il arrive que ce soient elles qui fassent bouillir la marmite. Cela dit, le métier de mannequin n'est pas forcément valorisant. L'image de marque de ces belles alanguies dont le travail consiste à mimer l'oisiveté n'est pas toujours bonne, trop d'entre elles se sont signalées par leurs caprices, leur neurasthénie, leur vie sentimentale agitée. On raconte dans la communauté russe blanche que la jeune Katia Bobrikoff (la petite-fille, encore mineure, d'un gouverneur général de la Finlande dont l'assassinat au début du siècle avait fait couler beaucoup d'encre), a provoqué un drame familial lorsqu'elle a demandé à ses parents l'autorisation de signer chez Lanvin, sa mère l'enfermant dans sa chambre tandis que son père, colonel de la garde impériale, fondait en larmes ; le salaire proposé étant loin d'être négligeable, ils ont finalement donné leur accord... Directement sollicitée par Gabrielle Chanel, la jeune princesse Amilakvari s'est heurtée, elle, à l'opposition résolue de sa mère, trop soucieuse de bien marier sa fille pour prendre le risque de la faire passer pour une dévergondée. Ce n'est pas un hasard si les maris accompagnent leurs épouses à ces messes solennelles que sont les présentations, plus empressés qu'à une générale de boulevard. Gali a souri en lisant dans le *Vogue* d'avril 1925 cet éditorial signé de Colette : « Leur fera-t-on un crime, s'ils ont envie de la robe, de vouloir parfois l'emporter telle que le couturier l'a conçue, c'est-à-dire sur les épaules de la rayonnante jeune femme dont ils n'entendent jamais la voix ? » Nombre d'hommes, avec la robe, emporteraient bien Gali. Là où elle ne sourit plus, c'est lorsqu'elle lit sous la plume de la romancière qu'« aucun autre métier féminin ne contient d'aussi puissants facteurs de désagrégation morale que celui-là, qui impose à une fille pauvre et belle les signes extérieurs de la richesse ». À en croire Mme Colette, femme libérée s'il en est, le mannequin ne serait rien de moins que « le vestige d'une barbarie voluptueuse, un vivant appât, une proie chargée de butin » ! Sans doute n'a-t-elle jamais croisé Gali.

Soutien de famille

Difficile de faire passer celle-ci pour une victime immolée, une gazelle aux abois. Si elle travaille comme une forcenée, elle trouve largement son compte dans ce monde du luxe qui comble son besoin d'être adulée, louangée pour sa classe et sa beauté, mais qui surtout lui assure les moyens de vivre. À elle comme au reste de sa famille.

Même si la Révolution l'a contraint à abandonner ses hautes fonctions et l'essentiel de son patrimoine, Constantin Hagondokoff n'a pas eu trop de soucis matériels dans les premiers temps de son exil. Actionnaire de la Société des pétroles de Grozny, il entretient des liens étroits avec son président, Sir Henri Deterding, par ailleurs tout-puissant patron de la Royal Dutch Shell. Anobli par le roi George V en 1920, ce Néerlandais, au caractère trempé et audacieux, a toujours défendu les marchés de sa compagnie – entre autres le pétrole russe dont il possède une part non négligeable – avec une stratégie quasi militaire contre ses concurrents, Exxon et British Petroleum, d'où le surnom qui lui a été donné de « Napoléon du pétrole ». On le présente encore comme « l'homme le plus puissant du monde ». Avec ça, un anticommuniste viscéral qui va devenir le porte-parole dans la haute finance de la cause antibolchevique, et son principal bailleur de fonds. Même après la nationalisation par les Soviétiques du pétrole de Grozny, les actions continueront à être cotées. Les principaux actionnaires russes ont réussi à convaincre des Occidentaux – principalement anglais – de leur capacité à récupérer les puits de pétrole nationalisés par les bolcheviks, de sorte qu'ils puissent échanger leurs actions contre des espèces sonnantes. Le directeur du bureau de Paris, situé boulevard Haussmann, un Caucasien du nom de Tchermoeff, continue à verser un revenu mensuel à celui sous les ordres duquel il a servi, capitaine, à la Division sauvage : Hagondokoff pourrait avoir un rôle à jouer dans la contre-révolution que Deterding rêve de ranimer en Russie, en soulevant en premier lieu le Caucase, constitué en « Fédération transcaucasienne », le moyen entre autres de rendre puits de pétrole et pipelines à leurs anciens propriétaires et associés étrangers. Mais, l'été 1924, l'affaire tourne court. Le général Hagondokoff avait émigré en France avec l'assurance d'une retraite de sept mille roubles-or : il n'en verra jamais la couleur.

Constantin a passé le cap de la cinquantaine, connu plusieurs guerres, traversé l'épreuve de la Révolution, il traîne, depuis qu'il a contracté le typhus, une fragilité au niveau des poumons. Il est surtout déterminé à n'accepter aucun travail dégradant. Or, à ses yeux, à part être général de l'armée impériale russe... Certains de ses amis, ayant reçu une formation d'ingénieur ou fait des études de droit, ont réussi à tirer à peu près leur épingle du jeu, tel ancien conseiller d'État est correcteur dans une imprimerie, d'autres hauts personnages de la fonction publique ont été recrutés qui comme employé aux écritures dans une compagnie d'assurances, qui comme inspecteur à la Samaritaine, qui comme guide pour l'agence Cook. Mais, faute d'une formation adaptée, la plupart des officiers ont des métiers de misère, balayeur des rues, livreur de lait, manœuvre dans l'industrie automobile ou conducteur de car comme ce chevalier-garde de ses amis, contraint à faire trois fois par jour le trajet Paris-Chartres, en ne couchant qu'un jour sur deux chez lui. Soucieux de travailler à leur rythme, sans contremaître ni collègues sur le dos, nombreux sont ceux qui ont choisi d'être chauffeurs de taxi – ils possédaient en Russie un permis de conduire encore peu répandu en France. Comme le vieil ami de Constantin, le colonel Loutchaninoff, ou son frère Dimitri, un fringant officier – il a été à deux doigts de faire la peau à un policier parisien qui le traitait de « moujik » parce qu'il ne dégageait pas assez vite à un carrefour. Ou comme le prince Guivri Amilakvari, qui, le jour où il a pris son nouveau service, hélé par une charmante Parisienne, est descendu pour lui ouvrir la porte... avant de s'installer à ses côtés sur la banquette arrière à la stupéfaction de sa cliente, oublieux qu'il était de son changement de condition. Puisque même les grandes-duchesses donnent l'exemple, les dames russes cherchent elles aussi par tous les moyens à contribuer aux finances familiales, l'une brode chez elle des mouchoirs à jours et emperle des robes, l'autre crée des chapeaux, d'autres encore officient comme dames de compagnie, gardes-malades, secrétaires. Ou, pour les plus jeunes, comme serveuses de restaurant.

Constantin Hagondokoff pourrait se reconvertir. Il a plus d'une corde à son arc. Il est entre autres un as du bricolage, il l'a prouvé pendant la guerre à Kamenomost. À Versailles, il a aménagé pour ses fils un terrain de cricket. Aussi fier soit-il de l'histoire de sa famille, aussi assuré de sa noblesse, Constantin ne s'est jamais prévalu du titre de prince – un proverbe russe ne dit-il pas qu'au Caucase, « il y a deux moutons pour un prince », sous-entendu, les princes fourmillent là-bas. Et qu'est-ce qu'un aoul de cent cinquante personnes quand d'autres grandes familles caucasiennes avaient des milliers d'âmes sous leur coupe ? De toute façon, dans la Russie impériale, nombre de familles de la plus ancienne noblesse n'ont jamais porté de titre, une invention tardive de Pierre le Grand, soucieux d'ouvrir la Russie à l'Europe. Mais s'il ne se présente pas comme prince, Constantin entend être traité comme tel. Pas question pour lui d'accepter n'importe quoi, du coup il noircit le tableau, se rebelle contre l'idée d'aller jouer les hommes à tout faire dans un appartement bourgeois du 16e arrondissement. À partir de 1924, il n'a plus aucune source de revenus. En arrivant à Paris, Élisabeth croyait atteindre la fin de l'errance : les Hagondokoff ne cesseront de nomadiser. Après le beau rez-de-jardin de l'avenue de Paris, ils ont emménagé à Versailles dans un appartement moins grand, rue Gravelle, puis dans un pavillon de meulière jouxtant le cimetière. En 1922, à l'arrivée de Gali, ils sont à Paris rue Brémontier, ils occuperont plus tard d'autres meublés rue George-Sand dans le 16e arrondissement, rue Fortuny dans le 17e, rue Alexandre-Cabanel dans le 15e, ils s'installeront parfois à l'hôtel. Leur train de vie périclite. Privée de cuisinière, Élisabeth a dû se mettre aux fourneaux. Pour lui prêter main-forte, Constantin, qui a l'habitude d'une vie réglementée, lui a fait des menus pour chaque jour de la semaine, invariablement les mêmes.

Étrange incapacité à s'adapter de la part d'un homme courageux, que les épreuves avaient jusqu'ici dopé, d'un libéral qui n'est pas, comme certains Russes blancs, enlisé dans un conservatisme timoré. Il aurait pu inscrire ses enfants au lycée russe de la rue Blanche afin de les familiariser doucement avec leur terre d'accueil. Il a préféré les jeter dans la mêlée en les faisant entrer au lycée Hoche de Versailles, charge à eux d'apprendre le français en trois mois grâce à un surveillant du lycée recruté à cet office. De l'immersion totale. De huit heures du matin à huit heures du soir, M. Blache ne quitte pas les garçons d'une semelle, conversant avec eux jusque pendant les repas, leur enseignant tout à la fois la littérature et l'histoire de France, exaltant devant eux les belles figures de Jeanne d'Arc ou de Bayard, le chevalier sans peur et sans reproche, sans oublier les Trois Mousquetaires, Ivanhoé et Robinson Crusoé. Même si, à la rentrée d'octobre, les trois petits Caucasiens ne manqueront pas d'étonner leurs camarades avec leur drôle d'accent et leur bonnet poilu enfoncé sur la tête, Constantin aura fait le maximum pour favoriser l'intégration de ses fils dans la société française. Mais, pour lui, toute idée de recyclage est exclue.

Pourquoi s'en faire ? Gali est revenue ! Non contente d'assurer la charge matérielle des siens, elle a tout naturellement repris son rôle de mère bis auprès de ses frères. Dès que possible, elle accompagne Élisabeth lorsque, chaque jeudi, celle-ci rend visite à Versailles à ses fils pensionnaires, elle les entraîne au cinéma Alhambra voir *L'Aviateur masqué* ou *Le Trésor des Incas* avant de regrouper la famille autour d'un thé dans la petite chambre louée en ville pour servir de cadre à ces retrouvailles. Elle sermonne Georges, qui ne manque jamais une occasion de faire le coup de poing dans la cour de récréation – le surveillant général, avec qui il est en opposition ouverte, a surnommé « le tsar » cet éternel trublion. Elle surveille les relations de ses frères. Constantin, s'étant amouraché à dix-neuf ans d'une des femmes de chambre de l'hôtel du quartier des Batignolles où ont atterri ses parents, se refuse à passer le bac pour épouser sa belle ? Elle exhorte le général à empoigner le récalcitrant, soi-disant malade, et à l'emmener manu militari dans un taxi pour passer l'épreuve qu'il réussira avec mention.

Elle a même l'œil sur la santé de ses cadets. À la veille des vacances de Noël 1927, Ismaël, qui est en première, arrive de pension un samedi matin avec une fièvre de cheval au domicile de ses parents. De peur qu'on ne le retienne pour les fêtes à l'infirmerie du lycée, il s'est bien gardé de confier son état à ses professeurs, a joué au football comme tous les vendredis après-midi, pris une douche glacée après. Élisabeth est aux cent coups : devant la fièvre d'Ismaël, ses yeux rouges, ses maux de ventre, ses vomissements, elle craint de reconnaître les symptômes de la rougeole qui a emporté Nicolas, son aîné, même si l'éruption ne s'est pas encore déclarée. Elle appelle Gali en catastrophe. L'adolescent respire avec peine, régulièrement secoué par d'affreuses quintes de toux. Le bon docteur Seroff, le médecin de la famille, a confirmé le diagnostic redouté. Faute de pénicilline, inconnue à l'époque, il préconise un traitement à la cosaque pour prévenir les complications. Gali ne laissera à personne le soin de soigner son « koumir », en lui appliquant deux fois par jour sur la poitrine, malgré ses protestations énergiques, des « rigolos », cataplasmes brûlants à la farine de moutarde n'ayant de comique que le nom, avant de prolonger la torture par des enveloppements dans des draps imbibés d'eau chaude alcoolisée. Ismaël est sauvé, mais dans la bataille il a perdu dix kilos et beaucoup de ses cheveux.

Russe et parisienne à la fois

Proche de sa famille, Gali l'est aussi de sa communauté. Pour rien au monde, elle ne manquerait l'office de dix heures le dimanche matin à l'église Alexandre Nevski, rue Daru, dans le quartier de l'Étoile. L'office est bien long pour un petit garçon comme Nicolas, mais Gali aime se laisser engourdir par le parfum oriental de l'encens, la voix prenante des chœurs la bouleverse. Elle se sent chez elle derrière ce barrage serré de crânes et d'épaules au-delà desquels miroitent les dorures de l'iconostase, unis dans la prière, réconfortés par le frottement de leurs solitudes. À la sortie, on retrouve sur le parvis et sous les acacias de la cour toute la communauté russe blanche, elle déborde sur les trottoirs jusqu'au restaurant et à la librairie russe situés juste en face. Faute d'argent, très peu de gens ont le téléphone, c'est rue Daru qu'on se donne les nouvelles de la semaine, qu'on échange des invitations à prendre le thé. Le long de la grille, il y a pléthore de mendiants et de vendeurs de cartes postales coloriées. Des nonnes aussi qui font la quête pour permettre à une famille de sortir de Russie, les tarifs établis par l'État soviétique étant de plus en plus prohibitifs. Le long du trottoir stagne une file de taxis vides, attendant sagement le retour de leurs chauffeurs.

Comme les autres émigrés, Gali lit *L'Espoir russe*, la gazette de l'émigration, avec ses colonnes d'annonces insérées par ceux qui sont à la recherche de leurs proches évanouis dans la tourmente. Comme les autres émigrés, elle achète à la boulangerie russe de la rue de Moscou des blinis, des pirojkis, des syrnikis – de délicieuses galettes au fromage blanc –, de la crème aigre et du pain noir. Comme les autres émigrés, elle dîne volontiers Chez Georges, rue Mazarine, où le vieux chef ukrainien s'accoude au comptoir séparant la salle de restaurant de la cuisine pour fumer une cigarette et tendre une main graisseuse à ses clients. Mais elle participe surtout à l'intense vie associative de la communauté russe exilée. Pas sur le plan politique : très peu pour elle, le militantisme musclé de certains, les défilés pour dénoncer les exactions bolcheviques, la diffusion clandestine de bibles et de portraits de la famille impériale. Les conférences, les soirées littéraires ne sont pas non plus son fort. Ce qu'elle aime, c'est faire la fête. Rue Mademoiselle, dans le 15e arrondissement, « les Anciens de Gallipoli » ont converti un garage en club très privé : le samedi, Gali se rend avec ses frères à leurs soirées dansantes. En février 1923, entraînée par une amie plus âgée, Natalia Gontcharova qui, styliste chez Myrbor (une maison de couture cent pour cent russe), en a dessiné l'affiche, elle s'est amusée comme une folle au « grand bal travesti-transmental » donné salle Bullier, avenue de l'Observatoire, dans un décor orientalisant, au profit de la Caisse de secours mutuel des artistes russes. Ce même mois, déléguée cette fois par Chanel qui offrait une robe pour la loterie, elle a assisté à une autre fête de bienfaisance au casino municipal de Cannes, rien de moins que sept cents personnes dont les grands-ducs Andreï et Kirill – ceux-là mêmes qu'elle avait croisés à Kislovodsk avec leur mère –, Sir Winston Churchill, une pléiade de lords et de ladies ainsi que la crème de l'aristocratie française. Le bal de la Croix-Rouge russe, le bal du corps des pages, le bal du corps des cadets, rythment l'année, avec, en prime, la bonne conscience de venir au secours des plus démunis. En 1927, pour ouvrir le « grand bal de la noblesse russe » organisé au palais du Trocadéro par le général Baratoff, président des invalides de guerre, douze couples de jeunes gens de la meilleure société pétersbourgeoise ont été pressentis. Leur apparition en costume du XVIIe siècle, dans le style de ceux portés à la cour de Pierre le Grand, suscite une rumeur admirative. Le premier couple, surtout, attire les regards : sanglé dans un uniforme de hussard noir, le jeune Ismaël Hagondokoff donne le bras à sa sœur Gali, époustouflante impératrice en robe de soie bleu pastel rebrodée de pierreries et dotée d'une longue traîne. Lorsque, sur une musique d'Ignacy Paderewski, ces deux-là se mettent à danser la polonaise, une danse lente et solennelle faisant penser aux pavanes de la Renaissance, il passera dans l'assistance comme un frémissement. Tant de gens ont encore en mémoire les somptueux bals costumés donnés par les Romanov au palais d'Hiver, celui de 1902 par exemple où Sa Majesté Alexandra Fedorovna brillait de mille feux dans une robe pesant à elle seule trente-trois kilos, avec son camail d'or fermé, à la hauteur de la poitrine, par une griffe ornée d'un énorme rubis.

Pas question pour autant de réduire Paris aux transfuges de Saint-Pétersbourg. Grâce au ciel, la Russie est si fort à la mode dans les années 1920 que rester fidèle à ses racines ne suppose pas de vivre en vase clos. C'est ainsi qu'à la fin juin 1925, Gali a soudain vu surgir sur la scène dressée dans les jardins illuminés de la duchesse de Rohan – après des pensionnaires de la Comédie-Française récitant sagement des poèmes de Rostand, une danseuse espagnole et une désopilante revue de danseurs nègres – ses chers cosaques djiguites, avec leur papaka, leur haut bonnet de fourrure blanche, et leur tcherkesska rouge ou noire, applaudis à tout rompre par un public enthousiaste : un numéro suggéré au comité du prix Femina, organisateur de la fête, par Joseph Kessel, le séduisant aventurier rencontré à Shanghai, promu auteur à succès depuis la sortie de *L'Équipage*, le roman où il raconte son expérience au sein de l'escadrille S.39. Le Tout-Paris se rue dans les cabarets et les restaurants russes. Il y a le Moscou, rue Pauquet, le Pain et le Sel, rue de la Montagne-Sainte-Geneviève, le

Primerose, rue du Bac, la Cloche d'Argent, avenue de l'Opéra, le Caneton, rue de la Bourse, dont la carte alléchante propose caviar, saumon, esturgeon sur lit d'aneth frais et un vin blanc géorgien qui vaut tous les nectars de la terre. En 1922, le Château Caucasien s'est ouvert rue Pigalle, avec chœurs tsiganes, danseurs experts en lancer de poignards et jeunes beautés moscovites. Non loin de là, un cosaque bedonnant garde l'entrée du Poulain Bossu. Quand, la vodka aidant, on le regarde d'un peu trop près, il claque des talons en annonçant d'une voix de stentor : « Baron K., ancien aide de camp du tsar. Quatorze blessures. Douze citations. »

Refusant de végéter comme tant d'autres dans la douleur de l'exil, Gali fait corps avec ces années folles qui transsudent, après la boucherie et les privations de la Grande Guerre, le plaisir inouï d'être vivant, la frénésie de mouvement, le désir de se libérer des vieilles conventions. Elle sort beaucoup. Par bonheur, l'ourlet des robes remonte sous le genou, dévoilant ses longues jambes, les robes plates, près du corps, mettent sa minceur en valeur. Elle se montre là où il faut se montrer, c'est là partie intégrante de son contrat avec Chanel. Elle déjeune volontiers au Ritz, de préférence en terrasse lorsque viennent les beaux jours. L'heure du thé la voit au cercle Interallié, installé dans l'ancien hôtel du baron Henri de Rothschild, faubourg Saint-Honoré. Pendant la grande saison, de mai à fin juin, elle apparaît, insigne privilège, dans la tribune réservée aux membres de la Société hippique, coiffée de capelines ou de bibis plus charmants les uns que les autres, pour rien au monde elle ne manquerait à Chantilly le prix de Diane ou celui du Jockey-Club, ni, sur le champ de courses d'Auteuil, la journée des « Drags » avec ses valets en livrée écarlate, ni le grand steeple-chase de Paris, le plus difficile des parcours, le troisième dimanche de juin. Elle est au polo de Bagatelle, sur les links de Saint-Cloud, aux lundis de l'Opéra – le jour chic. Le week-end, elle participe à l'animation qui envahit soudain les avenues du bois de Boulogne, fréquentées en semaine par de paisibles nourrices poussant des landaus, promène Whisky au bout de sa laisse, monte en amazone le long des allées sablonneuses le cheval qu'elle a retenu à l'Étrier, le célèbre club hippique, dîne parfois au Château de Madrid, l'un des restaurants les plus élégants du Bois. Plus tard dans la soirée, elle fera une apparition dans quelque cocktail mondain, ou dans l'une de ces boîtes à la mode qui, comme Le Jardin de ma Sœur, rue Caumartin, voit une clientèle cosmopolite danser avec frénésie jusque tard dans la nuit le black-bottom, le shimmy, le fox-blues ou encore ce charleston que vient de lancer, vêtue d'un simple pagne de bananes, la star de la *Revue nègre* aux Folies-Bergère, l'inénarrable Joséphine Baker.

S'habiller pour sortir est un bonheur sans cesse renouvelé pour Gali, la tête lui tourne déjà lorsqu'elle enfile ces robes brodées de strass, de perles, de tubes dorés ou argentés, ou qu'elle pose sur ses cheveux crantés l'une de ces tiares inspirés des kokochniks russes qui lui donnent l'allure d'une impératrice byzantine. Elle aime à s'envelopper dans des fourrures dignes des boyards d'antan, dans du vison, de l'agneau rasé, du karakul, une sorte d'astrakan bouclé, du breitschwantz au ravissant effet moiré (elle apprendra plus tard, horrifiée, que ce poil très plat est celui d'agneaux mort-nés obtenus en faisant avorter les brebis) ou, le soir, dans un manteau d'hermine ou de zibeline. Du maquillage, elle possède maintenant toutes les subtilités, applique une poudre sombre sur la partie haute du visage pour illuminer les yeux, une poudre plus claire des joues au menton, du blush sur les joues. Elle redessine en rouge raisin ses lèvres fines, épile ses sourcils, accentue ses yeux à l'orientale au moyen d'un trait de khôl estompé, épaissit ses cils de mascara. Comme les autres mannequins qui défilent pour Chanel, elle utilise, suprême raffinement, le « beading », une technique couramment pratiquée en Russie, qui consiste à perler de cire le bout de chaque cil pour ajouter du mystère au regard.

Sur les planches de Deauville

Mais Gali aspire à autre chose. Elle n'en est pas à son premier heurt avec Gabrielle Chanel, qui voit facilement en toute personne de son sexe, dotée d'un peu de tempérament, une rivale en puissance, surtout si elle est plus jeune et plus belle qu'elle. Ouvrir une boutique ? Elle voudrait bien, mais elle n'en a pas les moyens. Dommage : la mode est un secteur qui monte en flèche. Au printemps 1925, Gali a couru à l'Exposition universelle des Arts décoratifs. Elle a flâné dans la « rue des boutiques » installée sur le pont Alexandre-III. Elle a visité l'aristocratique pavillon de l'élégance, le clou de l'exposition, avec ses stands aux murs gris et or présentant de somptueuses tenues de haute couture signées des plus grands noms du moment, les sœurs Callot, Worth, Jenny, Jeanne Lanvin. Elle a découvert les trois péniches *Amours*, *Délices* et *Orgues*, amarrées un peu à l'écart par Paul Poiret pour y présenter ses créations, dans la mode, les arts de la table et la décoration intérieure. De *Délices*, couverte d'anémones rouges, le couturier a fait un écrin précieux où l'on peut humer *Les Parfums de Rosine*, la ligne de fragrances qu'il a créée en 1911, en lui donnant le nom de sa fille aînée. Cette subtile déclinaison des essences, ce raffinement des flacons et des coffrets, tout cela crée un monde merveilleux qui subjugue Gali. Croisant dans les allées de l'exposition Romain de Tirtoff, né, lui aussi, à Saint-Pétersbourg avant de faire carrière à Paris comme dessinateur sous le nom d'Erté, elle lui confie son enthousiasme. Erté a travaillé un temps au studio de Paul Poiret avant de lancer sa propre marque, les relations avec Poiret en ont souffert, mais il s'emploiera, c'est promis, à lui organiser un rendez-vous avec ce géant de la mode, le premier à avoir libéré le corps des femmes en supprimant, vingt ans plus tôt, le corset.

Le parfum, Gali y a toujours été sensible. Chez Chanel, elle s'est liée d'amitié avec le « nez » de la maison, Ernest Beaux. Français né à Moscou, Beaux a, jusqu'à la Révolution, travaillé pour Rallet, la première parfumerie française à s'être installée en Russie, devenant le fournisseur attitré de la cour impériale, où le parfum a toujours été en faveur. Son Chanel N° 5, quelques années plus tôt, a provoqué un séisme dans le monde du parfum qui n'avait jamais osé s'écarter jusque-là des senteurs florales, nimbant les femmes d'un nuage d'héliotrope et de gardénia, de rose ou de jasmin. Avec l'appoint d'essences synthétiques qui permettent de stabiliser le composé, plus besoin en outre de s'inonder pour rester parfumée toute la soirée. Beaux a confié à Gali qu'il travaillait sur un nouveau parfum qu'il pense appeler *Cuir de Russie*. Admirateur de toujours des Ballets russes, Poiret le Magnifique semble inspiré par la même veine. Dans sa collection automne-hiver 1925-1926, il a baptisé un ensemble « Petrouchka », « Caucase », un manteau d'après-midi, « Circassienne », un tailleur. Le charme de Gali aurait-il déjà opéré sur le couturier ? Le 1er mars 1926, elle quitte en tout cas la maison Chanel pour prendre la direction de la boutique des *Parfums de Rosine*, que Paul Poiret vient d'ouvrir à Deauville après celle de Paris. Si la qualité de mannequin n'est, on l'a vu, pas trop bien portée, il en va différemment de celle de commerçante. « Le dédain que la grande bourgeoisie montrait, cinquante ans plus tôt, pour ces activités mercantiles, n'a plus cours », peut-on lire dans

Vogue. Tenir une boutique ne requiert ni formation particulière, ni ruineuses toilettes, ni intrigues en tous genres, c'est là une activité facilement accessible aux femmes du monde. La princesse Louis Murat ne vient-elle pas d'ouvrir quai de l'Horloge, sur l'île de la Cité, Fermé la nuit, tout à la fois galerie de peintures modernes, librairie spécialisée dans les livres anciens et salon de thé ? Le très sélect *Vogue* donne son absolution à celles qui ont choisi cette voie, certaines par absolue nécessité, d'autres par besoin fébrile d'activité : « Travailler, y est-il écrit, est devenu une espèce de sport très bien porté dans le grand monde, et cela dans le moment précis où le monde des travailleurs ne pense qu'à s'amuser. »

Travailler pour Paul Poiret quand on vient de la maison Chanel équivaut cependant à remonter le cours du temps. Le novateur qu'il a été se voit maintenant dépassé par ses successeurs, « Coco » Chanel mais aussi Jean Patou, Lucien Lelong. Ce qui est vrai de sa mode l'est tout autant de ses parfums. Par goût, Gali préfère les effluves discrets aux senteurs capiteuses, l'harmonie sévère voulue par Chanel pour le N° 5, son flacon aux angles vifs, la netteté graphique de son étiquette, aux affèteries cultivées par Poiret. Reste qu'elles sont un argument de vente efficace. « Ne cherchez pas ailleurs l'ivresse de vivre... Parfumez-vous aux *Parfums de Rosine* », dit la publicité. Chaque flacon, chaque coffret, est un objet d'art composé pour être en intime harmonie avec la fragrance qu'il recèle. L'imaginaire des femmes s'affole rien qu'en tenant entre leurs mains *Mille et Une Nuits* dans sa boîte ronde imprimée d'une indienne fleurie, *Nuit de Chine* à l'écrin en forme de galet, *Pierrot* au flacon parsemé d'étoiles garni d'une collerette, *Antinéa* qui, dans son habit argenté, exhale l'âpre parfum des algues, *Hahna, l'étrange fleur*, au parfum de mousses humides et de bourgeons près d'éclore, *Borgia*, dans son flacon noir, dont « une seule goutte rend fou ». Malgré le coût élevé de ces parfums – de deux cent cinquante à trois cent cinquante francs –, la boutique ne désemplit pas. Une cote d'amour due aussi au décor imaginé par la Maison Martine – la filiale décoration de Poiret, baptisée cette fois du nom de sa fille cadette : pour un peu, on se sentirait chez soi en pénétrant dans ce lieu chaleureux aménagé dans un registre moderniste, avec ses fauteuils cubiques peints en rouge et en vert, ses canapés profonds et ses tapis fleuris. Mais si la boutique remporte un tel succès, c'est largement grâce à la personnalité de sa directrice.

Une nouvelle vie s'ouvre à Gali. Elle s'est tout de suite sentie bien à Deauville, cette création du Second Empire, où se transportent, les beaux jours venus, les frivolités parisiennes, elle aime sa plage immense, ses grands hôtels aux façades striées de colombages, le fier garde-à-vous de ses villas dressées face à la mer, l'émulation fiévreuse qui se saisit des femmes, toutes habillées avec goût, et semble les rendre plus jolies que nulle part ailleurs. Elle travaille trop à la boutique pour profiter à plein de tous les plaisirs qu'offre la ville. On ne la voit guère au Bain grec, ce joli patio doté de fontaines, de cabines de bain et de chambres de repos, situé en bordure de plage en face du casino, où les baigneurs font une halte avant le déjeuner. Elle n'a pas plus le temps de déjeuner comme tant de belles oisives sur la terrasse de l'hôtel Royal ou au Normandy, ni de prendre – un must ! – le thé à l'Hôtellerie de Guillaume le Conquérant. Mais dès la boutique fermée, elle se rattrape. Cavalière émérite, elle emprunte les chemins creux du pays d'Auge, parcourt la plage à bride abattue, parfois en simple maillot de bain, c'est un tel bonheur de sentir le vent sur sa peau. Au tennis, elle passe pour une championne. Elle aime la mer aussi, y nage vigoureusement et longtemps, se laisse dorer au soleil de l'été dans de jolis costumes de bain en jersey bicolore – honnis soient les ridicules petits volants et les culottes serrées à la cheville qui habillaient les baigneuses quelques années plus tôt ! –, se drapant pour revenir vers les cabines dans un châle de tissu-éponge à longues franges. En fin d'après-midi, elle se promène sur les planches en jupe et sweater, définitivement acquise à la sobre élégance apprise chez Chanel au détriment de l'exubérance slave, escortée de dandies en pantalon de flanelle blanche et veston croisé sur une chemise de crêpe souple, souliers bicolores aux pieds. Le soir qui tombe la trouve à la Potinière ou au casino, elle y commande d'ordinaire un Grace's Delight, le cocktail à la mode, un jus d'oranges additionné de whisky, de vermouth et d'extrait de framboise, tandis que ses chevaliers servants sirotent un Whisver – un tiers whisky, un tiers vermouth français, un tiers vermouth italien. Mais jamais on ne verra Gali dans la salle de roulette ou de baccara, elle a trop la tête sur les épaules pour se risquer à des jeux de hasard. Le seul jeu qu'elle pratique, c'est ce mah-jong dont elle a appris les subtilités à Shanghai et qui fait fureur depuis quelques mois, au point qu'on annonce pour bientôt la fin du bridge. Quelle riche idée elle a eue de glisser dans ses bagages, à son retour d'Extrême-Orient, un élégant coffret en bois laqué orné d'incrustations de cuivre pour y enfermer ses dominos d'ivoire gravé ! Ce genre de boîtes est devenu, au même titre que les ombrelles et les sacs à main, un indispensable accessoire de mode.

L'hiver est un peu triste, mais, à partir de Pâques, les hôtels rouvrent leurs portes. On joue au golf, au polo, au tir au pigeon, on profite de la plage. Au casino, il y a un gala tous les samedis, au théâtre, les plus grandes vedettes, au cinéma, les meilleurs films. Au mois de juillet, les courses de plat et d'obstacles se succèdent – un nouvel hippodrome est en passe d'être inauguré à Clairefontaine. Il est bien vu de suivre les courses de yearlings, Gali, jamais en panne d'une idée pour se faire remarquer, s'y est rendue sans chapeau, ses cheveux ondulés abrités sous une ravissante ombrelle en parchemin ciré. Une fantaisie qu'elle ne se serait jamais autorisée à Paris, mais un peu d'extravagance est permise dans ce brillant tohu-bohu qu'est Deauville, cette tour de Babel dorée qui ne se conçoit pas sans un maharadjah, dix lords anglais, vingt milliardaires américains...

L'oncle d'Amérique

« Je veux la richesse pour pouvoir ne plus y songer, ne plus être soumise à cette force brutale, mais incontestable, mais inévitable. » Marie Bashkirtseff toujours. De ses lectures de jeune fille, Gali n'avait retenu que les rêves de gloire partagés par leurs deux têtes folles. Relisant le *Journal* de Marie à l'occasion de sa publication en français, elle y puise de nouvelles directives, plus terre à terre. À vingt-huit ans, le romantisme échevelé est moins de saison. Les années de galère ont marqué Gali. Elle vit douloureusement la décrépitude financière de son père. Certes, elle gagne bien sa vie, n'aurait-elle que Nicolas à sa charge qu'elle pourrait se prévaloir d'une belle réussite. Mais il y a les parents, il y a les frères qui, pour deux d'entre eux, ont fini leur scolarité – gratuite – au lycée Hoche. Il y a surtout la contagion du milieu dans lequel vit Gali, que ce soit à Paris ou à Deauville, un monde de luxe et de vie facile auquel elle a pu accéder grâce à sa beauté et à son éducation, les plus efficaces des passeports. Et qui ne laisse pas de la fasciner.

Un monde d'hommes. Des amies, elle en a bien sûr. Des mannequins comme Marie Eristoff. Quelques jeunes femmes aussi qui tiennent à Deauville les boutiques chic de la rue Gontaut-Biron, Suzanne Rocher par exemple, une fille de Saint-Malo au corps de déesse et à la frange blonde, avec qui Gali part souvent nager : un temps modèle chez Lanvin, elle travaille maintenant comme antiquaire avec son amie de cœur, Yvonne de Brémond d'Ars. Un vrai tempérament que cette Suzanne qui s'affirme descendante par la main gauche du grand Surcouf (elle fera plus tard carrière dans la chanson sous le nom de Suzy Solidor) : n'a-t-elle pas décroché son permis de conduire à dix-sept ans pour servir comme ambulancière sur le front de l'Oise et de l'Aisne, la dernière année de la Grande Guerre ? Mais ces amitiés féminines restent l'exception.

Ce sont des hommes qui forment son premier cercle. Tant par sa puissance de séduction que par l'audace de ses idées, Gali tranche sur ses contemporaines. Certes, la France d'avant-guerre a vécu. Tout comme en Russie, les femmes ont dû monter au créneau, gérer leur famille, occuper des fonctions jusque-là tenues par les hommes pendant que ces derniers étaient au front. Une liberté nouvelle s'est ensuivie. Mais, très vite, le conservatisme ambiant a repris le dessus. Les maris sont redevenus chefs de famille, les parents ont repris l'ascendant sur leurs filles. Il en va bien différemment du côté des femmes russes en exil. La guerre mondiale, l'atroce guerre civile, l'émigration venue séparer les familles et rendre les conditions de vie difficiles, tout cela a rendu la morale des femmes plus souple. Gali symbolise cette femme affranchie des préjugés occidentaux. À l'instar de Sophie, la belle héroïne slave de *Sa maîtresse et moi*, le dernier roman de Marcel Prévost, elle ensorcelle les hommes avec son passé brumeux et tragique, son accent étrange, l'aisance avec laquelle elle porte la toilette, sa façon inimitable de glisser une fine cigarette dans l'orifice d'un long bout d'ivoire et de la porter sans vivacité à ses lèvres, avant d'aspirer un peu de fumée et de l'exhaler lentement, chassant négligemment d'un revers l'importune. Cette liberté d'allure et de ton, ce côté félin, enchante les uns – en gros, toute la gent masculine. En exaspère d'autres – presque uniquement des femmes. Certaines dénoncent en Gali une femme légère qui joue avec le cœur des hommes, une ambitieuse toujours à l'affût d'une nouvelle conquête pour peu qu'il s'agisse d'un riche, d'un puissant, bref, une cocotte de luxe. On lui prête une noria d'amants plus prestigieux les uns que les autres, au rang desquels Son Altesse royale le prince George d'Angleterre, le futur duc de Kent, un familier de Deauville qui multiplie les aventures sentimentales avec les femmes de la haute société comme avec des stars d'Hollywood et de gracieux Adonis. Une seule chose est avérée : tous les hommes sont aux pieds de la belle Circassienne.

L'un d'entre eux est particulièrement assidu : Joseph Sampson Stevens. Celui-là même qui avait accueilli Gali lors de son escale à Manhattan en 1922. Depuis, elle a traversé plus d'une fois l'Atlantique pour présenter la collection aux clientes américaines de Coco Chanel, l'assurance de six jours de festivités ininterrompues sur l'un des paquebots de luxe qui assurent la ligne, le *Paris*, le *France* ou le *Lafayette*. À chacun de ses séjours new-yorkais, l'ami américain, averti on ne sait trop comment, assistait au défilé au premier rang. Le soir, comme par hasard, il était encore là, au bar du St Regis, l'hôtel de la 5e Avenue où elle a ses habitudes. Gali l'a revu à Paris. Elle n'est pas à Deauville depuis un mois que Stevens s'y annonce aussi.

« Joe » Stevens a dépassé la soixantaine. De taille moyenne, plutôt rond, il a un visage empreint de bonté que ses grandes moustaches blanches ne réussissent pas à rendre impressionnant. L'homme est né avec une cuillère d'argent dans la bouche. Mais il a connu des moments durs, lui aussi. Il est encore adolescent quand sa mère, Adèle, se sépare de son époux, Frederick William Stevens, membre de la puissante dynastie ferroviaire du même nom, et part pour Paris, accompagnée de ses trois filles, Joseph étant confié à la garde de son père. La décision fait scandale en cette époque puritaine, d'autant que Mme Stevens, née Sampson, elle-même héritière de la vieille firme new-yorkaise Boggs and Sampson, est l'une des hôtesses les plus en vue de Manhattan, célèbre pour les fastueuses réceptions qu'elle donne dans la résidence qu'elle s'est fait construire à l'angle de la 5e avenue et de la 57e rue. Autre moment clé : en 1898, quand les États-Unis décident de prêter main-forte aux Cubains insurgés contre la domination espagnole, Joseph, joyeux célibataire de trente-trois ans, rejoint les Rough Riders (littéralement « dresseurs de chevaux sauvages »), un régiment de cavalerie formé seulement de volontaires, recrutés au terme d'une impitoyable sélection et astreints à une formation très dure – on y voit des ouvriers agricoles et des boy-scouts, des athlètes de haut niveau et des policiers, des cow-boys et des joueurs de polo de la côte est. Les Rough Riders vont s'illustrer – à pied, leurs montures n'ayant pu débarquer ! – dans des combats si rudes qu'ils y perdront les trois quarts de leurs effectifs, morts, blessés ou ravagés par la malaria. Parmi les rares rescapés de ces fièvres tropicales, Theodore Roosevelt, le futur vingt-sixième président des États-Unis qui contribuera à populariser la saga des Rough Riders, en faisant un large usage de leurs hauts faits dans ses campagnes électorales. Et Joseph Stevens qui, revenu de la guerre dans un état physique lamentable, sera astreint à une longue convalescence dans la propriété de sa mère sur la Côte d'Azur.

Gali est touchée par l'histoire de cet homme si différent des charmants jeunes gens qui hantent les salons parisiens ou le monde de la haute couture, un homme qui a connu l'épreuve du feu et dont la bravoure égale celle des cosaques. Un homme qui ressemble à son père, le général. Ou à Nicolas Bajenoff, son premier amour, la seule passion qu'elle ait jamais connue. Elle n'est pas insensible non plus, loin de là, aux prestigieuses relations familiales qui sont celles de Joe Stevens. Peu de temps après son divorce, sa mère, la très chic et très riche Adèle Sampson, s'est remariée avec son admirateur de longue date, le marquis de Talleyrand-Périgord, devenu duc de Dino par la grâce de son père en échange, murmure-t-on, de l'engagement pris par Adèle de relever le château de Montmorency, la propriété familiale qui tombe en ruine. Bien que prestement divorcée, la duchesse de Dino a gardé jusqu'à sa mort en 1913 ce titre chèrement acquis. Deux de ses filles sont alliées à la plus ancienne aristocratie européenne, Fanny avec le marquis de Galliffet, Mabel avec le comte Micislas Orlowski, le propre neveu du duc de Dino. Mais ce qui fascine Gali plus que tout, c'est l'incroyable train de vie mené par Joe Stevens.

Même si sa résidence principale est en Amérique, il franchit l'Atlantique comme d'autres la Seine, affiche quatre-vingts traversées à son actif – un certain Perkins de Boston en aurait plus de cent trente. C'est qu'en France, il a toujours eu beaucoup à faire. Au printemps, c'est la saison de Pau. Dans cette campagne vallonnée, les Anglais – et, partant, leurs cousins américains – se sentent comme chez eux, les frimas en moins. Venus avec leurs chevaux, ils se livrent aux joies de la chasse à courre, tandis que leurs femmes prennent les eaux. On se retrouve aux courses, on s'invite d'une villa à l'autre, toutes plus somptueuses les unes que les autres – celle construite en 1905 par les Ridgway a des écuries qui peuvent abriter quarante chevaux. Les Stevens y ont leurs habitudes, Joseph loue tous les ans une maison avec sa sœur Daisy Allen, épouse d'un banquier new-yorkais. S'il n'aime pas la chasse à courre, il adore les battues de sangliers. En mai, après s'être attardé pour quelques jours de farniente sur les bords du lac de Côme chez sa soeur Fanny, il a coutume de rejoindre Deauville où cette dernière a une autre propriété, La Folie, cernée par un parc de quatorze hectares en bordure du golf. Tout récemment, elle a vendu sa somptueuse demeure, trop ventée, et loué la villa Montréal, rue le Marois, en plein centreville, une garantie d'indépendance pour Jo qui y a sa propre suite. Chaque année, il rend aussi visite à sa sœur Mabel dans son château de Podovie, aux confins de la Pologne et de la Russie. Un infatigable globe-trotter.

L'homme est simple, il ne parle jamais d'argent. Il a fallu un nouveau séjour aux États-Unis, afin d'assurer la promotion des *Parfums de Rosine* cette fois, pour que Gali découvre l'étendue de sa fortune. Comment, dans ses rêves les plus fous, aurait-elle imaginé le luxe de la résidence que Joe s'est fait construire, au retour de son équipée cubaine, sur la côte nord de Long Island par les célèbres architectes Warren and Wetmore, ceux du Grand Central Terminal de Manhattan, une belle demeure de style géorgien, aux colonnades imposantes, enchâssée dans un parc de soixante hectares, le tout à quelques minutes de la mer et à moins d'une demi-heure du centre de New York ? Bluffée, Gali l'est aussi par la vision de l'ancienne propriété familiale à Hoboken dans le New Jersey, un vrai château cette fois édifié au milieu du XIXe siècle sur un site unique, face à Manhattan, au bord de l'Hudson River, désormais partie intégrante du Stevens Institute of Technology, créé par la famille et devenu l'une des écoles d'ingénieurs les plus cotées d'Amérique. Jusque-là, Gali avait réservé son admiration aux sagas militaires : elle est fascinée par cette fabuleuse dynastie d'entrepreneurs dont l'histoire se confond avec celle des États-Unis. Une famille de pionniers ayant fait fortune dans le développement des bateaux puis des locomotives à vapeur, mais aussi des mécènes, pétris d'idées sociales, à qui l'on doit, outre le Stevens Institute, des centres de recherche scientifique, des espaces verts pris sur les terrains de la famille, des bibliothèques, des hospices pour enfants défavorisés, des écoles pour inculquer aux femmes les bases d'une saine économie domestique... Le génie de la famille Stevens a contribué à la progression d'un pays, Gali n'oubliera pas cette leçon de générosité.

Elle est sensible au cosmopolitisme de Joseph Stevens, un esprit autrement plus ouvert que la moyenne de la haute société parisienne. Elle trouve auprès de cet homme – un condensé de ce que l'Amérique produit de meilleur, l'alliance d'une vraie chaleur humaine et d'une courtoisie toute européenne – la sécurité à laquelle elle aspire. Joe ne sait que faire pour lui rendre la vie agréable, la comble de cadeaux, dont un joli bateau à la cabine lambrissée, l'emmène dans les meilleurs restaurants ou bien goûter, dès qu'elle réussit à quitter sa boutique, dans l'une de ces fermes-modèles des environs de Deauville dont les géraniums soulignent les fenêtres et dont les pommiers sont remplacés par des parasols rayés. Grâce à lui, Gali est invitée à toutes les festivités, y compris pendant les régates qui font en juin de Deauville le « Cowes » français – fanatiques de voile, les Stevens ont été les premiers vainqueurs de l'America's Club. Elle a son carton d'invitation pour les galas des ambassadeurs. Elle vit pleinement la « Grande Semaine » qui est l'apothéose de la saison à Deauville, surtout le dernier dimanche, d'un luxe étincelant, avec la foule, les bijoux de prix, les autos somptueuses, les robes exquises, lorsqu'il n'y a plus une table vide à la Potinière, et qu'au casino, c'est l'animation des grands jours.

De Gali, Joseph Sampson Stevens est tombé passionnément amoureux, retrouvant devant elle des émotions qu'il croyait appartenir définitivement au passé. Conquis par sa beauté ? Sans nul doute. On assure que, dans sa jeunesse, il fut un séducteur, même s'il est resté marié vingt-cinq ans à une Californienne, Clara Rollins, une petite dame au maintien effacé disparue depuis peu. Mais l'intérêt que Joe porte à Gali vient aussi de ce qu'il sait de son histoire chahutée. Cette fille phosphorescente l'enchante. Rien de commun entre elle et la pâle Clara. Il s'entend bien avec les trois frères Hagondokoff, qui rejoignent souvent leur sœur aînée le week-end, une garde rapprochée efficace pour écarter les autres prétendants. Il s'est pris d'affection aussi pour le petit Nicolas, lui qui n'a jamais eu d'enfant avec Clara, le drame de sa vie (même si l'on murmure qu'il aurait eu une fille illégitime et l'aurait même richement dotée). Il adore ses neveux et nièces, les enfants de ses sœurs, et les gâte outrageusement. Mais il est bien conscient qu'ils n'ont pas besoin de lui pour mener une existence privilégiée, quand il a le pouvoir de transformer la vie de cet enfant trop tôt privé de père, banni de son pays par les caprices de l'histoire.

À aucun moment, Joe n'a songé à épouser Gali. Lui qui n'aime rien tant que les fêtes de famille, les vastes tablées du jour de l'An qui réunissent sous un même toit deux ou trois générations, n'imagine pas mettre en péril cette belle harmonie. C'est aussi un esprit pratique, parfaitement conscient de la folie qu'il y aurait, aussi jeune d'esprit soit-il, à unir son destin à celui d'une femme de plus de trente ans sa cadette. Il a tout compris de Gali, son caractère volontaire, son irrésistible besoin de séduire, cette soif de revanche qui est la sienne après les années terribles qu'elle vient de traverser. Il sait bien qu'il aime plus qu'il n'est aimé. Dans la plus totale discrétion, Joseph Sampson Stevens fera à Gali le présent dont elle rêvait : assurer son avenir et, partant, celui de son fils. Le 13 septembre 1927, il établit en sa faveur un trust qui sera géré par la Bank of New York and Trust Company.

Le capital de Gali s'arrondit. Elle avait reçu la beauté en partage. Joe Stevens lui a donné la richesse. Mais elle en veut plus, elle en veut toujours plus. Les sentiers de la gloire restent semés d'épines. Des épines doucement vénéneuses qui, fichées dans la peau, vous font sentir que vous n'appartenez pas au même monde. Fille de bonne famille, Gali Bajenoff demeure une émigrée. Passé le cap des trente ans, il est temps pour elle de devenir un membre à part entière de la haute société française.

7
Madame la comtesse

Première apparition de Ladislas

Aux courses, le printemps d'après, Gali a remarqué un bel homme, habillé comme il se doit d'une jaquette et d'un haut-de-forme gris. Elle l'a retrouvé au golf, en costume de cheviotte chinée. L'autre jour, alors qu'elle sortait de la Potinière, il garait juste devant son coupé, elle a senti que son regard la suivait. Le lendemain soir, il s'est arrangé pour se faire présenter au groupe d'amis avec qui elle dînait. Ladislas du Luart – Laddie pour les intimes (à prononcer « Ladé ») – est le type même de l'aristocrate, grand, mince, distingué, des traits réguliers, une élégance toute britannique. Avec ses deux frères, Roland dit « Ronnie » et Elliott, il forme une séduisante équipe lancée dans le meilleur monde parisien. Jeunes gens, postés aux fenêtres de l'hôtel des du Luart, rue Nitot, dans le 16e arrondissement, à deux pas de la très huppée place des États-Unis, ils s'amusaient à envoyer des pièces de monnaie dans le jardin de « Lübeck » – le non moins huppé Institut de l'Assomption – pour le seul plaisir de voir les filles lever le nez vers eux. Plus tard, ils ont écumé les soirées mondaines. À ces beaux gosses, bons vivants et charmants, on prête nombre d'aventures avec les plus jolies femmes de Paris. Les chassés-croisés ne sont pas rares entre les trois frères. Une existence dorée où le travail tient une place modeste. Diplômé de l'université d'Oxford, Laddie s'active un peu dans la finance, à l'instar de Ronnie, fondé de pouvoir chez un agent de change, mais il s'occupe surtout des propriétés familiales dans la Sarthe.

Gali ne jouera pas longtemps les indifférentes. À ses yeux, Laddie est le comble de la séduction. Il est beau, riche, issu d'une influente famille. Amoureux de la nature et des chevaux, grand chasseur devant l'Éternel. Ils ont nombre de goûts en commun, l'amour de la musique, des mondanités, de la fête. Seul et unique défaut : né le 5 février 1900, il a deux ans de moins qu'elle. Ce détail mis à part, elle est persuadée d'avoir trouvé en Laddie le compagnon dont elle rêvait. L'Amour avec un grand A ? Elle ne se pose plus ce genre de questions. La passion absolue, totale, qui l'unissait à Nicolas n'a pas empêché la faillite de leur histoire. Mais, pour la première fois depuis bien longtemps, elle est amoureuse. Amoureuse de Laddie mais aussi de tout ce qu'il représente et qu'elle n'a plus, un ancrage dans une terre, dans un milieu, dans un mode de vie – au plus haut niveau s'entend. À l'été 1928, Gali s'imagine mariée à lui avant la fin de l'année.

C'est compter sans les exigences de l'autre maîtresse de Laddie : sa passion pour l'automobile. Fou de conduite et de mécanique, celui-ci vient de concrétiser un vieux rêve avec son ami André Poniatowski, inventeur surdoué, et un ingénieur du nom de Hougardy : la conception d'une nouvelle voiture, capable de courir les Vingt-Quatre Heures du Mans. Baptisée « Alphi » (pour « Automobiles du Luart-Poniatowski-Hougardy ingénieurs »), la voiture lui a coûté non seulement beaucoup de temps et d'argent, mais encore une phalange, happée par le moteur lors d'ultimes essais. Pilotée par Henri de Costier, un ami, assisté d'un cousin, Sosthène de La Rochefoucauld, elle prend le départ au Mans le 17 juin 1928, mais doit abandonner au quarante-cinquième tour, un support d'aile rompu. Un échec d'autant plus cuisant que Guy Bouriat, un autre proche de Laddie dont les parents ont une propriété voisine dans la Sarthe, réussit à finir la course sur son bolide « EHP », se classant quatorzième.

Pour séduire Laddie, Gali est prête à tout, y compris à le suivre dans ses passions automobiles : on a bien vu l'année d'avant la duchesse d'Uzès, la première en 1898 à avoir obtenu son brevet de chauffeur, donner à quatre-vingt-trois ans le départ d'un premier championnat d'automobile féminin ! Sans aller jusque-là, Gali décroche son permis de conduire en mai 1928. Et elle applaudit des deux mains lorsque, invitée par Laddie et Bouriat, son complice, à faire le trajet Paris-Deauville en leur compagnie, elle met moins de deux heures trente pour parcourir cent quatre-vingt-six kilomètres. Même si l'on est loin des cent quarante kilomètres-heure réalisés par l'Alphi au Mans, c'est là une folie qui devrait provoquer les cris effarouchés d'une jeune personne normalement constituée. Mais c'est un autre voyage, au moins aussi hasardeux, que Gali rêve d'entreprendre avec le seul Laddie. L'ennui, c'est qu'à vingt-huit ans, ce joyeux célibataire entend bien le rester, aussi fier soit-il de sa nouvelle conquête. Après l'abandon forcé du Mans, il parle déjà avec Poniatowski de mettre l'an prochain sur les rangs une seconde Alphi au grand prix de l'Automobile-Club de France. Ostensiblement, le mariage n'est pas encore dans ses plans.

À la recherche d'un atalik

Pendant l'été 1928, Gali met fin à l'aventure deauvillaise. Est-ce la prescience que le lourd investissement fait par Paul Poiret lors de l'Exposition universelle pour démontrer que ses talents ne se limitaient pas à la couture menace l'équilibre de la maison et que la boutique de Deauville pourrait bien être la première à en faire les frais ? Est-ce la volonté de se rapprocher de Laddie qui reste avant tout parisien ? Ou bien l'impression que la famille va à vau-l'eau dès qu'elle s'éloigne ? Sur un coup de tête, Ismaël a quitté le lycée Hoche et décidé de préparer tout seul son baccalauréat. Georges, qui a plaqué ses études depuis déjà deux ans pour travailler chez un constructeur de poteaux en béton, a lui aussi fait le pari de décrocher son bac en candidat libre. Gali s'inquiète de voir ses deux frères livrés à eux-mêmes, sous le toit de parents âgés, trop fatigués pour exercer sur eux une réelle autorité. Il ne lui suffit plus de les avoir à l'œil : elle les installe chez elle, rue Lyautey, dans le quartier de Passy. Ils ont tous deux échoué à la session de juillet, ils seront tous deux reçus en octobre. Ismaël entre dans la foulée à l'École d'électricité et de mécanique de la rue Violet, trois années d'études en perspective et trois mille francs de scolarité annuelle. À la charge de Gali.

Il y a les jeunes frères. Il y a surtout Nicolas. Petit, il a souvent été confié à la garde de sa grand-mère ou de ses tantes. Il a suivi Gali à Deauville. Jamais, malgré son travail, malgré ses sorties, elle n'a négligé ce fils qu'elle adore et qui le lui rend bien, se pliant à ses volontés, s'habillant selon ses goûts, choisissant ses amis parmi ceux qui ont sa faveur. Nicolas, sa fierté, sa douce obsession, la passion qui prime tout le reste. De retour à Paris, elle aurait pu choisir de le mettre à l'école russe d'autant que, grâce au soutien financier de Lady Deterding, l'école doit prochainement quitter la rue Blanche pour occuper boulevard d'Auteuil un hôtel particulier en bordure du Bois. Mais, suivant l'exemple de son père, Gali ne veut pas pour Nicolas d'un enseignement délivré en russe, même s'il suit les programmes français. Elle ne veut pas qu'il se retrouve tous les matins à chanter les prières devant les icônes lors du petit office célébré par le professeur de religion, le père Nicolas Saharoff. Elle ne veut pas pour Nicolas, pas plus que pour elle, un monde restreint à celui de l'émigration russe. Russe et fauchée, puisque deux tiers des élèves ne s'acquittent pas, ou seulement très partiellement, des frais de scolarité.

Et puis Nicolas a grandi, c'est maintenant un beau garçon de dix ans, qui ressemble de plus en plus à son père, et promet d'avoir au moins sa taille. Gali est consciente des risques qu'il y a à garder trop longtemps sous sa coupe cet enfant unique, presque trop calme, trop gentil. Pas question d'en faire une mauviette. Peut-être pense-t-elle alors à l'ancienne coutume de l'« atalik », en usage dans la noblesse kabarde pour endurcir les jeunes garçons en les extrayant du cocon familial pour les confier à un tuteur extérieur. Reste à trouver l'atalik. Gali a imaginé un moment mettre Nicolas pensionnaire au collège international de Chavaniac, qui a ouvert deux ans plus tôt dans le château natal de La Fayette en Haute-Loire, un établissement se vantant d'offrir « les meilleures méthodes d'éducation française, alliées aux méthodes américaines les plus modernes » : les élèves russes, issus de l'aristocratie, y représentent la moitié des effectifs. Mais l'Auvergne est trop loin pour qu'elle retrouve son fils chaque semaine. Laddie lui a parlé de l'établissement où ses frères et lui ont fait le plus clair de leur scolarité, comme les trois frères Poniatowski et ses cousins Reille : l'École de l'Île-de-France, installée au château de Villebon-sur-Yvette, dans l'Essonne, donc non loin de Paris, un bel édifice XVIIIe inséré dans un parc de cent hectares dominant la vallée de Chevreuse. Nicolas y fera toutes ses études secondaires.

Plus que par son cadre unique, l'école se distingue par l'originalité de son projet éducatif, un modèle d'internat inédit en France fondé au début du siècle par quatre jeunes pionniers dont un Anglais, ancien de l'université de Cambridge. L'installation matérielle répond à toutes les règles d'hygiène et de confort. Les horaires sont stricts, quasiment militaires. On compte au plus douze élèves par classe, d'où l'assurance d'un bon suivi du travail de chacun. L'éventail des matières enseignées est vaste, l'accent étant mis sur les langues vivantes. Prime à l'exercice physique : l'école ne possède pas moins de cinq terrains de foot, deux courts de tennis, on y pratique le base-ball, le cricket, le hockey sur gazon. Aux beaux jours, le bras de rivière permet de pratiquer la natation ; l'hiver, on patine sur le lac gelé. L'éducation artistique y a sa place : dessin, solfège et chant choral sont compris dans le cours régulier des études, tout comme le travail manuel, avec apprentissage de la menuiserie, de la vannerie, du jardinage. Gali a bien aimé la profession de foi du fondateur de l'école, désireux de former « des jeunes gens énergiques et loyaux, capables d'initiative et entraînés aux responsabilités de la vie du moment ». Et son souci de faire de l'École de l'Île-de-France un second foyer pour les enfants, accueillis par groupe de vingt-cinq ou trente dans une maison, sous la responsabilité d'un couple. Une atmosphère intime qui ne remplacera malgré tout jamais, elle le sait, la tendresse d'une mère. D'où ces photos d'elle qu'elle glisse dans les affaires de Nicolas pour parer à la tentation du cafard, assorties d'une tendre dédicace. Le 17 juin 1930 : « À mon malinki Kisinka, sa amiou » (« à mon petit Kisinka, de la part de sa maman »). Et cette autre, du 9 décembre 1931, signée « petite maman » : « Sois sage, juste et bon ».

À l'École de l'Île-de-France, Gali retrouve tous les éléments qui ont guidé sa formation à Smolny. C'est aussi – comme à Smolny – l'assurance de côtoyer une certaine élite sociale. Car, si l'école se fait un devoir de recevoir chaque année un certain nombre de boursiers, des fils d'officiers tués à la guerre, elle est d'abord le point de rencontre des enfants de la haute société parisienne. Nicolas s'y fera un utile réseau d'amitiés. Y compris au niveau international, car sur la centaine d'élèves qu'accueille l'école, il y a une majorité de Français, mais aussi des Anglais et des Américains : « En admettant un contingent d'étrangers, l'école veut que les jeunesses des nations amies, appelées de plus en plus à s'affronter sur le terrain des affaires, puissent prendre contact dans l'école, se perfectionner dans la langue de leurs camarades et apprendre à mieux se connaître », dit le dépliant vantant les mérites de l'institution. Pour faire bénéficier leurs enfants d'un projet pédagogique aussi novateur, les parents sont appelés à verser dix mille francs de scolarité annuelle – quelque cinq mille cinq cents euros actuels –, mais aussi à s'impliquer dans la vie de l'école. Chaque semaine, Gali prend la route de Villebon, via Meudon, Petit-Bicêtre, Bièvres et Palaiseau, dans sa Chrysler bleu ciel, en entraînant souvent Ismaël. Elle se promène avec Nicolas dans le parc dominé par d'immenses séquoias, s'attarde sur le banc où Henri IV, dit-on, contait fleurette à Gabrielle d'Estrées. Elle participe même aux compétitions organisées par l'école, brille au concours de tir pour la plus grande fierté de Nicolas, recevant pour la peine une médaille de bronze gravée : « Île-de-France 1930 , 1er prix de tir, Mme Elmiskhan Bajenoff ». C'est à l'École de l'Île-de-France que Nicolas, le petit Russe blanc, se préparera à devenir Nicky l'Américain. Toujours plus loin de la menace bolchevique.

Création d'Elmis

Il est temps pour Gali de voler de ses propres ailes. Après tout, Gabrielle Chanel n'était ni créatrice de métier, ni couturière professionnelle au moment d'ouvrir sa première boutique de chapeaux boulevard Malesherbes. Et la grande-duchesse Marie, la fondatrice de Kitmir, n'avait, à trente ans, jamais tenu une aiguille avant de se lancer dans l'achat d'une machine à broder : or, libérée de son contrat d'exclusivité avec Chanel, la maison occupe désormais un immeuble entier avenue Montaigne ! Quant au prince Félix Youssoupoff, c'est dans l'improvisation la plus totale qu'au retour d'un hiver passé aux États-Unis à présider nombre de *charities* pour venir en aide aux émigrés russes, il a lancé en 1924 sa propre maison de couture, Irfé, une raison sociale formée des premières syllabes de son prénom et de celui de son épouse, la princesse Irina Romanoff, nièce de Nicolas II.

Il y a longtemps que le « prince-assassin », l'acteur principal du meurtre de Raspoutine, fascine Gali. Les parents Hagondokoff fréquentaient déjà le somptueux palais jaune et blanc de sa richissime famille, érigé sur les bords du canal de la Moïka. Bien des fois, Gali a croisé le prince dans les salons parisiens. Elle a affronté sur les courts de Deauville celui qui fut l'un des meilleurs joueurs de Russie. Réputé dans le temps comme « le plus bel homme de tout l'empire », long et mince, habillé avec recherche, doté d'une peau légèrement ambrée d'une incroyable finesse (on murmure qu'un célèbre institut de beauté de la place Vendôme fabrique pour lui un certain lait, à base de suc de bulbe de lys, pour entretenir son éblouissante carnation), il est une sorte d'archange ambigu qui attire irrésistiblement les regards, trouble les hommes aussi bien que les femmes. Félix Youssoupoff a toujours été immergé dans un monde de luxe et de suprême élégance, passant son enfance à demi enfoui dans les falbalas et les bijoux de sa mère, la princesse Zenaïde, qui l'habillera longtemps en fille – l'une des clés de son homosexualité notoire, aussi sublime soit sa femme, à laquelle il voue par ailleurs un réel attachement. Rien à voir avec l'éducation exigeante et quelque peu austère en vigueur chez les Hagondokoff. Mais ce séduisant excentrique est aussi doté d'une vaste culture et de beaucoup d'humour. Il semble né pour le commandement et ne manque pas de courage, la qualité que Gali porte au pinacle – il l'a prouvé en cette terrible nuit du 28 décembre 1916 face à l'âme damnée des Romanov. Ni de culot : témoin, ces deux voyages faits en pleine guerre civile, depuis la Crimée jusqu'à Petrograd, le premier pour récupérer deux tableaux signés de Rembrandt à la barbe des bolcheviks, le second pour cacher sous l'escalier du palais familial une mallette de diamants appartenant à sa mère. Avec Gali, Youssoupoff partage un optimisme qui frise l'inconscience. Faute de locaux, il a présenté ses premières collections dans le petit théâtre privé qu'il s'est fait construire à Boulogne. Quand, le succès venant, Irfé s'installe en 1924 au 19 de la rue Duphot, près de la Madeleine, dans d'élégants salons décorés par Félix, murs tendus de cretonne fleurie, rideaux de soie jaune et mobilier d'acajou, l'équipe de choc recrutée par Irina dans la haute société russe émigrée à Paris prépare pour accompagner la nouvelle collection une fête admirable où rien n'est oublié, ni le délicieux buffet ni les subtils bouquets... rien, sinon les cartons d'invitation qui resteront au fond d'un tiroir, condamnant les centaines de chaises dorées style Napoléon III louées pour l'occasion à rester désespérément vides.

Gali n'ignore pas les atouts dont a bénéficié Irfé de par la personnalité hors norme de Félix Youssoupoff : comtesses russes, héritières américaines, femmes de la bonne société européenne, toutes réclament d'être accompagnées dans leurs choix par le prince lui-même, qui, pour les recevoir, troque parfois ses costumes croisés contre des caftans de sultan oriental, son bouledogue favori entre les bras. Jointe à son statut d'Altesse Impériale, l'exceptionnelle beauté de la princesse Youssoupoff n'est pas pour rien non plus dans la cote d'amour dont jouit la maison. Autre atout, le talent de communicateur du marquis de Cuevas, un Américain d'origine chilienne bien introduit dans le monde parisien à qui les Youssoupoff ont confié leurs relations publiques. Malgré cela, à compter de 1927, la maison périclite. Félix Youssoupoff a plus de goût pour les mondanités que pour l'épluchage des comptes et la gestion du personnel. Seule l'aide financière reçue de deux riches Américaines, Mmes Vanderbilt et Whoobee, assurera pour quelque temps encore la survie de la maison.

Gali n'a pas la notoriété des Youssoupoff. Ni leur fortune. Ni le titre d'Altesse Royale. Mais elle a la beauté d'Irina, l'entregent de Félix. Elle a surtout, sur les Youssoupoff, l'avantage d'un grand professionnalisme, largement acquis auprès de Gabrielle Chanel. Très peu pour elle l'incroyable désordre slave qui règne chez Irfé et fait s'arracher les cheveux à son administratrice française, la sévère Mme Barton. Elle dispose en outre du nerf de la guerre grâce au legs de Joe Stevens. Elle a déjà monté une petite boutique de mode rue de Berri, quand le hasard la met en relation avec Lady Olga Egerton, fille d'un prince Lobanoff-Rostovski qui fut ministre des Affaires étrangères de Nicolas II. Olga est un personnage comme Gali les aime, grande voyageuse, polyglotte, curieuse de tout. Veuve d'un ancien ambassadeur de Grande-Bretagne à Rome, elle a décidé d'investir sa conséquente fortune dans la mode pour aider ses compatriotes émigrées à Londres, et fondé en 1919 la maison

Paul Caret, un nom inspiré de la devise de la famille Egerton, «*fair and square*» («juste et carré»), auquel elle a adjoint le prénom du couturier Paul Poiret. Forte de son beau succès, la maison a été transférée à Paris : elle s'installe au 222 de la rue de Rivoli dans des locaux précédemment occupés par Madeleine Vionnet.

Gali aime le style Paul Caret, qui allie le chic parisien, le goût anglais et l'extravagance russe, proposant pour la journée des tenues fluides aux lignes simples et droites et aux couleurs subtiles, pour le soir des robes longues drapées taillées dans de somptueuses étoffes, des lamés, des brochés, accompagnées de capes en velours rebrodé de pierreries. Elle goûte l'inventivité de cette maison, toujours en avance d'une mode : dès 1924, Lady Egerton a introduit dans ses collections des robes de style Empire dont la taille haute allonge la silhouette, elle sera la première à doter ses robes de soirée d'une de ces petites traînes qui feront fureur des années plus tard. Dans le sillage de *La Garçonne*, le scandaleux best-seller de Victor Margueritte, elle incorpore dans ses créations des éléments du vestiaire masculin, ainsi de ce tailleur de satin noir de la collection automne-hiver 1926 dont la jaquette aux longs pans s'assortit à merveille avec le physique androgyne à la mode, cheveux courts et bouclés ramenés vers l'arrière. Les clientes affluent, l'actrice russe Maria Kieva, qui triomphe au Casino de Paris à New York, est l'égérie de la maison dont elle porte les créations en exclusivité. La boutique londonienne, située au 16 Orchard Street, ne désemplit pas. Lady Egerton en ouvre une deuxième, à Cannes, au rez-de-chaussée de l'hôtel Carlton, puis une troisième, toujours sur la Côte d'Azur, à Beaulieu-sur-Mer. À Paris, qui reste le cœur de la maison, le magazine *Vogue* célèbre régulièrement en Paul Caret l'un des fleurons de la couture française.

En 1928 – elle vient de passer le cap de la soixantaine –, lady Egerton, un peu lasse, décide de passer la main. Elle appelle à ses côtés Gali qui, depuis son départ de Chanel, a souvent présenté les créations de Paul Caret et a même contribué à la naissance de certains modèles : celle-ci révèle vite, dans ses nouvelles fonctions, des aptitudes de gestionnaire, liées à une réelle créativité. En 1929, elle rachète à lady Egerton la maison Paul Caret, rebaptisée « Elmis », de son nom kabarde. Ce n'est pas une mince affaire. Les ateliers de la maison ne comptent pas moins d'une cinquantaine de petites mains, russes en quasi-totalité, ainsi que trois coupeuses françaises. Gali va leur adjoindre ses propres troupes. Priorité à la famille : Tamara, la plus jeune des sœurs Hagondokoff, la grâce même, animera la boutique, Georges, son deuxième frère, est recruté comme aide-comptable, Nina, la toute jeune épouse de Constantin, comme première main. Parmi les talents confirmés qui rejoignent Elmis, plusieurs des collaborateurs d'Irfé dont son administrateur, pas mécontents de fuir le bateau avant qu'il ne coule : déstabilisés par des deuils familiaux à répétition, dont celui de l'impératrice douairière Maria Fedorovna à la fin de 1928, et choqués par la vente aux enchères des biens de la famille organisée par les bolcheviks à Berlin, les Youssoupoff ont de moins en moins la tête aux affaires. Même le propre frère d'Irina, le prince Nikita Romanov, et son épouse Maria vont passer de la rue Duphot à la rue de Rivoli. Dans l'équipe d'Elmis, on trouve Vera Karbova, la nièce du ministre Alexandre Ivanovitch Touchkoff, et Ekaterina Baratova, la belle-fille du général Nicolas Baratoff, un Caucasien qui fut ministre des Affaires étrangères de Denikine ; parmi ses mannequins, Nelli, la fille du général Nicolas Lokhvitsky, qui commandait en 1916 la brigade russe sur le front français. Rien que du beau monde, et plusieurs filles de héros patentés. Comme directrice d'atelier, Gali a requis les services d'une femme plus âgée – elle va sur ses cinquante ans –, la princesse Marie Mourousi, que ses parents ont bien connue à Saint-Pétersbourg lorsque son mari, un secrétaire d'ambassade grec, était en poste auprès de la chancellerie impériale. Après 1917, Marie a parcouru l'Europe avec son mari, nommé délégué de la Société des Nations, avant qu'il ne se recycle à Paris comme antiquaire. Ni très belle ni très élégante, elle connaît beaucoup de monde et parle plusieurs langues, elle sera pour la directrice d'Elmis un précieux factotum. Tout semble réussir à Gali. Ses robes du soir richement brodées lui valent la faveur de l'aristocratie russe, qui se presse dans les magnifiques salons de la rue de Rivoli. Elle-même assure la promotion de ses propres créations, on peut la voir dans un *Vogue* de 1929 arborer une longue robe droite en panne de velours noir au décolleté profond incrusté de pierreries, fièrement campée, mains sur les hanches, un air de défi dans le regard. À croire qu'elle envisage déjà de nouvelles conquêtes.

Devenir française

À monde de luxe, femme de luxe. Gali mène désormais grand train. Depuis son retour à Paris, elle a à son service un couple de Polonais, les Buchlinsky, lui, maître d'hôtel, elle, femme de chambre, pour qui elle a fait aménager des chambres de bonne au sixième étage de la rue Lyautey. À son personnel, elle demande une tenue parfaite. Le « père Buchlinsky », comme l'appellent Georges et Ismaël, est prié de servir à table en gants blancs. Quand elle l'assiste, sa femme porte robe noire et tablier de batiste blanche bordé d'un ruché de tulle, coiffe, petit col et hautes manchettes boutonnées assorties au tablier. Le reste du temps, elle est en tablier de soie noire, doté d'une large poche et gansé d'un ruban de velours. « Madame » ne brille pas que par son exigence :

généreuse, elle fait entrer Sigmund, le fils des Buchlinsky, dans la même école d'électricité qu'Ismaël, rue Violet, et prend sa scolarité en charge. Les deux jeunes gens font ensemble le trajet, matin, midi et soir. Mais déjeunent chacun de leur côté, l'un à la cuisine, l'autre à la salle à manger.

Ses parents continuent d'être à sa charge. Sans que le général, de plus en plus bourru, s'en émeuve le moins du monde, ni que Gali en tire avantage pour bousculer les hiérarchies, s'abstenant de faire le moindre reproche à son père, lui témoignant le même infini respect. Et entourant sa mère de la même tendresse inquiète. Plus que jamais, c'est à la cadette de la fratrie que revient le rôle de chef de famille. Elle ne doute de rien, persuadée qu'elle peut plier le monde à sa volonté. Alors qu'Ismaël suit un peloton d'élèves officiers de réserve au 40e régiment d'artillerie nord-africaine stationné à Metz, il voit sa candidature retoquée après huit semaines d'instruction. Scandalisée par l'éviction du benjamin de la famille – un type intelligent et un as du sport, ne le surnomme-t-on pas « Élan rapide » ? –, Gali débarque sans crier gare pour voir le lieutenant responsable, malgré les protestations d'Ismaël. Elle repartira bredouille. Et furieuse qu'un homme ait osé lui résister.

D'autres contrariétés l'attendent. La crise boursière amorcée en 1929 a fini par avoir raison de l'insolente santé d'Elmis. Pour parer aux droits de douane prohibitifs imposés aux produits importés d'Europe, les clientes américaines ont, depuis des années, pris l'habitude d'ôter les étiquettes sur les pièces de vêtements achetées à Paris, pour faire croire qu'ils venaient des États-Unis. L'heure n'est plus à ces minces subterfuges : le financier de Wall Street comme le gros industriel du Midwest n'ont tout simplement plus les moyens de jouer les maris fastueux. Gali se concentre sur la clientèle européenne, fait marcher à plein régime son charme, ses relations. Les clientes se voient demander de régler leurs achats rubis sur l'ongle, quand elles se contentaient jusque-là de solder de temps à autre leur compte à leur bon gré. Début 1931, Irfé a fermé ses portes. À la fin de cette même année, Gali revend sa maison de couture à un compatriote, Georges Ochmiansky.

Les années folles ont vécu. La crise tend les relations entre les êtres. Le risque d'une grande débâcle surgit de nouveau. La Russie, tellement à la mode, l'est moins depuis l'assassinat, début mai 1932, du président Paul Doumer par un déséquilibré du nom de Gorgouloff. En prétendant qu'il a tué Doumer parce que la France refusait de soutenir les émigrés russes contre les bolcheviks, l'assassin a érodé le capital de sympathie dont ils bénéficiaient jusque-là. Le comble, c'est que la victime, un homme déjà âgé, grand patriote éprouvé par la vie puisque ses quatre fils ont été tués à la guerre, était lui-même un fervent soutien des Russes blancs. Au lendemain du drame, un ancien sous-lieutenant de cavalerie, plongeur dans un restaurant parisien, se défénestre du cinquième étage après avoir laissé le message : « Je meurs pour la France », dans l'idée, pour laver la honte, d'effacer par son sang celui du président assassiné.

C'est d'une autre manière que Gali imagine de manifester son attachement à la France. Pas plus aujourd'hui qu'hier, elle ne renie ses racines russes. Elle s'est toujours entourée de Russes, leur a fourni du travail, a puisé dans leurs rangs l'essentiel de sa clientèle. À la maison, elle parle russe avec Georges et Ismaël, respecte les us et coutumes russes. Elle aime profondément ses frères russes, leur générosité, leur flamboyance, leur amour de la fête, elle les aime jusque dans leurs défauts, leur incapacité à s'organiser, leur goût de la chicane, leur caractère imprévisible, parfois leur déraison. Elle admire leur talent. Dès que l'occasion lui en est donnée, elle court applaudir Serge Lifar, la nouvelle étoile des Ballets de Diaghilev. En janvier 1929, elle a assisté, enthousiasmée, à la première du *Prince Igor* de Borodine au Théâtre des Champs-Élysées, la toute première création de l'Opéra russe de Paris fondé pour son épouse moscovite par Alfred Massenet, le neveu du compositeur. Au Châtelet, elle a découvert dans le rôle-titre de *Boris Godounov*, l'opéra de Moussorgski, l'immense Chaliapine, la plus grande basse slave de son temps, impressionnante masse au teint livide et à la courte barbe byzantine drapée dans une robe tissée de fils d'or et cousue de bijoux. Elle professe une superbe ignorance à l'égard de la réforme de l'orthographe adoptée par les Soviets, redoutant de dénaturer cette langue russe qu'elle voit comme un précieux legs à transmettre. Chaque 8 juin, le jour anniversaire de la naissance de Pouchkine, elle participe à la Journée de la culture russe, destinée à renforcer le sentiment d'appartenance à la patrie éternelle.

Jamais elle n'oubliera la tristesse inscrite sur tous les visages en ce jour d'octobre 1924 où la France a reconnu l'Union soviétique. Elle aussi a éprouvé dans sa chair la morsure de l'exil, ce sentiment de n'être nulle part à sa place dans un monde dont rien, ni la langue, ni les souvenirs, ni les traditions, ni les légendes, ni la cuisine, n'a baigné son enfance. Elle aussi a souffert de voir l'isolement dans lequel étaient tenus ses parents, ses frères et sœurs. Ont-ils, depuis leur arrivée, été invités une seule fois à partager le repas d'une famille française appartenant au même milieu qu'eux ? Victimes de l'indifférence mais surtout de cette fierté terrible qui leur fait redouter de ne pouvoir rendre l'invitation... Elle peut comprendre que le retour à la mère patrie reste l'horizon de tous les réfugiés. Mais elle refuse ce culte du passé dans lequel elle voit s'enfermer, c'était déjà le cas à Harbin, certains nostalgiques de la Russie impériale. Cela lui fait penser à cette histoire qui courait parmi les émigrés de Shanghai de ce vieux sage chinois, opposant déclaré à la dynastie mandchoue, qui se coupa le petit doigt de la main gauche et l'enterra dans un pot de fleurs avant de prendre la route de l'exil. Le moyen de signifier que, même si son corps s'était enfui à l'étranger, une partie de lui-même restait ancrée dans son pays. Les Russes blancs ne sont-ils pas dans le même esprit lorsqu'ils continuent d'utiliser le calendrier julien, pour bien se démarquer des Soviétiques qui ont adopté, eux, le calendrier grégorien, au risque d'être en constant décalage avec le monde qui les entoure ? Lorsqu'ils se nourrissent non seulement de pirojkis mais aussi des potins qui fleurissent chaque dimanche sur le parvis de la rue Daru ? Parmi les amis de Constantin Hagondokoff, d'anciens officiers vivent en vase clos, ne fréquentant que leurs camarades de régiment, les chevaliers-gardes avec les chevaliers-gardes, les hussards avec les hussards, les Semenovsky avec les Semenovsky, les Préobrajensky avec les Préobrajensky. Même des jeunes nés en émigration ou juste avant ont tellement baigné dans les récits du passé qu'ils seraient capables de retrouver sans guide leur chemin dans les rues de Leningrad, le nouveau nom de Saint-Pétersbourg. S'il n'y avait encore que ces rêveries... Mais certains parents hypothèquent lourdement l'avenir de leurs enfants en se souciant peu de leur faire suivre des études en France, forts de la certitude que rien ne vaut hors de l'École des cadets, du corps des pages ou du lycée impérial Alexandre.

De ses compatriotes, Gali rejette l'esprit passéiste. Mais aussi la pauvreté. Quelques grands noms de l'aristocratie russe ont réussi à sauver une partie de leurs biens, mais si peu : par sens civique, la plupart avaient en 1914 répondu à l'appel de Nicolas II leur demandant de rapatrier leurs avoirs en Russie. Certains commerçants ont tiré leur épingle du jeu, le grand bijoutier de Kiev Alexandre Marchak, établi rue de la Paix, le négociant en thé David Vissotski devenu un opulent banquier.

Mais, en face, combien de miséreux, condamnés à se nourrir de pain et de chou, à se déplacer à pied faute de pouvoir se payer un ticket de métro, à vivoter dans un espace restreint, meublé en « Louis Caisses », comme dit drôlement une amie géorgienne, dressés à toujours réciter le même chapelet de bonnes excuses lorsque le propriétaire menace d'envoyer les huissiers pour récupérer les loyers impayés, appelés à faire du carême permanent un modèle de vie ? Combien de grandes dames plongées dans le dénuement, réduites comme la mère de Nelli Lokhvitsky, qui était mannequin chez Elmis, à demander une aide financière au gouvernement français, trop heureuses lorsqu'elles décrochent de petits emplois grâce au Bureau d'assistance par le travail pour les Russes de France fondé par Mme Vanderbilt, la bienfaitrice des Youssoupoff, créatrice, entre autres, d'un institut de beauté dans lequel princesses et comtesses en blouse blanche prodiguent des soins esthétiques aux bourgeoises de Passy ? Gali ne supporte plus la débâcle morale et matérielle qui est celle de trop de Russes blancs, contraints à grimper chaque année un étage de plus à mesure que la misère les chasse vers les combles, leur galetas envahi par une marée de journaux en russe, de tasses de thé sales et de pâles icônes éclairées par une veilleuse à la flamme vacillante. Dans le hall des immeubles du 15e arrondissement, on voit fleurir des affichettes : « Pas de chiens, pas de chats, pas de Russes » ! À Shanghai, en 1900, dans les concessions étrangères, un panneau dressé à l'entrée d'un parc en interdisait l'accès « aux Chinois et aux chiens »...

Plus tard, deux des sœurs Hagondokoff quitteront le vieux continent dans l'espérance d'une vie meilleure : Nina, émigrée avec Anatole et leurs deux fils aux États-Unis ; et Artemia, partie en 1936 pour Santiago du Chili avec son mari Eugène Rogoff, lui aussi un ancien officier de l'armée blanche, et leur petit Nicolas. Un choix hasardeux à en croire les lettres envoyées par cette dernière. Le Chili n'a rien d'un pays de cocagne, Eugène peine à trouver du travail, ils accumulent les dettes, habitent un tout petit appartement qu'ils ont trouvé dans un état de crasse épouvantable. Artemia demande à Gali de mettre de côté pour elle les vêtements dont elle n'a plus besoin, elle les lui apportera si jamais elle a la bonne idée de leur faire une petite visite outre-Atlantique. Pour sa part, Gali n'a jamais eu l'intention de reprendre la route et l'avenir lui a donné raison. Pourquoi serait-elle allée chercher fortune aux Amériques quand celle-ci lui est tombée dessus, sans qu'elle ait eu à traverser l'océan ? Tout la retient en France, son fils, ses parents, ses frères. Et Laddie, bien sûr, qui n'est jamais très loin dans le paysage.

Le moment est venu pour elle de faire un premier bilan de sa vie. Côté professionnel, son choix est clair. Ayant goûté à la liberté, elle se voit mal, après la vente d'Elmis, reprendre un emploi salarié. Elle va se lancer dans la décoration intérieure, achetant des appartements et les redécorant, avant de les revendre au prix fort. C'est ainsi que, toujours dans le seizième arrondissement, elle émigre successivement de la rue Lyautey à la rue Franklin, puis rue Vineuse, avant d'emménager tout en haut d'un bel immeuble en pierre de taille récemment construit au carrefour de la rue Cortambert et de la rue de La Tour, dans un appartement largement ouvert sur une terrasse fleurie. Elle apporte aussi sa créativité à la toute jeune maison que Robert Piguet, un fils de banquiers suisses formé chez Paul Poiret et chez Refern, vient d'ouvrir rue du Cirque. Elle est plus libre désormais. Ses frères ont l'âge de prendre leur indépendance. Même Ismaël, de retour du service militaire, vient d'être embauché – une fois encore grâce aux relations de Gali –, comme mécanicien-électricien chez Scintilla, une entreprise suisse, avec un salaire modeste, mais, dans un pays enlisé dans la crise, l'essentiel est d'avoir un emploi. S'il vit encore rue Cortambert, il passe le plus clair du temps chez sa fiancée, Ludmila, une jeune Sibérienne aux yeux en amande qu'il courtise depuis quatre ans malgré le peu d'enthousiasme de ses parents pour cette famille de « kupiest », de négociants, dont le père s'est un temps compromis avec les rouges, juive de surcroît par sa mère, et l'une des « girls » de Mistinguett...

Reste le souci de Nicky, pour sa mère le plus attentionné des fils, mais, à Villebon, un élève des plus médiocres. À la fin du premier trimestre, Gali a même découvert dans son bulletin des appréciations peu flatteuses de la part du chef d'établissement : « Nicolas tend vers la vulgarité et la grossièreté en grandissant. » « Vulgaire », « grossier », la prunelle de ses yeux ? Le sang de Gali n'a fait qu'un tour. Retirer Nicolas de l'École de l'Île-de-France, elle y pensait déjà ces dernières semaines. Très exactement depuis ce 18 novembre 1933 où un incendie a pris dans l'un des pavillons du château. L'eau manquait, on a dû la puiser dans le lac, à quatre cents mètres de là, les élèves ont fait la chaîne pour se passer les seaux. Le pire a été évité, le château lui-même est indemne mais la plupart des salles de classe sont dévastées, c'est un spectacle de désolation qui s'offre aux yeux de Gali quand, prévenue dans la nuit du sinistre, elle découvre au petit matin les pans de murs calcinés, les décombres où traînent livres, cahiers et dossiers à moitié consumés. Le collège réussira à assurer son enseignement jusqu'à la fin de l'année scolaire, avant de mettre la clé sous la porte. Mais Gali a pris les devants. Lors de la rentrée du 11 janvier, Nicolas manque à l'appel. Il finira sa seconde au lycée Janson-de-Sailly, à proximité du domicile maternel.

Ladislas reparaît

Il y a déjà plusieurs années que Gali pense à refaire sa vie. Aussi admirative soit-elle de Chanel, de son génie créatif, de son talent de brasseuse d'affaires, elle ne veut pas se contenter d'enchaîner comme elle des liaisons, si prestigieuses soient-elles, le grand-duc Dimitri hier, aujourd'hui le duc de Westminster, l'homme le plus riche d'Angleterre. Même si elle a jusqu'ici mené une existence très libre, Gali n'est pas pour rien la fille de Constantin : elle a au plus haut point le sens de sa respectabilité. Et cette respectabilité passe par le mariage. La seule voie d'intégration possible. Jusqu'ici, elle a bénéficié, comme ses parents et ses frères et sœurs, d'un passeport Nansen qui offre, depuis 1922, un statut international aux apatrides. À moins d'être né en France comme Ismaël (qui a opté pour la nationalité française l'année de ses quinze ans), il faut, pour devenir français, décrocher un décret de naturalisation au prix de démarches compliquées – et, accessoirement, d'une mise au ban de la communauté russe émigrée, si l'on en juge par l'exemple récent des Wiazemsky, l'une des seules familles à s'y être risquée. Alors que la plupart de ses amies russes se sont unies à des compatriotes, Gali, elle, veut épouser un Français. Libre à des princesses du sang comme Nathalie Paley, la petite-fille du grand-duc Paul de Russie, de choisir pour mari le couturier Lucien Lelong. Gali ambitionne une alliance plus aristocratique. Il y a d'ailleurs longtemps que son choix est arrêté.

Lorsque Ismaël est parti en 1931 faire son service militaire, il a emporté dans ses bagages un service de toilette magnifique, gainé de cuir. Presque un peu chic pour un gamin de vingt et un ans. Et pour cause : ce superbe cadeau, il l'a reçu du très raffiné Ladislas du

Luart. Son premier emploi, il l'a trouvé l'année d'après grâce à Guy Bouriat, proche ami du même Laddie. Nicky et lui s'entendent comme larrons en foire. Voilà des années que Gali et Laddie entretiennent une liaison. Des années que Gali rêve de se faire épouser. Laddie sait-il seulement que, dès l'été 1928, quelques mois seulement après leur première rencontre, Gali s'est présentée devant le juge de paix du 16e arrondissement de Paris, accompagnée de trois témoins majeurs – un avocat, un interprète et l'un de ses amis, Rodrigue de Skerst –, lesquels ont attesté « savoir comme étant à leur connaissance personnelle et de notoriété publique que ladite dame est née le 6 février 1898 à Petrograd en Russie ? » Motif de la demande de cet « acte de notoriété » ? L'impossibilité matérielle de la requérante, en raison des événements politiques qui se sont déroulés dans son pays d'origine, de produire son acte de naissance... « à l'officier de l'état civil du 16e arrondissement de Paris devant qui elle doit contracter mariage avec M. le comte Ladislas du Luart » ! Le jugement homologué le 21 août 1928 par le tribunal civil de la Seine lui a coûté vingt-deux francs et cinquante centimes. Mais n'a débouché sur rien de concret.

À l'attaque frontale, Gali, fine mouche, va substituer une stratégie d'encerclement. Ladislas ne jure que par ses amis ? Elle cultive les meilleures relations avec André Poniatowski et sa femme Frances, une Américaine de la côte Est épousée quinze ans plus tôt – ils n'avaient pas quarante ans à eux deux – dont il a trois enfants. Frances est une femme de tête, plutôt autoritaire. Plus fantasque, André est doté, lui aussi, d'un solide caractère, il l'a prouvé en s'engageant dès 1917, alors qu'il n'avait pas dix-huit ans ; en 1918, dans le cadre d'une mission montée par le général Weygand, il est parti avec deux de ses frères pour encadrer, en tant qu'officier français, les troupes polonaises attaquées par la Russie, secourant ainsi la patrie de leurs ancêtres. Gali s'est rapprochée également de Charles et de Jean Reille, dont la mère est née du Luart – pour faire enrager Laddie et ses frères, les Reille ne se privent pas de rappeler que, si leur noblesse est plus fraîche (leur glorieux ancêtre, le maréchal, n'a été fait comte que sous Charles X), c'est une noblesse non de robe mais d'épée. Elle est devenue intime avec André Bouriat, le pilote d'essai, elle n'oublie jamais quand elle se rend à son domicile de la rue Fabert, sur l'esplanade des Invalides, de saluer la grand-mère de ce dernier, mais regarde de haut la petite voisine du dessus, la toute jeune Antoinette de Boishüe, au charme de laquelle Guy Bouriat n'est pas insensible : Gali n'a jamais pris le risque de séduire ce proche ami de Laddie, cependant elle n'aime pas trop la concurrence. Si Ladislas a son propre appartement dans l'hôtel de la rue Nitot, il passe souvent la nuit chez elle. Ismaël peut en attester, lui qui le croise dans la cuisine tard le soir lorsque au retour de chez Ludmila, affamé, il plonge le nez dans le réfrigérateur. Mais la relation des deux amants est tumultueuse. Seul des trois frères du Luart à être encore célibataire, Laddie, est l'objet de sollicitations multiples. Il est soucieux aussi de se préserver un reste de liberté. Gali supporte mal de ne pas être l'unique objet de ses soucis. Pour la première fois de sa vie, elle connaît les affres de la jalousie. Fait à Laddie des scènes terribles dont Ismaël perçoit les échos. Met Laddie à la porte. Attend des heures près du téléphone, dans ses pyjamas en crêpe de soie ivoire, des appels qui n'arrivent pas. Mais Laddie revient. Il revient toujours. Les retrouvailles sont passionnées.

Laddie aime cette femme, même si elle lui rend parfois la vie impossible. Même si les autres lui rendent, à cause d'elle, la vie impossible. Car, tout comme les parents d'Ismaël ont crié à la mésalliance quand Ismaël, en juillet 1933, a fini par épouser Ludmila, les parents de Ladislas voient d'un très mauvais œil cette femme qui a jeté son dévolu sur leur fils. Que Gali soit étrangère, là n'est pas le problème. La marquise elle-même, si elle est née Madeleine de Montsaulnin, a une mère polonaise et une grand-mère maternelle américaine, une demoiselle Morris, dont la famille s'illustra dans la guerre d'indépendance – Gouverneur Morris, un proche de Benjamin Franklin, fut, après la Révolution, le premier ambassadeur à Paris des jeunes États-Unis. Une certaine exogamie a du bon pour revivifier le sang comme pour maintenir le patrimoine familial. Mais « Mme Bajenoff », comme s'entêtent à l'appeler les parents de Laddie, n'a rien d'une héritière ; c'est une femme qui travaille, ce qui reste une étrangeté dans cette aristocratie terrienne où la plupart des gens vivent de leurs rentes. Même désargentée, serait-elle issue d'une de ces grandes familles de la noblesse russe qui ont eu de tout temps des attaches avec la France, les Troubetskoï, les Galitzine, les Gagarine, les Bobrinski, tout serait différent. Or, qui connaît les Hagondokoff dans la haute société parisienne ?

Pour l'avoir croisée une ou deux fois, le marquis du Luart doit avouer que Gali est une des plus belles femmes qu'il ait jamais vues. S'il manque de jugeote, son fils n'a en tout cas pas mauvais goût. La marquise ne s'attarde pas à ces considérations. Son Laddie a tout pour lui, une belle gueule, un joli nom, un titre, de la fortune, un diplôme sérieux, avec ça un agréable caractère, tout le monde s'accorde à dire que c'est l'un des plus beaux partis de Paris. Et il envisagerait d'épouser une femme qui non seulement a déjà été mariée et a un enfant, mais que beaucoup décrivent comme une aventurière ayant mené jusqu'alors une vie quelque peu agitée ! Même si Gali entretient le flou sur son âge réel, les du Luart savent bien qu'elle est peu ou prou du même âge que Laddie, sera-t-elle seulement capable de lui assurer une descendance ? Lorsqu'ils apprendront tardivement de Ladislas que les médecins ont ôté à Gali tout espoir d'une maternité future – les suites, affirme-t-elle, de la naissance de Nicolas dans des conditions difficiles –, ils seront tout bonnement effondrés.

C'est à croire qu'une fatalité s'acharne sur eux. Roland, le futur chef de famille, ce fils aîné dont ils étaient si fiers – engagé volontaire en 1917, il n'avait pas vingt ans lorsqu'il a été décoré de la Légion d'honneur –, a fait en 1929 un mariage « stupide » avec une chanteuse de cabaret américaine, dont il a un enfant, une fille heureusement. Elliott, le plus jeune, a eu, lui, le bon goût d'épouser une La Rochefoucauld, mais ce couple selon leur cœur vient d'avoir une deuxième fille, une terrible déception pour le coup. Reste Laddie. Ses parents vont tenter de le raisonner. Malgré ses diverses activités – et peut-être à cause d'elles car l'Alphi est un gouffre sans fond, cette voiture entièrement sur mesure coûte si cher à produire qu'elle ne sera au bout du compte éditée qu'en quatre exemplaires –, Laddie est encore, tout comme ses frères, dépendant financièrement de son père. De ses générosités, la soumission est la rançon. Le marquis n'a pas manqué de faire comprendre à Laddie qu'il lui couperait les vivres s'il persistait dans ses errements. Autant il est arrivé à Ronnie de ruer dans les brancards, autant Laddie a jusque-là été un fils docile. Pas seulement par intérêt : le respect du patriarche est inscrit dans ses gènes. Et puis, si Elliott jouit d'une certaine indépendance au château des Loges, une autre propriété sarthoise de la famille, Laddie, lui, cohabite avec ses parents au Luart : Ronnie marginalisé, c'est à lui que doit revenir le château ancestral. À bout d'arguments, Laddie va accepter de rompre avec Gali. Sa détermination ne tiendra pas au-delà de quelques semaines. Ses parents s'emploient à lui faire faire un tour du monde. Sitôt revenu, il renoue avec la belle. Celle-ci est prête à tout pour parfaire sa conquête. À chacune de leurs ruptures, elle a fait en sorte de se trouver comme par hasard sur le chemin de Laddie, cernée d'hommages, belle plus que jamais, plus que jamais désirable. Laddie est retombé dans ses bras. Un jour, n'en pouvant plus de ses dérobades, Gali a pointé sur lui un pistolet, menaçant de le tuer. Ou peut-être de se tuer. Tous ces cris, cette fureur, ces menaces de mort, ce chantage au suicide, ont débouché, comme d'habitude, sur une étreinte passionnée. Impératrice en exil, Gali a trouvé sa terre d'attache : elle est décidée à ne pas la laisser partir à la dérive.

En 1934, il y a six ans que Laddie et Gali se connaissent. Six ans qu'ils s'adorent, se déchirent. Six ans que Laddie repousse l'échéance, n'osant affronter la fureur de ses parents. Le 6 février, il était place de la Concorde aux côtés des Croix de Feu du colonel de La Rocque, lorsque la manifestation des ligues de droite contre les dérives du parlementarisme a viré à l'émeute. Quand la police a chargé, un manifestant à ses côtés s'est écroulé, raide mort. Laddie a vu le pont devant l'Assemblée nationale jonché de blessés. D'un gendarme mobile, il a reçu un coup de crosse. S'est-il dit que, pour lui aussi, la vie aurait pu s'arrêter là ? Qu'il pourrait être séparé pour de bon de Gali ? Au printemps qui suit, il a pris sa décision. Il épousera Gali. Que ses parents le veuillent ou non.

Un mariage parisien

Depuis 1926 et la condamnation par Pie XI de l'Action française, accusée de défendre une vision trop politique de la religion, depuis, surtout, qu'en mars 1927, ses adhérents ont été interdits de sacrements, il n'y a pas de mariage religieux possible pour celui qui se revendique de ce mouvement. Or la marquise du Luart n'est rien de moins que la présidente de l'Action française féminine ! Qu'ils soient ou non réellement militants – il semble qu'ils aient plutôt adopté l'attitude réservée de leur père –, ses trois fils sont fatalement concernés. C'est donc avec le concours d'un prêtre réfractaire aux objurgations vaticanes, dans le secret d'un appartement, qu'on a célébré en 1929 le mariage d'Elliott avec Élisabeth de La Rochefoucauld. Cinq ans plus tard, l'heure est à l'apaisement. Tant mieux pour Gali qui n'a jamais imaginé un petit mariage à la sauvette. Ce qu'elle veut, c'est un vrai mariage, et à l'église. Pas forcément les grandes orgues, ni une robe longue à traîne, ni une flopée d'enfants d'honneur. Gali a trop le sens des convenances, elle sait bien qu'à trente-six ans, un âge canonique pour une mariée, et avec le passé bien rempli qui est le sien, il serait ridicule de jouer les vierges effarouchées. Mais elle veut un vrai mariage. Un beau, un grand mariage.

Or, même si elle laisse accroire à sa future belle-famille qu'elle est veuve, Nicolas Petrovitch Bajenoff est bel et bien vivant. Longtemps, Gali n'a rien su de lui. Puis, incidemment, par des amis russes passés par Shanghai, elle a appris que son ex-époux y vivait toujours. Qu'il avait travaillé pour la Banque russo-asiatique jusqu'à la liquidation de celle-ci en octobre 1926, avant de rejoindre le régiment shanghaiski, un corps de volontaires, tous russes blancs, constitué par le colonel Timé, le vieil ami de Nicolas, pour assurer la sécurité des banques et des gens fortunés et pour mener le combat contre la mafia chinoise. On dit même qu'il serait passé par la France dans le courant de 1932, y créant une éphémère association des anciens officiers du régiment Semenovsky, avant d'émigrer en Amérique. De tout cela, Gali ne veut pas entendre parler. Nicolas, pour elle, appartient au passé. Elle le croyait mort. Il est vivant ? La belle affaire ! Elle n'en soufflera mot à son fils. Ni à quiconque d'ailleurs. Il faut à tout prix éviter que cette nouvelle vienne remettre en question un remariage si difficilement acquis.

Plus compréhensive que l'Église catholique, l'Église orthodoxe offre à ceux qui ont connu l'échec d'un premier mariage la possibilité d'introduire une demande devant une commission ad hoc, susceptible, après enquête, de prononcer un divorce religieux qui ouvre l'accès à une nouvelle union devant Dieu. Le problème, c'est que, pour épouser Ladislas, Gali a accepté de se convertir au catholicisme. Paris vaut bien une messe. Et l'amour, quelques concessions. Le grand-père Ismaël n'est-il pas devenu Nicolas pour les beaux yeux de son Alexandra ? Et Élisabeth, qui était luthérienne, ne s'est-elle pas convertie à l'orthodoxie pour épouser Constantin ? Le 16 août 1934, en l'église Notre-Dame-de-Grâce de Passy, rue de l'Annonciation, la paroisse du 16e arrondissement dont dépend la rue Cortambert, le premier vicaire célèbre pour Gali un baptême dit « sous condition » (selon ce rituel qui vise à respecter l'unité des chrétiens, le présent sacrement n'a de valeur que si la personne n'a pas d'ores et déjà reçu le baptême dans une confession sœur). Puisque, toute enfant, à Kislovodsk, elle a déjà reçu le baptême, Gali se contentera ce jour-là d'en renouveler les promesses. Mais c'est bien une nouvelle naissance pour celle qui choisit de s'appeler désormais Irène. Comme la terrible impératrice d'Orient qui, régente de son fils Constantin, lui fera crever les yeux, une fois celui-ci parvenu à l'âge adulte, pour éviter de lui remettre le pouvoir. Ce qui ne l'empêchera pas d'être canonisée cinquante ans après sa mort.

Catholique, Gali prend le risque de se faire refuser un mariage à l'église. Elle a bien pensé un moment se déclarer musulmane, ce qui aurait permis de considérer comme nul et non avenu son premier mariage, mais la pilule aurait été un peu difficile à avaler pour la belle-famille : orthodoxe, c'est tout de même moins exotique.

Tout compte fait, se retranchant derrière son incapacité à produire des documents officiels emportés dans la tourmente révolutionnaire, elle maintiendra la fiction du veuvage. Rien ne viendra gripper la mécanique soigneusement huilée par Gali. Les bans sont publiés à Saint-Pierre de Chaillot, la paroisse du 5 rue Nitot. Un contrat prévoyant la séparation de biens est passé le 22 août, chez maître Dufour, notaire à Paris. Le lendemain, 23 août, c'est le grand jour. Le mariage civil est célébré sur le coup de dix heures du matin par l'adjoint au maire du 16e arrondissement, Marcel Brossé, dans un Paris encore vidé de ses habitants. Louis Charles Ladislas, le marié, est déclaré « industriel », Gali, « sans profession », la seule mention qui convienne à une femme du monde. De la mairie, on se rend directement à Notre-Dame-de-Grâce de Passy pour la cérémonie religieuse. Résolue à ce que sa famille fasse belle figure face à l'opulente tribu du Luart, Gali l'a équipée de pied en cap. Elle a commandé chez un bon tailleur un grand uniforme pour son père, chez l'armurier un sabre magnifique, elle a veillé à ce que le général déploie toutes ses décorations sur la poitrine – l'une des rares choses à avoir survécu au désastre grâce à l'épais matelassage d'Élisabeth lors de la fuite vers Mozdok. De quoi damer le pion au futur beau-père même si, vaillant combattant de 14-18, il a glané à Salonique la médaille militaire. Élisabeth aussi a droit à une robe élégante, Georges, qui est témoin, à une jaquette sur mesure. Le seul qui manque à la cérémonie est Ismaël, le cher « koumir », le porte-icônes du mariage avec Nicolas, dont la femme doit accoucher incessamment de leur premier enfant.

Grands seigneurs, les parents du Luart font face, faute d'avoir eu gain de cause. Après tout, Gali est fille de général, elle a reçu une excellente éducation, elle a une classe folle dans sa longue robe en crêpe de satin blanc, une étole de vison jetée sur les épaules et les cheveux recouverts d'une légère voilette. Ladislas, plus bel homme que jamais en jaquette, haut-de-forme et gants beurre frais, la couve des yeux, éperdu d'admiration. Scrutant sa nouvelle belle-fille, son regard direct, sa bouche un peu serrée de femme autoritaire qui s'épanouit lorsqu'elle le veut bien en des sourires enjôleurs, la marquise se dit que son fils aura fort à faire pour s'imposer dans le couple. Roland, le frère aîné, n'ayant pu venir d'Amérique, c'est à Elliott, arrivé de Guinée où il s'est installé comme planteur de bananes, que Ladislas a demandé d'être son témoin – il signe « comte de Montsaulnin », ayant relevé le nom de sa mère, appelé à disparaître faute d'héritier mâle. Son autre témoin est son inséparable André Poniatowski. De son côté, Gali a pris pour témoin, outre son frère Georges, superbe gaillard de vingt-six ans, le non moins superbe Félix Youssoupoff. Procédurier comme pas un, celui-ci vient de sortir revigoré d'un ultime procès conduit à Londres contre la Metro Goldwyn Mayer dont il jugeait le dernier film sur Raspoutine offensant pour sa femme : les vingt-cinq mille livres de dommages et intérêts reçus permettent au couple de voir l'avenir d'un œil plus serein. Reste que, ruiné ou non, le couple Youssoupoff fait bien dans le tableau, une nièce du tsar, un descendant supposé de Gengis Khan – ou même, aux dires de certains, du prophète Ali, le neveu de Mahomet. Il fallait au moins cela à Gali pour tenir son rang.

Sur le faire-part qui annonce ex post le mariage, calligraphié en belles lettres anglaises sur un vélin ivoire, les titres ronflants du général, « gouverneur général de la Sibérie », « chevalier de Saint-Georges » comme la localisation des parents de la mariée dans le quartier d'Auteuil, nimberont d'un rideau de fumée la réalité : le modeste train de vie des Hagondokoff dans un petit meublé de la rue Erlanger, la position un peu particulière qu'occupe Constantin dans la communauté russe blanche, marqué qu'il est par ses idées libérales, son appartenance à la franc-maçonnerie – il a même créé à Paris une loge kabarde, « la Toison d'Or » – et son engagement aux côtés de Goutchkoff lors de la révolution de février 1917. Confirmant ses dons de prestidigitatrice, Gali va se débrouiller pour inscrire, sur le registre paroissial signé par les époux à l'issue de la cérémonie, en face de la mention « veuve de »... son propre nom, Elmiskhan Gali Bajenoff ! Une sonorité insolite qui n'a rien de très féminin : le célébrant ne verra dans cette substitution que du feu. Difficile néanmoins d'éviter la mention du divorce sur l'acte de mariage émis par la mairie – mais qui aurait l'idée d'aller réclamer ce document au bureau de l'état civil ?

Dans l'édition 1936 du *High Life*, le Bottin mondain de l'époque, Gali est, avec la femme de Roland (la « chanteuse de cabaret »), la seule sur la dizaine d'épouses du Luart qui y sont répertoriées, à ne pas voir indiqué son nom de jeune fille : Hagondokoff n'a pas été jugé digne de figurer parmi les appellations d'origine. Gali, épouse morganatique, a encore du chemin à faire pour être acceptée par sa belle-famille comme un membre à part entière.

DEUXIÈME PARTIE

Sur les traces du père

1900
Les cosaques du lieutenant Hagondokoff, Mandchourie.

1909
Le colonel Hagondokoff (au centre) et son état-major, Turkestan.

1912
Les enfants Hagondokoff, Saint-Pétersbourg.
Gali est la seconde à partir de la gauche.

Vers 1916
Le général Hagondokoff et sa femme Élisabeth.

1918
Gali en costume princier kabardien, à Kamenomost.

Ladislas enfant.

1924
Gali, mannequin chez Chanel, et son chien Sealybam.

Mars 1925
Gali fait la couverture de *Femina* en cape de velours griffée Chanel. Un dessin d'Alex Rzewuski.

1927
À Deauville, Gali (à droite) avec sa mère,
son frère Georges, Nicky et une amie.

Gali sur la plage de Deauville.

23 août 1934
Gali devient Leïla en épousant Ladislas du Luart.

La mariée entre ses deux témoins :
à gauche son frère Georges ;
à droite le prince Félix Youssoupov.

8

Espagne : l'échappée belle

La belle oisive

« Comtesse Ladislas du Luart » : il arrive, lorsqu'elle est seule, que Gali se répète à voix basse le nom qui est désormais le sien, savourant avec gourmandise la sonorité de ce merveilleux passeport. Un passeport vers une nouvelle vie, même s'il a tout de suite été entendu que le jeune couple continuerait à habiter l'appartement de la rue Cortambert plutôt que de s'installer rue Nitot, sous l'aile des beaux-parents. Il n'est que de voir l'accueil qui lui est fait dans les salons parisiens. L'effet de curiosité a joué, le charme de Gali a fait le reste. Nombre de ceux qui soutenaient fermement les parents du Luart dans leur résistance à l'aventurière ne jurent plus que par elle. Compter la jeune comtesse au rang de ses convives est l'assurance d'un dîner réussi. Car, outre sa beauté, sa distinction, son élégance remarquable – ne dit-on pas que l'autre soir, à l'Opéra, des gens se sont levés pour applaudir ce couple magnifique, lorsqu'il est apparu à sa loge ? –, Gali n'a pas son pareil pour animer les conversations, insufflant, avec son drôle d'accent chantant, un peu d'originalité dans cette société corsetée par les conventions, ostensiblement plus libérée que la moyenne des dignes épouses qu'elle côtoie, volontiers irrévérencieuse, mais gaie surtout, invariablement gaie, quand tant d'autres, tout aussi favorisées, traînent où qu'elles passent un ennui poli. « Il y a deux sortes d'hommes, dit Rudyard Kipling : ceux qui ont voyagé et les autres. » Deux sortes de femmes aussi. Gali a voyagé, sillonné la planète et le cœur des hommes, elle a déjà connu mille vies. Respirer cette femme, c'est prendre un grand bol d'air. Tout amoureuse soit-elle de son Laddie enfin arraisonné, Gali reste une séductrice-née, jamais lassée d'attirer les regards, de glaner les hommages sur son passage.

Balayées les épreuves, oubliées les difficultés matérielles, effacée la douleur de l'exil, et l'incontournable solitude d'une vie sans homme ou avec trop d'hommes, c'est tout comme. Gali a le sentiment d'avoir atteint son but. Un époux à ses pieds. Pour Nicky, un père de remplacement. Une vie douce sur tous les plans. Plusieurs fois par semaine, elle se rend rue Nitot pour y retrouver, dans les belles écuries aux stalles de bois sombre qui ouvrent sur la cour, Astrée, la jument alezane que lui a offerte Laddie et que Joseph, le concierge, a préparée pour elle. Elle emprunte l'allée cavalière de l'avenue du Président-Wilson puis celle de l'avenue Henri-Martin pour rejoindre le bois de Boulogne, à moins qu'elle ne choisisse de remonter tout droit vers l'Étoile en direction de l'avenue du Bois. Depuis quelques années, certaines femmes ont opté pour la monte à califourchon. Gali en tient, elle, pour la selle de dame, il faut dire que ses tenues d'amazone lui vont à ravir. C'est seulement lorsqu'elle travaille le manège au très sélect cercle de l'Étrier, au milieu du Bois, qu'elle adopte une assiette masculine. La haute école n'est pas un sport d'unijambiste.

À midi, elle aime déjeuner en tête à tête avec Nicky – avec ses longues jambes, il ne met pas dix minutes pour revenir du lycée. À moins que Laddie ne l'entraîne dans quelque restaurant à la mode. L'après-midi la voit souvent courir les boutiques de l'avenue Montaigne ou de la rue du Faubourg-Saint-Honoré, un Whisky vieillissant sagement rivé à sa laisse, c'est à qui parmi les vendeuses repère la première l'entrée de la divine comtesse du Luart, une cliente toujours à l'affût des dernières nouveautés. Chez Chanel, rue Cambon, Gali croise parfois d'anciens mannequins reclassés comme vendeuses, faute d'avoir su se faire épouser à temps : elle les embrasse comme du bon pain, elle sait depuis Shanghai qu'il suffit de peu de chose pour faire basculer le destin dans le bon ou le mauvais sens. À quatre ou cinq heures, elle retrouve des amies au Café de la Paix, place de l'Opéra, ou chez Angelina, rue de Rivoli, à trois numéros des anciens salons d'Elmis, pour y prendre le thé, à moins qu'elle n'y savoure le chocolat maison, le meilleur de Paris. Et c'est déjà l'heure d'amorcer le lent rituel qui la mènera, avec la complicité d'Adèle, sa femme de chambre, au moment béni où, toujours admirablement habillée, maquillée, parfumée, elle se présentera pour sortir devant les yeux éblouis de Laddie.

Au Luart, Gali n'a d'autre choix que de cohabiter avec ses beaux-parents. Habituée à la pompe de Saint-Pétersbourg, elle n'a pas mis longtemps à trouver ses marques dans cette impressionnante bâtisse de pierre blanche, un pastiche de Chambord, où tout est surdimensionné, le hall d'entrée, le grand salon, la salle à manger habillée de marbre, la bibliothèque recouverte de boiseries et même les vastes communs de brique rouge, conçus pour abriter les écuries de l'équipage du Luart, et une série de garages où dort, entre autres merveilles, un coupé de gala à deux chevaux commandé vers 1890 au carrossier Ehrler par l'ancêtre qui construisit le château, identique en tous points à celui livré à la même époque à Émile Loubet, président de la République française.

La vie en phalanstère n'est pas sans créer de problèmes. Depuis des années déjà, Gali conduit sa vie comme bon lui semble, menant son petit monde – sa famille, ses soupirants... – par le bout du nez. La voici obligée de composer. Car le marquis du Luart ne se contente pas d'être, à quelques mois près, le contemporain du général Hagondokoff : il en a le fichu caractère. C'est lui qui tient les cordons de la bourse. Lui qui règne en maître sur ses propriétés. Son fils peut bien être jeune marié, cela ne l'empêche pas de tambouriner à sa porte sur le coup de cinq heures du matin s'il a décidé de partir tôt à la chasse pour éviter les mouches ! Laddie se plie aux diktats paternels comme il l'a toujours fait. Gali ne s'en offusque pas. Elle sait depuis longtemps qu'un chef de famille a tous les droits, y compris celui de se comporter en parfait autocrate.

Et puis, elle aime profondément cette campagne sarthoise, avec ses collines verdoyantes, ses forêts, ses cours d'eau qui ruissellent un peu partout, le spectacle des solides percherons dans les prés, des grosses fermes au crépi sable enfermant une grande cour, des villages serrés autour de leur église. Animal social parfaitement adapté à la vie citadine, Gali n'a pas perdu ses racines terriennes. Il y a tant d'années qu'elle n'avait pas vraiment renoué avec la Nature. Certes, il y a un gouffre entre la vie spartiate que les Hagondokoff menaient à Kamenomost, surtout en pleine guerre civile, et le faste du Luart. Mais une fois décroché son manteau de l'incroyable « arbre à chapeaux » entremêlant les bois de cerfs qui trône dans le hall, une fois chaussées ses bottes de caoutchouc, le bonheur de marcher à grandes foulées à travers champs, le visage battu par le vent, est le même que celui qu'elle éprouvait dans son cher Caucase. Seule manque en arrière-plan la vision des pics enneigés. Un jour, clignant des yeux vers un gros nuage frangé de lumière, elle s'est crue un moment victime d'une illusion, l'Elbrouz de sa jeunesse était là, devant elle. Le premier hiver après son mariage, sur les étangs gelés ouverts aux patineurs, en toque de renard argenté et long manteau souple évasé en godets, elle a virevolté sur la glace, traçant de savantes arabesques qui ont enchanté l'assistance.

De surcroît, Gali est une excellente cavalière, un bon point aux yeux de ses beaux-parents, tous deux passionnés de chasse à courre. Même si elle n'est pas née dedans comme Laddie, tout – son amour des chevaux, des chiens, de la forêt, son sens du décorum – la prédestinait à devenir elle aussi « bouton » du rallye « La Haut », l'équipage du Luart, avec sa tenue bleu vif à parements d'or, et sa cinquantaine de chiens. Deux fois par semaine, les lundis et jeudis, la compagnie part chasser en forêt de Vibraye, de Senonches ou de Saint-Fargeau. Dans sa redingote très ajustée et fermée par trois boutons dorés, qui laisse apparaître une cravate blanche, sa jupe croisée en whipcord noir, plus longue derrière que devant, qui semble moulée sur les jambes de l'amazone, ses bottes au cuir parfaitement lustré et son petit tricorne au bord relevé fièrement planté sur la tête, Gali caracole avec bonheur aux côtés de son beau-père, maître d'équipage. Il faut suivre la tête de près car les hardes sont nombreuses et l'animal de chasse a tôt fait de se mêler à ses congénères. Pour déjouer ces ruses, il faut de bons chiens de change. Le marquis est réputé pour avoir pris au début de la décennie cent soixante-quatorze cerfs à la suite sans jamais en perdre un. Les laisser-courre durent longtemps, trois, quatre heures parfois, à travers un terrain pas facile – tout est en taillis, bien moins accessible aux cavaliers que les grandes futaies. Mais Gali n'imaginerait pas de déclarer forfait avant l'hallali. Et quand, pendant la curée, boutons et suiveurs se découvrent pour les honneurs, quand Laddie, décrochant la trompe qui lui barre la poitrine, sonne avec ses amis les fanfares de circonstance qui reprennent les péripéties de la journée, le « bien-aller », le « débuché », le « bat-l'eau », la « vue », d'autres encore, qui toutes disent la vaillance, et la lutte, et la mort, alors Gali, dans cet uniforme presque aussi beau que ceux des officiers de la garde impériale, se sent pleinement, pleinement française.

Elle abandonnera en revanche très vite l'idée de suivre systématiquement Laddie lors des innombrables parties de chasse, du tir cette fois, qui meublent son emploi du temps à partir de septembre. Au Luart, mais aussi à Limé, sur les onze cents hectares que les Poniatowski possèdent en Picardie, des battues recherchées par les bons fusils qui en apprécient le caractère sportif, dû à la vigueur du perdreau naturel et à la configuration du terrain. Dès le mois d'août, Laddie et André partent en Écosse pour y chasser la grouse, une tradition familiale : les deux amis évoquent encore avec des trémolos dans la voix cet été magique de 1911 où leurs parents louèrent avec deux autres couples *Aldourie Castle*, une splendide demeure en bordure du loch Ness, entraînant derrière eux huit enfants et un impressionnant cortège de professeurs, de gouvernantes et de bonnes d'enfants, pour le seul plaisir de chasser chaque jour au chien d'arrêt sur le moor.

Pour se couler dans la tribu du Luart, que ne ferait-elle ! Elle avait choisi de devenir catholique sous le nom d'Irène ? Elle découvre un peu tard que c'est là le prénom de la seconde fille d'Elliott, née en janvier 1934, quelques mois avant son mariage. Chez les du Luart, on ne semble guère apprécier que deux personnes portent le même prénom, la marquise vient de rebaptiser Marthe une femme de chambre qui avait le mauvais goût de se prénommer Madeleine comme elle. Qu'à cela ne tienne ! Si, dans la tribu Hagondokoff, ses neveux ont déjà choisi de l'appeler « tante Irène », Gali sera désormais, pour sa belle-famille, Leïla. Non pas Hala, le nom qui, à l'état civil, précède son nom caucasien d'Elmiskhan. Mais Leïla. Comme la belle Circassienne décrite par Alexandre Dumas dans *Voyage au Caucase*, avec sa petite calotte brodée d'or et son long voile de gaze tombant jusqu'aux hanches. À croire que « Gali dite Hala Elmiskhan Hagondokoff », épouse Bajenoff puis du Luart, alias tante Irène, alias tante Leïla, n'aime rien tant que brouiller les pistes. Elle profite en tout cas de ces identités flottantes pour se rajeunir désormais de trois ans – en témoignent les documents officiels qui jalonneront bientôt son parcours militaire. Un mince mensonge qui permet à une jolie femme, grâce à ce jeu de saute-mouton, d'entrer de plain-pied dans le XXe siècle, laissant son mari l'y précéder galamment d'un an.

En faisant sa mue, Gali devenue Leïla a inauguré un nouveau style de relations avec ses beaux-parents. Au départ, c'était la marquise qui lui était le plus hostile, les préventions du marquis étant tempérées par l'admiration qu'il vouait spontanément à une si belle personne. Le temps passant, il est clair que le marquis affiche une préférence non dissimulée pour son autre belle-fille, Élisabeth, la femme d'Elliott : il la tutoie quand il vouvoie ses fils, se fait même tutoyer par elle ! Par réaction, la marquise, qui n'a jamais aimé Élisabeth, aurait tendance à se rapprocher de Leïla, dont elle goûte le caractère bien trempé, après tout pas si éloigné du sien. Les événements ne vont pas tarder à sceller leur entente cordiale.

Des députés russes au Palais-Bourbon

La vie est une fête, mais le plus grand bonheur de Leïla est encore dans la bonne entente qui règne entre Laddie et Nicky. Le premier initie le second aux joies du golf, l'emmène à Paris au tir au pigeon. Au Luart, il l'entraîne derrière lui à la chasse, il lui a déjà promis pour son baccalauréat une paire de fusils Purdey calibre 12, un cadeau royal. Tout au désir de plaire à sa femme, Laddie la comble de toilettes, de fourrures, de bijoux. Pour son dernier anniversaire, il lui a offert un magnifique bracelet en cristal de roche, or gris et saphirs de chez Boivin, un joaillier qu'elle adore. Et, pour Noël, une « broche vilebrequin » de l'orfèvre Jean Després, obnubilé par les machines lui aussi, pour se faire pardonner une virée vers le sud avec ses amis, au volant de leurs bolides. Si l'aventure de l'Alphi est bien finie, elle n'a pas éteint chez Laddie la passion des voitures, il a toujours le dernier coupé à la mode, aime farfouiller dans son moteur, réglant au quart de tour son carburateur, il met un point d'honneur à gagner chaque année quelques minutes sur le trajet Paris-le Luart. Il travaille, mais à son rythme. Plus en tout cas que n'a jamais travaillé son père. Lequel, apprenant qu'un neveu a intégré l'École centrale, laissera tomber : « On n'a pas besoin d'un mécanicien dans la famille... » Au moment de l'instauration des congés payés en 1936 – on imagine déjà les défilés colorés de tandems et de tacots rapiécés qui vont l'été venu envahir les routes, et, dans les gares, la bousculade de grappes humaines chargées de valises, de cannes à pêche et de filets à crevettes –, tandis qu'autour de la table familiale Laddie et ses frères, pour une fois réunis, ironisent sur le fait qu'eux aussi ne vont pas manquer de réclamer leur part de congés, ils s'attireront une sèche réplique du vieux marquis : « Mais votre mère et moi n'avons jamais pris de vacances ! » Le fait est qu'en vacances, ils l'étaient à longueur d'année.

Grandes vacances. Grande vacance. Deux ans, bientôt trois ont passé. L'action commence à manquer à Leïla. Pendant longtemps, elle a été dans l'obsession de la survie. Les années suivantes l'ont vue sur la brèche pour conforter ses acquis, elle n'avait pas un moment à elle. Maintenant, les jours lui semblent parfois s'étirer interminablement. Whisky n'est même plus là pour lui tenir compagnie, il était paralysé de l'arrière-train, elle a dû se résoudre à le faire piquer. Nicky, récent bachelier, a désormais sa vie à lui, même s'il habite toujours rue Cortambert. On parle de l'envoyer continuer ses études outre-Atlantique, il a déjà fait une demande d'inscription à l'université de Virginie, l'une des plus anciennes universités américaines – elle fut fondée par Thomas Jefferson – et à coup sûr la plus belle avec son corps central rappelant le château de Marly et sa bibliothèque en rotonde coiffée d'un dôme inspiré du Panthéon de Rome. Joe Stevens avait promis de veiller sur lui : sa mort, l'année précédente, n'a pas modifié la donne puisque l'une de ses nièces, Joan Allen Livingstone, qui habite Pelham Manor, au nord de New York, s'est déjà proposée pour accueillir Nicky les week-ends et les vacances. Leïla n'a que trente-huit ans – trente-cinq avoués ! – et se voit mal couler une existence indolente et inutile. Si la vie n'est pas une aventure, elle ne vaut pas la peine d'être vécue. Elle n'a pas oublié ce poème qu'aimait à réciter Henri Wilden, le consul français de Shanghai : « Quand l'ombre est rouge sous les roses, et clair le temps, prends garde à la douceur des choses »...

Leïla a besoin de s'évader. Et pas seulement à Saint-Tropez, à Londres ou à New York, où Laddie et elle aiment à séjourner. La situation politique va lui faire la courte échelle. Les élections d'avril et de mai 1936 ont donné une écrasante majorité à la gauche. Aux côtés des socialistes et des radicaux, il y a désormais non plus dix mais soixante-douze élus communistes, « soixante-douze députés russes sont entrés au Palais-Bourbon », commente avec inquiétude Henri de Kérillis, le patron de la droite modérée.

L'instauration, en juin 1936, d'un gouvernement de Front populaire présidé par Léon Blum annonce pour beaucoup la fin d'un monde. Stupeur et tremblements. Il y a des grèves, des occupations d'usines, des défilés hérissés de poings tendus, des drapeaux rouges – autant d'éléments qui furent les signes annonciateurs de la guerre civile en Russie. Dans les beaux quartiers de Paris, on conduit femmes et enfants à la campagne – tout comme, en 1917, les grandes familles de Petrograd gagnaient la Crimée ou les villes d'eaux du Caucase. « La révolution française a commencé ! » clame Trotski depuis son exil norvégien. La dissolution des ligues le 18 juin est ressentie par la droite comme une déclaration de guerre.

Les troubles qui agitent l'Espagne ne feront que raviver ces craintes. Ou ces espoirs. À la mi-juillet 1936, des généraux alliés aux partis de droite tentent un coup d'État contre le gouvernement de « Frente Popular », issu des élections législatives de février précédent, dont les éléments les plus radicaux appellent à la dictature du prolétariat et à l'instauration d'un régime de type soviétique. Même si les insurgés n'ont pas réussi à prendre les villes majeures, Madrid, Barcelone, Valence, ils règnent en maîtres sur une partie de la péninsule Ibérique. Une guerre civile s'annonce. En Europe, on craint la contagion, en France surtout où le parallèle entre les deux situations politiques est troublant. Le principe de non-intervention défendu par les démocraties européennes est battu en brèche par le gouvernement français présidé par Léon Blum. Faute de pouvoir agir officiellement, vu l'opposition du président de la République Albert Lebrun, Blum agit en sous-main, laissant son ministre de l'Air, Pierre Cot, livrer armements et munitions aux républicains espagnols grâce à des complicités jusque dans le corps des douanes. Des pilotes volontaires sont recrutés pour acheminer les avions achetés par les républicains. Dix mille Français à tout le moins (voire le double ou le triple) vont s'engager dans les brigades internationales mises sur pied à partir de septembre 1936 sous l'égide de Staline et du Komintern, la IIIe Internationale communiste.

Ils seront infiniment moins nombreux à rejoindre l'autre camp, celui des troupes nationalistes (les « nationaux », préfère-t-on dire en Espagne) : quelques centaines, un millier tout au plus. Les divisions de la droite poussent à l'attentisme. Même l'Action française, qui entretient traditionnellement des liens étroits avec les monarchistes espagnols, prône la neutralité dans le conflit par crainte d'envenimer la situation internationale – Allemands et Italiens ont, eux, pris le parti de soutenir Franco, autoproclamé généralissime des troupes nationalistes, leurs aviations surtout lui apportent un soutien d'envergure, le succès des militaires révoltés serait donc celui de l'Allemagne et créerait sur notre flanc sud une menace pour notre sécurité. Malgré tout, les esprits s'échauffent rue du Boccador, au siège de l'Action française. Des conférenciers qui, sous couvert de travail d'historiens, ne manquent pas de rappeler les précédents d'interventions françaises en Espagne, font salle comble. Quelques intellectuels et journalistes tentent de faire contrepoids à l'armada de talentueux hommes de gauche engagés dans le camp adverse, artistes, écrivains, journalistes, au rang desquels « Jef » Kessel, envoyé de *Paris-Soir*... Jamais il n'existera de filières organisées comparables à ce qui se passe à gauche. C'est individuellement et discrètement que se fera l'engagement dans le camp franquiste.

Certains volontaires sont proches du fascisme, d'autres simplement anticommunistes, d'autres encore fervents monarchistes, désireux de se battre pour Dieu et pour le roi, parmi eux des hobereaux de l'Ouest, fils des Vendéens de 1793. Il y a aussi dans le lot bon nombre d'aventuriers patentés, souvent des têtes brûlées. Leïla connaît certains de ces candidats au départ, dont le capitaine Henri Bonneville de Marsangy, un petit homme mince, cavalier de courses d'obstacles, rencontré grâce à André Poniatowski, qui était son camarade en 1918 à la mission Weygand. Par André, Leïla n'ignore rien de l'histoire de ce fils unique, surprotégé par des parents âgés : à la maison, rien que des meubles capitonnés de peur que l'« Enfant » ne se blesse – jusqu'à son mariage, on ne l'appellera jamais autrement ! En 1914, il a dix-sept ans. Échappant à sa tendre famille, il s'engage comme seconde classe. Blessé par deux fois, il reçoit la Légion d'honneur et la croix de guerre avec cinq citations. Le 6 février 1934, actif dans les rangs des camelots du roi, il n'a pas supporté de voir la police tirer sur les Anciens Combattants. En 1936, alors qu'il a quitté depuis des années l'armée d'active, qu'il est marié et père de quatre jeunes enfants, il va partir combattre en Espagne dans les rangs carlistes. Lui qui, depuis la Pologne, n'a cessé de dénoncer les agissements de l'Armée rouge, se sent le devoir, dit-il, de défendre sa famille et son pays contre le risque de contagion communiste.

Leïla a été ébranlée par les discours enflammés de Marsangy. Elle aussi, comme tous les Russes blancs, a la hantise du bolchevisme. Or l'ombre de Moscou est partout, derrière les volontaires des brigades internationales, derrière les livraisons d'avions et de canons aux républicains. Aux *Cortes*, le Parlement espagnol, on a accueilli avec enthousiasme l'ambassadeur d'URSS aux cris de « Vive la Russie ! », on a entonné l'*Internationale*. Madrid s'est couverte de portraits gigantesques de Lénine et de Staline. On murmure que, pour financer son effort de guerre, la République espagnole a dû largement puiser dans les sept cents tonnes d'or fin conservées à la Banque d'Espagne, que des milliers de caisses chargées de lingots ont été expédiées vers Moscou à bord de quatre navires soviétiques. Les violences de rues, les explosions, les sabotages, les manifestations, tout cela rappelle furieusement à Leïla un passé qu'elle voulait croire enfoui à jamais. Ne dit-on pas que les rouges interdisent les processions religieuses, incendient les églises et agressent les bourgeois que suffit à désigner à leur fureur le port de la cravate ? À Petrograd aussi, aux premiers temps de la révolution, s'habiller bien, porter un chapeau, pouvait valoir condamnation à mort. « Plus jamais ça ! » avait crié la toute jeune femme de Nicolas Bajenoff. Et voilà que l'histoire balbutie.

Leïla est en colère. Et cette colère même la fait se sentir vivante. Des mois, des années qu'elle n'avait pas ressenti ce frémissement. Tout à coup, elle n'en peut plus de cette douceur de vivre qui la comble et l'anesthésie. L'occasion est trop belle de partir à l'aventure. De renouer avec la guerre, cette vieille connaissance. Les insurgés espagnols se dressent contre le péril rouge, elle prendra les armes pour les aider. Ses armes à elle. L'aide aux plus démunis, les soins portés aux blessés. Elle n'a pas oublié les longs mois passés à l'hôpital de Kislovodsk. Il y a l'exemple aussi de sa belle-mère qui, en 1914, avait ouvert au Luart un centre d'accueil pour les réfugiés du nord et de l'est de la France contraints de fuir l'avance allemande. Monter à son tour un projet d'envergure tourne dans la tête de Leïla. Jouer les petites mains, elle n'en a plus l'âge ni l'envie, elle a eu trop d'occasions de tester ses talents de créatrice, d'organisatrice, de chef de bande. L'heure est venue d'appliquer ces talents à autre chose qu'à des histoires de chiffons ou de rideaux.

À son arrivée en France, elle a entendu parler pour la première fois d'un nouveau système mis en place par les chirurgiens de la Croix-Rouge pendant la Grande Guerre, un système qui prend en compte les chances à terme du blessé et le temps d'intervention nécessaire. Jusque-là on traitait les blessés dans leur ordre d'arrivée. Dorénavant, on fait patienter celui qui souffre d'une fracture d'un membre, même sévère ; si le pronostic vital n'est pas engagé, on traite plus rapidement une plaie artérielle qu'une plaie cérébrale supposant une longue intervention avec des chances de survie faibles. Ce tri peut choquer les âmes sensibles – dans cette optique, Nicolas avait toutes les chances d'être laissé pour compte, personne n'aurait misé un kopeck sur sa survie –, mais dont toute sa philosophie tient en cette obsession : limiter autant que faire se peut les pertes humaines. Leïla va plus loin : il n'y a pas de blessés irrécupérables. Tant qu'il y a de la vie, tout vaut la peine d'être tenté. L'essentiel est de faire vite, nombre de blessés meurent au cours du transfert vers l'hôpital. Ou, s'ils ne meurent pas, voient leur état s'aggraver, avec le risque à terme de graves séquelles. Pourquoi ne pas imaginer un système d'ambulances chirurgicales mobiles qui permettraient d'opérer au plus près des combats ? Elle consulte à tour de bras, pas un spécialiste de la médecine de guerre qu'elle n'ait rencontré à l'hôpital militaire du Val-de-Grâce. Elle commence à jeter ses idées sur le papier, à concevoir l'agencement intérieur des ambulances comme elle le faisait pour les appartements qu'elle décorait. Mais en lieu et place de vastes espaces de réception, de chambres avec dressing, de cuisines dotées du confort moderne, elle imagine de comprimer le maximum de choses dans le minimum de place puisqu'il faut caser dans les ambulances une quantité impressionnante de matériel, les équipements pour les transfusions sanguines, pour la stérilisation des instruments, en passant par les brancards, masques à chloroforme, gants en caoutchouc, thermomètres, seringues, aiguilles, fil de catgut pour les sutures, ampoules de cocaïne, de morphine, de novocaïne et autres sérums contre la gangrène et le tétanos. Charge à la Société des usines Renault, dont elle connaît bien les dirigeants, de fabriquer les châssis avant de faire réaliser chez un carrossier les aménagements nécessaires.

Reste à financer l'opération. Leïla est prête à prélever de l'argent sur sa cassette personnelle. Horrifiée par les massacres de religieux perpétrés par les rouges en Espagne, la marquise du Luart l'aidera sans doute, elle qui subventionne déjà largement les œuvres sociales de l'Action française. Nombre d'amis fortunés apportent leur obole. Réunis au sein d'une association, Les Amis français de l'Espagne nationale, ils fournissent une assistance matérielle précieuse aux armées de Franco, en lien avec le bureau parisien de la Croix-Rouge espagnole, dirigé par Mauricio Lopez-Roberts, l'ancien représentant de l'Espagne auprès de la Société des Nations à Genève. Nommée subdéléguée aux côtés de son frère, la très efficace Maria de Los Angeles Lopez-Roberts, dite « Neneta », est devenue une proche amie des du Luart.

Au-delà des Pyrénées

Leïla investit toute son énergie dans ce nouveau défi. Un excellent moyen de se changer les idées après le départ de Nicky pour Charlottesville, où se trouve l'université de Virginie. L'occasion, accessoirement, de calmer les préventions, voire de gagner l'estime de sa belle-famille. Dans les premiers mois de la guerre civile, elle se contente, comme nombre de ceux qui soutiennent un camp ou un autre, d'agir par procuration, faisant convoyer ses ambulances jusqu'à Saint-Jean-de-Luz où le délégué local de la Croix-Rouge assure le passage des véhicules en Espagne. Mais elle n'aime pas faire les choses à moitié. Fin décembre, elle a conduit elle-même l'une des ambulances jusqu'au poste-frontière. Elle est bien décidée la prochaine fois à décrocher un laissez-passer. On dit l'opération risquée, car, si Irún et San Sebastian sont aux mains des nationalistes, les républicains tiennent encore Bilbao, Santander et une partie de la côte des Asturies. Elle en a vu d'autres en Russie, répond-elle à Laddie, qui invoque les dangers d'une telle équipée. Dans les *Lettres à un jeune poète* de Rainer Maria Rilke qui viennent d'être traduites en français, elle a trouvé cette phrase qui l'enchante : « Nous savons peu de choses, mais qu'il faille nous tenir au difficile, c'est là une certitude qui ne doit pas nous quitter. » Elle s'en tiendra au difficile. Laddie, plus amoureux que jamais de sa femme, a compris qu'il ne la ferait pas revenir sur son engagement. Pour assurer sa protection rapprochée, il n'a qu'une solution : l'accompagner. Le 19 juin 1937, ils passent ensemble les Pyrénées pour s'établir quelques jours au Maria Christina, le grand hôtel de San Sebastian.

En septembre de la même année, c'est encore à San Sebastian que le journal *El Diario Navarro*, basé à Pampelune, signale la présence de la seule comtesse du Luart, « venue donner, au nom de la France authentique, une ambulance aux troupes nationales ». La route étant dégagée, elle prend ensuite la route de Burgos, le quartier général de la junte militaire, établi au palais de la Isla pour y rencontrer le général Franco, comme en témoigne une photo du généralissime, assortie d'une aimable dédicace. L'homme est petit, ventripotent, doté d'un teint basané et d'une voix de fausset, mais cela n'empêche pas Leïla de concéder un étonnant charisme à ce militaire pur jus, dont la réputation de guerrier invincible, impassible sous la mitraille n'est plus à faire. Pour elle, c'est un chef, un vrai, animé de certitudes simples, irréfutables, exigeant pour lui-même comme pour les autres, rassuré par la déférence qui l'entoure, un modèle qu'elle connaît par cœur. On dit l'homme sans pitié pour ses adversaires ; mais son obsession de toujours n'est-elle pas de terrasser le dragon marxiste ? On fustige son incroyable prétention, son goût pour la pompe, lui qui, se parant du titre de « Caudillo », c'est-à-dire de guide suprême, exige de pénétrer dans les églises, aux côtés de son épouse, sous un dais, privilège réservé aux monarques ; mais ne marque-t-il pas ainsi sa volonté d'affirmer le caractère sacré de l'État ? Lors du même voyage, Leïla croise aussi Alexandre Amilakvari, un officier issu du corps des pages qui a servi à la Division sauvage : il a charge d'accueillir à Salamanque les volontaires russes blancs qui lui sont envoyés par le général Tourkoull, le président de l'Union nationale des anciens combattants russes en France. Selon le principe : « Les ennemis de nos ennemis sont nos amis », ces veufs de la sainte Russie ont sauté sur l'occasion d'en découdre enfin avec les communistes faute de pouvoir les affronter à domicile.

Jusqu'à la fin de la guerre civile, une bonne vingtaine d'ambulances seront acheminées par Leïla. À Noël 1937, la marquise du Luart, prenant tout le monde de court, a annoncé son intention de partir elle aussi. Ils sont donc trois à prendre le 13 janvier la route de l'Espagne. Trois à franchir la frontière avant de gagner Burgos puis Saragosse. Improbable attelage : la belle-fille, antibolchevique, certes, mais essentiellement attirée par le feu de l'action ; la belle-mère, mue par sa ferveur monarchique et religieuse, son mépris du parlementarisme, sa hantise d'un complot ourdi par les francs-maçons (quand Leïla ne peut oublier que son père l'était) ; le mari, en chevalier servant, aspiré par la détermination de ces deux femmes de caractère que cette aventure vécue en commun va lier à jamais. Régulièrement, la presse acquise au camp franquiste se fait l'écho des généreux dons des « *Buenos Franceses* », des bons Français, les amis de l'Espagne nationale. En juin 1938, un article illustré du *Correo de Andalucia* signale le passage de Leïla à Séville, pour y livrer une nouvelle ambulance à l'Armée du Sud. Pour la recevoir, rien moins que le général Gonzalo Queipo de Llano, flanqué de son état-major. Échanges d'amabilités, visite guidée de l'ambulance superbement équipée, avec ses quatre couchettes et ses équipements novateurs, dont « un autoclave à deux briquets d'un coût de quatre mille cinq cents francs». Élégant dans son costume civil, blazer croisé et pantalon de flanelle blanche, l'interlocuteur de Leïla est ostensiblement sous le charme. Sait-elle que celui qu'on appelle «le vice-roi de Séville» depuis que, par un coup de poker victorieux, il a pris le contrôle de cette ville réputée plutôt républicaine, est un personnage peu recommandable ? un proconsul impitoyable qui a fait nettoyer les faubourgs ouvriers de la ville à la grenade et au couteau et procéder en quelques mois à plus de huit mille exécutions capitales ? un orateur infatué de lui-même dont l'épaisse ironie n'amuse personne quand, chaque soir, il éructe des insanités au micro de Radio Séville ?

Les temps troublés ouvrent parfois sur de mauvaises rencontres. Mais Leïla est déjà repartie. Le 15 juin, on la retrouve dans la province de Teruel, à sept cent cinquante kilomètres au nord de Séville en passant par Madrid. La capitale étant aux mains des rouges, il faut la contourner par l'ouest : une équipée de onze cents kilomètres, via Salamanque, Valladolid et Saragosse, avant de débarquer dans le village de Santa Eulalia, au nord de Teruel. Là est établi le QG du général Enrique Varela, le glorieux chef de l'armée de Castille, le seul militaire à avoir reçu par deux fois des mains du roi Alphonse XIII la croix laurée de Saint-Ferdinand, la plus prestigieuse des décorations espagnoles, pour sa conduite héroïque pendant la guerre du Maroc. C'est en sa présence que se fait la remise officielle par Leïla d'une nouvelle ambulance à la 15e division carliste.

Sa réputation n'est plus à faire parmi les partisans du Caudillo. Toutes les factions en lice – les troupes régulières ralliées aux putschistes, le Tercio (la Légion étrangère espagnole), les carlistes, les milices phalangistes de José Antonio Primo de Rivera – se disputent ses faveurs. La Marine sollicite l'intercession de Neneta Lopez-Roberts pour toucher elle aussi une de ces ambulances, même si l'on sait que la « *Condesa du Luart* » n'aime pas les voir servir à l'arrière. La Croix-Rouge espagnole fait de même. Le 15 novembre 1938, Leïla se rend une fois encore à Burgos pour remettre, comme elle le lui avait promis, au général Millan Astray, le fondateur du Tercio, une ambulance Renault parfaitement équipée, avec, en sus, un millier de vêtements chauds en prévision de l'hiver et deux mille paquets de cigarettes à distribuer aux blessés et aux combattants. La générosité des donateurs français ne désarmant pas, elle annonce pour bientôt de nouvelles dotations en véhicules et en matériel sanitaire, « la preuve, assure le *Diario Navarro* qui couvre l'événement, que la France – la France saine, la vraie France – est en train de se libérer du joug moscovite ».

En Union soviétique, le règne de la terreur fonctionne à plein. Persuadé qu'une guerre se prépare, Staline, l'année précédente, a décidé de grandes purges pour débarrasser le pays d'une supposée « cinquième colonne », formée d'éléments non russes, allemands, lettons, polonais, mais aussi caucasiens, qu'il suspecte de vouloir s'allier à ses ennemis de toujours. De quoi renforcer Leïla dans sa détestation des rouges. Mais la seule politique ne suffit pas à expliquer sa montée en première ligne. Elle vivait dans un monde protégé, un monde où tout n'était qu'ordre et beauté : elle a basculé dans un autre univers, le négatif du premier. Elle avait enfin gagné son coin de paradis : la voilà qui pousse les portes de l'enfer, cette fois de son plein gré. La vérité, c'est que ces années espagnoles sont pour elle l'occasion d'une extraordinaire conversion. Si, par sa grâce naturelle, elle a toujours l'allure d'une femme du monde, elle en a délaissé les atours pour un tailleur bleu marine, dont la coupe étudiée met sa ligne en valeur, mais qui, par sa sobriété, s'apparente à un uniforme. Rien chez elle de la bonne dame d'œuvres, ni dans l'apparence, ni dans la manière de faire : le dilettantisme n'est pas sa marque de fabrique. Mais elle a opéré sa mue, fait définitivement le choix de son camp : celui des souffrants. « Ce n'est pas la violence mais le bien qui supprime le mal »... Leïla n'a pas oublié les leçons de Tolstoï.

Folie meurtrière

L'Espagne qu'elle parcourt est à feu et à sang. Lors de ses premiers passages, Leïla est allée sur le front des Asturies quand les combats y faisaient encore rage. Elle y a retrouvé Marsangy, heureux d'avoir enfin réussi, malgré la réticence des chefs nationalistes, à rassembler une grande partie des volontaires français dans une même unité du Tercio, la bandera Jeanne d'Arc. Moins d'un mois après leur rencontre – il a alors quarante-deux ans –, il est tué à Llanes, un port du golfe de Gascogne. Plus tard, on retrouve Leïla en Catalogne, en Aragon, encore loin d'être pacifiés. Lors de sa visite en juin 1938 à Santa Eulalia, la province de Teruel se relève à peine de la terrible bataille qui s'y est déroulée au plus fort de l'hiver, dans la neige et la boue, par un froid glacial, laissant trente mille morts sur le terrain après deux mois de combats, également répartis entre les deux camps, et des milliers de blessés, dont plusieurs dizaines de Français appartenant à la bandera Jeanne d'Arc ou combattant sous le béret rouge des carlistes. Au sud de Teruel subsiste d'ailleurs un front de combat très actif puisque, depuis le début mars, l'offensive franquiste a repris en direction de la Méditerranée, dans l'idée de couper en deux ce qui reste de l'Espagne républicaine en prenant Castellon et Valence : cette bataille de l'Èbre durera six mois et sera l'une des plus meurtrières de la guerre.

Leïla sillonne ces contrées ravagées. Et pas seulement pour jouer les Pères Noël. Pendant des jours, parfois des semaines entières, elle prête main-forte aux équipes en place. Les hôpitaux sont bondés, partout des râles, des gémissements, les civières encombrent les couloirs. Le personnel médical est débordé, on manque de tout, de lits, de médicaments, de bandages, de poches de sang pour les perfusions. L'entrée en lice des ambulances rutilantes de Leïla soulage la tension. Au chevet des blessés, elle retrouve vite les gestes qui étaient les siens à Kislovodsk ou à Novorossisk. Débrider une plaie, mettre un pansement, poser une perfusion, elle sait faire tout cela. Et beaucoup plus. Elle découvre en elle une force nouvelle. Dans les hôpitaux en Russie, elle avait dix-huit ans, elle en a plus du double. La vie ne l'a pas épargnée. Ni la tristesse, ni la solitude, ni l'angoisse du lendemain. Durs moments, mais merveilleux matériaux lorsqu'il faut calmer la peur de celui qui souffre dans son corps, adoucir les derniers moments d'un autre qui sent la vie se retirer de lui. Au Caucase, Leïla était la petite sœur des blessés. Changement de statut : désormais ils la voient comme une mère. Parmi eux, des Français, des Russes blancs. Leïla leur parle. Les rassure. Les stimule. S'emploie parfois au contraire à tempérer leurs emballements, comme ceux de Michel de Decker, un lieutenant de spahis devenu sergent dans le Tercio, dont c'est la sixième blessure par balle et qui veut repartir sur-le-champ pour le front. Des sourires naissent. Des larmes coulent. Un jour, il faut annoncer son amputation d'une jambe à un jeune homme dont elle a rencontré le père, médecin militaire au Val-de-Grâce : ce regard incrédule quand il a émergé de l'anesthésie, cet affolement à l'idée de l'atroce mutilation, sa révolte de devoir abandonner le métier des armes auquel il se destinait depuis l'enfance... Dur labeur. Dur aussi d'ôter tout espoir à ces parents venus de Lyon qui, depuis des mois, ont fait rechercher leur fils de dix-sept ans, soudain volatilisé, et ont fini par le retrouver sous la chemise bleue des phalangistes, mais atteint par une grenade au bas-ventre : il agonise trois jours, ses parents à son chevet, sans qu'un éclair de lucidité permette de sceller leur réconciliation. À côté de ces moments terribles, il y a de vrais bonheurs : une plaie qui cicatrise bien, une gangrène évitée de justesse, une température qui chute contre toute attente. Combien de garçons sérieusement amochés qui, en trois ou quatre jours – miracle de la jeunesse – repartent sur pied. Combien de mercis griffonnés à la hâte sur un bout de papier. Nombre de blessés devront la vie à Leïla et à ses ambulances, et pas seulement dans les rangs nationalistes. Dans ceux des républicains aussi. Le Comité international de la Croix-Rouge, basé à Genève, tient à apporter de l'aide aux deux camps, que ce soit dans les soins aux blessés, la recherche de personnes disparues ou l'échange de prisonniers. Si la Croix-Rouge est établie à Burgos, elle l'est aussi à Madrid dans l'idée de soutenir les populations civiles, même si son action a vite été éclipsée par celle du Socorro Rojo Internacional (le « Secours rouge international »), une création de Moscou.

Leïla se consacre à ceux qui souffrent, à quelque faction qu'ils appartiennent. Pour autant qu'ils aient échappé à la fureur vengeresse de leurs compatriotes. Car le Roberto de Hemingway dans *Pour qui sonne le glas* (Gary Cooper dans le film de Sam Wood), jeune Américain venu défendre son idéal aux côtés des républicains, a raison d'être sans illusion sur le sort qui l'attend quand, une jambe brisée, il conjure la douce Maria (alias Ingrid Bergman, en ange bouclé) de l'abandonner, emportant avec elle l'amour fou qui les unit. En Russie, Leïla a déjà connu l'horreur d'une guerre civile. Mais rien qui soit comparable à ce qu'elle voit en Espagne. Car ce qu'on cherche ici, c'est l'extermination de l'autre, l'exaspération de la violence touche les deux camps. D'un côté, la terreur rouge, avec ses massacres incontrôlés et sauvages de religieux, l'élimination physique de tous ceux qui, de près ou de loin, représentent l'autorité, les politiques, les militaires, les propriétaires terriens. À Madrid, où l'on comptera onze mille victimes, plus de deux cent vingt tchekas, sinistre plagiat des polices bolcheviques, commanditent les massacres dans chaque quartier. Vingt-trois religieuses travaillant comme assistantes sociales auprès des familles pauvres du quartier de Tétouan ont été violées et abattues près du cimetière de l'Est. Les réquisitions de logements se multiplient, et les pillages d'or, de bijoux, d'œuvres d'art. De l'autre côté, la terreur blanche avec les agissements cruels des nationalistes, de ces carlistes qui ne manqueraient pas une messe et arborent le Sacré-Cœur sur leurs chemises tout en passant systématiquement par les armes déserteurs et prisonniers, de ces légionnaires du Tercio portés à tous les excès : après un combat victorieux, tout est toléré, les viols collectifs, les exécutions sommaires, les éventrations, les décapitations, les mutilations, les castrations même si Franco les a interdites après la sanglante prise de Badajoz, une abominable tuerie qui s'est déroulée sous le regard de la presse internationale.

Personne n'est à l'abri de cette folie meurtrière. Oublié, le code d'honneur de la guerre. Les prisonniers n'existent pas dans une guerre civile. Pas de compassion non plus pour les blessés. Lors de la prise de Tolède par les nationalistes, en septembre 1937, les troupes marocaines ont achevé dans leurs lits les blessés républicains de l'hôpital Saint-Jean, tout comme le personnel médical, jusqu'au médecin-chef. À Madrid, ce sont les rouges qui arrachent des malades de leur lit d'hôpital pour les passer par les armes au seul délit qu'ils ne sont pas *adictos*, partisans de la gauche. Sillage sanglant, infiniment plus meurtrier que les seules opérations militaires. Là, il n'y a plus personne à soigner, à réconforter. Rien que des cadavres à faire basculer dans les fosses, pour éviter que des épidémies ne se chargent d'exterminer les survivants. Il ne reste qu'à attendre la fin par épuisement de l'affrontement entre deux idéologies, l'une rêvant de détruire un monde pourri pour instaurer une dictature populaire, l'autre, d'extirper le virus communiste qui a infecté l'Espagne pour asseoir enfin les bases d'un État restauré. Il ne reste qu'à pleurer devant cette perversion profonde des esprits qui incite la population à assister, fascinée, aux exécutions capitales, qu'elles soient commanditées par un camp ou par l'autre. Si Leïla avait encore quelque confiance en la nature humaine, la tragédie espagnole, avec son interminable cortège de fusillés, de pendus, de garrottés, de torturés, d'enfants suspendus à des crocs de boucher, aura largement eu de quoi lui ôter ses dernières illusions.

Amère victoire

À la mi-novembre 1938, la bataille de l'Èbre se solde au bénéfice des nationalistes. Fin décembre, ils sont en Catalogne. Tarragone puis Barcelone sont prises en janvier. Le gouvernement républicain fuit le 7 février vers la France. La perspective de la victoire semble stimuler la générosité des Amis de l'Espagne nationale, comme l'ardeur voyageuse de Leïla. Le 15 mars 1939, elle se rend une nouvelle fois, accompagnée de Laddie, à Santa Eulalia pour offrir une autre ambulance au général Varela. Le 28 mars, à l'issue d'un long siège, les troupes franquistes entrent dans Madrid. Le 15 avril, un journal de Barcelone, la *Vanguardia Española*, traitant de la « normalisation de la vie madrilène », évoque la récente rencontre entre « les comtes du Luart » et le nouveau maire de la capitale. Le cadeau de deux ambulances destinées aux services municipaux est assorti de la promesse de prolonger l'œuvre humanitaire ainsi engagée par l'envoi de médicaments et de matériel médical. Pour ne pas faire de jaloux, le maire de Barcelone reçoit la même dotation le mois d'après.

Le 1er avril précédent, la victoire définitive des nationalistes a été proclamée. Il y a déjà plusieurs semaines que la France et la Grande-Bretagne ont reconnu leur gouvernement, encore installé à Burgos. Et que le nouvel ambassadeur nommé par Paris, le maréchal Philippe Pétain, a remis ses lettres de créance : malgré ses quatre-vingt-trois ans, nul mieux que ce prestigieux chef de guerre ne saurait guérir la rancœur que Franco entretient vis-à-vis de la France – il le connaît depuis la rébellion du Rif, dix ans plus tôt, et l'a même décoré de la Légion d'honneur. Juste avant que Leïla ne regagne la France, le Maréchal reçoit celle dont on lui a souvent vanté l'efficacité et l'abnégation, une femme qui a contribué par son action à relever auprès des Espagnols l'image écornée de leurs voisins d'outre-Pyrénées. Une invitation à laquelle Leïla se rend avec empressement, éprouvant comme la plupart des Français une immense admiration pour le vainqueur de Verdun, dont elle a plus d'une fois croisé le regard très bleu et la stature élégante chez le père d'André Poniatowski, à Paris ou en Picardie.

La guerre d'Espagne a duré neuf cent quatre-vingt-six jours. Coûté la vie à près d'un demi-million de personnes. Elle a marqué la fin d'une certaine manière de faire la guerre, du moins en Europe, vu se dérouler les dernières charges de cavalerie, les derniers combats à l'arme blanche. Avec ses avions, ses canons, ses mortiers, elle a été le champ d'expérience des combattants et des armements de la Seconde Guerre mondiale. Mais elle a aussi poussé Leïla à monter un projet d'envergure dans un domaine qui lui était jusque-là étranger, à tester sa force de persuasion pour inciter les gens à la soutenir financièrement ainsi que sa souveraine habileté pour mettre dans sa poche les puissants du monde et les mener où bon lui semble. Elle lui a permis de mieux définir ce qui sera dorénavant le cœur de son action, la pratique d'une chirurgie lourde en pleine zone de combats, de savoir ce qu'elle ne veut plus subir, des contraintes imposées par d'autres, une pesante hiérarchie. Elle lui a donné l'occasion de tester son courage physique, un héritage génétique tout autant qu'une matière depuis toujours au programme dans l'éducation des enfants Hagondokoff. Leïla a l'âme d'un chef. Si elle repart un jour au combat, ce sera à la tête d'une formation bien à elle, non plus un essaim bourdonnant de petites mains dans l'atmosphère gracieuse et survoltée d'un atelier de couture, mais une équipe médicale irréprochable sur le plan technique, et prête à supporter l'inconfort, le froid, la faim, les blessures, peut-être la mort, pour adoucir la souffrance des hommes. La guerre d'Espagne a permis à Leïla de donner un nouveau sens à son existence.

Plus tard, ce pan de sa vie sera recouvert d'un voile pudique. Elle n'en parlera pour ainsi dire jamais. Face aux chantres des brigades internationales, il y aura bien peu de monde pour tenter de comprendre pourquoi des volontaires français se sont retrouvés du côté de Franco. Du côté des méchants. Malheur à celui qui s'est trompé de camp ! Un ostracisme dû pour beaucoup à l'impitoyable répression mise en place par Franco à partir de 1939 alors même que le danger rouge est écarté, un scandale pour l'esprit. Le Caudillo avait gagné la guerre, il n'a pas su gagner la paix. En dénonçant cette dictature d'un autre âge, on dénoncera dans le même temps les conditions de son avènement, en oubliant que les horreurs de la guerre civile ont été le fait des deux camps.

9

Des Ardennes au Sahara

Croisade outre-Atlantique

En Espagne, Leïla a renoué avec la vie aventureuse qu'elle aimait, elle a retrouvé ce contact avec les blessés qui lui donne le sentiment de son utilité sur terre. De retour en France, elle n'a pas le temps de se morfondre. Depuis un an, les bruits de bottes ne cessent de se rapprocher. Le 13 mars 1938, au mépris du traité de Versailles, l'Allemagne nazie a annexé l'Autriche. Le 29 septembre, les accords de Munich ont scellé la mort de la Tchécoslovaquie en cédant la région des Sudètes à Hitler sans rien lui demander en échange, sinon de vagues promesses de paix. Le soulagement général sera de courte durée : le 15 mars 1939, les Allemands envahissent la Bohême. Si le président du Conseil Édouard Daladier a tenu à ce que le défilé du 14 Juillet donne lieu à une gigantesque démonstration de force, ce n'est pas seulement pour fêter le cent cinquantième anniversaire de la Révolution française : cette présentation de l'artillerie lourde et motorisée, ces nuées d'automitrailleuses, ces centaines de chars d'assaut, ont d'abord pour but d'impressionner l'ennemi potentiel.

Tout le monde sait que la guerre est pour demain. Pas de temps à perdre. Cette fois, il ne s'agit plus pour Leïla de distribuer ici et là des ambulances, mais d'être présente sur le terrain avec sa propre structure, cette formation chirurgicale mobile dont elle rêve depuis près de trois ans, celle qui lui permettra d'intervenir au plus près sur la ligne de front. Ce projet ambitieux coûte cher. Les amis français ont déjà largement été mis à contribution : il faut accroître le cercle des donateurs. À peine, fin avril, est-elle revenue de Madrid, qu'elle envisage de repartir. Elle est restée marquée par l'aventure hors norme de l'un des pères fondateurs de l'École de l'Île-de-France – le collège de Nicky. Pour acheter le domaine de Villebon-sur-Yvette, Hawkins, qui s'était engagé dès le 1er août 1914 (avant même l'entrée en guerre de l'Angleterre trois jours plus tard) à combattre aux côtés de la France pour la remercier, disait-il, de lui avoir confié la précieuse charge de former son élite, Hawkins a besoin d'un million. Et il n'a pas un sou vaillant. Du coup, cet homme timide et effacé va se transformer en chevalier-mendiant et parcourir en uniforme les États-Unis, multipliant les réunions publiques pour inciter les Américains à soutenir son projet éducatif original – « donner à la jeunesse de France une santé nouvelle au physique comme au moral » –, le moyen aussi de permettre aux enfants de nations alliées de nouer de solides amitiés. Il faudra à Hawkins deux voyages, en 1917 puis en 1918, pour rassembler son million. En octobre 1920, l'école ouvre à Villebon.

Leïla n'a jamais oublié la leçon de courage de cet homme animé de la foi des apôtres qui, parti ouvrir une nouvelle école à Ceylan, s'est noyé quatre ans plus tôt avec sa femme à Colombo. Elle aussi va aux États-Unis tenter de gagner des gens à sa cause. Elle prend contact avec la Croix-Rouge américaine qui promet de fournir certains équipements. Mais il lui faut de l'argent pour aménager ses ambulances à son idée, il lui faut de l'argent pour embaucher du personnel, il faut toujours de l'argent. Par Joseph Sampson Stevens, elle a dix ou douze ans auparavant lié connaissance avec de riches New-Yorkais. Les alliances américaines des du Luart lui ouvrent d'autres portes. Armée de ce culot monstre qui est sa marque de fabrique, Leïla fait le siège de ses amis d'outre-Atlantique, tire la sonnette des grands industriels et des banquiers d'affaires.

Il ne s'agit plus de décrocher des aides ponctuelles mais de monter une structure de financement solide, capable d'accompagner ses projets dans la durée. Sous le nom de Mobile Surgical Unit, Inc., le comité de soutien, basé sur la 69e rue, entre Madison et Park Avenue – en plein Upper East Side, où réside le gratin new-yorkais –, est présidé par l'épouse de Lewis S. Morris, un proche cousin de sa belle-mère. La jeune Louise Iselin, fille d'illustres mécènes, assure bénévolement le secrétariat. Au poste-clé de trésorier de l'association, Leïla a placé un de ses vieux amis, Edmund Pendleton Rogers, un ancien élève de Yale à qui la fortune de sa femme permet de passer l'essentiel de son temps dans ses différents clubs, surtout le Knickerbocker, le plus select des clubs new-yorkais dont le siège de brique rouge, au coin de la 5e avenue et de la 62e rue, n'est pas loin des bureaux de la Mobile Surgical Unit : c'est au « Knick », repaire de milliardaires, qu'Edmund trouve ses plus généreux contributeurs. Promue trésorier adjoint, Mary Chambers, une admiratrice inconditionnelle de Leïla, ne ménage pas sa peine, non plus que les femmes du monde appelées à siéger au comité, au rang desquelles Mme Diego Suarez, une femme étonnante qui, en 1926, du temps où elle s'appelait encore Evelyn Marshall Field, patronna une expédition zoologique au Brésil et en Uruguay, y glanant l'insigne honneur de voir son nom donné... à une grenouille verte, l'*Hylas evelynae* ! Mises bout à bout, ces bonnes volontés vont faire des miracles. Des centaines de New-Yorkais répondent à l'appel du comité. Leïla a désormais les moyens de concrétiser ses rêves. Reste à former une équipe. Appel est lancé à des volontaires, jeunes de préférence pour supporter les rigueurs d'une vie aussi dure que celle des combattants du front. À des médecins, des infirmières. Pour chauffeurs-ambulanciers, Leïla a choisi d'embaucher une dizaine d'étudiants américains inscrits dans les universités parisiennes. Une mixité logique depuis que l'« ambulance du Luart » (« ambulance » est à l'époque synonyme d'« hôpital militaire de campagne ») a pris le nom de Formation chirurgicale mobile franco-américaine.

Leïla s'en va-t'en guerre

L'histoire s'accélère. Le 23 août 1939, à la stupeur du monde entier, l'Allemagne et l'URSS ont signé un pacte de non-agression, se répartissant les sphères d'influence. Le 1er septembre, l'Allemagne envahit la Pologne. Le 3 septembre, la France et l'Angleterre lui déclarent la guerre. Il n'y aura pas de douce fin d'été sous les frondaisons du Luart, pas de battues au perdreau, ni de courses fiévreuses chez les couturiers de l'avenue Montaigne. Tous les hommes en âge de combattre sont mobilisés, Laddie et Elliott les premiers. Il n'y a pas chez les du Luart la même tradition militaire que chez leurs amis Poniatowski – en 1914, les trois fils ont devancé l'appel et leur père, malgré ses cinquante ans bien sonnés, s'est fait réintégrer dans son grade de sous-lieutenant de cavalerie. Mais on ne se pose plus de questions à l'heure où le pays est en danger. Seul le vieux marquis restera à l'arrière.

Chez les Hagondokoff aussi, le général a passé l'âge de se battre, mais ses trois fils vont partir pour le front. Même apatrides, les deux aînés, résidant en France depuis plus de dix ans, sont, aux termes du décret Daladier, mobilisables comme l'ensemble des Russes blancs. En partant défendre leur patrie d'adoption, ils ont l'espoir de quitter du même coup ce statut de parias qui leur colle à la peau depuis la signature du pacte germano-soviétique. Indignés par cette traîtrise inattendue, les Français font en effet la vie dure aux émigrés qu'ils ne distinguent guère des Soviétiques et il devient dangereux de parler russe dans la rue. Le 31 août, le Comité national russe a dû se fendre d'un communiqué à la presse pour se désolidariser publiquement des Soviets et affirmer sa fidélité au gouvernement français. Au moins momentanément, les choses sont claires pour la diaspora : les bolcheviks qui ont fait le malheur de leur pays sont bel et bien devenus les ennemis de la France. Staline et Hitler, même combat. La guerre de 1939 prolonge celle de 14-18, sous un autre uniforme mais contre le même adversaire. L'heure de la revanche a sonné.

À aucun moment, Leïla n'a envisagé de rester simple spectatrice. Elle goûte peu tous ces discours autour de la mobilisation qui, au-delà de l'affirmation générale de la nécessité de se battre pour une cause noble et juste, usent subtilement de la spécificité biologique, sociale et culturelle des hommes et des femmes, faisant miroiter aux hommes le beau devoir des armes et la fierté de défendre famille et patrie quand ils demandent avant tout aux femmes d'attendre fidèlement les combattants et de les réconforter en assurant leur repos après les fatigues de la guerre. Demeurer au foyer avec les vieillards et les enfants, il n'en est pas question. Pour qui porte le nom guerrier d'Elmiskhan, il est impensable d'occuper une position retranchée. Elle s'est battue pour l'Espagne, que ne ferait-elle pour la France ! Leïla se refuse à végéter dans cette grande peur silencieuse et secrète qui étreint tant de ses amies. L'exil américain de Nicolas, elle en est consciente, lui facilite la vie. Parmi ses proches, il y a des parents affolés qui envoient précipitamment leur progéniture dans leurs propriétés à la campagne. Leïla n'est pas le genre à rester seule dans un appartement déserté après que son mari a bouclé sa valise. Elle aussi part à la guerre. Il y va de son honneur mais aussi de son équilibre personnel. Elle va à la guerre comme on prend le voile : en laissant tout derrière elle. Tant que dureront les hostilités, a-t-elle affirmé, elle ne touchera pas à ses toilettes et à ses bijoux. Les vastes placards qui, à Paris comme au Luart, abritent les merveilles qui ont contribué à faire d'elle l'une des reines de Paris – une caverne d'Ali Baba – vont rester obstinément fermés pendant des années.

Elle pourrait s'engager dans l'armée. Le 11 juillet 1938, la loi dite Paul Boncour sur l'organisation de la nation en temps de guerre, a pour la première fois prévu de faire appel à « un personnel de complément, non mobilisable, et à des volontaires des deux sexes, ayant reçu une instruction préliminaire spécialisée ». Si elle s'inscrit dans le contexte de la marche à la guerre, cette loi résulte aussi de la lutte des femmes pour l'obtention du droit de vote et l'égalité avec les hommes. Pendant la Première Guerre mondiale, des femmes ont déjà porté l'uniforme militaire mais le plus souvent comme infirmières civiles. En cette fin d'été 1939, elles vont être plusieurs milliers à s'engager dans l'armée française, comme ambulancières ou au sein des sections sanitaires automobiles : bien que bénévoles, elles portent un uniforme de drap kaki, sans grade ni insigne, et doivent le respect à la hiérarchie militaire. Leïla est peu soucieuse d'être inféodée à qui que ce soit. Elle fera tout pour que sa formation reste sous statut civil, un statut officialisé par un décret de janvier 1940 « relatif à l'acceptation des libéralités faites à l'État pour les besoins du Service de santé militaire ».

Dès le 7 septembre, la Formation chirurgicale mobile franco-américaine (FCM) s'ébranle vers la Sarre, suivant les deux corps d'armée français qui ont mission de contrer l'envahissement de la Pologne. L'offensive ne dure que dix jours, à l'issue desquels les troupes françaises se replient derrière la ligne Maginot. Tout le monde était dans la certitude d'une victoire rapide. L'affaire s'éternise. Durant l'interminable hiver 1939-1940, la FCM reste fidèle au poste, veillant, en l'absence de combats, à l'état sanitaire des troupes, au moral des soldats qui, enkystés dans leurs positions, tournent en rond, en sachant que l'assaut peut être donné à tout moment. Si Leïla s'autorise de brefs retours à Paris, c'est seulement pour prendre livraison des nouveaux matériels envoyés par ses pourvoyeurs américains. Deux ou trois fois, elle a le bonheur de retrouver Laddie, au hasard de ses maigres permissions. Mais elle n'aime pas abandonner son équipe, il est rare qu'elle passe plus d'une nuit dans la capitale. C'est en coup de vent qu'elle rend visite à Georges, hospitalisé pour une hernie au Val-de-Grâce : élève aspirant de réserve à titre étranger à l'École de cavalerie de Saumur, il n'a qu'une crainte, rejoindre ses camarades après la bagarre. Il est plus de minuit mais peu importe. Le personnel soignant qui tente de faire barrage à Leïla en sera pour ses frais.

On parle de drôle de guerre mais l'attente est insupportable. On accueillerait presque avec soulagement la nouvelle lorsque, le 10 mai 1940, la Wehrmacht envahit les Pays-Bas, la Belgique et le Luxembourg. La FCM va travailler dans le secteur de la 3e armée, s'installant non loin de la frontière luxembourgeoise, à dix kilomètres de la ligne de feu, à portée des canons. Le 13 mai, les divisions blindées allemandes percent le front à Sedan, poursuivant leur course vers l'ouest jusqu'à couper l'armée française en deux. Les combats font rage sur la Somme et sur l'Aisne. Le 24 mai, le général Weygand, qui a remplacé une semaine plus tôt Gamelin, jugé trop passif, comme commandant suprême des armées françaises, doit renoncer à contrer les assauts allemands. Le 5 juin, c'est sur une armée française à bout de souffle que la Wehrmacht lance l'offensive finale.

Terribles semaines pendant lesquelles la FCM n'a cessé d'accueillir les blessés les plus gravement touchés, ceux qu'on n'avait jusque-là d'autre solution que d'évacuer vers l'arrière. La tension est telle que les équipes se relaient toutes les six heures. Leïla, elle, n'est relayée par personne dans son rôle de chef. Gérer une équipe n'est pas une mince affaire, même entourée des meilleurs spécialistes dont le médecin-chef Pascal, un chirurgien hors pair. Mais la récompense en vaut la peine. Sans être médecin elle-même, Leïla a tellement étudié la médecine de guerre, tellement exploré les dernières trouvailles en ce domaine, y compris à l'occasion de ses voyages aux États-Unis, que ses ambulances sont uniques. Des ambulances dernier cri, du travail d'orfèvre. Blocs opératoires en acier, matériel de stérilisation sophistiqué. Dans les camions réservés à la logistique, les menuiseries sont soigneusement agencées de sorte qu'ils puissent servir de dortoirs la nuit. Outre sa haute technicité, la formation du Luart se distingue par son extrême mobilité. Certes, beaucoup reste à faire, il est difficile d'opérer dans l'espace restreint des ambulances, la plupart du temps on doit décharger le matériel pour l'installer sous un bâtiment en dur, un presbytère, une école désaffectée, c'est autant de temps perdu, et des risques d'infection supplémentaires pour le blessé. Mais jamais la prise en charge n'a été aussi rapide. Quelques minutes – des heures parfois – de gagnées, c'est autant d'hémorragies fatales, autant de séquelles cérébrales irréversibles, autant de membres irrécupérables en moins, autant de vies arrachées à l'horreur.

Le 14 juin, les troupes allemandes entrent dans Paris. Le gouvernement français a quitté la capitale pour Tours puis pour Bordeaux. Hostile à l'armistice, le président du

Conseil, Paul Reynaud, démissionne. Il est remplacé par le maréchal Pétain, entré en mai au gouvernement après avoir quitté son poste d'ambassadeur à Madrid – malgré les mises en garde du Caudillo, persuadé qu'on lui fera porter le chapeau d'une défaite annoncée. Neuf millions de civils refluent en désordre vers le sud. L'armistice est signé le 22 juin. Le 10 juillet, les pleins pouvoirs sont donnés à Pétain, l'État français succède à la IIIe République. En moins de cinq semaines, l'avance allemande a entraîné la désintégration de cette armée française qu'on donnait pour la meilleure du monde, elle a jeté sur les routes un pays entier, saisi d'une panique généralisée. La France se réveille, assommée.

Le rebond

Les combattants reviennent au bercail, le cœur gros, quand d'autres, comme Elliott du Luart, sont retenus prisonniers. Les fils Hagondokoff n'ont pas démérité. Pris en étau par les forces allemandes avec plus de trois cent mille soldats français et britanniques, Constantin s'est retrouvé dans la poche de Dunkerque, acculé sur les rives de la mer du Nord. S'il n'avait été retenu à l'hôpital, Georges aurait sans doute été fauché en juin sur un pont de la Loire : en pleine déroute de l'armée française, ses camarades, dont une quinzaine d'aspirants d'origine russe de l'École de cavalerie de Saumur, s'y sont illustrés en retenant pendant deux jours deux divisions allemandes. Ismaël, aspirant au 40e régiment d'artillerie nord-africain, a cessé la lutte le 31 mai après s'être vaillamment battu en Belgique pour retarder l'avance de la Wehrmacht : il recevra la croix de guerre avec deux citations.

Démobilisé après l'armistice, Laddie, débarquant du train, s'est retrouvé avec son fatras devant l'École militaire. Le poste de garde est fermé. Personne en vue. Il balance ses effets militaires de l'autre côté du mur et repart tranquillement vers la rue Nitot, la conscience en paix. Il a fait son devoir. Maintenant qu'il ne peut plus rien pour son malheureux pays, il regagne sa base, heureux d'y retrouver sa femme qu'il n'a vue qu'épisodiquement depuis près de dix mois. Loin de la guerre, de cette violence qui lui est étrangère mais qu'il exècre tout particulièrement depuis ce jour de février 1934, où, croyant participer à une manifestation pacifique, il s'est retrouvé entouré de morts et de blessés. Laddie n'est pas un pleutre, mais il croit au pouvoir de la parole plus qu'à l'échange des coups, il n'a d'ailleurs jamais suivi ceux de ses amis qui, comme Joseph Pozzo di Borgo, ont rejoint les rangs de la Cagoule, défilant avec leurs cannes plombées et s'armant en secret pour faire pièce aux communistes. La gestion du Luart requiert sa présence, son père n'est plus tout jeune, il a du mal à tout mener de front, l'exploitation des terres, les travaux que requiert le château. Il faut aussi veiller à l'hébergement dans les communs d'une bonne dizaine de réfugiés des Ardennes. Laddie a vu Leïla à l'œuvre en Espagne : il sait qu'en matière de travail social, il a la chance d'avoir en son épouse la collaboratrice la plus efficace qui soit.

Avant tout soucieuse du devenir de sa formation, Leïla est dans un état d'esprit bien différent. Le 2 septembre 1940, elle a été citée à l'ordre de l'armée par le général Weygand. Une belle citation parlant de la FCM comme d'une « formation chirurgicale modèle » et de la comtesse du Luart comme d'une « patriote ardente et animatrice inlassable ». « A personnellement rempli à cette ambulance », précise le texte, « de nombreuses missions au cours desquelles des bombardements ennemis ont fréquemment atteint la zone où fonctionnait sa formation. N'a cessé d'apporter à celle-ci des améliorations remarquables et a prodigué aux blessés les soins les plus assidus. Au cours de la retraite de l'Armée, a donné un bel exemple de sang-froid et d'énergie. » Cette pluie d'éloges, Weygand la réédite quelques mois plus tard, lorsqu'il épingle sur la poitrine de Leïla la croix de chevalier de la Légion d'honneur. Pour son action, elle reçoit aussi la croix de guerre, en même temps que plusieurs de ses équipiers, le docteur Pascal, quatre de ses infirmières et les dix étudiants américains qui s'étaient portés volontaires. Jour de gloire pour Leïla, heureuse de voir ses mérites reconnus devant ses parents et ses beaux-parents réunis pour l'occasion. Ces médailles, les premières d'une longue série, la remplissent de fierté – ne s'est-elle pas juré, au fond d'elle-même, de concurrencer son père sur ce plan ? –, mais surtout elles lui indiquent la voie à suivre.

Ce n'est pas un hasard si elle a tant tenu à ce que Weygand lui remette sa décoration. L'ancien chef d'état-major de Foch cumulait jusqu'à récemment les charges de commandant en chef et de ministre de la Défense nationale : chez les Hagondokoff, on est sensible aux prestigieux parrainages. Elle connaît depuis longtemps ce familier – une fois encore – du vieux prince André Poniatowski, qui tient Maxime Weygand en haute estime et le reçoit régulièrement ainsi que sa femme quand il n'est pas reçu par eux près de Morlaix. Entre l'alerte septuagénaire et la comtesse toujours éblouissante à l'orée de la quarantaine, des affinités se sont nouées. Sont-elles dues aux origines mystérieuses du général – certains le donnent pour le fils naturel de la reine Charlotte du Mexique, d'autres pour celui du roi Léopold II de Belgique et d'une comtesse russe ? Ou à sa détestation du bolchevisme depuis sa mission polonaise ? Ou encore à sa bonne connaissance du Levant en général et du Caucase en particulier pour y avoir préparé en 1939 une offensive contre les champs de pétrole soviétiques dans l'idée de prendre à revers l'Allemagne et ses alliés ? Tout cela a pu jouer. Mais si Leïla tient tant à la présence de ce glorieux militaire, membre influent de l'Académie française, c'est surtout que Weygand a été nommé début septembre délégué général du gouvernement en Afrique française.

Or, début 1941, l'Afrique concentre tous les espoirs de Leïla. Depuis la défaite, elle s'est employée à justifier le maintien en activité de sa formation, reconvertie dans l'aide aux prisonniers français en zone occupée. Mais elle sait bien que cela n'aura qu'un temps. Qu'on lui demandera un jour de la dissoudre, comme ont été dissoutes après la défaite les sections sanitaires automobiles où servaient nombre de volontaires féminines. Ou pire, de la remettre entre les mains de l'occupant. Leïla est de plus en plus persuadée que tout n'est pas encore joué. Ils n'ont peut-être pas tort, après tout, ces vingt-sept parlementaires qui ont choisi, en juin 1940, de gagner l'Algérie sur le *Massilia* plutôt que de se replier sur Vichy. Ni ce général de Gaulle, pour elle un illustre inconnu, qui entretient depuis Londres la flamme de la Résistance française. Une rumeur persistante veut qu'à Vichy même, dans l'entourage du Maréchal et du ministre de la Guerre, on s'occupe secrètement de faire partir ceux qui le désirent pour les colonies qui se sont ralliées à la France libre. Bloquée à Paris, Leïla se sent parfois de nouveau une étrangère au milieu de l'océan des médiocres qui aiment la défaite parce que celle-ci a mis un terme à la peur sans nom qui leur broyait les entrailles. Résistante-née, elle n'entretient pas de grande vision géopolitique. Mais elle déteste se voir imposer sa loi par d'autres. L'idée de vivre dans une France asservie lui est insupportable. Et elle veut protéger sa formation, son premier souci, l'œuvre de sa vie.

Cap sur l'Afrique

Un projet a attiré son attention. Vichy vient de relancer l'idée de construire une voie ferrée à travers le Sahara, et a confié à Weygand le soin de mener le projet à bien. Le Transsaharien est un rêve grandiose apparu soixante ans plus tôt sous le Second Empire. Un chemin de fer du désert qui serait l'épine dorsale de l'Empire africain français et permettrait d'une certaine façon d'effacer la barrière du Sahara : « Si on faufile un Empire avec des routes, on ne le coud qu'avec le chemin de fer », dit le rapport préliminaire établi par un inspecteur général des Ponts et Chaussées dont elle a pris connaissance. La ligne permettrait de développer le peuplement de l'Afrique noire en lui assurant une meilleure couverture sanitaire, comme d'exporter les richesses qui y sont produites, le coton du Niger, les phosphates de la vallée du Tilemsi au Soudan français. Elle serait surtout l'assurance de pouvoir transporter en toute hâte, vers un front européen, la « force noire » dont on dispose sur place, une question plus que jamais d'actualité.

Tous ces arguments confondus ont emporté la décision. En mars 1941, une loi a autorisé la construction du Transsaharien, rebaptisé pour l'occasion « Méditerranée-Niger » – vite contracté en « Mer-Niger », voire en « MN ». Point de départ : Nemours, un petit port algérien à l'ouest d'Oran, ce qui permet d'utiliser sur les trois cents premiers kilomètres la voie déjà existante qui relie la côte au grand Sud algérien en passant par le Maroc – les frontières importent peu tant qu'on reste dans le giron de l'empire. Après ? Après, tout reste à faire, soit quelque deux mille cinq cents kilomètres de rails à poser pour atteindre au Niger Gao puis Niamey, un embranchement étant prévu vers Ségou au Soudan français. Accomplir cet exploit, c'est aussi revaloriser la France aux yeux des puissances étrangères, lui rendre une part de son prestige englouti dans la défaite, à l'instar de ce Turksib, cette voie ferrée reliant le Turkestan à la Sibérie, de Tachkent à Novossibirsk, que les Soviétiques ont construite à la fin des années 1930 à travers steppes glaciales, déserts brûlants et montagnes enneigées, et qu'ils présentent aujourd'hui comme le plus beau fleuron du nouveau régime, leur triomphe sur les éléments naturels.

Pour réaliser le Turksib en un temps record – moins de quatre ans –, il n'a pas fallu moins de cinquante mille ouvriers : le gouvernement de Vichy vient de s'offrir une main-d'œuvre à bas prix en créant, en septembre 1940, des camps de travail baptisés « groupements de travailleurs étrangers », à destination des individus de dix-huit à cinquante-cinq ans arrivés en France après le 1er janvier 1936. L'exode des républicains espagnols vers la France – la « Retirada », un véritable mascaret humain –, suivi de l'arrivée de milliers de réfugiés de Sarre puis d'Autriche, ont encore développé la xénophobie qui règne en France depuis la crise des années 1930. D'où la décision d'interner dans des camps ceux que l'on considère comme « inutiles à l'économie nationale ». Parmi eux, nombre de ces « engagés volontaires pour la durée de la guerre » (EVDG), tous étrangers, qui se sont brusquement retrouvés démobilisés après la défaite expresse de 1940 – les effectifs de l'armée française sont désormais limités à cent mille hommes. En tout, deux cents camps vont être créés en France métropolitaine. Mais aussi en Algérie et au Maroc où les autorités locales ont mission d'appliquer les décisions de Vichy : seront internés d'office non seulement les individus stigmatisés comme « dangereux pour l'ordre public » – déserteurs, fortes têtes, militants communistes, opposants réels ou présumés du projet de « Révolution nationale » cher au Maréchal –, mais aussi de simples réfugiés incapables de produire un contrat de travail ou encore, le gros de la troupe, les EVDG qui avaient été versés à la Légion étrangère ou dans l'un des trois régiments de marche créés à leur intention, avant d'être mis à pied (toujours aux termes des conventions d'armistice, l'armée française n'est autorisée à garder en Afrique du Nord que trente mille hommes dans ses rangs).

Leïla sait tout cela. Lors de sa remise de décoration, elle réussit, malgré l'affluence, à se ménager un tête-à-tête avec le général Weygand pour lui confier l'idée qui a germé dans son esprit. Sa formation végète. Pourquoi ne pas la transférer en Afrique du Nord pour y améliorer la situation sanitaire qu'on dit catastrophique dans les camps d'internement ? Au camp de Bou-Arfa par exemple, le plus important du Méditerranée-Niger. Elle est spécialisée dans la chirurgie de guerre mais elle saura s'adapter, qu'on lui fasse confiance, elle a en tout cas la mobilité nécessaire pour suivre les ouvriers à mesure que progressera le chantier. Le général a tous pouvoirs à Alger où il règne en proconsul. Autorisation accordée !

Alger la blanche

Reste le plus difficile : avouer à Laddie son intention de le quitter. Pas pour de bon, bien sûr. Mais cette fois pour longtemps. En mars 1939, il s'était réjoui que Leïla renoue avec une vie « normale ». Il s'était ému en septembre de la voir repartir au combat. Avec l'arrêt des hostilités en juin, il imaginait récupérer son étoile filante. Mais, s'il l'a accompagnée plus d'une fois dans ses virées espagnoles, il est hors de question pour lui d'aller vagabonder de l'autre côté de la Méditerranée. Leïla a pleinement conscience du risque qu'il y a à abandonner derrière elle ce nouveau quadragénaire. Aurait-elle oubliĂŠ les scĂ¨nes de jalousie ĂŠpiques quâelle lui faisait quelques annĂŠes plus tĂ´t ? DĂŠserter le domicile conjugal, câest laisser le champ libre au bataillon de jolies femmes qui assaillaient Laddie autrefois. Elle prend le risque. Vivre comme elle lâentend, câest faire des choix. Elle pourrait adopter cette devise quâon prĂŞte Ă Kafka : ÂŤ Vivre, câest dire non. Âť Non aux solutions toutes faites, non aux affectueuses pressions familiales. Elle nâest pas nĂŠe pour rien sous le signe du Verseau, celui des gens ĂŠpris dâaventure. Elle partira. Ce qui ne lâempĂŞche pas, en femme habile, de demander lâaccord de son mari. Sachant bien que, comme toujours, il dira oui. LeĂŻla se rappelle en souriant une vieille croyance qui courait les campagnes dans son enfance, selon laquelle celui qui, le jour du mariage, pose le premier le pied sur le tapis devant lâautel, celui-lĂ est assurĂŠ de dominer son conjoint. Nul doute quâelle ait ĂŠtĂŠ la premiĂ¨re Ă fouler le tapis rouge dans le chĹur de Notre-Dame-de-GrĂ˘ce de Passy.

Contre vents et marĂŠes, elle partira. Ce jour-lĂ , on est en avril 1941, lâĂŠmotion est intense. Dans les salons de la rue Nitot, seuls assez vastes pour accueillir tant de monde, les Hagondokoff se sont, une fois nâest pas coutume, mĂŞlĂŠs aux du Luart, il y a des jeunes et des moins jeunes, rassemblĂŠs pour faire leurs adieux Ă celle qui prend la route, les domestiques sont lĂ eux aussi. LeĂŻla commande la manĹuvre, demande Ă chacun, selon la coutume russe, de sâasseoir un moment, les tĂŞtes sâinclinent en silence, avant que le fils de Constantin, le plus jeune de lâassistance, ne se relĂ¨ve en faisant le signe de croix. Une minute pour Dieu avant de se lancer dans lâaction. Le lendemain soir, Ă Marseille, LeĂŻla embarque ses camions dans les cales dâun cargo mixte, le *Djebel-Nador*. Elle nâemmĂ¨ne avec elle quâune infirmiĂ¨re. Deux jours plus tard, elle arrive dans la rade dâAlger, ĂŠblouie par le spectacle de la Ville blanche, avec ses innombrables petites maisons et ses beaux palais semés sur des collines couronnées de bois verts.

Leïla ne sait pas trop où elle met les pieds. Mais cela lui convient à elle, la fille de Constantin, de travailler comme il l'a fait aux marches de l'empire. La seule différence, c'est qu'en Russie on ne parlait pas de colonies, puisque l'empire formait un bloc compact, des rives de la Baltique jusqu'au Turkestan, de Minsk à Vladivostok. Mais l'esprit est le même, c'est toujours l'esprit de la frontière, celui qui animait les pionniers américains lors de la conquête de l'Ouest, celui qui a attiré le général Hagondokoff vers les garnisons les plus reculées et poussé les Bajenoff à fuir par l'est. C'est toujours la même fascination pour un monde vierge, délivré de l'habitude et des pesantes hiérarchies, un monde où tout est encore possible. Le Maghreb sera sa Mandchourie à elle. Sa *terra incognita*. Le Méditerranée-Niger sera son Transmandchourien.

La première urgence est de recruter du personnel. À Alger, elle a pris ses quartiers à l'hôtel Aletti, le seul hôtel de classe internationale du centre-ville. Une solide bâtisse carrée qui regarde vers la mer, construite à grands frais en 1930 lors des fêtes du centenaire de l'Algérie et toujours tenue par le même propriétaire, Louis Aletti, un grand type aux yeux bleus lavés et au teint blême, dont le frère Jacques abrite à Vichy, à l'Hôtel du Parc, le Maréchal et sa suite. L'hôtel favori des colons, le centre de la vie mondaine d'Alger. Mais aussi une véritable bourse aux informations et aux transactions en tous genres, un extraordinaire caravansérail où logent la commission d'armistice allemande et le chef de la police de Vichy comme les services de renseignements anglais et américains, où le représentant du commissaire aux Affaires juives côtoie au restaurant ou au bar les riches rejetons des familles sépharades. Une pléiade de jeunes et jolies filles, femmes du monde à la cuisse légère ou vraies professionnelles, fréquentent indifféremment les uns et les autres.

À l'Aletti, dans ce petit monde qui tourne un peu en rond, l'arrivée de Leïla fait sensation. Son aisance souveraine impressionne, tout comme son parcours : on parle d'elle comme d'un « héros » – décliner ce terme au féminin en amoindrirait la portée –, on évoque ses « trois guerres », celle de Russie, celle d'Espagne, celle de France, sa Légion d'honneur et sa citation à l'ordre de l'armée. Mais elle n'est pas là pour faire salon. Elle prend à peine le temps de s'imprégner de l'atmosphère de ce Maghreb jusque-là inconnu d'elle, de sa merveilleuse lumière, de cette ville si belle dont les rues fourmillent d'une foule bruyante, de ces campagnes peuplées de gamins pieds nus et de petits ânes dociles, où s'ouvrent de grandes allées bordées de palmiers menant à de somptueux domaines. À longueur de journée, elle reçoit des candidats au départ. Parmi ses premiers interlocuteurs, un jeune homme de vingt-sept ans au regard très bleu, Pierre Bénouville, un ancien camelot du roi, fervent royaliste, qui, après avoir brièvement adhéré aux idéaux de la Révolution nationale, n'a qu'une idée en tête : rejoindre les Forces françaises libres. En février, ayant gagné clandestinement l'Afrique du Nord, il a été incarcéré deux mois par la police de Vichy. Sa requête est simple : il a appris que Mme du Luart recrutait des conducteurs pour rejoindre le chantier du Transsaharien, c'est pour lui une chance unique de gagner l'Afrique noire libre. Le jeune homme, un combiné de Normand et d'Alsacien, plaît à Leïla. C'est un intrépide, il l'a prouvé en s'évadant de son camp de prisonniers à la barbe des Allemands. Il ne lui a pas caché que lui et sa bande d'amis – des Français comme Michel de Camaret, ancien « requetés » des unités carlistes, mais aussi des Belges et des Espagnols – sont suspects aux yeux de Vichy. Forte de son amitié avec le général Weygand qui lui a promis de laisser ces supposés « traîtres » en paix, Leïla les embauche tous. Deux jours plus tard, Bénouville se fait un bonheur de parader en voiture de luxe prêtée par elle devant l'hôtel Aletti, pour la plus grande irritation des officiers de marine arrogants qui l'ont interrogé sans ménagement quelques jours plus tôt. Au jour prévu pour le départ, il manquera cependant à l'appel : la veille, il a été renvoyé, menotté, vers la France, tandis que son ami Camaret était tenu au secret à la prison militaire d'Alger. Les autres partiront avec Leïla. Tous taillés sur le même modèle, ce ne sont pas des compagnons de tout repos. Plus d'une fois, Leïla interviendra en faveur de l'un ou l'autre, incarcéré pour avoir, lors d'une permission, troublé l'ordre public.

Bou-Arfa

Bou-Arfa est situé en plein désert, dans le Sud marocain. Un vrai désert, celui qui parle à l'imagination. En Sibérie, en Mandchourie, Leïla a traversé des steppes désertiques, des déserts minéraux, gris, hostiles, sinistres. Là, elle part à la rencontre d'un désert de sable, avec ses dunes aux croupes rondes, éclairées par les rayons d'un soleil ardent. Un monde d'avant la création du monde qui est aussi un appel à l'Ineffable, celui où le père de Foucauld avait choisi de planter son ermitage, en plein Hoggar.

À Alger, on n'a pas caché à Leïla les difficultés de l'entreprise. Bou-Arfa, qui abrite le 4e GTE, le quatrième groupement de travailleurs étrangers, n'a rien d'un camp de vacances, l'éloignement, le climat, le manque d'eau y créent de terribles problèmes, les malades sont nombreux, les services sanitaires totalement dépassés. Mais elle ne s'attendait pas au spectacle de désolation qui l'attend. En fait de dunes de sable, c'est plutôt une plaine aride semée de collines rocheuses qui s'étend à perte de vue. Quant au camp lui-même, il consiste en quelques cubes de pierre et de terre séchée, la plupart des travailleurs étant abrités à huit ou dix sous des « marabouts », de grandes tentes coniques, celles-là mêmes qu'utilisent les nomades touaregs qui transitent par là avec leurs caravanes de dromadaires. Bou-Arfa n'est pas une prison, pas de miradors, ni de barbelés, tout interné peut sortir du camp. Sous deux conditions, toutes deux inatteignables : s'il présente un contrat de travail en bonne et due forme – le visa pour un retour vers la métropole, mais allez trouver un employeur depuis ce trou perdu ! – et un pécule de dix mille francs – mais comment réunir cette somme quand on est payé au mieux deux ou trois francs par jour, et encore les mois où la paye arrive ? Bou-Arfa n'est pas une prison mais c'est bien un camp de travaux forcés. La nourriture y est plus que chiche : des miches de pain à demi moisi, des boîtes de sardines – parfois seulement une pour cinq personnes, de sorte que le dernier arrivé n'a plus qu'à tremper son pain dans l'huile –, des pois chiches, des haricots, rarement de la viande. Pour améliorer l'ordinaire, les hommes troquent des éléments de leur maigre ration avec des bédouins contre des œufs et des dattes. L'eau est un bien rare, chacun a droit à deux litres par jour pour boire et se laver. Le travail est harassant. Dix heures par jour, six jours par semaine, parfois même les dimanches et jours fériés, à manier la pelle et la pioche, à casser des cailloux – un demi-mètre cube par jour sous peine de prison –, à faire des travaux de terrassement sur la future voie, à poser les rails – récupérés, l'acier étant une denrée rare, sur des voies déclassées de la zone libre, en France ou en Algérie, un matériel hétéroclite qu'il faut rendre compatible. Les premiers trains appelés à circuler sur le Mer-Niger seront, eux aussi, de récupération, wagons de troisième classe mis au rebut, poussives locomotives prussiennes à vapeur reçues par la France après 1918 au titre des dommages de guerre. En revanche, prestige du Transsaharien – et pompe vichyssoise – oblige, c'est un bel autorail de Dietrich presque neuf qui sera présenté lors de l'inauguration du premier tronçon, de Bou-Arfa à Colomb-Béchar, le 8 décembre 1941, en présence du secrétaire d'État aux Communications Jean Berthelot et d'un détachement de goumiers marocains. Aux premiers rangs des invités, Leïla en uniforme blanc, sourire convenu aux lèvres, mais rage au cœur devant cette mise en scène qui rappelle ces prospères « villages Potemkine » présentés par son Premier ministre à l'impératrice Catherine II de Russie pour cacher une réalité misérable.

Sur les hautes plaines, il est possible de tracer la voie presque en ligne droite, les rares courbes étant dues à l'obligation de contourner les djebels dominant la plaine de l'oued Guir. Le chantier avance vite. Mais à quel prix ! Chaque jour, devant l'ambulance du Luart, reconvertie en dispensaire d'hygiène sociale, on peut voir patienter une longue cohorte de travailleurs en courte cape et béret sur la tête. Car, au 4e GTE, il y a de tout, des soldats, des ouvriers, mais aussi des intellectuels, des ingénieurs, des chimistes, des architectes, des docteurs en droit, que rien ne préparait à ce travail de forçat. Il faut savoir tout soigner. Les états d'épuisement. Les déshydratations sévères (le jour, les travailleurs sont exposés à un soleil meurtrier). Les affections pulmonaires (la nuit, la température tombe parfois à moins 10 °C ; en janvier 1942, on voit même tomber la neige). Les conjonctivites aiguës, quand le sirocco envahit tout, les tentes et aussi les yeux, le nez, la bouche, les oreilles. Mais le premier souci de Leïla, c'est avant tout ce manque d'hygiène qui, via les acariens, les puces, les poux de corps, provoque non seulement des affections de peau mais fait planer la menace d'une épidémie de typhus. Plusieurs cas ont déjà été signalés. Cette maladie, elle la connaît bien pour l'avoir côtoyée en Russie pendant la guerre civile, elle en a vu les stigmates sur son père, elle en a appris tous les symptômes, les fronts brûlants de fièvre, les violents maux de tête, la toux, les douleurs musculaires, les nausées, l'état d'hébétude faisant suite à une agitation proche du délire. Et cette soif, cette soif intense. Cette congestion du visage. Cette éruption qui commence sur le thorax environ cinq jours après l'apparition de la fièvre avant de s'étendre aux bras et aux jambes. Le typhus est la hantise de Leïla. Elle n'a pas oublié ces silhouettes figées dans des dislocations dantesques, ces bras décharnés levés vers le ciel. De son combat contre le typhus, cet ennemi qui a failli la priver prématurément de son père, Leïla a fait une affaire personnelle, passant parfois des nuits entières auprès des malades les plus sévèrement atteints, n'acceptant de prendre du repos que lorsqu'elle sait le seuil critique franchi, la fièvre maîtrisée. Le téléphone arabe a vite fonctionné : les indigènes, touchés eux aussi par l'épidémie, sont chaque jour plus nombreux à venir se faire soigner. Parmi eux, d'anciens ouvriers du chantier, ayant abandonné leur poste au bout de la première ou de la seconde paye parce qu'ils trouvaient le travail trop écrasant ou voulaient reprendre leur vie nomade. Et puis des femmes en larmes, des enfants dépenaillés, qu'il faudrait avoir le cœur dur pour renvoyer dans leurs foyers. Lorsqu'au printemps 1942, un printemps particulièrement étouffant, l'épidémie de typhus semble s'essouffler – on a immédiatement désinfecté la salle à grand renfort de crésyl à l'odeur forte et entêtante –, c'est le paludisme qui prend le relais, avec ses accès de fièvre intermittente, ses céphalées tenaces, son asthénie. Chaque jour, on compte plus de vingt nouveaux malades, à qui l'on administre de la quinine à forte dose du matin au soir, et du soir au matin.

Il y a les malades. Et puis les blessés. La construction du Transsaharien ne coûtera pas des centaines de vies comme celle du Turksib. Mais les accidents mortels n'y sont pas rares. Et les urgences, quotidiennes. À la formation, on prend en charge les plaies de toutes sortes, les fractures, les écrasements de membres, on pratique aussi des amputations, seules les lésions cérébrales sont systématiquement dirigées sur le service de neurochirurgie de l'hôpital de Casablanca. Parfois, on amène à l'équipe du Luart un travailleur mal en point sans qu'on comprenne trop ce qui lui est arrivé. Il existe, à quelques kilomètres de là, à Foum-Defla, un camp de discipline où les sévices sont monnaie courante : les bastonnades, l'attache au poteau des heures durant, tête nue sous le soleil, la « cage au lion » où le patient est enfermé dans un cube de 1,80 mètre de côté, le « supplice du tombeau » où le disciplinaire peut rester huit jours, parfois plus, couché dans une fosse étroite. Certains, soumis à des écarts de température extrêmes, y ont laissé une main ou un pied gelé. Un jour, un volontaire juif est arrivé dans un état désespéré ; on l'a enterré le lendemain dans le petit cimetière de Bou-Arfa, il s'appelait Brenman, Leïla n'oubliera pas ce nom. On dit que c'est encore pire à Hadjerat-M'Guil, un autre camp de discipline – le « GTE n° 6 » – situé à cent kilomètres de Bou-Arfa, de l'autre côté de la frontière algérienne. Inculpé d'assassinats – on dénombrera neuf morts sur les cent cinquante internés –, le chef du camp, le commandant Santucci, sera condamné à mort le 17 février 1944 par le tribunal militaire d'Alger.

Même si l'on est loin de cela à Bou-Arfa, de plus en plus de gens au fil des mois dénoncent la situation qui est faite aux travailleurs étrangers dans les camps situés au Maghreb. En août 1941, les services de renseignements de la Légion étrangère ont protesté contre le traitement infligé à d'ex-légionnaires. Avant eux, Leïla avait fait entendre sa voix auprès du commandant du camp. Dans certains cas, elle le sait, l'internement est un moindre mal. Face à la demande des autorités d'occupation, relayée par Vichy, de leur remettre la liste des Allemands et des Autrichiens ayant combattu dans ses rangs, la Légion étrangère a fait mine d'obtempérer, donnant le nom de ceux qui, pour des raisons diverses, souhaitaient ce rapatriement, ainsi des éléments perturbateurs heureux d'échapper à des punitions, des républicains espagnols craignant l'arrivée au Maroc de l'armée de Franco... Mais, soucieuse de préserver sa tradition d'asile, la Légion se refuse à livrer à l'occupant ceux de ses hommes – juifs, militants de gauche, antifascistes déclarés – qui ont tout à craindre d'un retour au pays. Plus tard, elle en enverra certains au Tonkin, avec le 5e régiment étranger d'infanterie ; en attendant, elle les abrite dans des camps. Reste que la plupart des internés le sont contre leur gré.

Au dispensaire, il n'y a pas que le corps que l'on soigne. Le mental aussi. Le foyer chaleureux aménagé par Leïla dans une baraque moins pourrie que les autres s'anime le soir, après la journée de travail. Il y a tant de souffrances à soulager. Certains, n'y tenant plus, ont tenté de se sauver, le désert – ou les Sahraouis – a eu raison d'eux ; ils ne sont jamais arrivés à destination. Faute de mieux, on vient se confier à celle qu'on appelle « notre Mère » tout simplement, ou bien à Gisèle Noël, son infirmière-chef, une solide Lorraine, ou encore à l'une des infirmières de l'équipe, avenantes dans leur impeccable costume blanc agrémenté de chaussettes bleu ciel qu'elles tricotent pendant les heures de repos. Il y a Rodolphe aussi, l'assistante administrative, une originale toujours de bonne humeur qu'on a vue débarquer un jour d'Alger avec une douzaine de malles, valises, cartons à chapeaux, indispensables au milieu du désert... Le foyer a ses familiers comme Albert Saul, un jeune juif né à Smyrne qui a passé la guerre dans les rangs du 2ᵉ régiment étranger de cavalerie sur la frontière algéro-marocaine. Il s'était levé pour défendre sa seconde patrie : il s'est retrouvé, après sa démobilisation, traqué par la police, traité comme un suspect, interné « par mesure administrative ». La première fois qu'on l'a vu au centre, c'était pour soigner une crise de paludisme. Ou peut-être une rage de dents, Leïla ne sait plus. Depuis, il passe souvent en fin d'après-midi, lorsque la nuit qui tombe d'un coup rend plus cruelle encore l'absence de Sarah, sa jeune femme, qui l'attend à Paris et dont il est sans nouvelles. Une semaine, il est resté invisible : à son retour, il a raconté que, ayant refusé de partir au travail pour protester contre la suppression des permissions, il a été transféré dans le bled avec vingt-sept de ses camarades et placé dans un enclos cerné par huit gardes armés, avec interdiction de dépasser le trait sous peine d'être abattu sans sommation. Un autre jour, sans raison, Albert et ses amis ont dû rendre leur marabout, une tente dans laquelle ils avaient cherché à recréer un semblant de vie normale. Ils ont alors creusé un trou qu'ils ont recouvert de feuilles d'alfa. Au milieu de la nuit, la pluie les a forcés à en sortir sous peine de mourir noyés. Le lendemain matin, Albert avait une fièvre de cheval, Leïla l'a hébergé à l'infirmerie, le soustrayant pendant trois jours à ces corvées qu'il ne supporte plus, lui qui, avant de s'engager, avait travaillé avec son père dans le négoce des tapis d'Orient.

Un autre pilier du foyer, c'est Sinforiano Rodriguez. Deux ans plus tôt, ce natif de Valence combattait dans les rangs des républicains espagnols. Il a été gravement blessé lors de la bataille de l'Èbre, l'hôpital de Figueras où l'on a opéré sa jambe blessée n'était qu'à quelques kilomètres du lieu où Leïla officiait auprès du camp adverse. Lors de la Retirada, Sinforiano a gagné le camp d'Argelès dans les Pyrénées-Orientales avant de rejoindre Oran où vivait l'une de ses sœurs, dans l'espoir de reprendre son métier d'orfèvre. Le jour où on l'a convoqué à la caserne du Château-Neuf d'Oran, il se voyait déjà enrôlé dans la Résistance... Il s'est retrouvé enfermé dans un wagon à bestiaux avec d'autres Espagnols, et transporté jusqu'à Relizane, d'où ils ont gagné Bou-Arfa en camion. Sinforiano est au désespoir. Il n'a même pas eu le temps de rassurer sa sœur. Il était orfèvre ? On l'a affecté d'emblée à l'atelier de réparation du matériel, mais quel rapport, me direz-vous, entre le sertissage d'une pierre et la manœuvre de lourdes poutrelles d'acier ! Sinforiano, un petit homme souple et nerveux, pesait soixante-quinze kilos en entrant au camp, il en a perdu plus de quinze. Cet homme est de gauche, il s'est battu comme un lion pour ses idées. À son contact, à celui de certains de ses amis qui, eux, ne cachent pas leur foi communiste, Leïla évolue. Ce qu'elle abhorre par-dessus tout, ce sont les mous, les tièdes. À Bou-Arfa, requise par d'humbles urgences, elle n'a pas peaufiné de subtiles améliorations dans ses ambulances, ni progressé sur le plan de cette technicité qui lui tient tant à cœur. Mais, avec Sinforiano le Rouge, elle a découvert des trésors d'entrain et de joie de vivre, aussi exacerbée soient sa susceptibilité, son incompréhension de voir sa dignité bafouée. Albert est juif quand Leïla partage avec la plupart des Russes un antisémitisme larvé : quel bonheur pourtant de parler avec cet homme amoureux des belles choses jusque tard dans la nuit. En Josef, le Polonais, un ex-condamné de droit commun avec qui elle utilise les quelques mots appris de Pani Elena, elle a découvert un merveilleux violoniste qu'elle accompagne parfois à l'accordéon.

Pendant plus d'une année, Leïla est restée rivée à Bou-Arfa, supportant des conditions de vie difficiles et un hébergement plus que spartiate, l'hiver, dans l'un de ses camions aménagé en dortoir, l'été, fuyant la chaleur, dans le baraquement qui jouxte le dispensaire. De temps à autre, elle part avec une ou deux ambulances à Berguent, un autre camp situé plus au nord qui compte surtout des juifs, ou dans les camps de travail qui s'échelonnent maintenant le long de la voie ferrée, à Tendrara du côté marocain, à Aïn el-Ourak, Béchar, Kenadsa, Meridja, Abadla ou Beni-Abbès, de l'autre côté de la frontière algérienne. Comment les gens ont-ils été avertis de son arrivée ? Mystère. Mais ils sont des dizaines à l'attendre, certains ont dormi dehors, enveloppés dans leur pèlerine, pour être soignés les premiers ; parfois les plaies, mal nettoyées, ne sont pas belles à voir. Les seules échappées que Leïla s'autorise la mènent vers Casablanca, lorsqu'elle est en manque de personnel. C'est ainsi que Madeleine Sijalon, l'une des infirmières de l'hôpital militaire Jean-Vial, croisera un soir, au détour d'un couloir, « une très belle personne en uniforme marine, portant Légion d'honneur et croix de guerre » qui demande à parler à Mme de Vatazzi, l'infirmière en chef. L'hôpital travaille déjà en équipes réduites, Leïla devra recruter ailleurs. Elle repart pourtant riche d'une précieuse information : tout laisse penser qu'avant la fin de l'année un débarquement américain aura lieu en Afrique du Nord.

À Bou-Arfa, l'épidémie de typhus est enrayée. Le travail remarquable qui y a été fait par la formation chirurgicale mobile est reconnu par tous... sauf par l'administration du Méditerranée-Niger. Impossible de discuter avec son médecin-chef, confortablement basé à

Oujda. Le directeur général du réseau a même eu le culot de se rendre début mars à Bou-Arfa sans en avertir Leïla. Furieuse, elle dénonce aussitôt dans une lettre au directeur en question le « manque d'atmosphère amicalc » entre ses services ct la FCM, et lui annonce sa décision d'arrêter son concours au 20 mai 1942, le temps pour le Mer-Niger d'assurer le relais. Après un bref passage à Oued-Zem, un autre camp d'internement, la formation chirurgicale mobile va s'installer début juillet 1942 à Settat, un bled pas plus engageant que Bou-Arfa, mais situé dans l'arrière-pays de Casablanca, à proximité du barrage d'Imfout, encore un grand chantier de Vichy. Là, il y a tout à faire, les conditions de vie sont si rudes que près d'un ouvrier sur deux tombe malade ; or, pour hospitaliser tous ceux qui en auraient besoin, il faudrait cinq fois plus de lits.

C'est à Settat que, le 8 novembre 1942, le débarquement anglo-américain surprend Leïla. Elle ne retournera jamais à Bou-Arfa. L'opération « Torch » a marqué le coup d'arrêt des travaux du Transsaharien. Le beau rêve a vécu. Faillite sur le plan technique : malgré une timide reprise des travaux en 1946, le « chemin de fer du désert » ne sera jamais achevé. Sur les deux mille cinq cents kilomètres de voies prévus, seuls deux cent soixante-quinze kilomètres de rails ont été posés, ce tronçon qui se perd dans les sables sera vite abandonné. Le Méditerranée-Niger sera désormais à ranger au rang des fantasmes transsahariens, comme le furent, à une autre échelle, l'« aérosable » bondissant de dune en dune ou le « paquebot du désert » juché sur des roues de douze mètres. Faillite technique mais surtout désastre sur le plan humain. Au lendemain du débarquement, les portes du camp se sont ouvertes pour les prisonniers politiques, certains engagés volontaires ont pu reprendre du service dans les unités combattantes. Mais d'autres, juifs, républicains espagnols, restent internés. C'est seulement le 17 mars 1943 que Sinforiano Rodriguez sera libéré par les Anglo-Américains : il ne pèse plus que quarante-cinq kilos. Élargi le même jour, Albert Saul, faute de pouvoir rentrer en France, restera à Casablanca. Tragique coïncidence : le jour suivant sa libération, le 18 mars, sa femme Sarah, vingt-deux ans, a été arrêtée, conduite à Drancy puis déportée à Maïdanek en Pologne d'où elle ne reviendra pas. Dans ces vies massacrées, celle d'Albert, celle de Sinforiano, trouant ces longues années de galère, Leïla et son équipe ont apporté une lueur d'humanité.

Pour Leïla aussi, il y aura un avant et un après Bou-Arfa. Cet ordre vide du désert a été pour elle l'apprentissage d'un monde nouveau avec ses rigueurs – la chaleur, le froid, le vent, l'inconfort –, ses beautés – la luxuriante végétation des oasis, les peintures rupestres cachées au creux des collines, la magnificence des ciels étoilés. Il lui a appris à mieux cerner la vérité des êtres. Il a été pour elle l'école d'une nouvelle fraternité entre des gens que rien ne destinait à se rencontrer. Il lui a enfin permis, en se démarquant d'une population anesthésiée par le désastre, de forger sa résolution dans la solitude. Se rapprochant ainsi de ce portrait tracé par Charles de Gaulle avant même que n'éclate la guerre : « Face à l'événement, c'est à soi-même que recourt l'homme de caractère... Lutteur qui trouve au-dedans son ardeur et son point d'appui, joueur qui cherche moins le gain que la réussite et paie ses dettes de son propre argent, l'homme de caractère confère à l'action sa noblesse ; sans lui morne tâche d'esclave, grâce à lui jeu divin du héros. »

10

L'ange gardien de l'Afrique du Nord

Opération « Torch »

Depuis l'automne 1942, la rumeur n'a cessé d'enfler : une offensive américaine serait en préparation en Afrique du Nord. On assure que des armes, des équipements, des approvisionnements ont été stockés dans des fermes isolées et dans les djebels, dissimulés aux regards des commissions d'armistice. Qu'une mobilisation est organisée en secret. Une série d'exercices d'état-major aurait eu lieu dans les premiers jours d'octobre. Enfin, un dimanche matin à la petite aube, se réalise l'événement attendu par les uns, redouté par les autres, prédit, démenti : le 8 novembre 1942, la flotte anglo-américaine se présente devant Alger, Oran et Casablanca.

À Alger et à Oran, l'amiral Darlan, qui commande les forces de Vichy, donne l'ordre de la recevoir à coups de canon. Il en va de même au Maroc où le résident général, le général Noguès, pourtant partisan dans un premier temps de la poursuite de la lutte, est resté sourd aux arguments du général Béthouart, arrivé de Londres pendant l'été pour préparer le débarquement. Dans la rade de Casablanca, les combats fratricides vont faire rage pendant trois jours, avant qu'un armistice ne soit signé entre les Alliés et les autorités en place. Les blessés arrivent par centaines, par milliers, à l'hôpital militaire Jean-Vial.

Des Français, des Américains. Les équipes chirurgicales travaillent sans relâche. La pression est telle que l'on prête peu d'attention au ballet effectué dans la cour de l'hôpital par deux ou trois ambulances rutilantes. Dès l'annonce du débarquement, Leïla a foncé sur Casa pour prêter main-forte aux services de santé submergés. Dans l'extrême confusion de ces journées, on peut la voir en uniforme marine diriger la manœuvre, impressionnante de calme et de maîtrise d'elle-même. De jour comme de nuit, elle surveille l'évacuation des blessés en surnombre sur sa formation, rebaptisée pour l'occasion « Ambulance chirurgicale de débordement de Settat ». Au risque d'irriter les équipes en place lorsque, réclamant une table de pansements, elles se la voient refuser parce qu'on l'a donnée quelques minutes plus tôt à Mme du Luart à qui nul ne résiste. Ces terribles journées fratricides, dans la droite ligne de celles vécues en 1941 en Syrie, vont sortir définitivement la formation du Luart de l'anonymat. À Casablanca, plus personne n'ignore Leïla. Le directeur du service de santé local, le médecin-chef Bardon, lui adresse de très officielles félicitations pour son aide inappréciable. Les lettres de remerciements pleuvent, plus émouvantes les unes que les autres. Le jeune Arthur H. Kirby, de Nashville, dans le Tennessee, l'un des premiers blessés évacués sur Settat, décoré de la croix de la valeur militaire pour sa vaillance lors du débarquement, lui envoie la photo de ce grand jour, avec cette dédicace : « À ma maman, avec toute l'affection et la gratitude qu'un cœur puisse contenir. Votre fils, Kirby. » Il aura été un des premiers à bénéficier de ce médicament miracle arrivé dans les bagages des Américains et réservé aux seuls militaires : la pénicilline.

Une formation en état de marche

Sur le plan politique, Leïla a évolué. À Bou-Arfa, elle a plusieurs fois favorisé l'évasion par Tanger de ceux de son équipe qui souhaitaient passer en Angleterre pour rejoindre la France libre. Le général de Gaulle tient un langage familier à ses oreilles, celui de la fierté patriotique. Elle aussi rêve de préparer la revanche. C'est pour cela qu'elle a tenu à garder sa formation en réserve, tapie dans le désert. L'heure est venue d'œuvrer à la reconquête de la France.

Justement, l'arrivée des Américains a bouleversé la donne et ranimé le désir de reprendre la lutte. Il importe de reconstituer au plus vite une armée française digne de ce nom. Tous les hommes de dix-neuf à quarante-quatre ans sont mobilisés. Deux cent trente mille personnes, des pieds-noirs mais aussi des Corses et des évadés de France, vont prendre l'uniforme, auquel s'ajoute un nombre égal d'autochtones arabes. Portée à six divisions, l'armée française sera réarmée par les Américains, comme annoncé dans les accords d'Anfa de janvier 1943. Mais le temps presse. En riposte à l'opération « Torch », les Allemands ont non seulement investi la zone libre en métropole mais sont passés de l'autre côté de la Méditerranée. Des divisions de l'Axe ont débarqué à Tunis et à Bizerte. L'armée du maréchal Rommel progresse depuis la Libye, malgré la belle victoire remportée par les Français libres à Bir Hakeim. Dès la fin novembre 1942, plusieurs divisions françaises ont été dirigées vers la Tunisie avec mission de tenir la grande dorsale tunisienne, l'éperon montagneux qui barre transversalement l'accès à la frontière algérienne, en attendant que les forces anglo-américaines soient opérationnelles. Rude tâche pour les troupes françaises, encore dotées d'uniformes vieillots et d'un armement périmé – on parle à leur sujet de « soldats de l'an II » –, qui vont grignoter mètre par mètre ce terrain accidenté sous une pluie incessante, enlisés dans une boue gluante qui transforme les pistes en cloaques, mitraillés par les avions allemands, maîtres absolus du ciel. En six mois de combats, il y aura quatre mille cinq cents morts et cinq mille cinq cents blessés, rien que du côté français.

L'« armée d'Afrique » (l'armée de l'armistice étoffée de ses nouvelles recrues) manque de tout, y compris de services sanitaires dignes de ce nom. L'offre de services de Leïla est immédiatement acceptée. Depuis deux ans, sa formation a quelque peu délaissé sa vocation première, l'assistance à une armée en temps de guerre. Elle saura la rendre opérationnelle au plus vite. La compléter aussi. Pas de problème en ce qui concerne le personnel de base : les ex-légionnaires et autres pensionnaires de Bou-Arfa, libérés après le débarquement, se bousculent pour rejoindre la formation. Ils sont russes, polonais, hongrois, espagnols, indochinois. Il y a aussi une douzaine de Marocains. Et quelques Français comme ces quatre volontaires appartenant au 31e escadron du train à Marrakech, embauchés comme chauffeurs, en même temps que neuf anciens agents de police. Le 5 mars 1943, la formation, rebaptisée cette fois « Section auxiliaire sanitaire du Luart », quitte Settat pour Alger où elle est basée dans le quartier des Caroubiers, aux portes de la ville. Il faut réparer, astiquer les véhicules anciens, veiller à l'aménagement de ceux qui arrivent à la formation. Leïla a l'œil à tout. Installée à l'Aletti, son QG, elle se démène pour obtenir les autorisations nécessaires. Comme à son habitude, elle s'est assuré le soutien des plus hautes instances locales. Elle avait l'oreille de Weygand : il a été en novembre 1941 rappelé en métropole sur l'insistance de Hitler. Ces derniers temps, elle s'est rapprochée du général Henri Giraud qui, prisonnier en 1940, évadé en 1942, a été choisi par les Américains pour commander en Afrique du Nord après le 8 novembre. Depuis l'assassinat, fin décembre, de l'amiral Darlan, il est commandant en chef civil et militaire en Afrique du Nord. C'est là une protection d'autant plus nécessaire que Leïla a fort à faire pour sauvegarder la spécificité de sa formation. Pour bénéficier des dotations en armement et en personnel, elle a dû accepter que celle-ci, bien que civile, soit pourvue d'un encadrement militaire et avaliser la nomination d'un administrateur, le lieutenant André Bur, un instituteur alsacien.

Reste l'essentiel : recruter un personnel médical d'élite. En passant par Oran, Leïla a engagé comme médecin-chef le colonel Jules Abadie, un chirurgien réputé, originaire des Pyrénées, qui tient dans le quartier Miramar une clinique florissante et dont l'épouse, médecin elle aussi, est d'origine russe. Il faut croire que le choix était judicieux puisque, quelques jours avant le départ, Giraud bombarde Abadie directeur des services de santé de tout le 19e corps d'armée (celui qui est appelé à servir en Tunisie). C'est donc au capitaine Francis Bolot, un assistant de chirurgie de trente-trois ans appartenant à l'hôpital militaire de Casablanca, que Leïla demande de devenir son nouveau médecin-chef. Pour remplacer Mlle Noël, repartie pour Londres, elle fait le choix de Marie-Anne Canavy, une infirmière arrivée dans les bagages du docteur Abadie, une pied-noir fluette d'aspect mais d'une redoutable efficacité. Mais elle s'insurge contre la prétention du médecin-général Vanlande, l'impétueux inspecteur général des services de santé en Algérie, à vouloir lui imposer deux infirmières en provenance de Casa qu'elle ne connaît pas, Madeleine Sijalon (celle-là même qu'elle avait tant impressionnée dans les couloirs de l'hôpital Jean-Vial) et Marthe Lanoire, l'anesthésiste du docteur Bolot. S'il lui faut des infirmières supplémentaires, elle reprendra celles qu'elle avait à Settat. Un accord est finalement trouvé, et, dès le lendemain, faisant contre mauvaise fortune bon cœur, Leïla se fait des plus aimables pour recevoir Sijalon et Lanoire dans les salons de l'Aletti.

Sur la grande dorsale

Aux sourires font vite place les grincements de dents. La cohabitation hommes-femmes n'est pas sans poser de problèmes. Les médecins, habitués à leurs plaisanteries de corps de garde, supportent mal de devoir surveiller leur langage. Les infirmières renâclent à porter la tenue de la formation, blouse marine, col et tablier blancs, impossible surtout de faire tenir correctement la petite coiffe plate, Canavy n'a pas assez de cheveux, Sijalon en a trop, Lanoire, une bosse sur la tête. Pour bien marquer que leur soumission a des limites, ces deux dernières restent muettes à table mais entonnent dès la petite aube « Alouette, gentille alouette » dans le camion Citroën-laboratoire-salle d'opération qui leur tient lieu de dortoir, avec d'autant plus d'allant que Leïla dort de l'autre côté de la mince cloison. Le 4 avril, lorsque la formation chirurgicale mobile – elle a vite repris sa première identité – prend enfin la route, un silence pesant règne dans la « station » conduite par Leïla. Le lendemain matin, les infirmières se débrouillent pour grimper prestement dans les cabines des camions Chevrolet : tout plutôt que de rééditer l'expérience de la veille. À Constantine, la formation, établie à quelques kilomètres de la ville, a fait halte pour vingt-quatre heures. Les trois infirmières demandent au capitaine Bolot l'autorisation de se rendre en ville, comme elles l'ont toujours fait dans leur hôpital militaire où il est normal d'obtenir l'aval du médecin-chef, en avertissant l'infirmière-major par correction :

l'accueil gratiné reçu à leur retour leur démontrera qu'elles n'ont rien compris à la hiérarchie en cours à la FCM. Têtes de cochon, Sijalon et Lanoire braillent le lendemain matin leurs chansons de plus belle. Le soir même, tandis que la formation, enfin parvenue en Tunisie, campe dans les bois d'oliviers du Kef, Leïla convoque les rebelles. Le choix est clair : c'est l'obéissance ou la porte. Un médecin-colonel qui passe par là y va de son petit sermon, rappelle les mérites de leur patronne, insiste sur le fait que la discipline est encore plus nécessaire dans une formation privée que dans un établissement militaire. Lanoire est en larmes, Sijalon, folle de rage mais ses revendications d'indépendance se heurtent déjà, même si elle se refuse à l'avouer, à une certaine attirance pour leur tyran.

De toute façon, il n'est plus temps pour les querelles de personnes. La guerre est là. Depuis le début février, avec l'arrivée de Tripolitaine des troupes de Rommel puis de la 8e armée britannique – qui comprend les unités de Français libres de Leclerc et de Kœnig –, les combats ont repris de plus belle. Pour monter jusqu'au front, la FCM emprunte des pistes ocre de poussière à travers des plateaux désolés où rien ne pousse sinon quelques broussailles et de maigres eucalyptus. Le temps est beau mais le vent glacial. À peine est-elle parvenue à Maktar, une bourgade du Sud tunisien située à neuf cents mètres d'altitude, que les premiers blessés arrivent. Pas le temps de visiter les ruines romaines, pas même le temps d'installer le campement. On opère dans les camions et dans l'une des salles de l'école du village rafraîchie à la hâte. Le vent souffle de plus en plus fort, si fort qu'il emporte les tentes de l'ambulance anglaise qui envoie ses chirurgiens opérer à la FCM.

Après Maktar, Leïla choisit d'implanter la formation non loin de Siliana, à la ferme de Lakhdar. Là encore, elle travaille toujours au plus près des lignes, détachant parfois des antennes avancées, comme à Ousseltia, pour recueillir dans les moindres délais des blessés crevant de froid (c'est tardivement qu'ils toucheront les indispensables canadiennes) et épuisés par les pénibles évacuations à dos de mulets, depuis des djebels inaccessibles aux véhicules motorisés. Leïla est logée dans une cabane sans fenêtres dont le plafond est cerné par les nids d'hirondelles qui la réveillent au petit matin par des gazouillis éperdus. Le vent déchaîné arrache le toit de la cellule opératoire au moment même où débarquent des cinéastes américains : il sera réinstallé sans que les chirurgiens cessent d'opérer. Plus d'une fois, les tentes de la FCM sont criblées par des éclats d'obus. Mais si cette proximité se paie cher, elle rapporte aussi beaucoup. La FCM est en Tunisie la seule formation chirurgicale mobile, si mobile qu'elle passe souvent devant le groupement sanitaire divisionnaire, chargé d'opérer le tri des blessés.

Un tri devenu une notion centrale de la chirurgie de guerre, même si on persiste, dans certains hôpitaux de l'arrière, à faire passer les blessés en fonction de leur ordre d'arrivée. Ce qui prime désormais, c'est la gravité de leur état. Les « deuxième urgence » ou « troisième urgence », souffrant de plaies des membres, de plaies du tronc non viscérales, de plaies de la tête, attendent leur tour sur place ou, s'ils sont transportables, sont envoyés vers une formation sanitaire de l'arrière. Priorité aux blessés de « première urgence », ceux dont le pronostic vital dépend parfois à une heure près de la rapidité de la prise en charge Parmi eux, un second tri s'impose. Pour certains – les blessés de l'abdomen, les blessés du cœur, les porteurs de garrots, les blessés vasculaires –, il n'y a pas le choix, l'opération doit intervenir dans les plus brefs délais. Par contre, les grands choqués, les blessés des membres, les polytraumatisés, ceux qui souffrent d'hémorragies importantes, certains blessés du thorax, doivent impérativement être traités au préalable, si l'on veut éviter que le choc opératoire ne leur soit fatal. Ces techniques de « déchoquage », mises au point à Alger par le centre de réanimation-transfusion des armées et son remarquable directeur, le docteur Edmond Benhamou, vont prouver leur efficacité pour la première fois en Tunisie. Plusieurs des médecins formés par lui rejoindront les rangs de la FCM. Chaque jour, grâce aux vastes campagnes de prélèvement organisées en Afrique du Nord, arrivent par avion dans des caissettes réfrigérées des poches de sang que l'on utilisera pur ou dilué. Du plasma et du sérum aussi, dont l'usage s'est imposé depuis le débarquement de novembre 1942, même s'ils n'ont pas aux yeux du capitaine Bolot les mêmes vertus pour doper les blessés en état de choc.

25 avril : à la FCM, on s'apprête à fêter Pâques. Après la grand-messe, célébrée par Mgr Poggi, le vicaire général aux armées, Leïla a tenu à distribuer des œufs peints. Pour lui faire plaisir, Guiot, le pharmacien, a accepté de vider ses fioles de Mercurochrome et de bleu de méthylène. Un vaste buffet a été dressé. Mais le repas est vite troublé par le bruit du canon, les éclatements d'obus. Il faut abandonner la tente joliment décorée où tout le personnel de la formation est réuni, y compris Naktar, le mouton mascotte qui la suit partout. Les troupes françaises sont montées à l'assaut de Pont-du-Fahs. Les blessés recommencent à arriver. De nouveau, les trois équipes chirurgicales opèrent de jour comme de nuit dans les camions opératoires ou dans une des chambres de la ferme, blanchie à la chaux. Incessant ballet mené par ces grands diables vêtus de blanc qui, sous l'éblouissante lumière des scialytiques, dispensent à ceux qui souffrent le calme néant de la narcose, liant les vaisseaux, excisant les tissus mortifiés, réduisant les fractures, suturant les plaies intestinales. La grange d'hospitalisation est pleine, on y abrite les nouveaux amputés, les « thorax », les

« ventres » surtout qui réclament inlassablement de l'eau, alors que boire le premier jour leur serait fatal. Il faut rester insensible aux prières, aux menaces. L'un d'entre eux tente de glisser dans la main d'une infirmière un billet de dix francs – « *Chouia el ma, baraka alaoufik* » (« Un peu d'eau, par pitié »). Faute d'être entendu, il trouve la force de se lever, Leïla qui entre à ce moment dans la tente pousse un cri en voyant le malheureux porter un broc d'eau à ses lèvres. Dans une autre grange, on a mis les cas désespérés, les « crânes » : à eux, il est permis de donner à boire, mais la plupart sont maintenus grâce à la morphine dans une semi-inconscience. L'aumônier, le père Declerc, n'a souvent rien d'autre à faire que de distribuer les extrêmes-onctions. Partout où la formation passe, elle laisse derrière elle un petit cimetière. Sur les tombes fraîchement creusées, on dépose une boîte de fer avec un papier et un nom, une croix ou un croissant : on les fleurit de coquelicots ou de jonquilles à la veille de partir pour une nouvelle étape. Il arrive pourtant qu'après quelques jours certains de ceux qu'on estimait perdus s'accrochent toujours à la vie : il est temps pour eux d'être évacués vers l'arrière, la plupart du temps par avion. Le Goëland frappé d'une croix rouge se pose dans un pré voisin, l'une des Chevrolet de la formation lui amène les blessés qui, en une demi-heure, parviennent au Kef, à l'hôpital de base, ou à Alger. Quand il fait trop mauvais, on évacue par voitures sanitaires : certaines nuits, particulièrement noires, Leïla reste debout jusqu'au petit matin sous la pluie pour guider les véhicules qui risquent de s'enliser.

Le 28 avril, le médecin-colonel Abadie rend visite à la formation du Luart : il ne passera à la ferme Lakhdar qu'une fin de journée et une nuit, mais en ce bref laps de temps, il voit accueillir cent quarante-deux blessés, et encore trente-neuf autres le lendemain matin. Les besoins de transfusion sont tels que toutes les personnes présentes à la formation se portent volontaires pour donner leur sang, y compris Leïla, y compris Abadie, y compris le professeur Curtillet qui l'accompagne, un chirurgien consultant de l'armée. Pendant ces six semaines terribles, la FCM ne connaît pour ainsi dire pas de répit. Les blessés des trois divisions françaises arrivent sans discontinuer. Les équipes chirurgicales fonctionnent en permanence. La formation est la seule à pouvoir garder jusqu'à quarante ou cinquante opérés, parfois davantage, le temps qu'ils soient transportables. Leïla préside à l'accueil, aidée lorsqu'il y a un coup dur par tous les hommes de la formation, ils ne sont pas de trop pour l'aider à laver les blessés, à les panser, à leur donner à boire et à manger. Elle prépare pour eux du thé, du café, du chocolat, elle leur parle surtout, les réconforte avec son beau sourire, elle réussit même parfois à les faire rire. Toujours debout et gaie, jamais fatiguée, elle veille au confort des hospitalisés mais aussi à celui du personnel, passant à la buanderie pour laver et amidonner les cols et les coiffes des infirmières quand elles n'ont pas le temps de le faire, surveillant la cuisine, mitonnant un plat de son invention. À elle aussi la mission essentielle de reconnaître les futurs emplacements où implanter la formation, parfois avant même que le génie ait eu le temps de déminer. Des journées harassantes qui, le soir tombé, la jettent parfois tout habillée sur la couchette qu'elle a fait aménager dans son camion PC, ou bien, sécurité oblige, dans un gourbi rempli de puces, de punaises et de souris. À moins que, repoussant encore et encore la fatigue, elle ne prenne à cette heure tardive le relais à l'hospitalisation pour y surveiller un récent opéré, ou pour calmer celui qui, lorsque la nuit peuplée d'ombres s'avance et que le sommeil le fuit, se transforme soudain, lui, le fier-à-bras, en un petit garçon apeuré que sa mère a abandonné.

En quelques jours, celle que l'on voyait comme un insupportable tyran est devenue pour tous « notre

Mère », ainsi qu'on l'appelait déjà à Bou-Arfa. Du côté des infirmières, il y a longtemps que la partie de bras de fer s'est soldée par une reddition sans condition, Canavy, dévouée et loyale sous son aspect rude, Lanoire, filant doux, Sijalon, béate d'admiration. C'est le cœur battant d'émotion que ces deux dernières ont offert pour Pâques à Leïla une drôle de poupée en gaze, crins et Leucoplast, habillée en tenue FCM. Elle s'est imposée aussi aux médecins, pourtant de fortes personnalités : Bolot, excellent chirurgien, un esprit fin, féru d'histoire et de poésie, mais aussi brouillon que Leïla est organisée ; Abrassard, vieux garçon ronchon, volontiers grivois – la patronne ayant institué qu'à la FCM, on devait se lever chaque fois qu'on proférait à table un gros mot, il n'est pas souvent assis... ; Bernard, un original qui ne manque pas une occasion d'amuser la galerie, arrivant, un jour qu'il fait très chaud, casque sur la tête, torse nu mais cravate réglementaire nouée autour du cou, afin de respecter la tenue correcte exigée ; Stefani, le grand spécialiste des abdomens, crâne rasé pour cacher sa calvitie, toujours à la recherche de ses affaires ; et l'équipe des réanimateurs, tous des « fils de Benhamou », qu'il s'agisse de Constantin Sounes, d'Henri Rungs ou de Jean Dausset, un tout jeune interne particulièrement brillant. Les sous-officiers sont hauts en couleur eux aussi : Denoël, le très digne infirmier de la « salle d'op », écrivain et poète ; Delarasse, le radio, un ours travailleur et consciencieux, assez dévoué pour jouer les fossoyeurs à l'occasion ; Fossoul qui boit pour oublier ses malheurs conjugaux...

Mais, côté pittoresque, rien ne vaut le petit monde des infirmiers et des chauffeurs, tous éperdus de reconnaissance pour Leïla qu'ils suivent pour la plupart depuis Settat ou même depuis Bou-Arfa : Binès, son factotum, un débrouillard ; Goudieln, un Espagnol rouge sang ; Zoliniac, le buandier polonais, qui s'échine à apprendre à siffler à son merle, en fait un vulgaire corbeau ;

Woitovitch, le tailleur repasseur ukrainien, têtu comme un âne, plus avare qu'Harpagon, mais très adroit de ses dix doigts ; Bâ, qui se distingue des autres infirmiers indochinois, plutôt flemmards et chapardeurs, entièrement dévoué aux blessés et si jaloux de son hospitalisation qu'il en interdit l'accès à quiconque n'est pas sur la liste de garde ; Ossipof et André, les cuisiniers russes, capables de préparer un festin comme une infâme ragougnasse, cochon bouilli ou pois cassés quasi crus, les jours où, à défaut de vodka, ils ont forcé sur le vin de l'intendance. Pour compléter l'ordinaire, on peut heureusement compter sur les perdreaux chassés par le docteur Bernard, un fin tireur, ou sur les paiements en nature des fellahs des environs, heureux d'être soignés à l'œil par Rungs et Sounes qui vont jusqu'à se rendre à cheval au domicile des malades. Mets de choix aussi, le bœuf qui se suicidera en léchant la graisse du groupe électrogène.

Autour de Leïla, l'improbable agrégat de volontaires, que seule réunissait leur ambition de défendre la France, est devenu une équipe soudée. Par le travail (un travail conçu de façon extensive : le conducteur Cordier donnera son sang trois fois en un mois). Mais aussi par les rares moments de détente. Entre deux arrivages de blessés, on déguste de délicieuses bricks tunisiennes chez le médecin civil de Maktar, on chasse le lapin à grand renfort de pétards ou de fumigènes, on pêche à la grenade dans l'oued Khébir avant de détaler vite fait pour regarder de loin les geysers ainsi créés. On se retrouve aussi après le dîner autour d'un feu de camp, chacun y allant de ses bonnes histoires ou reprenant en chœur des chants du monde entier, accompagnés à l'accordéon par Abrassard – « Dans les prisons de Nantes » est son grand succès. Ou par Leïla, transformée l'espace d'un soir en reine des bals musettes.

La chaleureuse ambiance qui règne à la formation attire nombre d'hôtes de passage, officiers montant vers le front ou en revenant. Le charme de Leïla n'y est pas étranger. On se refile l'adresse. On vante les qualités de l'accueil, les accortes infirmières, les repas soignés. À la FCM, on peut déjeuner, dîner, passer la nuit, c'est la maison du bon Dieu. Pas étonnant que les aumôniers s'y sentent chez eux, le protestant comme le catholique, qui peut donner sa soutane élimée à raccommoder après avoir dit la messe dans une grange ou sous une tente. Le docteur Abadie est devenu un familier de la maison, il débarque toujours en coup de vent, un bouquet de roses ou une brassée de lauriers dans les bras qu'il offre galamment à Leïla ou, en son absence, à l'une des filles. Le journaliste Pierre Lyautey – le neveu du maréchal – écrit ses articles sur un coin de table, Annie Gacon, une autre correspondante de guerre, lui fait face, attelée à la même tâche. Envoûtée par Leïla, elle ne décolle plus de la formation, les infirmières n'ont pas tardé à l'appeler la « Rapporteuse », à croire qu'elles en sont jalouses. Que leur Mère ait le cœur large, c'est un fait, mais point trop n'en faut. Lorsqu'on annonce à la ferme de Lakhdar l'arrivée de l'actrice Françoise Rosay, l'inoubliable Cornélia de *La Kermesse héroïque*, tout le personnel de la FCM s'évanouit comme par enchantement. Et le jour où l'officier d'ordonnance du général Le Coulteux de Caumont, le patron du groupement blindé de la division d'Oran, prend la popote du Luart pour un mess officiel, on présente cérémonieusement au dit général... des pigeons crus entourés de jonquilles, le tout servi par un major anglais habillé en nurse FCM, en coiffe et tablier blancs, deux boules de pain à la place des seins. Un autre jour, un invité de marque – un de plus – s'étant présenté au foyer, on lui amène deux prisonniers, un Italien et un Allemand, sous la garde du goumier qui les a capturés : l'invité les interroge, s'apitoie sur leur sort, il sait ce que c'est, lui-même a été pris en 14... Dans la pièce à côté, les farceurs se tiennent les côtes, en attendant la sortie des prisonniers – le docteur Bernard et l'un de ses confrères du bataillon médical –, toujours escortés de leur goumier – lequel ressemble à s'y méprendre à André Bur, l'administrateur de la FCM. Mais aux rires succèdent vite les larmes, quand on voit arriver sur un brancard certains des tirailleurs croisés en opération, l'air résolu sous le tarbouch noir. Ou l'un de ces officiers du 3e étranger avec qui on a dîné deux jours plus tôt sous la tente, comme le petit lieutenant de Lassuderie, qui mettra vingt-quatre heures à mourir, celui-là même qui, à la fin du repas, avait épaté tout le monde en reprenant sur un ton gouailleur, lui si distingué, « Comme de bien entendu », l'obsédante rengaine popularisée par Arletty et Maurice Chevalier.

Au pénitencier

Le 7 mai, le 19e corps d'armée s'est enfin emparé de Pont-du-Fahs, tandis que les Anglais entrent à Tunis et les Américains, appuyés par le corps franc d'Afrique, à Bizerte. Le 12 du mois, deux divisions allemandes sont encerclées par les troupes françaises dans la région de Zaghouan. Cent cinquante mille hommes et un important matériel de guerre tombent aux mains des Alliés. Trois jours plus tôt, la FCM a gagné par des mauvais chemins puis à travers champs le pénitencier de Djouggar, situé à moins de deux kilomètres des batteries françaises. L'annonce de la capitulation allemande, le 13 mai, a mis fin aux passages en rase-mottes des Messerschmidt, immédiatement pris en chasse par la DCA. Mais la chaleur est torride et les nuages de mouches qui vous entourent par tous les pores compliquent singulièrement le travail.

Dieu sait qu'il ne manque pas. Djouggar est situé juste en face du djebel Zaghouan, où les combats ont coûté si cher à l'armée française. La campagne alentour respire la paix. Les coteaux voisins sont boisés et par endroits couverts de champs de seigle. D'immenses nappes de coquelicots rouges drapent le flanc des djebels d'une touche vermillon. Mais, avant de quitter le terrain, les Allemands l'ont farci de mines. Elles sont partout, dans les champs, sur le bas-côté des routes, de sorte que les camions sautent dès lors qu'il leur faut doubler ou serrer à droite, on assure même que l'ennemi a miné les cadavres d'Italiens restés sur le champ de bataille. Chaque jour, on amène à la formation des femmes, des enfants, des bergers. Elles étaient parties puiser de l'eau au puits, ils jouaient dans l'herbe ou cueillaient des fleurs, ils gardaient leurs bêtes, et ils se sont retrouvés avec un œil, un pied, un bras en moins, parfois les deux. Il faut soigner les chairs meurtries, amputer encore et encore, suivre aussi les soldats convalescents, les opérés surpris par une rechute, assurer les évacuations. La victoire acquise, la FCM restera encore une quinzaine de jours sur place.

Leïla pense, elle, à l'avenir de sa formation et prend la route du Maroc pour y préparer le retour de la FCM. « Il y a deux mois, note Sijalon dans son journal de marche, si elle nous avait annoncé une absence de dix jours, nous aurions dit : "Ouf !" ; aujourd'hui, nous la supplions de revenir au plus vite. » L'infirmière a des raisons de s'inquiéter. Car l'équipe, à qui le travail laisse désormais quelque répit, ne se contente pas de faire de mémorables cueillettes d'amandes – elles sont en telle abondance qu'on revient de promenade avec son casque rempli à ras bord. Elle a dignement fêté la victoire par un superbe feu d'artifice, dans lequel Bernard – le médecin facétieux – a laissé un doigt en maniant un détonateur. Les infirmiers jouent quant à eux à désamorcer les jolies grenades rouges italiennes pour en faire des cendriers, des étuis à cigarettes ou des salières. Les Allemands ont déguerpi si vite qu'ils ont laissé des tonnes de matériel dans le Zaghouan. On ramasse une Fiat qui rend l'âme au bout de trois jours, une moto, des bicyclettes, une moisson de casques allemands, de sacs tyroliens, de fanions, d'insignes de la division Goering. Une vraie pêche-surprise couronnée par l'annexion de deux ailes d'avion arborant des croix gammées de 2,50 mètres d'envergure. L'afflux des blessés une fois tari, un tour de visite est proposé à tout le personnel, Carthage, Tunis... Certains profitent de la jolie plage de Sidi Bou Saïd où aborda Saint Louis, tandis que Jean Dausset, volontiers électron libre, rend visite à André Gide – malmené par Vichy, l'écrivain vieillissant y a trouvé refuge chez des amis. Sur la route venant de Djouggar, on croise d'interminables convois de prisonniers, allemands et surtout italiens.

Au lendemain de cette virée, Leïla débarque dans la cour du pénitencier au volant d'une grosse voiture américaine, une Packard récupérée à Casablanca : en trois jours, elle a parcouru deux mille cinq cents kilomètres de routes défoncées et surencombrées. Elle a tôt fait d'entreprendre un grand ménage par le vide, ailes d'avion comprises. Mais, compréhensive, laisse les filles se rendre pomponnées au goûter dansant organisé par les officiers du 9e zouaves qui garde le camp de prisonniers italiens, même si d'ordinaire elles ont instruction de ne sortir en ville que cornaquées par les hommes de la formation. La vie lui a depuis longtemps appris que l'art de la fête est un utile contrepoint à la tragédie.

Le 29 mai enfin, après avoir rendu le personnel et le matériel touchés en renfort, la FCM lève le camp pour rejoindre sa base marocaine. Les médecins sont partis en avant faire un peu de tourisme. Bur prend la tête du convoi. Leïla ferme la marche au volant de la Packard, où l'ex-trio infernal – Canavy, Lanoire et Sijalon – définitivement amadoué a pris place, plus le docteur Bernard, le bras en écharpe : cette fois, malgré une chaleur toujours aussi écrasante, les langues vont bon train. Leïla est d'une humeur de rêve. Peu importe de devoir emprunter pour la troisième fois en quinze jours le même itinéraire. Le paysage n'arrête pas de changer. Du Kef, on découvre la plaine à perte de vue, les champs n'ont pas encore été moissonnés. Plus loin, Constantine, majestueuse, surplombe les gorges du Rummel. Dans la plaine de Sétif, certains coins rappellent la France. En petite Kabylie, la terre est meuble, on la sent riche, il y a des cours d'eau partout. Dans les gorges de Palestro, la route étroite longe un oued coupé de cascades, on se croirait dans les gorges du Verdon. Ou à Kislovodsk. Plus loin encore, Alger la blanche se love dans sa rade, bleue et calme ce jour-là. D'Orléansville à Sidi Bel Abbes, le fief de la Légion, les épis dorés font des vagues sous le vent léger. Tlemcen est un petit paradis. Après la frontière marocaine, passé le désert de Guercif, Taourit veille sur son piton, Fès la secrète dort dans ses murailles. À Rabat l'élégante, ce ne sont qu'allées de villas fleuries de bougainvillées, de volubilis et de lilas des Indes. Enfin, voici Casablanca, ville-champignon, hérissée de cheminées d'usines, de docks et de silos blancs, sorte de New York africaine avec ses gratte-ciel voisins des bidonvilles.

Somptueuse chevauchée à travers un Maghreb aux mille visages. L'occasion aussi de décrypter, hors temps de crise, les multiples facettes du caractère de Leïla. Laquelle fait le plein de la Packard, change les roues, surveille les arrivées et les départs du convoi : Leïla l'infatigable. Accepte volontiers de suivre à Constantine les membres de son équipe, fiers de présenter « leur Mère » à leur bande d'amis : Leïla la séductrice. Profite de la halte à Alger pour reprendre langue avec son puissant protecteur, le général Giraud (qui voit ce même jour débarquer de Londres le général de Gaulle avec qui il coprésidera désormais le CFLN, le « Comité français de libération nationale ») : Leïla la pragmatique. Un dernier arrêt à Fès vaudra au pauvre Bur, accusé d'avoir mal choisi le terrain, une mémorable engueulade au point de le faire pleurer comme un gosse, dit Sijalon : Leïla l'autocrate.

Belles médailles et coups de chapeau

Comment la campagne de Tunisie n'aurait-elle pas encore renforcé son incroyable confiance en elle ? Aussi durs aient été les combats, aussi rudes les conditions climatiques, la FCM a définitivement acquis sur la grande dorsale ses lettres de noblesse. Elle sera d'ailleurs reconnue comme unité combattante du 17 février au 15 mai 1943. Grâce aux nouvelles techniques de réanimation-transfusion comme aux mesures de prophylaxie individuelle et collective qui ont fait radicalement reculer l'incidence des maladies contagieuses, celle du typhus en particulier, sur la santé des troupes, elle a considérablement amélioré le traitement des blessés. Cependant, ce qui fait d'elle un laboratoire avancé de la chirurgie de guerre, c'est, plus encore que son matériel performant, sa remarquable aptitude à jouer les voltigeurs. Au départ, la formation a travaillé « dans le dur », derrière les murs des rares bâtiments encore debout à l'arrière du front. Mais Leïla n'a pas été longue à mettre dans sa poche le général Mark Wayne Clark, un sympathique géant – il mesure deux mètres – qui, après avoir commandé en second l'opération « Torch », a la charge des troupes américaines en Tunisie : par son entremise, elle touchera des tentes lui permettant de travailler « dans le mou ». À rebours du mouvement de civilisation qui veut que l'on passe de l'état de nomade à celui de sédentaire, la désormais bien nommée « Formation mobile » dispose d'un nouvel atout que Leïla exploite aussitôt. « S'est prodiguée sans compter auprès des blessés de première urgence du 19e corps d'armée, n'hésitant pas à se porter au plus près des lignes ennemies afin d'intervenir dans les plus brefs délais », indique la citation à l'ordre du corps d'armée signée le 30 juin par son commandant, le général Koeltz. Plus explicite encore, la lettre du docteur Abadie, en date du 30 mai. Passé les grâces d'usage, l'hommage à « l'activité, l'esprit de commandement, d'organisation et de dévouement personnel » de la patronne de la FCM, l'assurance de « la reconnaissance unanime de nos blessés », le médecin-général (il vient de gagner ses étoiles) écrit : « Vous savez dans quelle carence nos ennemis nous ont laissés, en organisant l'Armée française de l'armistice en 1940 ; toutes nos équipes chirurgicales ont été montées à la date du 8 novembre 1942 avec du matériel camouflé et des moyens de fortune. Elles sont restées fixes, sans moyens autonomes de déplacement. Grâce à la FCM, nous avons pu opérer parfois à douze kilomètres des lignes, et mille six cents blessés en six semaines ont bénéficié de vos soins entre trois et sept heures après la blessure et avec un pourcentage de décès de 11 % pour les premières urgences, alors qu'il était de 32 % au cours de la guerre 1914-1918. Les chiffres, mieux que les mots, expriment une vérité que personne ne peut contester. » Et le docteur Abadie (il sera quelques jours plus tard nommé commissaire à l'Éducation nationale puis à la Justice du CFLN) de conclure : « Je souhaite de tout cœur vous retrouver prochainement sur les théâtres d'opérations du corps expéditionnaire, puisque notre collaboration a été parfaite à tous points de vue. »

Leïla aime les belles médailles, les coups de chapeau. Effet narcotique assuré sur certains. Chez elle, c'est l'inverse. L'expression de la reconnaissance ne fera jamais que la stimuler. « Je sais, lui écrivait Abadie dans sa lettre du 30 mai, que, soucieuse d'apporter toujours de l'amélioration dans votre action pratique et efficace de charité et de dévouement, vous avez l'intention de retourner en Amérique pour moderniser encore votre instrumentation et d'augmenter votre capacité d'hospitalisation ; pour sauver encore plus de monde au cours des futurs combats, en portant votre formation le plus près des lignes possible, en la rendant plus mobile... J'approuve le plan d'extension que vous avez bien voulu me faire connaître. » La journaliste Annie Gacon a été l'une des premières à se voir confier par Leïla son nouveau projet : substituer aux tentes des camions opératoires extensibles. Redescendant des lignes sur le coup de deux heures du matin, la « Rapporteuse » se glisse sans bruit dans la tente pompeusement appelée « gynécée » par les médecins de la formation et y trouve Leïla qu'un gros arrivage de blessés a contrainte à ne se coucher qu'après avoir, selon son habitude, assisté au déchargement de la dernière ambulance : « Muée en architecte, raconte-t-elle dans un article, Mme du Luart était allongée à plat ventre sur son lit de camp, crayonnant des devis sur un bloc, à la lueur d'une bougie : "Vous comprenez, Annie, je veux monter des cellules sur des camions... Je ferai établir un coffrage spécial sur des châssis américains... Vous verrez." » Lancer au plus vite la construction de camions d'un type entièrement nouveau : telle était la première raison de l'aller-retour express de Leïla à Casablanca.

Rabat, avenue de France prolongée

À Casablanca, la formation est mise un temps en sommeil. Certaines des infirmières qui y étaient arrivées presque contraintes et forcées en repartent le cœur en bandoulière à l'idée de quitter leur Mère. Dès qu'elle le peut, à n'importe quelle heure du jour et de la nuit, Sijalon l'indocile enfourche son vélo pour gagner, depuis l'hôpital militaire Jean-Vial, le siège de la FCM, boulevard de la Gare. Leïla, elle, reste sur le qui-vive. Les Américains ont débarqué début juillet en Sicile puis dans le sud de l'Italie. Un corps expéditionnaire français (CEF), fort de quatre divisions d'infanterie, les y rejoindra bientôt. À sa tête, le général Alphonse Juin, qui a déjà dirigé la reconquête de la Tunisie, un proche du général Giraud dont il partage les sympathies vichystes, mais aussi un ami de De Gaulle, dont il a été le major de promotion à Saint-Cyr : ce dernier va le choisir pour être l'homme de la réconciliation entre les Français libres et l'armée d'Afrique. Leïla a rencontré Juin plus d'une fois dans les cercles giraudistes. Auréolée par ses récentes prouesses, elle se bat pour obtenir l'assurance que la FCM fera partie du nouveau corps expéditionnaire. Certains, tel le médecin-général Vanlande, avaient imaginé de l'envoyer en Corse ! Elle fera le siège de Juin jusqu'à ce qu'il donne son accord.

C'est une FCM une fois de plus revue, corrigée, et considérablement agrandie, qui partira pour l'Italie. Il faut procéder par ordre. Pour renflouer sa caisse, Leïla prend le temps d'effectuer un nouveau voyage vers les États-Unis afin de convaincre ses donateurs de lui faire encore une fois confiance. Tout semble se liguer pour lui faciliter la tâche : André Poniatowski est à Londres le nouveau chargé de liaison entre la France libre et les États-Unis. De toute façon, la générosité des Américains est sans limites. Depuis le tout début des hostilités en Europe, bien avant décembre 1941 et l'entrée en lice des États-Unis, la Croix-Rouge américaine a été la première pourvoyeuse d'aide aux populations civiles éprouvées par la guerre. La nouvelle campagne de recueil de fonds lancée en décembre 1941 après le désastre de Pearl Harbor a dépassé toutes les espérances : on en attendait cinquante millions de dollars, plus de soixante-six ont été récoltés ! Du coup, c'est tout le mois de mars 1943 qui a été proclamé par Franklin Roosevelt, président honoraire de la Croix-Rouge américaine, « mois de la Croix-Rouge », le but étant de lever cent vingt-cinq millions de dollars, la somme la plus élevée jamais demandée aux États-Unis par quelque association que ce soit, pour quelque but que ce soit. Et, de nouveau, la réponse a été incroyable : en juin, les donations atteignent cent quarante-six millions. Dans la foulée de ce que Roosevelt qualifie de « croisade unique dans l'histoire de la compassion », la même opération sera répétée tous les mois de mars jusqu'en 1946 et verra chaque fois ses objectifs largement dépassés. Sur toute la durée de la guerre, les fonds levés par la Croix-Rouge américaine atteindront la somme faramineuse de sept cent quatre-vingt-cinq millions de dollars. Quelques miettes de cette manne – des milliers de dollars tout de même – permettront à la directrice de la FCM de concrétiser ses rêves.

Mais, pour y parvenir, que de travail, de fatigue, de jours sans repos et sans repas, de visites aux ateliers du port de Casablanca, d'allées et venues entre Casa et Alger par des températures souvent écrasantes. Et de démarches administratives, et de ronds de jambe auprès des puissants du moment. L'été 1943, Leïla n'arrête pas. Il faut coucher les plans sur le papier, les faire accepter, commander les camions, les transformer, les aménager au mieux en tirant parti des leçons apportées par la Tunisie, prévoir un équipement complet pour plus de cent personnes, leur logement, leur habillement, leur nourriture, en bref peaufiner la formation modèle qui secondera au mieux l'armée française dans sa mission de reconquête.

Après l'été, la FCM s'installe dans un nouveau camp, près de Rabat, dans le quartier de l'Agdal. Leïla occupe, elle, une villa sur l'« avenue de France prolongée ». La réputation de la FCM n'est plus à faire, les candidats sont plus nombreux que jamais. Avec le médecin-chef Bolot, décidément trop désordonné, les relations se détériorent. Il est remplacé par le commandant Fourès, élégant jusqu'à la pointe de ses chaussures impeccablement cirées et – qualité première pour le personnel d'encadrement de la FCM – parfaitement effacé face à la flamboyante comtesse qu'il entoure de son admiration affectueuse. Le jeune interne Jean Dausset part aussi : quarante ans après avoir fait à la FCM ses premières armes, cet esprit supérieur obtiendra le prix Nobel de médecine pour ses travaux en immuno-hématologie. Cela étant, la plupart des « Tunisiens » restent en place. André Bur, l'administrateur, fidèle entre les fidèles, droit, honnête et terriblement susceptible, arbore une magnifique barbe rousse qu'il est décidé à ne raser qu'à la fin de la guerre. La bande des « toubibs », Bernard, Stefani, Mayaud, Moreau, Rungs, Sounes, tous repartent pour un tour, ce dernier obtient même que son épouse le rejoigne à la formation : immatriculée sous le nom de « Mlle Duval » – il est interdit d'embaucher des conjoints dans la même unité –, elle sera la lingère de la formation. Parmi les nouveaux venus à la FCM, le chirurgien Hugueny, arrivé de France par l'Espagne, son assistant, le jeune Jean Castaing (futur auteur d'un célèbre manuel d'anatomie), et un « déchoqueur » supplémentaire, Jacques Vanlande, étudiant en médecine, le propre fils du général, lequel, une fois épuisées ses bagarres avec la comtesse, n'a rien trouvé de mieux que de lui confier son rejeton.

Du côté des infirmières, si Lanoire est retenue au Maroc par des raisons familiales, Canavy et Sijalon, elles, se feraient tuer plutôt que de quitter la formation. De retour d'Angleterre, Mlle Noël y a repris naturellement sa place. Comme les deux précédentes, cette fille d'un fondeur de cloches lorrain est une maîtresse femme, Leïla assure qu'en cas de menace, il suffira de placer ces trois cerbères à l'entrée du camp pour dissuader les Allemands d'avancer. Parmi les nouvelles recrues, Georgina Traill, une ancienne infirmière de 14-18, fille d'un médecin protestant, une vraie professionnelle elle aussi. Et Juliette Molinier, une Marseillaise de vingt-sept ans : infirmière de la Croix-Rouge mobilisée en 1939 avec l'armée des Alpes puis chargée de convoyer des enfants vers le Sénégal, elle a été coincée là-bas après le débarquement et a fait retour vers l'Afrique du Nord. Début octobre, débarque à la FCM, les joues roses d'excitation après deux jours de voyage en jeep décapotée en compagnie de Bur et de Canavy, la jeune Christiane Bockel, la fille d'un notaire alsacien replié sur Oran. Cette grande et belle fille n'a pas hésité un instant avant de répondre à l'appel placardé dans toutes les villes d'Algérie et du Maroc au lendemain du débarquement, demandant aux femmes « célibataires, veuves ou divorcées sans enfants, nées entre 1908 et 1921 » de s'engager – dans les services de santé, dans les transmissions, comme interprètes, comme secrétaires d'état-major... – afin de libérer au maximum les postes tenus par les hommes, appelés à devenir des combattants. Le temps de finir son école de la Croix-Rouge et Christiane est prête à signer son engagement, pour autant que son père lui en donne l'autorisation : née en mai 1923, elle n'a que vingt ans. Quelques jours plus tard, c'est avec bonheur qu'elle voit débarquer à la formation une fille de son âge, Liliane Witchell, la belle-fille de M. Normandin, ingénieur en chef des Ponts et Chaussées à Rabat, une beauté de dix-neuf ans, que son visage à l'ovale parfait, son opulente chevelure, sa taille fine et ses longues jambes ont consacrée comme la star incontestée de la jeunesse dorée de la ville – ses adorateurs l'ont surnommée « Hula », comme la Princesse de la jungle du film de l'Américain Wilhelm Thiele sorti quelques années plus tôt.

Le dernier à rejoindre la FCM sera Pierre Lanvers. À vingt-cinq ans, ce jeune homme que tout destinait à reprendre la blanchisserie industrielle familiale à Nîmes a déjà un beau parcours de combattant. Parti en 1938 à vingt ans pour le service militaire, il s'est, pendant la bataille de France, retrouvé aspirant dans un régiment du train, a été fait prisonnier, s'est évadé, a rejoint un réseau de Résistance. Repris, il s'est évadé de nouveau, a réussi à passer en Espagne avec Bernard de Gaulle, le neveu du Général. Récemment libéré des geôles espagnoles où il était retenu – son crâne tondu en témoigne –, il piaffe à Casablanca et rêve de rejoindre une unité combattante. Chaque matin, dans cet espoir, il fait le siège du colonel commandant le train. Y croise un jour d'automne 1943 une femme « éblouissante » dans son strict tailleur marine, béret enfoncé sur la tête. Le baisemain qu'il fait à cette apparition a l'heur de plaire à Leïla. Elle lui propose sur-le-champ de gérer le parc de la formation. Faute de combattre, Lanvers sera au moins dans l'action. Au matin de son arrivée au camp, on vient de livrer à la formation trois camions GMC flambant neufs : Lanvers fronce le sourcil, il a détecté un bruit anormal dans le pont arrière d'un des véhicules, il insiste pour qu'on le change. Ce judicieux diagnostic, qui évite à la formation des retards au démarrage, vaudra au jeune officier son brevet d'intégration.

Tout ce beau monde s'active. Dans le camp de l'Agdal, chauffeurs, mécaniciens et infirmiers nettoient, astiquent les véhicules, s'entraînent à monter et à démonter les tentes. Le petit aumônier barbu de la formation, Xavier Segrétain, un père blanc de vingt-sept ans qui, après avoir enseigné les mathématiques à Aïn Sefra, dans le Sud oranais, a servi comme vicaire dans une paroisse de Casablanca, fait de la mécanique avec les chauffeurs, de la stérilisation avec les infirmiers, de la cuisine avec André, le chef russe, il chasse avec le docteur Bernard, chante avec Christiane, son bréviaire toujours à la main. La villa de l'avenue de France prolongée, où logent les officiers et les femmes de l'équipe, est, elle aussi, une vraie ruche. On roule des bandes, on prépare les compresses, on teint en bleu marine les couvertures de grosse laine. C'est bien simple, la patronne fait tout teindre en bleu, les uniformes kaki de nurses américaines, les blouses de service sur lesquelles on portera un tablier mais aussi, comme en Tunisie, un col, des coiffes et des manchettes, le tout d'un blanc éclatant. Chacune des infirmières doit broder sur son uniforme l'insigne de la formation : au centre d'un rond, les trois lettres de la FCM emprisonnant une croix rouge, et tout autour la mention « Formation chirurgicale mobile franco-américaine ». Il leur faut aussi tricoter les immanquables chaussettes bleu ciel. Marie-Anne Canavy monopolise la machine à coudre et rugit comme un tigre si une autre essaie de s'en approcher. On remet les uniformes à la taille de chacune – même le *small* américain est bien trop grand pour les petits gabarits –, on fait les ourlets des jupes. Pas de pantalons, l'inspection des personnels féminins en interdit le port. En septembre un rapport de sa directrice, la générale Catroux, épouse du nouveau gouverneur général de l'Algérie, a émis le regret que des équipes continuent à se promener en ville en pantalon, « ce qui est d'un effet moral regrettable ». Pendant la campagne d'Italie, toutes les femmes, même les ambulancières, même en plein hiver, seront en jupe et en socquettes.

L'insupportable Mme Catroux

Mme Catroux, Leïla la craint comme la peste. Depuis les tout débuts de la formation, en septembre 1939, elle a tenu à assurer son indépendance en refusant de se faire intégrer dans l'armée. Depuis que la FCM s'est fondue dans la nouvelle armée de la France, elle aurait pu entrer dans le « corps de volontaires féminines »(CVF) créé en novembre 1940 à Londres par le général de Gaulle sur le modèle du Women Voluntary Service britannique. Mais quel avantage y aurait-elle ? Les volontaires du CVF reçoivent une rémunération ? Leïla n'en a pas besoin, elle est même prête à assumer seule ses frais de mission. Elle y gagnerait en prestige ? Même pas puisqu'il n'y a pas de grade proprement dit pour les volontaires, on ne parle pas de commandant mais d'« officier hors classe », pas de capitaine mais d'« officier de première classe », les sous-officiers féminins étant, elles, répertoriées par catégories, de 1 pour un adjudant-chef à 6 pour un caporal-chef. Le comble, c'est que les rares volontaires mariées – l'appel a été lancé en priorité aux femmes seules –, devront, avant de signer leur engagement, obtenir l'autorisation de leur conjoint. Comme des mineures. Ce genre de fantaisies n'est pas fait pour Leïla, bien résolue à n'avoir jamais à demander son feu vert à Laddie, ou à qui que ce soit.

Elle a déjà fait des concessions. Accepté qu'un administrateur soit nommé à la formation. Or la générale Catroux, « infirmière principale de première classe », arguant de ses prérogatives toutes neuves d'inspectrice du personnel féminin de l'armée, revendique la haute main sur toutes les infirmières et les assistantes sociales du futur corps expéditionnaire. Pour être autorisées à servir dans l'armée, spécifie une circulaire en date du 6 août, celles-ci devront forcément être militarisées, avec toutes le même type d'engagement (durée de la guerre plus trois mois), les mêmes règlements et la même inspectrice. Mme Catroux rappelle au passage qu'« elle-même s'est pliée en 1917 à l'ordre du grand quartier général de se militariser, qu'elle en a été l'une des premières organisatrices et que cette excellente méthode fonctionne depuis deux ans à l'armée du Levant» (où elle avait suivi son mari, haut-commissaire de la France libre). Le message est clair : c'est elle seule qui doit coiffer toutes les équipes féminines du corps expéditionnaire, y compris – suit la liste exhaustive des formations concernées – les équipes de la Croix-Rouge... et « l'autochirurgicale du Luart». Leïla s'étrangle, la déléguée générale de la Croix-Rouge française en Algérie et en Tunisie, Mme Jean Schneider, aussi.

Il y a des mois déjà que cette dernière s'est émue des tentatives de mainmise sur les équipes de la Croix-Rouge. En juin, elle demandait que ses infirmières hospitalières, si elles dépendent de l'autorité technique et disciplinaire du Service de santé, restent attachées à une sorte de contrôle moral et administratif de la Croix-Rouge qui les a formées et recrutées, « afin de ne pas décourager ces infirmières animées d'un esprit de vocation particulier ». Qu'on leur attribue, pourquoi pas, une indemnité journalière pour compenser leurs frais, mais pas trop élevée, ce qui aboutirait « à enlever au geste des infirmières de Croix-Rouge son caractère de geste bénévole, conforme à l'esprit et aux traditions de la Société ». Quant à la proposition de dissoudre la section automobile – une unité comptant quarante-huit infirmières conductrices et vingt voitures, placée sous l'autorité d'une certaine demoiselle de Brignac –, pour l'absorber dans les sections sanitaires féminines, alors que la Croix-Rouge a formé, équipé et constitué cette unité à ses frais, l'a dotée récemment de dix voitures offertes par les Anglais et qu'elle espère en recevoir très prochainement d'autres d'Amérique, elle est proprement aberrante. Leïla du Luart et Françoise Schneider auront partie liée dans ce bras de fer.

Au bout du compte, de réponse dilatoire en réponse dilatoire, l'affaire ne sera jamais vraiment tranchée. Le personnel de la FCM, infirmières comprises, sera intégré dans l'armée, mais Leïla, restée civile, n'acceptera jamais de passer sous les fourches caudines de Marguerite Catroux. Elle réussira même à se voir attribuer le label « Formation chirurgicale mobile n° 1 » quand la formation Catroux, bien que née dès 1941 au Caire, ne sera jamais que la « FCM n° 2 ». Et celle de Lady Spears, créée en octobre 1940 avec des infirmières britanniques rapatriées de France, la FCM n° 3. Pour Leïla, il n'y a d'autre rôle possible que celui de tête d'affiche.

L'« ange gardien de l'Afrique du Nord »

À l'automne 1943, la formation du Luart est fin prête. Un samedi d'octobre, Leïla revient avec ses infirmières vers Casablanca où elle a organisé une réception pour la régie du port et les ouvriers du chantier qui ont construit et aménagé ses camions. De Rabat, elle a emporté du thé chaud pour les Marocains, du vin pour les Européens, et commandé quatre cents pièces de pâtisserie. Dans un des ateliers du parc d'artillerie, dégagé pour l'occasion, on a dressé trois tables en fer à cheval garnies de draps blancs et de fleurs. Si Leïla exige le maximum de ceux qu'elle fait travailler, elle n'oublie jamais de dire merci. Et pas un merci distrait, un merci de convenance, mais un merci qui suppose qu'elle paie de sa personne, de son temps. Un merci qui crée une vraie atmosphère de cordialité. Leïla a ce don. Elle a tenu à ce que le premier baptême de la formation rénovée soit fêté avec ceux sans qui rien n'aurait été possible.

Il y en aura d'autres. Le 1er novembre, après la messe de la Toussaint célébrée au camp de l'Agdal par le père Segrétain, un déjeuner de cinquante convives réunit tous les amis de la FCM n° 1 à Rabat, des officiers de la 5e division blindée qui a vu le jour le mois de mai précédent, d'autres appartenant à la Légion étrangère. Là encore, des nappes blanches, des tables garnies de fleurs, et des infirmières dans leur uniforme immaculé. Rebelote deux jours plus tard avec l'inauguration officielle cette fois de la « Formation chirurgicale mobile franco-américaine » new look. Il y a là toutes les huiles de Rabat : Gabriel Puaux, le nouveau résident général du Maroc, en costume clair et feutre gris, le médecin-général Jame, directeur du Service de santé militaire, les patrons des autres formations chirurgicales, ainsi qu'une flopée de képis étoilés. Dans son article, le journaliste de *Stars and Stripes*, le quotidien de l'armée américaine à Casablanca, parle de celle « à qui son action a valu le beau surnom d'"ange gardien de l'Afrique du Nord" », ostensiblement bluffé par cette « longue dame en uniforme bleu, russe de naissance mais portant l'un des plus vieux noms de France, qui mène de main de maître ses trois équipes de médecins et de chirurgiens, auxquels viennent s'ajouter un personnel de quelque quatre-vingts personnes françaises et indigènes et dix infirmières de la Croix-Rouge, une grande famille dont le travail est la religion et à qui des centaines de soldats doivent la vie ». Même les médecins américains sont éblouis par l'ingéniosité qui a prévalu pour mettre sur pied cette formation chirurgicale sur roues d'un type unique : vingt-huit véhicules légers ou lourds, dont sept camions techniques, la réanimation avec son bloc chauffant et ses couchettes superposées, la stérilisation, le camion de radiologie, la pharmacie... Remarquables aussi par leur agencement ultramoderne, la voiture-atelier, la lingerie, la buanderie, la cuisine, les véhicules d'administration. Mais le clou de la présentation est encore ce camion de deux tonnes et demie qui, une fois accolé à un autre et surmonté d'un toit bâché démontable, est convertible en un quart d'heure en une cellule opératoire de 5 mètres sur 3,50 mètres, assez grande pour accueillir deux tables d'opération – la grande idée de Leïla a vu le jour. Elle achèvera d'enjôler son auditoire en lui servant un de ces petits discours dont elle a le secret, pour décrire la vie qui règne à la formation, la stricte organisation des tâches, le respect des règles de savoir-vivre, la fraternité qui unit les membres de l'équipe, la chaleur du foyer qui attire nombre d'officiers. « On a vu que la FCM n'est pas une institution de parade mais un des éléments les plus précieux et les plus actifs de l'armée française », écrit le journaliste de *L'Écho du Maroc* qui suit, lui aussi, la visite, en insistant sur le fait que l'âme de la formation n'envisage pas un moment de se reposer sur ses lauriers : « Mme du Luart nourrit d'autres projets, envisage de nouveaux perfectionnements. Il y a des lacunes qu'il faut combler. Elle y parviendra bientôt, avec le concours de nos alliés américains qui ne savent rien refuser à cette femme de cœur. N'est-elle pas d'ailleurs un peu de chez eux puisque son fils est officier d'état-major du général Clark ? »

Nicky débarque

Nicolas ! Il ne manquait plus que lui pour faire de cet été 1943 une période faste. Faute de nouvelles, sa mère commençait à s'inquiéter. En mai, n'y tenant plus, elle avait même sollicité l'aide du lieutenant-colonel Henry Cummings, l'officier de liaison américain détaché à la direction des Affaires politiques à Rabat, lui demandant de s'enquérir de son sort. Joie, joie, pleurs de joie : il annonce son arrivée. Le 2 août, Leïla l'accueille sur le port de Casablanca. Depuis six ans qu'il a quitté la France, elle n'a vu son fils que par intermittences, pour les grandes vacances, ou bien à l'occasion de ses escapades en Amérique pour y tendre la sébile. Naturalisé américain en septembre 1941, son cursus de quatre ans achevé à l'université de Virginie, Nicolas s'est engagé dans l'armée américaine comme simple soldat. Bon sang ne saurait mentir. Il ne lui faudra que quelques mois pour devenir officier. Il vient d'être nommé aide de camp du général Walter Gruenther, le chef d'état-major du général Clark qui a pris le commandement de la 5e armée, le corps de troupes américain en Italie. Les infirmières de la FCM sont très agitées à l'idée de rencontrer ce fils dont leur Mère semble si fière. Elles ne seront pas déçues par ce gaillard de 1,94 mètre, « aussi gentil, simple et sympathique que bien balancé », note Sijalon dans son carnet. Nicky, vingt-cinq ans, a désormais sa cour d'admiratrices. Dans un long article titré « *New Yorkers at the front* », le *New York Sun* salue les retrouvailles du fils et de la mère, du « lieutenant Badjenow (*sic*), de Pelham Manor »(le lieu de résidence de sa famille d'adoption, celle de Joan Allen Livingstone), et de sa « *famed war-working mother* », de sa glorieuse combattante de mère. Si le journaliste vante les mérites de la formation du Luart, il n'a pas de mots trop élogieux pour sa directrice. La légende est en marche. On y raconte l'histoire de cette belle et blonde princesse circassienne enlevée sur son cheval par son premier époux, officier de l'armée tsariste, tandis que les amis du marié les poursuivent au grand galop, en tirant des coups de feu en l'air. On vante cette carrière aventureuse qui fait d'elle « l'une des femmes les plus courageuses du monde ». L'article mentionne aussi les nombreuses décorations qu'elle a déjà reçues, mais surtout le grade de « légionnaire de première classe à titre honoraire » qui lui a été conféré après la bataille de Zaghouan par le colonel Boyer-Resses, commandant le 3e régiment étranger d'infanterie pour lequel la FCM a bien travaillé (la pratique de l'honorariat, initiée dans les années 1920, est à l'époque laissée à l'initiative des chefs de corps). Une immense fierté pour Leïla, même si elle n'est pas pour autant « la première femme membre de cette prestigieuse unité combattante », comme l'écrit un peu vite le plumitif admiratif. Il n'y aura jamais qu'une seule et unique femme à être immatriculée à la Légion, une infirmière britannique qui a été à Bir Hakeim la conductrice du général Kœnig, l'adjudant-chef Susan Travers.

La Légion entre en scène

« Tout commence par un coup de foudre » : le 28 janvier 1985, prononçant dans la cour des Invalides son éloge funèbre, le général Gabriel de Galbert aura ce mot pour évoquer la longue histoire d'amour entre la comtesse du Luart et le 1er régiment étranger de cavalerie.

La Légion étrangère, Leïla a eu plus d'une occasion de la rencontrer. Le 14 juillet 1939, lors de l'ultime revue militaire avant le déclenchement de la guerre, elle a assisté sur les Champs-Élysées au bras de Ladislas au triomphe des légionnaires défilant pour la première fois de leur histoire coiffés du képi blanc – cette housse blanche portée l'été par les troupes d'infanterie va devenir le symbole de la Légion. Pendant la bataille de France, elle a soigné sur le front de Lorraine les blessés du 11e régiment étranger. À Bou-Arfa, elle a été la planche de salut de nombre d'anciens légionnaires, elle en a embauché plusieurs dizaines à la FCM. En Tunisie, sa formation est intervenue en soutien des 1er et 3e régiments étrangers d'infanterie. Ces hommes rudes lui plaisent, ils lui rappellent les cosaques de son enfance, les hommes de la Division sauvage. Elle aime leur vaillance, l'attachement inconditionnel qu'ils portent à leurs chefs. Elle aime leurs fragilités aussi, ce passé souvent lourd qu'ils gardent soigneusement enfoui, cette immense nostalgie qui les habite parfois à la pensée de leur famille évanouie, aussi fort soit le relais pris par la « famille Légion ». Étrange retour des choses, les républicains espagnols – nombreux au 1er étranger – lui sont spécialement proches avec leur ombrageuse fierté, et leur sens pointilleux de la justice : à son image, des individualistes-nés. Des combattants de premier ordre aussi, ils l'ont montré lors des combats du Djebel Mansour où, au prix de terribles pertes, ils ont anéanti un bataillon allemand. Dans leurs rangs, elle a repéré des personnages hors norme, comme le sergent Robert Gable, un beau gosse soucieux de cultiver sa ressemblance avec l'acteur du même nom : en parlant avec ce sous-officier adulé par ses hommes, ce spécialiste de la topographie souvent requis pour donner des cours aux officiers du régiment, elle n'a pas tardé à découvrir qu'il avait été dans une première vie professeur de mathématiques à l'université de Barcelone avant de prendre le commandement d'un bataillon de l'armée républicaine.

À Rabat, Leïla a fait la connaissance d'une nouvelle unité de Légion, le 1er régiment étranger de cavalerie. Stationné avant-guerre à Sousse, au sud-est de Tunis, le régiment n'a vu que certains de ses éléments versés dans la bataille de France, puis dans la campagne de Tunisie. Depuis avril 1943, ses deux groupements d'escadrons, blindé et à cheval, se sont implantés au Maroc pour y être rééquipés grâce aux Américains, depuis les boussoles et les chaussures jusqu'aux automitrailleuses. À l'automne, il ne lui manque pas un bouton de guêtre. Avec le reste de la 5e DB, dont il sera l'élément de reconnaissance – soit vingt-cinq mille ou trente mille hommes au total –, il est cantonné dans la forêt de la Mamora, entre Rabat et Port-Lyautey (l'actuelle Kénitra).

« *Nec pluribus impar* » (« À nul autre pareil ») – la devise du « Royal étranger cavalerie » comme on appelle aussi le REC – cadre bien avec ce régiment magnifique. Son histoire est loin d'être inconnue de Leïla. Ce sont les cavaliers de l'armée Wrangel qui, après avoir été évacués sur Constantinople, ont en 1922 formé les tout premiers escadrons du REC. Début juin 1941, le régiment a été renforcé par les quatre cent cinquante Tcherkesses du colonel Collet, héros légendaire du pays druze, qui a rejoint en Syrie le camp allié. Et puis, Leïla adore l'ambiance du REC, l'esprit de corps qui y règne, comme l'usage répandu chez les officiers, même si chacun a droit à une tente individuelle, de se regrouper à deux ou à quatre pour former une grande tente, plus conviviale. Elle baigne depuis l'enfance dans cet univers de la cavalerie jaloux de sa spécificité, avec son respect des traditions, son langage parfois hermétique aux non-initiés – on parle de manteaux pour désigner les capotes militaires ; les drapeaux y sont des étendards ; les clairons, des trompettes ; la caserne, le quartier ; les compagnies, des escadrons ; on y appelle les adjudants-chefs « mon lieutenant ». Elle apprécie le souci d'élégance de ses officiers qui portent des gants, manient avec grâce leur stick, et revendiquent une certaine liberté par rapport à l'uniforme réglementaire, élargissant les galons, rehaussant d'un centimètre leur képi, comme le faisaient dans le temps à Saint-Pétersbourg les officiers de la garde impériale, pas mécontents d'arborer qui des gants verts, qui un tricorne légèrement de travers, qui un gilet blanc sous son uniforme déboutonné. Elle aime aussi les rapports que les chefs entretiennent avec leurs hommes, qu'ils tutoient, rudoient parfois, mais auxquels ils sont attachés corps et âme. Leïla est dans son élément avec les jeunes officiers du régiment, notamment les frères d'Agos, de leur vrai nom Olivier et Alain de Sèze – ils ont emprunté le nom d'une grand-mère du Sud-Ouest pour éviter des représailles à leur famille. L'aîné, chef d'escadrons, a couvert la guerre d'Espagne comme journaliste mais se présente volontiers comme capitaine des « requetés », ce qui lui attire les sarcasmes de Leïla qui nie qu'il ait jamais fait la guerre. Le plus jeune, lieutenant de réserve, a pour lui d'être beau comme un dieu avec son regard bleu porcelaine : c'est lui qui présentera à Leïla le colonel Roger Miquel qui vient de prendre le commandement du REC.

Ce nouveau chef de corps est un personnage. Un bel homme au visage buriné, pas très grand mais toujours soigné de sa personne, grand sportif comme l'était son prédécesseur, le colonel Levavasseur, champion des Jeux olympiques militaires. Fils du colonel commandant la garde républicaine de Paris, il a été de ces saint-cyriens partis en 1914 au front en casoar et gants blancs. Blessé au pied, il a laissé deux phalanges dans la tourmente. Ancien officier de spahis, il connaît bien le Maroc pour avoir œuvré avec Bournazel à sa pacification avant de suivre les cours réservés aux officiers des Affaires indigènes. Miquel est un homme de caractère et de convictions, un soldat estimé de tous, un peu macho sur les bords, mais beau parleur et doté de beaucoup d'abattage, il adore la compagnie des femmes à qui il fait volontiers du charme. Tout cela n'est pas pour déplaire à Leïla, d'autant plus que le sémillant colonel – son contemporain à quelques semaines près – est à l'évidence subjugué par elle, ce qui ne manque pas d'agacer son épouse, Paule, dite Paulette, une charmante brune aux yeux noirs, fille d'un industriel ardéchois, qui l'a suivi à Rabat avec leurs quatre enfants.

À l'époque, les régiments se cherchent volontiers une marraine. Retour de Bir Hakeim, la très glorieuse 13e demi-brigade de Légion étrangère a proposé à la jeune épouse du général Mast, nommé en mai 1943 résident général en Tunisie, d'être la sienne. Leïla est une personnalité charismatique, c'est une femme de cœur, elle a des relations jusque dans le haut état-major et, dit-on, une galette formidable, sa générosité est proverbiale : le colonel Boyer-Resses, le chef de corps du 3e régiment étranger d'infanterie, est résolu à la prendre comme marraine de son régiment, une unité prestigieuse, la plus décorée de France, mais meurtrie par les pertes terribles subies en janvier sur la grande dorsale et penaude de s'être fait barboter son drapeau qu'on retrouvera par hasard dans les souks de Tunis. Ce qu'il ignore, c'est que le colonel Miquel, lui aussi, convoite ses faveurs.

Le 11 novembre 1943, la FCM est à la veille du grand départ. Après avoir procédé le matin aux derniers réglages, toute l'équipe a assisté au défilé des troupes le long de l'avenue de la Victoire, admiré la garde noire du sultan, auréolée de ses dix siècles d'histoire et du courage légendaire de ses hommes, longtemps des esclaves recrutés aux confins du fleuve Sénégal. En fin de journée, Leïla, ses médecins et ses infirmières, sont conviés à un grand repas donné par le 1er REC pour fêter la rénovation du régiment, qui se sépare définitivement de ses chevaux au profit des blindés américains. Guidée par un jeune officier, la fine équipe s'enfonce dans la forêt de chênes-lièges de la Mamora. C'est un de ces soirs bénis où l'air est frais juste ce qu'il faut, la lune pleine, les étoiles piquant un beau ciel clair. À chaque carrefour, un légionnaire en grande tenue, vareuse et pantalon de drap kaki, large ceinture bleue, brodequins et guêtres, présente les armes. La nuit est tombée quand la voiture de Leïla débouche sur une vaste clairière où l'attend Miquel, flanqué de son état-major. Soudain, c'est l'extinction totale des lumières. Et, aussitôt après, surgissant de l'ombre, cernant la clairière en un vaste arc de cercle, l'apparition des blindés flambant neufs du régiment, tous phares allumés. Un spectacle éblouissant, dans tous les sens du terme. Les applaudissements crépitent. Leïla est conquise. Fanfare, passage devant les escadrons, présentation des officiers et des sous-officiers : elle ne s'attendait pas à tant d'honneurs. Elle n'est cependant pas au bout de son étonnement quand le colonel, dans un discours joliment troussé, lui demande tout à trac de devenir marraine du régiment. Opération séduction réussie : c'est oui, et d'enthousiasme.

L'alliance sera définitivement scellée au cours d'un fastueux dîner sous la tente, animé par des chœurs russes et espagnols. Les cuisiniers du régiment ont préparé un énorme méchoui. Des barriques de vin sont mises en perce. L'atmosphère est simple, gaie, fraternelle. La nouvelle marraine, plus belle et spirituelle que jamais, subjugue son entourage. Assise à la droite de Roger Miquel, elle semble boire ses paroles. S'amuse d'apprendre qu'on appelle « cosaque » à Saint-Cyr l'étourdi de service, celui qui met l'imperméable quand on lui a demandé de prendre sa capote, qui n'est jamais prêt pour la revue de chambre, qui se présente affolé à l'appel en finissant de boucler son ceinturon. Elle rit de bon cœur à ses facéties lorsqu'il se présente avec un casque tenu par une mentonnière, offrant une vraie tête de guerrier romain. Plus tard, alors qu'on danse autour de l'immense feu de camp, elle passe de bras en bras, mais c'est le colonel qui s'inscrit le plus souvent sur son carnet de bal. Paulette Miquel, encore dolente – elle est fraîchement rescapée du typhus –, regarde cette offensive de charme avec philosophie : « C'est sa façon d'être patriote », commente en souriant une de ses amies, femme de capitaine.

Départ pour l'Italie

La nuit sera courte. Le lendemain, 12 novembre, c'est le grand départ avec, en ligne de mire, l'Italie puis la France, le plus tôt possible. La FCM n° 1 quitte Rabat pour la Tunisie d'où se fera l'embarquement. Tour à tour les chauffeurs des vingt-huit jeeps ou camions, tous peints en vert foncé avec en blanc l'inscription « Formation chirurgicale mobile franco-américaine », saluent impeccablement Mme du Luart qui les rejoindra quelques jours plus tard à Oran. Elle a décidé de prolonger la soirée passée la veille au REC en visitant chaque escadron, en serrant la main à chaque homme – et chaque escadron en compte cent cinquante. Le colonel Miquel la suit, pas mécontent d'exhiber la nouvelle conquête du régiment. Leïla n'est pas, loin s'en faut, ennemie d'une certaine mise en scène, mais cette fois, elle a trouvé son maître.

Ce qui n'est pas du spectacle, c'est l'attachement qui, passé ce premier coup de foudre, va désormais lier Leïla à son régiment. Noël n'étant pas loin, elle a immédiatement alerté ses amis d'Amérique pour la confection des cadeaux qu'elle désire offrir à ses filleuls. Elle vient à peine de rejoindre Oran qu'elle apprend que les mille deux cents colis sont arrivés à Casablanca : elle repart aussitôt vers Casa dans sa Packard dont le radiateur, crevé, doit être abreuvé tous les vingt kilomètres, flanquée de Madeleine Sijalon, qui a mission de veiller à ce que la patronne ne s'endorme pas au volant. À Rabat, elle fera de nouveau le tour des escadrons pour remettre les précieux lots, un paquet pour chaque militaire, officiers compris, contenant tout ce qu'on peine à se procurer par les temps qui courent, des conserves fines, des sucreries, du savon à barbe et des savonnettes, des gants et des chaussettes (elle n'a pas oublié les engelures tunisiennes), l'occasion à chaque étape d'une nouvelle fête avec chansons, sketches et vin d'honneur. Le temps de changer une dernière fois la courroie du ventilateur, chargé de refroidir le moteur, quelques heures de sommeil, et les deux femmes repartent le lendemain matin pour Alger. Au total, trois mille cinq cents kilomètres au compteur en moins de huit jours.

Depuis la mi-novembre, les du Luart, comme on les appelle souvent, piaffent dans des hôtels ou des villas réquisitionnées, à Oran puis à Trouville, une station balnéaire prisée pour sa belle plage de sable brun où se fait le grand rassemblement du corps expéditionnaire. Ils n'en partiront que le 18 décembre pour Bizerte, une longue route que les vétérans de Tunisie connaissent bien. Le 24 décembre, entraînés par le père Segrétain, ils trouvent refuge chez les pères blancs de Thibar, juste après la frontière tunisienne. Les filles sont logées par les sœurs dans une salle de classe où l'on a étendu des tapis de haute laine faits par leurs élèves : elles y poseront leurs matelas. Une buanderie modèle est mise à leur disposition avec eau chaude à volonté, un vrai bonheur après avoir avalé tant de poussière. Ce soir-là, même ceux qui n'ont pas mis depuis longtemps les pieds dans une église ont tenu à se confesser. Dieu seul sait ce que l'avenir leur réserve. Il règne au couvent une atmosphère de veillée d'armes. Sereine. Recueillie. Pendant la messe de minuit, chacun entonne un peu trop fort les vieux chants de Noël, histoire de masquer son émotion. Le frère cuisinier est strasbourgeois, il a préparé pour le réveillon un délicieux berawecka, le gâteau alsacien aux poires séchées de tradition à Noël, et de la mouna, la brioche espagnole à la fleur d'oranger tant appréciée des Oranais. Faute de sapin, un pin d'Alep a été garni de mandarines et de paquets de cigarettes. On voudrait croire que ce Noël 1943 sera le dernier passé loin de chez soi. Pour certains, ce Noël sera le dernier tout court : cantonnée le lendemain à Bizerte sur un terrain en principe déminé, mais en principe seulement, la FCM n° 1 y perdra trois de ses Marocains.

Le 30 décembre, enfin, les équipes de la FCM embarquent à destination de l'Italie sur des LST, des bateaux à fond plat destinés au transport des troupes. Le voyage commence bien. Galamment, les pilotes anglais du bateau qui a pris en charge les femmes de la FCM n° 1 les ont conviées à leur table, logées dans le carré des officiers. Mais, dès le lendemain, la mer devient mauvaise. Plongé dans la tempête, le bateau, dont une partie de l'hélice a été arrachée, doit naviguer à la cape. Il perd du coup le convoi qui le protégeait. Allongées sur leur couchette, leur casque suspendu à portée de main en guise de cuvette, les infirmières ne s'apercevront qu'après coup des dangers encourus. Trois jours plus tard, ce sont des fantômes pâlichons qui débarquent tout au fond de la baie de Naples, dans la triste aire de Bagnoli : le temps est redevenu beau, mais la première nuit, passée dans les sous-sols miteux du lycée Ciano où sont rassemblées les femmes du corps expéditionnaire, ne fait rien pour améliorer leur état. C'est avec soulagement qu'elles verront arriver au petit matin deux autres voyageuses, étonnamment fraîches et roses. Grâce à Nicky, retrouvé par hasard à Alger, Leïla a été conviée à faire la traversée dans l'avion personnel du général Clark. De quoi inspirer à Madeleine Sijalon, qui, promue dame d'honneur de la comtesse, a elle aussi bénéficié des confortables fauteuils bleu ciel du patron de la 5e armée, quelques vers de mirliton et, en chute, cette imparable conclusion : « Pour éviter ces émotions, pour être un peu moins molestées, du général prenons l'avion, c'est cent fois mieux qu'un LST... »

11

Voyage en Italie

Les oliviers de Venafro

« Voir Naples et mourir »... Le vœu exprimé par Stendhal ne vaut pas pour Leïla. Si débarquer dans cette ville marque l'accomplissement d'un ardent désir, ce n'est qu'un prélude à l'aventure : la reconquête du sol français. D'ailleurs, si, pour accueillir les nouveaux arrivants, la ville, enchâssée dans sa baie magnifique, dominée par le cratère rougeoyant du Vésuve, s'était présentée sous son meilleur jour, le spectacle est plutôt décevant à y regarder de près. Naples, qui s'est débarrassée en septembre du joug nazi, est non seulement très démolie mais c'est un véritable dépotoir, les mendiants y sont légion, les habitants, misérables. À chaque coin de rue, des gosses de six ans offrent leur sœur aux militaires en goguette. Le brouillard et la pluie qui ont remplacé le soleil de la veille ne font rien pour contrer la morosité ambiante. Leïla a ramené ses infirmières épuisées, frileusement enveloppées dans leurs grands manteaux croisés de l'armée américaine, vers le cocon de la FCM, qui campe à quarante kilomètres de Naples, dans la banlieue de Caserte. C'est là que, désireuse de présenter sa formation au général Clark et à l'état-major de la 5ᵉ armée américaine dont elle dépend désormais tout comme le reste du corps expéditionnaire français, Leïla donne le lendemain un dîner de quarante couverts. Charge à Bur, le gestionnaire de la formation, de faire à Naples les achats nécessaires, accompagné des « petites », Christiane et Liliane – lesquelles trouveront tout de même le temps de faire un tour chez le coiffeur. Si on a recours, pour la vaisselle, aux moyens du bord, gamelles, couverts en aluminium, quarts que l'on garnit de bruyère, Leïla, plongeant le nez dans les cantines, en sort sous les yeux ébahis de son équipe des bougies, des nappes de cretonne fleurie, du papier bleu marine et blanc pour confectionner des abat-jour : au Maroc, elle a pensé à tout, jusqu'à ces petits détails raffinés qui contribueront à la légende de la FCM n° 1.

Les ronds de jambe ne lui font pas oublier le cœur de sa mission : suivre avec sa formation la 3e DIA, la troisième division d'infanterie algérienne du général de Monsabert, parée des lauriers cueillis en Tunisie. Depuis deux mois que le corps expéditionnaire français est engagé en Italie, l'armée d'Afrique est partie à la reconquête des pitons des Abruzzes qui barrent la route de Rome. Par un étonnant paradoxe, cette armée que la manne américaine a permis de sortir de l'archaïsme se trouve ramenée à ses bonnes vieilles méthodes sur les pentes italiennes où un mulet est plus performant que le plus performant des véhicules de l'US Army. Là où, affrontés à des sommets dont certains dépassent deux mille mètres, les hommes du Texas ou d'Oklahoma se sont cassé les dents, les rudes montagnards de l'Atlas vont, en plein cœur de l'hiver, dans la neige, la boue et par un froid extrême, sauver l'honneur de la France malmené en 1940. Guidée par l'un des officiers d'ordonnance du général Juin, Leïla choisit d'installer sa formation en bordure d'un bois d'oliviers à Venafro, à l'est de Cassino, juste au pied des premiers contreforts montagneux : elle y sera en première ligne, côtoyant la compagnie de triage du 3e bataillon médical auquel elle est rattachée.

Comme à Maktar, en Tunisie, les tentes sont à peine montées que les blessés sont là. Pendant que les chirurgiens commencent à opérer, Leïla continue l'installation du camp, tire elle-même sur les cordes pour montrer la manœuvre aux infirmiers encore maladroits, monte une tente salle à manger pour les médecins, une autre pour les infirmières, une autre encore pour les hommes. Pour éviter les courants d'air, elle aménage des chicanes, veille à ce que les deux tentes d'hospitalisation soient bien jointives, grimpe sur une chaise pour vérifier l'installation électrique. Elle prend aussi le temps de réconforter les plus jeunes, dont c'est le baptême du feu. Liliane ne peut rien avaler, elle dit avoir constamment le goût du sang séché dans la bouche. Christiane a du mal à dormir, elle éprouve une forte douleur du côté du cœur à l'heure de prendre son service – elle, pourtant, a déjà traversé ces jours sombres de novembre 1942 où, à Oran, elle fut appelée en renfort avec les autres élèves infirmières pour soigner les soldats américains transportés à l'hôpital militaire Baudens, la plupart d'entre eux atrocement brûlés pour avoir nagé dans le mazout en flammes. Quand une ambulance se présente, toutes deux ont la charge, aidées par les infirmiers marocains, de préparer les futurs opérés, des fractures ouvertes, des ventres, des thorax, seuls les crânes sont dirigés directement sur l'hôpital 415 basé à Naples par des petits avions d'observation transformés en postes d'évacuation. Il faut laver les blessés, couper les vêtements à l'endroit de la blessure avec des ciseaux dotés d'une boule au bout pour éviter de piquer la peau, dégager la plaie en rasant les poils autour, la nettoyer. Difficile de savoir par où commencer, on a si peur de faire mal, de mal faire. Les arrivées sont chaque jour plus nombreuses – jusqu'à quarante le 30 janvier 1944 –, nombre de tirailleurs, mais aussi des sous-officiers, un aspirant, et puis des hommes de la Wehrmacht, souvent des chasseurs alpins autrichiens, exténués et dans un état de saleté inimaginable. Sous la tente d'hospitalisation qui accueille ceux qui sortent du bloc opératoire, le spectacle, là encore, est terrible de ces êtres jeunes, tellement délabrés, de toute cette souffrance que la morphine ne parvient pas toujours à calmer.

Trop d'angoisse. Trop de fatigue aussi. Les trois équipes travaillent en principe par roulement : six heures de service, douze heures de repos, six heures de service et ainsi de suite, de jour comme de nuit. Cela vaut pour tout le monde, les médecins, les infirmières, mais aussi les brancardiers, les mécaniciens, les chauffeurs, les cuisiniers, les laveurs, les repasseurs. Lors des grosses attaques, il n'est pas rare de travailler douze heures d'affilée. S'ajoute à cela la peur toute bête. Le baptême du feu n'est pas que symbolique. Malgré les grandes croix rouges apposées sur les tentes et les camions, la FCM n° 1 essuie des tirs plusieurs nuits de suite. Impossible de repérer l'emplacement de la pièce allemande, parfaitement camouflée. Des éclats traversent la tente d'hospitalisation, on courbe instinctivement la tête. Par trois fois, on déménage le camp pour se mettre à l'abri. Un obus tombe sur le poste de secours d'à côté, tuant un chirurgien et blessant plusieurs infirmiers. Délaissant leurs tentes, certains médecins choisissent de se terrer pour dormir dans le trou qu'ils ont creusé, afin d'échapper aux éclats de mortier qui filent en parallèle au sol. Il faut tous les dons de persuasion de Leïla pour décourager les filles d'en faire autant. Plusieurs d'entre elles ne trouvent le sommeil qu'en gardant leur casque sur la tête. Le froid nocturne n'arrange rien. Au petit matin, la barbiche de Bur et celle de l'aumônier sont couvertes de givre.

Dans la boue de Casale

Les mille quatre cents mètres du Monna Casale ont été conquis le 13 janvier. Depuis, on se bat autour du Monte Cassino dans des conditions climatiques effroyablcs. Malgré de terribles pertes, les troupes françaises poursuivent leur progression. Après un mois passé à Venafro, la FCM n° 1, se déplaçant de vingt kilomètres, rejoint à Casale le 3e bataillon médical déjà installé au bord de la seule et unique route menant au front. Dans cette cuvette située à neuf cents mètres d'altitude, cernée par les montagnes, on pourrait se croire dans les Vosges, n'était-ce l'absence de sapins. Lorsque la neige tombe – vingt-cinq centimètres dans la seule journée du 23 février –, le spectacle est magique, mais pas pour longtemps. Dès que la neige fond, relayée par une pluie incessante, on se retrouve dans une infâme gadoue avec de la boue jusqu'aux genoux. Leïla, comme ses infirmières, manque à chaque pas d'y laisser ses bottes, celles-là mêmes qu'elle a fait confectionner à Rabat en peau de chèvre et qui prennent terriblement l'eau. Seules les tentes sont à peu près épargnées grâce aux rigoles creusées autour et aux camions de sable qui y ont été déversés ; mais tout suinte à l'intérieur, le linge, le bois, le tabac. Le terrain alentour est mal déminé, les casemates allemandes abandonnées regorgent de cadavres en décomposition. Dans les villages, tous démolis par l'artillerie allemande, il n'y a plus âme qui vive.

À la 3e DIA, c'est une véritable hécatombe. Les deux tentes d'hospitalisation sont pleines à craquer. Il y a abondance de pieds gelés à cause des conditions météorologiques comme de la piètre qualité des brodequins livrés par les Américains dont le cuir poreux ne protège ni du froid ni de l'humidité. Dans les hauteurs, la neige est si épaisse qu'on met un temps fou avant de retrouver les blessés : lorsqu'ils débarquent enfin à la FCM, les membres sont enflés ; sous les doigts des infirmières, la peau reste marquée. Elle crépite. Le diagnostic est immédiat : gangrène gazeuse, la grande crainte des médecins militaires ! Les cas se multiplient, il faut bientôt monter une troisième tente pour les isoler tant l'odeur qui émane de leurs plaies est écœurante... Les sulfamides que l'on saupoudre sur les chairs éclatées ne suffisent pas toujours à sauver le membre touché, on n'a d'autre choix que d'amputer. Ce brave tirailleur a-t-il été mobilisé ? Ou bien s'est-il engagé dans l'armée d'Afrique avec ceux de son village, attiré par un honnête salaire et le prestige de l'uniforme ? Il n'a plus ni bras ni jambes. « Mademoiselle, je suis laboureur, je vais devenir quoi, moi ? » gémit-il devant Christiane, dont l'équipe n° 1, celle du docteur Hugueny, assure la garde cette nuit-là. À Oran, les culs-de-jatte qui mendient aux portes de la médina en naviguant dans leurs caisses à savon ont au moins gardé l'usage de leurs bras. Mais le plus souvent, pas une plainte n'émane de ces hommes qui se battent avec une extraordinaire vaillance pour libérer un pays qui les a largement maintenus dans une tutelle condescendante. D'autres blessés n'ont pas cette discrétion. Aucune leçon de politesse n'aura raison des vociférations d'un Corse aussi épineux que les châtaignes de son pays. Il hurle au milieu de la nuit pour qu'on lui refasse son pansement. Injurie le petit Italien blessé à la colonne vertébrale qui gémit doucement à l'autre extrémité de la tente, invoquant alternativement sa mère, saint Antoine et la Madone : « Tu la fermes, macaroni, on entend que toi, ici ! » Il repartira guéri sans un merci pour les infirmières qui se sont relayées à son chevet ou pour le colonel qui est passé le voir tous les jours comme les autres blessés de son régiment.

Les blessés américains posent un problème à part, ils font des complications à la chaîne et meurent souvent de blessures dont les Arabes, eux, réchappent : petits et secs, ils ne font pas de péritonites, même le ventre transpercé et l'intestin recousu en plusieurs endroits, car une balle à cet endroit fait de terribles dégâts. Plus d'une fois, le Service de santé américain s'est ému auprès de Leïla de cet état de fait, il lui faudra mener l'inspection pour s'assurer qu'à la FCM n° 1 on soigne aussi bien les premiers que les seconds. La vérité est que, trop bien nourris, bourrés de vitamines, les Américains n'ont pas la même résistance que ces indigènes aguerris par des conditions de vie difficiles et pour lesquels la sélection naturelle a joué dès la naissance. Lorsqu'elle voit débarquer ces costauds dont la solide stature déborde des brancards, Leïla ne peut s'empêcher de scruter leurs traits. Si jamais un jour Nicolas... À l'état-major de Clark, il n'est pas en première ligne. Mais le risque est partout. Angoisse furtive : le travail chasse vite les tristes pensées. Et puis Leïla a depuis longtemps intégré les dangers que comporte le métier des armes. Si l'on veut vivre sans risques, mieux vaut demeurer chez soi.

La seule obsession qui vaille ici est de faire triompher la vie autant que faire se peut. Tâche facile lorsque la FCM accueille à l'occasion des blessés plus légers, le bataillon médical manquant de lits : ces « passagers » ne restent que deux, trois jours au plus, un laps de temps suffisant pour qu'ils repartent de la formation méconnaissables, même pour ceux qui étaient en loques à l'arrivée. Les remerciements fusent, les regards sont humides, on n'oubliera jamais le passage chez les du Luart. Du pur bonheur. Voire de l'émerveillement lorsque, comme en Espagne, comme en Tunisie, un léger miracle se produit. Pas de cadavre dûment certifié se redressant dans son linceul – on assure que la chose est arrivée dans une autre formation –, mais la belle histoire de ce blessé allemand au foie éclaté. Ce soir-là, cinq civières sont alignées devant le bloc. Faute de temps, au vu de son état désespéré, on renonce à opérer l'Allemand – à quarante ans, il n'a même pas l'extrême jeunesse pour lui. Au petit matin, comme il est toujours vivant, les chirurgiens le prennent malgré tout en charge. Deux jours plus tard, Leïla, écarquillant les yeux, trouvera l'Alsacien Bur en train de converser dans sa langue avec l'ex-moribond, son visage, rasé de près, rayonnant de reconnaissance.

Dans cet interminable bras-le-corps qui se joue à la FCM avec la mort, celle-ci a parfois le dernier mot. Les rares promenades que les infirmières s'autorisent sont pour les tombes de leurs blessés de la veille, dont certains n'avaient même pas leur âge. Au printemps, elles y déposent des fleurs ; l'hiver, seulement une poignée de cailloux. La mort, omniprésente, ne plane pas qu'autour des combattants. La sinistre route que tous les convois doivent emprunter pour monter vers Cassino est en partie visible des Allemands. La Croix-Rouge n'est qu'une protection illusoire. Deux ambulances ramenant des blessés du front se sont récemment retrouvées sous les tirs ennemis. Le temps que les « chaufferettes » – le surnom donné aux conductrices des sections sanitaires automobiles – mettent leurs blessés à l'abri, plusieurs d'entre eux ont été touchés, ainsi que l'une des conductrices, la charmante Marie-Alphonsine Loretti, dite « Lorette », morte à vingt-huit ans, l'artère fémorale sectionnée. Trois jours plus tard, c'est dans la cuvette même de Casale qu'un appareil néo-zélandais a par mégarde mitraillé un camion de munitions français, projetant ses explosifs dans tous les sens : à moins de cinquante mètres de la FCM n° 1, un médecin-chef du bataillon médical a été tué net.

D'où l'inquiétude lorsque, le 15 février à neuf heures et demie du matin, surgissant du sud par un temps superbe, s'annonce une armada de quadrimoteurs. Le temps de comprendre qu'il s'agit de l'assaut final destiné à faire sauter le verrou du Monte Cassino. Il suffit de grimper un peu sur les hauteurs pour voir, à douze kilomètres du camp, les avions piquer au sol, larguer les bombes, puis disparaître. Jusque tard dans la nuit, la FCM n° 1 est traversée par des sifflements d'obus, d'impressionnants tirs d'artillerie, une fois de plus certains désertent les tentes pour s'abriter le long des murets de pierre. On apprendra le lendemain que les premières vagues ont lâché par erreur leurs bombes sur Venafro, où se trouve l'état-major du corps expéditionnaire ainsi que des troupes au repos, faisant deux cents morts. « Un dégât collatéral », comme on dit.

Leïla n'a pas peur. Elle n'a jamais peur. Bien sûr, les péripéties vécues à la FCM n'ont rien à voir avec ce qu'endurent par un froid glacial les combattants qui escaladent les montagnes sous le feu de l'ennemi, neutralisant parfois au corps-à-corps les casemates allemandes, sans rien boire, sinon un peu de neige, le ventre souvent vide. Mais les risques sont là, quotidiens. Surtout pour elle qui quitte souvent l'espace protégé du camp pour prendre les ordres auprès de l'état-major, exprimer ses demandes, repérer de futurs emplacements. Un jour qu'elle descend une étroite route de corniche, conduite par Lanvers, ils croisent un convoi de goumiers dont les gros GMC occupent le milieu de la route. Impossible de passer. La seule solution est de reculer, au risque d'être projeté dans le précipice. À l'arrière de la jeep ont pris place un commandant et un deuxième classe. Personne ne dit mot, Leïla pas plus que les autres. À l'arrivée, elle se contentera de balancer à Pierre Lanvers : « On a eu chaud ! » Ce beau courage calme, elle le manifeste surtout par sa capacité à évacuer toute tension lorsqu'elle est requise par l'action. Il lui arrive parfois de donner un coup de main à l'hospitalisation mais, dans cette grosse machine qu'est devenue la FCM, l'essentiel de son travail est désormais de veiller à la bonne marche de l'ensemble.

Leïla, chef d'équipe

Une charge écrasante avec pour priorité des priorités, le bien-être des blessés. Ce n'est pas à « l'élégante unité de la comtesse du Luart » comme l'appelle le médecin général Hugonot, le directeur du service de santé du corps expéditionnaire, que l'on risque de tomber, comme c'est parfois le cas ailleurs, sur des blessés qui sentent la vieille crasse et l'excrément desséché. Ici, rien n'est laissé au hasard. Une fois lavés, ils sont saupoudrés de DTT de la tête aux pieds, afin d'éliminer les poux de corps, vecteurs de typhus : les Allemands en ont souvent, les Arabes à peu près jamais. Ensuite direction le camion de réanimation où ont lieu les opérations de déchoquage : là, on les réconforte, on les réchauffe à l'aide de lampes infrarouges avant de les envelopper dans des couvertures, on les transfuse si nécessaire avec du sang ou du plasma. Mais ce qui est la marque de la FCM n° 1, c'est le confort inusité de son hospitalisation. À Venafro, on ne disposait encore que de brancards posés sur des trépieds mais les blessés avaient déjà droit à des pyjamas fraîchement repassés et à des draps blancs sous leurs couvertures bleu marine. À partir du printemps 1944, ils seront couchés – luxe inouï – sur de vrais matelas posés sur des lits de camp. Avec ça, les chaufferettes sont là pour l'attester, une organisation sans faille : lorsqu'elles débarquent pour faire une évacuation, tout est parfaitement préparé, le blessé, ses papiers, son paquetage, rien à voir avec la confusion, source de longues attentes, qui règne dans d'autres formations sanitaires. Sur le cahier d'hospitalisation de la FCM n° 1 – émouvant document conservé au musée du Val-de-Grâce –, toutes les entrées sont soigneusement répertoriées, avec la date, le nom du blessé, son grade, son unité, la description de ses blessures. Lancinante litanie déroulée au fil des pages : « Barek ben Allouch, 1re classe, 8e RTM, plaie transfixante (un éclat a traversé cette partie du corps et en est ressorti), par éclat de grenade, de la main gauche ; Élie Jean, sergent-chef, 8e RTM, gros délabrement de l'épaule gauche ; Hawke Gustav, 67 Panzer, plaie en séton (deux orifices cutanés, un d'entrée, un de sortie) du coude gauche »...

On sent qu'à la formation du Luart, il y a, dominant la mêlée, une tête pensante mais aussi une présence féminine exigeante pour qui il n'est pas de raffinement négligeable. Rarissime dans la vie militaire. Si les blessés ont droit à tous les égards, le personnel de la FCM n'est pas oublié. Pendant les transits, il faut bien se contenter des fameuses rations américaines, à base de *beans* – les sempiternelles boîtes de haricots blancs – et de corned-beef. Mais dès le camp installé pour un temps, Leïla tente d'améliorer l'ordinaire. Au printemps, elle fera acheter des fruits, des légumes, des veaux, des moutons. À Casale, où il n'y a rien, rien que la boue et les décombres, elle se met elle-même aux fourneaux pour préparer un bon dessert. Pour combattre le froid, elle a fait installer dans toutes les tentes des petits poêles ronds qui marchent au charbon de bois. On peut prendre une douche dans l'un des camions. Réduites au départ à occuper un coin de la tente-foyer, les filles logent désormais quatre par quatre dans d'anciens sanitaires Chevrolet de 1939 transformés en sleeping-cars. Mais c'est seulement dans les derniers mois d'Italie qu'elles disposeront, plutôt que de leurs matelas de kapok, de couchettes superposées : les blessés sont les premiers servis. Passé le vol confortable sur l'avion de Clark, pas de traitement de faveur pour Leïla, qui partage avec Sijalon son PC installé dans un camion. Comme les autres, elle s'épouille le soir sous la lampe. Comme les autres, elle actionne le bouton de la vache à eau pour faire sa toilette et utilise comme cuvette son casque, posé en équilibre instable sur des cartons ayant servi à envelopper des obus laissés là par des artilleurs. Comme les autres, elle n'a pour se regarder qu'un petit miroir accroché avec du Leucoplast à la paroi de son camion-dortoir et se glisse pour dormir dans une couverture américaine pliée eu deux et cousue, avec, en guise de sac à viande, un des sacs de toile blanche prévus pour envelopper les morts.

Elle n'arrête pas. Ses capacités d'imagination semblent infinies. Après les sanitaires convertis en dortoirs, elle pense à de nouveaux camions gigognes dotés de côtés amovibles, qui permettraient d'agrandir les espaces d'intervention, ne craignant pas de faire retour vers Naples pour y tester ses idées et surveiller leur exécution dans les ateliers du port. Pour un peu, elle planterait elle-même les clous, comme le faisait quelque deux siècles et demi plus tôt le tsar Pierre le Grand, un manuel lui aussi à ses heures, qui, galvanisé à l'idée d'édifier sa propre flotte, se fit embaucher comme simple ouvrier sur les chantiers navals d'Amsterdam. Le froid est toujours aussi vif, et la seule jeep disponible, un palais des courants d'air ? Une couverture sur le siège passager, une autre sur les jambes, le béret bien enfoncé sur les oreilles, feront l'affaire. Lanvers qui l'accompagne s'estime encore heureux quand elle ne lui prend pas d'autorité le volant... En juin encore, alors que la FCM est au nord de Rome, Leïla fera un aller-retour express à Naples pour les besoins d'une seconde salle d'opération, d'un nouveau et plus grand déchoquage. Loin de la décourager, les difficultés la stimulent. Il faut dire que sa force de persuasion se double d'un extraordinaire réseau de relations. À Leïla, rien d'impossible. Un groupe électrogène semble-t-il montrer des signes de faiblesse ? Après quelques jours de silence, à croire, pense Lanvers, que la patronne n'a pas entendu sa remarque, elle lui suggère de contacter le colonel Untel : le groupe est là qui attend l'officier du train. Lors de la dernière étape italienne de la

FCM, la stérilisation prend feu, réduisant à l'état de squelette le châssis du magnifique camion Citroën en service depuis 1939 : Leïla cache sa consternation, empêche l'aggravation de l'incendie en isolant les autres voitures. Huit jours plus tard arrivera au camp une autre stérilisation, aussi bien équipée et aménagée que la première.

La gestion du matériel est une chose. La gestion des hommes en est une autre. Depuis la Tunisie, on ne se pose plus la question de savoir qui commande à la FCM. Toujours tiré à quatre épingles, le médecin-chef Fourès a pour premier mérite de rester à sa place – la seconde –, André Bur est un gestionnaire compétent et discret. Leïla est seul maître à bord. Elle a souri en apprenant qu'à Alger, dans le cadre des chantiers de jeunesse de l'Afrique du Nord, on montait de très sérieux « stages de chefs féminins » pour « détecter celles qui, moralement, physiquement et intellectuellement, étaient dignes de commander ». « La netteté d'allure, la droiture morale, l'aptitude physique, était-il précisé, seront les points principaux qui entreront en ligne de compte pour leur nomination. » Pas de recyclage pour la fille de Constantin Hagondokoff : tout lui a été donné d'emblée. L'autorité naturelle ne se discute pas. Alliée à une rare séduction, elle permet de conquérir le monde. Devant Leïla, non seulement les gens filent doux mais la plupart d'entre eux se feraient couper en morceaux pour elle.

Il n'est pas facile de faire vivre ensemble un groupe humain aussi hétéroclite. Le personnel de la FCM n° 1 est encore plus pittoresque qu'en Tunisie, ce qui n'enlève rien à son dévouement. Kévokian, l'Arménien, rouspète sans arrêt, cigare au bec, mais, lorsqu'il le faut, il entraîne les autres par son bagout et travaille douze heures d'affilée. Thilmont, l'un des chauffeurs, beau gosse mais mauvais caractère, ne ménage pas lui non plus sa peine.

Zantieff, un Russe aux allures de margoulin, s'est révélé une perle, doté d'une patience d'ange avec les grands blessés. Même si Mustapha, l'un des derniers arrivés, parfait au début, se montre vite grisé par les galons et surtout par le vin d'Italie, les Marocains forment un bon groupe, sérieux et complaisant : ils assurent la plupart des corvées de bois, de charbon, d'eau, remplissent et vident les touques, s'occupent des vaches à eau. Préposés au brancardage, ils montent et descendent si doucement, lestés de leur précieuse charge, les escabeaux un peu raides des voitures techniques qu'il n'y aura jamais aucun accident à déplorer, alors même que médecins et infirmières y font régulièrement des vols planés. En cas de coup dur, c'est la mobilisation générale : tous savent quel poste rejoindre, qui la radio, qui le déchoquage, qui l'hospitalisation, qui le bloc opératoire. Tous sans exception. Même ce poivrot invétéré de Denizet, dit « Zi-Zi », maréchal des logis ; même Ossipov qui, de cuisinier en Tunisie, est passé peintre, histoire de limiter ses tentations ; même Manu Villa, l'Espagnol, un fêtard qui danse le swing mieux qu'un Noir de Harlem et conduit sa jeep comme une Bugatti grand sport ; même Benito, le cuistot au teint rose et au poil fin qui, aux beaux jours, ne manquera pas de prendre des bains dans tous les cours d'eau qui passent. Et, bien sûr, les fidèles de toujours, ceux qui suivent Leïla depuis Bou-Arfa, Binès, son indispensable factotum, André, le chef russe, Antipoff à qui l'on donne du « général » quand, préposé à la stérilisation, il ne commande plus qu'à ses autoclaves, Zoliniac et Woitovitch, les rois de la buanderie.

Le groupe des médecins offre lui aussi une riche palette de personnalités diverses. À vivre ensemble vingt-quatre heures sur vingt-quatre, on a vite fait de découvrir les qualités et les défauts de chacun : il y a les bons vivants style Bernard ou Rungs, les angoissés – Stefani –, les artistes – comme le jeune Castaing, pourri de talents, tout à la fois peintre, sculpteur, statuaire –, les sérieux comme Sounes, réservé, presque cérémonieux. Les garçons nature, ceux qui seraient facilement prétentieux. Les sobres et ceux qui ont tendance à picoler sec. Mais tous, sans exception, animés par la passion de leur métier. À la lingerie, l'épouse du docteur Sounes, alias « Sounette », n'arrête pas. Si les Polonais sont préposés au lavage des vêtements et des draps – une tâche rude qui requiert en montagne de monter l'eau dans d'énormes citernes –, c'est à elle seule, toujours aimable et disponible, que revient la charge de repasser l'attirail immaculé des infirmières. Mais les vrais piliers de l'équipe féminine de la FCM, ce sont les infirmières-chefs : Mlle Noël, l'ancienne de Bou-Arfa, au bloc opératoire, Mlle Traill, toujours calme et sereine, à la réanimation, Madeleine Sijalon à l'hospitalisation – tout à la fois compagne de chambrée, confidente et bouc émissaire des humeurs de Leïla, elle voue à « notre Mère » une véritable vénération, une façon de compenser la perte de sa sœur, morte de tuberculose à Casablanca peu avant le départ. La cigarette constamment au bec, elle excelle à trousser en un rien de temps poèmes et chansons qui relatent avec humour, rosserie parfois, la vie à la formation, tout comme le fera avec plus d'ampleur son journal de marche. À chacun son mémorialiste, son troubadour attitré. Louis XI a eu son Philippe de Commynes, Louis XIV son Saint-Simon, Napoléon son Las Cases : Leïla du Luart aura sa Madeleine Sijalon. Autres figures de la FCM, Canavy l'Oranaise, professionnelle hors pair mais que sa santé fragile rend trop souvent rabat-joie, Molinier la Marseillaise, facilement lunatique, aimable ou sauvage selon ses heures, quittant son lit pour le service et le service pour son lit. Et les deux benjamines, Christiane et Liliane, devenues des inséparables, pour lesquelles Leïla s'est prise d'une affection quasi maternelle.

De la première, elle apprécie la fraîcheur, l'ardeur au travail, l'honnêteté intellectuelle. Christiane n'est pas pour rien la descendante de rudes Alsaciens. Un grand-père tonnelier, un autre boulanger. Une grand-mère paternelle qui, née française en 1861, devenue allemande en 1870 puis de nouveau française en 1918, a dû en 1940, contrainte et forcée, retrouver la nationalité allemande (elle mourra française en 1948). Un père, l'aîné de onze enfants, qui, placé chez un notaire comme saute-ruisseau, a fini par diriger l'étude à force d'ardeur au travail. Pour avoir connu, elle aussi, la douleur de l'exil, Leïla s'est sentie proche de Christiane lorsque, un soir de cafard, celle-ci a évoqué devant elle la fuite éperdue en juin 1940 devant la menace de l'invasion allemande, la grande peur des réfugiés encombrant les routes, mitraillées par les avions italiens ; puis, six mois plus tard, alors que la famille avait fait retour vers l'Alsace, son expulsion de Thann, dans le Sundgau, pour crime de francophilie ; l'arrivée à Oran sans connaître personne, la vie matérielle difficile, la solidarité bienvenue de la diaspora alsacienne. Leïla, une fois n'est pas coutume, s'est sentie au bord des larmes lorsque Christiane lui a confié qu'à la Toussaint dernière elle s'était retrouvée avec ses parents au cimetière d'Oran devant des tombes anonymes, faute de pouvoir se recueillir sur celles de la famille. Cette impression d'être à jamais coupée de ses racines, Leïla la connaît si bien. Tout comme l'obsession dans laquelle sont Christiane et les siens de contribuer à la libération de leur terre. D'où son engagement à la FCM, d'où celui de ses frères, l'un, Pierre, dans la Résistance (ordonné prêtre en juin 1943, il sera l'un des fondateurs et l'aumônier de la brigade Alsace-Lorraine où il se liera d'amitié avec André Malraux), l'autre, Francis, comme aspirant dans une unité du génie, après avoir suivi à Cherchell l'école de cadres de l'armée d'Afrique.

Mais la petite chérie, c'est à l'évidence Liliane. Derrière la jolie « Hula », son mètre quatre-vingts fièrement campé sur ses longues jambes – la seule femme plus grande qu'elle –, Leïla a découvert une fille à l'enfance triste, orpheline d'un père architecte à Hong Kong, mal aimée de sa mère qui la mettra très vite en pension. Tandis que Christiane, fille de convictions et d'idéal, ne craint pas de s'isoler du groupe pour lire Pascal ou Péguy, Liliane, en constant besoin d'être aimée, fait volontiers le joli cœur auprès des garçons de l'équipe comme des officiers qui sont reçus à la formation. Leïla a surpris les regards admiratifs que lui portait son fils. Nicky a maintenant vingt-cinq ans. Liliane est de bonne famille, profondément gentille, et si belle ! Quel couple admirable feraient ces deux-là ! Une fois Liliane érigée en belle-fille putative, Leïla la couve, la couvre d'attentions, l'entraîne parfois à Naples lorsqu'elle doit s'y rendre, fait mine de ne rien voir – elle, l'exigence faite femme – lorsque l'équipe dans laquelle évolue la gracieuse enfant laisse à la fin de son service l'hospitalisation dans un beau foutoir. En tête à tête, Leïla donne du « ma fille » à Liliane qui l'appelle en retour « mamie ». La guerre finie, il y aura peut-être un mariage à la formation.

Une grande famille

Mariage ou non, la FCM n° 1 est déjà une grande famille. Sans doute le travail est-il accablant, et rares les moments de répit. On vit dans l'instant, comme dans une bulle, l'heure ne porte pas aux confidences, on est étonnamment peu curieux du passé de chacun, de ses projets. La patronne montre la voie, elle ne parle jamais d'elle-même, ni de ses années russes – c'est par un ancien de l'armée blanche qu'on en a su un peu plus sur la figure haute en couleur de son père, Constantin –, ni même des premiers temps de la formation. Pour qu'on comprenne qu'elle avait été en Espagne, il a fallu qu'elle retrouve des officiers croisés dans les cercles franquistes comme Bénouville ou Michel de Decker, l'intrépide sergent du Tercio espagnol qui, ayant réintégré le 3e spahis, arbore à l'état-major du général Juin une poitrine constellée de décorations, y compris celles glanées dans les Asturies.

On parle peu de soi, mais on échange beaucoup. Sur les nouvelles du front, le temps qu'il fera demain, les bonnes et mauvaises surprises de la journée. On se raconte de bonnes histoires. On rit bien souvent. Pas de jalousies, de rancœurs, pas de susceptibilités déplacées. Parfois, un petit groupe reste à bavarder sous une tente, mais c'est le foyer qui est le grand lieu de rendez-vous, on peut s'y restaurer à toute heure. Le soir venu, c'est là aussi qu'on se retrouve. Il y a de bons bridgeurs parmi les médecins, les filles, elles, préfèrent lire, tricoter ou jouer au Diamino. On va chercher au PC le gramophone de la patronne qui a dans ses bagages une belle collection de disques, surtout du classique – à Naples, on a fait en outre l'achat du *Boléro* de Ravel, et puis de tangos et de swings. Liliane, qui s'est entichée des « Sombreros et mantilles » de Rina Ketty, le fait passer en boucle, on la supplie de changer de rengaine, elle embraie sur « J'attendrai le jour et la nuit ». Pour un peu, on se croirait à la maison, si de temps à autre un concert d'armes automatiques ne venait concurrencer la musique, ou si l'un des infirmiers ne surgissait sur le pas de la porte pour annoncer l'arrivée d'une ambulance.

Ainsi va la vie à la formation. Une vie intimement tissée à la mort. Une vie criblée de souffrances, de tristesses. Mais une vie pleine de rires et de bonheurs aussi. Toute occasion est bonne pour faire la fête. À Venafro, le 6 février, on n'a pas oublié de célébrer l'anniversaire de

Leïla. Bur a surveillé André le cuisinier, lui administrant juste assez de vin pour le maintenir en forme sans qu'il risque de gâter les sauces. Bernard a tiré dans la montagne des moutons redevenus mouflons, on les a servis accompagnés de petites pommes sautées, échappant pour une fois aux sempiternels beans. Les filles, elles, ont préparé des desserts, fleuri la table, décoré le foyer. Lorsque Leïla, consignée toute la journée dans son PC, pénètre dans le foyer, habillée pour une fois en civil d'un joli tailleur bleu ciel, tous les garçons et les filles de la formation lui font la haie, en chantant « *Happy Birthday* ». Suprême bonheur : Nicky est lui aussi de la partie. La fête commence à peine qu'on voit sans enthousiasme débarquer en invitées de la onzième heure plusieurs chaufferettes venues rendre visite à l'une des leurs, hospitalisée à la formation après l'attaque qui a coûté la vie à leur amie Lorette. Nul n'aura le cœur de les renvoyer. On connaît trop la rude tâche de ces filles, contraintes à circuler par tous les temps sur des mauvaises routes exposées au feu ennemi pour transporter des blessés à qui le moindre cahot arrache un gémissement et que le trajet risque d'achever. La nuit, pour ne pas se faire repérer, elles circulent sans phares, une fille sur le marchepied pour repérer d'éventuels obstacles. Et, pour contrebalancer cela, aucun traitement de faveur, pas de chauffage dans les tentes où elles dorment à six sur de minces paillasses, pas de mess accueillant, rien, surtout, qui ressemble de près ou de loin à la grande ombre protectrice d'une Leïla. En comparaison, la FCM, pour les chaufferettes, c'est un petit coin de paradis. Même dans le froid de Venafro. Même dans la boue de Casale.

À Casale, justement, le travail s'est un peu calmé. Après ce long hiver passé dans les Abruzzes, Leïla sent la fatigue des membres de son équipe. Tout juste s'ils ont pu de temps à autre descendre dans la plaine pour y trouver un peu de soleil et des lieux habités. Entre deux gardes, certains sont autorisés à filer vers Naples pour la journée. Des GMC chargent les hommes tôt le matin, les ramènent tard le soir après qu'ils ont fait la bringue, revenant souvent de leurs équipées avec la vérole ou la chaude-pisse. Leïla les sermonne, envoie, pour leur apprendre à se tenir, les récidivistes dans une compagnie muletière qui monte ravitaillement et munitions tout là-haut, sur le front. Les jeunes infirmières, quand elles ont champ libre, sont dûment chaperonnées par leurs aînées. C'est sous l'œil de Canavy que Christiane, grisée d'avoir touché sa première solde, fera à Naples un mémorable gueuleton avec ses amis médecins avant de se livrer à une orgie d'achats, des nu-pieds, des petits mouchoirs brodés pour sa mère, des bas pour ses amies d'Oran et tout un lot de friandises dont elle fait profiter le foyer. À la mi-mars, toute l'équipe se voit accorder une semaine de permission. Certains médecins, revenus emballés de Capri où l'armée américaine a un centre de repos, y entraînent trois des infirmières dont Christiane. L'île, couverte d'orangers, de citronniers et de lupins en fleur, est un lieu enchanteur avec ses vestiges romains, sa célèbre grotte bleue dont l'eau ressemble à du métal fondu et la gentillesse de ses habitants, une oasis de paix à cinquante kilomètres de la guerre et de son défilé de cercueils. De Capri, on est aux premières loges pour observer l'attraction du moment : la grande éruption du Vésuve. Une catastrophe pour la population vivant sur les flancs de la montagne mais un spectacle inoubliable que ce ciel flamboyant illuminant toute la baie, ces projections de lave incandescente à des hauteurs impressionnantes, ces coulées rouges qui, le soir venu, se reflètent dans la mer. Au petit matin, un nuage ayant la forme d'un énorme chou-fleur couronne le volcan, mais le soleil luit encore à Capri.

Le retour vers Naples sera moins glorieux. La virée s'est faite sans autorisation. Il n'y a pas que le volcan qui soit en éruption. Depuis deux jours, Leïla cherche désespérément à remettre la main sur ses équipes, la FCM n° 1 ayant été appelée à rejoindre sa nouvelle base. Taxés d'irresponsabilité, voire de désertion de poste, les médecins ont droit à une engueulade maison. Quant aux infirmières, traitées comme des collégiennes qui auraient fait le mur, elles se voient menacées d'expulsion. Moins de quinze jours plus tard, leur chef prendra prétexte d'une nouvelle incartade de deux d'entre elles pour obtenir leur mutation. Menacée d'être renvoyée à ses parents, Christiane sauve sa tête en faisant un temps profil bas. On peut douter que Leïla ait jamais pensé se priver d'une recrue de cette valeur, quand on manque cruellement d'infirmières au corps expéditionnaire comme dans les hôpitaux de l'arrière. Toute à la joie d'avoir pris cette bouffée d'air, la pécheresse n'est pas loin de soupçonner son irascible patronne de rigoler en douce de cette escapade en se disant : « J'aurais fait comme elle. »

Rive droite du Garigliano

La ligne Gustav, la ligne de défense allemande, tient toujours. Le Monte Cassino tient toujours. Malgré les quatre cent vingt tonnes de bombes déversées sur le précieux monastère Saint-Benoît par les forteresses volantes américaines. Malgré les attaques héroïques menées par les troupes françaises. Le général Juin va enfin avoir gain de cause auprès des grands chefs alliés, l'Américain Clark, l'Anglais Alexander. Pour tourner le terrible butoir, il n'est, dit-il, qu'une solution : passer par les montagnes. Certaines parois, apparemment infranchissables, ne sont pas défendues. Il affirme pouvoir les prendre en y envoyant des unités légères spécialement entraînées afin qu'elles surgissent derrière les positions adverses et ouvrent la porte de Rome.

La FCM n° 1 est désormais implantée à Lauro, non loin du fleuve Garigliano, dans un lieu splendide, au pied des monts Aurunci. C'est la plaine après la montagne, le printemps après la neige de Casale. On cueille des cyclamens dans l'unique chemin déminé. Le travail cède certains jours le pas aux loisirs. On a récupéré une table de ping-pong, installé un terrain de volley. Des idylles s'ébauchent. Profitant d'une absence de Leïla, on organise une soirée déguisée : Butory, l'assistant du docteur Aubaniac (un excellent chirurgien que Leïla vient de chiper à Casale au bataillon médical), a déguisé en infirmière sa longue carcasse tandis que Liliane arbore le casque et le treillis du travesti. Encore un qui brûle d'amour pour la princesse de la jungle, il faut dire que Nicky, retenu au quartier général de Clark, est moins présent ces temps-ci. L'enfant chéri sera là pourtant le jour de Pâques. L'autel, fleuri de branches d'amandier et de pêcher, a été dressé sous les oliviers, le beau temps a permis de disposer autour les lits des blessés. Tout musulmans soient-ils, les goumiers de la 2e division d'infanterie marocaine sont venus en voisins : ces grands guerriers ont de l'allure dans leur djellabah marron rayée de noir, avec un fusil et un couteau pour toutes armes. On voit sur certains crânes rasés subsister une petite natte : elle permettrait à Allah de les saisir pour les emmener au paradis. Le glorieux patron des tabors marocains (les bataillons de goumiers), le général Guillaume, s'est même annoncé pour la plus grande joie de Leïla. Elle aime particulièrement ce fils de médecin, né sur les terres arides du Queyras, qui dit avoir hérité son goût du baroud d'un de ses aïeux, Gallice Bey, un prince chérifien : prisonnier en 1914, il a trouvé le moyen d'apprendre le russe – et l'arabe – pour tuer le temps, ce qui lui vaudra, la guerre finie, de représenter la France en Pologne et en

Russie. Avec lui, Leïla goûte le bonheur de s'exprimer dans sa langue natale.

Tapie à Lauro, elle est sur le qui-vive. Sachant l'offensive proche, elle a demandé à être informée de tous les mouvements du front. Pour juger du meilleur endroit où installer sa formation sur le Garigliano, elle se rend elle-même sur place. Conduite par Lanvers, elle va à l'aventure, frôle les premières lignes et prend des risques insensés. Le Garigliano ne coule pas au milieu de son étroite vallée, sa rive droite longe le pied même de la montagne, ne ménageant de la place qu'à une petite route. Le corps expéditionnaire a dû se résoudre à n'y installer qu'une mince tête de pont. Or c'est là justement, sur la rive droite – celle qui est au nord, à proximité de l'ennemi – que Leïla décide d'implanter sa formation. Une pure folie selon les autorités. Installées, faute de mieux, sur la rive gauche, les batteries françaises n'auraient d'autre choix que de tirer par-dessus l'ambulance chirurgicale pour atteindre les lignes ennemies. Il n'en est pas question. Leïla tient bon. Elle entreprend de convaincre le général Juin du bien-fondé de son analyse : établir sa formation au-delà de la rivière est la seule assurance de pouvoir soigner les premières urgences si les ponts viennent à sauter ou si l'ennemi qui occupe la haute vallée du Garigliano décide, comme on lui en prête l'intention, d'ouvrir les vannes des barrages pour inonder l'aval. Ayant forcé la décision, Leïla revient sur les lieux malgré le danger, surveille le déminage du terrain sur lequel tombent encore quelques obus, demande aux bulldozers du génie d'aménager des voies d'accès pour les ambulances et de niveler une surface assez grande pour y installer toutes les tentes. Piquées au vif, les autres formations sanitaires exigeront elles aussi de s'installer sur la rive droite du Garigliano.

Le 10 mai 1944, ordre est donné à tous de rejoindre ce nouveau site. Rien ne doit filtrer de l'opération. On attendra le soir pour démonter les tentes, ranger le matériel dans les camions. Dans la nuit noire, la FCM n° 1 se range en convoi sur la route étroite, on a placé un veilleur sur le marchepied droit des camions pour éviter de mettre une roue dans le fossé. Le black-out est total, pas de phares, interdit de griller une cigarette. Sept cents véhicules – principalement les régiments d'artillerie légère avec leurs mulets – doivent franchir le fleuve avant le lever de la lune par une route visible de l'ennemi. Il n'y a que six kilomètres : il faudra près de trois heures pour les parcourir. La formation bientôt s'ébranle. Leïla est dans la jeep de tête. Une fois le pont traversé, elle met pied à terre pour indiquer à chacun l'emplacement qui lui revient, non sans avoir pesté contre les inconscients qui grillent une cigarette au mépris des consignes. À l'examen, il ne s'agit là que de lucioles, de milliers de lucioles qui, couplées au chant des rossignols, vont teinter de féerie cette nuit passée au bord du fleuve à même le sol.

À quand l'heure H ? Le lendemain, 11 mai, on s'est activé dans la journée à monter le camp selon les plans de la patronne qui a tout organisé, tout prévu, y compris la plage qui permettra les baignades. Le soir venu, après une partie de ballon et un bref passage au foyer, on se couche tôt, la dernière nuit a été courte. C'est à vingt-trois heures pile que la danse commence : au moment même où les divisions d'infanterie montent à l'assaut, l'artillerie française se déchaîne, concentrant ses feux sur la ligne de défense allemande. Quatre heures d'un formidable feu d'artifice. Le ciel est tout rouge, non cette fois à cause de l'embrasement du Vésuve mais d'une impressionnante rangée de canons, un tous les dix mètres. De la FCM n° 1, placée à moins de deux cents mètres des batteries, on peut voir leurs bouches cracher le feu. Les tirs fusent au-dessus des têtes. Le premier blessé arrive à quatre heures du matin, les autres suivront dans la journée, atteints par des éclats de mortier ou de mine. On peine à les acheminer, tant les routes sont encombrées. Parmi eux, il y a beaucoup d'Allemands. Il fait plus de 40 °C au déchoquage comme dans les camions opératoires, le malheureux Sounes, qui ne supporte pas la chaleur, n'est qu'une fontaine malgré les pastilles de sel qu'il suce pour tenter de s'assécher. On a relevé les côtés de la tente d'hospitalisation pour ménager des courants d'air. Les blessés, des abdomens pour la plupart, qu'il faut impérativement mettre à la diète, réclament de l'eau comme en Tunisie, dans toutes les langues et sur tous les tons. On fait des litres de sérum. Le long des tentes, on installe des fils pour suspendre les ampoules et les bouteilles. Devant l'afflux de blessés, Leïla a accru la cadence des rotations, c'est désormais six heures de service, six heures de repos. L'offensive a démarré le 11, elle ne s'arrêtera que le 19 : la bataille du Garigliano est gagnée, la retraite allemande commence. Mais la victoire a été chèrement acquise. Pour évacuer quelque sept mille blessés vers l'arrière, il a fallu imaginer un système de noria sur les pistes de la rive gauche, chaque ambulance remontant du fleuve chargée de blessés provoquant la descente d'une voiture vide vers les formations chirurgicales. Un système d'évacuation a été aménagé par piper-cubs, ces petits avions de reconnaissance vont chercher les blessés jusque dans l'antenne chirurgicale installée sous terre, en pleine montagne, dans une sape étayée de rondins.

Ces huit jours ont été épuisants pour tous. Depuis Lauro, Leïla est percluse de rhumatismes qui la font terriblement souffrir mais on ne l'entend pas se plaindre. Maîtrisant tout, y compris le calendrier, elle n'oublie pas de fêter le 14 mai les vingt et un ans de Christiane. À peine cette dernière a-t-elle avalé la crème au chocolat préparée par son amie Liliane et soufflé les vingt et une allumettes tenant lieu de bougies que deux blessés américains arrivent, l'un avec la boîte crânienne éclatée. Christiane, qui sort d'une nuit blanche, repart aussitôt pour le bloc opératoire auquel elle a été affectée quinze jours plus tôt. Cela n'empêchera pas Leïla de la morigéner au lendemain de cet anniversaire pour l'avoir vue, au moment où elle émergeait en pyjama de son camion-dortoir, se laisser embrasser sur les deux joues par Pierre Lanvers, absent la veille au soir. Depuis l'« affaire de Capri », la tutelle de la patronne se fait pesante. Dans le camp, et c'est tant mieux, les femmes ont leur coin bien à elles, le PC de Leïla et les deux camions de ses infirmières sont rangés côte à côte, une toile tendue les isolant du camp de sorte que, par beau temps, elles puissent prendre le soleil dans une robe boutonnée en tissu cloqué beige et blanc s'ouvrant sur des bloomers assortis. Mais pourquoi ces reproches pour avoir rendu leur salut à de jeunes artilleurs dont la FCM doublait le convoi, ou pour avoir discuté un moment avec un lieutenant de spahis hospitalisé ? Même les marques de sympathie prodiguées à Christiane par le général Carpentier, le chef d'état-major de Juin, qui connaît bien sa ville de Thann – « Où est ma petite Alsacienne ? » lance-t-il quand il débarque à la formation – ont le don d'irriter Leïla. Peu importe que Carpentier ait l'âge d'être son père : elle estime que Christiane prend trop de libertés avec les officiers supérieurs. Craindrait-elle la concurrence ?

Côté concurrence, il en est une qu'elle redoute pardessus tout : celle de Mme Catroux, dont la FCM n° 2 est arrivée en Italie dès novembre 1943. Sur le Garigliano, les deux formations sont à touche-touche. Le 16 au soir, pendant une accalmie, Marguerite Catroux rend une visite inopinée à Leïla. Les deux femmes se jettent dans les bras l'une de l'autre avant de partir visiter le camp, bras dessus, bras dessous, sous le regard amusé des infirmières. Car personne n'est dupe. Ces deux-là se détestent. Leïla n'a pas oublié la tentative d'annexion lancée quelques mois plus tôt à Alger. Depuis, elle a eu le temps d'instruire le dossier de la « reine Margot », qui traîne derrière elle une réputation de dragon, régentant tout son entourage, y compris son général de mari, y compris l'état-major de celui-ci. Son irritante prétention ne lui a-t-elle pas valu l'an dernier à Alger une remarque acide du général de Gaulle s'étonnant des étoiles qu'elle avait piquées de son propre chef sur son calot ?

Autant la FCM n° 3 arrivée en avril dans la roue de la 1re division française libre mènera une vie autonome sous la férule de Lady Spears – une femme haute en couleur elle aussi, romancière connue en Amérique avant de devenir l'épouse d'un général anglais, ami personnel de Churchill –, autant les FCM n° 1 et 2 seront perpétuellement en compétition tout au long de leur remontée de la botte, ne cessant de jouer à saute-mouton pour être alternativement les plus proches du front. Les deux femmes font toutes deux preuve d'une remarquable efficacité et d'un courage exemplaire. Mais c'est leur seul point commun. Habituée à être la meilleure, Leïla supporte mal qu'on vante devant elle l'excellence de la formation Catroux, ses chirurgiens hors pair. Marguerite Catroux jalouse, quant à elle, la cote d'amour dont jouit la formation du Luart comme la cour d'admirateurs qui entoure Leïla, plus jeune et séduisante qu'elle.

Sur la route de Rome

Grâce à la clairvoyance de son plan et à la furia de ses hommes, les objectifs du général Juin ont été atteints en quelques jours. Les lignes allemandes ont sauté une à une, la route de Rome est ouverte. À la guerre de position se substitue une guerre de mouvement. Si, dans les semaines qui suivent, le nombre de blessés diminue sensiblement – les alliés ne rencontrent plus que des résistances sporadiques –, un nouveau problème se présente : le maintien des services de santé au contact des troupes en progression rapide et constante. Grâces soient rendues aux formations chirurgicales mobiles. En quatre semaines, la FCM n° 1 se déplace six fois. Des chauffeurs ont pris le relais des médecins qui, au départ, conduisaient chacun un camion. Les filles se serrent à deux sur le siège avant. Que le camp s'installe pour quarante-huit heures ou pour quinze jours, il est monté avec autant de soin, autant d'élégance et de plus en plus rapidement, malgré la fatigue et la chaleur accumulées. Les jours sont longs au mois de juin. On travaille presque vingt-quatre heures sur vingt-quatre. Après l'évacuation des derniers blessés, les tentes sont aussitôt pliées, les camions chargés, le convoi fait les vingt ou trente kilomètres d'étape. Les camions opératoires se montent en premier grâce à leurs cloisons mobiles, on les recouvre ensuite d'une grande tente. Quelques heures après la fin de la dernière intervention, on peut à nouveau opérer plus loin, même si l'on doit parfois dispenser les premiers soins à même le sol.

En quatre mois d'activité, Christiane a appris à tenir sans sourciller le masque à éther au bout de la table d'opération tandis qu'on désarticule devant elle une épaule ou qu'on ampute un blessé au-dessus du genou. Il lui arrive même de rire de bon cœur aux facéties de l'équipe au moment de faire le pansement. À la FCM n° 1, on est habitué à danser sur les volcans, les chirurgiens en train d'opérer ne lèvent même plus le nez quand se déclenche un tir d'artillerie ou qu'un avion passe en rase-mottes. Mais peut-on jamais s'habituer à l'horreur ? Même Leïla qui, en Russie déjà puis sur les champs de bataille d'Espagne, de France et de Tunisie, a plus d'une fois été confrontée à l'insoutenable, même les vieux briscards ont le cœur soulevé par le spectacle de désolation qui s'offre à eux. À Ausonia, la première étape dans la région du Latium, les blessés arrivent à la formation dans un état de délabrement effroyable, les chirurgiens affirment qu'ils n'ont rien vu de tel depuis Casale. Les Allemands, qui occupaient il y a deux ou trois jours encore les villages traversés, les ont laissés totalement dévastés. Partout des ruines, partout des cimetières de tanks et de véhicules, partout l'odeur écœurante de la mort. En passant au-dessous du château d'Esperia, sur une route en lacet, c'est toute une colonne blindée allemande qui a été écrasée par l'artillerie française et jetée dans la pente, cadavres compris, par les bulldozers du génie. Des cadavres, il y en a jusque dans les fossés, on n'a d'autre choix que de passer dessus quand on croise un autre convoi. Un soir, alors que la nuit est tombée, un avion descend en piqué et lance des bombes incendiaires à un kilomètre de la formation : on n'a pas eu le temps de voir si c'était là une erreur des Alliés – on se pose des questions depuis Venafro – ou une ultime démonstration de l'ennemi.

La jeunesse de l'équipe contribue à repousser le désespoir, le caractère de Leïla aussi. La Nature elle-même fait de la résistance, offre en compensation des dévastations opérées par l'homme la vision d'un coucher de soleil magique, d'une vue à couper le souffle sur les montagnes émergeant des brumes matinales. Dans les prés, les genêts ajoutent leur touche d'or, les infirmières en font des bouquets pour le foyer. Souvent, on dîne en plein air, et on chante dans la nuit tombante. Ou bien on écoute les disques de Leïla, les concertos de Tchaïkovski, la *Neuvième Symphonie* de Beethoven ou sa *Sonate au clair de lune*, l'une des *Rhapsodies hongroises* de Liszt, souvent la n° 12 en *ut* dièse mineur, ou la 19. Bientôt la FCM n° 1 est en mesure de s'offrir des concerts à domicile. Fin mai, sur la route de Pastena, on a récupéré chez des artilleurs un piano droit, en parfait état de marche. Or Robert

Aubaniac, qui vient de rejoindre la formation, est non seulement un chirurgien hors pair mais un talentueux pianiste. Consultée, Leïla donne son accord pour qu'on embarque le piano. Il accompagnera désormais la FCM dans tous ses déplacements, soigneusement coincé par des matelas dans le camion-buanderie. Un jour que, à l'issue d'un nouveau bond en avant, la FCM arrive trop tard pour monter le camp, toute l'équipe, allongée sous des cerisiers ployant sous les fruits mûrs, écoute Aubaniac dérouler près de deux heures au clair de lune tout son répertoire. Fermant les yeux, Leïla se revoit au Luart, lorsque, dans la touffeur des soirs d'été, elle se mettait au piano tandis que Ladislas tournait les pages de la partition. Parfois, ils chantaient ensemble, lui, ténor, elle, mezzo. Les gens faisaient cercle autour d'eux. Ceux qui, après le dîner, avaient rejoint la terrasse, revenaient un à un vers le grand salon. « Encore ! » suppliait la compagnie quand ils s'arrêtaient. Leïla aimait ces moments où leur couple était en vedette, consciente du charme puissant qu'ils dégageaient tous deux. Laddie... Non seulement elle n'en parle jamais, mais elle y pense si peu. Un soir, sur le Garigliano, voyant Aubaniac écrire comme tous les soirs à sa femme restée à Alger, à la lumière – la seule possible à cause du couvre-feu – de quelques lucioles enfermées dans un tube à essais, elle s'est reproché d'avoir bien facilement renoncé à établir une correspondance avec son mari. Mais si, du français, elle maîtrise l'expression orale, elle déteste l'écrire, se sachant à la merci d'une faute d'orthographe. De toute façon, le courrier ne fonctionne pas avec la métropole, et les circuits officieux sont tellement aléatoires. Ce silence radio n'est pas signe de désintérêt. Dix ans déjà qu'ils sont mariés, plus de seize ans qu'ils se connaissent : le temps a fait son œuvre, mué la passion en attachement. Mais celui-ci est bien réel. La vérité, c'est que Laddie n'est pas un homme pour toutes les saisons. Il n'a pas sa place dans cette vie nouvelle, il détesterait cette ambiance de joyeux scouts, de bonne camaraderie, il haïrait surtout cet affrontement quotidien à la violence, à la souffrance. Laddie est un homme pour temps de paix. À la guerre, il ne reste de lui que son nom qui, accompagnant partout Leïla, claque comme une bannière.

Vacances romaines

Rome se rapproche, Leïla rêverait d'y défiler à la tête de sa formation. Mais les Alliés sont bien décidés à y pénétrer les premiers, malgré les beaux succès des Français. Le 4 juin, c'est chose faite. Heureusement que la nouvelle du débarquement en Normandie est bientôt là pour remonter le moral des troupes ! Stationnée au beau milieu des blés moissonnés, à cinquante kilomètres de la Ville éternelle, la FCM n° 1 part par roulement à sa découverte. Embarquant Christiane et Liliane (pas question de les laisser seules au camp avec les garçons), Leïla file d'abord déjeuner à l'hôtel Excelsior sur la via Veneto. Cet hôtel, le plus somptueux de la ville, est réservé aux officiers des forces alliées, on y rencontre toutes les sommités du corps expéditionnaire. À peine a-t-elle pris place que le général Dody, qui commande la 2e division d'infanterie marocaine, installé juste en face d'elle, lui fait porter les œillets qui ornent sa table. Deux semaines plus tôt déjà, lors de l'arrivée de la FCM à Monticelli, en pleine bagarre, ce galant homme lui avait adressé un bouquet de fleurs des champs en guise de bienvenue. Nouvelles congratulations plus tard dans l'après-midi, au milieu de la via del Corso, avec le général Guillaume, le chef des tabors. Le drapeau français flotte sur le palais Farnèse, l'ambassade de France. Dans les rues pavoisées, l'ambiance est à la fête. « D'une conquête, les Italiens avec leur sens merveilleux de la volte-face viennent en un instant de faire une libération », analyse devant elle, mi-ironique, mi-admiratif, Pierre de Bénouville qu'elle n'avait plus revu depuis 1941 à Alger : devenu Duroc dans la Résistance, le futur Pierre Guillain de Bénouville a obtenu du général de Gaulle de commander un temps une section d'infanterie. On aperçoit les calots rouges des spahis, bleu pâle des tirailleurs, les bérets verts du 7e RCA, les képis blancs de la 13e demi-brigade de Légion étrangère. Rome est propre, peu touchée par la guerre, les lauriers-roses sont en fleur.

Leïla a besoin de souffler. Elle se posera deux jours à l'Excelsior, réservant une suite pour elle, une autre pour ses « petites », aussi à l'aise dans ce vaste palais blanc édifié au début du siècle, avec ses sols en marbre, ses plafonds en stuc, ses lustres en cristal, ses meubles Empire richement dorés à la feuille, que dans son camion-PC. Quinze ans avant que les lieux ne soient immortalisés par la caméra de Fellini, la dolce vita qu'offre l'Excelsior, c'est avant tout le luxe d'une chambre individuelle, d'un bain chaud dans une vaste baignoire, d'un vrai lit aux draps délicatement brodés après avoir dormi pendant sept mois à la dure, glissée dans un linceul. Leïla savoure ces instants. Ces derniers temps, ses rhumatismes ne lui ont pas laissé un moment de répit, lui donnant le sentiment d'être trahie par son corps, jusque-là fidèle compagnon. Comme toutes les personnes habituées à jouir d'une santé florissante, elle supporte mal que celui-ci ne soit pas aux ordres. Mais le fait est là : la vie rude qu'elle mène depuis des années, la charge de travail, les soucis, l'inconfort, le froid sévère, les fortes chaleurs, une alimentation moins élaborée que celle à laquelle elle était habituée, tout cela a fragilisé la robuste fille du Caucase.

Ces deux jours à l'Excelsior, c'est aussi le bonheur de renouer avec la féminité, de se voir autrement qu'en pièces détachées, sur la petite glace accrochée à la paroi du camion Chevrolet. Si, plus jeune, Leïla a veillé jalousement sur cette beauté qui était un merveilleux capital, elle lui a consacré peu d'efforts dernièrement. Dans ses uniformes stricts, privée de ces mille artifices légers dont les femmes usent, passé la première jeunesse, pour effacer les effets du temps, elle a accepté de jouer une autre partition dont toute sophistication était absente. Malgré cette incurie pour elle si nouvelle, elle n'a jamais manqué d'être impeccable, bien habillée, bien coiffée, les ongles laqués d'un vernis incolore, mais laqués tout de même. Le fruit d'une vieille habitude, presqu'un automatisme. Sans doute son visage s'est-il creusé, ses yeux sont cernés, son teint, moins éclatant que dans le temps. Mais la réponse du miroir est formelle : à quarante-six ans, avec ses traits bien dessinés, son gracieux port de tête, ce corps long et mince qui, de dos, pourrait la faire passer pour une jeune fille, Leïla est toujours une très belle femme. En doutait-elle ? Elle sait bien que sa séduction reste entière, et son charme aussi, elle le lit dans les yeux des hommes qui passent, dans les hommages qui l'entourent. Il y a bien des manières d'être irrésistible. « Après quarante ans, dit le dicton, on a le visage qu'on mérite. » Le mérite de Leïla est grand, son visage l'affiche, la vie y a laissé sa marque, son mystère. « Rencontré hier la comtesse Ladislas du Luart », note dans ses carnets le général Diego Brosset, chef de la 1re DFL qui la croise au début juin à Pontecorvo, « femme pas banale, elle doit être de 98 [le secret de son âge semble avoir été éventé] mais la classe se conserve plus longtemps que la fraîcheur du visage ».

Pour se rendre au cocktail donné dans les salons de l'Excelsior par le général Clark, Leïla a pensé enfiler une jolie robe, pour le seul plaisir de voir la réaction des hommes présents. Tout bien réfléchi, puisqu'elle est un chef de corps comme un autre, elle se présentera sinon en uniforme, du moins dans la stricte robe blanche à pattes d'épaules qu'elle a fait faire pour son équipe féminine. Avec, pour seul bijou, sa barrette de décorations. C'est dans cette même tenue qu'elle assistera le lendemain en l'église Sainte-Marie-des-Anges-et-des-Martyrs à la messe en mémoire de tous les morts de la 5e armée tombés en Italie. Est-ce dans l'idée de mettre les bouchées doubles en hommage aux camarades qui ne connaîtront jamais le goût de la victoire ? Les vivants ne perdent pas une miette de ces jours de liesse. Leïla la première. Repas dans les fastes de l'Excelsior. Ou bien à l'hôtel Plaza, près de la place d'Espagne, réquisitionné par les Français : dans la grande salle à manger carrée soutenue par des colonnes et recouverte d'une verrière, elle a sa table, une table ronde, la première à droite en entrant. Tous les officiers qui passent viennent la saluer. Mémorable aussi, la réception au palais Borghèse, mis par son propriétaire à la disposition des goumiers. Leïla s'est mise au piano. C'est en chansons qu'on finira la soirée. Mais le plus beau souvenir de ces vacances romaines restera à jamais lié au magnifique défilé de la 2e DIM le 14 juin, depuis le Colisée jusqu'à la place de Venise, sous ce fameux balcon d'où Mussolini lança sa déclaration de guerre. Trois noubas ouvrent la marche. Les tirailleurs sont splendides, les spahis aussi, salués par une population en liesse. Massée sur le parcours, l'équipe de la FCM applaudit à tout rompre : elle sait mieux que personne le prix qu'ont payé ces unités pour accéder à ces moments bénis, leur crapahutage cet hiver dans la neige et la boue, leur montée au front ce printemps, sandales autour du cou, avant de grimper à mains nues des falaises réputées infranchissables. « Sachez et dites à vos troupes que toute la France vous regarde et que vous êtes son orgueil », disait le message adressé par de Gaulle en juin 1942 au général Kœnig, le vainqueur de Bir Hakeim. Les combattants d'Italie ont été, eux aussi, l'orgueil de la France. Mais la France n'a pas pris la peine de les regarder.

La femme aux semelles de vent

Pour un peu, on oublierait que la guerre se poursuit. Le front se déplace vers le nord à vive allure. La femme aux semelles de vent suit. Partie le 19 juin de Rome, la FCM n° 1 campe aux portes de Sienne début juillet. On monte le camp, on le démonte, chaque fois les blessés affluent, surtout des tirailleurs marocains, on les transfuse parfois au milieu des vignes. La routine. Ce qui change la donne, c'est ce produit miracle dont Leïla a annoncé l'arrivée à ses chirurgiens, au cours d'un dîner à l'hôtel Plaza : la pénicilline. Impossible jusque-là de s'en procurer. Or, depuis Casablanca, elle sait qu'on obtient grâce à elle des succès incroyables, pour autant qu'on la conserve dans des glacières car la moindre hausse de température lui fait perdre toute efficacité. Plus chauvine qu'un Français de souche, elle a même tenu à préciser que son découvreur, sir Alexandre Fleming, un Écossais, n'avait fait que reprendre les travaux d'Ernest Duchêne, médecin aspirant à l'École de santé militaire de Lyon, auteur d'une thèse sur ce sujet à la fin du siècle précédent. La pénicilline, c'est la parade miracle contre les septicémies, contre cette gangrène qui, pendant la campagne d'hiver, a tué ou mutilé tant d'hommes dans la fleur de l'âge.

Sienne a été prise sans qu'on ait tiré un coup de canon, selon la promesse faite par le général de Monsabert de ne pas porter atteinte à cette ville riche d'histoire. La formation du Luart a tout loisir de visiter ses monuments intacts. Cette fois, les Français, frustrés de n'avoir point pénétré les premiers dans Rome, ne se sont pas laissé voler la victoire. Leïla regrette d'avoir manqué de peu l'entrée dans la ville du général Juin à la tête d'un splendide défilé, suivi de la fête rituelle du Palio que les Siennois ont obtenu de retarder de deux jours. Le 14 juillet, c'est entouré des généraux Clark et Alexander, les chefs alliés pleinement conscients – enfin ! – des mérites du patron du corps expéditionnaire français, que Juin passe ses troupes en revue. Une dernière fois. Car la progression du CEF s'arrêtera là, ainsi en a décidé le président Roosevelt. Une à une, les divisions françaises font retraite vers Naples. Arrivée tardivement, en mars 1944, la 4e division marocaine de montagne sera la dernière à quitter l'Italie. Tout comme la FCM n° 1, qui lui est affectée.

Colle di Val d'Elsa, au nord-ouest de Sienne, est sa dernière étape italienne. Un lieu de rêve, à mi-chemin entre Sienne et San Gemignano, dont les campaniles ont, eux, beaucoup souffert. L'été est là, il fait presque trop chaud, le soir on dort le plus souvent dehors, sous les moustiquaires. Dans la rivière en contrebas, on prend des bains délicieux. La Toscane est riche, l'un des popotiers, Chakmanoff, a entrepris de faire une tournée pour en rapporter du beurre, du fromage, des œufs, des poules. Désolation : suite à un terrible orage, le camion disparaît avec toutes ses richesses dans le fond d'un torrent. Du vin, en revanche, il y en a : le gérant des caves du duc d'Aoste a tellement peur des Français, des Marocains surtout, affublés d'une réputation de sauvages, qu'il leur distribue généreusement les bouteilles de son seigneur et maître.

Colle di Val d'Elsa pourrait être un merveilleux Éden si, sous les tentes, les blessés n'étaient en si triste état. Car tout est miné, les champs, les jardins, les routes, les rivières. Noté au hasard à la date du jeudi 13 juillet dans le cahier d'hospitalisation : « Amputation du pied gauche par mine... Arrachement pied gauche, plaies multiples jambe droite, plaies aux yeux et aux mains... Amputation par éclat obus pied droit... Arrachement pied droit plus plaies multiples de la face... Arrachement pied gauche par mine... » Parmi les victimes, une écrasante majorité de tirailleurs, des militaires du génie, quelques civils italiens, des femmes et des enfants aussi. Christiane n'en peut plus de laver ces membres lacérés, arrachés, écrasés, dont la plupart devront être amputés. Les premiers jours, Leïla lui a prêté main-forte. Mais les blessés sont moins nombreux, les derniers bombardements se sont tus. La patronne de la FCM n° 1 s'envole pour le Maroc, là où se décide l'avenir de sa formation. La campagne d'Italie est finie. Vivement le départ pour la France.

12

À nulle autre pareille

Sourires en perfusion

« Un soldat » : nombre de ceux qui tenteront d'expliquer la fascination qu'exerce sur eux Leïla l'honoreront de ce qualificatif. Elle n'a pourtant jamais appartenu à une unité combattante. De sa vie, elle n'a commandé à des hommes de monter à l'assaut. Ni tenu une arme à la main. Mais elle est un soldat. Et pas seulement au regard de cette comptabilité quelque peu macabre tenue, dans l'un de ses romans, par Roger Vercel : « La guerre est une balance de vies et de morts. Les uns tuent, les autres sauvent ceux qui pourront tuer. Un médecin fait plus de mal à l'ennemi par tous les blessés qu'il renvoie au combat que par les coups qu'il donnerait lui-même. » Si Leïla mérite d'être un soldat, c'est d'abord à cause des qualités morales qui sont sa marque de fabrique, la fibre patriotique, le sens de l'honneur, le courage. Parce que aussi on ne peut nier que la guerre exerce une certaine séduction sur cette âme combative. Elle pourrait reprendre à son compte cette phrase que le général Diego Brosset, le bouillonnant patron de la 1re division française libre, notait dans son journal en avril 1944, au moment de débarquer à Naples : « J'ai joué en me mariant la règle contre l'aventure, l'aventure m'a repris et m'a trouvé prêt : dans un monde harmonieux, organisé, élégant, peut-être... mais le monde est fou, désordonné, irritant et son baiser de feu m'attire. »

Tout au long de la campagne d'Italie, Leïla n'a cessé de revendiquer la position la plus exposée – après la guerre, ses infirmières obtiendront sans peine la carte de combattant qui suppose d'avoir passé quatre-vingt-dix jours au moins dans la zone de combats, quand nombre de leurs consœurs, travaillant dans les hôpitaux militaires vingt kilomètres plus loin, n'obtiendront jamais cette reconnaissance. Les campagnes de Tunisie et d'Italie ont été le marchepied qui lui a permis d'entrer dans la grande histoire, la voici désormais une figure de la France libre. Sous sa gouverne, la FCM n° 1 a été, à sa façon, un des instruments de la victoire. Tout comme les autres formations chirurgicales mobiles, décrites par le médecin-général Hugonot comme « la partie la plus originale de notre équipement sanitaire ». « Alors que toutes nos autres formations reflétaient la froide et sobre ordonnance du matériel américain de série, écrit-il dans le rapport qu'il établit à la fin des hostilités, les formations chirurgicales mobiles affectaient une originalité et une allure disparate, donnant à chacune d'elles une personnalité qui se retrouvait aussi bien dans la qualité du matériel que dans le recrutement du personnel. Entièrement motorisées, d'une mobilité extrême, elles constituaient notre cavalerie légère, toujours à la pointe du combat chirurgical, où elles firent merveille par la qualité et la précocité des soins qu'elles surent dispenser. » C'est à elles qu'il attribue principalement les beaux résultats obtenus, moins de dix-sept pour cent de mortalité pour les seuls blessés de première ou d'extrême urgence.

Originale parmi les originales, la FCM n° 1 : « Sa directrice, Mme du Luart, poursuit Hugonot, y entretenait une activité et un entrain inlassables, et son charme rayonnait aussi bien sur les blessés qu'elle réconfortait de ses soins et de son sourire que sur les visiteurs qui trouvaient dans la formation, un asile accueillant, si proche pourtant des dures cruautés de la bataille. » Si la FCM n° 1 s'est distinguée, c'est bien sûr d'abord par l'extraordinaire dévouement de son équipe, la sophistication de ses équipements, ses techniques chirurgicales de pointe. L'une des premières, Leïla a veillé à respecter une asepsie rigoureuse, son camion de stérilisation, avec ses autoclaves dernier cri, est un modèle du genre. L'une des premières, elle a fait appel aux nouvelles méthodes de réanimation-transfusion, à ce « déchoquage » essentiel pour éviter une hécatombe postopératoire. L'une des premières, elle a compris la nécessité de l'accompagnement psychologique, bien avant qu'on ne pense à soigner, comme ce sera le cas à partir de la guerre du Vietnam, le « PTSD », le *post-traumatic stress disorder*, autrement dit les troubles anxieux consécutifs à un traumatisme majeur. Dès le début de la campagne, on a veillé à la FCM n° 1 à isoler les cas de gangrène gazeuse. Dès la mi-juin 1944, on y a bénéficié des premières doses de pénicilline, jusque-là réservées à l'armée américaine, quand nombre de médecins militaires – encore pendant la campagne d'Alsace – ne pourront s'en procurer qu'au marché noir. Tout en étant dans le circuit militaire, la FCM n° 1 bénéficie des largesses de ses sponsors américains, cela autorise bien des passe-droits.

Mais ce qui en fait une formation à nulle autre pareille, c'est son style. On a beaucoup parlé de ses accortes infirmières, et Leïla affirme volontiers qu'un visage avenant se penchant au-dessus d'un blessé est le meilleur des stimulants pour lui donner envie de renouer avec la vie – n'est-elle pas un exemple vivant de ce pouvoir, elle dont la présence aux côtés de Nicolas Bajenoff a réussi à l'extraire du puits sans fond où il s'était laissé glisser ? La gestion de la douleur passe aussi par le sourire. De là à voir dans la FCM n° 1 un bouquet de filles ravissantes issues de la fine fleur de la société... C'est sur leurs compétences (et leur bon esprit) que Leïla a recruté ses infirmières. Pas sur leur physique. Reste que son élégance naturelle nimbe sa formation d'une aura particulière. Un effet de contagion qui n'est pas qu'illusion. Car Leïla exige une présentation impeccable. Les médecins sont rasés de près. Ses infirmières bénéficient d'uniformes améliorés par rapport aux autres volontaires féminines. Chaque jour que Dieu fait, elles trouvent sur leur lit tablier blanc, coiffe, col et manchettes fraîchement amidonnés par Sounette. Avant d'enfiler les manchettes, il faut y glisser des élastiques à l'aide d'une épingle de sûreté, deux élastiques par manchette, quatre élastiques en tout. Surtout lorsqu'on est pressée, les caoutchoucs font de la résistance, les doigts sont gourds le matin, les infirmières grognent, trouvent stupide de soigner ainsi le détail quand il y a tant de misère autour. Grognements encore lorsqu'on se rend compte que les blouses teintes en bleu marine au Maroc déteignent abominablement sur la peau, transformant celles qui les portent en femmes bleues. Ah, ces lubies de la patronne ! C'est ainsi : elle ne supporte pas qu'une tenue soit défraîchie, qu'un papier traîne par terre, qu'une caisse ne soit pas rangée à sa place, qu'une tente soit montée de guingois. Difficile de contester son perfectionnisme : tout ce qu'elle commande, elle sait le faire, redresser une tente, plonger le nez dans un moteur, empoigner un chiffon pour nettoyer le plancher d'un camion pas assez net à son gré. Et puis les infirmières de la FCM n° 1 sont bien forcées de constater que leur tenue irréprochable et le bel ordonnancement du camp font l'admiration de tous ceux qui passent à la formation, y compris des blessés. Elles savent aussi que dans ce monstrueux chaos qu'est la guerre, la rigueur est plus que jamais nécessaire. Tout va de pair. Les draps bien blancs sur le lit d'un blessé avec des règles d'asepsie rigoureuse, la coiffe amidonnée sur la tête d'une infirmière avec une parfaite hygiène corporelle. Dans la tornade, il faut garder les pieds sur terre. Soigner le détail y aide.

Des caisses à charbon repeintes en blanc

Lorsqu'un grand chef passe, c'est le branle-bas de combat. Et les grands chefs passent souvent à la FCM n° 1. Dès la fin janvier, le général Giraud s'annonce, en canadienne et képi à feuilles de chêne. Si sa visite laisse un souvenir, c'est surtout pour l'impair qu'il commet ce jour-là en se rendant directement au chevet du fils du général Koeltz (qui commandait en Tunisie le 19e corps d'armée), un aspirant frais émoulu de l'école de Cherchell, et de son capitaine, deux blessés arrivés la veille à la formation : le général décore le premier de la médaille militaire, le second, de la Légion d'honneur, sans prendre le temps de saluer les autres hospitalisés. Rien à voir avec les fréquents passages du « père Juin ». Il faut dire que la 3e DIA que la FCM n° 1 a suivie durant l'hiver est la division entre toutes chère à son cœur de pied-noir, c'est celle de Constantine, composée de gens de chez lui, et de leurs voisins tunisiens. Lui, Juin, n'a pas son pareil pour s'arrêter devant chaque lit, distribuant cigarettes, dattes et oranges aux soldats, s'adressant aux Arabes dans leur patois. Son naturel et sa simplicité sont tels qu'avec lui, on ne se met pas forcément en frais, d'autant qu'il débarque souvent à l'improviste. Il en va autrement lorsque, le dimanche 5 mars 1944, le général de Gaulle arrive à Casale pour une tournée d'inspection.

Dans les débuts du tandem Giraud-de Gaulle, Leïla a clairement été dans le camp du premier, par affinité personnelle comme par opportunisme, Giraud étant alors l'interlocuteur exclusif des Américains dont elle a tant besoin. Mais elle n'est pas dénuée de sens politique. Or il est clair que, seul président depuis octobre 1943 du Comité français de libération nationale, de Gaulle a définitivement pris le pas sur Giraud, même si ce dernier conserve le titre de commandant en chef. La popularité du « Grand Charles » est désormais bien établie dans l'armée, nul ne doute plus que ce soit lui le chef de la France nouvelle. Pour certains des médecins de la FCM n° 1, gaullistes de la première heure, il est une légende vivante : « J'espère infiniment le voir comme un paysan devait désirer autrefois voir le roi », écrit à la veille du grand jour Robert Stefani sur son petit carnet. Pour accueillir de Gaulle, Leïla a fait astiquer à fond la FCM n° 1, jusqu'aux caisses à charbon repeintes en blanc ! Instruction a été donnée à la cuisine de mettre les petits plats dans les grands. Dès le début de la matinée, toute la formation est sur le pied de guerre, les chirurgiens en tenue opératoire, blouse et calot blancs, les infirmières en coiffe, tablier et socquettes. À 11 h 45, enfin, le général fait son apparition, suivi de Giraud et de Juin. Leïla arbore sa voix la plus suave, son sourire des grands jours. Mais, à son habitude, de Gaulle mène la revue au pas de charge, sans se répandre en compliments dithyrambiques, rien qu'un « Tout cela est très utile, je vous félicite », à la fin de la visite. En un quart d'heure, tout est bouclé et le véhicule de commandement repart sur les chapeaux de roues, la grande carcasse du général deux étoiles occupant majestueusement le siège avant tandis que les généraux cinq étoiles se tassent à l'arrière. On peut parier que la comtesse, habituée à plus d'égards, éprouve quelque frustration à rester ainsi avec son déjeuner sur les bras. Bien que visiblement fatigué, de Gaulle a malgré tout pris le temps de saluer un à un chaque membre de l'équipe médicale, pour certains pâles d'émotion devant leur Dieu vivant. Il s'inquiète même de Juliette Molinier qui sort du bloc, bras nus dans sa petite robe de toile : « Mais vous tremblez, mademoiselle ! »

« J'ai froid, mon général, j'ai toujours froid », avait répondu la Marseillaise. À la stupéfaction de tous, lorsque, deux mois plus tard, sur le Garigliano, de Gaulle est de retour à la FCM n° 1, il interpelle de nouveau Molinier qu'il a reconnue, prolongeant l'échange sur un ton badin : « Cette fois, vous n'avez plus froid ! » – il fait une température d'enfer sous les tentes. Décidément, l'homme est doté d'une mémoire d'éléphant et n'a pas les yeux dans sa poche. En ce 18 mai, jour de l'Ascension, les combats tournent à l'avantage des Français, l'humeur du général s'en ressent, il est des plus charmants avec Leïla, la félicitant pour les récents exploits de sa formation. Non qu'il ait oublié ses sympathies giraudistes, sa mémoire n'est pas sélective. Mais, pragmatique, il prend sur lui de balayer le passé d'un revers de la main, comme il l'a fait avec son ami Juin en déchirant le compte rendu qu'avec sa franchise naturelle, ce dernier lui présentait, dès leur première entrevue à Alger, de ses activités entre 1940 et 1942. Oubliée la suspicion qui plane sur Juin pour avoir été libéré en juin 1941 par les Allemands ; et sa démarche en décembre de la même année auprès de Goering pour obtenir des moyens supplémentaires ; et le fait qu'il n'ait pas été averti du débarquement allié. Les services rendus à la France libre valent absolution. Autant, à Casale, ce géant aux manières brusques, enveloppé dans une grande houppelande, avait décontenancé Leïla, autant elle trouve plaisir cette fois à le rencontrer, métamorphosé en élégant cavalier, bottes de cuir, culottes de cheval et képi sur la tête.

Leïla, maîtresse de maison

Sa formation, Leïla du Luart l'a toujours vue comme une grande famille. Mais une famille ouverte sur l'extérieur, pas repliée sur elle-même. C'est sa manière de prendre l'air. De ne pas se couper totalement de sa vie d'avant. Elle a tout de suite donné le *la*. On se rappelle l'arrivée en fanfare de la formation, le premier dîner organisé à peine avait-elle débarqué sur le sol italien. Il ne s'agit plus, une fois au cœur de l'action, de monter de telles festivités. Malgré tout, quelques jours après son arrivée à Casale, Leïla convie les officiers du bataillon médical stationné juste à côté à l'un de ces « petits raouts » dont elle a le secret – on appelait déjà ainsi à Saint-Pétersbourg les soirées où l'on ne dansait pas. Au programme, ni champagne ni petits-fours, rien que l'ordinaire amélioré de la formation, servi avec les moyens du bord, des tables dressées sur des tréteaux, des gobelets émaillés. « Malgré l'horrible contexte, Mme du Luart n'oublie pas ses devoirs de grande dame ; congénitalement, elle reste maîtresse de maison tenant salon », note le soir même le docteur Aubaniac, qui appartient encore au bataillon médical, manifestement sous le charme de son « délicieux accent slave » et de sa belle voix de mezzo, soutenue par son accordéon-piano. Il appréciera moins l'insistance que la comtesse met à le faire jouer, sitôt qu'elle a appris ses talents de pianiste, le ligotant, malgré ses protestations, dans les bretelles de l'accordéon, s'escrimant à guider ses doigts sur le clavier vertical aux touches trop petites pour qu'il puisse en tirer aucun son harmonieux. Serait-ce pour se faire pardonner l'évidente confusion dans lequel elle l'a plongé ? Quelques jours plus tard, Leïla fait appeler Aubaniac pour lui montrer sa dernière trouvaille : un harmonium de campagne qu'elle a déniché dans les stocks américains et installé dans le foyer de la FCM. Libre à lui de venir y travailler quand il le peut. Il s'avère difficile de jouer du Debussy sur cet instrument ? Elle lui rapporte peu après, de Naples, des *Préludes* et des *Fugues* de Bach ! Une semaine encore et Aubaniac apprendra sa mutation à la FCM n° 1 : ce que femme veut... Bientôt, l'harmonium sera avantageusement remplacé par le piano trouvé à Pastena.

Comme en Tunisie, sa réputation d'être une hôtesse hors pair s'est répandue comme une traînée de poudre. À Casale, les officiers sont nombreux à faire halte à la formation du fait de son implantation stratégique au virage de la seule route menant au front. Qu'on soit lieutenant ou général, français ou non, on goûte de vrais instants de détente sous la tente joliment décorée par Castaing, un orfèvre en la matière. Les spahis débarquent en force, entre deux attaques, à toute heure du jour et de la nuit – ils énervent ostensiblement les gaullistes de la FCM. Les voisins, eux aussi, rappliquent, le bataillon médical, les chaufferettes, le génie, les artilleurs, les goumiers. Tous savent qu'au foyer du Luart, il y a toujours un bon feu, du thé, du café, du chocolat chaud, quelque chose à grignoter. Quand l'activité se tasse un peu, il arrive qu'on vous retienne à dîner. Leïla préside le repas en bout de table, avec à sa droite le plus gradé des hôtes de passage, les infirmières – celles qui ne sont pas de garde – sont d'aimables voisines, il y a des fleurs sur la table, des serveurs marocains en veste blanche, des abat-jour plissés pour tamiser l'éclairage. Parfois, quand le repas tire à sa fin, la patronne disparaît dans la cuisine attenante pour y préparer une fournée de crêpes, son grand succès, à moins que Canavy n'ait mitonné une tarte de son cru, ou des oreillettes, ces sortes de beignets qu'on affectionne en Provence. Un peu plus tard dans la soirée, il y en a toujours un pour se mettre à chanter jusqu'à ce que l'assemblée reprenne en chœur les refrains favoris de la formation, « Volga Volga » ou « La Marche des cavaliers ». À chaque régiment, ses tubes favoris. Avec les goumiers, on n'échappe pas à la pire des scies : « Sauras-tu passer le traderidera, sauras-tu passer ceci sans te tromper ? ». On verra même un soir le très sérieux général Hugonot entonner à pleins poumons : « Joyeux enfants de la Bourgogne, goûtons voir si le vin est bon ».

Le haut état-major lui-même semble avoir élu domicile à la FCM n° 1. Juin bien sûr qui n'hésite pas à faire le détour, un vrai boute-en-train avec sa bonhomie naturelle, le premier à se tordre de rire lorsqu'il raconte *Le Corbeau et le Renard* en petit sabir bônois. Nombre de ses généraux aussi, son chef d'état-major, le général Carpentier, le général de Monsabert, l'intrépide patron de la 3e DIA, un gentilhomme gascon surnommé par ses hommes « Belle Figure » en raison de son indicatif radio « Belphégor », mais aussi d'un charisme certain, le général Guillaume, le grand chef des tabors marocains, le général Dody, qui commande la 2e DIM. D'autres encore, dont les chefs des forces alliées, Alexander l'Anglais mais surtout Clark l'Américain, et son adjoint, Walter Gruenther, le patron direct de Nicky : tous adorent cette belle personne qui parle un anglais parfait et allie, au raffinement français, la fantaisie russe et un esprit pratique typiquement américain.

La réputation des « du Luart » tient aussi à cette ambiance chaleureuse, essentielle aux yeux de Leïla pour combattre la dureté du quotidien. Elle veut le meilleur pour les blessés. Mais aussi pour ceux qui risquent de l'être demain. Et tant mieux si c'est là un ministère plus souriant, plus léger, aussi constante soit la tentation de regagner son lit au plus vite pour se préparer à la journée du lendemain. Ce sacerdoce a bien sûr ses limites – on ne peut imaginer accueillir tout le monde au foyer, ce privilège sera réservé aux officiers. Mais son impact est réel sur le moral de ceux qui ont la vie de leurs hommes en charge et dont dépend largement l'issue des combats. Pendant ces mois terribles, Leïla du Luart a été tout à la fois une main très douce sur le front brûlant des blessés, le réconfort d'un sourire évoquant pour eux le monde d'avant, celui où l'amour l'emporte sur la violence aveugle. Mais elle a aussi réussi à créer des moments de vraie gaieté au milieu des horreurs de la guerre, offrant par intermittences un substitut de famille à ceux qui, pour certains, ont quitté leur foyer depuis trois longues années. D'un côté, l'efficacité du geste. De l'autre, la gratuité d'un accueil. Dans les deux cas, une femme, une mère. La femme. La mère.

L'amante ? Aux yeux des combattants du corps expéditionnaire, Leïla est l'incarnation de la séduction. Encore jeune, belle, dynamique, aventureuse, elle excite les imaginations, les dignes Pénélope attendant leurs époux au pays font pâle figure en comparaison. Même le visage libre de tout maquillage, même l'air fatigué avec ses fines rides, son visage tendu, son regard parfois inquiet, elle reste l'une de ces déesses pour lesquelles les cœurs ne peuvent que battre plus fort. Imprévisible. À la fois dure et douce, sèche et généreuse, délicieuse et insupportable. Plus ou moins consciemment, tous les hommes sont amoureux d'elle. Certains prétendent qu'elle a mené joyeuse vie avant d'épouser ce comte du Luart que personne n'a jamais vu. Aussi digne soit-elle dans son attitude, aussi discrète dans ses affections, fatalement, elle intrigue. Elle entretient autour d'elle une cour d'admirateurs, accepte avec bonheur les marques de galanterie, les compliments, les baisemains, les bouquets de fleurs. Va-t-elle plus loin ?

On a souvent glosé sur les excellentes relations qu'elle entretient depuis la Tunisie avec le futur maréchal Juin, au-delà des quelques différends qui les ont opposés sur l'emplacement des camps. C'est vrai que Juin est un familier de la FCM n° 1. Vrai qu'il lui fera courtoisement livrer après Rome la Packard qu'elle avait dû abandonner en Afrique du Nord. Vrai surtout que Leïla du Luart n'aime rien tant que les hommes haut placés, surtout s'ils servent ses intérêts ; qu'elle apprécie en Juin le fait qu'il soit un glorieux combattant plus qu'un fin politique ; qu'elle partage avec lui bien des choses – une vraie générosité, un caractère enjoué, l'amour de la fête et de la danse –, qu'elle bénéficie comme lui d'un formidable charisme auprès de ses troupes. Mais rien, si l'on en croit le premier cercle, ne laisse supposer qu'existât entre eux autre chose qu'un réel attachement amical. Après la guerre, les couples Juin et du Luart se fréquenteront d'ailleurs volontiers.

Spontanément, Leïla a plus d'affinités avec les très distingués officiers du 6e régiment de tirailleurs marocains ou avec ceux du 3e spahis algérien – des cavaliers dans la grande tradition. Il n'est que de voir l'art avec lequel ils montent leur camp et décorent leur foyer, leurs grandes capes déployées sur les parois des tentes, et le raffinement de leurs manières, jamais un mot susceptible de choquer la gent féminine. Certains, blessés ou seulement malades, ont passé quelques jours de convalescence à la formation du Luart, ils y ont pris leurs habitudes. La comtesse et ses infirmières sont invitées en retour dans les popotes des régiments. Il arrivera qu'un officier qui les a ramenées à leur camp dans son command-car, y soit vu encore le lendemain matin. Il ne fait pas bon emprunter ces mauvaises routes de nuit. Une chose est sûre : entre la charge de travail intense, l'inévitable promiscuité – Leïla partage son camion avec Sijalon –, le rôle de farouche cerbère qu'elle exerce auprès de ses jeunes infirmières et le sens hiérarchique aigu de la patronne de la FCM n° 1, il est de la plus haute fantaisie d'insinuer, comme certains n'ont pas manqué de le faire, qu'elle couchait avec tous les officiers de sa formation. Il est vrai qu'elle s'échappe de temps à autre pour les besoins du service, file vers Naples, parfois accompagnée d'un membre de son équipe, parfois non. En profite-t-elle pour rencontrer un amant ? Nul ne le saura jamais. Si Malraux voyait dans tout homme « un misérable petit tas de secrets », Leïla, elle, est un mystère sur pied. La reine de la nuit. Elle n'a pas besoin d'avoir lu de Gaulle pour savoir que « l'autorité ne va pas sans prestige, ni le prestige sans éloignement ». Une fois encore, elle ne livre d'elle-même que ce qu'elle veut bien livrer.

La tsarine

Leïla du Luart n'est pas Catherine II. Elle a d'autres priorités que de mettre dans son lit ses jeunes – ou moins jeunes – subordonnés. Mais, sur tous les autres plans, ils n'ont d'autre choix que de souscrire à ses exigences. Elle impose son rythme : combien de fois, la formation, sur le pied de guerre, devra-t-elle attendre le feu vert de sa patronne pour s'ébranler ! Et cette obligation de se lever de table chaque fois qu'on prononce un gros mot, comme à la maternelle. Juste avant Rome, à l'issue d'une sieste sous les pins, bercée par le chant des cigales, Leïla qui, depuis plusieurs jours, fait le siège de Liliane pour qu'elle change de coiffure, obtient enfin de lui couper les cheveux court, sur le même modèle qu'elle. Ses infirmières, les deux gamines surtout, sont commises d'office pour l'aider dans son rôle d'hôtesse. Pas question non plus de se dérober si elle a décidé de les emmener lorsqu'elle est reçue à son tour. Si Liliane s'en accommode, Christiane finit par trouver pesantes ces mondanités à répétition.

Les médecins, eux, chahutent gentiment Leïla. En bout de table, ils mettent un malin plaisir à entonner

« Les cailloux », un grand classique chez les tirailleurs : « Y'a des cailloux sur toutes les routes,/ Sur toutes les routes, y'a des chagrins./ Mais pour guérir le moral en déroute,/ Il y a des filles sur tous les chemins. » Nul n'ignore que la patronne déteste cette chanson, elle tient à la bonne réputation de ses infirmières (l'autre jour, lorsque les du Luart ont croisé sur la route un camion chargé des filles du BMC [1], toutes des Algériennes et des Marocaines, très belles dans leurs costumes locaux, elles chantaient justement « Les cailloux » à tue-tête !). Alors, selon un petit rituel parfaitement rodé, Leïla, feignant de n'avoir rien entendu, lance un tout autre morceau, en faisant donner l'accordéon à fond. Et bientôt, la table entière reprend en chœur « Alouette », « V'la le bon vent », ou « À la claire fontaine », aux relents contestataires moins évidents.

À l'impératrice de toutes les Russies, Leïla du Luart emprunte son autocratisme mais aussi le goût du panache. Comme elle aimait se montrer, devant les clientes de Chanel, dans les salons parisiens, elle aime exhiber sa formation. C'est pour elle un vrai bonheur de contempler ses vingt-huit camions alignés par Lanvers au millimètre près. À ses infirmières, elle demande de garder leur tenue de travail, même lorsqu'elles ont quartier libre. Les plus jeunes ont pesté à l'idée de partir en tablier et coiffe – un vrai costume de bonne sœur ! – applaudir à Rome au défilé de la 2e DIM. Avant beaucoup d'autres, Leïla a compris l'avantage qu'il y a à doubler le savoir-faire d'un habile faire savoir. En Tunisie, déjà, à la ferme de Lakhdar, malgré un boulot monstre, elle avait accueilli, gracieuse, une équipe de cinéastes américains. Que de Gaulle passe en coup de vent, et un photographe est là pour couvrir l'événement. En mai, le magazine *Life* immortalise l'action de la FCM

1. BMC : bordel militaire de campagne. (*NdA*)

n° 1 : comme par hasard, on voit la très décorative Liliane en premier plan partout, et même Nicky, venu faire de la figuration. Après les Américains, il y aura des photographes égyptiens, canadiens, néo-zélandais. Les correspondants de guerre français ne les ont pas attendus pour célébrer les mérites de l'« ange des premières lignes ».

Au fil des semaines, cependant, on perçoit un certain agacement devant la prétention de Leïla à vouloir systématiquement se hausser du col. Pour le seul plaisir de voir défiler sa formation, elle est capable de faire arrêter tout un convoi militaire. Juin lui aurait même fait des remontrances pour avoir parfois obstrué des routes menant vers le front. Si elle lui vaut une moisson de louanges, son intrépidité en irrite certains jusque dans son équipe. Déjà à Casale, la FCM n° 1 était cernée par l'artillerie française : « Si nous sommes victimes d'un bombardement, les journaux crieront à la barbarie. Mais l'ennemi sera pourtant dans son droit », écrit Stefani à la mi-février. Et, quelques jours plus tard, s'en prenant ouvertement à Leïla : « Son orgueil seul a parlé et non l'intérêt des blessés. » L'implantation sur la rive droite du Garigliano sous un arc de feu haussera d'un ton la contestation. Une goutte d'eau va faire déborder le vase : Leïla reproche à l'un des réanimateurs d'avoir laissé mourir un blessé sans surveillance. Accusation injuste aux dires de ses camarades qui font bloc avec l'accusé. Au bout du compte, à la mi-avril, ils seront quatre médecins à quitter d'un coup la FCM. Quatre à être remplacés dans la semaine.

Sous la délicate Parisienne couve l'ardente Circassienne, Leïla du Luart garde toujours en elle quelque chose de Gali Hagondokoff. Excessive. Violente dans ses enthousiasmes comme dans ses révoltes. Dotée d'une réelle intelligence du monde, mais fondée sur l'affectivité, non sur la raison. Leïla ne déteste pas les épreuves de force. Chez elle, tout s'analyse en victoires et en défaites. On est soit son allié inconditionnel, soit son ennemi mortel. Une fois décidée à renvoyer quelqu'un, elle le fait sans ménagement. Le banni a à peine le temps de repasser sous sa tente pour y ramasser ses affaires. Il sera bien avisé de ne plus remettre le nez à la formation. Telle infirmière qu'elle soupçonne depuis longtemps de se piquer à la morphine apprendra sa disgrâce à l'issue de son service de nuit : moins d'une heure plus tard, elle embarque dans l'avion qui la ramènera en Afrique du Nord. Même Liliane sera prestement remerciée. Depuis Rome, son histoire d'amour avec Nicky bat de l'aile. Peut-être les jeunes gens ont-ils seulement compris à temps qu'ils s'étaient laissé imposer la loi d'une autre ? Coupable de haute trahison, la « petite chérie » est jetée aux orties, direction le Maroc quand son plus cher désir était de débarquer en France. On ne déçoit pas impunément la comtesse du Luart.

L'adieu à l'Italie

Juillet 1944 : la FCM n° 1 amorce sa descente le long de la botte. À Rome, elle réinvestit le terrain d'aviation proche des studios de Cinecitta qu'elle occupait déjà en juin, l'occasion pour l'équipe de reprendre le cours de ses visites aux églises, musées et catacombes tandis que Leïla file vers Naples avec Sijalon pour y surveiller la fabrication de nouvelles voitures techniques. Le 31 du mois, le général Juin est attendu à la FCM n° 1. C'est au chef du corps expéditionnaire français lui-même que Leïla a demandé de procéder à une remise de décorations. Installé sous une double rangée de pins au pied d'un vieil aqueduc, le camp a soigné la mise. L'émotion est au rendez-vous lorsque, après le salut aux couleurs, le général s'avance vers Leïla en uniforme blanc pour accrocher sur sa poitrine, de sa main gauche, la seule valide – grièvement blessé en Champagne en mars 1915, il a perdu l'usage de son bras droit –, la croix d'officier de la Légion d'honneur et une croix de guerre avec palme. Leïla est émue au point de sauter littéralement à son cou avant même qu'il ait fini d'officier. Sur la photo de l'événement, vue de dos, avec ses socquettes et sa longue silhouette, on dirait une collégienne bondissant de plaisir à l'idée d'avoir décroché le prix de bonne camaraderie. Après Leïla, l'aumônier de la formation, sept médecins, huit infirmières et plusieurs des infirmiers et des chauffeurs, se verront attribuer à leur tour la croix de guerre (les anciens de Tunisie l'ont déjà reçue en mai à Lauro). Non seulement elle aura offert pendant cette rude campagne les meilleures conditions de vie possibles à son équipe, mais elle se sera démenée pour que ses mérites soient pleinement reconnus.

Au dîner qui suit, dans le foyer décoré de feuillages, la fierté des nouveaux décorés fait plaisir à voir. Que de chemin parcouru depuis sept mois, depuis la première fête donnée début janvier pour l'état-major américain. La boucle est bouclée. Lors de leurs pérégrinations à travers l'Italie, les du Luart ne se sont pas contentés, tels les esthètes du XIXe siècle accomplissant leur « Grand Tour », de faire provision de beauté : malgré la splendeur de certains des paysages traversés, ils ont plutôt récolté tout ce que Churchill promettait dès 1940 à ses compatriotes, « du sang, de la peine, des larmes et de la sueur ». Mais ils ont fait le plein d'humanité et de fraternité. La fête se poursuivra longtemps autour d'un feu de camp, l'aube point lorsqu'on se sépare après avoir chanté un dernier « Au revoir ». D'émouvants adieux, il y en aura encore deux jours plus tard lorsque Leïla et son équipe viennent sur le terrain d'aviation saluer Juin, en partance pour Alger. Le corps expéditionnaire français en Italie a vécu, relayé par la 1re armée commandée par de Lattre. Premier corps français au combat depuis l'armistice, il a rempli sa mission en vengeant 1940, au prix de six mille tués et plus de trente-cinq mille blessés. Juin serre les mains de l'équipe. Les gorges sont nouées, les yeux brillent d'un éclat inusité. Pas plus que leur aventure italienne, les du Luart n'oublieront celui qui fut si souvent leur commensal, cet homme au sens relationnel aigu qui a réussi l'impossible fusion entre les Français libres et l'armée d'Afrique, ce brillant chef de guerre qui a imposé sa tactique victorieuse malgré les réticences alliées et en est aujourd'hui si mal récompensé.

Pour combattre la nostalgie, rien de tel qu'un temps de repos dans un lieu de rêve. Leïla circonvient une relation qui possède une vaste demeure en bordure de la baie de Naples, à Torre Annunziata, non loin de Pompéi, y installe luxueusement la formation dans un petit bois de pins entre la route et la mer. Et en repart aussitôt, pour Alger cette fois, revenant juste à temps pour le grand départ, en compagnie de nouveaux infirmiers marocains mais aussi alsaciens, des « malgré-nous » engagés de force dans l'armée allemande. Le 15 août, les premiers Français ont débarqué à Cavalaire. Le 19, la FCM n° 1 rejoint Bagnoli, dans un cantonnement confortable et propre, l'hôpital 415, réservé aux officiers : « Notre Mère est là, cela se voit », commente Sijalon. Les hommes et le matériel embarquent sur un LST du style de ceux qui ont permis le débarquement en Normandie, Leïla et ses filles sur l'*Acadia*, un bateau-hôpital américain. La vie y est douce, brioche au petit déjeuner, farniente en chaise longue sur le pont, séances de cinéma. Mais l'attente, interminable : les bateaux resteront en rade cinq jours et cinq nuits avant de lever l'ancre. Souveraine, Leïla calme son monde.

La campagne de France

Après trois semaines passées dans les Hautes-Alpes, la FCM n° 1 retrouve dans le Jura la 2ᵉ division d'infanterie marocaine, une vieille connaissance depuis Lauro. À Casale, il y avait de la neige, à Sienne, trop de soleil, mais à Rougemont, au nord de Baume-les-Dames, que d'eau ! On avait prévenu la directrice de la FCM n° 1 de se méfier de l'emplacement choisi, dans le lit d'une rivière, au confluent de plusieurs ruisseaux, mais fidèle à elle-même, elle n'en a pas démordu. Une nuit, en l'espace de quelques minutes, à l'issue de pluies diluviennes, le camp se retrouve à moitié noyé. À la tête de ses troupes, Leïla tente d'évacuer l'eau qui a envahi les tentes avec des pelles, des seaux, des touques, elle fait creuser des trous, des tranchées, aussitôt pleines à ras bord. Il faut déménager les blessés – parmi lesquels le petit Jobert du 3ᵉ spahis qui s'est engagé comme deuxième classe à Casablanca, le futur ministre des Affaires étrangères de Georges Pompidou. On les porte dans le camion de déchoquage, on les met à l'abri sur les talus. L'eau monte toujours, obligeant à remorquer les voitures dont les moteurs refusent tout service, à déménager le matériel que le personnel de la formation transporte à bras cinq cents mètres plus loin avec de l'eau jusqu'aux genoux. Vingt-quatre heures plus tard, la FCM n° 1 sera opérationnelle dans un nouveau camp, au sec cette fois, parée pour de nouveaux coups durs, comme le déclenchement de l'offensive sur Belfort et Montbéliard qui amène à la formation une avalanche de tirailleurs marocains, la contraignant à reprendre les équipes de nuit.

Déluge de feu, déluge de flotte... Quand on a connu l'enfer du Garigliano, on devient philosophe. De toute façon, avec une telle patronne, on n'est jamais au bout de ses surprises. Sur tous les plans. Elle a hérité d'un nouvel adorateur, aussitôt surnommé « Armand » par l'équipe, on ne sait pas pourquoi puisque le commandant en question répond au prénom de Pierre. Depuis qu'il connait Leïla, il débarque à toute heure au camp, ne la quitte plus d'une semelle, la suivant partout où qu'elle aille, par tous les temps, sacrifiant dans la boue, sous la pluie, le vernis de ses chaussures, le pli de son pantalon et le bel ordre de sa chevelure. Infatigable joueur de jacquet, il est encore là le soir au foyer, imperméable aux coups d'œil en biais et aux rires sous cape qui accompagnent son arrivée. Flattée de ces attentions, Leïla accepte une partie mais s'endort, surmenée. Sijalon voit rouge, camoufle les pions. « Armand » s'évanouit un jour comme il est venu. L'un disparaît, un autre pointe le nez. À Rougemont, la FCM n° 1 croise de nouveau les pas du 1er REC, absent des combats d'Italie où les chars de combat français n'avaient pas leur place. Leïla a profité de son dernier passage en Algérie au mois d'août pour rendre visite à « son » régiment qui attend au camp de Marnia, à la frontière algéro-marocaine, son départ pour la France. Elle ne l'a pas revu depuis. Non plus que son chef de corps. Pour peu qu'on analyse l'impressionnante cérémonie qui s'est déroulée un an plus tôt à la Mamora comme la plus inventive des parades amoureuses, il est clair que le patron du REC a sur tous les prétendants de Leïla une longueur d'avance. Fut-elle le prélude à d'autres tentatives de séduction ? Une chose est certaine : ces deux-là sont faits pour s'entendre ! Comme Leïla, Roger Miquel est une boule d'énergie, un bourreau de travail, un bon vivant. Comme elle, il est animé d'une exigence implacable à l'égard de lui-même, cultive son élégance et sa forme physique, excellent cavalier, yogi accompli. Comme elle, il mène son monde à la baguette, y compris ses enfants, il est dur parfois. Comme elle, enfin, il a le goût de la parade : terminant sa carrière comme commandant de la région de Toulouse, il sera à son affaire dans le cadre fastueux du palais Niel. De là à imaginer entre eux plus que des passes d'armes pimentées de baisemains appuyés et de sourires enjôleurs... Jusque dans son grand âge, le colonel ne manquera jamais d'exprimer devant son unique fille, sa confidente attitrée, la fascination qu'il éprouve pour la divine comtesse.

À Dannemarie, la première étape alsacienne de la FCM n° 1, le camp a été installé le long des quais de la gare, sur un terrain tout juste déminé par le génie. Faute de place pour monter la tente du foyer, l'équipe prend ses repas au café d'à côté. Le 30 novembre, on fête la Saint-André, patron des cavaliers, à la lueur des bougies, l'occasion d'engloutir cinq énormes kouglofs et de danser la valse. Le 4 décembre, c'est chez les sapeurs du génie qu'on fête dignement la Sainte-Barbe. Mais, comme à Lauro, l'activité réduite commence à peser. L'hiver est là, froid et pluvieux. Deux des infirmiers russes, retrouvés à demi noyés dans un trou d'obus, affirment qu'ils ont échappé de peu aux « Frisés » qui les poursuivaient. Leïla ne sera pas longue à découvrir qu'ils sont tombés dans ce trou en rentrant, fins saouls, du camp de réfugiés russes voisin. N'empêche : la région est encore truffée d'Allemands qui prennent tous les risques pour se ravitailler pendant la nuit, il y a des coups de main, des coups de feu. Leïla, qui a pris froid, trouve soudain lourd de penser à tout.

Heureuse compensation : de Ladislas, Leïla a eu enfin des nouvelles. Après le débarquement en Normandie, il a repris du service comme interprète dans l'armée du général Patton – « l'homme au colt à la ceinture » –, mais il se trouverait en ce moment à Paris. Après plus d'un an de service ininterrompu, la FCM n° 1 mérite de se reposer, elle ne devrait pas être engagée dans l'immédiat. Dans les premiers jours de décembre, Leïla prend le temps d'un aller-retour. C'est dans la Sarthe qu'auront lieu les retrouvailles. Non pas au château du Luart, mais à celui des Loges, un joli manoir Renaissance situé à vingt kilomètres de là. Elliott, le troisième frère, ayant eu un fils en 1940 après deux filles – prénommé comme de juste Roland –, le vieux marquis a demandé à ses fils d'échanger leurs maisons, Ladislas cédant la place au Luart à Elliott et à sa femme, et s'installant aux Loges qu'ils occupaient jusque-là.

Leïla n'a pas annoncé son arrivée. C'est Maria, la lingère, qui a vu la première la grosse Chevrolet remonter l'allée. Elle a couru jusqu'au château, bredouillé tout émue que Madame la comtesse était arrivée. Laddie a mis un moment à comprendre, il a fallu quelques secondes avant que l'idée de la présence de l'aimée ne fasse chemin jusqu'à son cerveau. Et lui, si discret, si réservé, est devenu comme fou, il a dévalé les marches du perron, les pneus de la Chevrolet crissaient encore sur le gravier. Il a vu une paire de longues jambes se déployer hors de la voiture, et soudain, elle était là, devant lui, souriante, dans son uniforme marine. Il a seulement dit : « Tu es là ! » Il n'y avait rien d'autre à dire. Rien d'autre à faire que l'embrasser, puis la tenir à bout de bras pour la regarder, et l'embrasser encore, et lui dire : « Tu n'as pas changé. » Pas un mot de reproche, pas même un : « Tu m'as manqué. » Rien que de l'amour, rien que de la fierté. Plus tard, Leïla découvrira qu'au plus grand étonnement de ses amis, qui tous pensaient retrouver Laddie comme ils l'avaient connu, aimant la fête et les jolies femmes, son époux a vécu pendant la guerre dans une certaine solitude, sortant peu, se consacrant tout entier au soin de ses terres, acceptant, non sans élégance, d'inverser les rôles dans une version modernisée de *L'Odyssée* : à Pénélope, le soin de guerroyer au loin, à elle, le long voyage initiatique rempli d'embûches et fertile en tentations ; à Ulysse, la charge du foyer, de l'équilibre familial, une mission qui suppose de se laisser absorber par les tâches quotidiennes, loin des mille sollicitations du monde extérieur.

« Sans doute l'Aurore aux doigts de rosée les eût trouvés encore se tenant embrassés si Minerve, la déesse aux yeux d'azur, n'avait conçu d'autres pensées... » : le chant 23, celui des retrouvailles entre les amants séparés, n'est pas le dernier de *L'Odyssée*, reste à Homère un ultime chapitre à écrire, à Ulysse, d'autres prouesses à accomplir. Le jour n'est pas levé que Leïla est déjà repartie. La guerre se poursuit, l'Alsace n'est pas encore libérée. La FCM n° 1 doit suivre la 2e DIM. Elle le fait parfois de si près qu'après Montbéliard, sur la route de Delle, elle a été à deux doigts de se faire prendre par l'ennemi. Le 13 décembre, la formation s'installe à La Chapelle, près de Belfort. Dehors, il fait un froid de gueux, de moins 20 à moins 25 ° C. On coupe des sapins dans la forêt pour se chauffer, les poêles ont du mal à partir à cause du vent qui souffle en rafales, mieux vaut malgré tout mille fois s'abriter sous les tentes de la FCM que dans les maisons à moitié démolies et glaciales qu'investissent les autres formations médicales.

Noël 1944. Laddie a rejoint son unité. De toute façon, Leïla n'a jamais imaginé abandonner son équipe ce soir-là. Elle fait sienne la règle en vigueur à la Légion, selon laquelle les officiers restent la nuit de Noël avec leurs hommes. Le recrutement de la FCM s'étant fait en Afrique du Nord, c'est là que la plupart ont leurs proches. En attendant, la formation est leur seule famille. D'une seconde virée aux Loges, Leïla a rapporté un magnifique réveillon et les dernières roses de son jardin, elles décoreront l'autel lors de la messe de minuit dite au foyer par l'aumônier du 9e bataillon médical ; pour parfaire le décor, des sapins ont été dressés tout autour de la tente. En ce premier Noël passé en France, s'instaure comme une paix nouvelle. Les blessés sont peu nombreux de sorte que le réveillon se prolonge jusqu'à six heures du matin. La nuit ne s'arrêtera pas là. Une heure plus tard, Leïla prend la route avec ses infirmières pour Fraize, où se trouve le PC du 1er REC, une trotte de cent kilomètres par un froid sibérien avec, dans sa hotte, mille cadeaux pour ses filleuls, enveloppés dans un beau papier rouge et vert, aux couleurs de la Légion. Au lendemain du 1er janvier, après avoir mis son équipe au repos pour un mois et son matériel à Dijon pour révision, elle-même ne s'autorise qu'une fugue éclair aux Loges, le temps d'y passer la nuit après quinze heures de voyage au milieu de la plus grosse tempête de neige de la saison. La route est une vraie patinoire. La Chevrolet ne peut plus avancer. Il faut à Leïla et à Sijalon qui l'accompagne jeter sous les roues le charbon de bois d'un gazogène en panne pour la faire repartir. Une fois, deux fois, dix fois, on recommence la manœuvre. Sur la route du retour, les quarante-huit heures passées à Paris seront employées à établir les bases d'un centre de convalescence pour les légionnaires, au 85 de la rue de la Faisanderie. Cette femme-tornade s'arrêtera-t-elle un jour ?

La réponse est non. Les permissionnaires revenus – seuls manquent encore les « Africains » qui, depuis Rabat ou Alger, ont toutes les peines du monde à regagner la métropole –, la FCM n° 1 s'ébranle vers l'est. Depuis le 20 janvier, la 1re armée, renforcée par trois divisions américaines, a déclenché en Alsace l'attaque la plus puissante de celles qu'elle avait menées jusque-là. Strasbourg puis Colmar vont être libérées. Mais les blessés sont légion, plus de mille par jour, certains au cours de combats au corps à corps. À Wittelsheim, une cité minière, la FCM n° 1 travaille à la limite de ses capacités, tout juste si on prend le temps d'embrasser Leïla le 6 février, jour de son anniversaire. L'équipe est réduite, Christiane est retournée à Thann, Traill est seule au déchoquage, Noël, seule à la salle d'opération, Sijalon, seule à l'hospitalisation. Nona, la nouvelle lingère, ne suffit pas à fournir les champs opératoires et les draps nécessaires. L'un des nouveaux médecins, gros travailleur, est aussi un agité de première classe qui braque sa lampe électrique la nuit sur les blessés pour vérifier qu'ils dorment, coupe des plâtres qu'il n'a pas posés... Leïla est confrontée à de nouveaux problèmes. Il faut au minimum un litre de sang par blessé, parfois deux ou trois. Tout au long de la campagne d'Italie, les campagnes de prélèvement organisées par le centre de réanimation-transfusion d'Alger ont fonctionné à plein. Lors de la bataille de Cassino, on a vu pendant deux mois, dans la seule région de Tizi-Ozou, dix mille Kabyles descendre de leurs montagnes, de leurs douars, pour donner leur sang. Chaque matin, des centaines de bouteilles de sang et de plasma ont été acheminées vers la base de Naples, en quatre heures de vol. Mais, à mesure de l'avance victorieuse des troupes, Alger peine à répondre aux besoins de l'armée française. En attendant que Paris prenne le relais, il faut organiser de ville en ville des centres temporaires de récolte.

Après le Haut-Rhin, la formation gagne le Bas-Rhin. Partout des victimes de mines, comme en Tunisie, comme en Italie. Les victimes affluent, des militaires, beaucoup de civils aussi. Avec le printemps commencent les travaux des champs. Malgré les avertissements, les paysans alsaciens labourent, bêchent, sèment. La récolte ne tarde pas : un ou plusieurs membres arrachés. Les enfants jouent en revenant de l'école. Certains sont tellement mutilés que leurs parents peinent à les reconnaître. Lors des rares accalmies, le pays se montre sous un jour plus souriant. La Croix-Rouge de Sélestat délègue toute une troupe d'Alsaciennes en coiffe qui distribuent kouglofs, vin d'Alsace et mirabelles aux blessés et au personnel. André Bur, l'administrateur, fait les honneurs de sa terre à ses amis, les entraîne au mont Sainte-Odile, à Obernai, à Riquewihr, à Ribeauvillé. Mais déjà, on parle de franchir le Rhin. De Gaulle a bataillé pour que les troupes françaises participent à la campagne d'Allemagne, y aient leur secteur d'opérations, y conquièrent, elles aussi, « villes, champs et trophées » à côté des divisions alliées. Pas question de les priver de la victoire. La FCM n° 1, toujours affectée aux urgences de la 2e DIM, aura sa part des lauriers.

Outre-Rhin

Le passage du Rhin, avancé d'un jour, est prévu pour le 1er avril 1945. L'atmosphère est fébrile. La veille, en pleins préparatifs, on a célébré la grand-messe de Pâques sur un autel garni, faute de mieux, de luzerne. Au petit matin, la formation fait route, comme on lui en a donné l'ordre, vers le pont de Spire : elle attendra toute la journée le signal de la traversée. Au soir, changement de programme. Il faut remonter jusqu'à Mannheim et passer par le pont de bateaux mis en place par les Américains. Il n'y a personne de l'autre côté pour soigner les blessés, la FCM n° 1 est la seule formation assez mobile pour se rendre immédiatement sur les lieux. Elle attend son tour entre les chars, l'artillerie lourde et légère, les convois de ravitaillement, avant d'emprunter l'étroit passage par une nuit sans lune. Leïla surveille la manœuvre qui se déroule sans encombre. Jusqu'à ce que, pédale de démarreur bloquée, la Chevrolet refuse tout service. « *Go on, quickly !* » rugit l'Américain en charge de la régulation routière. Un officier de Légion présent sur les lieux vient au secours de Leïla. Mais, à la sortie du pont, c'est la panne sèche. Une fois libérée de ces entraves, Leïla fonce sur la belle autostrade qui mène au point de rendez-vous. Les sentinelles américaines s'étonnent de la voir prendre cette direction, doivent s'incliner devant des ordres de service en bonne et due forme. Elle fonce toujours, semant bientôt le convoi. À ses côtés, Bur n'en mène pas large. Une ultime sentinelle ne se laissera pas fléchir : les lignes ennemies ne sont plus qu'à une centaine de mètres. Demi-tour sur l'autoroute. Par bonheur, Leïla est douée d'un sens de l'orientation inouï. Alors que dans cette drôle de nuit, zébrée par des éclairs d'artillerie et trouée par l'éclat de puissants projecteurs, nombre de ceux qui ont passé le Rhin sont à la recherche de leur unité, elle retrouvera sans trop de mal ses camions pour les amener, après un rapide somme de deux heures sur le bord de la route, jusqu'à leur première étape allemande, Wiesenthal.

Bur mettra quelque temps avant de se remettre de ses émotions. Mais cette chevauchée, c'est tout Leïla ! On pense au poème de Paul Fort, chanté par Brassens : « Le petit cheval dans le mauvais temps, qu'il avait donc du courage... C'était un petit cheval blanc, tous derrière et lui devant. » Au volant de sa Chevrolet, toute moribonde soit-elle, Leïla se sent des ailes. Le pari fou inauguré en Tunisie est gagné, la France débarrassée de ses occupants, il faut conforter l'avantage, annihiler les dernières défenses ennemies en le traquant sur son territoire. À croire que cette femme de tête, cette organisatrice hors pair, le contraire d'une évaporée, est totalement inconsciente face au danger. Son implantation audacieuse sur le Garigliano, passe encore puisqu'il en allait de la vie de ses blessés. Mais ce calme qu'elle affiche lorsque les armes parlent et jusqu'à cette propension qu'elle a à se jeter tout droit dans la gueule du loup, comme si elle était, encore et toujours, assurée de sa baraka à l'exemple des combattants musulmans qu'elle côtoie. « *Nie boïssia !* » (« N'aie pas peur ! »), lui lançait son père quand il lui enjoignait de le suivre sur les chemins escarpés du Caucase. Elle n'a pas oublié cet impératif. Et, de fait, elle semble ne pas connaître la peur de mourir, ni celle de tomber aux mains de l'ennemi. À l'observer, on ne peut que penser à un autre Caucasien, Dimitri Amilakvari, prince géorgien et héros de la France libre, qui jamais ne se couchait au feu, montait à l'assaut képi sur la tête – au lieu de porter un casque comme tout le monde – et, dans les grandes circonstances, pour défier le sort, mettait sur ses épaules une petite pèlerine blanche. Mais « Amilak » est tombé à El-Alamein, touché par un éclat d'obus à trente-cinq ans. Le petit cheval aussi était « mort par un éclair blanc ».

Si Leïla du Luart a une totale maîtrise sur sa vie, elle a face à la mort un fatalisme oriental. « *Que sera sera.* » Tant de fois, elle a cru avoir remporté la partie pour apprendre qu'une hémorragie interne ou une surinfection avait en quelques heures emporté celui qu'elle croyait sauvé. Un anonyme le plus souvent, jeune, presque un enfant. Parfois une tête connue, certain capitaine de tirailleurs, certain lieutenant de spahis comme Mehdi Glaoui, le fils du pacha de Marrakech, juste avant l'entrée dans Rome. En septembre, dans les Hautes-Alpes, le colonel de Colbert, l'un des grands chefs des tabors, un nom dans l'armée d'Afrique, touché au foie, est mort sur la table d'opération : tous ses goumiers pleuraient à son enterrement. Deux mois plus tard, à Rougemont, c'est le colonel Desazars de Montgailhard, grièvement blessé devant Montbéliard, qui a été amené à la formation. En le voyant, Leïla a pâli. Non, pas lui ! Pas cet homme déjà marqué par le sort, orphelin de père à seize ans à cause des combats de 14. Pas cet homme qui, cinq semaines plus tôt, a failli perdre son fils de vingt et un ans, grièvement touché par un obus de mortier en tentant d'évacuer l'un de ses hommes sur son dos. Mais, cette fois, il n'y aura pas de miracle. Le colonel ne survivra pas à l'opération. Il devait dans l'après-midi retrouver enfin sa femme Françoise, accourue au chevet de leur fils. C'est Leïla qui sera au rendez-vous, triste messagère, laissant derrière elle une femme brisée par le chagrin, veuve avec cinq enfants dont un grand blessé de guerre et un petit dernier de douze ans. Cinq jours plus tard, on inhumera aux côtés de Jean Desazars le général Diego Brosset, tué dans un stupide accident de voiture.

« *Que sera sera* »... En attendant, si elle n'est pas morte, Leïla est mal en point. Dehors, il fait très froid, très chaud dans les tentes. La fatigue est lourde, le manque de sommeil aussi. Leïla est tombée malade. Vraiment. Plus de 40 °C pendant plusieurs jours. Ce qui ne l'empêche pas de rembarrer Sijalon qui lui a délégué un médecin du service de santé de son propre chef, ni de se lever pour recevoir le général de Lattre, venu – enfin ! – à la FCM n° 1 visiter les blessés, ni de se rendre à Strasbourg pour les besoins du service, quatre cents ou cinq cents kilomètres dans la neige. Bilan : une sévère pleurésie qui va la contraindre, pour la première fois depuis la naissance de la formation, à travailler par délégation, claquemurée dans son PC.

Et tout roule ! Le splendide outil qu'est la FCM fonctionne malgré tout à plein régime. Encore plus qu'en Tunisie, qu'en Italie. Ivres de fatigue et de sommeil, les équipes opèrent douze heures d'affilée, l'hospitalisation est bourrée à craquer. Tous les trois ou quatre jours, on se déplace selon un schéma parfaitement rodé. La dernière opération terminée, les camions techniques, salles d'opération, radio, stérilisation, déchoquage, prennent la route. Les blessés ne seront évacués que plus tard, suivis par l'hospitalisation, la lingerie et le reste de la formation. Lorsqu'ils arrivent au nouveau camp, les chirurgiens sont déjà à l'œuvre, une première tente rapidement montée accueillera bientôt les nouveaux opérés. Le transfert – y compris les trente ou quarante kilomètres d'étape – est bouclé en moins de quatre heures. La 1re armée avance en territoire ennemi à pas de géants, la FCM n° 1 aussi. Elle traverse le Bade-Würtemberg, atteint le Danube à Riedlingen. Leïla a repris un peu de forces, assez pour gérer les frottements entre les anciens et les nouveaux – une horde de Toulousains –, pour vider sans ménagement un chirurgien plus intéressé par les prises de guerre que par le sort de ses malades. Difficile cependant d'éviter tout pillage : si Leïla réussit à répartir équitablement le butin lorsque sa formation investit une usine de tissus, elle ne peut l'empêcher de faire provision de voitures – les Opel Captain surtout ont la cote, moins les limousines que les cabriolets deux portes. Wangen, près de Tübingen, proche du lac de Constance et des Alpes bavaroises, sera la dernière étape de la formation.

Dans la nuit du 8 mai, la signature de l'armistice, reçue dans l'allégresse, donne lieu à un tel baroud d'honneur dans les lignes ennemies – les chars, les canons, les fusils, tous tirent à qui mieux mieux – qu'on finit par se demander si les Allemands n'ont pas recommencé... Les jours précédents, le flux de blessés s'est tari. Il n'y a plus que quelques victimes d'ultimes coups de main pour arriver à la formation. Débarqué le 5 mai en si triste état que, pour lui poser les sondes et autres tuyaux nécessaires, on a dû se résoudre à l'attacher sur une croix, Gustave Foureau, un sous-lieutenant du 4e régiment de tirailleurs marocains, s'en sortira après des mois d'hôpital malgré un foie labouré par les balles. Ce solide Auvergnat, futur héros de la guerre d'Indochine, futur chef de corps de la 13e demi-brigade de Légion étrangère, sera peut-être le dernier blessé au combat à devoir la vie à la formation du Luart. Désormais, les ambulances ne lui amèneront plus que des accidentés, parmi eux des soldats maladroits à manipuler des armes qu'ils connaissent mal : il n'y a pas que les Opel Captain pour exciter la convoitise des vainqueurs.

Le jour de gloire est arrivé

31 mai 1945. Mission accomplie : les du Luart n'ont plus rien à faire en Allemagne. Une dernière fête, la remise de nouvelles croix de guerre, de nouvelles citations pour les anciens. Cette fois, c'est le général Béthouart, le commandant en chef des troupes françaises en Allemagne, qui préside la cérémonie. Le général de Linarès, le nouveau patron de la 2e DIM, l'accompagne. Un parterre de bégonias rouges et blancs dessine au sol le sigle de la FCM et l'étoile marocaine. Ce n'est plus comme en Italie le clairon de Zoliniac le blanchisseur qui ouvre le ban, mais toute la nouba du 5e régiment de tirailleurs marocains en grand uniforme, accompagnée d'une chèvre et d'un mouton, ses deux mascottes. Au dîner, servi sous deux tentes réunies en une seule, on a convié le monde et la ville, les états-majors des généraux, les officiers des régiments, les infirmières amies des hôpitaux voisins, des chaufferettes, le 9e bataillon médical, nombre de ceux avec qui la FCM travaille depuis des mois sans relâche. Un orchestre russe déniché à Wangen par Leïla fait danser la compagnie. Mais, une fois les invités partis, c'est toute la formation qui se retrouve, infirmiers et chauffeurs compris – eux aussi ont dignement arrosé leurs croix de guerre. « Manu » Villa, l'Espagnol, a été le premier à oser entraîner la patronne dans un swing endiablé : « Là, c'est moi qui conduis, vous vous laissez guider ! » Du coup, les autres se sont bousculés pour prendre le relais, heureux et fiers de serrer contre eux la chef adorée. Oligario chante ses plus beaux airs, Kévokian l'Arménien se livre à des imitations de l'équipe, mettant la compagnie en joie.

Le lendemain, la FCM reprend la route de la France, direction Paris en passant par Tübingen, Strasbourg et Chalons. Le centre de convalescence de la rue de la Faisanderie, « réservé aux malades et blessés récupérables à long terme ou convalescents », selon les termes de la note adressée en juin par le ministre de la Guerre André Diethelm, est appelé à fonctionner quelques mois encore, ses vingt lits sont tous occupés par des légionnaires. Mais le cœur n'y est plus. La grande aventure est finie. Peu à peu, même les fidèles de la première heure quittent le navire. Les officiers sont démobilisés ou rejoignent leurs nouvelles affectations. Les Marocains, infirmiers civils ou personnel technique, ont les yeux pleins de larmes au moment des adieux, même Kaddour qui regrette sa brosse et sa planche à laver, même Smaïn qui pleure le fer à repasser qu'il promenait avec une grâce de danseur sur les tabliers et les cols amidonnés. André Bur est l'un des derniers à rester à son poste, il aura pendant plus de deux ans et demi suivi Leïla, subissant ses oukases et ses algarades sans que jamais son dévouement soit remis en question.

Jour béni que celui du 14 juillet 1945, qui fête le retour de la souveraineté politique et de l'unité nationale. Le général Eisenhower, à qui de Gaulle vient de remettre la croix de la Libération, descend les Champs-Élysées aux côtés du général Kœnig. Trois jeeps de la FCM n° 1, toutes trois peintes en blanc, participent sur une même ligne au défilé qui suivra, de la Bastille à l'Arc de triomphe. Dans celle de droite, on aperçoit le capitaine Mathieu qui, depuis le départ de Fourès, fait office de médecin-chef, et les infirmières Noël et Traill ; dans celle de gauche, Canavy, Sijalon et Pozzo di Borgo, le nouveau pharmacien. Au centre, conduite par le beau Jean Thilmont, la patronne de la FCM n° 1 trône en majesté, sanglée dans son uniforme bleu marine, flanquée à l'arrière de deux infirmiers marocains coiffés de leur chèche qui entourent le porte-fanion de la formation. Leïla savoure cette gloire qu'elle a si ardemment désirée et chèrement payée. Mais ce qui l'émeut jusqu'au tréfonds d'elle-même, c'est ce sentiment qui est le sien d'avoir payé son dû à la France. De ce pays qui l'a accueillie, mettant fin à son errance, qui lui a donné la langue qu'elle parle aujourd'hui, le nom qu'elle porte aujourd'hui, elle a su se rendre digne. Elle a su le servir mille fois mieux que bien des Français de naissance, elle a contribué à le libérer. À travers les ovations de la foule, Leïla du Luart entend avant tout, comme répercuté par des milliers de voix, un seul mot : « Merci ! »

Le lendemain, aux côtés cette fois de Laddie, revenu de Bavière où il avait suivi le général Patton (il recevra la « Medal of Freedom » pour prix de ses loyaux services), elle accueille dans les salons de la rue Nitot ses amis du corps expéditionnaire et de la 1re armée, convoquant pour l'occasion les chœurs russes de la rue Daru afin d'atténuer la mélancolie des adieux. Le compte à rebours est commencé. En août, toujours flanquée de son ombre, Madeleine Sijalon, et du chauffeur Thilmont, Leïla part liquider les bureaux de la FCM à Casablanca. Une équipée de plus. Descente par étapes dans la vieille Chevrolet jusqu'à Marseille, embarquement sur la *Providence* pour Alger, traversée de l'Algérie et du Maroc, douze jours passés à trier le matériel dans les locaux du boulevard de la Gare, à empiler le tout dans trente-quatre caisses, dûment cerclées et étiquetées, en abandonnant à Rosalie, la concierge italienne, tout ce qu'on ne peut emporter. Échouée dans le fond d'un placard, la poupée en gaze offerte par Sijalon et Lanoire pour la fête de Pâques 1943 a résisté aux mites. Leïla la glisse subrepticement dans son sac, elle n'aimerait pas être vue comme une sentimentale. Retour sur Oran cette fois, re-traversée, re-Chevrolet. Le 1er octobre, c'est la rue de la Faisanderie qu'il faut fermer comme prévu. Les légionnaires guéris rejoignent leurs régiments ; les invalides, les centres spécialisés.

Mais la folie des hommes ne fait jamais relâche. Les troubles se multiplient en Indochine, un nouveau corps expéditionnaire – le CEFEO, corps expéditionnaire français en Extrême-Orient – s'est monté pour y faire face : dès le mois d'octobre, il sollicite l'aide de la FCM n° 1 en passe de fermer boutique. Leïla est flattée, les services de santé imaginent mal de se priver de ses services. En outre, l'Asie, bien plus que l'Afrique, est son territoire, elle a toujours caressé l'idée d'y retourner, en conquérante cette fois, non en exilée. Le rêve fera long feu. S'ils n'ont pas eu raison de sa belle énergie, sept ans d'activité forcenée ont altéré sa santé. Et puis elle a déjà usé jusqu'à la corde la belle tolérance de Laddie. Elle tient aussi à garder un œil sur Nicky, en permission en France jusqu'à Noël – une véritable bénédiction pour les Hagondokoff qu'il fournit en rations de l'armée américaine, en miel, en chocolat, en sucre, en café, il a même procuré à Ludmila, la femme d'Ismaël, une cape d'infirmière en beau drap bleu dans lequel tailler un manteau pour le petit Constantin. Nicky a vingt-sept ans et son avenir reste encore incertain, pourra-t-il, comme il le souhaite, intégrer les services diplomatiques américains ? La FCM n° 1 partira pour l'Indochine, mais sans Leïla : secondée par Madeleine Sijalon, Mlle Noël en tient désormais les rênes.

Leïla ne lâche pas l'affaire pour autant. C'est elle qui effectue les démarches nécessaires pour réorganiser la formation, remettre les véhicules en état. En prévision du départ en décembre, matériel et personnel sont regroupés dans les vastes communs du Luart, au grand déplaisir du marquis, furieux d'être mis devant le fait accompli. Mais tout semble se liguer contre la FCM nouvelle version – elle ne compte plus que deux équipes chirurgicales –, comme si elle renâclait à être prochainement privée de sa tête. Le nouveau médecin-chef ne fait pas le poids, les chauffeurs qu'on vient de recruter laissent geler les moteurs, perdent une jeep, en esquintent une autre, les groupes électrogènes, mal entretenus, refusent tout service. Écœurée devant ce massacre d'une flottille qu'elle avait bichonnée pendant des années, Leïla jette l'éponge en janvier 1946. À partir dans ces conditions, la FCM n° 1 risque fort de perdre sa réputation. Pour Leïla, il n'en est pas question. Ses véhicules sont renvoyés vers le Maroc, leur lieu de naissance, où ils sont affectés aux services sanitaires de l'armée. Seule la FCM n° 2 de Mme Catroux sera mise à disposition du général commandant le corps expéditionnaire en Extrême-Orient.

En mai 1946, à New York, Leïla du Luart préside un ultime comité de la « Formation chirurgicale mobile franco-américaine », histoire de remercier tous ceux sans qui l'aventure n'aurait pas été possible. Sur l'ordre de mission signé par le général Juin, devenu chef d'état-major général de la Défense nationale, elle affiche une fois encore 1901 comme année de naissance, se rajeunissant de trois ans. On peut être une héroïne dûment étiquetée, avoir tout quitté pour œuvrer au salut de la patrie, on n'en est pas moins femme. « La coquetterie ne va bien qu'à la femme heureuse », écrit Balzac. Elle sied admirablement à Leïla.

Brassées de fleurs et volées de bois vert

La voilà comblée. Comblée de décorations, tout d'abord. Une vraie avalanche. Au sortir de la guerre, elle est officier de la Légion d'honneur, titulaire de la croix de guerre, des médailles commémoratives des campagnes de Tunisie et d'Italie. Elle totalise six citations dont trois à l'ordre de l'armée. Elle a même glané au passage une croix d'or de l'armée polonaise. Et gravi des échelons dans l'honorariat de la Légion, passant de légionnaire de première classe à brigadier en janvier 1944 et à brigadier-chef pendant la campagne d'Alsace.

Comblée aussi d'éloges, de chansons, de poèmes, qu'elle conserve dans un imposant livre d'or, préfacé à

Rome par Alphonse Juin. Le 12 juillet 1945, le général de Lattre de Tassigny, commandant en chef de la 1re armée française, a cité à l'ordre du corps d'armée la FCM n° 1, « splendide formation chirurgicale qui, de la Tunisie à l'Autriche, à travers l'Italie, la France et l'Allemagne, n'a cessé d'être présente sur tous les champs de bataille où l'armée d'Afrique a versé son sang. Admirablement organisée et animée par la haute personnalité de la comtesse du Luart, qui sut avec tant d'application ajouter aux soins éclairés d'une technique chirurgicale de l'avant hors pair l'irremplaçable et réconfortante douceur d'une main maternelle, la FCM n° 1 a conquis d'emblée le cœur de ceux qui la virent à l'œuvre... En dépit des dangers des bombardements et des conditions difficiles du terrain, elle a toujours assuré sa mission, opérant près de deux mille blessés graves de première urgence, sauvant ainsi de nombreuses vies humaines. » Enchérissant sur les mérites de la FCM n° 1, le général Clark lui a décoché une magnifique citation, en lui conférant la très convoitée « Fifth Army Plaque and Clasp », la plaque et l'agrafe de la 5e armée.

Dans le chœur des admirateurs de Leïla du Luart, il y a, c'est l'évidence, tous les blessés qu'elle a sauvés et qui lui vouent une reconnaissance éperdue. Il y a la cohorte des hommes qu'elle fascine. Des femmes aussi, des inconditionnelles comme Sijalon, un esprit farouchement indépendant pourtant, qui trouve un souffle épique pour célébrer Leïla : « D'autres ont dit, et diront mieux que moi, tout le charme de notre Mère, mais peu autant que moi connaissent toute l'étendue de sa bonté et l'ont vue à l'œuvre, toujours debout et gaie, ne paraissant jamais fatiguée, s'occupant de tous et de tout, du confort des blessés comme de celui du personnel, calmant et réconfortant les uns et les autres. » Recroisant le chemin de la FCM n° 1 à Torre Annunziata, la correspondante de guerre Annie Gacon confie dans son reportage son envie de montrer sous son vrai jour la « comtesse mobile », à la fois « grande dame et chic fille, sévère et indulgente, femme de tête et femme de cœur, exigeante et bourreau de travail aussi bien que boute-en-train dans les moments de détente, où elle est la première à rire et à chanter... ». « Pour beaucoup d'entre nous, au fond, conclut-elle, Leïla du Luart est un peu une fée, une fée très belle et très bonne, une de ces filles fortes et douces à la fois comme on en trouve dans les romans de la Table ronde. »

Une sainte, une fée ? Pas pour tous. « Infâme garce ! » En mai 1944 à Lauro, le docteur Stefani déverse sa bile dans son journal après le renvoi sans ménagement de deux des infirmières : « Un jour viendra, je l'espère, où l'on proclamera l'hypocrisie de Mme du Luart et son manque de charité. » Même le bienveillant docteur Aubaniac – qui a fini par quitter la formation fin décembre 1944 par solidarité avec son adjoint Butory, mis à pied pour avoir osé faire la cour à Liliane après sa rupture avec Nicky –, même lui laisse percer dans les lettres qu'il adresse à ses anciens coéquipiers une certaine amertume, regrettant « l'atmosphère trouble de méfiance et de délation » que la comtesse fait régner à la FCM. Quant à Christiane, dans l'intransigeance de ses vingt ans, elle s'accommode mal de la dureté et de l'orgueil qui l'habitent parfois : « Je ne peux me confier à une femme pour qui je ne peux avoir de l'estime », écrit-elle dans son petit carnet.

Il faut faire la part des choses : après les mois terribles qui viennent de s'écouler, tout le monde est à bout. La FCM n° 1 se voulait une grande famille ? Comme toutes les familles, elle n'a pas fait l'économie des frottements, des désillusions, mais c'est la fierté d'avoir servi à la FCM qui prévaut. Celle exprimée par Christiane, allure toujours sportive à quatre-vingt-cinq ans, saluant, un jour de novembre 2008 qu'elle reçoit à Mulhouse la Légion d'honneur des mains de son neveu Jean-Marie

Bockel, ministre de la République, la figure de Mme du Luart, « femme insolite et fascinante », « maîtresse femme qui acceptait de se mouiller, de prendre des risques, qui nous a appris à savoir tout faire par nous-mêmes, à ne pas tout attendre des autres », avant de conclure par un joli compliment : « Elle nous a aidées à nous construire. » Évoquant quelques années plus tôt ses souvenirs de la guerre devant l'académie locale d'Aix-en-Provence, le docteur Aubaniac parle avec émotion de « la grande dame du corps expéditionnaire français en Italie », avouant même regretter de n'avoir jamais entrepris de rédiger la biographie de cet être d'exception.

Le fait est là : si par sa classe et son audace Leïla a ajouté, sur les champs de bataille de la Seconde Guerre mondiale, un glorieux chapitre à sa légende, elle s'y est attirée quelques inimitiés. Désormais, on trouvera dans l'armée des « pro » du Luart en grand nombre, mais aussi quelques « anti », ceux qui, tout en reconnaissant ses qualités de meneuse d'hommes, dénoncent en elle une autocrate volontiers manipulatrice, obsédée par son image. Il y a des gens pour être quasi unanimement appréciés et aimés – ce fut le cas de Juin –, d'autres, tout aussi remarquables, qui ont le don d'en irriter plus d'un – de Gaulle, de Lattre. C'est au second camp que Leïla du Luart appartient.

Le charme slave et la force du Caucase

« Pourquoi n'entrerions-nous pas en concurrence avec les hommes ? Prétendent-ils eux seuls avoir des droits à la gloire ?... Nous aussi, nous voulons briguer une couronne civique et briguer l'honneur de mourir pour une liberté qui nous est peut-être plus chère qu'à eux. » Leïla est loin d'être une révolutionnaire. Elle n'a rien d'une féministe. Pourtant elle aurait pu faire siennes ces phrases lancées au printemps de 1792 par Théroigne de Méricourt aux citoyennes du faubourg Saint-Antoine. Comment comprendre qu'il n'y ait que six femmes sur les mille soixante et un compagnons de la Libération, qu'elles ne soient que dix pour cent parmi les médaillés de la Résistance ou les détenteurs de la carte de combattant volontaire ? Elle, au moins, termine la guerre bardée d'honneurs. C'est seulement dans son grand âge que, malgré sa conduite héroïque à Bir Hakeim, Suzanne Travers – « la Miss » –, l'autre grande dame de la Légion, sera faite chevalier de la Légion d'honneur.

Leïla, qui a été aux premières loges, s'agace de la difficile reconnaissance du rôle des femmes dans le dernier conflit. C'est avec une ironie non déguisée qu'elle prend connaissance de cette note de l'état-major général de la Guerre en date du 19 décembre 1945 : « Même en temps de guerre, y est-il écrit, le rôle primordial de la femme est au foyer. L'y maintenir est essentiel : 1/ pour ne pas sacrifier les forces vitales et les possibilités de relèvement du pays ; 2/ pour sauvegarder à l'étranger le rayonnement de la famille française ; 3/ pour le moral des soldats qui, connaissant l'ambiance de la vie militaire, craignent les plus graves conséquences pour celles des leurs qui seraient mobilisées. » Il est admis que, sans quitter leur foyer, des femmes puissent remplacer les hommes à l'arrière, mais c'est en toute dernière éventualité qu'un certain nombre de femmes devraient être appelées à servir aux armées, « dans la mesure où ceci ne porte pas atteinte à leur mission primordiale ». En dernière éventualité et en pleine connaissance des risques encourus : « La guerre et l'état de guerre, par le fait qu'elle désorganise la famille, entraîne un désordre moral et un esprit de jouissance. Le déracinement de la vie familiale et sociale amène chez tout individu, surtout dans les moments d'inaction, un déséquilibre, le besoin de se distraire, qui fait de la femme la première victime. »

Ce désordre est imputé au mélange des sexes, au mélange des milieux sociaux mais surtout « moraux », aux risques sur le plan de la santé, comme à un mode de vie peu adapté à « une nature féminine qui exige une régularité et une stabilité essentielles à son équilibre ». Pour éviter que ne soit compromise « leur dignité de femme française », la note préconise un choix judicieux des emplois confiés aux femmes – « éviter ceux qui réclament un gros effort physique et nerveux » –, ainsi que la constitution de services exclusivement féminins.

Leïla se frotte les yeux. Cette peur panique lui semble d'un autre âge. En Russie, il y a bien longtemps que les femmes se mêlent aux hommes sans y perdre leur âme. Tout aussi étonnant lui apparaît parfois le culte des héroïnes de guerre mis en place par l'Arme féminine de l'armée de terre (AFAT) nouvellement créée, qui donne à ses casernes le nom des mortes au champ d'honneur ou dans la Résistance, en mettant en exergue leur courage, leur soif d'aventure, leur mépris du danger, une certaine fascination pour le feu. De belles qualités, mais pas un mot sur le rayonnement propre aux femmes, pas un mot qui parle d'écoute, de compassion, de grâce, voire de beauté, autant d'antidotes aux ravages de la guerre. Leïla, elle, a voulu user de toutes les armes en sa possession, d'un côté, le courage et une autorité conquérante, de l'autre, une réelle empathie, une tendresse authentique. Le double héritage paternel et maternel : la force du Caucase alliée au charme slave. Elle n'a jamais eu le sentiment que son engagement l'avait contrainte à mettre sa féminité au vestiaire. L'essentiel étant, au bout du compte, la fierté qu'elle ressent d'avoir accompli sa mission, une sorte de fierté qu'elle n'aurait jamais éprouvée à l'arrière.

TROISIÈME PARTIE

Au nom du fils

Leïla et Ladislas en tenue de chasse à courre.

Le château des Loges.

1936
Nicky.

Avril 1943
Tunisie.

Février 1944
Sous la neige à Casale, Italie.

Leïla et son équipe médicale.

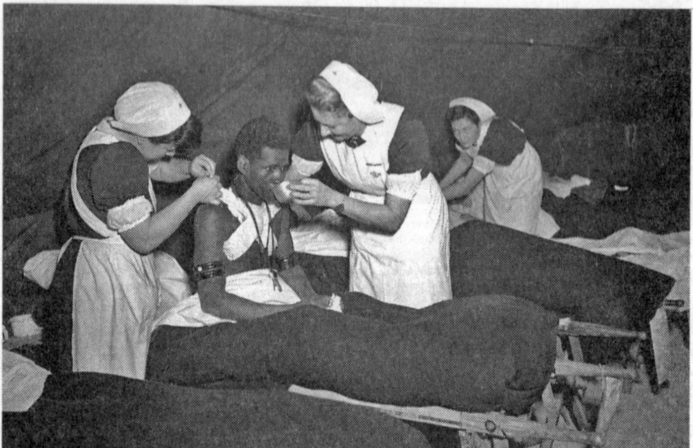

Au chevet d'un artilleur blessé.

Au milieu de ses infirmières.

La formation chirurgicale mobile n° 1.

Évacuation d’un blessé vers les hôpitaux de base.

Mai 1944
Le camp de la FCM n° 1 sur la rive droite du Garigliano.

Au foyer de la FCM n° 1.

Par beau temps, on sort les brancards.

1er mars 1944
Leïla salue le général Giraud, sous le regard du général Juin.

5 mars 1944
Tournée d'inspection du général de Gaulle.
À droite, le général Juin.

31 juillet 1944
Le général Juin fait Leïla officier de la Légion d'honneur, aux portes de Rome.

Fin de permission pour les hôtes
du Centre militaire de détente.

14 juillet 1945
Leïla défile à Paris à la tête du Service de santé.

Leïla au « Bastion XV ».
À gauche, l'adjudant-chef Dubrana.

30 avril 1983
À Orange, Leïla passe en revue
le 1er régiment étranger de cavalerie.

29 janvier 1985
Des obsèques dignes d'un maréchal d'Empire
dans la cour d'honneur des Invalides.

13
Nicolas

Après-guerre

Les temps ont changé. Au fil des semaines, tandis qu'on émerge lentement de l'incroyable chaos dans lequel était plongé le pays, on apprend ce qu'il est advenu des uns et des autres. La belle guerre et les cinq citations de Jean Reille ; la mort au champ d'honneur, en janvier 1945 en Hollande, de Marie-André Poniatowski, le fils aîné d'André. Mais aussi l'arrestation à Sofia par le NKVD, la police politique soviétique, de Fiodor Bredow, l'oncle de Leïla qui, haut gradé de l'armée Wrangel avant d'émigrer en Bulgarie, a servi pendant la guerre dans les corps russes de la Wehrmacht. La condamnation à plusieurs années de prison d'Evanne Mourousi, la fille de Marie (la directrice d'atelier chez Elmis), Mata Hari de pacotille accusée d'avoir fait main basse sur le mobilier de juifs pourchassés par la Gestapo. La fin sans gloire de Sir Henri Deterding, retiré dès avant guerre en Allemagne où on lui avait fait miroiter la récupération de concessions de pétrole confisquées par les Soviets – Hitler et Goering auraient, dit-on, envoyé des couronnes à ses obsèques. Cinq années de guerre ont brouillé les cartes : certains êtres sans relief ont acquis une stature de héros, d'autres, promis à une belle destinée, ont pris rang parmi les médiocres, voire parmi les salauds.

Les temps ont changé même dans l'immuable diaspora russe, dont l'homogénéité est mise à mal par l'atténuation de l'antibolchevisme, son ciment le plus efficace. Comment oublier le tribut payé à la guerre par l'URSS, envahie par les divisions blindées allemandes après la rupture du pacte germano-soviétique, et ses vingt et un millions de morts, plus d'un million à Leningrad, l'ancienne Saint-Pétersbourg, écrasée sous les bombes, dont les habitants ont résisté héroïquement pendant près de neuf cents jours au terrible blocus organisé par l'armée allemande ? Le sacrifice du peuple russe est d'une telle ampleur qu'il confère une légitimité au gouvernement soviétique. En 1945, Basile Maklakoff, le dernier ambassadeur de la Russie impériale en France – celui-là même qui, à la tête de l'Office des réfugiés, avait aidé Leïla lors de son arrivée en France –, a jugé nécessaire que l'émigration témoigne de son admiration pour les succès de l'Armée rouge. Il a assisté à un *Te Deum* célébré par le métropolite dans l'église Alexandre-Nevski à la mémoire de tous les Russes tombés pour la défense de leur pays, sous quelque régime que ce soit, en compagnie de l'ambassadeur soviétique, Bogomolov, arrivé dans une énorme limousine noire garnie de fanions rouges. Scandalisés, certains Russes blancs se sont juré de ne jamais remettre les pieds rue Daru. Ils refuseront aussi de serrer la main, moins à Maklakoff – après tout, un simple magistrat – qu'aux représentants de la vieille société pétersbourgeoise qui, tel ce franc-maçon de Wyrouboff, le propre neveu du prince Lvov (en 1917, le premier président du gouvernement provisoire), ont accepté de participer à cette farce. L'avenir va leur donner quelques raisons d'alimenter leur suspicion. Moins d'un an plus tard, l'amnistie décrétée par Staline invite les émigrés nés russes à demander un passeport soviétique. Ils sont quatre mille à prendre la route du retour. Nombre d'entre eux reviendront de cette équipée écœurés... quand par chance ils en reviendront.

Au Luart aussi, où le marquis et sa femme sont bravement restés pendant la guerre bien que les Allemands occupent le château, l'atmosphère n'est plus la même. L'armée des domestiques a fondu. Faute de successeur, le marquis a dû se résoudre à démonter le rallye La Haut. Avec l'aide de La Rosée, son vieux piqueux, il gardera ses chiens encore quelques années avant de les donner à l'un de ses amis, qui remonte un équipage. Sur vingt-quatre chevaux, il en reste quatre dans les écuries. Mais le plus surprenant pour Leïla, c'est de constater à quel point, une fois refermée la tragique parenthèse de la guerre, l'immense majorité des gens ont repris leur vie d'avant. Armés des mêmes qualités, des mêmes défauts, animés des mêmes dégoûts, des mêmes passions. Abonné aux conflits de voisinage, le général Hagondokoff a déménagé encore une ou deux fois, la discrète Élisabeth suivant le mouvement. À bientôt soixante-quinze ans, il est peu d'espoir qu'il quitte jamais son statut de père assisté, même s'il a contribué à sa manière à la survie de sa famille pendant les jours sombres de l'Occupation. Embauché avant-guerre par IBM, Ismaël a, comme tous les employés de la société, reçu la jouissance d'un petit jardin ouvrier à Joinville-le-Pont sur l'emplacement d'un ancien camp militaire canadien ; Constantin s'y est rendu presque tous les jours pour cultiver choux, concombres et petits pois, tirant avec son impatience naturelle sur les fanes des carottes et des rutabagas lorsqu'il estime que ses légumes ne poussent pas assez vite. Chez les du Luart, chacun lui aussi continue sur son erre. En bon patriote, le vieux marquis a, dès 1941 et l'arrivée à Vichy de Pierre Laval, fermé sa porte aux sirènes de la Révolution nationale pour soutenir la Résistance locale : « Ne touchez pas à notre marquis, il est des nôtres ! » protesteront les résistants du coin lorsque, à la Libération, les FTP d'obédience communiste, l'ayant extrait de sa mairie, le mettent en joue, peu confiants dans cet ennemi de classe. Gaulliste de cœur, il a pris sa carte du RPF dès la création du parti en 1947, sans jamais le crier sur les toits.

Ni tout à fait la même, ni tout à fait une autre

Leïla ne se sent ni tout à fait la même, ni tout à fait une autre. Elle a rouvert ses placards, retrouvé ses robes, ses fourrures, ses bijoux, ses chapeaux, avec une griserie non dissimulée. Chaque matin, sa femme de chambre lui apporte sur un plateau d'argent des invitations au théâtre, à des vernissages, à des dîners en ville. Femme du monde elle était, femme du monde elle reste. Elle se veut désormais l'épouse à plein temps d'un Laddie éperdu de fierté. Avec lui, elle voyage, à Londres, à New York. Plus d'une fois, Laddie et Leïla seront les invités des Juin au Maroc, où le général a été nommé en 1947 résident général. Joyeux fourre-tout – étonnant lorsqu'on sait son esprit d'organisation –, son carnet d'adresses fourmille de destinations lointaines, Mexico, Sao Paulo, Santiago du Chili, Cuba, Athènes, Madrid, Istanbul, Copenhague, Ascension au Paraguay, Beograd en Yougoslavie, Brisbane en Australie... À l'heure où la plupart des gens, émergeant d'un conflit planétaire, n'ont qu'un désir, celui de rester terrés chez eux, Leïla se sent plus que jamais citoyenne du monde.

D'une certaine façon pourtant, elle est rentrée dans le rang. On ne peut pas être une héroïne tous les jours que Dieu fait. Étonnamment, le fait d'avoir – pour la bonne cause – déserté un temps le domicile conjugal, n'a pas fait trop jaser. Du moment qu'elle a cantonné son action au domaine sanitaire et social... Dans le petit monde parisien, d'autres femmes ont couru les champs de bataille. Cependant, Leïla sent bien qu'elle a agrandi les frontières de sa vie, qu'il ne lui suffira plus de cultiver l'individualisme triomphant qui était jusqu'ici le moteur de son existence – car se dévouer à sa famille, n'est-ce pas d'une certaine façon encore et toujours penser à soi ? Elle tenait par-dessus tout à son indépendance : elle a découvert la fraternité que créent les épreuves partagées. Elle chérissait l'idée de ne rien devoir à personne : il lui faut bien admettre que, privée de son équipe, elle n'aurait pas pu faire grand-chose. Elle a surtout acquis une force précieuse : elle a éradiqué d'elle-même toute peur de la souffrance, elle sait la force qui l'habite, et combien précieuse est cette force pour soutenir autrui. Un charisme qui n'a pas de prix. La Formation chirurgicale mobile n° 1 n'est plus. Son cher 1er REC est parti de Mers el-Kébir pour l'Indochine sur le *Pasteur* à la mi-décembre 1946. Lors de l'escale de Marseille, Leïla, suivie de plusieurs camions et accompagnée de Laddie et de sa belle-mère, attendait ses filleuls. Elle a fait embarquer à bord de quoi fêter Noël en mer, un réveillon pour sept escadrons, et deux cadeaux par légionnaire, un « utile » et un « agréable », des centaines et des centaines de paquets. Depuis cette ultime rencontre, elle doit se contenter de contribuer au bien-être du régiment par de généreux mandats envoyés au chef de corps comme aux capitaines commandant les escadrons. Elle n'est pas inactive pour autant. Pour avoir organisé de main de maître en mars 1946 la vente de charité de Rhin et Danube, l'association qui regroupe les anciens de la 1re armée, elle a reçu un nouveau coup de chapeau du général de Lattre : « Tant de blessés vous devaient déjà la vie ou le retour à la santé ; beaucoup de misères et d'infortunes vont être, grâce à vous, soulagées. » Leïla s'occupe aussi de la vente de charité de La Miséricorde, une œuvre dont sa belle-mère est présidente depuis des années.

Signe de sa parfaite intégration dans la famille, elle habite désormais rue Nitot, dans l'hôtel particulier des du Luart. Construit en 1895 par le grand-père de Laddie, il illustre par sa magnificence les fastes de la Belle Époque comme d'autres demeures du quartier – l'hôtel des Noailles ou des Cahen d'Anvers place des États-Unis, celui des Singer au départ de l'avenue d'Iéna... C'est le troisième étage, celui qui était réservé dans le temps aux enfants avant de devenir la garçonnière de Laddie, qui est le nouveau cadre de vie de Leïla. Un cadre plus intime que les étages inférieurs, avec ses plafonds bas, son salon ouvert sur une sorte de patio intérieur, sa salle à manger ressemblant à une salle à manger et non comme au premier, à une salle de bal. En douceur, la nouvelle venue apporte sa touche. Rouges sont les rideaux, rouge le velours des canapés : rouge, sa couleur préférée, celle qui, en Russie, est synonyme de beauté. Quelques rares objets. Est-ce la mentalité du réfugié, jamais sédentarisé, qui sommeille en elle ? Leïla n'aime pas s'encombrer. Bienvenu pour se préserver un minimum d'autonomie, un ascenseur caché dans un recoin du hall permet de gagner directement l'appartement sans passer par les étages inférieurs.

Et puis, il y a les Loges. Une maison que Leïla, au fil des années, s'est appropriée. Elle aime l'idée que ce manoir de pierre rose, flanqué de deux pavillons carrés au midi, au nord, de deux tourelles, et doté d'une belle porte Renaissance, fasse corps depuis si longtemps avec l'histoire de la famille.

Elle s'est glissée avec bonheur dans son rôle de châtelaine. Ses apparitions à la messe du dimanche de Coudrecieux, le gros bourg situé à deux kilomètres des Loges, dans la belle église romane dont le plafond porte les armes du Luart, « d'azur à trois massacres de cerfs d'or », font toujours sensation, on se croirait ramené un siècle en arrière. L'office est largement commencé lorsqu'on voit la petite porte latérale située dans le chœur s'ouvrir doucement, et les du Luart franchir le seuil bas en courbant la tête vu leur haute taille, avant de gagner leur place dans la chapelle aux bancs de velours rouge qui leur est réservée à droite du maître-autel. Laddie entre le premier, parfois suivi de Nicky s'il se trouve être de passage aux Loges, bien des gens le prennent pour son fils. Leïla clôt la marche, emmitouflée dans ses fourrures les mois d'hiver, volontiers habillée de blanc aux beaux jours, ses cheveux recouverts d'une voilette, maquillée, parfumée : dans l'église, les effluves de *Jolie Madame* de Balmain se mêlent aux vapeurs d'encens. Lentement, presque cérémonieusement, de ses longues mains aux ongles rouge vif, elle trace sur sa poitrine un large signe de croix à rebours – pour signifier son appartenance toujours vivace à l'orthodoxie ? À ses côtés, Ladislas, très droit, les bras croisés sur la poitrine, est la quintessence de la distinction, il affiche sur son visage cette légère moue propre aux du Luart où les adversaires des « gens du château » – le pays est plutôt à gauche – ne manquent pas de voir le reflet d'une certaine morgue. Le spectacle de ce couple époustouflant est réservé en priorité à ceux qui lui font face, à gauche du maître-autel, dans l'autre chapelle réservée aux seigneurs du coin : le marquis de Pontoi-Pontcarré, sa femme américaine, Thérèse, leur fille unique, et son mari ainsi que les cinq enfants de ces derniers. Arrivés parfaitement à l'heure, ils sont plongés dans leurs prières, même si le vieux marquis taquine parfois de sa canne le crâne des enfants d'honneur dissipés tandis que ses deux petites-filles aînées jettent subrepticement vers Leïla des regards intrigués. Ces voisins qui habitent de l'autre côté de Coudrecieux le château de la Pierre, une grande bâtisse construite au XIXe siècle par le même architecte que celui du Luart, sont des cousins. Mais sous les sourires et les baisers échangés à la fin de l'office, on sent l'affrontement de deux styles de vie. Si les petites filles sont de jolies blondes, Thérèse, dévouée à toutes les misères du monde, est campagnarde dans l'âme, vêtue sans recherche. Sa mère, une protestante plutôt rigide, ne cache d'ailleurs pas en privé son aversion pour Leïla, arrivée dans la famille par des moyens peu catholiques. Doyenne d'âge, elle supporte mal de voir la nouvelle sillonner infatigablement le pays au volant de sa petite Austin décorée de cannages et s'attirer les bonnes grâces du village en louant des films qui sont projetés dans la salle paroissiale, en distribuant des brioches à la fin de la messe comme chez elle en Russie, ou en faisant venir pour Noël des chœurs de la rue Daru. Une ou deux fois, elle a même invité les Petits Chanteurs à la croix de bois à se produire dans l'église des Loges, une merveille du XIe siècle blottie au pied du château.

Le mariage de Nicky

Le premier souci de Leïla, c'est encore et toujours Nicky. Démobilisé en 1946, il a rejoint le département d'État américain comme secrétaire d'ambassade. Aux yeux de sa mère, c'est la merveille des merveilles. Beau gosse, grand sportif, il a démontré pendant la campagne d'Italie qu'il était aussi courageux et volontaire, comme en témoignent sa « Bronze Star », sa croix de guerre et sa promotion au grade de capitaine. Ses études à l'École de l'Île-de-France puis à l'université de Virginie l'ont ouvert sur le monde, sa nationalité américaine n'est pas sans lui conférer un attrait supplémentaire. De russe, il n'a plus grand-chose, pas même une trace d'accent, il a perdu cette dimension de folie et de rêve, cette grâce qui reste la marque de sa mère. Il n'en a pas la classe souveraine. C'est seulement un grand type sympathique, bien dans sa peau, incroyablement gentil, d'un naturel désarmant. Grâce à Joseph Sampson Stevens, il est loin d'être démuni. Il a pris un bon départ dans la diplomatie, vient d'être nommé à Paris. Bref, il a toutes les qualités du gendre parfait. À bientôt vingt-neuf ans, il est temps qu'il se marie.

Soucieuse de repérer l'oiseau rare parmi les jeunes filles qui bourdonnent autour de Nicky, sa mère lui dit chaque fois : « Tu mérites mieux. » Est-ce par elle qu'il a été introduit dans les milieux de la mode ? Il tombe fou amoureux de Françoise de Langlade qui gravite dans ce monde-là et parle bientôt de l'épouser. Françoise a deux ans de moins que Nicolas, des allures de mannequin. Tout serait bien si elle n'était déjà divorcée et mère d'un garçonnet. Elle a une réputation bien établie de fille pas très sérieuse, égérie de toute une bande de fêtards parisiens, animée par une ambition féroce et prête à pas mal de compromissions pour arriver à ses fins.

Nicolas n'a pas le tempérament de son oncle Georges : il a toujours filé doux devant sa mère. À vingt ans passés, étudiant en Virginie, il lui détaillait encore par le menu ses activités et les dépenses qu'elles avaient occasionnées. Il se contente de réagir avec un bon sourire quand Leïla lui lance sur un ton qui ne supporte pas la contestation : « Tais-toi, laisse parler ta mère ! » Pourtant, ce cœur tendre reste imperméable aux sollicitations maternelles quand il en va de sa vie affective. En Italie, il a fait échouer ses plans. Il va prendre le risque d'affronter à nouveau le dragon. En Françoise, il est persuadé d'avoir trouvé la femme de sa vie. Le mariage est célébré à la fin juillet 1947 rue Daru. Pour faire passer la pilule de son statut de divorcée, Françoise a adopté en gros la même stratégie que Leïla, mais inversée : ayant embrassé la foi orthodoxe, elle est prête, sous le nom de Svetlana, à contracter une deuxième union devant Dieu ! Ladislas du Luart est le témoin de Nicky, celui de Françoise-Svetlana, son ami Wladimir Chamraev, un Russe blanc. Pour l'occasion, elle n'a pas craint de poser sur sa tête une couronne de fleurs d'oranger. Ce qui ne manque pas d'en étonner certains : « Je ne savais pas, dit l'un des invités, que ces fleurs étaient remontantes. »

Ironie du sort, Leïla se retrouve dans l'exacte situation de sa belle-mère treize ans plus tôt. Fulminant en son for intérieur, d'une urbanité parfaite en façade. Et pourtant, avec sa silhouette élancée, son visage bien structuré aux pommettes hautes et au nez volontaire, sa peau très fine, Françoise n'est pas loin de ressembler en brune à la blonde Gali Bajenoff. Elle aussi est volontaire et intelligente, amusante dans sa façon de s'exprimer, elle aussi a un sourire fondant, un chic inimitable, une manière de bouger qui n'appartient qu'à elle : lorsqu'elle se met à danser, à côté de ce bel animal à la grâce féline, les petites Parisiennes font figure de poupées mécaniques. Drôle de fille, dotée d'un réel magnétisme. Drôle de famille aussi. Si le père de Françoise est périgourdin, sa mère, née Gabrielle Knight, est issue d'une famille de gros propriétaires de la Martinique. Les rumeurs vont bon train autour de cette femme, une terreur, belle, originale, tyrannique. On dit que son père, l'ancien sénateur-maire de Saint-Pierre (la ville qui en 1902 fut dévastée par l'explosion du mont Pelée, faisant trente mille morts) a du sang noir dans les veines. Que « Gaby », comme on l'appelle, était encore dans les liens d'un premier mariage avec un Créole quand elle a attendu Françoise, qu'il lui a fallu introduire une action en désaveu de paternité pour faire attribuer l'enfant à Langlade, son père légitime. Ce qui ne l'empêchera pas, bien que fraîchement divorcée, de faire bénir son union par l'évêque de Bordeaux dans la cathédrale Saint-André avec le Langlade en question dont elle attend un second enfant. Familière des parcours atypiques, Leïla devrait aimer cette joyeuse indifférence aux conventions. Mieux que personne, elle peut comprendre la passion que Gaby voue à sa fille, la perle de ses yeux, chargée d'assurer sa revanche contre toutes les désillusions de la vie. En septembre 1947, une photo prise pendant l'été sur une terrasse de Saint-Jean-Cap-Ferrat montre les jeunes mariés entourer Leïla de leurs bras, un sourire de félicité inondant les trois visages.

Nicky a-t-il voulu fuir l'emprise de sa mère ? Muté à l'ambassade américaine d'Ankara, il emmène Françoise. De retour à Paris, le couple habite avenue d'Eylau, à moins de dix minutes à pied de la rue Nitot. Le petit Jean-Marc, le fils né du premier mariage de Françoise, qui n'a encore que six ou sept ans, vit, lui, avec sa grand-mère maternelle : quand on veut faire carrière dans la mode, un enfant est un boulet par trop encombrant. Incompréhensible à Leïla, qui n'aurait jamais imaginé vivre loin de son « Kisinka ». Toute mondaine soit-elle, elle s'inquiète aussi de ce que Françoise, de plus en plus lancée, entraîne Nicolas à sa suite dans des festivités bien éloignées de la vie simple à laquelle il aspire. S'irrite de voir la belle papillonner quand elle a le plus merveilleux des maris à ses pieds. Et puis, cette façon qu'ont les Langlade et consorts de prononcer « Bajenot » en oubliant le « ff » final, réduisant ce beau nom russe à un patronyme franchouillard...

Nicky tombe malade

Autant d'agacements dérisoires au regard du coup de tonnerre qui éclate quelques mois plus tard. Nicolas, ce magnifique athlète dont rien ne semblait pouvoir altérer l'appétit de vie, est malade. Au départ, une simple fatigue passagère, des maux de tête récurrents, une perte d'appétit. Leïla supplie son fils de passer des examens à l'Hôpital américain de Neuilly. On vient d'y découvrir à son beau-frère Elliott, affaibli par sa captivité, une tumeur à l'abdomen. Le verdict est terrible : Nicolas souffre d'une tumeur au cerveau. Leïla est tétanisée par l'angoisse. Pour son fils, elle a déplacé des montagnes, traversé des continents, travaillé sans relâche, elle n'a pas craint de braver l'opinion des honnêtes gens, elle a su, à temps, rentrer dans le rang. Elle lui a assuré les meilleures études et une honnête fortune. En Italie, lorsque chacun bataillait de son côté, lui, les armes à la main, elle, auprès de ses blessés, elle n'a cessé de craindre pour sa vie même si elle n'en a jamais rien dit, n'ayant jamais cherché à le surprotéger. Mais qu'un mal sournois vienne remettre en question le lent et patient travail de construction qui a fait de Nicky, privé si jeune de son père, fils d'une émigrée sans le sou, cet adulte épanoui, promis à tous les succès, Leïla se refuse à l'admettre. L'idée d'une malédiction familiale selon laquelle tous les hommes du clan périraient par la tête a ressurgi. L'arrière-grand-père Ismaël a été tué d'une balle en plein front à la bataille de Chipka. À travers la pauvre tête défoncée de Nicolas Bajenoff, on voyait palpiter le cerveau. La tumeur de Nicky serait-elle l'ultime avatar de l'effroyable blessure infligée à son père ? La tumeur a grossi. Une trépanation s'impose. La tête bandée de son fils ramène Leïla des années en arrière. Il s'en sortira, comme son père s'en est sorti. Mais dans quel état ? À lui aussi les nuits sans sommeil, les terribles migraines, les colères dévastatrices.

Françoise a quitté Nicky. Elle trouvait déjà lourd de s'occuper à plein temps d'un enfant. D'un homme malade, il n'en est pas question. La vie est courte, Gaby, sa mère, le lui a toujours dit – on ne perd pas impunément en quelques minutes cent quarante personnes de sa famille, englouties dans les laves d'un volcan. Le divorce est prononcé en janvier 1953. Autant de cynisme affiché révulse Leïla. Elle aussi, trente ans plus tôt, a quitté son mari, mais il tournait au fou furieux quand Nicky est le plus doux des hommes. De la traîtresse, Leïla va occulter purement et simplement l'existence, sa manière à elle d'exercer le kanly, le vieux droit de vengeance kabarde, faute de plonger son poignard dans la poitrine de l'adversaire. Quand la réalité lui déplaît, elle la nie, c'est une constante dans sa vie. Qu'on n'évoque jamais plus devant elle le nom maudit. Nicky n'a jamais été marié, c'est la seule et unique vérité qui prévaut désormais dans la famille. Exit Françoise de Langlade. Si par son allure, son goût de la fête, son farouche esprit de liberté, elle n'était pas sans rappeler Leïla, elle n'en aura été au mieux qu'un double en négatif. Pétrie de hautes ambitions tout autant, l'une a fait du dévouement à autrui un des ressorts de sa vie, quand l'autre aura employé son énergie vitale à asseoir sa domination, quitte à passer sur le corps de ceux qui lui obstruaient le passage. Non sans panache. La soixantaine venue, se sachant condamnée à court terme par un cancer, Françoise, remariée à Oscar de La Renta, un jeune émigré cubain dont elle a contribué à faire le couturier de la haute société new-yorkaise, invitera ses nombreux amis à un ultime et somptueux dîner, avant de se faire administrer l'injection mortelle : elle qui n'aimait rien tant – tout comme Leïla – que de jouer les vedettes aura mis en scène jusqu'à sa sortie de piste.

Automne 1953. Vaillante, Leïla fait les gestes de la vie. À Paris, elle s'active dans les œuvres sociales de l'armée. À Coudrecieux, elle est présente aussi, continue à inviter des amis aux Loges, seconde Laddie dans l'organisation de ses chasses. À la fin octobre 1953, les Juin sont conviés à passer le week-end. Le général a été fait maréchal l'année d'avant, le premier depuis Lyautey à obtenir cette distinction de son vivant. Élu à l'Académie française, il a été reçu sous la coupole juste avant l'été. Leïla prend soin de sa femme tandis que Laddie entraîne le maréchal dans de mémorables battues, lui adjoignant un « chargeur » afin qu'il puisse tirer à deux fusils. L'année est bonne pour le faisan. Tenant son fusil de son bras valide, le maréchal tire au jeté, d'une seule main, et réalise le doublé du chef.

Digne émule de sa mère, Nicolas joue de son côté les bravaches. En janvier 1954, il est nommé à la tête du département immobilier de l'ambassade américaine de Paris. Mais la tumeur a repoussé, elle est maligne, une autre opération ne ferait que hâter l'échéance. À l'affût des dernières avancées en matière de traitement contre le cancer du cerveau, Leïla emmène Nicky consulter aux États-Unis, fait en France la tournée des magnétiseurs, des phytothérapeutes, déniche un guérisseur dans l'Essonne. Rien n'y fait. L'état de Nicky s'aggrave. Au début de l'année 1955, Leïla l'installe rue Nitot, rebaptisée depuis peu rue de l'Amiral-d'Estaing, dans une chambre claire ouvrant sur la cour. Une chambre en marge de la vie.

Pas plus que sa famille, Leïla n'est confite en dévotion. Chez les Hagondokoff, on fait baptiser les enfants, on se marie à l'église, les fêtes religieuses sont dignement célébrées, on assiste à l'office du dimanche – surtout depuis que l'exil a fait de l'orthodoxie un puissant facteur d'identification –, mais cela ne va pas au-delà. Jusque-là, Leïla n'a accordé que peu de temps à la contemplation. La maladie de Nicky va l'inciter à retrouver le chemin de la prière. Dans sa chambre, comme elle l'a toujours vu faire en Russie, elle a aménagé un « beau coin » réservé aux saintes icônes, placé un peu en hauteur pour que le regard se lève vers Dieu. Là, elle implore la Vierge de Vladimir, protectrice de la Russie, l'image même de la tendresse maternelle. Et saint Nicolas, grand faiseur de prodiges devant l'Éternel. Et le Christ lui-même, pas le corps supplicié des crucifix accrochés rue Nitot au-dessus de chaque lit, pas le Christ des catholiques mais celui des orthodoxes, visage apaisé, bras grands ouverts sur le monde. Dans le fol espoir de sauver son fils, elle fait feu de tout bois, des cierges qui brûlent dans les églises, des icônes miraculeuses qu'il est d'usage de faire porter en Russie aux malades ou aux malheureux, de l'eau bénite qu'on leur donne à boire. « Seigneur Jésus-Christ, fils du Dieu vivant, aie pitié de moi, pécheur » : Leïla répète le très ancien mantra des moines hésychastes à la recherche de la paix du cœur, cette invocation inlassable du nom du Christ qui permit, dit-on, à saint Séraphin de Sarov de sauver la Russie des griffes de Napoléon. Elle qui n'avait jamais pris le temps de lire la Bible, y recherche des réponses à ses questions. Un jour, elle tombe, dans l'Évangile de Luc, sur l'histoire de la veuve de Naïm, accompagnant au cimetière son fils unique avant que Jésus ne le rende à la vie : « Le mort se dressa et se mit à parler. » Des miracles, il y en a eu plus d'un à la FCM n° 1. Un Dieu compatissant comprendrait que c'est au tour de Nicky d'en bénéficier.

« Quand on veut, on peut » : Leïla est habituée à ce que la vie se plie à ses quatre volontés. Une mère peut tout pour son enfant. Elle n'a pas oublié l'incroyable sauvetage du jeune Desazars dans les Vosges. À son arrivée à l'hôpital 413 de Lure, il était mourant, c'est sans illusion que son père, le colonel, est venu, entre deux assauts, lui dire adieu, accompagné par de Lattre, son supérieur direct, qui a remis la Légion d'honneur au lieutenant. Depuis la Haute-Garonne, Françoise Desazars, sa mère, a mis de longs jours avant de rejoindre Lure. À Leïla, croisée dans les couloirs de l'hôpital, elle demande le pourquoi des étiquettes jaunes accrochées à certains brancards. Leïla lui dit la vérité : il s'agit des blessés pour lesquels on ne peut plus rien, sinon leur administrer de la morphine en attendant l'issue fatale. « Il y a une étiquette jaune accrochée au brancard de Jacques », reprend sa mère, la voix étranglée. L'obus qui a éclaté juste derrière lui a occasionné de terribles dégâts, les deux bras sont touchés, une jambe aussi, des éclats ont perforé la cage thoracique. Tout espoir est perdu. Pas pour Françoise. Puisqu'elle a réussi à rejoindre son fils, il vivra. Faisant sien ce défi à toute logique, Leïla prend Jacques sous son aile, le ramène à la FCM n° 1 où, depuis quelques jours, un éminent chirurgien américain prête son concours aux équipes en place. Lui seul peut tenter l'opération de la dernière chance, prélever le rein perforé, amputer le bras gauche déchiqueté, greffer sur le bras droit l'artère du bras gauche. Plus de dix ans ont passé. Non seulement Jacques est vivant mais il a retrouvé une pleine mobilité de son bras droit, est sorti brillamment de l'École nationale d'administration, réussit dans les affaires. La robuste constitution de Nicky elle aussi devrait avoir raison du mal qui le ronge.

La suite ressemble à une descente aux enfers. Après l'été, Nicky, à bout de forces, est incapable de reprendre le travail. En octobre, il n'est plus que l'ombre de lui-même. À la Toussaint, il s'enfonce dans un coma dépassé irréversible. Leïla a refusé qu'on le transporte à l'Hôpital américain. Elle veille nuit et jour pendant plus d'un mois son enfant en état de mort clinique. Les médecins, la famille, la supplient de mettre un terme à cet acharnement dénué de sens commun. Leïla tient bon, s'oppose à ce qu'on débranche l'attirail de respiration artificielle qui maintient Nicky dans le monde des vivants. Le 8 décembre elle baisse les bras. À deux heures de l'après-midi, Nicolas Nicolaïevitch Bajenoff s'éteint. Il faudra encore trente-six heures avant que Leïla ne se résolve à déclarer à la mairie du 16e arrondissement la mort de Nicolas, « fils de Nicolas Bajenow, décédé, et de Yrène Leïla Hagondokoff, sa veuve ». Même au fond du gouffre, elle n'oublie pas d'imposer la vérité qui lui convient, les registres d'état civil n'ont qu'à plier l'échine.

L'amour n'a pas réussi à vaincre la mort. Pour cette femme qui avait tout maîtrisé jusqu'ici, conduit sa vie à la force du poignet, préservé ceux qu'elle aimait de la misère et des dangers, fait fi de sa fatigue, des rappels à l'ordre de son propre corps, de sa peur pendant la guerre, la mort de Nicolas est l'échec absolu. Avec lui, elle perd ce qu'elle avait de plus cher au monde, sa première raison de vivre. On a fait venir le recteur de la cathédrale Alexandre-Nevski, le protopresbytre Grégoire Lomako, pour réciter la prière des morts, la famille priant autour du corps, un cierge à la main. Le 21 décembre, les obsèques sont célébrées rue Daru. Une grande cérémonie présidée par le père Lomako, assisté de deux autres prêtres, impressionnants dans leurs lourdes chasubles dorées. La cathédrale est noire de monde. Toute l'assistance porte de fines bougies entourées d'une collerette de papier, chacun se transmet la flamme à partir du cierge pascal. Soutenue par le chœur, l'exceptionnelle voix de basse du protodiacre Nicolas Tikhomiroff semble sortir de terre. Un vide terrible s'ouvre dans la tête de Leïla. Avec quoi le combler ? Quelles paroles, quelles prières, jeter dans cet entonnoir de ténèbres ?

Elle a rejoint la vaste famille des parents orphelins. Celle de Victor Hugo, pleurant Léopoldine, de Dostoïevski, tenté par le suicide après la mort de son fils Alexis. Lui revient à l'esprit le spectacle entrevu au Caucase de cette femme hurlant sa douleur au bord de la tombe de son enfant, entourée par d'autres femmes criant elles aussi – des pleureuses payées par la famille du mort, lui avait-on expliqué, comme il est de tradition dans ces confins de l'Asie. Elle envie cette femme : hurler pour ne plus penser. Mais comment hurler quand on se sent comme morte ? Elle est digne, d'une inflexible dignité, serrant chaque main à la fin de la célébration, affichant parfois un pâle sourire. Digne comme le colonel Molle, le splendide patron du 8e régiment de tirailleurs marocains, quand il a appris, devant elle, en février 1944 que son fils Joseph, sous-lieutenant de spahis, venait d'être tué à la bataille du Belvédère. Digne comme les parents du petit lieutenant Bouyer du 1er REC, une force de la nature et si drôle, arrivés trop tard pour revoir vivant leur fils grièvement blessé en Alsace. Elle se souvient aussi de ce jour où la princesse Paley, une cliente chez Chanel, s'était mise à lui confier en russe, sans que quiconque comprenne autour d'elles pourquoi leurs regards étaient devenus graves, la tentation qu'elle avait eue d'en finir après avoir reçu confirmation de la mort atroce de son fils, le grand-duc Wladimir, assommé à coup de pierres par les bolcheviks en Oural puis jeté vivant dans un puits de charbon, deux jours après l'assassinat de la famille impériale. Plus d'une fois, Leïla s'était dit que, s'il devait arriver malheur à son enfant, elle ne lui survivrait pas. Mais Nicky est parti. Et elle est toujours là.

Alors qu'elle croyait avoir atteint l'absolu du désespoir, une autre épreuve l'attend. Avec une infinie douceur, Laddie lui parle de l'inhumation de Nicolas : il y a des années de cela, il a acheté une concession au cimetière de Passy tout proche. Elle pourra lui rendre visite aussi souvent qu'elle le voudra. Mais la réponse fuse, immédiate : « Il n'en est pas question ! » Pas question de mettre Nicky en terre, de le jeter lui aussi au fond d'un trou. Faute de pouvoir serrer son enfant dans ses bras, Leïla cherche à ne pas l'exiler trop loin d'elle, à préserver de la corruption le corps tant aimé. Encore une façon de nier la mort, de garder Nicky quelque part vivant dans les réserves obscures de son imaginaire. Pour lui, Leïla édifiera un mausolée, à l'image de celui qui abrite Marie Bashkirtseff, mais à Sainte-Geneviève-des-Bois, le lieu de sépulture attitré de l'émigration russe. Dans ce coin de Seine-et-Oise, s'alignent côte à côte, coiffées d'un petit toit pentu, des croix orthodoxes à triple traverse. Certaines tombes sont ornées d'une image sainte, d'une icône enchâssée dans la pierre. Une église blanche au bulbe doré, construite sur le modèle de celles érigés à Novgorod à la fin du XVe siècle, des bouleaux au feuillage tremblant, complètent le paysage, une réplique de la patrie perdue. Là dorment déjà Élisabeth, la mère de Leïla, morte au lendemain de la guerre, et sa sœur Tamara, de glorieux combattants de l'armée blanche comme les officiers du général Denikine ou ceux du général Alexeïev, l'ancien chef d'état-major général du tsar, l'acteur Ivan Mosjoukine, Ivan Bounine, prix Nobel de littérature en 1933, des ouvriers de chez Renault, des mendiants du parvis de la rue Daru. À l'entrée du cimetière, une petite chapelle aux murs couverts de fresques, propriété de la famille Orlov, est à vendre. Leïla la fait rénover. Dans la crypte, trois sarcophages de pierre, placés l'un au-dessus de l'autre. Celui du milieu recevra le cercueil de Nicky. Celui du bas accueillera Laddie s'il exprime le désir de se retrouver là plutôt qu'au Luart. Leïla occupera celui du dessus, afin de veiller éternellement le corps de son fils. En attendant, elle laisse une petite lampe allumée en permanence dans la chapelle, comme elle le faisait dans sa chambre quand il était enfant. « Dors, mon petit Kisinka, n'aie pas peur ! Ton amiou pense à toi. »

Une insondable tristesse

Pour un esprit occidental, la vie est faite pour être agréable, même si elle est semée de moments difficiles. Leïla l'Orientale a toujours été habitée, elle, par l'idée que le tragique de la vie était la donnée de base, des moments exaltants venant heureusement gommer de temps à autre la mort et la souffrance. Mais là, c'en est trop. S'ensuivront des mois d'insondable tristesse. De culpabilité aussi comme si elle avait commis une faute en concevant prématurément cet enfant avec un grand blessé, en lui donnant le même prénom que le petit frère disparu, que le tsar assassiné, un prénom maudit. Elle s'en veut tout autant d'avoir privé Nicky de son père en ne faisant jamais rien pour retrouver Nicolas Petrovitch Bajenoff, alors qu'elle a tout lieu de le savoir vivant. Murée dans une attitude expiatoire, Leïla respecte les commémorations prévues par le rite orthodoxe, ces « panikhidas » qui émaillent l'année suivant le décès, le neuvième jour, le quarantième jour, six mois après, un an après. À Paris, elle se rend presque quotidiennement rue Daru où le cercueil de Nicky a été entreposé tant que durent les travaux à Sainte-Geneviève-des-Bois. Elle passe aux Loges des semaines entières quasiment prostrée, refuse qu'on touche la moindre chose dans la chambre qu'habitait son fils. Elle semble se désintéresser de tout ce qui avait fait sa vie jusqu'ici, ne sort plus, s'habille à peine. Telle la Chimène du Cid, elle « cherche le silence et la nuit pour pleurer ». Elle n'a pas rouvert son piano de peur d'être emportée par la musique dans une émotion qu'elle ne contrôlerait pas. Laddie, déjà éprouvé par la mort, trois ans plus tôt, de son frère Elliott, dévasté par la disparition de ce beau-fils qu'il aimait tendrement, ne sait plus comment soutenir sa femme. Il lui a proposé de rendre visite au 1er REC qui, de retour d'Indochine, est stationné à Sousse, en Tunisie, mais elle ne s'en sentait pas la force. Depuis l'âge de vingt ans, elle avait édifié sa vie autour d'un pilier central, Nicolas. Il s'est écroulé. Et sa vie avec.

Les heures poussent les jours. Elle se souvient du baptême de Nicolas à Kislovodsk, quelques jours après sa naissance, et de sa présentation à l'église six semaines après. C'est avec un peu de crainte qu'elle avait remis le bébé entre les mains du prêtre, le regardant disparaître, porté par ce géant barbu, de l'autre côté de l'iconostase pour la seule fois de sa vie, un seuil qu'elle-même, étant femme, ne franchirait jamais. Elle se souvient du long périple de Chine jusqu'en France, Nicolas, appuyé au bastingage, battant des mains du haut de ses quatre ans lorsqu'un troupeau de dauphins leur avait fait escorte au milieu du Pacifique. Et de ses larmes, le premier jour où elle avait dû le laisser dans son collège à Villebon. Elle relit inlassablement les lettres qu'il lui écrivait d'Amérique, soigneusement conservées dans un tiroir de son secrétaire. Le 29 avril 1940 : « Ma chère petite maman adorée, comment vas-tu ? Où es-tu ? En ce moment, tu me manques plus que jamais. Je me sens seul et voudrais tellement te voir, te sentir près de moi, pouvoir discuter de tant de choses comme nous le faisions les années précédentes. » Dix-huit ans, une bonne tête de plus que sa mère, et cette écriture encore enfantine, ce besoin qu'il avait d'elle. Comment accepter que la mort ait mis fin à cette complicité ?

Pâques est là : rue Daru, Leïla se laisse envahir par la beauté des psaumes. Comme le veut le rituel, le prêtre est sorti sur le parvis à minuit sonnant pour faire, suivi des officiants, de la chorale et de tous les fidèles, le tour de l'église, à la recherche de Jésus disparu de son tombeau. Puis il a lancé d'une voix forte : « *Christos vosskressé !* » (« Christ est ressuscité. ») Et, avec tous ceux qui l'entouraient, Leïla a répondu : « *Vo istino vosskressé !* » (« Il est vraiment ressuscité. ») Elle l'a presque crié. Elle a eu un rire joyeux lorsque le prêtre, bénissant les fidèles, l'a aspergée d'eau bénite. Avec ses voisins, elle a échangé le triple baiser pascal. Elle aurait bien embrassé le monde entier ce jour-là. Elle ne l'avait pas vue venir mais la petite fille Espérance l'a frôlée de son aile. Tout à coup, un peu de douceur rentrait dans sa vie, une douceur à laquelle elle n'avait plus goûté depuis des mois. Elle s'est revue enfant, à Kamenomost, partir en famille vers le cimetière après l'office nocturne, tenant fermement un cierge dans sa main en veillant à ce que la flamme ne s'éteigne pas. Afin que les morts de la famille ne soient pas exclus des réjouissances chrétiennes, on accrochait aux branches des croix des œufs de bois ou de porcelaine. Demain matin, elle ira à Sainte-Geneviève-des-Bois accrocher des œufs autour du tombeau de Nicolas, dans la petite chapelle restaurée. C'est à lui désormais de l'aider à vivre.

Il y a des coïncidences qui ne sont pas fortuites. La semaine d'après, Leïla est tombée dans la bibliothèque sur les mémoires d'Anna de Noailles, autre princesse venue d'Orient, une femme qui l'a toujours éblouie par sa gloire littéraire précoce, à moins que ce ne soit pour avoir été vingt-cinq ans plus tôt la première femme commandeur de la Légion d'honneur. Elle a ouvert le livre, y recherchant, ce qu'elle n'a cessé de faire ces derniers mois, les passages qui évoquent le deuil d'un être proche. Elle a frémi en lisant l'évocation par l'auteur du vide laissé par la perte de son père lorsqu'elle avait dix ans et de son désespoir à l'annonce de la grave maladie venue menacer sa sœur chérie : « Quoi ! Le seul corps humain qui, étranger à moi-même était pourtant tout moi-même, avait été frappé de la foudre à mes côtés sans que mon organisme eût fléchi avec le sien ! » La fraternité des souffrants est un grand remède. Conseillant de s'appuyer sur « l'amitié puissante des mots », Anna de Noailles confie l'aide qu'elle a trouvée dans ces vers d'Alfred de Vigny, suspendus au pied de son lit :

Gémir, pleurer, prier, est également lâche,
Fais énergiquement ta longue et lourde tâche.

Dans la tête de Leïla, cette exhortation entre en résonance avec ce précepte qu'elle a souvent entendu dans la bouche des officiers du REC : « La Légion ne pleure pas ses morts, elle les honore. » Elle honorera Nicolas.

14

Cap sur Alger

Le bastion XV

Une fois encore, c'est à l'ombre de l'histoire que va se jouer un nouvel épisode de sa vie. À la Toussaint 1954, l'Algérie a connu ses premiers attentats. Depuis, la situation sur le terrain n'a cessé de se détériorer. Même si elle ne dit pas son nom, une nouvelle guerre a commencé. Et cette fois, le gros des troupes n'est pas formé d'engagés comme en Indochine, mais de jeunes appelés dont certains feront dans les dernières années du conflit jusqu'à vingt-huit mois de service. Par les proches amis qu'elle a gardés à Alger, par les liens étroits qu'elle entretient avec nombre d'officiers, Leïla n'ignore rien de la vie des combattants des djebels. À cinquante-huit ans, il n'est plus l'heure pour elle de courir les champs de bataille, de toute façon dans la guérilla il n'y a plus de ligne de front, rien que des coups de main sporadiques, plus besoin de formation sanitaire mobile. Mais l'autre face de la FCM n° 1, celle d'un foyer chaleureux permettant aux hommes de guerre d'échapper un moment à la fureur du temps, reste d'actualité. Une nouvelle idée germe dans la tête de Leïla : créer en Algérie des centres de repos pour les permissionnaires, hommes de troupe ou sous-officiers à qui leurs finances ne permettent pas de rentrer en métropole. Elle a l'oreille des grands chefs militaires du moment, ils lui ménageront un contact avec Max Lejeune, le nouveau secrétaire d'État – socialiste – aux Forces armées. Lejeune est un homme courageux qui, jeune parlementaire, a demandé en 1939 à être versé dans une unité combattante. Avec Leïla, le courant passe bien. Le 21 juin 1956, elle reçoit un ordre de mission signé du ministre de la Défense nationale pour se rendre le lendemain en Algérie « afin de soumettre au général commandant la 10e région militaire [c'est-à-dire l'Algérie] ses intentions en vue d'améliorer l'accueil et le bien-être des militaires chargés du maintien de l'ordre ».

Leïla annonce la couleur : elle souhaite installer au moins trois camps, le premier dans Alger même. Le général lui promet son aide et lui adresse quelques jours plus tard une lettre où il dresse les besoins d'un « camp type ». Pas de problème du côté de l'alimentation, « comme dans une formation sanitaire, le gestionnaire du camp se créditera de la prime fixe d'alimentation et de son supplément ». Pour ce qui est du couchage, il s'efforcera de lui procurer des tentes et examinera « si les divisions peuvent mettre quelques baraques à [sa] disposition ». Il étudiera aussi la possibilité d'utiliser les camps d'estivage non employés actuellement par les organisations civiles. Il suggère enfin de confier la gestion du matériel à un officier en retraite, « offrant toutes garanties administratives pour cette gestion ». Mais l'ambition de Leïla n'est pas de monter des camps scouts pour les petits gars du contingent, ni de leur offrir les simples commodités d'un banal foyer de caserne. Ayant réinstallé ses pénates à l'hôtel Aletti, elle n'a pas été longue à repérer, à moins de cinq cents mètres, l'emplacement idéal : un bâtiment qui domine de ses grandes arcades le boulevard Carnot, doté d'une vue remarquable sur la rade et la ville. Ce que Leïla revendique, c'est ni plus ni moins le droit d'implanter son centre au « bastion XV », la base militaire. Début août, elle reçoit une fin de non-recevoir : on lui propose de construire sur un terrain vierge, à moins qu'elle ne souhaite visiter d'autres locaux réquisitionnés. Mais elle n'imagine pas un instant renoncer à son idée première et prend le premier avion pour Alger. En quelques jours, de haute lutte, elle emporte le morceau. Les associations patriotiques, le « Foyer du soldat » destiné aux militaires de la garnison ainsi qu'à des hôtes de passage, qui avaient leurs habitudes au bastion XV, en seront pour leurs frais.

Courant septembre, des devis sont établis, des entrepreneurs mis en concurrence. La restructuration des bâtiments, dans un état lamentable, coûtera au bas mot dix millions de francs, les aménagements intérieurs, douze autres millions (au total, quelque deux cent vingt mille euros actuels). L'Armée assure une partie du financement, charge à Leïla de trouver le complément. Elle est résolue à faire bon usage de la fortune dont Nicky ne profitera plus. Tendre élégamment sa sébile, elle sait faire aussi. Tout comme diriger des travaux. Les derniers mois de l'année 1956, elle n'arrête pas de faire le va-et-vient entre Paris et Alger. Elle a scrupule à abandonner Laddie trop longtemps, l'épreuve de la mort de Nicky a encore soudé leur couple. Mais c'est le bastion XV qui donne sens à sa vie. Et l'Algérie est une envoûteuse. Elle a retrouvé avec bonheur la Ville blanche, son chahut, les sonneries aigres des tramways, les cris des yaouleds – les enfants des rues –, les sirènes du port. À l'Aletti, elle occupe une belle suite, grande ouverte sur la mer – à sa charge bien sûr, comme tous ses frais, y compris de déplacement.

Le projet prend forme, reste à trouver l'équipe qui le mènera à bien. « Sounette », la lingère de la formation chirurgicale mobile, a fait une réapparition bienvenue. Le centre emploiera au total une cinquantaine de personnes, principalement des appelés appartenant au 27e régiment du train. Leïla a besoin d'un bras droit, un gestionnaire ayant des compétences en matière de restauration. Cuisinier de formation, originaire de Mimizan, l'adjudant-chef Dubrana est resté en Algérie après son service militaire, ayant épousé une fille du coin. Démobilisé en 1940, mobilisé de nouveau en 1942, il a fait la campagne d'Italie puis celle de France comme artificier. Plus tard, il a repris du service en Indochine dans les rangs du 9e zouaves, on dit qu'il a vécu l'enfer de Diên Biên Phu même s'il n'en souffle mot. Depuis son retour, il a ouvert un hôtel-restaurant à Fort-de-L'Eau, dans la baie d'Alger. C'est là que vient le chercher Leïla. Jean dit « Jeannot » Dubrana a quarante ans, quatre enfants, une gueule à la Gabin avec ses yeux verts et ses cheveux prématurément blancs, et une tête de moins que sa patronne. Travailleur infatigable, organisateur-né, bricoleur de talent, doté d'un bon coup de crayon mais capable tout autant de monter les murs d'une maison, il possède aussi un sacré caractère, il n'a pas pour rien été élevé à la dure comme ses neuf frères et sœurs. « Ça va fumer avec la comtesse », a prédit son ami Tony, qui la connaît de réputation. Ça fumera de temps en temps. Mais, une fois encore, experte en évaluation des hommes, Leïla a fait le bon choix.

Le 17 décembre, Ladislas retrouve sa femme à Alger. Le Noël précédent, quinze jours après la mort de Nicky, ils étaient restés tous les deux calfeutrés rue de l'Amiral-d'Estaing, entourés de leurs plus proches, le seul moyen de trouver un peu de chaleur dans un Paris envahi par une bruine glaciale. Cette fois, dans l'après-midi du 24 décembre, débarque au centre sous un grand soleil la première vague de permissionnaires. Quarante-trois exactement, venus des quatre coins d'Algérie, originaires des quatre coins de France, désignés par leur commandant d'unité parmi les plus méritants, les plus isolés, les plus paumés, les plus fauchés. De vrais combattants, de ceux qui risquent à tout moment leur peau dans les djebels et sur les pitons. Des « Sahariens » aussi, venus du Sud algérien, moins exposés au danger mais eux aussi à la peine entre la canicule, les nuits glaciales, la poussière, le sirocco, la vie austère du désert. Tous sont jeunes, certains encore des gamins. Ils arrivent la valise à la main, fusil en bandoulière, portant sur leurs épaules le poids d'une lourde fatigue et tout l'ennui du bled d'où ils viennent, charriant parfois le souvenir d'atrocités qui viennent hanter leurs nuits. Dans les yeux, il y a de la méfiance : depuis qu'ils sont en Algérie, les appelés sont plutôt habitués aux cadeaux empoisonnés. Elle cédera vite à la magie du lieu, l'accueil chaleureux. Leïla a ressorti des caisses ses tenues siglées « FCM n° 1 ». En enfilant son uniforme marine, elle semble s'être délestée de sa robe de tristesse. Ce soir-là, Jean, Raymond, Maurice, Régis, Germain, tant d'autres, l'entourent, inconscients du drame qu'elle vient de vivre, émus par une messe de Noël dans un si bel endroit, heureux comme des rois devant le réveillon plantureux, les petits paquets disposés au pied du sapin. Dès les travaux de réfection terminés, la capacité du centre sera portée à trois cents puis à quatre cents places. En cinq ans, le Centre militaire de détente interarmées accueillera cent huit mille permissionnaires pour une semaine. Une semaine qu'ils n'oublieront jamais.

Centre militaire de détente interarmées : ces mots inscrits sur un fronton d'un blanc immaculé, c'est déjà la promesse d'une vie civilisée pour ceux qui ont jusque-là été abonnés au couchage à la dure et aux rations de combat. À l'intérieur du centre, décoré avec goût dans une harmonie de vert et de blanc, Leïla a soigné le détail. Dans les chambrées de soixante lits, chaque permissionnaire dispose d'un casier où ranger ses affaires, d'une literie neuve : il trouve à son arrivée un lit fait avec des draps blancs, une serviette de toilette, et, à proximité immédiate des chambres, tout le confort sanitaire. Dès l'arrivée, on l'invite à remettre sa tenue fripée par le voyage, souvent maculée de poussière et de boue, avant de passer sous une douche bien chaude comme il n'en avait plus connu depuis des mois. Faute d'avoir passé le nez dans la buanderie, une vraie usine équipée de dix Bendix automatiques, une essoreuse centrifugeuse, un séchoir électrique permettant de traiter quarante kilos de linge à l'heure et deux repasseuses électriques, il ne comprendra jamais par quel miracle son uniforme lui est revenu en un temps record impeccablement lavé et repassé, les boutons manquants remplacés. Un coiffeur est à la disposition de ceux qui le désirent. Dans la salle à manger, ouverte par de larges baies sur la mer, on déjeune par tables de huit, des tables rondes dressées avec des nappes immaculées et des serveurs en veste blanche et nœud papillon qui présentent les plats à chaque convive, comme au restaurant. Les permissionnaires se regroupent par affinités, là une table de marsouins, là des Bretons, là des rugbymen. Au fond de la salle, un large guichet s'ouvre sur une cuisine ultramoderne aux cuivres étincelants où s'affairent des cuisiniers en toque blanche : le chef, qui vient de l'Aletti, fait une excellente cuisine, avec matin et soir de la viande au menu, et des mets présentés dans les règles de l'art. On assure que c'est à la Tour d'Argent, le célèbre restaurant parisien, que la comtesse a débauché son maître saucier. Le dimanche, il y a des crevettes royales et de la poularde de Bresse. Sur les tables, on trouve un vin plus qu'honnête (deux litres pour six) mais les amateurs de bons crus peuvent aussi en commander à la carte. Au petit déjeuner, il y a des croissants et un vrai café, sorti du percolateur.

Dans le bled, on n'avait d'autre loisir que d'écouter la radio, lire un policier ou contempler jusqu'à l'écœurement le même paysage râpé. Au CMD, on a l'embarras du choix. Garnies de chaises longues et de parasols, les terrasses qui courent entre les bâtiments offrent une vue imprenable sur la ville et sur le port : les bateaux qui entrent et sortent, la forêt dense des mâts font rêver les soldats d'une autre rive, celle où ils ont laissé leurs parents, leur fiancée, leurs amis. Les trois bars du centre – dont le Café de Paris, situé sur l'esplanade – débitent à toute heure bières, pastis et whisky à un tarif dérisoire, sous l'œil vigilant d'Alfred Grué, dit « Alfé », un neveu et filleul de Dubrana, cuisinier lui aussi de formation, que ce dernier a repêché à Colomb-Béchar où il avait été bombardé chauffeur de niveleuse par les autorités militaires. Dans la salle de jeux, l'ancienne salle de bal du Foyer du soldat, aux murs recouverts d'une large fresque représentant un paysage champêtre du Doubs, on se retrouve autour d'un pot, on joue à la belote, au ping-pong, au baby-foot, on peut lire dans le coin salon, y regarder la télévision. Presque chaque soir, un film est donné : *Ali Baba et les Quarante Voleurs*, une comédie en couleurs de Jacques Becker avec Fernandel, fait régulièrement un malheur, tout comme *La Chevauchée fantastique*, le western de John Ford, avec un inconnu du nom de John Wayne qui crève l'écran et sa mémorable séquence de l'attaque de la diligence. Une fois par semaine, il y a un spectacle de variétés, du music-hall, des pots-pourris de sketches, d'imitations et de chansons, souvent présentés par l'acteur Dominique Paturel. Les artistes se produisent volontiers au CMD, Line Renaud est une habituée tout comme le pianiste de jazz Jacques Loussier, le fantaisiste Raymond Tortora, ou le prestidigitateur Alain Gerba. L'ambiance monte vite, d'autant que, ce soir-là, les permissionnaires sont autorisés à être en galante compagnie, qu'il s'agisse d'amies pieds-noirs ou bien d'« Afat », le personnel militaire féminin.

Le Centre militaire de détente est un monde en soi. Leïla a même eu l'idée d'y ouvrir un « comptoir de vente », confié au capitaine Gustave Henry, grand ami de Dubrana depuis qu'ils ont combattu côte à côte au 9e Zouaves : là on trouve tout ce dont on peut avoir besoin, des cigarettes jusqu'aux appareils de photo. Mais la situation du CMD en plein centre-ville est une incitation à franchir la poterne pour flâner dans les rues d'Alger. Dans leurs uniformes remis à neuf, les permissionnaires regardent les vitrines, les robes des femmes, s'attardent à la terrasse d'un café. Libre à eux de ressortir le soir, pour autant qu'ils respectent le couvre-feu fixé en temps normal à minuit, avancé parfois d'une heure ou deux lorsqu'il y a du grabuge en ville. L'heure dépassée, le berger allemand du sergent Caradec, l'adjoint de Dubrana, est lâché dans la cour. Un molosse résolu à interdire à quiconque de franchir la porte du centre.

Au bastion XV, les permissionnaires sont traités comme des princes. Ils goûtent par-dessus tout l'atmosphère de convivialité qui y règne. Aussi réservé soit-il, Dubrana affiche partout son bon sourire, il a une façon de donner une claque dans le dos des appelés qui vaut toutes les embrassades de la terre. Plus grand que lui, plus enrobé aussi, le capitaine Henry, un méridional jovial, n'a pas son pareil pour détendre l'atmosphère. Mais le personnage-clé du Centre de détente, c'est bien sûr celle qu'on appelle indifféremment « Madame la comtesse », « Madame », ou « Marraine », selon l'humeur et le statut de chacun. Au fil des mois, elle repart de moins en moins souvent pour Paris. Chaque matin, Alfé, chauffeur en même temps que caviste, vient la chercher à l'Aletti, il ne la ramène que le soir à son hôtel. De toute la journée, en uniforme marine ou blanc selon les saisons, une blouse blanche parfois enfilée sur sa tenue mais toujours immanquablement piquée de la tache rouge de sa Légion d'honneur, ses cheveux disciplinés par une légère voilette, Leïla ne décolle pas du centre. Sa dunette de commandement, elle l'a installée dans un tout petit bureau, une sorte de loge de concierge située près de l'entrée. Aux repas, elle préside la table centrale comme elle le faisait à la FCM, puis va de table en table avec une parole gentille pour chacun, plaisantant avec les uns et les autres. Le soir, c'est elle la grande ordonnatrice des fêtes, la première à lancer les chansons. À Pâques, chacun a droit à un œuf colorié. À Noël, on peut la voir, grimpée sur un escabeau, accrocher dans la salle de jeux des guirlandes qu'elle a découpées. Elle repère les timides, les ombrageux, recueille les confidences de ceux qui lui semblent moroses, assure les soins des quelques blessés qui viennent ici finir leur convalescence et va leur rendre visite dans leur chambre.

Son exigence est proverbiale. Elle effectue des tournées d'inspection dans les chambres des permanents du centre, histoire de voir si les lits sont faits au carré, si le ménage ne laisse pas à désirer. Un jour, sous l'œil horrifié de Dubrana, elle empoigne brosse et seau pour laver à grande eau, à quatre pattes dans le couloir, un carrelage trop terne à son goût. Si la cuisine se relâche, elle passe une avoinée aux cuistots. Il faut que tout soit d'équerre. Le bonheur des choses qui marchent. Car, avec ça, elle est d'une tolérance extrême. Elle s'empresse de faire muter ailleurs un aspirant frais émoulu de Saint-Cyr qui a entrepris de faire marcher tout le monde au pas cadencé, exige un salut militaire impeccable de tous ceux qu'il croise quand on est habitué au centre à se serrer la main, impose aux membres du personnel d'assister chaque matin en tenue de ville à la levée des couleurs alors même qu'ils s'affairent en treillis ou en short depuis la petite aube. Au CMD, une certaine décontraction est de mise. Marins, aviateurs, tirailleurs, coloniaux, gars des commandos... Avec tous Leïla, bien qu'intraitable sur la tenue, uniforme impeccable, calot glissé à l'américaine sous la patte d'épaule, est d'une bienveillance extrême. Une bienveillance qui confine à l'indulgence coupable lorsqu'il s'agit de ses chers képis blancs. Eux ont tous les droits, pousser les portes du centre à l'improviste, y passer la nuit dans l'attente d'un train, y prendre racine non pas une mais deux semaines. Mariusz, un légionnaire venu de Bordeaux, amputé d'une jambe après avoir sauté sur une mine, monte difficilement l'escalier : Alfred porte tous les jours dans sa chambre, sur ordre de Leïla, un pack de vingt-quatre canettes de bière, de préférence de la Pils ou de la 33. Mariusz affirme les descendre avec ses copains, il semblerait qu'il y parvienne très bien tout seul. À ses filleuls du 1er REC (le régiment a quitté Sousse à l'indépendance de la Tunisie et gagné le Constantinois), elle glisse parfois un billet en douce pour assurer la réussite de leur permission – la première depuis vingt-six mois pour tel seconde classe roumain. Il arrive que la police militaire ramène au centre des légionnaires qui ont pris une énorme cuite en ville. Plus d'une fois, c'est Leïla elle-même qui, sur un simple appel téléphonique, sort de son lit pour aller les chercher, les traitant comme des enfants qui ont fait une bêtise et à qui on ferait la morale avant de les envoyer se coucher. Cent fois aussi, elle intercède en leur faveur pour éviter qu'après une bagarre ou un tapage nocturne ils ne se retrouvent au trou.

Le directeur de l'Action sociale des armées, qui au départ s'était ému de la concurrence faite par le CMD au Foyer du soldat, ne tarit pas d'éloges sur ce lieu « qui permet à des soldats, au sortir de la vie spartiate que les opérations imposent, de goûter à une vie comparable à celle d'un excellent hôtel de la Côte d'Azur ». Il vante le confort qui y règne, « la propreté, l'harmonie des choses », mais évoque aussi la réussite « spirituelle » du centre : « Ces rudes jeunes gens arrivent durcis par leur vie de soldat au contact permanent du danger. Ils repartent réchauffés par cette tendresse maternelle émouvante qu'inlassablement Mme du Luart apporte à chacun d'eux. » Même enthousiasme exprimé par le vice-amiral d'escadre Auboyneau dont les marins repartent du centre revigorés : « Vous contribuez ainsi très efficacement à l'amélioration du rendement de nos formations », écrit-il en avril 1957 à Leïla. Les commandants d'unités se passent le mot, c'est à qui décrochera pour ses hommes la faveur de passer un moment dans ce lieu magique. Faisant escale pour deux jours à Alger, le navire britannique *HMS Surprise* sollicite l'autorisation d'envoyer ses marins épuisés prendre un peu de repos au bastion XV.

L'épreuve aurait-elle adouci Leïla ? Cette fois, pas trace de quelque conflit au sein de son équipe. Derrière son « comptoir de vente », le capitaine Henry n'aime rien tant que ces moments où Leïla prend le temps de venir bavarder avec lui. Aux yeux d'Alfred Grué, le trajet de l'Aletti au centre est toujours trop court : pas un jour sans que la patronne, en montant dans la voiture, ne prenne des nouvelles de son « petit rugbyman », qu'elle fait tout pour libérer de son service les jours où il a entraînement – petit et râblé, il joue talonneur dans son équipe. Pour la famille Dubrana, les seuls civils à habiter dans l'enceinte du bastion, elle est la providence faite femme. Lorsqu'elle s'invite chez eux pour le café, c'est souvent pour signifier au bouillant Dubrana la fin des hostilités, après qu'une dispute les a opposés dans la matinée. Elle est aussi d'une patience d'ange avec Fernande, la femme de l'adjudant-chef, une pied-noir d'origine espagnole qui est son exact contraire, casanière, perpétuellement dolente, facilement dépressive. À l'égard des enfants Dubrana, une fille et trois garçons entre huit et dix-sept ans, qui partagent la vie du centre, prennent leurs repas avec les militaires, se glissent pour les plus grands dans la salle de cinéma – quitte à revoir indéfiniment les mêmes films ! –, Leïla est une mère bis. Dans leur maison, tout au bout du fort, elle a fait installer une télévision. Elle enverra Jean-Claude, le fils aîné qui vient d'intégrer l'École de l'air, faire du ski dans une famille amie à Méribel, une aventure pour un garçon qui n'a jamais quitté l'Algérie. Lorsque Michèle, la petite dernière, tombe malade sans qu'on arrive à comprendre les causes de sa fièvre de cheval et des frissons terribles qui la secouent la nuit, Leïla, comme elle l'avait fait pour son frère Ismaël, prend les choses en mains et remue tout Alger pour trouver le médecin compétent. Un grand ponte de l'hôpital Mustapha ayant enfin diagnostiqué une primo-infection qui a mal tourné, c'est encore elle qui organise le transfert de Michèle à Paris. Elle l'a devancée dans la capitale : quand l'enfant arrive, convoyée par un commandant de bord ami, Leïla et Laddie l'attendent à Orly. Habituée à la voir en uniforme, Michèle peine à reconnaître la directrice du CMD, élégante dans sa robe en crêpe de chine beige et sa capeline assortie. La petite malade, dont Leïla tresse tous les matins les longs cheveux bruns avec des rubans avant de les appliquer en macarons sur les oreilles comme le faisait Fernande à Alger, reste une semaine rue de l'Amiral-d'Estaing, chouchoutée par tous, avant de reprendre avec Laddie la route des Alpes pour séjourner, jusqu'à sa guérison complète, chez des cousins qui ont des enfants de son âge. Leïla a déjà repris le chemin d'Alger.

Tous ces enfants d'adoption ne lui font pas oublier sa propre famille. Constantin, le fils aîné d'Ismaël, fait son service au sein du 1er régiment d'artillerie de marine. Elle se démène pour le récupérer au fond de son bled dans l'idée de passer la pâque orthodoxe avec lui : encadré par deux gendarmes, il débarque, sans trop comprendre ce qui se passe, à l'hôtel Aletti où une chambre a été réservée pour lui au premier étage, le meilleur. Constantin, avec son mètre soixante-cinq, est le seul petit de la famille. Franc-maçon, libre-penseur, il ne partage guère les idées de sa « tante Irène », comme on persiste à l'appeler chez les Hagondokoff. Elle lui a d'ailleurs fait indéfiniment la tête alors que, étudiant aux Arts déco, il avait débarqué rue de l'Amiral-d'Estaing en tenue de cycliste et portant sa musette, une plaisanterie que Leïla avait trouvée de très mauvais goût. Mais c'est un bon vivant, doté d'un sacré bagout, c'est surtout, pour Leïla, le fils de son « koumir », le frère cher à son coeur, et depuis la disparition de Nicky, le petit-fils préféré du général qu'il appelle « Diédouchka » et tutoie, en français s'entend, puisqu'en russe le tutoiement est de rigueur. Elle se fait un devoir de veiller sur lui. Une sollicitude parfois pesante. Alors que Constantin, après seize mois de service et une sévère hépatite, rêve de se faire muter en métropole – et de décrocher le grand prix de Rome ? –, elle se dresse contre l'idée qu'il puisse bénéficier d'un quelconque passe-droit : « Ton devoir est d'être militaire, comme tout le monde. » Un jour que, appareil en bandoulière, il part couvrir un attentat à la bombe boulevard La Ferrière, elle lui bloque le passage parce que ses chaussures ne sont pas cirées. Constantin fulmine. Il découvrira plus tard qu'en retardant son arrivée, Leïla a voulu le protéger, le FLN commettant souvent un second attentat dans la foulée du premier.

Jean-Louis Reille, le fils de son ami Jean, bénéficie aussi de sa haute protection. Sous-lieutenant dans un régiment de chasseurs à pied, il est au cours de l'été 1957 grièvement touché au dos lors d'une embuscade dans le djebel Amour et transporté par hélicoptère à l'hôpital d'Oran. Pour lui qui a refusé d'être exempté de service bien qu'André, son frère aîné, ait été tué en 1954 dans le Constantinois, Leïla remue ciel et terre. Elle le fait transférer à Alger où il est accueilli à Maison-Blanche, un hôpital sous tentes. Emprisonné dans un corset de plâtre, Jean-Louis suffoque, la tente est une vraie fournaise, quand il voit la portière de toile se soulever pour laisser passer deux képis blancs : « Le lieutenant Reille ? C'est la comtesse du Luart qui nous envoie. » Chacun porte un seau à glace dans lequel ont été plantées des bouteilles de champagne, d'autres légionnaires suivant avec les coupes. Leïla a trouvé le moyen de les réconforter, lui et sa chambrée. Elle veille aussi à ce que le blessé soit évacué par Breguet Deux-Ponts vers la métropole et hospitalisé à l'hôpital Percy de Clamart. À son premier passage à Paris, elle déboule dans sa chambre sans demander son reste au planton de service, impressionné par le bel uniforme blanc et la barrette de décorations. Aussi reconnaissant soit-il, Jean-Louis frôle malgré tout la crise cardiaque lorsqu'elle apostrophe les infirmières qui l'entourent, tirant sur la jupe de l'une, rajustant le col de l'autre, reprochant ses mèches folles à la troisième, tentant comme toujours de remodeler le monde selon ses désirs.

Reste que Leïla du Luart est passée maître dans l'art de faire vivre les vertus de son peuple, la générosité proverbiale des Caucasiens, leur sens de l'hospitalité. Sa tendresse est immense pour les petits, les sans-grade. En témoigne cette lettre reçue en octobre 1960 de René Parisse, « officier de police à Alger ». Trois ans et demi plus tôt, elle a accepté d'être la marraine de sa fille Joëlle : « Cela avait été fait si simplement, si gentiment, écrit-il, mais aussi avec un tel respect pour notre condition modeste que le souvenir en reste vivant dans mon cœur. » Cette délicatesse n'exclut en rien le bonheur qu'elle a à naviguer dans les hautes sphères. Son plus grand talent, c'est l'aisance souveraine avec laquelle elle passe des uns aux autres, mêlant allègrement à sa table des légionnaires du rang à des hommes politiques, des diplomates, des grands reporters de passage, de hauts gradés. Croisant le petit Christian Dubrana qui rapporte du mess son repas chez lui à l'aide d'un porte-en-ville, un panier permettant d'empiler sans risque trois cassolettes, elle le présente au géant qui l'accompagne et félicite l'enfant de onze ans sur sa tenue impeccable. Le géant en question est le prince Napoléon, que Leïla a retrouvé à l'Aletti où il faisait étape avec son épouse, de retour d'un voyage en Afrique noire. Pour ce couple, que Laddie et elle ont connu par Jean Reille, camarade de résistance dans la Brenne, elle éprouve une admiration spontanée. Le presque double mètre du prince lui rappelle la stature de Nicky, dont il n'est l'aîné que de quelques années. Lui aussi a connu la loi de l'exil, c'est à cause d'elle qu'il s'est vu refuser en 1939 d'intégrer l'armée française, s'engageant du coup dans la Légion sous le nom de Blanchard avant de rejoindre la Résistance, faute d'avoir pu passer en Espagne. D'autres prestigieux visiteurs suivront : tout comme elle aimait présenter la FCM n° 1, Leïla adore faire les honneurs du CMD. Toujours le faire savoir associé au savoir-faire. Les ministres et les hautes autorités militaires défilent. Promu commandant de la Xe région, le général Raoul Salan, le nouvel homme fort de l'Algérie, parle de sa première visite au bastion XV en mars 1957 comme de « l'une de [ses] plus belles satisfactions depuis [son] arrivée en Afrique du Nord ».

Autres habitués des lieux, Alain de Sérigny, le patron de *L'Écho d'Alger*, et sa femme norvégienne, Margrete, dite Mimi, dont Leïla a fait la connaissance en 1941 sur la route de Bou-Arfa. En uniforme marine, chemise blanche et cravate noire, Mimi travaille comme bénévole au bastion XV quasiment à plein temps, parfois rejointe par la jeune femme du prince Napoléon, elle-même nouvellement promue marraine du 13e dragons. Vice-président de l'Assemblée algérienne, directeur de l'organe de presse le plus puissant d'Afrique du Nord, éditorialiste talentueux, Alain de Sérigny est une pièce maîtresse dans la réussite des projets de Leïla. Non seulement il lui apporte une précieuse aide financière, tout comme les familles de grands colons et de riches pieds-noirs, mais il lance régulièrement dans son journal des appels à la générosité publique. En juillet 1957, *L'Écho d'Alger* titre en première page sur les 4 566 827 F atteints par la souscription lancée en faveur du Centre militaire de détente. En août, nouvel écho triomphal : « On touche aux six millions ! » Pour inciter les donateurs, on publie leur nom dans le journal : « 25 000 F de M. et Mme Jean-François Dufourcq » ; « 1 000 F de M. Khelifi Rabah, de Bouzaréa ». Certains avancent à moitié masqués : « Tirelire de Guy, Christian, Jean-Pierre, 3 273 F » ; « 1 000 F de Lydia et Henri M. » ; « 1 000 F de Jeanine et sa grand-mère ». D'autres encore préfèrent garder l'anonymat : « 5 000 F de la part d'un heureux grand-père de Boufarik » ; « 1 400 F, ma petite rente » ; « 1 000 F de la part d'un ancien de 14-18 ». Même les militaires y vont de leur poche, c'est ainsi que deux escadrons du 19e chasseurs ont rassemblé la somme de 21 600 F à l'intention du centre, « afin d'aider leurs camarades moins aisés ». En novembre 1960, une lettre du gouverneur de la Banque de l'Algérie annonce le versement d'une subvention de 5 000 F au CMD. Mais ces francs-là sont des francs lourds : le 1er janvier précédent, on est passé aux nouveaux francs.

État de guerre

Alger n'est pas un coin de tout repos. Le FLN multiplie les attentats. Le 4 juin 1957, quatre bombes dissimulées dans des lampadaires ont provoqué un carnage. Cinq jours plus tard, au Casino de la Corniche, un dancing populaire auprès des jeunes, surtout des juifs de Bab el-Oued, une bombe placée sous l'estrade de l'orchestre a fait dix morts et quatre-vingt-cinq blessés. On a besoin de donneurs de sang : Alfred Grué qui vient d'arriver au CMD sera l'un des premiers à répondre présent, suivi d'une quinzaine de permanents et de pensionnaires hébergés au centre. Le 13 mai 1958, s'il a symbolisé le rêve de fraternisation, a encore fait croître la nervosité d'un cran. Après l'appel lancé par les partisans de l'Algérie française, l'arrivée du général de Gaulle au pouvoir a initié un mouvement de fond. Le 4 juin, à Alger, il lâche sa célèbre phrase : « Je vous ai compris. » Un an plus tard, Alain de Sérigny noircit une page entière de *L'Écho d'Alger* pour célébrer le « miracle du 13 mai » : « Nous le voyons comme le commencement d'une résurrection, l'annonce d'une ère nouvelle dans l'histoire de ce pays, le début d'une fraternité sans équivoque, sans restriction, au sein de la grande famille française. » Inquiet malgré tout, il titre son papier « Les rayons et les ombres ». Les ombres gagnent. Le droit des Algériens à l'autodétermination proclamé par de Gaulle dans son discours du 16 septembre 1959 contient en germe la suite de l'histoire, les négociations avec le FLN, la marche vers l'indépendance. En janvier 1960, l'éviction du général Massu, qui avait reçu trois ans plus tôt à Alger les pleins pouvoirs civils et militaires, est la goutte d'eau qui fait déborder le vase. Le samedi 23 février, les pieds-noirs manifestent, dressent les premières barricades. Vers 17 h 30, le ciel est d'un noir d'encre. Du bastion XV, on peut entendre les clameurs qui retentissent sur le Forum. Il y a foule devant le palais d'Été, la résidence du gouverneur. Des pavés sont arrachés. Bientôt, une fusillade nourrie éclate au milieu des cris et des hurlements. Les gendarmes mobiles diront avoir répondu à des tirs de provocation. On dénombre une vingtaine de morts. Des dizaines de blessés gisent au sol sous la pluie battante. Tapis derrière les volets, les petits Dubrana écarquillent les yeux pour voir ce qui se trame sur le boulevard Carnot. Leïla a installé sur l'esplanade devant le centre un hôpital de fortune, elle y fait brancarder les blessés par la police militaire.

Dépêché depuis la Kabylie sur Alger, le 1er régiment étranger de parachutistes a réussi à éviter un massacre généralisé. Alors que la nuit tombe, Jacques Favreau, l'un de ses jeunes lieutenants, se retrouve avec sa section sur la place de la Poste. Ses hommes n'en peuvent plus. Il a entendu parler du bastion XV, il le sait tout proche, juste en bas de la place. Il cogne à la porte, un œilleton s'ouvre, une voix féminine lui répond : c'est Leïla qui vient de renvoyer son dernier blessé à l'hôpital militaire. Il n'y a que les hommes du 1er REC pour s'autoriser à franchir le seuil du centre sans y avoir été invités. Favreau y va au culot : « Marraine, nous sommes le 1er REP, les cavaliers du ciel ! On est crevés, trempés et on meurt de faim. » La journée a été éprouvante. Mais ce petit lieutenant ne manque pas d'humour ni de charme. Elle le regarde, sourire en coin : « C'est bon, amène ta section. » Lorsque les hommes se présentent, tout est prêt pour les accueillir. Leïla les accompagne au vestiaire, les invite à donner leur treillis avant de passer à la douche. À la sortie, elle est là qui les attend avec une bassine de rhum tandis qu'ils passent devant elle en file indienne, nus comme des vers ! « Tes gars sont bien bâtis, mon petit lieutenant », glissera-t-elle à Favreau en l'embrassant sur les deux joues, au moment où ses hommes, dopés par le grog, calés par un bon repas, goûtant le confort de treillis secs et encore chauds, gagnent la porte de sortie. Qu'il revienne tant qu'il veut avec sa section puisqu'elle a mission de rester la semaine à Alger pour y garder la poste centrale. Favreau ne se le fera pas dire deux fois, quitte à y laisser sa solde en bouquets de fleurs. Des années plus tard, le général Favreau commandant la 6e division blindée à Nîmes, se rendant à Orange pour fêter Camerone avec le 1er REC, l'un des neuf régiments qu'il coiffe, y retrouve Leïla. Laquelle se taille un franc succès en déclarant, lors du cocktail qui conclut la journée : « Votre général, je l'ai connu lieutenant et à poil ! »

Sans parachute

En décembre 1957, Leïla du Luart a été décorée de la croix de la valeur militaire par le général Salan en reconnaissance du travail fait en Algérie. En octobre 1959, elle est promue commandeur de la Légion d'honneur. Le succès du CMD est tel que les autorités militaires lui ont récemment demandé de coucher sur le papier les matériels nécessaires à la création de « centres de détente type Mme du Luart », des centres de deux cent cinquante places installés à proximité des zones d'opérations, dans des baraquements en bois et en fibro-ciment. Un centre a été ouvert en 1959 au Chenoua-Plage, à l'ouest d'Alger, pour les légionnaires du 1er REC, et admirablement équipé par Leïla, cette fois sur ses seuls deniers, soixante-dix à quatre-vingts hommes s'y succèdent toutes les trois semaines.

Les cent huit mille permissionnaires accueillis au bastion XV n'auront pas été les seuls à bénéficier de cette efficace cure de désintoxication alliée à une non moins efficace entreprise de récupération. Leïla aussi. Laddie n'en revient pas : sa femme renaît à la vie. Au départ, elle s'est contentée de faire sienne cette phrase de Voltaire : « Il est poli d'être gaie. » Mais, gaie, maintenant, elle l'est vraiment, et de plus en plus souvent. Émue par le bonheur évident des permissionnaires qui n'en reviennent pas d'être ainsi dorlotés. Revigorée par leurs grands rires. Stimulée par les remerciements qu'elle reçoit. Des mots simples. Serge, de la 27e division d'infanterie alpine : « C'est du tonnerre. » Willy, légionnaire au 2e REC : « C'est tellement bien que si on le raconte, on le croirait pas. » José, du 1er REC : « Je me suis cru chez moi. » Roger : « C'est la vie de château. » Lucien : « Un vrai conte de fées. » Pierre, de la 7e division mécanique rapide : « Merci madame, merci maman. » À la fin de chaque cycle, Leïla fait soigneusement consigner l'identité des partants dans un registre où tout est porté, le nom, le prénom, le grade, l'unité, la profession dans le civil, l'adresse usuelle. Sa manière à elle de ne pas les perdre tout à fait. Des permissionnaires, elle parle comme de ses enfants. À travers ces fils d'adoption, ces fils de l'air, sitôt arrivés, sitôt repartis, c'est un peu de son garçon à elle qui lui est rendu. Il lui arrive même de parler de Nicky à Dubrana ou à sa femme, ce qu'elle n'avait jamais pu faire jusqu'ici. Un jour qu'elle est passée en coup de vent à Paris, elle s'est surprise à repartir vers Alger sans s'être rendue sur le tombeau de Nicky. Elle sent bien maintenant qu'il vit d'une autre façon. En se dévouant corps et âme aux enfants des autres, elle a amorcé les retrouvailles avec son enfant mort, une consolation que la religion lui avait jusqu'ici refusée. Tous les gens qui l'ont approchée à cette époque parleront de son entrain, pas un de sa mélancolie. « Vous savez toujours rire, c'est l'une de vos grandes belles vertus », lui écrit une journaliste de *L'Écho d'Alger*. Comme toujours, Leïla ne s'est pas laissé imposer sa loi par le destin, elle a repris la main.

D'autres pages se tournent. Leïla n'a jamais négligé son père, veuf depuis dix ans. Constantin a vieilli, ses anciennes blessures le font souffrir, mais l'allure reste martiale, la tête bonne sous les cheveux blancs. Son autoritarisme n'a pas faibli : lorsque les petits-enfants lui rendent visite, ils sont priés de rester debout. Tous les ans, à l'occasion de la Saint-Georges, il continue à réunir sa « brigade » comme il dit, les anciens qui ont servi sous ses ordres, ou ce qu'il en reste car, d'année en année, les rangs s'éclaircissent, concluant immanquablement la rencontre, à la caucasienne, par un sonore « *ala-*

verdi ! » – pour invoquer la protection du Très-Haut, en référence au passé musulman de la région ? Au préalable, il a fait des cadeaux aux plus démunis, une paire de chaussures pour l'un, pour l'autre un chandail... toutes dépenses qui seront réglées au bout du compte par Leïla ou par ses frères. La tête reste bonne, mais dure. Le jour où on lui propose d'adopter la nationalité française comme ses enfants avant lui, Constantin donne son accord. Mais il voit rouge quand on lui demande cinq cents francs. pour ce faire : payer un droit d'accès alors que ses trois fils, ses cinq gendres se sont battus pour la France, que l'une de ses filles est une des gloires de l'armée ! Il restera apatride. Quand il a une idée en tête, impossible de l'en faire changer. Il est décidé à acheter une maison à Sainte-Geneviève-des-Bois pour se rapprocher de la tombe d'Élisabeth et de la « Maison russe » où vivent plusieurs de ses amis – elle est dirigée par la princesse Metschersky, celle qui, du temps où elle s'appelait Antoinette de Boishüe, concurrençait Leïla dans le cœur de Guy Bouriat. Le seul problème est qu'il a soixante-dix-sept ans et qu'il achète ce bien en viager à un couple de soixante et soixante-cinq ans. Lorsqu'il se décide quelques mois plus tard à revendre la maison, il lui faudra régler un bouquet conséquent. Les dernières années de sa vie, il les passera non loin de là à l'Auberge du Lierre, tenue par un Russe, ancien officier de cavalerie – aux dires de Constantin un parfait imbécile. Le 2 décembre 1958, il remonte avec peine vers sa chambre quand l'aubergiste propose de l'aider : « J'ai toujours monté des chevaux, ce n'est pas maintenant que je vais monter des ânes ! » lui lance aimablement le vieux général. Il gravira l'escalier à quatre pattes, avant de rendre l'âme, épuisé.

La mort de Constantin à quatre-vingt-sept ans s'inscrit dans l'ordre naturel des choses. Pourtant, avec ce père singulier, une petite partie d'elle-même est encore arrachée à « Galatchka », le surnom affectueux qu'il donnait à sa cadette. Au cimetière de Sainte-Geneviève-des-Bois, c'est Constantin Constantinovitch, le fils aîné, qui saluant Constantin Nicolaïevitch devant la tombe ouverte en gardant son chapeau sur la tête, privilège du chef de famille, a conclu son éloge funèbre par le rituel « *alaverdi* ». Mais tout le monde sait bien que c'est Leïla la tête de la famille. Non seulement parce que, sans elle, son père n'aurait pas eu les moyens de vivre. Mais surtout parce qu'elle aussi a été un soldat, parce que, dans la course aux honneurs et aux décorations, il n'est pas dit que la fille ait été en retard sur son glorieux ascendant.

Il y a eu la mort du fils. Puis la mort du père, suivie de peu par celle de la belle-mère de Leïla avec laquelle, après les frottements de départ, une relation solide s'était nouée. Il y a la charge quotidienne du Centre de détente, que sa directrice abandonne le moins souvent possible : chaque vendredi, un nouveau cycle de permissionnaires, sans un jour, sans un week-end de répit. Pas plus aujourd'hui qu'hier, Leïla n'aime qu'on lui rappelle son âge. Mais, à l'aube de la soixantaine, c'est son corps qui se rappelle à elle. Déjà, à la fin de 1957, elle était si fatiguée qu'elle est restée se reposer à Paris, consternée de ne pas passer Noël au centre comme à l'accoutumée. Et voici que, très affecté par la mort de son épouse, le vieux marquis a décidé de mettre en vente son hôtel parisien, charge à ses fils de se répartir le mobilier. Le 12 octobre 1960, ayant abandonné quelques jours le bastion XV pour préparer le déménagement, Leïla s'affaire dans son appartement, soucieuse d'évacuer elle-même les objets les plus fragiles. Les bras chargés, elle ouvre la porte de l'ascenseur, y pénètre à reculons... et tombe deux étages plus bas sur la machinerie, la cabine étant, nul ne saura jamais pourquoi, restée bloquée à l'étage au-dessus. Elle aurait pu se tuer cent fois. En cavalière émérite, elle a eu le réflexe de se rouler en boule, évitant le pire. Sans doute n'était-ce pas son heure. Outre des contusions multiples, elle a une jambe en morceaux. Transportée aux urgences, elle y sera opérée sur l'heure. Une transfusion s'impose. Seuls Georges et Ismaël ont des sangs compatibles. C'est le premier qui, de deux ans plus âgé, a le privilège de sauver la vie de cette sœur qui leur a tant donné.

La fatigue, l'épuisement, elle connaît, et les rhumatismes, et les mauvaises grippes. Mais la souffrance physique, la vraie, celle qui met le corps en vrille, ne laisse aucun répit à l'esprit, celle qu'elle a toute sa vie cherché à soulager chez les autres, elle ne l'avait jamais approchée. Rude expérience qui appelle à l'humilité. De l'inédit pour Leïla. Après un long mois passé à la clinique, elle est assignée à résidence chez elle, avec interdiction absolue de poser le pied par terre. À Alger, Dubrana, « le Fidèle Flambeau » comme d'aucuns l'appellent, s'inquiète : « Vous savez comment elle est, écrit-il à un proche, elle va vouloir galoper tout de suite et fera des imprudences. » Il n'a pas tort de s'alarmer. Si l'on en juge par le ton de cette lettre adressée quelques jours plus tard par Leïla à ses amis du CMD, elle n'est pas une malade de tout repos : « Dès ma sortie de clinique, soi-disant en convalescence, je me suis mise à déménager. » Et de poursuivre sur ce ton qui n'appartient qu'à elle : « Le tableau : sur mes béquilles, mon mari me poursuivant avec des cris de frayeur ; ma chère amie, Mimi de Sérigny, essayant de me ramener à la raison ; les docteurs [il y en avait deux, hélas l'un en est mort mais il reste toujours le deuxième] faisant leur métier, ou plutôt renonçant à exercer leur apostolat avec une malade aussi insupportable. Résultat : le déménagement terminé, l'appartement nouveau encombré et non réinstallé, nous échoués dans un hôtel borgne [situé tout de même sur la prospère avenue Kléber comme en témoigne le papier à en-tête], moi souffrant de ma jambe plus que jamais, et pour finir la victoire du docteur qui m'a eue et qui commence à me soigner sérieusement. Mais comme les Circassiennes ne meurent jamais, ce qui a été prouvé par ma chute libre et sans parachute dans le trou de l'ascenseur, j'espère sortir encore une fois victorieuse des mains de mon médecin. Tant pis pour "mes enfants" et pour vous tous qui serez obligés dans un proche avenir de me supporter de nouveau ! »

Elle a eu le cœur brisé. Elle s'est relevée. Elle a le corps brisé. Au prix d'une rééducation intense, elle est en passe de s'en tirer. Elle commence même à piaffer. À Noël, il y aura deux mois et demi qu'elle n'a pas remis les pieds au centre. Mais le médecin reste inflexible. Le bastion XV se sent orphelin, c'est sans enthousiasme qu'on découpe les guirlandes et qu'on prépare les cadeaux. Le ciel d'Alger s'est mis à l'unisson, le temps est gris, les rafales de pluie incessantes. À Paris, Leïla croule sous une avalanche de lettres lui souhaitant un prompt rétablissement, il en vient de partout, de ses amis d'Alger, des pensionnaires présents et passés du CMD, des officiers qu'elle a croisés dans ses campagnes – y compris de Roger Miquel qui, depuis deux ans, a pris sa retraite dans le Lot comme général de corps d'armée. Du cœur des Aurès où le 1er REC est en opérations et doit faire face à des bandes redoutables, son chef de corps, le lieutenant-colonel de La Chapelle, que Leïla a connu lieutenant dans la forêt de la Mamora, prend la peine d'adresser à la « Très chère Marraine » une longue lettre pleine d'affection et lui fait envoyer des brassées de roses. Il n'est pas le seul au régiment à penser à elle. « En souhaitent de tout cœur que vous serais très bientôt remisse en très bon état », écrit dans son français approximatif le légionnaire Tobio, un Espagnol que la Marraine a soigné en Tunisie. Rüdi Schüler, un autre homme du REC, a choisi de s'exprimer en allemand, Leïla devra faire traduire la lettre. « Comme les mauvaises nouvelles ne vont jamais seules », il lui annonce que huit de ses camarades sont tombés dans une embuscade : « La mort fait ici une récolte considérable. » Certaines lettres sont de véritables déclarations d'amour : « Je voudrais être une petite mouche pour pouvoir venir vous voir à Paris », soupire Juliette Boukaya qui travaille au CMD avec Sounette ; « Vous ne méritiez pas ces souffrances, vous qui êtes si bonne avec tout le monde, vous que tout le monde adore et vénère... Je vous quitte en vous embrassant de tout mon cœur qui vous aime comme une maman. »

Fin de partie

Le 8 janvier 1961, Leïla se repose encore aux Loges lorsque, par un référendum organisé en métropole, les Français se prononcent en majorité en faveur de l'autodétermination en Algérie. Les militaires ont du mal à comprendre qu'après avoir remporté toutes les batailles sur le terrain depuis sept ans, ils doivent se résoudre à perdre la partie. L'insécurité s'étend. Le poste à essence qui se trouve juste en face de l'entrée du CMD a sauté. Gardé nuit et jour par la police militaire qui filtre les entrées, séparé du boulevard par des grilles de trois mètres de haut, le bastion XV n'a rien à craindre. Mais Dubrana, soucieux de la sécurité de sa famille, a rapatrié femme et enfants à Marseille. Le FLN ayant fait peser des menaces sur leur progéniture, les Sérigny font partir leur fils de douze ans, Éric, chez des amis au Havre. Éric, Leïla lui a toujours réservé une place à part dans son cœur, voyant avec joie débarquer au CMD ce bel enfant blond, trop heureux de se plonger dans une atmosphère masculine en échappant à la tutelle de ses mère et sœurs. Elle lui a même donné un des appareils photo de Nicky, l'un des premiers Polaroid qu'il avait rapporté d'Amérique. Lorsqu'en mars 1961 elle est enfin autorisée par son médecin à revenir à Alger, il n'y a plus d'enfants pour courir sur la terrasse, se cacher derrière le bar d'Alfé ou acheter des sachets de bonbons au capitaine Henry. Quand ils arrivent au bastion XV, les permissionnaires semblent plus épuisés que jamais, au moral comme au physique.

Le putsch des généraux éclate dans la nuit du 21 au 22 avril 1961. Trois anciens militaires de carrière, les généraux Challe, Jouhaud et Zeller, bientôt rejoints par le général Salan, arrivé d'Espagne tentent de prendre le pouvoir à Alger après avoir eu vent de tractations secrètes avec le FLN. La Légion est dans le coup. Parti de Zeralda, à trente kilomètres d'Alger, le 1er régiment étranger de parachutistes, sous les ordres du commandant Hélie de Saint Marc, son chef de corps par intérim, s'empare en trois heures des points stratégiques de la Ville blanche. En opérations avec le 9e hussards sur la frontière tunisienne, le 1er REC prend lui aussi la route d'Alger. Les gendarmes mobiles s'opposent aux insurgés. Au cours de ces jours de folie, il y aura plus d'un affrontement meurtrier. Au matin du samedi 22 avril, une fusillade a éclaté devant l'Aletti. Leïla n'est pas encore partie pour le bastion XV. Elle prend les choses en main, monte un poste de secours dans le hall d'entrée. C'est là que son neveu Constantin la trouve en train de donner ses ordres à un capitaine de gardes mobiles, estomaqué devant cette dame en bas de soie et triple rang de perles qui, sans ordre de mission d'aucune sorte, dicte ses ordres aux brancardiers, organise le tri des blessés, ici les bras, là les jambes, là les ventres, et prodigue les premiers soins à l'aide de la trousse de première urgence conservée derrière le comptoir de la réception.

Le dimanche 23 avril sur le coup de vingt heures, le général de Gaulle apparaît en uniforme à la télévision pour dénoncer les agissements de ce « quarteron de généraux en retraite » et annoncer la mise en œuvre de l'article 16 qui lui donne les pleins pouvoirs. À compter du mercredi 26, il est clair que le putsch a avorté. Les troupes ayant suivi les généraux mutins se rendent, les insurgés se retirent à Zeralda avec les parachutistes du 1er REP. Au lendemain du putsch, un tribunal militaire est institué pour juger les principaux responsables, Challe et Zeller sont condamnés à quinze ans de réclusion criminelle, Salan et Jouhaud, qui ont pris le large, le sont par contumace, le premier à la détention à perpétuité, le second à la peine de mort. Le soulèvement d'Alger se solde par une vaste purge. Deux cent vingt officiers sont relevés de leur commandement, cent quatorze traduits en justice, quatre-vingt-trois condamnés. La 10e division parachutiste est dissoute. Le 1er REP aussi. Tout comme le 18e régiment de chasseurs parachutistes et le 2e régiment étranger de cavalerie. Le 1er REC, lui, est épargné. Il hérite même à l'occasion de sept cents légionnaires en provenance du 2e REC. Seul son chef de corps, qui a tout fait pour couvrir ses subordonnés, est frappé d'une peine de dix ans de réclusion criminelle. Pourquoi ce sauvetage quand, des deux régiments de légionnaires cavaliers, c'est le 1er REC qui a versé dans la dissidence et non le 2e REC, cantonné en bordure de l'Atlas saharien, donc trop loin d'Alger pour être impliqué dans l'affaire ? Toujours prêts à voir en « Marraine » une faiseuse de miracles, certains lui en attribuent le mérite : elle aurait sauvé son régiment en faisant jouer ses hautes relations. D'autres, sans doute plus réalistes, expliquent cette décision par l'histoire respective des deux régiments, longue et glorieuse pour le premier, moins éclatante pour le second qui, créé en 1939, dissous au lendemain de la guerre, n'a revu le jour que pour servir, à Oujdah au Maroc, de base arrière au 1er REC envoyé en Indochine. Même s'il a fait une belle guerre en Algérie, le 2e REC a toujours été le dauphin du 1er REC, son éternel cadet : il a du coup payé les pots cassés.

À l'époque, Leïla n'est guère en odeur de sainteté auprès des hauts responsables politiques. Elle n'a jamais caché ses sympathies pour l'Algérie française. À l'instar de la plupart des gens sur place, favorables à une politique d'intégration qui s'attacherait à former une élite musulmane, elle voit là le seul moyen de sauvegarder la présence française en Algérie comme les extraordinaires richesses agricoles, gazières et pétrolières qui s'y trouvent. On la sait très amie d'Alain de Sérigny qui, inculpé l'année précédente d'atteinte à la sécurité intérieure de l'État, mis au secret pendant trois mois à Alger puis à la prison de la Santé à Paris, a été finalement acquitté après avoir reçu le soutien de prestigieux témoins comme Juin, Weygand ou Catroux : il a rejoint Alger en provenance d'Italie juste avant le putsch. Il se murmure que, quelques jours plus tôt, certains des généraux factieux étaient encore les hôtes du Centre de détente. Et puis, nul n'ignore les liens entre le 1er REC et sa marraine. Au bastion XV, devant lequel le REC fait monter la garde à deux engins blindés de reconnaissance, Leïla, après avoir été portée par l'exaltation des premiers jours, est rongée par l'angoisse et par la colère. Elle crânait depuis son retour à Alger mais sa jambe la fait terriblement souffrir. Le stress n'arrange rien. C'est dans ce piteux état que la trouve, deux jours après la faillite du putsch, le général Jean Olié, chef d'état-major de la Défense nationale, qui conclut à Alger une tournée d'inspection destinée à prendre le pouls des régiments. Olié connaît Leïla pour l'avoir vue en Italie. Il l'a retrouvée au début des années 1950 à Rabat, quand elle rendait visite avec Laddie au général Juin, résident général au Maroc, dont il était l'adjoint. Il a été un temps patron de la Légion. Leïla a toute confiance en ce grand soldat, elle ne proteste pas longtemps lorsqu'il lui donne le conseil d'ami de regagner Paris au plus vite. Après son départ, l'adjudant-chef Dubrana restera encore quelques mois à son poste. Le 18 mars 1962, les accords signés à Évian officialisent l'indépendance de l'Algérie, mettant fin à cent trente ans de présence française. Les appelés regagnent la métropole. Le Centre militaire de détente interarmées ne tarde pas à fermer ses portes.

« J'ai sauvé votre Marraine, elle risquait des éclaboussures », confiera le général Olié à l'un de ses proches collaborateurs, longtemps officier au 1er REC. Lui-même, malgré ses cinq étoiles, démissionnera de l'armée quelques mois plus tard pour protester contre la volonté affichée du général de Gaulle de sanctionner les sous-fifres du putsch quand les responsables ont déjà été lourdement condamnés. Dans les années qui suivent, plus de cinq cents officiers quitteront l'armée de leur plein gré, n'ayant plus le goût de servir un régime par qui ils se sont sentis trahis. Quant à la Légion étrangère, il s'en est fallu de peu qu'elle soit, elle aussi, rayée de la carte : c'est au seul Pierre Messmer, ministre des Armées, un ancien de la 13e demi-brigade de Légion étrangère, qu'elle devra son salut.

15
La Marraine

Une amoureuse déçue

La lettre est datée du 27 avril 1964. Elle en a pesé chaque mot. Et gardé une copie. C'est le cri du cœur d'une amoureuse déçue : « Colonel, il y a déjà plusieurs mois que je vous ai écrit... Je n'ai jamais eu de réponse et je suppose que ma lettre ne vous est pas parvenue ou qu'il est possible que vous ayez rayé votre marraine du domaine sentimental. » En cette veille de Camerone, Leïla du Luart se rappelle au bon souvenir du lieutenant-colonel de Broissia qui commande le 1er régiment étranger de cavalerie.

Quel changement en quelques années seulement ! « Nous avons besoin de vous », lui écrivait juste avant le putsch le colonel de La Chapelle, la pressant de rendre visite à « son » régiment. Jusqu'à une époque récente, Leïla a été largement mise à contribution, on comprend que les anciens du régiment parlent toujours d'elle avec des sanglots dans la voix. Sans elle, pas de cadeaux à Noël – certains utilisent encore le pyjama et le sac de couchage qu'elle leur avait donnés lors du départ pour l'Indochine ! Sans elle, pas de centres de repos admirablement équipés, au Chenoua-Plage pendant la guerre, plus tard à Aïn el-Hadjar, sur les hauts plateaux oranais, quand le régiment s'est vu transférer à l'ouest du pays.

Sans elle, pas de « caisse Marraine » dans laquelle puiser pour faire des avances aux légionnaires qui ont épuisé un peu vite leur solde. « Une fée », disaient les blessés de la Formation chirurgicale mobile. « Une fée », ont répété à l'envi les permissionnaires du bastion XV. « Une fée », et dotée de tous les pouvoirs, semblent estimer encore nombre de ses filleuls du REC, si l'on en juge par la diversité des demandes qui lui sont faites. De l'argent bien sûr, pas moins de « deux mille nouveaux francs » demandés par ce sergent-chef qui, de retour à Paris, malade, est « dans l'embarras pour régler des paiements en retard ». Un rappel de solde et une « tenue 46 car la température devient rigoureuse » pour ce légionnaire, hospitalisé à El-Biar, aux portes d'Alger. Un contrat de travail pour cet autre homme du rang qui peine à se reclasser à la fin de son engagement. Un coup de pouce auprès du colonel pour ce première classe qui, muté après blessure dans un autre régiment de Légion, rêve de réintégrer son ancien corps. « Un simple renseignement qui a pour moi une grande valeur morale » pour cet ancien du REC passé employé des douanes, qui désespère de jamais retrouver un officier de grande valeur sous les ordres duquel il a servi en Indochine. Pour un peu, on demanderait à Leïla, promue thaumaturge, de guérir les écrouelles.

Mais, en ces lendemains de traumatisme généralisé pour l'armée, le colonel commandant le REC a bien d'autres chats à fouetter : les effectifs fondent, les coupes budgétaires sont drastiques, la Légion apparaît à certains comme un champ de ruines. S'il a sauvé sa peau de justesse, le régiment est disloqué, escadron par escadron, sur cinq cents kilomètres le long d'une ligne qui, à partir d'Oran, plonge vers le Grand Sud, avec mission de protéger les quelques colons qui s'accrochent encore à leur terre. Un moyen aussi de le contrôler. C'est seulement après 1964 qu'il sera regroupé à Bou-Sfer, aux portes d'Oran. Et puis, il est des fidélités qu'on hésite à raviver. Or Leïla est liée à l'ancien régime, on sait bien que son cœur était du côté des putschistes, qu'elle continue à entretenir une correspondance avec certains des officiers comme La Chapelle, transféré depuis Tulle aux Baumettes à Marseille avec les droit-commun et les membres du FLN, qu'elle apporte un soutien financier à plus d'une famille.

Les accords d'Évian prévoyaient que la France conserve pendant quinze ans la base de Mers el-Kébir. Cinq ans après l'indépendance, décision est prise de l'abandonner. Du 18 au 21 octobre 1967, un pont aérien achemine le personnel du 1er REC vers Marseille après onze années passées en Algérie. De là, il sera dirigé vers Orange dans le Vaucluse, sa nouvelle garnison. Orange, « la Cité des Princes », déjà une colonie militaire lors de la conquête de la Gaule par Jules César. Le dimanche 22 octobre, par une belle journée ensoleillée, le régiment défile pour la première fois dans les rues de la ville, sous le regard admiratif mais un peu inquiet de la population pour qui ces légionnaires sont tous, plus ou moins, des têtes brûlées. Le lieutenant-colonel Charles Bart, le nouveau chef de corps, un sympathique Marseillais, n'a jamais rencontré Leïla du Luart. Conscient de ce qu'elle représente pour le régiment, il va prendre sa plus belle plume pour l'inviter aux festivités prévues au quartier Labouche, le nouveau fief du 1er REC. Elle ne se le fait pas dire deux fois. Accompagnée de Laddie, elle accourt et assiste à l'événement, le cœur frémissant.

C'est un nouveau coup de foudre. Réciproque. Car Leïla, qui a entamé sa soixante-dixième année, ne déçoit aucun de ses admirateurs et conquiert par sa classe, son aisance et sa chaleur humaine, ceux qui ne la connaissaient pas. « Personne n'est jeune après quarante ans, mais on peut être irrésistible à tout âge », disait Coco Chanel. Leïla du Luart est irrésistible. Elle fixe tout de suite les codes à ceux qui les ignorent ou qui les auraient oubliés. Pas de « Madame », pas de « Madame la comtesse », « Vous m'appelez Marraine ». Pas de baisemains, on s'embrasse, mais sur une seule joue. À nouveau coup de foudre, nouvelle lune de miel. Dès Noël, Leïla est de retour et convie pour l'occasion à l'Hôtel des Princes, le meilleur de la ville, tous les cadres du régiment. Au programme, champagne et caviar à gogo. Le 19 juin 1969, pour fêter son « jubilé » – vingt-cinq ans plus tôt, pendant la campagne d'Alsace, elle a été faite brigadier-chef d'honneur du régiment, une distinction dévolue d'ordinaire aux seuls maréchaux –, Bart a organisé une cérémonie rien que pour elle. Quand il fait arrêter sa voiture le long du Théâtre antique, construit au Ier siècle sous le règne d'Auguste et magnifiquement conservé, elle n'a aucune idée de ce qui l'attend. Une nuit sans lune est tombée sur Orange, c'est dans une quasi-obscurité que les spectateurs gagnent leur place. Étrangement, ils sont massés du côté de l'impressionnant mur de scène de cent mètres de long sur quarante de haut, « la plus belle muraille de mon royaume » disait Louis XIV. Et soudain, comme dans la forêt de la Mamora, les projecteurs s'allument, dévoilant le régiment déployé sur les gradins en un majestueux arc de cercle. Un millier d'hommes présentant les armes, en bas les sous-officiers en képis noirs, en haut les képis blancs. Une vision magique. La musique principale de la Légion étrangère est de la fête, ajoutant à l'éclat de ces retrouvailles. « C'est dans nos cœurs qu'il faudrait pouvoir lire toute la reconnaissance que nous portons à notre Marraine », proclame d'une voix forte le colonel dans son ordre du jour. Ces fils prodigues que Leïla croyait à jamais perdus, voilà qu'ils lui sont rendus. Leïla du Luart et le 1er REC ne se quitteront plus.

« Marraine » en fonctions

Pas une année où elle ne fasse deux ou trois voyages à Orange. En cette fin des années 1960, il n'y a pas de train à grande vitesse pour descendre dans le midi. En voiture, la nationale 7 s'étire interminablement, la raison commande parfois de passer la nuit à Châlons, même si, l'âge venant, Leïla abandonne volontiers le volant à Alain, son taxi habituel, un petit monsieur à casquette aux allures de titi parisien qui, au volant de sa 404 noire, lui tient lieu de chauffeur, ou bien à son neveu et filleul Wladimir, le dernier fils de Constantin, un beau garçon, deuxième ligne de rugby et professionnel de la communication, promu aide de camp pour l'occasion. Elle qui adorait la vitesse supporte mal de dépasser le quatre-vingt-dix kilomètres à l'heure. Et comme elle déteste de plus en plus prendre l'avion... Prince consort discret et souriant, Laddie l'accompagne parfois, toujours en retrait d'un pas, mais la carrière politique qu'il a amorcée sur le tard lui laisse peu de temps. À chacun ses passions : Leïla ne manquerait pour rien au monde ces fêtes carillonnées qui scandent la vie de la Légion.

À Noël, on est sûr de la croiser au quartier Labouche, invariablement revêtue de son uniforme marine, sa barrette de décorations bien en vue, portant, sur la manche gauche, ses galons verts et blancs de brigadier-chef d'honneur. Elle est membre de droit du jury qui élit la plus belle crèche. Et les crèches, c'est toute une affaire à la Légion. Depuis des semaines, les escadrons résonnent de coups de marteaux, de sifflements de perceuses. Les légionnaires s'activent et arborent des mines mystérieuses. Il y a des crèches miniatures, d'autres qui occupent la moitié d'une chambrée. Certaines sont d'inspiration traditionnelle, d'autres puisent leur thème dans l'actualité, ou dans les épopées passées. Parfois, ce sont des crèches vivantes, avec un vrai nourrisson qui se tortille dans la mangeoire. Pour les légionnaires, des durs à cuire qui ne sont pas trop sûrs de croire au ciel, la crèche est le symbole de la paix sur terre, une paix qu'ils ont mission de défendre par les armes. Une image forte de la famille aussi, une famille de gens pauvres, que nul ne veut accueillir. Comme eux avant d'atterrir à la Légion. Et puis ces bâtisseurs aiment construire quelque chose de leurs mains qui leur vaudra la reconnaissance de leurs chefs. Il faut voir leur attente fiévreuse lorsque le groupe formé par le colonel, son épouse, le commandant en second et Leïla entre dans la pièce plongée dans l'obscurité et se tasse dans un coin. Le silence se fait. On met la cassette en marche. Le spectacle terminé, la Marraine, enveloppée dans son manteau de fourrure, félicite invariablement les artistes : « C'est très beau, les enfants. » Et remet à chaque peloton – cinq par escadron, une vingtaine en tout – une enveloppe contenant un gros billet, de quoi rembourser les frais engagés. Avec elle, tout le monde a gagné, on se croirait avec Jacques Martin à *L'École des fans*. Le prix de la plus belle crèche, confortablement doté, sera remis à l'issue de discussions animées par le colonel au nom du régiment.

Sous l'arbre de Noël, personne n'est oublié. Ni les enfants des officiers et des sous-officiers qui défilent un à un devant Leïla pour recevoir leur cadeau, ni les légionnaires qui ont tous droit à un présent identique, remis par leur capitaine, un pull-over aux couleurs de la Légion, un stylo, un réveil... Leïla se facilite la tâche en remettant une belle somme d'argent à chaque escadron, seuls les brigadiers-chefs ont droit à un cadeau plus personnel. Plus tard, à huit ou neuf heures du soir, il y aura la messe, conclue sur un magnifique « *Stille Nacht* » : les capitaines y entraînent leurs hommes, croyants ou non, sachant qu'ils trouveront leur compte dans ces moments fraternels. Soucieux aussi de ne pas les récupérer sévèrement éméchés à la sortie.

Pour les familles, l'heure est venue de regagner leur foyer. Le soir de Noël, toutes les épouses le savent, la famille Légion prime sur la famille tout court. L'officier se doit à ses hommes comme le veut la caïda, la tradition des chefs. Car Noël, c'est le soir où, toutes misères quotidiennes oubliées, chacun retrouve son âme d'enfant, celle des enfants prévoyants qui ont posté en cachette leur lettre au Père Noël. Mais c'est aussi celui où les souvenirs remontent à la surface, où les légionnaires vident leur sac, où ils ne craignent pas de parler vrai devant leurs supérieurs, répondant à des questions que personne ne leur a jamais posées, comme il est de règle à la Légion. Le soir des solides coups de cafard. Seule la Marraine, privilège inouï, fait avec le chef de corps la tournée des escadrons, partageant le foie gras avec l'un, avec l'autre le chapon ou la bûche de Noël. Elle est la première à sabler le champagne, à faire honneur au réveillon, à reprendre les refrains avec entrain, à rire de bon cœur aux sketches, jeux et autres animations préparés par les humoristes de service : l'année écoulée est passée en revue, on parodie les incidents de parcours, les manies et les travers de l'encadrement, suscitant l'hilarité générale, y compris celle des victimes brocardées. Ce n'est pas une orgie, seulement de solides libations. Leïla est aux anges, son naturel est tel que sa présence ne change rien à l'ambiance : on ne chante pas moins fort, on évite peut-être certains débordements, moins parce qu'elle est une femme que parce qu'elle est l'âme du régiment. L'adjudant-chef Franco Petrali qu'elle connaît depuis Alger pour avoir fait un séjour au bastion XV quand il était blessé, un grand type au fort accent italien (sa famille est de Brescia, près de Milan), entonne : « *Questa picolissima serenata* ». Quand il a fini, elle l'appelle, lui fait voir sa joue pour qu'il y plante un baiser. Puis l'autre joue. « Deux bisous ! commande-t-elle, pour te récompenser d'avoir si bien chanté. » Un adoubement ! Sur le coup de deux heures du matin, un jeune légionnaire ukrainien qui vient de débarquer au régiment s'est réfugié en sanglotant dans un coin : elle va vers lui, lui parle en russe, longuement ; un moment après, c'est un autre homme qui regagne la tablée.

Telle la princesse du conte, Leïla s'éclipse discrètement au milieu de la nuit, rejoignant l'hôtel et Laddie endormi. Le colonel et son second, les commandants d'escadrons, les lieutenants, sont restés en service commandé jusqu'à la petite aube. Ils sont rarement très frais au dîner auquel Leïla les convie le 25 au soir avec leurs femmes, en pleine forme après une nuit des plus sages. Au bal du 1er janvier, elle est encore là, suprêmement élégante, en robe longue et collier de perles. Après quoi, elle reprendra, avec nostalgie, le chemin de la capitale. Nul n'aurait l'idée de la convier le 6 janvier à la fête des Rois, organisée par les sous-officiers, à laquelle chacun, colonel compris, se doit d'arriver costumé. Aussi jeune d'esprit soit-elle, on imaginerait mal retrouver la Marraine habillée d'une toile grossière et affublée de nattes blondes le jour où l'on a choisi pour thème « les Gaulois », pas plus qu'en sultane validé, lors de la soirée « Grand Vizir », dans un quartier Labouche transformé en palais des Mille et Une Nuits.

Pour Camerone, la grande fête de la Légion, le second temps fort de la vie du régiment, Leïla arrive souvent avec une semaine d'avance, histoire d'assister à la fête de la Saint-Georges, le patron des cavaliers. Là encore, elle fait pleuvoir les invitations, par catégorie – les officiers, les sous-officiers, les brigadiers-chefs... –, ou par unité, conviant un des escadrons pour un dîner ou un cocktail, quelque cent vingt personnes chaque fois. Elle demande aussi à partager au quartier le repas des uns ou des autres. À la veille du 30 avril, c'est l'incontournable « dîner de la Marraine » auquel participent tous les officiers, les présidents des sous-officiers et les représentants des brigadiers-chefs. Le lendemain, après qu'un lieutenant a proclamé l'immuable récit du combat de Camerone, après le défilé et la prise d'armes sur le cours Pourtoules, Leïla préside avec le colonel l'élection de Miss Képi Blanc. De l'avis général, elle fait montre d'un favoritisme éhonté, préférant systématiquement une femme ou une fille de légionnaire aux beautés locales, au risque de susciter les protestations du public. L'après-midi, le repas de corps terminé, le quartier est le théâtre d'une vaste kermesse. Légionnaires et gradés, tout le monde est mélangé, Camerone est ce jour, unique dans l'année, où les officiers apportent aux simples soldats leur petit déjeuner au lit. Il y en a pour tous les goûts, des présentations du matériel blindé et des attractions foraines, de la musique de variétés s'entremêlant aux chants de la Légion, de la barbe à papa et de la bière qui coule à flots. Ce soir, comme à Noël, il y aura des légionnaires au regard vague, certains se chercheront noise. Pour peu qu'elle les reconnaisse, la Marraine ne se gênera pas pour les interpeller par leur nom, les envoyant se coucher illico. Et, tels des enfants pris en faute, ils lui obéiront.

Toute occasion est bonne à Leïla pour descendre à Orange. Noël. Camerone. Les passations de commandement. Tous les deux ans, au cours de l'été, selon une implacable mécanique, un chef de corps part, remplacé par un autre. Présidant la table officielle avec, à sa droite, le colonel quittant son commandement, à sa gauche le colonel nouvellement désigné, Leïla du Luart incarne la continuité du régiment. Mais son rôle ne s'arrête pas là : mieux que quiconque, elle sait l'émotion de celui qui quitte son poste, mettant un terme aux deux plus belles années de sa vie. Il a quarante-cinq ans, un peu plus, un peu moins, il est encore loin de la retraite, de ce jour où il lui faudra raccrocher définitivement les gants, où, pour saluer son départ de la Légion, on lui remettra un képi blanc, une musette avec un bidon de vin, des légumes qui dépassent de la musette. Mais jamais plus, il ne commandera un régiment, et quel régiment ! En ce jour de lourde tristesse, d'autant plus difficile à gérer que celui qui prend le commandement est à l'inverse gai comme un pinson, le plus vaillant soldat aime à ses côtés la présence chaleureuse d'une Leïla.

Ses faveurs, elle ne les réserve pas au seul chef de corps. Autant les « pétits lieutenants », comme elle dit, restent à ses yeux des personnages secondaires, autant elle considère les « capitaines commandants » qui sont à la tête des escadrons comme les vrais seigneurs du régiment. Eux connaissent vraiment « ses » légionnaires. Les sous-officiers sont son autre réseau de renseignements. Ce sont eux qui forment l'ossature de la Légion. Tous ont commencé comme légionnaires. Seul leur mérite explique qu'ils soient sortis du lot. Ils ont au moins un contrat derrière eux, soit cinq ans de Légion, la plupart en ont dix ou quinze. Et puis, il y a ses chouchous, ses alter ego, les brigadiers-chefs, l'élite des militaires du rang. Pohl, leur président, un blessé d'Algérie, ne manque jamais de l'accueillir à leur popote. « Officier bouches à feu du régiment », c'est-à-dire chargé de l'atelier des armes et des munitions, une fonction importante pour une unité blindée, normalement attribuée, comme son nom l'indique, à un officier, c'est une forte personnalité. À ceux qui s'étonnent qu'il n'ait pas tenté de passer sous-officier, il répond nonchalamment qu'il préfère être le premier parmi les petits que le dernier parmi les grands. Pohl parti à la retraite, c'est Anton Nahm, un autre familier de la comtesse, qui prend le relais. La Marraine, il la porte dans son cœur. Avec son accent allemand à couper au couteau, il raconte à qui veut l'entendre que sa vision de l'humanité a changé le jour où, hospitalisé en 1953 à Saigon pour une dysenterie hépatique, il a reçu un colis contenant des confiseries, des cigarettes, du savon, du dentifrice, rien que des choses bonnes ou utiles. Soldat de la Wehrmacht engagé sur le front de l'Est, cinq ans prisonnier de guerre en Sibérie, impliqué à sa libération dans un attentat contre Adenauer, il a préféré s'engager dans la Légion que de risquer une nouvelle mise à l'ombre. Ce colis tombé du ciel quand il se sentait seul, abandonné de tous, il ne l'a jamais oublié. Quand il rencontre Leïla pour la première fois en chair et en os à Alger, elle est déjà pour lui l'image même de la Bonté. Une semaine passée au bastion XV, une sollicitude qui le suivra tout au long de ses années algériennes, en feront aux yeux d'Anton Nahm l'incarnation de toutes les vertus, une sorte d'ange bienfaiteur qui aurait oublié de remonter au ciel.

Les colonels passent, la Marraine reste

Du brigadier-chef au colonel, Leïla a mis tous les cadres du régiment dans sa poche. Si certains l'ont croisée des années plus tôt au Maroc ou sur les champs de bataille, la plupart font sa connaissance à l'approche de ses soixante-dix ans ou même à quatre-vingts ans bien sonnés. Surprise : ils en parlent tous sur le registre de la séduction amoureuse. Sa distinction, son élégance, son énergie, son humour, sa simplicité, sont souvent évoquées, mais il est surtout question de son sourire craquant, de sa voix envoûtante, de son parfum. L'un la voit « charmante au sens premier du terme, féerique ». Un autre, qui a eu le privilège de passer la main sous son corsage pour épingler sa barrette de décorations, évoque sa peau « très douce, exquise ». On ne se refait pas : Leïla adore les hommes, elle fait tout pour les conquérir. Et les hommes succombent en rangs serrés. Nulle ambiguïté dans cette attitude, la vamp est aussi la figure tutélaire du régiment, une sorte de statue du Commandeur, c'est un bisou, pas deux, on ne drague pas une dame qui enferme ses cheveux dans une résille.

Avec certains chefs de corps, elle entretient des relations plus étroites qu'avec d'autres. Avec le lieutenant-colonel François d'Aillières par exemple, qui succède en 1969 à Charles Bart à la tête du REC. On laisse entendre que Leïla a poussé la candidature de ce neveu par alliance. Le colonel, il est vrai, n'est pas passé par l'École de guerre, mais à l'époque, ce n'est pas un vice rédhibitoire. En tout cas, après avoir baroudé en Indochine et en Algérie, il a toutes les qualités pour occuper ce poste, il est adoré de ses hommes auxquels il se dévoue corps et âme. Leïla s'entend comme larron en foire avec cet homme jovial à la stature imposante et à l'œil clair, elle lui trouverait parfois une certaine ressemblance avec Nicky. Il voit les choses en grand, cela n'est pas pour lui déplaire : cavalier émérite, il est le seul colonel de l'armée française à avoir décroché pour monture une R 16, « une voiture de général », et adore les grands déploiements de chars sur le terrain de manœuvres du « Plan de Dieu » à l'est d'Orange. « Fafa », comme on l'appelle, c'est la Légion à l'ancienne. Il est décidé à tailler et à trancher dans le régiment pour lui redonner force et vigueur. Une transition nécessaire pour dépasser le douloureux départ d'Afrique.

« Les colonels passent, la Marraine reste », Leïla aime à rappeler cette évidence. Elle s'arroge du coup bien des droits. Passe encore qu'elle téléphone régulièrement pour demander des nouvelles de tel ou tel légionnaire, même si tout officier de Légion, censé avoir l'œil sur ses hommes, goûte peu de telles ingérences. Passe encore qu'à son habitude, elle court-circuite la hiérarchie pour s'enquérir directement des besoins des escadrons. « Alors, on fricote avec la Marraine ? » lance d'Aillières, agacé, au capitaine du 4e escadron à qui Leïla vient de signer un gros chèque, ayant compris à mots couverts

– cette femme-là n'a pas son pareil pour vous tirer les vers du nez – qu'il n'avait pas de douches à offrir à ses hommes dans l'ancienne armurerie affectée à son unité. Là où les chefs de corps ne sont plus d'accord, c'est lorsqu'elle cherche à empiéter sur leurs prérogatives.

Un soir de Noël 1973 qu'elle accompagne aux cuisines le colonel venu « goûter la soupe » avec son adjoint et l'officier chargé de l'ordinaire, elle croise un groupe de six légionnaires, s'étonne de les voir crâne rasé et en « tenue de bal » – un vieux treillis kaki. Il s'agit, lui dit-on, de la corvée de soupe des « punis de prison ». « En prison, le soir de Noël : c'est impossible. Libérez-les tout de suite. » Le bienveillant colonel Fesneau, qui a succédé au bouillant d'Aillières – « Je passe le commandement d'un ferrailleur à un bénédictin », a dit le général présidant la cérémonie –, ne se démonte pas. Si ces hommes, explique-t-il, n'ont pas été libérés comme les autres selon la tradition de Noël, c'est qu'il s'agit de récidivistes, de fortes têtes, rien que des cas graves. Leïla insiste, menace de rentrer tout droit à son hôtel s'ils ne sont pas élargis sur l'heure. Le chef de corps tient ferme en s'abritant derrière le règlement, ce soir, c'est impossible, demain peut-être... Cette promesse en poche, Leïla exige néanmoins de se rendre dans les locaux disciplinaires pour s'assurer des conditions réservées à ceux qui s'y trouvent. Les lieux sont chauffés, bien éclairés, les punis de prison ont droit au même repas de fête que les autres. Leïla n'acceptera de poursuivre la soirée qu'après avoir bu du champagne en leur compagnie. Le lendemain, le colonel tient parole. Des six hommes libérés, trois prennent aussitôt la poudre d'escampette.

Elle n'est pas toujours facile à comprendre, cette femme étrange venue d'ailleurs. Cyclothymique, elle est adorable un jour, insupportable le lendemain. Volontiers espiègle, la première à mettre de l'ambiance, à chanter, à rire, à prendre un accent parigot ou à utiliser des mots d'argot pour amuser la galerie, mais sujette parfois à de sévères accès de mélancolie. Passant d'une gaieté presque enfantine à un très grand abattement, comme si elle était soudain reprise par le tragique de l'existence. Même avec ceux qu'elle aime, il y a les jours avec et les jours sans. Selon l'humeur, elle passe du tutoiement au vouvoiement, conjugue le « Mon chéri » à tous les temps du singulier et du pluriel, du masculin et du féminin quand elle est en forme, se fait boudeuse par intermittences. Pas bégueule, familière des histoires lestes, elle déteste que les conversations virent à la franche gaudriole et invite sévèrement une petite serveuse dont un bouton du corsage a sauté, à se rajuster au plus vite. S'il est une constante dans son attitude, c'est sa parfaite maîtrise d'elle-même. Elle a une passion pour le champagne, prise aussi comme remontant un gin tonic légèrement dosé, mais jamais on ne la verra éméchée. Autre invariant : son aplomb proverbial. « Sachez, général, qu'on ne fait pas attendre la Marraine », lance-t-elle, au risque de plomber sévèrement l'ambiance, à son voisin de table qui, arrivé avec retard au mess des officiers où il était convié, lui présente ses excuses les plus plates.

La tournée des grands-ducs

Déroutante Leïla. Délicieuse, parfois odieuse mais toujours généreuse. Toujours à l'affût de ce qui manque au Foyer du légionnaire, ou dans les escadrons. Des douches pour l'un, pour l'autre les instruments de musique qui lui permettront de former un orchestre, vingt-cinq téléviseurs d'un coup pour équiper les chambrées. À Noël 1978, alors que le 2e escadron est en opérations au Tchad, elle affrète un petit avion pour acheminer les cadeaux au cœur de la brousse. On la voit toujours prête à fournir une aide ponctuelle à une famille dans le besoin, à éponger les terribles dettes de jeu de tel brigadier-chef, à renflouer les finances du mess le jour où elle apprend que l'adjudant-chef italien a déserté en emportant la caisse.

Les cadeaux pleuvent, les invitations aussi. À Orange et ailleurs. Aux Loges. Plus tard à Paris. Toute occasion est bonne pour retrouver les officiers que Leïla a connus au REC – ils y font d'ordinaire le plus clair de leur carrière, puisque c'est le seul régiment de cavalerie Légion. Souvent, après le dîner, lorsqu'elle reçoit chez elle, on fait cercle autour du piano et, accompagnés par Laddie, tous se mettent à chanter. Leïla n'est jamais si heureuse que pendant ces moments-là, son visage s'illumine, elle entoure de ses deux bras ses plus proches voisins, il y a tant de profond amour dans ce geste que, demeurées un peu en retrait, les épouses des officiers contemplent le spectacle attendries.

Le plus souvent, elle convie tout le monde au restaurant. Le temps fort des festivités parisiennes gravite autour du 14 juillet, dès lors que des éléments du REC participent au défilé. En 1970, pour la première fois depuis le putsch des généraux, les légionnaires défilent sur les Champs-Élysées. L'escadron désigné est arrivé une semaine à l'avance pour les répétitions. À la veille du jour J, Leïla se rend au Fort neuf de Vincennes où les hommes sont cantonnés, pour partager leur repas, amélioré à sa demande. Plus tôt dans la semaine, elle a réservé un accueil princier aux officiers et à leurs épouses, ainsi qu'aux anciens du REC présents dans la capitale, au Novy, rue Faustin-Hélie, dans le 16e arrondissement, un des cabarets russes les plus célèbres de la capitale. Un endroit qu'elle connaît bien pour l'avoir pratiqué dans les années 1920 quand Jef Kessel l'entraînait dans ces salons dignes d'un palais des bords de la

Neva, avec leurs tissus pourpres, leurs dorures et leurs miroirs. Leïla a réquisitionné la moitié de la salle, commandé le grand jeu, caviar, saumon, champagne et vodka. L'orchestre, à sa dévotion, joue les plus belles mélodies tsiganes, tour à tour tristes et follement gaies, « Kalinka », « Bandura », « Les Bateliers de la Volga », « Plaine ô ma plaine », « Le Temps du muguet ». Leïla vibre au son des violons et des balalaïkas, elle frappe des mains quand les cosaques entrent dans la danse en faisant claquer leurs bottes. Aussi adepte du « self-control » soit-elle, elle adore ces moments qui marient la nostalgie du pays perdu et la félicité d'une amitié partagée, il est si bon de sortir de soi-même, celui qui ne peut le faire est pour elle aussi à plaindre qu'un prisonnier dans son cachot. Lorsqu'elle le demande, l'orchestre se tait pour que les convives entonnent un chant Légion, à faire trembler les murs et les clients. Lorsqu'on se sépare, il est près de trois heures du matin.

Parfois, la fête a lieu au Raspoutine, rue de Bassano. Lorsque la compagnie est trop nombreuse, Leïla retient un salon de l'hôtel Baltimore, avenue Kléber, juste en face de chez elle. Ou bien invite au Bristol, rue du Faubourg-Saint-Honoré, où elle et Laddie ont élu un temps domicile. Un soir de 11 novembre où les troupes de Légion ont défilé avec la coloniale, retour du Tchad et de Kolwezi, elle inaugure un nouveau rendez-vous, à la Löwenbrau, une brasserie alsacienne installée sous une galerie marchande des Champs-Élysées afin de pouvoir inviter tous ceux qui le désirent, des officiers supérieurs aux hommes de troupe : la famille Légion n'est pas un vain mot, ce n'est pas pour rien que ses unités sont les seules, lors des défilés, à ne pas se scinder en deux en arrivant devant la tribune présidentielle. À l'entrée de la Marraine, entourée de ses officiers, le maître d'hôtel fait signe à l'orchestre de jouer « Le boudin ». La soirée se finira sur « La colonne », l'hymne du REC. Le pli est pris. À l'issue de chaque défilé parisien, il y aura « dégagement » à la Löwenbrau, une détente bienvenue pour ceux qui ont dû rejoindre à la petite aube leurs blindés à Rambouillet. Un tel traitement de faveur n'est pas sans faire de jaloux. « Pourquoi eux et pas nous ? » grommellent les légionnaires du 1er régiment étranger et du 2e REP, le jour où, patientant avec leurs petits camarades du REC sur le quai de la gare de Lyon, ils voient débarquer Leïla : accompagnée d'un vendeur ambulant, elle distribue bière et casse-croûte à chacun de ses cent vingt filleuls présents. Même au sein d'une famille unie, il est passablement irritant de constater qu'il y a des enfants plus gâtés que d'autres...

Va encore pour le casse-croûte. Mais quand il s'agit de caviar pour vingt, ou même de choucroute pour quatre-vingts ou cent personnes, l'addition est salée. Parfois faramineuse. À l'été 1971, le capitaine qui tient la caisse note, effaré, que la soirée a coûté trois mille francs quand sa solde mensuelle culmine à deux mille cent soixante-dix-neuf francs et vingt centimes. Un autre capitaine se trompe d'un zéro au moment de remplir le chèque après un repas de vingt-cinq convives – une fois n'est pas coutume, car Leïla paie toujours tout en liquide. À un troisième, un commandant cette fois, elle a confié le soin de régler un dîner chez Raspoutine. Mission accomplie : au moment où ils sortent dans la rue, le commandant lui rend ce qui n'a pas été dépensé. L'enveloppe est encore bien garnie. Furibonde, Leïla exige qu'il retourne sur ses pas pour distribuer ce qui reste aux serveurs, déjà fastueusement dotés.

C'est à croire que l'argent lui brûle les doigts. Question de gènes : on connaît la prodigalité des Caucasiens. Au régiment, on n'a pas oublié le chef d'escadrons Vatchnadzé, que Leïla a croisé au Maroc en 1943, un Géorgien à la voix de stentor et aux moustaches dignes du tovaritch Staline, systématiquement fauché en fin de mois pour n'avoir jamais rien su refuser à ses hommes. Autre précurseur célèbre, l'imam Chamyl, le héros de la résistance contre l'envahisseur russe qui, en 1859, accueilli comme un prince à Saint-Pétersbourg par le tsar Alexandre II quand il croyait, après sa défaite, être envoyé en Sibérie, distribue sans compter à ceux qu'il croise au sortir de son hôtel, tant et si bien qu'il est bientôt assiégé par tous les miséreux de la ville. Question de circonstances aussi. Leïla a tout fait pour assurer l'avenir de son fils, protégé par le double patronage de Joseph Sampson Stevens et de Ladislas du Luart, mais Nicky est parti vers un pays où les comptes en banque sont de peu d'importance. Elle aurait pu adopter un ou deux neveux. Elle a préféré adopter un régiment. Ces largesses lui assurent un pouvoir, ce qui n'est pas pour lui déplaire. Être « puissance invitante » n'est pas un vain mot. Malheur au colonel qui se risquera un soir à lui dire : « Vous êtes mon invitée » ! « Pardon ? » lui lance-t-elle avec des éclairs dans les yeux. Une façon de signifier : « Le régiment est à moi. » Personne ne cherchera plus à régler l'addition, ne tenant pas à être fusillé sur l'heure. Les rares fois où Leïla accepte de dîner chez un officier, elle ne manque jamais d'apporter saumon, blinis et vodka, qu'elle est passée prendre chez Petrossian ou rue Géricault, chez les Frères Soukhanov qui se mettent au garde-à-vous quand elle entre dans leur épicerie. Marque de délicatesse : elle sait les finances limitées des officiers. Volonté, insinueront certains, de cantonner ses amis de la Légion dans un statut de débiteurs. Ce serait oublier que les termes de l'échange sont moins inégaux qu'il n'y paraît. Si Leïla du Luart donne beaucoup au 1er REC, elle a envers lui une dette que rien ne saurait compenser : depuis la mort de Nicky, c'est lui qui donne sens à sa vie.

Évidemment, ces libéralités intriguent. Certains parlent d'un riche mari américain ou non, plutôt sud-américain

– Joe Stevens travesti en seigneur de la pampa ! –, aussitôt contredit par celui qui sait, de source sûre, qu'elle a fait sa pelote en lançant sa propre maison de couture. La fortune du Luart serait-elle mise à contribution ? Pourtant, Leïla donne clairement le sentiment qu'elle n'a de comptes à rendre à personne. Les rares chèques qu'elle signe sont tirés sur la banque Morgan, à New York. La seule chose dont on soit sûr, c'est que Jean Reille à qui elle a délégué la gestion de ses biens, confiera plus d'une fois à l'un ou l'autre des officiers : « Elle y va fort, votre Marraine ! »

Mon légionnaire

Généreux mécène, Leïla du Luart a assuré au régiment un train de vie qu'il n'aurait jamais eu sans elle. Mais c'est somme toute peu de chose au regard de la relation étonnante qui s'est nouée entre elle et les légionnaires. Au quartier Labouche, tous les dix mètres, elle s'arrête pour parler à un homme du rang ou à un sous-officier. Aussi courtoise avec eux qu'avec un général d'armée. Aussi attentive à ce qu'ils lui racontent. Elle ne se fait pas prier pour se rendre à « l'ordinaire », le restaurant des légionnaires, dans leur salle à manger, elle passe de table en table comme elle le faisait au bastion XV. Elle ne les connaît pas tous, surtout les nouveaux arrivés. Mais on sent que chaque légionnaire est pour elle une personne. C'est une mère qui parle à ses fils. Elle les tutoie, comme le font les officiers du régiment, une tradition à la Légion. Elle reprend avec beaucoup de gentillesse les Allemands qui, avec leur terrible accent teuton, n'arrivent pas à prononcer correctement son nom : « Non, pas “Marrain”, “Marraine”, répète avec moi. » Elle pose toujours les bonnes questions, cela peut durer des heures au risque de faire attendre les plus hautes autorités civiles et militaires. Elle prend en aparté celui qui a le blues. Aucune condescendance dans son attitude, aucune fausse sollicitude, elle tient vraiment à savoir si Untel a fait le stage prévu, elle se réjouit vraiment que tel autre ait gagné le triathlon. Et ne se prive pas de leur passer un savon quand elle apprend qu'ils ont fait une bêtise. Jamais elle ne se formalise de leur côté brut de fonderie, ce qui donne parfois des dialogues surréalistes. Un jour que le colonel la raccompagne à son hôtel après dîner, passant devant un légionnaire ostensiblement éméché, elle ouvre sa vitre pour lui lancer : « Tiens-toi droit ! » « Oui, Marraine », répond-il. Et de poursuivre : « Quel âge avez-vous ? » « Parce que tu veux m'épouser ? », rétorque-t-elle du tac au tac. Mine affolée du légionnaire. Et elle : « Eh bien, ça ne te regarde pas, mon chéri ! »

Il y a quelque chose d'émouvant dans les rapports qu'entretient cette femme apparemment comblée avec ces hommes cabossés par la vie. La Légion étrangère a de tous temps été le refuge des proscrits, des marginaux, des crève-la-faim, des laissés-pour-compte de toutes les défaites, de toutes les dictatures. Son recrutement fluctue au rythme des convulsions d'un monde en perpétuelle ébullition, on y a noté un afflux d'Alsaciens-Lorrains après 1870, d'Allemands après les deux guerres mondiales, de Russes après 1917, d'Espagnols après 1938, de Hongrois après 1956. À la fin des années 1960, du fait d'un faible recrutement étranger, plus de la moitié des légionnaires sont des « Gaulois », des Français dans le vocabulaire Légion. Non, comme dans les années 1930, d'anciens coloniaux qui ne trouvent pas leur place dans la société française ou de vrais durs recherchés par la police, mais souvent des petites frappes, des voleurs de bicyclettes. Au fil des ans, s'y adjoindront de nouveau des Allemands, des Anglais, quelques Asiatiques, des Européens du Sud. À l'approche des années 1980, le développement des opérations extérieures sera un argument de choc pour recruter de solides pointures.

D'où qu'ils viennent, quels qu'ils soient, les hommes du REC ont une passion pour leur Marraine. Ils n'ont pas l'habitude qu'une femme se penche sur leurs problèmes – au cours des cinq premières années d'engagement, ils n'ont pas le droit de se marier et il n'est pas question alors de vivre en couple en dehors du quartier. « Les légionnaires ont devant vous cette sorte de respect admiratif et amoureux qu'inspirent à des hommes de guerre apparemment brutaux la douceur de tout ce qui rappelle un foyer », écrit à Leïla un général de ses amis, qui n'est toujours pas revenu de ce qu'il a vu à Orange. On ne peut même pas parler d'adoption, ce qui laisserait supposer qu'elle est un corps étranger. Elle est chez elle au 1er REC. Il faut la voir sacrifier aux traditions de la Légion, critiquées parfois pour leur formalisme. Leïla en a d'emblée saisi l'utilité pour faciliter l'intégration d'étrangers facilement désorientés qui, au départ, comprennent mal la langue dans laquelle ils sont commandés. Tout est bon pour réaliser l'amalgame de plus de cent nationalités différentes, y compris des rites accessoires mais intangibles comme celui de la « poussière », juste avant de prendre place à table. « Vos gueules là-dedans ! » clame le chef de chant pour obtenir le silence. « Attention pour la poussière... Envoyez ! » Et chacun de boire cul sec le fond de vin rouge versé dans son verre. Après quoi seulement, on chantera « Le boudin », figé au garde-à-vous. Leïla donne de la voix comme les autres, laissant les hommes qui l'entourent entonner le second couplet du « Boudin », franchement égrillard celui-ci, dans le brouhaha des chaises déplacées. Avec sa voix grave et chaude, elle excelle dans le répertoire des chants Légion. Elle n'aime pas « Le giron », trop polisson, mais vibre à ceux qui évoquent la nostalgie des grands espaces, des vies antérieures turbulentes, qui exaltent l'héroïsme des grandes batailles, ceux qui font briller les regards d'un drôle d'éclat au souvenir des combats passés, des camarades qui ne chanteront plus jamais. Parmi les chants russes – moins nombreux que les allemands à la Légion –, elle a une tendresse particulière pour « Les Cosaques » qui parlent de cavaliers galopant dans les plaines du Caucase : accélérant le rythme à la fin des couplets comme le font les musiciens tsiganes, elle se revoit à Kamenomost, montée à cru sur un petit cheval kabarde, faisant la course avec ses frères. Mais la chanson qu'elle préfère à toute autre, c'est « Eugénie, les larmes aux yeux », qui évoque la malheureuse expédition au Mexique initiée par Napoléon III, là où prendra place l'épopée de Camerone. « Eugénie, les larmes aux yeux, nous venons te dire adieu... » Par sa beauté, sa liberté d'allure, Leïla a ressemblé par plus d'un trait à l'impératrice des Français à laquelle ces paroles étaient dédiées. Devenu l'hymne de la Marraine, « Eugénie » annoncera désormais, en lieu et place de « La Colonne », la fin des libations.

Une étrange alchimie

Comment expliquer le couple improbable formé par l'élégante comtesse et ses képis blancs ? Comme eux, c'est une étrangère au service de la France. Comme eux, elle a dû quitter son ciel et sa terre, connu les périls de l'errance, le dénuement matériel, l'absolue détresse d'être privée à jamais d'un être aimé. Comme eux, elle est une aventurière au sens plein du terme, ses aventures, il y a bien longtemps qu'elle ne les cherche pas au fond d'un lit mais sur le champ d'honneur, l'intrépidité est leur commun bagage. Comme eux, elle a vécu plusieurs vies dont elle est seule à posséder les clés. L'anonymat couvre ces « hommes sans nom », trois ans en général, plus s'ils le désirent. Leïla du Luart est, elle aussi, à sa manière « sous identité déclarée », celle de son mari, un couvercle commode sous lequel restent entassés ses anciens patronymes, ses existences précédentes, son âge réel qu'elle peine à avouer. En se présentant au centre de recrutement, les légionnaires ont dû raconter leur histoire, réelle ou fantasmée, l'enquête de sécurité a fait la part des choses. Une fois qu'ils ont passé la sélection, on ne leur posera plus de questions. On n'en pose pas non plus à Leïla. De toute façon, elle est passée maître dans l'art de l'esquive.

Il n'y a pas que sur ses finances que plane le mystère. Sa geste, on la connaît. Elle raconte volontiers ses guerres – pas celle d'Espagne toutefois. Sur le bastion XV, elle est intarissable. Mais, même à ses plus proches, elle ne livre que quelques lambeaux de son passé. De sa jeunesse russe filtre son amour pour les montagnes du Caucase, le peu d'estime dans laquelle elle tient les Géorgiens (ils foisonnent pourtant à la Légion), « des gens de la plaine et qui en plus font du mauvais champagne », son admiration pour le général Denikine. On ignore tout de son séjour en Chine, de ses accointances américaines, de ses années Chanel. Portée par un auditoire fervent, il lui arrive de s'abandonner à de drôles de confidences. Elle livre une version romancée de sa rencontre avec Bajenoff, selon laquelle celui-ci, aux portes de la mort, aurait confié à son supérieur, le général Hagondokoff, son rêve le plus fou : épouser sa fille Leïla. « Guéris et elle sera à toi ! » promet le général. Bajenoff ressuscité, la fille ne pourra se délier de ce serment. Leïla s'amuse aussi à reprendre à son compte la boutade qui courait dans le Paris des années 1920 sur le séduisant duc de Gramont, suggérant qu'il avait épousé sa première femme – une fille de la haute aristocratie –, « pour son écu », la deuxième – une Rothschild – « pour ses écus », la troisième – de trente-cinq ans sa cadette – « pour son cul » : guettant l'effet escompté, elle précise qu'il convient de prendre ces propositions dans le désordre, sans toutefois préciser lequel.

On ne sait jamais si elle fabule ou non. Du coup, les rumeurs les plus folles courent sur son compte, enflamment les imaginations, certaines brodent sur la réalité, d'autres sont une pure fiction. L'un parle du premier mari grand blessé, de son cerveau que l'on voyait battre à travers la peau. L'autre raconte une fuite à bride abattue à travers les steppes de l'Asie centrale jusqu'en Chine, la naissance de l'enfant à mi-parcours. Le troisième évoque en confidence les généraux chinois avec lesquels elle serait sortie pour assurer sa survie et celle de son bébé. S'il est en tout cas une certitude, c'est qu'elle a enterré son premier époux en terre chinoise. Nul ne soupçonnera jamais que Nicolas Petrovitch Bajenoff non seulement n'est pas mort à Shanghai, mais a émigré vers la France puis vers le Canada : installé à Vancouver sur la côte Pacifique où il a trouvé du travail comme employé de l'agence de voyages Thomas Cook and Son, remarié avec une femme de huit ans sa cadette, il mourra à l'âge de soixante-dix-sept ans le 17 mars 1969. Leïla le sait-elle seulement ? Tout porte à croire qu'elle a perdu sa trace à jamais.

Cette culture du secret, ce désir d'aller de l'avant sans trop se soucier du passé, tout cela, les légionnaires le partagent avec elle. Il faut tourner la page. La Légion sera pour eux la voie de la rédemption. Le moyen de retrouver leur dignité au risque de leur vie. Le légionnaire est d'abord un combattant, et un combattant volontaire qui se bat, non tant pour un pays qu'il connaît parfois à peine, mais parce qu'il s'est engagé à le faire. Parce qu'il a passé contrat. Sa devise n'est pas « Honneur et Patrie » comme dans le reste de l'armée, mais « Honneur et Fidélité ». « *Legio, patria nostra* », la Légion est sa nouvelle patrie, c'est à elle qu'il a juré d'être fidèle. Avec le recul, l'engagement pris par Leïla à la Mamora prend lui aussi une dimension presque sacrée. Au fond, Leïla a toujours été un légionnaire à sa façon avec sa boulimie de vie, sa flamboyance, sa fringale de voyages, son côté flambeur, son goût du décorum, des décorations. Ses vertus guerrières aussi. Eût-elle été un homme qu'elle aurait fait un chef d'exception, elle qui pratique avec un naturel confondant le style de commandement propre à la Légion, rude mais proche de ses hommes, dans l'idée que tous, du seconde classe au colonel, sont à la base des compagnons d'armes destinés à être engagés ensemble dans l'action.

À en croire la psychologie contemporaine, il y a une part masculine chez la femme, et une part féminine chez l'homme. Ce qui est vrai de l'individu l'est aussi des institutions. Dans le monde ultraviril de la Légion étrangère, s'il est un régiment dont l'âme est plus féminine que d'autres, un régiment volontiers sentimental, c'est le 1er régiment étranger de cavalerie qui allie la rigueur du légionnaire à la fantaisie du cavalier. Ce régiment ne demandait qu'à tomber sous le charme de Leïla du Luart. Elle ne demandait qu'à se laisser séduire. L'histoire d'amour du 1er REC et de sa Marraine est d'abord et avant tout l'histoire d'une double fascination.

16

La châtelaine de Coudrecieux

Le bonheur est dans le pré

Fin avril 1961, à son retour d'Alger, Leïla est coupée du REC à son grand désarroi. Marraine, elle ne le sera qu'en pointillé quelques années encore. Heureusement, il y a une vie en dehors de la Légion.

L'installation aux Loges va lui fournir une utile diversion. Une fois abandonnée la rue de l'Amiral-d'Estaing – l'hôtel est vendu en mai 1962 au gouvernement brésilien qui en fait la résidence de son ambassadeur –, tandis que le vieux marquis se repliait sur le Luart, Ladislas et Leïla ont acheté un appartement au 30 avenue Georges-Mandel, au-dessus du logement de leurs amis Sérigny. Ils ne l'habiteront que peu de temps. Campagnard dans l'âme, homme de cheval, passionné de chasse plus que jamais, Laddie rêve depuis un moment de faire des Loges leur résidence principale, sans oser en parler à Leïla. Surprise : elle prend les devants. Après ces années passées à faire le va-et-vient entre Alger et la métropole, elle aspire à une certaine tranquillité. Elle s'était un peu étourdie ces dernières années pour ne pas trop penser : elle se sent assez forte maintenant pour affronter le calme d'une vie rurale.

Et puis, elle aime profondément cette maison qui, d'une certaine façon, lui ressemble. Ressemble en tout cas à Leïla version années 1960. Toujours solide et vaillante, assurée d'elle-même, de ses fondations, mais délestée de l'accessoire, plus authentique. Pendant les années algériennes, les Loges ont vécu au ralenti, elle n'y faisait que des apparitions furtives, Laddie n'avait pas le cœur d'y venir seul. Volets clos, meubles houssés, le château était celui de la Belle au bois dormant que nul prince ne viendrait plus réveiller, enfermé qu'il était dans son cercueil de pierre. Dans la chambre de Nicky, une grande pièce au premier étage donnant sur la cour d'entrée, Leïla s'était refusée à rien changer : voici qu'elle y entreprend de grands rangements, bouscule l'ordre des meubles, met de nouveaux rideaux aux fenêtres. Il lui suffit désormais de caresser du regard avant d'éteindre le soir le portrait de Nicky en uniforme qui trône sur sa table de nuit, de se réveiller le matin avec lui. Lorsque Laddie, entrant à l'improviste dans la chambre, trouve sa femme à sa table de travail placée devant la haute fenêtre, le regard perdu au loin, très au-delà du large paysage qui s'ouvre devant elle, il sait à qui ce regard s'adresse.

Il n'y a rien de sinistre dans cette solitude choisie. Après tout, les Loges ne sont qu'à cent quatre-vingts kilomètres de Paris, ce n'est pas la mer à boire, surtout pour Laddie qui a toujours adoré conduire : une pièce de théâtre, un opéra, un dîner entre amis, la réception en novembre 1962 de Joseph Kessel à l'Académie française (réconcilié depuis bien longtemps avec Leïla, Résistance oblige, après le douloureux affrontement sur l'Espagne), et les habitants des Loges filent vers la capitale où ils occupent une suite au Baltimore, l'« hôtel borgne » de l'avenue Kléber. Le week-end, les petites vacances, les amis affluent, souvent flanqués d'une famille nombreuse. À l'automne, c'est la grande saison de la chasse. Les amis reviennent, sans enfants cette fois. Parmi eux, des invités prestigieux mais aussi des sous-officiers, des brigadiers-chefs, de simples légionnaires, heureux d'être accueillis le temps d'une permission. Et l'adjudant-chef Dubrana, réinstallé en métropole après la fin du bastion XV : Leïla entoure de mille soins celui qui fut son précieux acolyte, l'installe dans l'une des meilleures chambres du château, lui offre son permis de chasse. Les Loges – comme, hier, la FCM n° 1 –, c'est un peu la maison du bon Dieu. C'est bien le souvenir qu'en gardent Constantin, le neveu de Leïla, et sa femme Gwenaëlle, invités à y séjourner au printemps 1965 après un terrible accident de voiture qui a coûté la vie à leur premier enfant, un bébé de huit mois. Leïla a appris à mieux connaître en Algérie le fils aîné d'Ismaël, elle aime son humour et son anticonformisme, aussi opposées soient leurs opinions politiques, et elle s'est prise d'affection pour sa femme, une jolie Bretonne aux yeux clairs, fille d'un chirurgien résistant déporté à Neuengamme. Pour eux, effondrés de douleur, comme brisés dans leur élan vital – blessée aux cervicales, Gwenaëlle est de surcroît emprisonnée dans un corset de plâtre –, tante Irène est une extraordinaire bouée de sauvetage. En spécialiste du déchoquage, elle ne les quitte pas des yeux, surveille leur lente remontée vers la vie. Pour avoir connu ce malheur ultime qu'est la perte d'un enfant, elle trouve les mots qui apaisent, convoque les présences qui rassurent, invitant Ismaël et Ludmila, les grands-parents, à les rejoindre. Pendant plusieurs semaines, tous les quatre resteront blottis sous son aile, comme en apnée avant de replonger dans le brouhaha parisien, indifférent à leur peine.

Elle reste ce qu'elle a toujours été : l'ange gardien de sa tribu. Même à des milliers de kilomètres de distance. C'est à elle que, de San Francisco où Eugène, son mari, s'est reconverti en entrepreneur de menuiserie, Artemia fait ses confidences, évoquant le travail de fous auquel ils sont astreints pour s'en sortir, « de sept heures du matin à dix heures le soir et le dimanche aussi », et l'obstacle de la langue, et la tristesse de se voir transformés en petits vieux avant l'âge. Dès qu'elle le peut, Leïla rend visite à son beau-père au Luart. Depuis son veuvage, il est plus que jamais sensible aux délicates attentions dont elle l'entoure, à son infinie patience lorsqu'il marche à son bras autour du parc. Sa mort en 1964 ne relâchera pas les liens entre les deux propriétés. Privé de père à l'âge de douze ans, Roland du Luart, le nouveau maître des lieux, a toujours été considéré par Ladislas comme un fils de substitution. Avec Leïla aussi, les relations sont au beau fixe... tant qu'elle ne s'avise pas de dicter sa loi au jeune homme qui, désormais marié et père de famille, supporte mal d'être traité comme un gamin. Des étincelles vite éteintes : autant il existait une vieille rivalité entre Leïla et sa belle-sœur Élisabeth, veuve d'Elliott et mère de Roland, autant Leïla adore l'épouse de Roland, prénommée Élisabeth elle aussi, charmante, hyperféminine et, qualité prisée entre toutes, pleine d'admiration pour cette tante qui sort de l'ordinaire. En cadeau de mariage, Leïla a offert à Élisabeth le fusil espagnol délicatement ouvragé que lui avait donné Ladislas. Le dimanche, c'est avec bonheur que leurs quatre filles voient débarquer pour déjeuner cette tante au regard malicieux et aux mains chargées de surprises en tous genres. Aux Loges, les après-midi de pluie, Leïla imagine pour elles des activités nouvelles. Avec trois fois rien, elle invente un monde, évide des coquilles de noix, y fait couler de la cire, pique dedans une allumette, les petits bateaux improvisés flottent dans une bassine, les enfants sont grisées. Le plus incroyable avec cette tante Leïla, c'est qu'à la différence des autres adultes, elle ne fait pas semblant de jouer, elle joue vraiment, l'œil brillant d'excitation. Elle se met au niveau des plus jeunes, elle se rend de leur âge, comme elle le faisait en Italie, les soirs d'accalmie, avec Christiane ou Liliane, ou avec les assistantes sociales de la 5e DB en Alsace, au rang desquelles la jeune Edmonde Charles-Roux, épatée de découvrir en l'intimidante « ange des premières lignes » une âme sœur, toujours prête à rire et à faire la fête.

Un train de sénateur

En ce milieu des années 1960, à l'automne de sa vie, Leïla ne ressemble évidemment plus à la jolie fille aux joues pleines, habillée en costume kabarde. Ni au mannequin altier des années Chanel. Ni à l'héroïne tout juste quadragénaire des années de guerre. Elle a abordé depuis un moment déjà la face nord de la soixantaine. Mais c'est toujours une belle femme, aux traits fermes avec ses pommettes hautes, sa bouche bien dessinée, un nez qui donne son caractère au visage. Toujours bien coiffée – elle a fini par couper ses cheveux rassemblés en chignon sur la nuque, et se coiffe elle-même en un rien de temps avec un petit fer –, toujours soigneusement maquillée, les lèvres peintes, le teint matifié par la poudre, les ongles faits en rose fuchsia. Elle en jette. Dans la rue, les gens se retournent sur elle. Non parce qu'elle est démodée ou ridicule, seulement parce qu'elle a une allure folle, avec sa longue silhouette, sa démarche souple entretenue par une pratique quotidienne de la gymnastique et une hygiène de vie sans faille car elle mange et boit peu, même si elle ne craint pas de forcer la dose lorsqu'elle reçoit ses amis. Dans un salon aussi, elle est la vedette par la vivacité de ses propos et de son regard, son attitude jamais austère ni compassée.

Elle n'a rien perdu de son élégance, mais si recherche il y a, c'est toujours dans le sens du dépouillement. Par nature, elle avait le goût d'un certain clinquant, elle ne craignait pas d'être plutôt trop habillée que pas assez. Elle privilégie désormais les formes simples et bannit les fanfreluches. L'uniforme lui va bien, elle le sait. Même lorsqu'elle est en civil : comme imperméable à toute idée de mode, elle est invariablement habillée d'une jupe droite ou légèrement évasée à partir des hanches en lainage fin, et d'un twin-set assorti, ou d'un chemisier et d'un cardigan, le tout de couleur pastel, y compris les escarpins à petits talons, bleu pâle, rose poudré, gris perle ou blanc, une couleur qui lui va à ravir. Sa science du vêtement a dû lui apprendre qu'en étant ainsi habillée de clair dans une parfaite monochromie, elle tranchait plus sur le reste du monde qu'en adoptant des tenues bigarrées. On ne la voit jamais en pantalon sauf pour monter à cheval, sans doute a-t-elle plaisir à mettre en valeur ses longues jambes, étroitement moulées dans des bas de soie fins de couleur chair. Elle porte peu de bijoux, sinon son éternel collier de perles à trois rangs, elle a toujours eu une faiblesse pour ces « larmes solidifiées des anges », comme les appelaient les Romains. En fidèle disciple de Chanel, elle arbore aussi des colliers de fausses perles dans des tons nacrés harmonisés avec sa tenue du jour. Pour sortir, elle a toujours un petit chapeau sur la tête, souvent un tambourin noir, style Jackie Kennedy.

Les jolies femmes meurent deux fois, dit le dicton. Leïla a su vieillir. Cette femme n'a jamais aimé les défaites, fût-ce celle infligée par les ans. Est-elle nostalgique de sa beauté passée ? Difficile à dire. À une amie, elle a offert une photo d'elle à vingt-cinq ans en lui glissant d'un air gourmand : « Regarde comme j'étais belle. » Mais lorsque Élisabeth du Luart a déniché ce même portrait au fond d'un tiroir, elle lui a lancé : « Ah non, ne regarde pas ça ! C'était moi, ce n'est plus moi. Je ne vais tout de même pas m'amputer du plus clair de ma vie ! » On ne prend pas grand risque à jouer les dames raisonnables lorsqu'on sait pouvoir compter sur l'amour d'un homme. Et amoureux, Laddie l'est tout autant qu'avant. Bluffé par sa femme. Plus que jamais attendri.

Drôle de couple. Elle, débordante de vie, de santé, jamais aussi à l'aise que dans la passion, dans l'excès. Lui, gentil, disponible, respectueux des convenances, d'une courtoisie d'Ancien Régime, le roi du baisemain appuyé mais pas trop, toujours attentif en présence d'une femme à lui ouvrir la portière de la voiture, à marcher du côté du trottoir, à la précéder en montant comme en descendant un escalier. Elle, une femme d'effusions. Lui, impénétrable. Et pourtant, ce couple-là n'est pas un couple de façade comme la société en compte tant. Entre eux, au-delà d'un profond respect mutuel, d'une complicité amusée, on sent comme une harmonie secrète, et pas seulement lorsqu'ils chantent en duo, ou qu'ils passent au tutoiement quand ils se disent « vous » d'ordinaire.

Laddie en a pris son parti : il sera toujours l'éternel second. Il se pourrait même qu'il ait un peu peur de sa femme. Il lui arrive de patienter une demi-heure au volant de sa DS, en attendant qu'elle soit prête. Parfois, il lui tient tête, mais rarement : c'est mauvais signe quand ils se mettent à parler en anglais devant les domestiques. En homme sage, Laddie a toujours veillé à garder un domaine réservé. Exploitant agricole et forestier, président de la Fédération des chasseurs de la Sarthe, il a repris en sus, depuis 1960, la charge de lieutenant de louveterie que son père assumait jusque-là, une charge publique bénévole qui requiert d'organiser régulièrement des battues dans le canton pour chasser les nuisibles, non plus les loups comme dans le temps, mais les putois, les renards ou les sangliers. Il est aussi passionné de mécanique, il n'hésite pas, si sa voiture tombe en panne au bord de la route, à se plonger dans le moteur pour réparer l'avarie. Et s'amuse encore à démonter des moteurs de tondeuse à gazon pour équiper une motocyclette.

C'est sur le tard qu'il se décide à amorcer une carrière politique. En mars 1964, il devient conseiller général du canton de Bouloire. L'année suivante, il est élu maire de sa commune de Coudrecieux. Ce sera sa manière d'exister, de sortir de l'ombre afin de se montrer à la hauteur de sa glorieuse épouse. Le virus de la politique est un héritage familial. Son grand-père maternel a été député du Cher puis président du conseil général du département dans les années 1900. Son propre père, maire de sa commune. Il n'est pas dit que sa mort, l'année précédente, n'ait pas pesé dans la balance. Laddie est resté si longtemps sous son emprise ! Comment s'affirmer face à un père qui se refuse à voir ses enfants grandir ? Quelques années plus tôt, furieux de voir Ronnie se présenter en robe de chambre au petit déjeuner, il n'a pas craint de le renvoyer avec des mots peu amènes dans ses appartements, bien que son fils aîné ait fait quelque neuf mille kilomètres, depuis Cuernavaca au Mexique où il vit, pour lui rendre visite.

En femme intelligente, Leïla a compris l'utilité de ce rééquilibrage et fait tout pour encourager Laddie dans ses nouvelles ambitions. Est-ce un hasard si, tenant méticuleusement les registres du bastion XV, elle a fait noter l'origine géographique de chacun des permissionnaires, leur adresse, leur métier dans le civil ? Si elle s'est ainsi donné les moyens de contacter les deux mille conscrits originaires de la Sarthe ? Elle ressort pour l'occasion ses précieuses listes. 139e cycle (du 2 au 8 octobre 1959) : « Hamon Jean-Claude, cultivateur, Moncé-en-Belin ». 140e cycle : « Le Grand, Michel, matelot, Le Mans ; Guyon Jean-Pierre, boulanger, Château-du-Loir ; Vinette Jean, 2e classe, cultivateur, Vivoin »... Aucun n'a oublié la semaine de rêve passée au CMD.

Notable local, Laddie fait merveille dans ses nouvelles fonctions. C'est un homme droit, juste, qui ne se laisse pas influencer mais qui sait écouter. Le confort est à l'époque plus que rudimentaire dans les fermes. Il amène l'eau dans les villages et les maisons isolées, inaugure une station d'épuration à Coudrecieux, complète le réseau électrique, soutient l'artisanat, rénove l'habitat ancien, veille à l'entretien des chemins. Il défend les intérêts des agriculteurs, marche en tête des manifestations paysannes, crée une coopérative d'utilisation du matériel agricole. Dans ce petit pays rural, les gens en ont par définition contre les possédants. Cela ne l'empêche pas d'avoir la cote. Il connaît les gens par leur nom. Il autorise sur ses terres la cueillette des champignons. « Madame la comtesse » est bien vue, elle aussi. Dans chacune des huit communes qui constituent le canton de Bouloire, elle a créé une association qui regroupe les anciens combattants d'Algérie et a offert à chacune son drapeau. Pour le 8 mai comme pour le 11 novembre, elle organise un banquet à ses frais. Soucieuse de donner un air plus militaire à L'Union libre, la fanfare municipale, elle a fait accrocher des flammes à ses clairons et à ses tambours. La cérémonie des vœux est l'occasion pour les conseillers municipaux d'être reçus chaque année au château. La maîtresse de céans n'a pas son pareil pour détendre les timides, les empruntés. Un vent frais souffle sur le pays depuis qu'avec son époux, elle est installée aux Loges pour de bon.

Réélu aux cantonales de 1970, Laddie est porté à la vice-présidence du conseil général de la Sarthe. Depuis deux ans déjà, il a été élu – avec dix-huit voix de majorité ! – au Sénat. Inscrit dans le groupe des Républicains indépendants, il siège à la commission des affaires étrangères, de la défense et des forces armées. Conservateur de tempérament, il s'élève contre un projet d'augmentation des droits de succession, s'oppose à ce que l'attribution d'un permis de chasse soit conditionnée à un certificat médical plutôt qu'à un engagement sur l'honneur, défend les petites exploitations familiales contre les gros céréaliers. Il est l'un des rares sénateurs à refuser en 1974 l'abaissement de la majorité légale à dix-huit ans.

Derrière certaines de ses interventions, brèves mais énergiques, devant la Haute Assemblée, on sent l'influence de Leïla, quand il plaide pour accorder la qualité de combattant aux soldats du conflit algérien ou pour la suppression de la Cour de sûreté de l'État créée en décembre 1962 dans la foulée du putsch. Antigaulliste déclaré, c'est un râleur fini qui ne cesse de dénoncer le hold-up que les partisans du Général ont fait sur le pouvoir.

L'île aux enfants

Laddie devenu sénateur, sa femme l'accompagne dans sa nouvelle existence et passe souvent la semaine à Paris pendant les sessions parlementaires. Mais les Loges restent au cœur de sa vie. Elles sont l'ultime étape de Leïla l'émigrée, une demeure qui est la quintessence de l'esprit français, avec ses murs chargés d'histoire, son beau parc, et tout autour, comme sertissant ce petit bijou, la magnifique région des Pays-de-la-Loire, riche plus qu'aucune autre en châteaux, en églises, en abbayes, un condensé du patrimoine national. Les Loges, c'est l'exact contrepoint à la Légion étrangère, d'un côté l'enracinement dans un terroir, de l'autre le nomadisme revendiqué, d'un côté le respect d'un très ancien art de vivre, de l'autre la capacité à gérer l'imprévisible. Mais ici comme là, des rites et un professionnalisme sans faille.

Il n'y a pas que ses légionnaires et, accessoirement, son personnel à bénéficier des libéralités de la comtesse. De vieilles connaissances se rappellent régulièrement à elle. L'ex-correspondante de guerre Annie Gacon, qui vit chichement à Paris dans un petit appartement sous les toits, la sollicite pour trouver un logement plus grand. « Perez Moreno Ildefonso », comme il se présente, tailleur à la Formation chirurgicale mobile de 1941 à 1943, joue les revenants. C'est à Leïla du Luart que ce réfugié politique espagnol doit d'avoir pu s'établir à Settat, ne pouvant suivre la FCM en Tunisie. Plus tard, il a dû se reconvertir comme magasinier à Casablanca dans une maison anglaise de vins et de spiritueux. Son souhait le plus cher est maintenant de gagner la France où ses enfants font des études, mais, étant apatride, il lui faut pour cela présenter un contrat de travail. Si d'aventure Madame la comtesse... Le courrier s'accumule sur le bureau de Leïla ; lorsque le tas est par trop impressionnant, elle étend par-dessus un linge blanc. N'empêche que sa générosité est vite devenue légendaire dans le pays. Lorsqu'une famille a des problèmes, elle sait à qui s'adresser. Leïla offre aux uns une machine à laver automatique, aux autres la croix de communion du petit. Lorsqu'un ancien meurt, elle aide à payer le caveau. Un jeune homme de Montaillé, à une dizaine de kilomètres de Coudrecieux, risque de perdre son emploi faute d'un moyen de locomotion, il demande qu'on lui achète une motocyclette, donne même la marque. La comtesse dit oui... sous réserve de choisir l'engin elle-même !

Aux alentours de Noël, elle a pris coutume d'organiser une séance récréative pour les enfants de Coudrecieux dans la salle paroissiale. Ils sont près de trois cents, tous déguisés, à ouvrir de grands yeux devant les tours du magicien-illusionniste avant d'accéder à un plantureux goûter. Pour les enfants des fermiers et des domestiques, d'autres réjouissances sont prévues, au château cette fois, devant le grand sapin dressé dans la salle à manger. À Pâques, Leïla leur fait peindre des œufs. L'été, pour occuper les jeunes du village, elle monte un camp de vacances. Sur un terrain derrière le château, elle a fait installer des agrès, des toboggans, des tourniquets. Secondée par une petite équipe à sa dévotion, elle organise des jeux de ballon, de boules, de volants, des chasses au foulard, des signes de piste, monte des sketches, les fait chanter en les accompagnant sur son accordéon. Elle a toujours de nouvelles histoires à leur raconter, les petits écoutent, fascinés, son drôle d'accent. Les parents au départ n'étaient pas très chauds : à la belle saison, on a toujours besoin de bras dans les fermes, mais les enfants ne leur laissent pas le choix. Leïla passe les prendre avec sa nouvelle Simca 1000, les ramène pour déjeuner, refait la tournée l'après-midi, sans que les familles aient rien à débourser. Le succès du camp est tel que les candidats affluent. Les filles supplient qu'on les prenne aussi, et bientôt les enfants de tout le canton. Ils sont une bonne centaine, dont un car assure le ramassage. Leïla désigne parmi les grands de quinze ou seize ans ceux qui feront office d'animateurs, habille tout le monde en boy-scouts – short et chemise kaki, foulard rouge et blanc, pataugas pour les garçons ; jupe plissée bleu marine, corsage blanc, foulard et béret pour les filles. Le centre fonctionnera pendant plus de dix ans, six jours par semaine, en juillet et en août. Leïla est présente le plus clair du temps, toujours increvable. Elle a l'œil à tout : lorsqu'il y a veillée autour d'un feu de camp, on garde les enfants à dormir, les garçons couchent dans l'une des fermes, par terre avec leurs duvets. Le frère Ismaël, entraîneur de volley-ball à ses moments perdus, organise des tournois. Fin août, pour la fête de clôture, on invite les parents. Leïla fait venir un manège de Connerré ou de Saint-Calais, il y a des courses en sac, de la pêche à la ligne, des jeux de fléchettes. Elle a préparé des enveloppes pour remercier tous ceux qui ont contribué bénévolement à la réussite du camp.

Dans la commune, il n'y aucun terrain pour jouer au football. S'étant emparée du problème, elle convainc son mari de lui laisser la libre disposition d'un champ et fait aménager les lieux à ses frais, depuis les travaux de drainage jusqu'à l'édification de sanitaires en dur avec douches et vestiaires, l'un pour l'équipe locale – L'Étoile sportive de Coudrecieux, au maillot bleu et jaune, les couleurs du Luart –, l'autre pour les visiteurs. Perfectionniste, Leïla est décidée à faire de cet ensemble sportif un modèle du genre, rien ne doit être laissé au hasard, pas même le terrain de boules pour lequel elle importe de Tuffé du falun tamisé, un genre de sable qui durcit une fois qu'il est mouillé. À s'investir ainsi, elle réussit à amadouer même les opposants politiques.

Le premier cercle

Mais, aux côtés de Leïla, il y a d'abord et surtout deux hommes, fidèles entre les fidèles. Le premier, c'est Jean Reille. Ce cousin germain de Laddie, subrogé tuteur du jeune Roland à la mort de son père, est fondé de pouvoir chez un agent de change : c'est à lui que Leïla a confié la gestion de ses finances. L'homme sait être discret : il a amplement prouvé pendant la guerre son goût de l'action clandestine. Ce long type brun aux tempes dégarnies est l'ami dont on rêve. Doté d'un incurable optimisme, d'une belle joie de vivre, il n'a pas son pareil pour raconter des histoires. Comme Leïla, il a perdu son fils aîné, André, à vingt-trois ans en Algérie, cette épreuve commune les a soudés, même s'ils n'en parlent jamais. Financier de métier, il ne jure que par l'armée ; n'était sa famille nombreuse, il y serait bien resté après-guerre. En revanche, il ne fait pas mystère de son gaullisme. Amoureux de la vie, Jean l'est aussi des femmes. Il avoue que Leïla l'a fait beaucoup rêver, jeune homme. Aurait-il bénéficié un temps des faveurs de la compagne de son grand cousin lorsque ces deux-là étaient en froid ? Il laisse planer le doute.

L'autre familier, c'est François d'Aillières, l'inénarrable Fafa. Au moment où il prend le commandement du REC, Leïla n'a fait que le croiser dans des réunions familiales. À compter de là, ils ne se quitteront plus. De trois ans plus jeune que Nicky, Fafa est d'une autre génération. Ce hussard droit dans ses bottes a mille qualités, mais une tendance à se caricaturer lui-même. C'est une grande gueule qui ne boit pas que pour étancher sa soif. Il a refusé de faire l'École de guerre au motif qu'il était un cavalier combattant et non une tête pensante. « Colonel cinq ficelles » en fin de carrière, il doit sans doute à Leïla de passer en seconde section général « quart de place ». C'est lui qui, souvent, l'accompagne à Orange pour Camerone, au grand soulagement de Laddie. Lui encore qu'elle appelle au débotté lorsqu'elle est requise à Paris par ses devoirs de brigadier-chef d'honneur, ainsi ce jour de mai 1978 où elle décide de rendre visite à Saint-Mandé à un légionnaire du 2e REP hospitalisé à Bégin après s'être blessé en sautant sur Kolwezi. Leïla peut compter sur ses deux affidés. Avec Jean, elle forme un inséparable duo, même si, face à elle, il restera toujours le petit garçon : c'est Leïla le dompteur, elle qui le fait passer dans son cerceau. Greffe plus tardive, d'Aillières est, lui, dans le rôle du cadet, une sorte de fils d'adoption. Il est attaché à la protection de sa suzeraine. Mais parfois, on ne sait plus trop qui veille sur qui, Fafa défendant, s'il en était besoin, Leïla contre le monde extérieur, Leïla passée maître dans l'art de protéger Fafa contre lui-même.

L'amitié, ça se cultive. Si Leïla continue à aimer les bistrots peuplés de vieux émigrés russes, elle s'est trouvée une nouvelle cantine, Ramponneau, avenue Marceau, près de la place de l'Alma. Un restaurant de tradition installé là depuis 1925, où l'a entraînée un ancien du REC passé directeur chez Peugeot, qu'elle appelle « mon petit aspirant ». Elle s'y rend à chacun de ses passages à Paris, y invite sa famille, ses amis, militaires ou non. Elle a sa table, toujours la même, à côté de la caisse, et prend place sur la banquette. Elle a son maître d'hôtel, Jean-Pierre, un enfant de la place de Clichy qui a commencé comme commis chez Lasserre et a servi, jeune appelé, comme brigadier-chef dans l'artillerie antiaérienne. Elle a ses habitudes : la compagnie à peine assise, on apporte la coupe de champagne offerte par la maison. Elle préside parfois à une grande tablée. Le cadre de Peugeot et Fafa d'Aillières occupent le bout de la table. Ce sont les voyous de la classe. En fin de repas, l'ambiance monte. Leïla fait signe au maître d'hôtel : « Va dire au général qu'il baisse un peu le ton », à moins qu'elle n'apostrophe elle-même les chahuteurs : « Hé, le petit aspirant, tu mets la veilleuse ? » Quand il y a des épouses, ce qui est rare, elles restent le plus souvent bouche cousue.

Ramponneau compte bien des clients hauts en couleur, Serge Gainsbourg entre autres. Mais lorsque Leïla pousse la porte, on note une fébrilité toute particulière. C'est une reine qui fait son apparition, même si, habillée d'un simple ensemble en maille, elle ne porte pas de traîne, même si, pour tout diadème, elle arbore un petit galurin qu'elle gardera toute la soirée sur la tête, et si elle ne tient d'autre sceptre qu'un éternel parapluie. Une fois encore, la magie joue. Comme avec les légionnaires. Comme avec ses équipes de la FCM. Comme avec les conscrits d'Algérie. On peut toujours invoquer, comme on l'a fait précédemment, la munificence proprement royale de la comtesse du Luart. Le dîner fini, franchissant la haie des serveurs respectueusement alignés, elle remet à chacun un billet soigneusement plié de façon si discrète que le plus fin des observateurs n'y voit que du feu : cinq cents francs pour le maître d'hôtel, cent francs pour chacun des garçons, sans oublier la caissière. Lorsqu'elle dîne, ce qui lui arrive, en tête à tête, il y en a pour plus cher en pourboires que sur l'addition. Ce flot d'or suffirait à expliquer la fascination qu'elle exerce. Mais on sent bien qu'il y a autre chose, une réelle attention aux autres, une immense délicatesse, le besoin d'être aimée peut-être. Autrement, pourquoi n'omet-elle jamais de demander au maître d'hôtel des nouvelles de sa famille, de sa femme Rosario, une Basque espagnole, et de ses quatre enfants ? Pourquoi commande-t-elle systématiquement une autre bouteille de vin juste avant qu'on ne sorte de table, afin que le personnel en profite ? Pourquoi, en été, par beau temps clair, se munit-elle d'un parapluie dans le seul but de donner aussi un pourboire à Artemis, la dame du vestiaire, sans risque de la vexer ?

On ne se refait pas. Leïla a toujours aimé être un phare, un soleil. Jouer les premiers rôles. Elle aime qu'on vante ses mérites, conserve soigneusement toutes les lettres de remerciements qui lui sont adressées, elle est attentive aux titres, aux grades, aux honneurs, ils lui donnent le sentiment d'être pleinement reconnue par cette France à laquelle elle a tant donné. Elle a toujours veillé à donner le plus d'éclat possible à ces moments exaltants entre tous que sont les remises de décoration. Le général Weygand l'avait faite chevalier de la Légion d'honneur, le général Juin, officier. C'est encore lui qui, devenu maréchal, lui remet le 21 mai 1965 la croix de commandeur de la Légion d'honneur, quand celle-ci lui avait été attribuée dès octobre 1959 « en qualité de présidente du Centre de détente interarmées d'Alger » – un délai totalement inhabituel. L'occasion de manifester sa fidélité sans faille à celui à qui son désaccord sur la politique algérienne du général de Gaulle vaut depuis quelques années d'être mis à l'écart de la vie publique.

En septembre 1979, lors d'une prise d'armes à Orange, le général Lennuyeux – Leïla l'a connu à Sidi bel-Abbès du temps où il était « père Légion » – accroche à son côté la plaque de grand officier de l'ordre national du Mérite « en hommage à [son] exceptionnelle carrière militaire ». En avril 1984, lorsqu'elle se voit remettre par Jacques Chirac la grande médaille de vermeil de la Ville de Paris, l'ambiance est détendue dans les salons de l'Hôtel de Ville. Au moment où le maire entame un petit discours de circonstance, l'héroïne du jour, lui mettant la main sur le bras, lui fait signe d'abréger. L'air de dire : « Inutile d'en rajouter, nul n'ignore ici qui je suis et ce que j'ai fait. » On l'imagine mal pourtant jouer les blasées, aussi impressionnante soit la liste de ses décorations – elle est encore titulaire d'une croix d'officier de la Couronne de Savoie, d'un Mérite civil cambodgien, d'une médaille d'honneur du service de santé des Armées... La vérité, c'est que Leïla est fatiguée. Ces dernières années, les épreuves ne l'ont pas épargnée.

L'adieu aux Loges

Atteint de polyarthrite, Laddie souffre depuis longtemps de ses mains, ce qui ne l'empêche pas de conduire toujours à vive allure, au risque de se retrouver un jour dans le fossé avec sa DS, un accident heureusement sans gravité. Mais on lui découvre un cancer de la prostate dont il mettra trois ans à mourir. S'investissant à fond, comme à son ordinaire, Leïla veut tout savoir de cette maladie, elle lit les revues médicales, assiste à des colloques, fait à Paris le tour des services spécialisés, traque les nouveaux traitements. Laddie, pessimiste de nature, aurait plutôt tendance à baisser les bras. Il avait déjà décidé de ne pas se représenter aux élections cantonales : à l'automne 1977, il laisse la mairie de Coudrecieux entre les mains de son premier adjoint. Et, ayant achevé son mandat de neuf ans au Sénat, abandonne l'idée de se représenter. Le combat semble de toute façon mal engagé, la ville du Mans ayant au printemps basculé dans le camp communiste. Mais son neveu Roland, qui a relevé le défi, est élu au second tour avec le meilleur score du département : son étiquette giscardienne ne l'a pas empêché de bénéficier du report de certaines voix communistes. Décidément, ce jeune homme doué est le digne héritier de la tradition familiale : à vingt-quatre ans, à la mort de son grand-père, il est devenu maire du Luart, à trente-sept ans, le voici sénateur. Et président, à la suite de Laddie, de la Fédération des chasseurs de la Sarthe.

Tout cela est une consolation bienvenue au moment où un autre abandon s'impose. La décision est prise de vendre les Loges. Laddie et Leïla sont âgés, ils n'ont pas d'enfant pour prendre la relève. Thierry le Luron se porte un temps acquéreur. C'est au bout du compte Claude Hervé, un enfant du pays, qui aura la préférence. À quarante ans, ce fils de cheminot a fait fortune dans la grande distribution, il est propriétaire de plusieurs hypermarchés autour du Mans. Leïla aime les battants. Claude Hervé a un autre atout maître : première classe dans un régiment d'artillerie, hospitalisé en 1959 à Alger après une mauvaise chute lors d'une embuscade, il a goûté une semaine aux délices du bastion XV avant de rejoindre le djebel ! « Non, Claude, pas "Madame la comtesse", "Marraine !" », lui dit Leïla à sa première visite aux Loges. C'est elle qui discute le bout de gras, lorsqu'on en vient à parler de ce qu'on laissera dans le château, le canapé et les fauteuils de velours rouge, la table Louis XIII du grand salon, la verdure qui y est accrochée : « Dites oui à tout ce que voudra mon mari, on en parlera après », a demandé Leïla, soucieuse d'épargner Laddie, malheureux comme les pierres. Bien qu'en passe de franchir la barre des quatre-vingts ans, elle semble prendre ce bouleversement avec philosophie. Un jour que l'acquéreur débarque aux Loges, il la trouve, devant la haie de thuyas qui borde la maison au sud, affairée à remonter avec deux employés des arbres couchés par la tempête, tirant sur les cordes avec une vigueur inentamée ! Laddie vit ce passage de témoin comme la fin d'un monde. Leïla, aussi désolée soit-elle de quitter ces lieux qu'elle aime, assiste en inguérissable curieuse à l'accouchement d'un monde nouveau. Il y a parfois de quoi être un peu étonnée : c'est en hélicoptère que Claude Hervé a convié ses vieux parents à découvrir sa future demeure. Plus tard, à Paris, Leïla invitera plusieurs fois au restaurant le nouveau propriétaire des Loges mais, jamais, elle n'y remettra les pieds. La nostalgie n'est pas sa tasse de thé.

Si les Loges ont été vendues avec les trois fermes attenantes, l'essentiel des bois, plus de six cents hectares, est venu compléter le domaine forestier déjà rattaché au Luart. Pas une seconde, Leïla n'a imaginé faire pression sur son époux pour qu'il renonce à ce cadeau en faveur de son neveu, bien que Laddie l'ait instituée dès février 1948 sa légataire universelle. L'esprit de famille, chez elle, se double d'un sens dynastique qui ne souffre pas d'exception : il est normal que le fief familial revienne au seul héritier du nom, père depuis peu d'un fils, un nouveau Roland. Elle demande seulement de pouvoir disposer, au rez-de-chaussée du Luart, d'un petit appartement où installer quelques meubles qu'elle aime bien, et surtout son piano à queue sur lequel elle joue de temps à autre pour le plus grand bonheur de ses nièces. Réinstallés pour de bon à Paris, Ladislas et Leïla ont pris un appartement au 61 avenue Kléber. Un grand appartement confortable aux profonds canapés de velours rouge (toujours du velours, toujours du rouge, comme aux Loges, comme dans l'hôtel de la rue de l'Amiral-d'Estaing), mais meublé sans recherche excessive, pas de commodes marquetées, pas de cartels sur la cheminée, aux murs pas de portraits d'ancêtres, des gravures plutôt qui garniraient aussi bien les murs d'un cercle militaire. Encore un paradoxe cultivé par Leïla. Il y a longtemps qu'on ne l'a pas vue dans une robe de prix, de son appartement tout luxe est exclu. Cette femme a tout fait pour devenir riche, et pourtant posséder ne l'intéresse guère.

Bientôt, Laddie est trop malade pour quitter Paris. Leïla lui consacre tout son temps, le soigne jour et nuit, refuse qu'on l'hospitalise. C'est un nouveau bras de fer qui se joue avec la Mort. Cet homme est le sien, elle veut le garder. Leurs quarante-cinq ans de vie commune ont été semés d'absences, de silences, d'orages. Elle ne l'a pas toujours ménagé. Mais leur amour a survécu. Laddie a toujours su qu'en épousant Leïla il ne faisait pas le choix de la facilité : mais sa fierté d'elle n'a fait que croître au fil des années. Leïla sait ce qu'elle doit à cet homme qui a toujours encouragé sa soif d'entreprendre, d'agir, de donner, au risque de bousculer les règles qui régissaient le monde autour de lui. Pour l'amour d'elle, il a accepté de n'avoir pas d'enfant de son sang. Elle aura été le piment de sa vie. Mais de la sienne, il aura été le ciment.

17

Leïla, les larmes aux yeux

Priorité à la Légion

Si l'amalgame est une technique chère à la Légion – on mélange volontairement les différentes nationalités afin de favoriser l'unité du corps –, elle ne sera jamais pratiquée par Leïla. Elle lui préfère de loin le système des caissons étanches. La famille d'un côté, la famille Légion de l'autre. Ou, pour être plus précis, la famille, la belle-famille et la famille Légion. Ces vies parallèles, ces fidélités parallèles, lui conviennent à merveille. C'est une garantie de liberté supplémentaire, une belle richesse que de pouvoir endosser des rôles si divers, chef de file respecté chez les Hagondokoff, personnage exotique et fascinant chez les du Luart, déesse tutélaire à la Légion. Mais priorité reste donnée à cette dernière.

Les obsèques de Ladislas du Luart en seront une illustration. Même si Leïla a eu tout le temps de se préparer à cette idée, la mort de son mari, le 14 février 1980, la laisse étrangement désemparée. Elle retrouve les mêmes réflexes qu'à la mort de Nicky, recule le moment de la mise en bière jusqu'aux limites du raisonnable. Pendant trois longs jours, la chambre de Laddie est transformée en chapelle ardente. Lorsque Leïla voit débarquer avenue Kléber le commandant en second du REC, venu avec un autre officier lui présenter ses condoléances, elle accueille ces visiteurs avec urbanité, élégante dans sa longue robe d'intérieur, et devise avec eux devant une tasse de thé. À croire qu'il ne s'est rien passé. C'est seulement après un long moment qu'ayant abaissé ses défenses, en larmes, elle les guidera jusqu'à la chambre où Laddie repose dans une semi-obscurité, éclairé seulement par un cierge. Lors de l'enterrement au Luart, il y a foule dans la petite église du village, entre la famille, les amis, les gens du pays et les personnalités, préfet, sous-préfet, députés, sénateurs, venus rendre un dernier hommage à une figure locale. Les gardes de la Fédération de chasse en grande tenue portent le cercueil, les anciens combattants ont sorti leurs drapeaux. Mgr de Bengy est arrivé de Tours pour célébrer l'office entouré du curé du village et de deux autres prêtres. Il revient à un cousin, sénateur et président du conseil général de la Sarthe, de prononcer l'éloge funèbre de Ladislas du Luart : « Tous ceux qui l'ont connu et aimé, dit-il, garderont le souvenir de cet homme de devoir, à la haute et fière silhouette, dont l'intransigeance apparente et les réactions parfois brutales cachaient de grandes qualités de cœur qui le faisaient se pencher avec attention sur les difficultés des uns et des autres, quelle que fût leur condition. » Un éloge qui pourrait tout aussi bien s'appliquer à Leïla, à croire qu'au fil du temps, ces deux êtres si différents ont noué d'étranges similitudes.

Le colonel d'Alançon qui commande le 1er REC a fait le déplacement depuis Orange, accompagné de son épouse et d'une douzaine de ses subordonnés. Tous ont pris le train de nuit pour Paris. Quatre Mercedes avec chauffeur les accueillent gare de Lyon. Au Baltimore, avenue Kléber, des chambres ont été réservées pour qu'ils puissent se rafraîchir, avant de se rendre au 61 de la même avenue, où Leïla les attend pour la levée du corps. Après quoi, le groupe prendra la route pour le Luart, où ils participeront au déjeuner familial avant de gagner l'église. La sollicitude de Leïla ne s'arrête pas là. Elle tient à installer ses amis du REC au premier rang de la nef. Et, la cérémonie finie, tandis que le convoi se forme pour gagner à pied le cimetière, prend d'autorité le bras du colonel qui tentait de se fondre dans la foule. Juste après l'inhumation, elle n'hésite pas à entraîner au café les brigadiers-chefs, regagnant la dernière le reste de la compagnie, invitée à se restaurer au château. Ultime attention, elle glisse au colonel de quoi inviter tout le groupe au Train Bleu, le restaurant mythique de la gare de Lyon, avant de reprendre le chemin du Midi. Pour une fois indiscipliné, il préférera au fastueux décor Second Empire une brasserie plus simple aux portes de la gare. Une façon de prendre quelque distance avec l'encombrante prédilection manifestée tout au long de la journée, au risque de conforter dans leurs préventions ceux qui accusent le REC de vampiriser sa Marraine.

La revue de Marraine

Camerone 1983. Depuis bientôt deux ans, le 1er REC est commandé par le lieutenant-colonel Bertrand de La Presle. Son arrivée a provoqué des remous. On n'avait jamais vu ça : un chef de corps n'ayant fait qu'un court séjour au régiment comme lieutenant, quand il est de tradition de nommer à ce poste envié un officier qui y a fait le plus clair de sa carrière. En quelques semaines, La Presle a mis tout le monde dans sa poche. Doté d'exceptionnelles qualités humaines, d'une vive intelligence et de beaux états de service, La Presle est un parangon des vertus attendues d'un officier de Légion. Le hasard ayant voulu que, blessé à la tête après avoir sauté sur une mine dans le Constantinois, il soit trépané à la veille du putsch, il n'a pas été comme ses camarades impliqué dans la tourmente. Dix ans plus tard, il commandera les trente mille hommes de la Force de protection des Nations unies en Yougoslavie et, général d'armée, finira comme gouverneur des Invalides son éclatante carrière.

Seule une personnalité aussi incontestée pouvait se permettre de prendre cette initiative étonnante : demander à la Marraine de passer les troupes en revue. Un beau geste mais en marge de toutes les traditions militaires. Il n'y a qu'un officier général à pouvoir le faire, ou bien, parmi les autorités civiles, celles qui sont en prise hiérarchique directe, le président de la République, le Premier ministre, le ministre de la Défense ou son secrétaire d'État. La Presle n'en a cure. Son régiment est au complet, quand, d'ici quelques semaines, deux de ses escadrons partiront pour le Liban, que d'autres seront dans les prochains mois « projetés » au Tchad et à Djibouti. Il vient de subir une petite révolution avec l'arrivée de nouveaux chars de combat, les AMX 10 RC, des engins blindés de reconnaissance à roues et amphibies surnommés les Rolls Royce du désert. Le prétexte est tout trouvé : 1943-1983, quarante ans de marrainage ! Le colonel sait aussi que l'occasion ne se représentera pas puisqu'il doit quitter son commandement à l'été. Il a incidemment appris qu'on avait diagnostiqué un cancer chez Leïla.

Dans sa proposition, il entre surtout une immense affection pour elle. Il ne l'avait jamais rencontrée avant de prendre le régiment : il a d'emblée été conquis par cette femme, par son charme, son humour. Son côté autocrate n'est pas pour lui faire peur, il a de la défense. Dans l'ordre du jour qu'il adresse en ce 30 avril aux « officiers, sous-officiers, brigadiers-chefs, brigadiers, trompettes et légionnaires du 1er régiment étranger de cavalerie », La Presle vante le « merveilleux charisme personnel de la comtesse Ladislas du Luart », « son inaltérable sollicitude, sa rayonnante et inépuisable générosité ». Pour lui, on ne commande bien, comme on n'obéit bien, qu'avec amour. Ce n'est pas le moindre paradoxe pour une armée professionnelle, explique-t-il volontiers, de n'être un outil vraiment opérationnel de maîtrise de la violence par la force des armes qu'à condition de développer en son sein un amour viril. Or la Marraine est à ses yeux un parfait exemple de cet amour aussi profond que dénué de sensiblerie. Il insiste sur le fait qu'elle est un « grand soldat ». Qu'elle soit sensible aux honneurs, il ne s'en formalise pas, il sait bien que les étrangers qui ont vaillamment servi la France goûtent plus que quiconque cette forme de reconnaissance. Il va combler Leïla sur ce plan-là.

La prise d'armes a duré plus longtemps que d'ordinaire. Tous ceux qui y assistent ont conscience de ce que ce moment présente d'exceptionnel. Une expérience inédite. Non reproductible. Elle laisse à ceux qui l'ont vécue le souvenir de minutes d'émotion pure, révélatrices des liens hors norme qui se sont tissés entre Leïla et son régiment. Des liens dont l'un des capitaines du REC vivra dans l'après-midi une autre illustration. Après le défilé dans les rues de la ville, la kermesse bat son plein. L'officier fait le tour des stands avec une comtesse en pleine forme, comme dopée par sa prouesse matinale, quand un brigadier-chef s'approche d'elle : « Marraine, je voulais vous dire, tout à l'heure quand vous nous passiez en revue, vous étiez très belle... » Le capitaine sourit d'un air entendu. Mais son sourire se fige en entendant la suite : « D'ailleurs, je disais à mon camarade : on se la f'rait bien encore ! » Elle se contentera de répondre à son admirateur, en lui mettant la main sur l'épaule : « Mon pauvre ami, tu serais bien déçu... »

Leïla octogénaire reste une éternelle gamine. Encaissant les compliments avec un éclair de malice dans le regard. Applaudissant des deux mains lorsque, au retour d'un dîner parisien, les officiers qui la ramènent chez elle dans la nuit prennent, pour faire les malins, deux ou trois ronds-points à contresens. Rien de forcé dans cette attitude, une réelle jeunesse d'esprit. Rien qui porte à rire, plutôt un courage qui impose le respect. Le soir du 31 décembre, au bal de la Saint-Sylvestre, c'est dans une longue robe de dentelle ivoire qu'elle fait son apparition. Personne ne danse à la table officielle. Le lieutenant Yakovlev débarque tout droit de l'École de cavalerie de Saumur et là-bas il est de tradition que le plus jeune en grade invite la femme du colonel. A fortiori la Marraine. Laquelle voit, un peu surprise, ce grand jeune homme se casser en deux devant elle. À vrai dire, elle l'avait déjà repéré. À Noël, c'est la crèche de son peloton qui a remporté le premier prix. À la messe, c'est lui qui a pris l'initiative de faire chanter « Les Nuits de Moscou » (« *Podmoskovnie Vetchera* »), aux légionnaires du 1er escadron, une gageure, aucun d'eux ne parlant un mot de russe. Renseignements pris, le charmant lieutenant, fort bel homme de surcroît, est bien d'origine russe comme le suggérait son nom, petit-fils d'un socialiste révolutionnaire issu de la noblesse d'épée qui fut secrétaire d'État dans le gouvernement Kerenski. Des années plus tard, passé général (il a commandé le REC à l'orée du nouveau siècle), Michel Yakovlev avoue ressentir encore « des frissons dans la colonne vertébrale » au souvenir de ces quelques pas de danse avec la Marraine. Cette taille élancée, cette finesse de l'ossature, cette impression de tenir du verre entre ses doigts... Ce n'est pas rien de serrer une légende vivante contre soi. Après deux danses, alors qu'il la ramenait à sa place, toute rose de plaisir, elle lui a glissé, en lui décochant un radieux sourire : « Dis-moi, tu t'occuperas bien de mes légionnaires ? »

Il lui faut passer la main, elle le sait. L'année précédente, assistant dans l'église Saint-Louis des Invalides au mariage d'un officier, elle a été victime d'un malaise. On l'a transportée dehors, sous le péristyle de la cour d'honneur, allongée sur la banquette de moleskine noire, il a fallu batailler pour qu'elle accepte qu'on prévienne la famille. Leïla est une malade impossible, il y a longtemps que ses médecins ont renoncé à la raisonner. C'est contre leur avis qu'elle est descendue à Orange pour Noël. Chez les Hagondokoff, on se veut de solide constitution. Le général a, par ses exigences, épuisé son entourage jusqu'à sa mort. Ismaël montera en concours hippique jusqu'à l'âge de quatre-vingt-cinq ans. Leïla a toujours fière allure. Elle s'est un peu voûtée peut-être, son visage s'est creusé, ses yeux sont souvent bordés de larges cernes mauves. Mais nul ne penserait à voir en elle une vieille dame. Elle continue à conduire sa voiture, se courbe en deux sans effort en mettant ses mains bien à plat par terre, heureuse de démontrer qu'elle n'a rien perdu de sa souplesse. Mais on sent bien que depuis la mort de Laddie, il y a un ressort de cassé. Elle n'a jamais aimé la solitude. Elle se rend parfois au Luart mais n'y passe jamais plus de deux ou trois jours. Elle n'a jamais beaucoup lu et a toujours détesté écrire. Elle s'ennuie, a du mal à marcher même si elle ne se plaint jamais. Du coup, elle reçoit à tour de bras, chez elle – elle a quitté l'avenue Kléber pour un appartement de location au 6 de la rue Jean-Goujon –, ou au restaurant. L'un des anciens du REC débarque-t-il dans la capitale qu'elle bat aussitôt le rappel. Tous les dimanches soir, elle tient table ouverte chez Ramponneau, où elle invite ses amis officiers avec femme et progéniture, même nombreuse. À leur contact, elle oublie tout, et la perte de ses hommes, et le silence de son appartement, et les douleurs qui la tourmentent jusque dans le creux de la nuit. Elle n'a rien perdu de son entrain. Cela donne parfois des soirées mémorables, comme, l'année d'avant sa mort, ce dîner en l'honneur d'un de ses fidèles « officiers d'ordonnance » en partance pour la Guyane. À la sortie du restaurant, sur le trottoir de l'avenue Marceau, l'air enveloppe Leïla d'une étrange douceur, les marronniers sont en fleur. D'ici quelques jours, ce sera l'été. La vieillesse n'est un naufrage que pour ceux qui consentent à lui ouvrir la porte.

Celle de la rue Jean-Goujon reste grande ouverte à ses légionnaires. Sur l'interphone, Leïla a inscrit la mention « 1er REC », à croire qu'elle est l'antenne parisienne du régiment. La chose s'est vite sue. Des légionnaires, des brigadiers–chefs, qui passent par Paris, débarquent chez elle sans crier gare, ils savent qu'ils trouveront là une oreille compatissante, de quoi se restaurer, éventuellement un petit billet pour faire la fête pendant le week-end. Ses amis officiers la mettent en garde. Ils craignent qu'elle ne soit exploitée. Ou même que cela finisse mal : aussi généreuse soit-elle, elle ne le sera jamais assez pour un légionnaire pris de boisson. Annick de La Presle sait de quoi elle parle, elle qui s'est un jour retrouvée à Orange enfermée dans une chambre froide, son geôlier, un brigadier-chef employé aux cuisines, n'acceptant de la libérer qu'à la promesse expresse d'être reçu par le colonel en personne.

À Camerone 1984, Leïla avait déclaré forfait. Au Noël suivant, elle ne sera pas là non plus. La croissance anarchique de ses globules blancs – elle souffre d'une leucémie – a peu à peu raison de son indomptable énergie. À l'Hôpital américain, boulevard Victor-Hugo à Neuilly, sa famille l'entoure. Ismaël est là tous les jours, Leïla le force à finir son plateau de déjeuner, lui demande de masser ses jambes douloureuses. Mais sa famille Légion est présente aussi. Lorsqu'elle reçoit un officier cher à son cœur, elle n'hésite pas à demander au frère qui est là de quitter sa chambre. Après quelques semaines où, épuisée de fatigue, elle ne se ressemblait pas, elle est redevenue totalement elle-même. Impeccable dans ses jolies chemises blanches ornées de dentelle. Bien coiffée. Légèrement maquillée. Ongles faits. Lorsque, à la veille de Noël, Florence, l'une de ses petites-nièces, est passée la voir sans prévenir, elle l'a mise dehors sans ménagement, ne la laissant rentrer qu'un quart d'heure plus tard, après avoir soigné sa tenue avec le secours d'une aide-soignante. La tête soutenue par ses oreillers, elle parle d'une voix douce. Il fait chaud dans la chambre, elle écarte ses draps, fait la coquette devant les La Presle venus lui rendre visite : « Regardez comme j'ai les attaches fines. » « Elle nous possédera jusqu'au bout », pense avec tendresse le général tandis qu'ils quittent la chambre, les yeux pleins de larmes, conscients qu'ils ne la reverront plus.

Ce même jour, revenu en urgence d'une chasse en Espagne avec Élisabeth, Roland du Luart trouve à sa tante étonnamment bonne mine, dans sa chemise de soie, une liseuse rose jetée sur ses épaules. Fraîche comme une jeune mariée. Leïla s'est faite belle pour ses retrouvailles avec Nicky et Laddie. Le lendemain, lundi 21 janvier 1985, « à neuf heures quarante-cinq minutes, Hala Elmiskhan Hagondokoff, dite Gali, veuve de Louis Charles Ladislas du Luart » s'éteint à l'Hôpital américain. À quelques jours de ses quatre-vingt-sept ans, comme Constantin, son père. Ismaël, son petit koumir – soixante-quatorze ans –, est à son chevet. Ultime pied de nez aux règlements, Leïla a exigé que son corps soit ramené rue Jean-Goujon. C'est là qu'aura lieu la mise en bière, en présence de deux de ses frères et de quatre amis légionnaires. Autour d'elle, comme de juste, rien que des hommes. Un prêtre de la rue Daru est là aussi, dans sa longue robe noire, avec quatre ou cinq chanteurs. Chacun tient une bougie allumée et dépose dans le cercueil un petit souvenir, une photo, une fleur, un petit message. Comme une déclaration d'amour.

Dans la pochette plastique que Leïla gardait toujours sur elle, on trouvera, outre son permis de conduire, sa carte d'identité et la photo d'un insigne du groupement tcherkesse de Collet hérité de son père, trois photos : celle du maréchal Juin lui remettant sa croix de commandeur de la Légion d'honneur, celle de Laddie encore jeune, celle de Nicky en uniforme de l'armée américaine. Une fois encore, rien que des hommes. Ceux qui ont compté plus que tout dans sa vie.

Des obsèques dignes d'un maréchal d'Empire

« Madame, vous êtes la fille généreuse et ardente des seigneurs du Caucase, le secours des blessés de tous nos combats et la grande dame de la Légion étrangère » : prenant la parole à l'issue de la cérémonie religieuse célébrée dans la cathédrale Saint-Louis, le gouverneur des Invalides, le général Gabriel de Galbert, a su trouver les mots justes pour évoquer la personnalité de Leïla du Luart. « L'Archange », comme on nomme à la Légion ce paladin respecté, sait de quoi il parle : il n'a pas oublié le sourire de celle qui l'a accueilli en juillet 1944 près de Sienne alors que capitaine au 3e spahis marocain, il venait d'être sévèrement blessé par une balle explosive. Son bras gauche inerte en témoigne. Il s'adresse à celle qui a su « allier les extrêmes, la résolution inflexible et la tendresse, le panache et la simplicité, le besoin d'ordre et le goût de la fête ». Il parle des liens qui, depuis quarante-deux ans, l'unissent au 1er REC, « dont chaque joie est partagée avec vous, chaque besoin deviné et comblé, chaque deuil pleuré avec une croix de fleurs blanches, comme celle que les brigadiers-chefs qui vous entourent en cet instant ont placée sur votre corps ».

Ce matin du 29 janvier, la nef de Saint-Louis des Invalides est bondée. La Légion a bien fait les choses. Dès la nouvelle du décès connue, un petit « goum » a été envoyé depuis Orange à Paris pour préparer les obsèques. À la gauche du chœur, les deux familles, Hagondokoff et du Luart. À droite, les officiels et une impressionnante brochette de képis étoilés, au rang desquels la plupart des anciens chefs de corps du 1er REC. Le régiment s'est déplacé en masse avec son colonel, l'essentiel de son état-major, plus quelque cent vingt hommes, l'équivalent d'un escadron, dont une grosse délégation de brigadiers-chefs. Le protocole complexe mis en œuvre sera bouleversé au dernier moment par l'arrivée de la princesse Napoléon, qu'on installe sur un fauteuil de velours rouge placé en biais à gauche du chœur. C'est à un jésuite, le père Jean Dumort, que revient la charge du sermon. Invitant à méditer sur les qualités d'une femme hors du commun – « sa prodigieuse vitalité, son charme irrésistible, sa générosité inépuisable » –, il y voit pour sa part « l'image rayonnante de la Providence divine, le visage humain de la tendresse de Dieu ». Le *Requiem* de Gabriel Fauré emplit les hautes voûtes. Après le bel éloge funèbre du général de Galbert, la sonnerie aux morts retentit, reprise en écho, de l'autre côté de la grande verrière, depuis la crypte où dort l'empereur Napoléon. L'étendard du régiment et les fanions des sept escadrons s'inclinent devant le cercueil, recouvert du drapeau tricolore. Alors, à l'étonnement général, les hommes du REC entonnent « La Colonne » : après tout, les paroles de ce chant guerrier ne sont pas déplacées dans une église puisqu'elles évoquent des fautes expiées, un sacrifice et une croix.

« La Légion ne pleure pas ses morts. Elle les honore. » Cette phrase, dans laquelle Leïla a puisé la force de repartir après la mort de son fils, ne sera que partiellement validée lors de ses obsèques. Car si elle est dignement honorée ce jour-là, elle est pleurée aussi. Seul avec sa tristesse, chacun regarde droit devant soi. Les plus glorieux soldats, pas toujours des tendres, sortent discrètement leur mouchoir : « Leïla, les larmes aux yeux, nous venons te dire adieu... » Le comble de l'émotion est atteint lorsque, après l'absoute, neuf brigadiers-chefs descendent la nef en portant le cercueil, précédés de Pohl, leur président, et traversent la cour d'honneur entre deux haies de képis blancs au garde-à-vous. Leïla du Luart était, de par sa volonté, toujours restée civile : on ne peut lui rendre les honneurs militaires. Mais nombre de ceux qui ont assisté à cette cérémonie se souviendront d'obsèques dignes d'un maréchal d'Empire. « Avec elle s'éteint la dernière femme d'épopée », écrira Valéry Giscard d'Estaing qui avait fait Leïla grand officier du Mérite.

« Vous qui aimez la gloire... »

« Vous avez écrit votre volonté de reposer avec votre fils à Orange parmi les tombes des légionnaires », disait dans son allocution le général de Galbert, imaginant déjà « l'y voir portée dans quelque temps, entourée de tous les képis blancs, comme l'un des leurs qui entre dans la légende ». Depuis toujours, ses amis du 1er REC ont entendu Leïla affirmer qu'elle voulait être enterrée dans le carré Légion aménagé pour le régiment au cimetière du Coudoulet à Orange. Elle l'a dit, répété. Mais, là où Galbert se trompe, c'est qu'elle n'a jamais consigné cette volonté par écrit. Constantin, Georges et Ismaël sont farouchement opposés à ce que leur sœur soit enterrée à Orange, sa place est près de Nicky au cimetière russe. Le REC a pris ses désirs pour des réalités. Le colonel insiste, de hauts gradés mettent tout leur poids dans la balance mais ce sera Sainte-Geneviève-des-Bois et nulle part ailleurs, après une célébration plus intime à la cathédrale Alexandre-Nevski de la rue Daru.

La famille reprend ses droits. Au cimetière, seule une petite délégation du REC a suivi les légionnaires porteurs. « Vous qui aimez la gloire, soignez votre tombeau... » Suivant l'admonestation de Chateaubriand, le mausolée est resplendissant, Leïla l'a toujours entretenu avec un soin jaloux. Tous les ans, elle l'a fait chauler en blanc. Il y a encore quelques mois elle a fait repeindre le bulbe surmontant l'édifice. Son neveu Constantin est payé pour le savoir. Convoqué à la petite aube sur le pont Alexandre-III, il a passé la matinée à mélanger sur sa palette du vert émeraude, du vert Véronèse, du blanc, un peu de noir, de la terre de Sienne, pour tenter de retrouver la jolie patine d'une statue qui plaisait à tante Irène. Dans la crypte, on a placé le cercueil de Leïla au-dessus de celui de Nicky. La tombe du bas restera vide puisque Laddie a choisi de rejoindre le caveau de famille au Luart. Sur les murs de la petite chapelle, gravée en or dans le marbre, cette inscription en lettres romaines mais aussi cyrilliques : « Comtesse I. du Luart, née Gali Hagondokoff, commandeur de la Légion d'honneur, grand officier de l'ordre national du Mérite ». À deux pas de là, la tombe Hagondokoff, massive, en granit sombre poli. Le bébé Sacha y a rejoint depuis longtemps déjà ses arrière-grands-parents, Nina, l'aînée des filles, y repose elle aussi. Et Tamara. Sur l'écusson monumental aux armes de la famille qui surmonte la tombe, Leïla a souhaité que la croix de Saint-Georges remplace le croissant qui signait l'appartenance des siens à l'islam : pour elle, le général se doit d'arborer ses décorations. Pensionnaire du même cimetière depuis 1966, Zinovi Pechkoff, le filleul de Maxime Gorki, une autre figure de la Légion qui, entré en 1914 comme deuxième classe, amputé d'un bras l'année d'après en Artois, finira général de corps d'armée, ambassadeur extraordinaire et grand-croix de la Légion d'honneur, a demandé que, sur sa tombe, soit portée une seule inscription : « Zinovi Pechkoff, légionnaire ».

Adieu Leïla ! Gali la Circassienne a pris le pas, fermement encadrée par ses frères qui battent froid aux hommes du REC. Sans doute ont-ils le sentiment qu'elle a dissipé l'essentiel de sa fortune pour la Légion. Ce qui n'est pas faux. Dans le testament déposé dès 1973 chez maître Morin, le notaire de Bouloire, elle avait voulu que le capital du trust établi par Joe Stevens, ainsi que le reste de ses biens, soit transmis à Laddie s'il lui survivait, ou distribué, s'il venait à disparaître avant elle, en parts égales à Constantin, Georges et Ismaël. Au bout du compte, leur part sera plutôt mince, une fois payés les droits de succession. Mais le comble, aux yeux de l'intransigeant Ismaël, à qui ses frères ont donné pleins pouvoirs pour régler ces affaires, c'est qu'il devra produire au fisc français des preuves multiples des libéralités consenties par sa sœur, attribution de médailles, lettres de remerciements, attestations en tous genres, afin de se laver de tout soupçon d'avoir empoché discrètement le magot !

La colonne brisée

Si certains avaient parfois jugé Leïla un peu envahissante dans ses dernières années, sa mort laisse au régiment un grand vide. Le REC reste le REC, bien sûr, « À nul autre pareil ». Un régiment magnifique doté d'une longue histoire bien particulière avec ses traditions de cavalerie, ses chefs prestigieux, ses légionnaires hauts en couleur, ses faits d'armes glorieux, les nouvelles missions dont il est investi, en Afrique noire ou en Afghanistan. Mais le 1er REC, c'était aussi la Marraine, la pierre angulaire du régiment, un élément de son patrimoine. Le nouveau colonel se sent orphelin. Plus de Marraine pour se réjouir de son accession au trône. Plus de Marraine à Noël pour faire la tournée des crèches et prendre part à la veillée. Plus de folles réjouissances organisées par elle à la veille de Camerone. Plus de dégagements bruyants à la Löwenbrau après le défilé du 14 Juillet. Plus de ces apartés surtout qui réchauffaient le cœur des légionnaires. Il faut compenser ce manque et pérenniser son souvenir. Un concours est lancé. Un brigadier-chef recueillera tous les suffrages en proposant une colonne brisée, en double référence au chant de marche du REC et à la mutilation que représente pour lui la perte de sa Marraine.

Dans le PC de commandement, elle est là qui vous accueille dès la porte franchie, son portrait voisinant avec la longue liste des anciens chefs de corps. À l'étage, dans la salle d'honneur, un espace lui est réservé, où l'on peut voir nombre de photos d'elle, sa selle d'amazone, ses décorations. Transformée en « pavillon Comtesse du Luart », l'ancienne popote des officiers accueille toutes les réceptions officielles. Les brigadiers-chefs ont, eux aussi, un sanctuaire qui lui est consacré, une ancienne salle de billard rebaptisée « Salle Marraine » dont les murs sont couverts de panneaux à sa gloire, une salle habituellement fermée à clé où l'on introduit cérémonieusement les jeunes légionnaires pour leur raconter en images la belle et longue vie de cette grande dame ; deux fois par an, c'est là que se fait la remise des galons aux brigadiers-chefs. Sous l'imposante voûte de style mauresque qui permet d'accéder, tout au bout du camp, au foyer du légionnaire, une plaque rappelle que si ledit foyer a été baptisé « le Chenoua », c'est en hommage à la comtesse du Luart qui avait aménagé en Algérie un camp de repos du même nom.

Un leitmotiv presque obsédant. Car la Marraine a investi non seulement les lieux, mais le calendrier. À la veille de Camerone, lors de l'hommage rendu aux morts du régiment au cimetière du Coudoulet, un beau lieu parsemé de grandes dalles blanches, le colonel ne manque jamais d'évoquer le souvenir de celle dont la place est toujours réservée au premier rang, entre la tombe du père Tiberghien, l'aumônier du régiment, et celle réservée au chef de corps qui viendrait à mourir au combat. Plus tard dans la matinée, les brigadiers-chefs déposeront une gerbe de fleurs blanches au pied de sa stèle, la colonne brisée, érigée à l'entrée du quartier. Un 21 janvier sur deux, le jour anniversaire de sa mort, une cérémonie du souvenir se déroule devant sa tombe à Sainte-Geneviève-des-Bois, jalousement entretenue par la Légion, suivie par une messe aux Invalides. Mais Leïla du Luart mérite mieux que d'être campée en sainte de vitrail. Cette femme hors du commun serait plutôt l'un de ces ancêtres fastueux et facétieux, souvent intrépides, qui font le charme des vieilles familles en général, et la gloire de la Légion étrangère en particulier, elle qui a toujours eu le culte de ses morts, cette couronne invisible qu'elle voit comme un facteur de cohésion unique. Au début de l'année 2009, une exposition dans les beaux bâtiments du Val-de-Grâce à Paris retraçait vingt-huit « Histoires d'hommes » de la Légion étrangère ayant connu des destins hors du commun. Parmi eux, deux femmes, Susan Travers, la Britannique, et Leïla du Luart, la Circassienne. Une preuve de plus, s'il en était besoin, qu'elle appartient de plein droit à la cohorte magnifique de ces étrangers – pas toujours des enfants de chœur – qui ont servi la France au péril de leur vie.

Ex-président des brigadiers-chefs, retraité après trente ans de service, Jean-François, un « Gaulois », a bien connu Leïla. Qu'elle soit unique, il en est convaincu : « Des vies comme la sienne, il y en a une sur un million. » Qu'elle soit un exemple pour tous, il le pense aussi. Mais il aime l'idée qu'elle ait ressemblé à ses filleuls, qu'elle ait eu comme eux des bonheurs et des galères, qu'elle ait fait la fête et parfois fausse route, qu'elle ait eu des amours, des amants : « Une belle fille comme ça, excusez-moi... Dans la vie, pour s'en sortir, on fait ce qui doit être fait. Son courage, en tout cas, on ne le lui enlèvera jamais. La Marraine, conclut-il, on n'a pas besoin qu'elle soit une extraterrestre ! »

Conclusion

Une Circassienne ne meurt jamais

Je ne la connaissais pas. Un jour de juillet, il y a trois ans de cela, un général de mes amis m'a glissé son nom à l'oreille. C'était, disait-il, un sujet taillé pour moi qui avais déjà, dans un livre, évoqué la belle figure de mon père, l'un des premiers Français libres, compagnon de la Libération, mort au combat en Indochine à trente-cinq ans alors qu'il commandait un régiment de Légion. J'avais en outre l'étonnant privilège de siéger, seule femme, quasiment seul civil, au conseil des anciens de cette institution, je disposais ainsi d'un poste d'observation privilégié pour tenter de comprendre les liens noués entre Leïla et le 1er REC.

À vrai dire, je me souciais peu de replonger dans l'histoire militaire. J'avais eu tant de mal déjà à décrire mon père dans le feu de l'action, à Narvik, à Bir Hakeim, à Radicofani, dans les Vosges. Comment puiser dans mon monde à moi, si calme, si policé, de quoi faire passer un souffle épique, et la vaillance des soldats, et la souffrance des blessés, et la mort omniprésente ? Par acquit de conscience, j'ai pris malgré tout un premier rendez-vous avec des gens qui l'avaient connue, puis un deuxième, un troisième... Cette femme étrange, j'étais entraînée à la suivre presque à mon corps défendant. Et je me suis mise à l'aimer, aussi déroutante soit-elle parfois. J'ai aimé cette femme faite pour les tempêtes quand nous sommes enfants de la paix. Cette femme qui voyait l'armée comme sa famille primitive, quand la vie civile est notre seul horizon. Cette femme emballée dans un drapeau, en ces temps de patriotisme mou.

Elle aurait détesté qu'on écrive un livre sur elle. Qu'on fouille dans sa vie, qu'on exhume ses petits et ses grands secrets, quand elle avait pris tant de soin à brouiller les pistes. Enfin, c'est ce que certains affirment. D'autres, tout aussi proches de Leïla, disent le contraire. Que ces ombres savamment créées autour d'elle n'avaient d'autre but que de rehausser son habit de lumière. Que cette femme, abonnée aux premiers rôles, aurait adoré se retrouver une fois encore sous les feux de la rampe.

Difficile de faire parler les morts. Mais une chose est sûre. Leïla a toujours fui les questionnements, découragé ceux qui auraient tant aimé enregistrer ses souvenirs. Après sa mort, nombreux sont ceux qui ont entrepris de raconter son histoire, un médecin de sa formation chirurgicale, des officiers de Légion, une nièce par alliance, une petite-nièce. Ils ont tous abandonné. Pas facile de démêler les fils d'une existence si intimement entremêlée à l'histoire du XXe siècle, épousant ses questionnements, ses drames, se nichant parfois dans des replis volontairement laissés dans l'oubli. Par bonheur, la mémoire de ses proches était encore vivace, y compris celle de son dernier frère, Ismaël, un très vieux monsieur taillé sur son modèle, les traits fins, l'œil vif, le sourire farceur, de longues et belles mains, toujours impeccablement cravaté : il est mort à la fin de 2008 dans sa quatre-vingt-dix-neuvième année.

Peut-être Leïla a-t-elle parfois inventé sa vie. Jetant aux oubliettes ce qui lui pesait, magnifiant ce qui l'arrangeait, elle s'est construit une belle image à laquelle elle est restée fidèle. Mais chacun de nous se construit un personnage, c'est pour cela qu'on met des uniformes aux militaires et des soutanes aux curés. « Je veux une femme qui me donne des rêves », disait Nietzsche. Marquée du sceau de l'étrangeté qui rend les femmes mémorables, Leïla du Luart aura fait rêver beaucoup d'hommes. Mais elle aura fait beaucoup plus que cela. En rude fille des montagnes, elle a toujours aspiré à l'air frais des sommets. La haute exigence qu'elle avait envers les autres, elle l'avait d'abord envers elle-même. Sans cette exigence, la petite princesse de Kabardie n'aurait pas gravi ce long chemin, elle n'aurait pas récolté ces lauriers qui ont fait d'elle une Française à part entière, l'une des plus décorées qui soient. À vivre des années sous la mitraille, elle a couru le risque, à l'instar de ses chers légionnaires, de devenir « fille de France non par le sang reçu mais par le sang versé ».

Trop a toujours été la juste mesure de Leïla du Luart. Trop d'épreuves. Trop de passion. Trop de bravoure. Trop d'estime de soi. Une héroïne antique ? Peut-être, mais qui jamais ne s'est laissé engluer dans la tragédie. Une héroïne armée de gaieté, le plus beau des courages.

Les Ardias, septembre 2010

Remerciements

Sans eux, la vie aventureuse de Leïla du Luart serait restée à jamais largement une énigme. Merci à tous ceux qui m'ont apporté leur concours. En tout premier lieu à Ismaël Hagondokoff, son frère très aimé, qui, au crépuscule de sa vie, m'a raconté leur enfance commune, confié des photos et des documents sans lesquels ma quête serait restée incomplète. Merci à Constantin Hagondokoff, le fils aîné d'Ismaël, et à sa femme Gwenaëlle qui m'ont soutenue avec une belle constance tout au long de ce travail ainsi qu'à Wladimir Hagondokoff. Merci à Roland et Élisabeth du Luart, à leurs filles Isabelle et Florence, aux amis de Leïla et aux enfants de ses amis, particulièrement à la princesse Napoléon, à Chantal et Éric d'Aillières, Jean-Louis Reille, Éric de Sérigny, Marie-Charlotte de Lambel et Jeanne-Marie de Palaminy.

Merci aux membres de la communauté russe blanche qui m'ont éclairée de leur science, à Alexandre Jevakhoff, Andreï Korliakoff, Vitaly Joumenko, Alexandre Vassiliev, Michel de Guillenchmidt, Patrick de Gmeline, Nicolas de Boishüe, ainsi qu'à Katarina de Vaucorbeil et Sophie Massalovitch ; merci à ceux qui, en me livrant généreusement l'histoire de leur propre famille, m'ont aidée à comprendre celle de mon héroïne, à Nicolas Wyrouboff, Georges Bibikoff, Jean et Marie Kiriloff, Michel Lopoukhine, Olga Laylle ainsi qu'à Thamar Kinsky. Merci à Cécile Goddet-Dirles, du Conservatoire Chanel, à Serge Vicart, directeur de l'École de l'Île-de-France, à Laure de Choiseul, à Marie-Louise Mercier et au père Lantissier, archiviste des Pères lazaristes, qui ont tous facilité mes recherches.

Merci à ceux qui m'ont permis de suivre pas à pas Leïla au cours de ses pérégrinations à la tête de sa Formation chirurgicale mobile, à Athénaïs de Guerre, au médecin-chef Jean-Marc Delmas, neurochirurgien au Val-de-Grâce, au général Dominique Bagaria, au colonel Bernard de Marsangy, à Arnaud Imatz, José Ataz Hernandès, Carla Fabry, Don Antonio Ybarra, Henri Zytnicki, Annette Apaire, Chantal Miquel-de Bellefon, Raymonde de Villeneuve, Liliane Witchell-de Marenches, Pierre Lanvers, Edmonde Charles-Roux, William et Florence Desazars de Montgailhard, Vincent Kersuzan et, avant tout, à Christiane Bockel-Kammerer pour son irremplaçable témoignage. Merci aux neveux et nièces de Joseph Sampson Stevens, aux enfants de Jean Dubrana, à Alfred Grué, à Jean-Pierre Garoux, aux habitants de Coudrecieux et des Loges, et particulièrement à Pierre et Jacqueline Guégano, Yves et Jacqueline Bataille, Claude et Madeleine Derouineau, Raymonde Camus. Merci à Janine Bustani, Claude Hervé et Françoise Bigot, qui m'ont ouvert les portes des lieux où Leïla avait vécu.

Merci aux anciens chefs de corps du 1er REC, tout particulièrement au général Bertrand de La Presle et au colonel Jérôme Dupont, ainsi qu'à leurs épouses. Merci à tous les amis militaires de Leïla du Luart, trop nombreux pour que je puisse les citer tous. Avec une mention spéciale au général Bernard Dubost et à sa femme, Martine, au colonel Denis Mistral, auteur d'un mémoire sur la « Marraine », et au lieutenant-colonel Goulven Nimser qui a guidé mes premiers pas à Orange ainsi qu'aux brigadiers-chefs du REC. Merci au général Robert Rideau, au général Jean-Claude Coullon et à tous mes amis de la Fédération des sociétés d'anciens de la Légion étrangère qui m'ont aidée à ressentir la force de la famille Légion. Mais de tous ces noms, s'il n'en fallait citer qu'un, ce serait celui du général Bruno Dary, gouverneur militaire de Paris, qui, un jour de juillet 2007, à Cherbourg, fut le premier à évoquer devant moi la vie hors du commun d'une certaine comtesse du Luart...

Merci à Michel Bon et à Jean-Claude Lamy pour leur relecture attentive de ces pages, à mon mari, Gérard Fabry, pour son inlassable patience. Merci à Nicole Lattès pour la confiance qu'elle m'a faite et sa curiosité toujours en éveil. Merci enfin à Malcy Ozannat, qui fut mon amie bien avant d'être mon éditrice : son œil bienveillant et exigeant m'a été plus que jamais nécessaire.

Sources

Certains livres ou documents – souvent inédits – m'ont été particulièrement précieux pour reconstituer le parcours de « La Circassienne ». Sans prétendre à une bibliographie exhaustive, je m'en voudrais de les passer sous silence.

Pour comprendre l'histoire de la famille de Leïla du Luart et celle de la Russie blanche :

Témoignages

Les Mémoires du général-major Constantin N. Hagondokoff, traduites par son fils Ismaël.

Les Tcherkesses, Georges Hagondokoff.

Les Familles kabardiennes, S.N. Beitouganov, Éditions Naltchik, 1989.

Souvenirs de Sergueï N. Lopoukhine.

Journal d'une institutrice française en Russie pendant la Révolution, 1917-1919, de Louise Patin, La Table ronde, 1987.

Mémoires d'une princesse géorgienne, Roussoudana Amilakvari, Société des écrivains, 2006.

La Fin de ma Russie, Journal 1914-1919, Catherine Sayn-Wittgenstein, Phébus, 2007.

Adriana, ou les Flammes de l'Extrême-Orient, Olga Atiaeva, YMCA-Press, 1998.

Souvenirs de Russie, 1916-1919, Princesse Paley, Éditions de la Couronne, 1989.

Une princesse en exil, S.A.I. Marie de Russie, Stock, 1937.

Documents et romans

Les Sabres du paradis, Lesley Blanch, Denoël, 2004.
Tout l'honneur des hommes, Alexandra Lapierre, Plon, 2008.
Un héros de notre temps, Michel Lermoutov, Gallimard, 1973.
Nicolas II, Hélène Carrère d'Encausse, Fayard, 1996.
Tant que la terre durera, Henri Troyat, la Table ronde, 1947.
Cruelle est la terre des frontières, Michel Jan, Payot, 2003.
Asya, Michael Ignatieff, Albin Michel, 1992.
La Société générale en Russie, Hubert Bonin, Mission Histoire, Société générale, 1994.
Les Russes blancs, Alexandre Jevakhoff, Tallandier, 2007.
L'Exil russe, Catherine Goussef, CNRS éditions, 2008.
Le Grand Exode russe, Andrei Korliakoff, YMCA Press, 2009.
Armée blanche, portraits d'officiers russes 1917-1922, Vitaly Joumenko, YMCA-Press, 2008.
Les Russes à Paris 1919-1939, Hélène Menegaldo, Autrement, 1998.
Beauty in Exile, Alexandre Vassiliev, Abrams Publishers, New York, 1998.
L'Irrégulière, Edmonde Charles-Roux, Grasset, 1974.

Pour éclairer le rôle de Leïla du Luart au sein des armées françaises.

Témoignages

Les Volontaires français aux côtés des nationalistes pendant la guerre d'Espagne, 1936-1939, Dominique Bagaria, mémoire de maîtrise d'histoire contemporaine, Institut catholique de Paris, 2004.
Journal de marche, 1943-1945, Madeleine Sijalon.
Une jeune fille d'Alsace dans la tourmente 1936-1945, Christiane Bockel-Kammerer.

La Formation chirurgicale mobile de la comtesse du Luart en Tunisie et en Italie, Robert Aubaniac.
Journal de guerre, Robert Stefani, 1944.
Souvenirs du père Xavier Segrétain.
Mémoires, Maréchal Juin, Fayard, 1959.
Lieutenant au 1er REP, Jacques Favreau, éditions Italiques, 2007.
Le Sacrifice du matin, Pierre Guillain de Bénouville, Robert Laffont, 1983.
Le Général Pierre de Bénouville, le dernier des paladins, Guy Perrier, Le Rocher, 2005.
La Comtesse du Luart, marraine du 1er régiment étranger de cavalerie, mémoire, Denis Mistral.

Documents

La Guerre d'Espagne, Hugh Thomas, Robert Laffont, 1961.
La Guerre d'Espagne et ses lendemains, Bartolomé Benassar, Perrin, 2004.
Le Temps de Franco, Michel del Castillo, Fayard, 2008.
La Campagne d'Italie, Jean-Christophe Notin, Perrin, 2002.
Le Service de santé dans les combats de la Libération, Médecin général Hugonot, édition de l'association « Rhin et Danube ».

Table

TROISIÈME PARTIE

Au nom du fils

RÉALISATION : IGS-CP À L'ISLE-D'ESPAGNAC
IMPRESSION : CPI BRODARD ET TAUPIN À LA FLÈCHE
DÉPÔT LÉGAL : NOVEMBRE 2013. N° 113825 (3002478)
IMPRIMÉ EN FRANCE